《聊斋俚曲集》校注

下

张泰◎校注

教育部人文社会科学研究一般项目资助(15YJA740064)

九州出版社 JIUZHOUPRESS | 全国百佳图书出版单位

富貴神仙

第一回　楔　子

［鷓鴣天］區區小願欲求天：近繞居[一]百頃田；膝下兒孫多似玉；堂中妻妾美如仙；朝朝飲酒暮烹鮮；耳目聰明牙齒堅；皓齒清歌細腰舞，糊突混過百餘年。

［山坡羊］笑世人求仙求佛，這念頭忒也謬妄[①]。一個俗俗人兒，怎能把青天去上？就是那鶴壯如驢，他能馱我到仙府，也怕那裏的神仙太多，這後來的無處安放。奉勸世人，不必慌張。依我這意思清廉本分，那天爺也不說我貪贓。願得那小蔑蔑[②]山兒似的一座元寶；又離不了一兩個子孫封侯拜相，解悶開懷；些須得幾個美人歌舞；百歲外渾身上下，任拘嗄，都健壯如常。但只是古人富貴，都要先受點子風霜；我却要漫荒拉草[③]，受用那下半世的風光，或是佛來或是仙，摸摸這頭皮不能擔。忽然要到極樂國，只怕也坐不慣那九品蓮[④]。我要騰雲學呂祖，天爺必然笑我憨；若是那不富不貴的老彭祖，天爺就肯我也心不甘。自家貶損又貶損，這叫開口告人難。我說一個樣子給天爺看，足見我志向甚清廉。天爺若是還不肯，何厚何薄例可援。這人原是一個才子，他下半世的榮華儘可觀。每日奔波條處裹[⑤]撞，一舉成名四海傳。

---

① 謬妄：荒謬無理。

② 小蔑蔑：形容很小。

③ 漫荒拉草：走捷徑。

④ 九品蓮：即九品蓮臺。西方極樂世界最高品級的蓮臺。

⑤ 條處裹：四處。

歌兒舞女美似玉，金銀財寶積如山；一捧[二]兒孫皆富貴，美妾成羣妻又賢；萬頃田園無薄土，千層樓閣接青天；大小渾身錦繡裹，車馬盈門滿道看；八洞神仙來上壽，福祿二星增的全[三]；天官也賜千般福，人世永成百歲歡。夫婦纔到七十外，又見曾孫中狀元；吃了仙酒老來少，模樣只像三十前。口裏東西須索是自吃，脚上繡鞋也要人替穿。一件衣服值百兩，一碗東西值萬錢。朝朝歌舞朝朝樂，夜夜元宵夜夜年。三杯酒吃的醺醺醉，美人扶到牙牀邊。快活渾如在天邊外，榮華不似居人世間。自家的官誥四五次，兒孫的封贈十數番。每日黎明不曾起，門前成羣來問安；遇着年節並上壽，紫袍玉帶擠成攢①。天爺賜了生鐵券②，千年萬輩做高官。郭子儀富貴了兩三世，那似這等福壽全？若是像這下半世，就不做神仙[四]也自然。但把風光須早受，至多遲到二十三：只要富貴從天降，把那前半截的風霜[五]一筆删。這個志向也容易足，小小榮華不算貪。不[六]艱難也沒省[七]了天爺的事，受榮華也無費天爺的錢。以此望空直禱告，想必天爺也不作難。

［劈破玉］禱告罷老天爺開口就問。那福神一路表直奏天門，說這人極清廉又極本分。天爺笑了笑，吩咐那手下人，你把用不着的玉帶，去給[八]他一大綑。

［清江引］老天爺見我這志向小，蟒袍兒往下掛。暫且撈到手，再從容問他要；還問他求一個長生不老。

【校】

［一］居：盛本作“村居”。

［二］捧：蒲本作“棒”。

［三］增的全：盛本作“落塵寰”。

［四］神仙：蒲松齡紀念館藏遺著抄本作“長生”。

［五］風霜：盛本作“風光”。

［六］不：盛本作“受”。

［七］省：盛本作“沒省”。

［八］去給：盛本作“丟贈”。

---

① 攢：堆。

② 生鐵券：舊指享有特權的憑證。因生鐵做成，故名。

第二回　張生逃難

莫費心思做狀呈，寧將冷落惱親朋；

不惟用意傷天理，尤恐將來禍患生。

話說北直[一]①永平府②盧龍縣有一秀才，姓張名逵，字鴻漸，年方一十八歲，就成了一府名家[二]。

［耍孩兒］張鴻漸實是能，年十八享大名，人人知他名合姓。詩詞歌賦般般好，書畫琴棋件件精，文章更比歐蘇勝。你看他那生平志氣，要一步直上天庭。

且是他爲人，仁慈義氣，救難恤患，又好買生放生。

貌堂堂一少年，不奸詐不受[三]錢，癡心好急朋友難。心慈又好買生放，活了生靈萬萬千，也虧他家原方便。只因他爲人仗義，都望他輩輩高官。

這一年，盧龍縣的知縣是老馬，異常的貪酷，作弄的財盡民窮，一個個叫苦連天。

打強盜小板撩③，打錢糧大板叨④，無錢還把夾棍套。一羣衙役如猛虎，但只是過的就喫了敲，打官司就是財神到。合縣裏愁生怕死，似遭着賊打火燒。

那錢糧是加三火耗⑤，十分數要七月裏全完。有個范秀才，只封了七分數，便去告寬。

端端帽整整衫，望公座行堂參，開口就把父師念：衣服典盡牛驢賣，未

---

① 北直：即北直隸。直隸於京師的行政區劃，為了別於直隸於南京的南直隸，故稱。簡稱北直。

② 永平府：明清時府級行政區劃。

③ 撩：此指打。

④ 叨：敲，打。

⑤ 火耗：原指將碎銀熔化再鑄成銀錠時的損耗。清代官員通過加征“火耗”撈取錢財。《醒世姻緣傳》第二十回：“但是那京邊起存的錢糧明白每兩要三分火耗。”

到秋成小麥完，錢糧目下實難辦。老父師開恩格外，望遲遲打下秋天。

老馬聽說大怒，便說："你這奴才，要梗[①]老爺的公令麽！"一行罵着，就丟下六支簽。

罵一聲狗生員，欠錢糧不待完，一人就要壩住堰！梗令的狗才眞該死[四]！一行罵着就丢下簽。皂隸就往地下按，把秀才三十大板，一霎時命喪黄泉。

不說把范秀才登時打死。且説那合學秀才，甚是不平，便撒了帖子[②]，動起公呈[五]來了。

也無法也沒天，不請學師大板揎，從此我輩遭塗炭。大家須向院裏告，呈詞可要做周全，都說必得張鴻漸。共登門殷殷懇懇，乞求他名列前邊。

衆人一來求他的刀筆[③]，二來借他的名望，着實央告。張鴻漸是個義氣人，如何禁的央及？也就有意合他同去。

一爲他爲人公，二爲他文字通，三來爲他聲名重。起初答應的不慷慨，禁不的衆人齊念誦，少年不覺的豪心動。心意裏猶猶豫豫，要合他患難相同。

再說張鴻漸的夫人方氏，極齊整，又極聰明。聽的此事，便使人[六]把丈夫請進去苦口勸止[七]。

秀才們做事鬆[④]，得了勝都居功，人人會把花鎗[⑤]弄。如今只論錢合勢，衙門裏不合你論青紅。況你孤單無伯仲[⑥]，倘或是萬一不好，那時節受苦誰疼？

張鴻漸聽了夫人這話，忽然如夢初醒，便出來推託事故，辭了衆人。

張鴻漸不承當，憑衆人怎麽央，全然不把邊兒傍。我有伯母前年老[⑦]，至今靈柩還在堂，不久要看日子葬。要我做呈辭狀稿，這自然不用商量。

衆人無奈，等他做了呈子，拿去院裏、司裏遞了。

衆秀才遞了呈，告衙役二十名，院裏批准要贓證。合縣黎民齊痛快，滿

---

① 梗：阻碍。

② 撒了帖子：捎口信；發公開信。

③ 刀筆：原指書寫的工具。此指訴訟文字。

④ 鬆：通"㞞"。平庸，無骨氣。

⑤ 花鎗：手段；計謀。

⑥ 伯仲：兄弟。

⑦ 老：去世的婉轉說法。

堂衙役吃一驚，老馬聽說也掙一掙。央求了知府老李，送上了一萬冰凌。

院裏差下人來，把那些衙役，拿的屁滚尿流，審了一堂；雖無夾打，却着實的怒罵。老馬慌哩，央了李知府，送進了一萬銀子。復審的時節，就不是前番那嘴臉了。

大老爺怒冲冲，罵賊徒衆衙丁，夾打要你從實供。頭番審時却極好；二番審時大不同，就知他的消息動；三番審時倒了原告，一夥兒流徙遼東。

一羣秀才問了誣告，打板問罪，革頂充軍。又問呈子是誰做的，才招出來，是張逵做的。

見呈辭做的神[①]，便追究這個人，拿來把他罪兒問。衆人招出張鴻漸，差個快手鄧天軍[②]。虧了朋友走了信，張鴻漸聽的這話，頭頂上走了三魂！

張鴻漸是個做漢子的人，少年氣盛，勉強還要出來承當。方娘子就落下淚開言。

方娘子哭啼啼，教丈夫你聽知：這回一跌六個字，明知是火坑你就往裏跳，那有爲人這樣癡！票子沒來還容易治，不如你從此撒腿，只說是游學山西。

張鴻漸見他說的有理，只有二兩銀子，扁[③]在腰裏，就與娘子作别，好嘆人也！

要别離淚紛紛，生察察[④]兩下分，愁你在家沒投奔。如今既把寃仇結，老馬横行不是人，怕他要捉家屬問。我只該在家裏當罪，斷不可連累閨門。

娘子說："我家裏有他二舅，可以招管。你又沒有口供，料想沒甚大差。但只是你盤費太少。"

在家貧不算貧，路上貧貧殺人，他鄉難求飯一頓。我有紫金釵一對，或者也值幾兩銀，拿着救你那貧途困。你只管脱身遠走，也不必掛念家門。

張官人接釵在手，越發酸痛。備上那驢，牽着遂往外走，不免又叮嚀幾句。

又回頭叫夫人：我如今要起身，千般萬樣言難盡。咱兒小保才三歲，你

① 神：非同一般。

② 鄧天軍：鄧忠。《封神演義》中的人物。

③ 扁：掖。

④ 生察察：硬生生的。

我只有這條根。不敢望他還上進，只是成人長大，好看守祖宗塋墳。

娘子說："你只管去罷，不必罣念。我覺着俺娘們不相干。我愁你呀……[八]"

又少友又少親，萬裏千鄉一個人，你在途中須謹慎。縱然丈夫犯了罪，告官犯不着滅滿門，那怕就去當官問。我看咱小保兒福相，未必不枯木逢春。

二人不敢留連[九]，囑咐幾句，方才送丈夫出門去了。那天就有二更時候，他心裏久已待哭，怕官人心酸，忍了又忍；送了回來，一直哭到房中，竟夜不曾合眼。

轉回頭淚如麻，又愁我又愁他，叫人怎不把心掛！終果定不就凶合吉，破上我就去替他，低着頭就把主意拿。尋思個顛顛倒倒，不覺的明透窗紗。

那天也就明了，差人去請他二舅。且說這方二爺名興，字仲起，是個飽學秀才，一請就到了。

方娘子淚漣漣，把前情訴一番，他哥哥唬了一身汗。老馬得勝越發詐，比前加倍更酷貪，秀才分外沒體面。這可才無法可治，你可就準備着坐監。

不說兄妹憂愁商議，却說那票子已到，立刻拿人。

原差出虎一羣，雄赳赳跑到門，高[十]聲怪氣把張逵問。娘子[十一]出來忙答應，說他山西去探親，如今半載無音信。那衙役歪頭彆腦①，待要去家裏翻②人。

方二相公冷笑了一聲，說道："既待翻翻，請翻。"原來這方二相公也不是個善查，那差人不敢進去。

方仲起便開言：待要翻只管翻，我就陪你看一遍。忙把差人拉住手，翻了前邊翻後邊，並無一個張鴻漸。仲起說翻翻極好，到回去好回覆你那縣官。

差人無翻出來，便去回了縣官。老馬聽說大怒，說："給我拿他的家屬來見！"那衙役遂又跑回，可就比前番大不相同了。

上門來大發威，怒狠狠惡似賊，仲起氣的把牙咬碎。央他遲遲還不肯，回家叫聲我妹妹，這也沒有砍頭的罪。咱出上合他就去，到當官再辨是非。

方娘子沒奈何，方纔抱着孩子，騎着他二哥家那驢，他二哥跟着，到了

① 歪頭彆腦：歪頭歪腦。

② 翻：查找。

當堂，也無跪下。老馬說："你就是張逵的妻麽？"答應說："是。"

馬知縣怒氣發，你把人藏在家，難道這就干休罷？犯了這樣彌天罪，見了老爺不跪下，膽兒直勾天那大！我奉了軍門憲票[①]，也不是私將人拿。

方娘子說："我從來不會跪人。況且那呈子做與不做，這也沒憑據的，我有何罪？"

做呈子未必然，被仇人把他攀，風聞料想也定不了案。丈夫就犯殺人罪，也與老婆不相干。難道你不是個秀才變？待要頭一刀砍去，跪不慣糊突縣官。

老馬見他四六句[②]帶着罵，氣極了，却又無奈何。也便說道："寄監。"方娘子越發罵起來了。

方娘子罵縣官：爲甚麽寄在監？做賊也要個眞贓犯。影響事兒沒照對，就弄權勢不顧天，你也未必是個人來變。等着你砍頭問罪，也把你老婆牽連。

老馬坐在堂上，氣的是沒大頭，沒小頭的。方二爺便上去跪了一跪，着實告稟：

滿口評妹妹差，張鴻漸未回家，妮子全不會說話。年小無知眞可恨，信口說的是甚麽，眞該把這奴才罵！望老師把他寬恕，把人犯拿送官衙。

方二相公雖說的極好，那老馬原是個惡秀才，拿方氏來要辱沒張鴻漸，不想被他罵了一場，如何肯依！只是搖頭。方二相公見他不允，便又開言。

方仲起又開言：望你開恩免寄監，歸家大小把佛念。老師不過惡生員，我却不當生員當春元，暫且留點薄體面。不過到明年八月，老父師再[十二]爭這一年。

馬知縣冷笑說："等你中着了再講。"方二相公說："那時節又得使轎馬送去，不費你的事麽？"老馬說："你就中了，怎麽着本縣不成！"方二相公哼了一聲說："妹妹，走走走，我已做下小名了。"

叫妹妹放心寬，就破上坐長監，休想我去求情面。耐着心煩坐着等，定叫他使轎送你到門前。央你出來還不算，不叫他官吏盡死，把我這兩眼雙剜！

方二相公一行領着妹子往下走，一行罵，老馬聽的也怒沖沖的退了堂。方二相公把妹子送到監裏，到了家，又領了一個老婆子來，送在監中服侍他

① 憲票：上級的命令。

② 四六句：駢句。此指押韻的句子。

妹子。這書有分教：三軍盡賜秦王酒，留得老皮裹伏波。

且看下回分解。

【校】

［一］北直：盛本作“順天”。

［二］家：盛本作“士”。

［三］受：盛本作“愛”。

［四］梗令的狗才眞該死：蒲松齡紀念館藏遺著抄本作“把個狗臉沖沖怒”。

［五］呈：盛本作“忿”。

［六］使人：盛本作“著小廝”。

［七］苦口勸止：蒲松齡紀念館藏遺著抄本作“說那厲害”。

［八］我覺着俺娘們不相干。我愁你呀……：盛本作“我有幾句言語，說於官人知道”。

［九］二人不敢留連：蒲松齡紀念館藏遺著抄本作“娘子”。

［十］高：盛本作“喬”。

［十一］娘子：盛本作“仲起”。

［十二］再：盛本作“何”。

第三回　中途逢仙

按下方娘子在監中受罪不提。且說張鴻漸半夜裏出了門，又不知待上那去好，只管忙忙的奔走。

［銀紐絲］三更出門月明也麽烏，蕭條行李一鞭孤。奔長途，高低亂竄眼模糊，那辨南合北，東西只任驢，昏慘慘摸不着正經路。驢呀呀呀休迷胡，你迎着增福躲着掠夫[①]。我的天喲，何處投，不知投何處？

不住的走了半宿，那天也明了上來了，看了是平子街，離家走了六十里了。

① 掠夫：劫掠之人。

眼望家鄉痛傷也麼懷，子散妻離命運該，苦哀哉！半夜三更逃出來，終夜忙忙走，來到平子街，回頭已是天涯外。人驢飢餓都難捱。忽見路旁酒店開，我的天喲，賣高酒，誰把高酒賣？

張官人下了驢，沽了一壺酒來吃了，又餵了餵那驢，才又走了。

千里奔走第一也麼天，怕有追兵在後邊。晝夜顛，眞是騎驢三不閒。騎着腿也夾，頓轡又加鞭，忙忙好似離絃箭。晌午打了一回尖，登程行到日銜山。我的天喲，荒店宿，方才宿荒店。

頭一日走了勾二百，第二日走了勾一百五，到了第三日，那驢就幹不的了。

第三日慊慊路途也麼中，一里難如山萬重。夕陽紅，恨不能插翅又騰空。心裏雖然急，不得不從容。蹇驢①兒死活的打不動，好似行船斷了篷，出門又遇着頂頭子風。我的天喲，作弄人，眞把人作弄！

張官人又沒本事，一日只捱得三四十里路，遇着下雨就不走，一[一]個月才到河南。運氣低，又病了。

昏沉沉好似發暈也麼風，一身只像坐船中。眼朦朧，手脚發熱似蒸籠，渾身不自在，終日哐哼哼，到天明病的越發重。一日只捱飯一盅，無人問聲是那裏疼。我的天喲，痛傷情越發情傷痛。

捱了二三天，那病就越發重了。店家便來商議請醫官，張官人點了點頭。不一時，那醫官來了。

那醫官來時問了一也麼聲，就着牀頭把脈評。問的明，寫了個方子甚不通：上頭用當歸，下邊用鈎藤，不知他拿着當了甚麼病？眼前的親人無一丁，死活交給這瞎醫生。我的天喲，命由人，眞正人由命！

吃下藥去，刨燥了一宿。虧了心裏明白，對店家說："我不吃藥了。還有一件首飾，你給我賣了來，好打發他那藥錢。"伸手向被囊裏取出那金釵來，不覺的滿眼落淚。

雙手兒撈出手飾也麼來，不覺一陣好傷懷。淚滿腮，臨別時節你將晝粧開，愁我沒盤費，贈我紫金釵。那知道病裏將他賣！家中帶着小嬰孩，不知你晝夜怎麼捱？我的天喲，無奈人，眞令人無奈！

---

① 蹇驢：瘸腿驢。《楚辭·王褒<九懷·株昭>》："蹇驢服駕兮，無用日多。"

張官人滴了兩眼淚，把金釵交於店主，不一時，換了八兩銀子來。藥錢合那雜項錢，稱去了一兩八錢。那病全無見好。

病㦏㦏只把眼兒也麽合，身子好像在油鍋。怎奈何，白黑昏迷在被窩。水米不沾牙，待了一月多，啀哼哼只在牀頭臥。離家已是受折磨，又着俺在外染沉疴[①]。我的天哟，禍彌天，眞是彌天禍！

張官人病了勾五十天，鼻子也歪了。店主害怕，商議要買棺材。張官人糊糊迷迷的，也就不覺了。

終日昏昏眼不也麽開，魂靈已上望鄉臺。苦哀哉，早晚的刨窩[②]往外擡。上看眼睛塌，下看鼻子歪，似這等還望人還在？怕他一口氣不來，死在牀頭沒棺材。我的天哟，擺劃難，那才難擺劃！

又待了幾日，到了掌燈時節，店主來試了試，汗浸浸的[③]；又待了一霎，看了看，大汗直流。店主也沒敢動他。

渾身的汗流似瓢也麽澆，到了三更熱更消。好蹊蹺，一陣清涼到四梢。像是一個夢，忽然才醒了。天將明才睡了一個安穩覺。翻過身來溺一泡。肚裏飢餓好難熬！我的天哟，叫店主，才把店主叫。

出了大汗，到了五更裏，覺着飢困，便叫店主來，對他說想飯吃。店主即忙做了飯來。

兩個月水米未曾也麽沾，忽然吃着異様的甜，好自然[二]，盛來吃了又重添。口裏還待吃，心裏不敢貪，小碗裏只吃了兩碗半。虧了死裏又重還，幾乎一命染黃泉！我的天哟，見何人，却有何人見？

官人從此好了。待了幾天，拄着棒就起來了。誰知禍不單行，把個驢兒又被人偷了去了。官人聽說，着實傷感。

自從我奔走離了也麽家，只有俺⿺辶兩並無有⿺辶三。嘆殺人，想起當初淚撒撒[④]，流流的[⑤]跑一夜，我困他也乏，不吃草倒在槽兒下。誰知今日在天涯，我到還

① 沉疴：久治不愈的病。《舊唐書》第一百二十五卷："憂兢損壽，沉疴始遘；群望並走，百靈宜祐。"

② 刨窩：挖坑。此指挖墓穴。

③ 汗浸浸的：稍微流汗的樣子。

④ 淚撒撒：也稱淚灑灑。眼淚不斷的樣子。

⑤ 流流的：多指很滿的樣子。此指整整的。

活沒了他。我的天哟，牽掛人，眞令人牽掛！

張官人嘆吁多時，也沒吃下飯去。那店主找不着驢，自家着急，滿口裏招承[①]着賠驢。張官人如何肯依！

張官人便說我從也麽來，生平不會瞎揣歪。命運該，合當如此賭不的乖。大病不曾死，應當就破財，被賊偷如何將你賴？燒湯燒水在心懷。若把你好處都丟開，我的天哟，壞心術，眞把心術壞。

店主人見他不肯叫他賠驢，合家感激，越發加倍的服事。

歡喜的店主笑哈也麽哈，服事殷勤十倍多。無處抓，供養只得用葱花[②]，殺鷄又赶[③]餅，燒水又烹茶。來的遲就把當槽罵。設或呈治到官衙，不愁打板又傾家。我的天哟，招架難，那才難招架！

服事了有二十多天，張官人較壯實[④]了，將飯錢合草錢共算該一兩五錢銀子。那店主分文不要，張官人又不依。

張官人便說好相也麽交，住了不是兩三朝。病難熬，託仗[⑤]主人情義高，白日把飯做，夜晚把茶[⑥]燒，一泡尿也是架着溺。閻王殿前走一遭，僥倖在陰間把命逃。我的天哟，酬報難，叫我難酬報！

張官人再三的給他，店主人僅收下了一兩。到了家，又添上三兩，拿着來給官人送行。官人畢竟沒收。店主給他僱上一乘驢，攛撮着走了。

店主人臨別淚滿也麽腮，天下找不出你這好心來。小秀才，度量寬洪又不歪。全家祝讃[⑦]你，少病又無災，趁年烏紗黄金帶。雖然相公不受財，僱上程脚驢表表我的心懷。我的天哟，感戴難，叫我難感戴。

不說店主人感激，且說官人出門，原沒定向，待到何處，是個着落呢？

---

① 招承：應承；答應。

② 葱花：切碎的葱。有時也指小的葱段。《金瓶梅》第九十四回："用快刀碎切成絲，加上椒料、葱花、芫荽、酸筍、油醬之類揭成清湯。盛了兩甌兒，用紅漆盤兒，熱騰騰蘭花兒拿到房中。"

③ 赶：即擀。

④ 壯實：身體強壯結實。

⑤ 託仗：仰仗。

⑥ 茶：此指開水。方言中將燒開水稱為燒茶。

⑦ 祝讃：祈禱。也作祝贊。《兒女英雄傳》第十二回："二來祝贊著那十三妹姑娘增福延壽，將來得個好婆婆、好女婿。"

忽然想起鳳翔府有個王秀才，三年前從京裏來，斷了盤費，在家[三]住了三日，送他三兩銀子，囑咐有事南行，便去訪他。今日到此，何不一往？

張官人動了這個也麽心，要上山西訪故人。自沉吟，如今舉眼又無親，現今兜肚裏，剩了四兩銀，淨了包雖買飯一頓。急急忙忙往前奔，走了一程病又臨。我的天哟，運活倒，眞正活倒運！

官人還不壯實，走了一日[四]多路，使着了①，所以又病起來了。

走了勾一日[五]病又也麽纏，渾身疼痛苦難言。主人貪，不似前邊店人賢。獨自一個人，占着店一間，三日頭就要往外斷[六]②，死氣白賴③不肯搬。幸虧十日病又痊。我的天哟，大汗出，可又出大汗。

這個店家甚可惡，見官人病了，心心念念④的，只待往外撵。幸虧了十日就又出了汗，才另找了一家，養了半月，好了病，方才又走。

這一回好了病殃也麽殃，慢慢行來不敢忙。路又長，難堪病體受風霜。晚起早又宿，信馬只游韁。一日不過三十里，一路行來到鳳翔，剩了勾千錢在被囊。我的天哟，望朋友，單把朋友望。

到了鳳翔府，那盤費就不多了。住了店裏問信，並無有知道這個王秀才的。問了勾十餘天，才有人說，他在王莊屋住，離城三十里。

僱了乘轎子上南也麽鄉，腰間只剩一空囊。進高莊，眼看一步就登堂。不知厚與薄，宿下慢慢商，飯合酒想必不上帳。不知千里久分張，訪人那定不空忙？我的天哟，指望難，叫我難指望。

不一時到了王莊，人都說他沒在家，從春間上京去了。官人聽說，唬了一驚。無奈何，只得到他門上。

張官人一直到門也麽庭，敲着門兒問一聲，不答應，只在門前側耳聽。等了許多時，出來個小學生，對他一一通姓名。孩子把他爹爹稱，說他設教⑤

---

① 使着了：累着了。

② 斷：撵；驅趕。

③ 死氣白賴：糾纏；耍賴。

④ 心心念念：一心想着。《朱子語類》第十一卷："讀一件書，須心心念念只在這書上，令徹頭徹尾，讀教精熟。"

⑤ 設教：設館教書。清代尹會一《與東章館師時溯尼書》："遥聞設教以來，牖啓童蒙，彌加静正，深慰遠懷。"

在北京。我的天哟，動愁思，才把愁思動。

問了問，果然在北京。無奈何，打發轎子錢，只剩下不勾三百文，老大着忙。便思背上行李，找個店房，去當衣服。

背起行李甚悽也麽慌，肚裹飢餓又難當。走慌忙，急急去找店合坊，還有錢二百，當下且無妨，打算着去把衣服當。又思典當不久長，將來餓死在他鄉。我的天哟，魘障人，眞把人魘障。

官人從來不曾走路，又背着行李，又是餓了，一步挪不的四指[①]；走了勾十拉里[②]路，那太陽就落下去了。

張官人獨自在荒也麽坡，一行尋思淚滂沱。無奈何，兩肩酸困被囊磨；渾身流虛汗，寸步也難挪。放行李只在荒郊坐。還有銅錢二百多，投莊且顧眼前活。我的天哟，捱餓難，實在難捱餓！

官人歇了歇，爬起來又走，那天就黑上來了，老大着忙。忽見南向有一個小莊，心中大喜，暫且借宿一宵，明日再講。

見了個小莊在眼也麽前，漫荒拉草到那邊。仔細觀，有個瓦門面向南，出來個老婆子，就待把門關。走近前就把婆婆念：俺在他鄉實可憐，走錯了路途無處眠。我的天哟，憐見人，望你把人憐見。

張官人哀求多時，欲借一宿。那老婆子不肯留他。張官人又苦苦哀告。

老婆婆拿出好心也麽田，在外的人兒難上難，放心寬，小生只求一夜眠。酒家何處有？囊中自有錢。要存身只求席一片，得避虎狼便是安，早行不復便留連。我的天哟，慈念[③]人，望你把人慈念。

老婆子才說："俺家無有男人，本不敢留客。看你是個書生，料想不差，我私自留你在這門裹頭宿一宿罷。我先說過，可沒有飯給你吃。"遂即拿了個草[④]來，叫他好打鋪。

進的門來把身也麽安，才把行李下了肩，靠牆邊。老婆子一去不回還。自己鋪下草，找了一塊半頭磚，嫌硌[⑤]頭又使衣服墊，依壁坐來把腿盤。燒心

---

① 一步挪不的四指：形容走路非常慢。

② 十拉里：十里左右。

③ 慈念：關愛。《三國演義》第三十七回："老母在此，幸蒙慈念，不勝愧感。"

④ 草：泛指稻穀的秸稈。

⑤ 硌：皮膚接觸硬物而不適。

的飢困火生煙。我的天喲，斷肝腸，才把肝腸斷！

張官人正在那裏坐着，心裏着實的飢困。忽見從裏邊出來了個丫環，挑着一個燈籠，引着一個女子。官人疾忙躲在黑影裏。見那女子有十八九歲，世上找不出這麼個俊人來。

佳人的容貌似天也麼仙，十八青春正少年。杏黄衫，懶懶腰肢似小蠻[①]。慢慢長裙擺，一對小金蓮。脚兒一挪頭上銀花顫，一朵能行白牡丹，臉兒渾似在畫中看。我的天喲，現觀音，今把觀音現。

那女子輕啓朱唇問道："大門關了麼？"老婆子說："關了。"又問道："這鋪是誰打的？"老婆子見問，着實的驚恐。

老婆開口叫大也麼姑，有個行人在路途，一身孤，天晚無歸借敝廬。少席又無枕，給他個草兒鋪。天明了他就登程去。女子開口罵老奴，怎敢私自留強徒？我的天喲，可惡極，眞是極可惡！

官人見女子惱了，心下着忙。女子又問："那人呢？"官人遂即起來，抖了抖衣衫，走近前來，深深一揖，也無敢擡頭。女子便問："你是那裏來的？"

張官人從頭說原也麼因：小生原是歷府裏人來探親。少年不曾出遠門，走的錯了路，晚來到貴門。告婆婆才得把門進。還望娘子發慈心，他日難忘一夜恩。我的天喲，投奔誰，待將誰投奔？

女子聽說，反嗔作喜，便道："我當是個惡人，原來是個讀書君子。可恨不稟我知道，褻瀆了尊客。請裏邊坐地。"

打燈籠引導在前也麼邊，行來只到客廳前，掀開簾，書畫琴棋件件全。官人才坐下，酒肴往上端，一霎時像是現成[②]飯。小生從無半面緣，今日反蒙貴眼看。我的天喲，感念人，到叫人感念。

官人吃完了飯，那個老婆子出來收拾傢伙。官人便問："小娘子貴姓高名？擾取了，過日也好思念。"

老婆子便說你聽也麼囉，對你說姓名也不差。是施家，太公老母葬黄沙，合家無男子，只有他姊妹〻，小妹妹兩個還不大。大姑的小名是舜華，方才見

① 小蠻：白居易的舞妓。因其腰細如楊柳，故有"小蠻腰"之說。元代胡祗遹《快活三過朝天子》："柳絲舞困小蠻腰，顯得東風惡。"

② 現成：事先做好的。

的就是他。我的天喲，出嫁無，可還無出嫁。

老婆子說罷，收拾傢伙去了。官人看了看，牀上有鋪下的錦被錦褥，又軟又香，遂即書架上拿了一本殘書，上牀去塌伏[①]在枕頭上觀看。

抽一本殘書上了也麽牀，就燈看了十幾行。耳邊廂，忽聽的環佩響叮噹，像是簾鈎動，有人走進房，只聽的高底鞋兒輕輕放。瞅着門兒細端詳，美人燈下現紅粧。我的天喲，降神仙，眞是神仙降！

官人見進來的是舜華，慌忙放下書，就待下牀。小娘子不依，遂即拉過來一把椅子，在牀前坐下，告訴他的孤苦處。

就把官人叫一也麽聲，難得貴脚到門庭。你是聽，奴家對你訴衷情：上邊無父母，下邊無弟兄，這樣人眞正不成命！兩個妹妹未長成，叫奴獨自把門戶撐。我的天喲，孤零人，眞是人孤零。

舜華一行說着，眼中落淚。官人說："有娘子這一表人物，嗄女壻找不出來，不強似自家過麽？"舜華聽說這話，便拿起衫袖，拭了拭那淚眼，掩着那櫻桃小口，笑了一笑。

小娘子含情在笑也麽間，似有個話兒到口邊，好難言，一朵桃花上玉顏。忍了好幾忍，才把心事傳，未開口先把嬌容變。官人風雅又少年，既到寒捨定有緣。我的天喲，心願遂，好不遂心願！

官人聽說這話，就作又作難的。嗄呢？一見面，蒙他的厚情，言外又是待留他成親，若說不從他，必然攆着走；若是哄他，就不是人了。罷罷，寧可着他攆我罷！

小生初得見容也麽顏，終是一個玉天仙。眞有緣，分明織女降臨凡。若要把你找，除非畫圖間，沒有福難得見一面。但我娶了已多年，若是撒謊將你瞞，我的天喲，相見難，可就難相見。

舜華說："這也是官人的志誠處。但我想官人也還有幾年住頭[②]哩，就是家中有了娘子，料想也無妨。"

奴是合官人結下也麽緣，他在北來我在南，不相干，從來港多不礙船。一個在這邊，一個在那邊。俺這裏不把你恩情斷，住了三年或五載，待要回

① 塌伏：胳膊支撐着身體趴伏着。

② 頭：詞綴。

還就回還。我的天喲，便從君，可就從君便。

舜華說到這裏，官人可就允了。舜華起來要去，說待明日請個媒人來。官人探過身去，一把拉住說道："既蒙不棄，咱就省了這番事罷。"

張官人說道你聽也麽知，再找媒人費事極，不必提。誰是咱着急[七]的好親戚？既無有哥哥，又無有弟弟，那別人與咱何干係？魂靈久已被卿迷，你說不嫌我就容易依。我的天喲，親事成，咱就成親事。

二人正在講話，兩個丫頭端了酒菜來，官人留他飲酒。舜華也就住下了。牀上放下一張小金漆桌，舜華還不肯上牀，就坐在椅子上，對面相陪。丫頭斟上酒。舜華便吩咐丫頭，你歌一個小曲，給官人下酒。那個丫頭遂口唱道：

［疊斷橋］春日天長，春日天長，帶病懨懨懶下牀。奴這裏正心焦，極嗔桃花放。燕子爲誰忙？燕子爲誰忙？鶯聲嚦嚦哭垂楊。人說這是春，我覺着合秋一樣。

四季曲兒才唱了這一個，舜華就瞟了一眼，吆喝一聲說："好賤人！你怎麽就知道不久長來呢，偏唱這一個曲子？"那丫頭慌極了，流水改了腔調。

［跌落金錢］叫了聲嬌嬌嘴印腮，看見你影兒麻上來①。嬌嬌呀，這一筆才勾了相思債。哥哥不知我心懷，你說我狠來我說你獃。哥哥呀，這一霎才不把奴家怪。又叫一聲俏乖乖，端相了模樣看繡鞋，乖乖呀，那一點不叫人心愛！奴家昏迷眼難開，自家的身子作不下主來。寃家呀，捨上奴家濟着你胡擺劃。

丫頭唱完了，舜華紅了紅臉，微微的笑了一笑。又吃了四五盃，官人就先不吃了。老婆子收拾傢伙，舜華起來就待回宅去。官人一把拉住說："你待那裏去？"舜華無言。二人手拉手上牀睡了。明日起來，舜華便向官人着實囑咐。

［銀紐絲］天喜相逢在一也麽窩，夫妻恩愛似山河。我合哥，從此百年琴瑟和。家有百頃田，雜糧萬石多，就住上幾年也不錯。咱倆無媒自撮合，怕的是旁人耳目多。我的天喲，瞧破人，休被人瞧破。

娘子說罷，遂即拿出兩吊錢來說："官人，你拿着去登山玩水，只是早去晚來。"官人接着錢，點頭會意，日日如此。且聽下回分解。

---

① 影兒麻上來：身影模糊地走近。

【校】

［一］一：盛本作“兩三”。

［二］好自然：盛本作“美甘甘”。

［三］家：盛本作“我家”。

［四］日：盛本作“百”。

［五］日：盛本作“百”。

［六］斷：盛本作“趕”。

［七］着急：蒲本作“着極”。

第四回　佳人出獄

不説張鴻漸在施舜華家，成其夫婦，却説方娘子在監裹，已過了一個年頭。

［疊斷橋］佳人在監，佳人在監，不覺光陰又一年。花炮鬧喧喧，才知年頭换。鑼鼓喧天，鑼鼓喧天，元宵佳節萬人歡；那知受罪人，啀哼到二更半！

小姐初到監裹，覺着甚是難受；待的久了，也就不以爲事了。

轉過年頭，轉過年頭，住下來了便不愁。那裹頭甚腥臊，住慣了也不覺臭。見兒淚交流，見兒淚交流，懷中長過了整四秋。可憐未成人，也跟着在這裹受！

按下小姐監中傷感不題。却説方二爺回家，奮志讀書，果然到了八月裹，中了第五名經魁。報子來監裹報喜。

小姐低頭，小姐低頭，喜的極了淚交流。我當是住到老，依般也有够。笑口難收，笑口難收，想這去處不久留，收拾起破行裝，但等着他二舅。

不題小姐當時歡喜，却説馬知縣聽的方二爺中了，掙了一掙。但等他個帖來，也就做了情了。

老馬也慌，老馬也慌，低頭反覆自思量：若是他拿帖來，我就把他妹子放。眼兒日日張，眼兒日日張，全無一字到公堂。我發恨不做情，料想也無妨帳。

却說方二爺，尋思老馬必定把他妹子送來。誰想如石沉大海，杳無音信。

叫我等着，叫我等着，等到如今也罷了。你送我妹子來，應該也撥上轎①。金榜名標，金榜名標，足見我當初不是叨。他若是送了來，還可以不計較。

誰知老馬還拉着硬弓②，說道："哦！是了，想是等着我使轎子送去麽？你錯用了你那心了！"

大發狂言，大發狂言，望你[一]送[二]到大門前。你雖然中了舉，也管不着我馬知縣。你到明年，你到明年，破上登科中狀元，就點個大翰林，也無有上方劍。

方二爺等了會子，見他總不送來，便說："他這意思裏，還待等着我去央給他麽？這可就輸了眼色③了！"

用意忒差，用意忒差，還要等我去央他？罵一聲老賊頭，你忒也自尊大！咬碎銀牙，咬碎銀牙，合該咱倆是寃家。我雖然無做官，定把你頭切下！

方二爺也不受賀，就上京去了。小姐到了十月間，見沒有動靜，也就參透了他哥哥的意思了。別人還有替他發躁的，他却極歡喜。

哥哥心志堅，哥哥心志堅，不肯曲意望周全。央給④他出了牢，我可也不情願。等拿了縣[三]官，等拿了縣官，那才是我出頭⑤年。我主意不歸家，定要坐的監底爛！

小姐在監中，從此越發有了體面。不覺忽忽又是一年，小相公就是五歲了。

懷裏小哥哥，懷裏小哥哥，問聲親娘怎麽着？這是個嗄去處，只管在裏邊過？娘子淚如梭，娘子淚如梭，這地却不是安樂窩，原是你爹爹在家惹的禍。

娘子說："這是你爹爹得罪了縣官，惹下的禍。"小相公說："俺爹呢？"

---

① 撥上轎：安排轎子。

② 拉着硬弓：硬裝清高；硬撑。

③ 輸了眼色：看錯了眼。

④ 央給：即央及。懇求。

⑤ 出頭：解脱。唐代寒山《詩三百三首》："才始似出頭，又卻遭沈溺。"

娘子說：

你爹在逃，你爹在逃，不知逃向那去了。遠合近全不知，生與死不能料。知縣雜毛，知縣雜毛，把咱娘倆送在牢。你如今未成人，幾時才得把仇報？

小相公哭了說："娘呀，咱就幾時出去呢？"

我的心肝，我的心肝，咱在監中已三年，全不想還把天日見。禱告蒼天，禱告蒼天，保佑你二舅做高官。要知道凶合吉，只在這二月半[四]。

按下方娘子在監裏，每日盼他二舅的信息。却說方二爺到了京裏，白日黑夜，光想着報仇。

仔細思量，仔細思量，我就一朝到玉堂，能叫他傾了家[五]，難割他那頪兒項。惟有嚴中堂①，惟有嚴中堂，現今權勢掌朝綱，有心待重報仇，只得暫把良心喪。

想如今惟有閣老②嚴嵩③，還濟的事；可就是沒有門路，怎能結交於他？

用志苦鑽研，用志苦鑽研，先要結交嚴世蕃④。尋思了千樣法，總未得一個善。想一想老嚴，想一想老嚴，門下官員萬萬千，小小的個方仲起，怎麽能撈着見？

方二爺正想不出法來，也是天假其便，那嚴世蕃是嚴嵩的大兒，忽然痰火大病，多少名醫調理不好。方二爺原通醫學，聽說大喜，說有法了。

就去行醫，就去行醫，進身不用人推提。投上個官銜帖，就說是我能治。苦用心機，苦用心機，全憑醫道作階梯。若是該報仇，一帖藥就得了濟。

到了門上，投進帖去，即有人出來迎接。到客房裏待了茶，便請進裏邊，看了脈，就問說："這是甚麽病？"

講說病源，講說病源，酒肉腸脾結住的痰。可笑那醫不通，只把人參灌。寫方案邊，寫方案邊，大黄硝石共芩連。衆醫生瞧了瞧，只嚇的拸撥戰！

衆醫生看了看方，都走了，不與他擔干係。方仲起知道他們的意思，也

---

① 中堂：宰相。明清時期大學士也稱中堂。

② 閣老：唐代指中書、門下兩省的屬官，五代以後也指宰相。明清時期也用來稱呼翰林學士。

③ 嚴嵩（1480—1567）：明朝名臣，江西人。曾任吏部尚書、謹身殿大學士等。晚年拜相入閣。

④ 嚴世蕃（1513—1565）：嚴嵩之子。曾任工部左侍郎等。

就要破着做，遂送進方子，看了看，着人出來說："你看的眞麽?"仲起說："極眞。"又說道："你擔的麽?"大聲應道："我擔的!"不多一時，取了藥來，方二爺親手自煎。

將藥煎熬，將藥煎熬，親手煽火不憚勞。那神天若有靈，就着我這方兒效。食物該抄，食物該抄，合縣如將水火遭。若還是藥有靈，那賊頭合該吊!

方二爺一行煎藥，一行暗暗禱告。煎中了，送進去吃了，還恐怕不效，到了半夜裏，不曾合眼。

把藥味推敲，把藥味推敲，怕有一點對不着。躊躇到三更天，何曾得睡一覺！憂慮到中宵[①]，憂慮到中宵，忽聽人聲脚步高。只當是凶信來，那心只望口裏跳。

半夜裏有人來說："瀉了一回，覺着極好。"方二爺聽說，心中大喜。第二日又一劑，那病就全好了。

仲起笑盈腮，仲起笑盈腮，不喜醫名遍九垓。一來爲報仇，二來爲民除害。公子起來，公子起來，自家女戲盛筵開；又是個新舉人，異常的相看待。

嚴公子好了病，送了彩緞十疋、銀子二百兩，方二爺分文不收；又送了許多古董，只收了幾樣古董。

仲起清廉，仲起清廉，彩緞金銀一概捐；字畫合鼎爐，只收了三兩件。回覆公子言，回覆公子言：我今此來不爲錢，只求近身來，得見公子的面。

公子大喜；着人把二爺的行李搬來，就在宅裏居住，朝夕好在一處說話。

早晚一堂中，早晚一堂中，茶飯笙歌樣樣同。仲起甚聰明，極會相趨承。滿面春風，滿面春風，態狀[②]實難見賓朋。說一句笑哄堂，却早把公子動。

方二爺生性極傲，只因待借人聲勢，不得不加意奉承，把一個公子奉承的極其歡喜，因此異常的相待[六]。一日不見，便着人請。

想着報仇，想着報仇，時時刻刻事心頭，權且把良心丢在腦背後。妻妾雖羞，妻妾雖羞，不是把功名富貴求，都只爲同胞妹，現在監裏受。

方二爺每日合公子一處，早晚閒談，便說老馬異常的貪酷，並不提起他

① 中宵：半夜。隋唐五代《霍小玉傳》："中宵之夜，玉忽流涕觀生曰：'妾本倡家，自知非匹。'"

② 態狀：狀態；樣子。

的心事。

共酒同茶，共酒同茶，拿着惡賴當閒吧。雖然是報仇心，却說的眞實話。公子咬牙，公子咬牙，這樣貪官留他囉！正是該割了頭，拿在當街掛。

到了二月裏，方二爺會了進士；殿了二[七]甲。公子越發敬他，許着送他進去做個翰林。

仲起說不然，仲起說不然，告禀公子大人前：我從來最粗浮，那翰林我也做不慣。許我做高官，許我做高官，公子恩義重如山。扶持我做刑廳，我可到心情願。

這翰林極是美官，人人求之不得的，難道說方二爺他潮麽？殊不知這正是方二爺的他那乖處。

心中自言，心中自言：借他權勢殺貪官，雖然是快人心，還覺着身流汗。若附權奸，若附權奸，翰林院裏做高官，當下看雖崢嶸，難把那鄉親見。

方二爺待下手老馬，正找不出個竅眼門①來。一日，北直的按院來見公子，公子留他吃飯，就叫方二爺去陪。

二爺暗喜歡，二爺暗喜歡，這裏正好用機關。要照着老畜生，加上根狼牙箭②。套套圈圈，套套圈圈，不好說盧龍的知縣官，慢慢的引將來，時時的瞧方便。

方二爺說的話，俱是關着屋門燒濕柴火，有意存煙③，時時談論那盧龍縣知縣的好處。

處處留心，處處留心，原待說烏騅的正子孫④。那按院不參詳，遠遠的將他趁。將古比今，將古比今，誇奬那盧龍的縣正尊。事事的藏着頭，單等着按院問。

那按院不覺的問了一聲："貴縣現任的知縣是姓甚麽？"方二爺還無答應出來，公子便說："可是呢，也該問問，那奴才是該砍頭的！"方二爺就不做

---

① 竅眼門：方法。

② 狼牙箭：古代兵器的一種。因箭鏃似狼牙之形而得名。《封神演義》第八十八回："左插狼牙箭，右懸寶劍鋒。"

③ 有意存煙：故意保留。煙，通"焉"，無實意。

④ 烏騅的正子孫：項羽的坐騎，名騅，世人又稱烏騅。隋唐五代《大唐傳載》："烏江有項羽系烏騅樹，曆千餘年尚鬱茂。"這裏用"烏騅的正子孫"暗指"馬"。

聲了。公子說："方年兄，你可把馬知縣的惡蹟，細述一遍給我巡按聽聽。"方二爺說是。

仲起一言無，仲起一言無，暗向心頭轉轆轤。奉承了大半年，只用他只一句。說話要粗浮，說話要粗浮，不裝老巴[①]只裝雛。看着他像無心，其實的實落做。

按院不敢細問，飯罷，却向無人處請教。方二爺推說不知，按院再三懇求。方二爺說："老公祖，等治生問過了公子，着人送字去回話。"按院起身告別。

按院告辭，按院告辭，作別主人三個揖。向仲起又叮嚀，千萬的望留意。兩下別離，兩下別離，仲起回來便不提。只找出惡款來，再一審加仔細。

方二爺把老馬的款單，又改竄了個結實，封裹停當，拿了公子一個名帖，一封筒裝了，使人送給按院。

大事妥然，大事妥然，才得酣酣一夜眠。心中事辦妥了，才把家鄉盼。告別嚴世蕃，告別嚴世蕃，我要回家祭祖先。一路上甚匆忙，要趕過新按院。

不說方二爺別了公子，且說老馬聽的方二爺會了二甲進士，也就不大敢硬撐了，吩咐請出方娘子來，慢慢使轎送他回家。小姐到了此時，就不肯輕易出來了。

大罵賊砍脖，大罵賊砍脖，送我監中三年多。只當砍脖賊，叫我常常坐。今日如何，今日如何？請我出來待怎麽？我心裏出監門，只等把賊頭剁！

那衙役們原就是有些怕方二爺，又見老馬慌了，越發怕他，因此都去監裏跪着小姐，小姐才出來上了轎。

來到家中，來到家中，牆歪屋塌滿蒿蓬。惟有個瘦豺狗，見人把尾搖動。屋裏塵蒙，屋裏塵蒙，屋後桃花滿院紅。滿眼甚淒凉，叫人心酸痛。

不說小姐來家，甚是淒涼，且說方二爺到家，聽說老馬送回妹子來了，笑了笑說："晚了，晚了！"

大罵老賊頭，大罵老賊頭，體面絲毫不肯留！我說的那話兒，一般也照着做。晚了三秋，晚了三秋！早若如此，我也不記仇；既是到如今，望和平不能勾。

---

① 老巴：老成。

來了家，到了明日，老馬就登門道喜，送的極厚的賀禮。還自己說："定日子豎旗送匾。"門上傳進去說："縣官親自在門外候着哩。"方二爺吩咐來人出來對他說："老爺睡着了，請回罷。"

新貴來家，新貴來家，知縣登門不見他，人說方仲起尊重①的太也大。老馬發查②，老馬發查，方興轄着我甚麽？投信是破上做，他待能把我𠹭！

回了縣，一聲吩咐："張逵來了家了，快去給我拿來！他若不出來，還帶方氏來回話。"那衙役都不敢做聲；還有九[八]個衙役，要[九]弄時道，領着一些少年，跑脚去了。

好一羣惡查③，好一羣惡查，極喜去把婦人拿。不多時到了門，一個家勾瓮那大。聲聲怒發，聲聲怒發：既把張逵藏在家，還要着方娘子，跟着俺去回話。

那衙役說了這一遍，小姐聽了，氣的柳眉直立，杏眼圓睜。正待去對方二爺說的，誰想那裏已竟知道了，立刻就差了一些家人來了。

衙役欺心，衙役欺心，該把乜狗脚打斷筋！拴起來着棍，操多答少不要論。吩咐手下人，吩咐手下人，各人要帶繩一根，萬萬休叫他，擺了溜子陣。

却說那些衙役，正在那門前吵鬧，只見來了一大夥子人，走的洶洶的。內中有一個認的是方宅的家人，覺着不好，扯腿就跑。

扯腿飛顛，扯腿飛顛，趕上拿住一齊拴。照着腚合腿，打了個稀糊爛！苦苦哀憐，苦苦哀憐，狠殺地動叫皇天。他雖然叫達達，也只當聽不見。

打了一陣，才待歇手。小姐出來說："𠹭不打了？再給我另打！"

再給我打起來，再給我打起來，叫他捎給狗殺才。拿繩子高吊起，打他個極自在！重新又哐，重新又哐，撕了帽子剝了鞋，拿起大鞋底，抮他乜天靈蓋。

小姐看着，每人又打了二百，才放下來，都來磕了頓頭。小姐說："我且留你的狗命，去罷！"都歪在地下說："走不的了！"小姐說："既然打你，就不怕你！給我再打！"

---

① 尊重：尊貴。

② 發查：發作；發威。

③ 惡查：難對付的惡人。

說了一聲，說了一聲，大家不敢說身上疼。拿起那將折的腿，顧不的稀爛的腚。拿腿仍崩，拿腿仍崩，路上坐下才哐哼。都說是好他娘[①]，幾乎來廢了命！

一夥子人瘤呀跛呀的，到了縣裏，見了老馬，如此這般，苦口訴了一遍。老馬大怒，登時點了五十名衙役，再來拿人。

你休怕他，你休怕他，帶着器械到張家。就撞着方家的人，也拿來回我的話。定把方氏拿，定把方氏拿，拶他頓拶子也沒杈[②]。破上這老馬的性命，就合他對[③]了罷！

老馬正在點人去拿方娘子，有一人跑的極慌，高聲報導："刑廳老爺到了！"老馬聽說，就掙了一掙，也迭不的點人了。

老馬聽了，老馬聽了，魂靈飛上九重霄！全無有信息來，怎麽就刑廳到？好不蹊蹺，好不蹊蹺，低頭無語蒯[④]了毛。這一來甚莽撞，像有些不大妙。

老馬正伺候着迎接，刑廳已是進城來了。老馬慌極，跑下堂來，接上去，就待行禮。刑廳把頭一擺，一個人拿一條大鎖，就丢在脖子上了。

即時鎖了，即時鎖了，滿堂人役静悄悄。都不明嘎來由，一點信也不知道。低頭跪着，低頭跪着，威勢全無氣盡消。就無人問一聲，那方娘子還叫不叫？

刑廳鎖了老馬，即刻帶着走了。後邊又留下人拿了十五名衙役。這是按院到任就暗暗的委了刑廳，誰那裏知道的。

【校】

［一］你：盛本、蒲本作"我"。

［二］送：盛本作"送你"。

［三］縣：盛本作"䝔"。下同。

［四］半：蒲松齡紀念館藏遺著抄本作"裏看"。

［五］傾了家：盛本作"丢了官"。

---

① 好他娘：詈詞。常用來發洩不滿。

② 杈：通"差"。

③ 對：較量；比拼。

④ 蒯（kuǎi）：抓、撓。

［六］待：蒲松齡紀念館藏遺著抄本作“厚”。

［七］二：盛本作“三”。

［八］九：疑似“几”之誤。

［九］要：盛本作“耍”。

第五回　聞唱思家

不說老馬被按院拿了問罪，且說張鴻漸在施舜華家，逐日登山玩水。

［玉娥郎］正月裹，梅花嬌，春風飄，又是春光上柳梢。家家鬧元宵，走冰又過橋，他鄉人也跟着走一遭。

二月初二是花朝[①]，凍初消，榆錢綻樹梢，春風鳥夢搖。不覺二月淸明又來到，杏卸放紅桃，墳頭把紙燒。可憐俺他鄉人萬裹遙！

不覺三月既盡，夏月初來。

四月裹，小麥黄，稻插秧，困人天氣日初長；紫燕上雕梁，黄鶯囀綠楊，這時節又不熱又不涼。五月五日是端陽，角黍香，菖蒲[②]酒滿觴，艾虎[③]掛門旁。又早是六月熱難當，荷花開綠塘，暖水戲鴛鴦。可憐俺抛妻子，離家鄉！

三伏已盡，秋風忽至。

七月裹，到秋間，聽寒蟬，梧桐葉落下井欄。十五是中元[④]，家家祭祖先；異鄉人捨墳墓，好心酸！八月中秋白露寒，蛩聲喧。人家妻子歡，月圓人也圓；那堪在，外鄉人！又到九月天，此時列酒筵，菊花插鬢邊；可憐這遠遊人形影單！

---

① 花朝（zhāo）：舊俗陰曆二月二日、十二日、十五日為百花的生日，叫做“花朝”，也稱“花朝節”“花神節”。這一天人們到郊外踏青賞花。

② 菖蒲：多年生草本。民間在端午節有簷下插菖蒲葉的習俗，防病驅邪。

③ 艾虎：民間端午節用艾製作成虎形，或將艾葉貼在虎形剪綵上，以“辟群邪”。《歲時雜記》：“端午以艾為虎形，至有如黑豆大者，或剪綵為小虎，粘艾葉以戴之。”

④ 中元：即中元節，俗稱鬼節。中國傳統文化中祭祀祖先的重要節日。這天民間有放燈、焚紙的習俗。以道家的說法，農曆正月十五日為上元節，七月十五日為中元節，十月十五日為下元節。

十月裏，天氣寒，覺衣單，鴻雁行行盡向南。正是雨漣漣，又是雪滿天。北風起，呵凍手，冷難堪。十一月裏難上難，河冰堅，日色冷慘慘，火爐不救寒。受冰霜又到臘月間，歲盡冬已殘，行人都回還；可憐是見人家，過新年！

張官人到外邊，水邊破悶，山上消愁，光陰迅速，已待了五年了。一日天氣甚冷，歸來早些，到了舊處，舉目以望，盡是荊棘蓬蒿，全然不見了莊村。

［房四娘］張官人，唬一驚，舉頭滿眼盡蒿蓬。分明歸來不是夢，分明歸來不是夢，如何庭院花草盡成空，如何庭院花草盡成空？

呀！是怎麼不見那房屋村莊了？想是夢中不成？待我坐下，定醒[1]一回。

張官人，正徘徊，回頭已是畫堂開。身子已在房中坐，房中坐，忽見舜華笑進來，笑進來。

回了回頭，又見那莊村如故，院落依然。正在那裏驚怪，忽見舜華一行笑着，走將進來說：

叫官人，你聽言：我原是個狐狸仙。勸君不必胡驚怪，胡驚怪，奴與官人實有緣，實有緣。

官人聽說是個狐狸，就沉了一沉。

施舜華，說無妨，咱倆夫妻正相當。若還不願就拱了手，拱了手，任憑君去住何方，住何方。

官人笑道："你說的是那裏的話！我怎肯捨的你就去了呢？"

我合你，已五年，夫妻恩義重如山。人世那有這樣俊，這樣俊，原就猜你是天仙，是天仙。

舜華笑了笑，說："你心裏不疑忌麽？"

張官人，笑吟吟，夫妻恩愛似海深。若還娘子不相信，不相信，天地神明鑒此心，鑒此心。

從此說開，也就罷了。一日，張官人出去遊玩，被一個初相識的朋友拉了去酒館裏吃酒。

---

① 定醒：安定清醒。《鬧樊樓多情周勝仙》："大郎問兄弟：'如何做此事？'良久定醒，問：'做甚打死他？'"

兩個人，進館來，肴果香甜酒熱篩。你一杯來我一盞，我一盞，主人還説不開懷，不開懷。

那人説："咱倆吃這悶酒，不如找一個唱的來，大家樂上一樂。"遂吩咐酒家，叫了一個來，隨口唱道：

一更裏昏慘燈兒也麽張[一]，沒情沒緒卸殘粧。好淒涼，半是思郎半恨郎。人家有夫婦，到晚訴衷腸，好恩情怎把睡功曠？惟奴獨自守空房，漫把薰籠去燒香。我的天喲，上牙牀，懶把牙牀上。

二更裏昏沉燈兒也麽慘，譙鼓聲催玉漏殘。好難堪，兩下分離各一天。坐着也是單，臥着也是單[二]，對孤燈多虧了影作伴。斜依枕頭悶懨懨，手托香腮擎架難。我的天喲，换繡鞋，懶把繡鞋换。

三更裏吹燈上牀也麽眠，一牀錦被半牀閑。好可憐，細聽譙樓半夜天。身子勾一揑，倒下小如拳，在牙牀僅把個角兒占。翻來覆去睡不安，捱了一更似一年。我的天喲，亂神思，越把神思亂。

四更裏沉沉鼓兒也麽敲，離情愁思更無聊。好難熬，搗枕捶牀睡不着。看看窗兒外，明月上柳梢，透紗窗將奴牙牀照。萬轉千迴淚暗抛，眼兒一夜不曾交。我的天喲，告何人，却向何人告？

五更裏合眼①到陽也麽臺，夢見行人半夜來。笑盈腮，進門迭不的訴衷懷。教奴卸紅粧，催奴换繡鞋，多情人把我渾身愛。忽被鷄鳴驚散開，臥到天明頭懶擡。我的天喲，害相思，越把相思害。

天明了頭沉身子也麽酸，明窗紅日上三竿。悶懨懨，手脚昏沉怕動彈。起又不能起，眠又不能眠，一夜兒只滚的烏雲亂。形容憔悴病越添，瘦臥空房有誰憐？我的天喲，埋怨誰，待把誰埋怨？

唱的甚是悲切，就合着官人的心了，遂滿口稱贊他唱的好。那個人見誇獎他，隨即又足了一個：

初交一更冷清也麽清；二更裏寂寂更傷情；好難聽，譙樓却又打三更；四更盼五更；五更盼天明，天明了便送了殘生命。一更一更數漏聲，數盡漏聲夢不成。我的天喲，扎掙難，叫人難扎掙！

官人就問："這是個甚麽曲兒？"唱的説："這名爲銀紐絲。"官人賞了他

① 合眼：閉眼。

一杯酒，説："好極了！悲極了！"那人説："小人還有個四季曲子金紐絲嗹[①]，再唱給老爺們聽聽。"

春來到，花徑生塵，風飄萬點正愁人。家鄉萬里沒音信，想你淚紛紛。你那裏殷殷勤勤，杏花插烏雲，却有誰看着親？誰望着俊？

夏來到，荷葉如錢，一榻清風萬樹蟬。終朝只把鄉盼想，想你好心酸。你那裏愁病懨懨，弓鞋強繡完，穿與誰人看？誰把你來憐？

秋來到，落葉颼颼，螢火高飛直過樓。此時難把孤單受，想你日日愁。你那裏唧唧啾啾，萬恨在心頭，強把眉兒皺，淚兒交流。

冬來到，長夜如年，寶帳孤燈照影寒。牀頭只熬的更聲斷，想你淚潸潸。你那裏孤孤單單，獨抱繡枕眠，不知如何的盼，嘛樣的難？

唱完了，官人感動心懷，那酒也吃不下去了。遂別了朋友，家來了。

［房四娘］別朋友，來到家，進的門來見舜華。舜華一見微微笑，微微笑，便叫丫環去烹茶，去烹茶。

少時茶到，又去燉酒。

叫丫環，燉酒來，我與官人遣悶懷。今朝不着三杯酒，三杯酒，愁悶如何解的開，解的開！

少時酒到，娘子斟上了一大杯，送與官人。

把大杯，滿滿斟，微微帶笑叫官人：吃着叫他唱一個，唱一個，情管投着你的心，你的心。

舜華説："小鬼頭唱與官人下酒。那日嗔你唱的那四季曲子疊斷橋，今日可用着你了。"那丫頭隨口唱道：

春日天長，春日天長，帶病懨懨懶下牀。奴這裏正心焦，極嗔桃花放。燕子爲誰忙，燕子爲誰忙？鶯聲嚦嚦哭垂楊。人説道這是春，我覺着合秋一樣。

夏日荷花，夏日荷花，一團心緒亂如麻。鬧吵吵聒殺人，只得把鳴蟬罵。熱汗成窪，熱汗成窪，忽然細雨打窗紗。才清涼越發愁，説不出因着嗄。

秋夜睡不着，秋夜睡不着，隔簾忽見月輪高。叫丫環關殺門，休着他把我照。鐵馬兒摘了，鐵馬兒摘了，央及那聲砧莫要敲。你時常裏踩踩脚，休

① 嗹：助詞。戲曲中常用作襯字。

叫那促織叫。

冬夜被難溫，冬夜被難溫，翻來覆去到更深。見丫環睡叨叨，越叫人心裹恨。一夜似一春，一夜似一春，誰與我勸勸打更人，也叫他行點好，流水把更打盡。

唱完了，官人長吁一聲，說：“娘子真是神仙！不然，怎麼知道我的心事，叫他唱這個曲兒？”

［房四娘］張官人，嘆一聲，尊聲娘子你是聽：既然知我心間事，心間事，何不打救苦蒼生，苦蒼生？

官人說：“娘子既是仙人，我的事情，我不說，娘子也是知道的。”

我逃走，在天涯，嫩子嬌妻撇在家。仙人必定有神力，有神力，送我去看看也不差，也不差。

娘子聽說，把眼一瞅，就像是惱了。

張官人，太無良，五年恩愛不尋常。守我還把別人想，別人想，灰奴一片好心腸，好心腸。

官人說：“娘子差矣！”

你合他，無重輕，我最惱的是薄情。今日對你把他想，把他想，他日對他想着卿，想着卿。

娘子說：“我不知怎麼有點偏心病呢。”

你雖然，情義高，我的心眼太蹊蹺。對人望你想着我，想着我，對我望你把別人忘了，人忘了。

官人說：“娘子這就差矣！”

我在外，續了親，忘了結發百樣恩。轉眼無情真負義，真負義，娘子也不喜這樣人，這樣人。

官人說：“娘子有意，送我回家看一看，可不極好麼？”

娘子說：這不難，原是家鄉在目前。過來我就送你去，送你去，奉贈牀頭半夜眠，半夜眠。

就把官人拉着手，出的門來。

他兩個，出了門，黑夜茫茫路難奔。娘子拉着他一隻手，一隻手，脚不點地似騰雲，似騰雲。

不多一時，到了。“我在這裹等你罷。”

張官人，認自村，樹木樓臺件件眞。走了幾步擡頭看，擡頭看，認的是自己舊家門，舊家門。

到了自己門首，看了看，那牆倒了半截。

便飛身，跳過牆，眼看院落甚淒涼。又把一層矮牆跳，矮牆跳，忽從窗内透紅光，透紅光。

看見屋裹點着燈，便說："我那娘子還無睡哩。"

將手指，彈兩扉，驚動娘子問是誰。悄悄答應說是我，說是我，娘子看見喜又悲，喜又悲。

娘子聽的聲音，疾忙開門，便一把拉住。

方娘子，甚悽惶，你從那返故鄉？我在家中將你盼，將你盼，爲你眼枯又斷腸，又斷腸！

官人說："虧了遇着狐仙，今日才得來家看看。"

幸虧了，遇仙人，今日送我還家門。他還路上等着我，等着我，合你燈下略略親，略略親。

"近來那官事①呢？"

方娘子，細說陳，兩個斬絞十個軍。只爲官人拿不到，拿不到，奴在監中整四春，整四春！

官人聽的坐監，就落下淚來，說："咳，我那娘子，你怎麽出來呢？"

方娘子，淚紛紛，老馬奸賊不是人。虧他二舅中兩榜，中兩榜，才把奴家送到門，送到門。

官人笑說："老馬呢？"

他二舅，報了仇，老馬拿去問砍頭。共有衙蠹②十五個，十五個，人人斬絞盡徒流，盡徒流。

官人滿心歡喜。見少相公睡在牀上。

張官人，細端詳，不覺兩眼淚汪汪。我去時他在懷中抱，懷中抱，今日長的這麽長，這麽長。

---

① 官事：官司。《元典章・吏部六・書吏》："起滅詞訟，久占衙門，敗壞官事，殘害良民。"

② 衙蠹：對貪贓衙役的蔑稱。馮夢龍《醒名花》："單有狗低頭，皂隸行杖時，便有那班相知的衙蠹抬架，分外打得輕些。"

娘子說："他今年八歲了，讀書讀了三年了。"

張官人，淚雙雙，全憑娘子放心上。我將來不知怎結果，怎結果，千萬休叫他斷書香，斷書香。

方娘子把身一歪，倒在官人懷裏。

倒在懷，眼淚紅，你在那裏交歡夜夜同。想是仙人模樣俊，模樣俊，把奴全不放心中，放心中。

官人說："我若不想你，我也不來。"

娘子說：不還鄉，不爲孩子爲他娘[三]。官人休說違心話，違心話，見了他仙容豈肯把我想，把我想。

官人說："他雖俊，到底不是個人身。"

他到底，是個狐，不是從小婦合夫。原是他待我恩義好，恩義好，我不是忘恩負義徒，負義徒。

娘子說："官人哪官人，你細看看我是誰？"

張官人，看自家，懷裏抱的是舜華。身子還在房中坐，房中坐，碗盞還盛舊酒茶，舊酒茶。

官人看了看，不是方娘子，還是舜華，身子還在房中坐。就掙了一掙，說："奇呀，這孩子難道是假的不成？"

看孩子，睡沉沉，還在牀頭無動身。伸手一摸仔細看，仔細看，原是一個竹夫人①，竹夫人。

官人看了看，不是孩子，却是一個竹夫人，又掙起來了。舜華說："不用掙了，我已是知道你的心了。"

我當是，並頭蓮，誰想把奴另眼看。虧了臨了那句話，那句話，恩義不忘罪可原，罪可原。

官人低下頭，就沒敢做聲。

小娘子，又嘲誚，你在他鄉萬裏遙。爲到如今還別樣，還別樣，是該撵着就開交，就開交。

張官人掙了一回，濟着受了一肚子氣。見舜華也不是十分惱怒，才自己

---

① 竹夫人：也叫青奴。我國民間夏日用來取涼的圓柱形竹制用具。用竹篾編成，中空，長約一米。宋代蔡伸《行香子》："且打疊起，龍牙簟，竹夫人。"

笑了笑，解衣上牀，陪不是去了。有分教：青天有眼豺狼死，平地無塵波浪生。且聽下回分解。

【校】

［一］一更裹昏慘燈兒也麼張：盛本作“［銀紐絲］一更裹昏慘燈兒也麼張”。

［二］坐着也是單，臥着也是單：盛本作“奴家也是孤，影兒也是單”。

［三］不還鄉，不爲孩子爲他娘：盛本作“你還鄉，只爲孩子不爲他娘”。

第六回　憤殺惡徒

却說舜華把鴻漸半推半就，半嗔半笑，作弄了一夜，以後也就沒說甚麽。又待了幾日，忽然說道：“罷呀！我想癡心戀人，也是無趣。我今夜可就眞實送你回去了罷。”

［劈破玉］我合你做夫妻已四五年，你心裹有個橛[①]另把奴拴，爲甚麽還癡心還把人來留戀？你自有結髮的恩合愛，這露水頭的夫妻[②]嗄相干？趁如今我就合你別了罷，省的你日後再把奴來閃。

遂即拿過那竹夫人來，丢在地下，笑了一笑，說：“我那沒良心的官人，你是愛在前頭呀，是愛在後頭呢？”官人又當是合他戲耍，便說：“我在後頭摟着你罷。”

張官人才坐下就暈了一陣，叫聲起忽的聲好似騰雲，只唬的閉着眼不敢再問。此時才覺腰兒細，懷裹總像是無人。就是那行牀[③]的時節，親到那極處，也不曾摟的這樣緊。

只聽的耳邊風響，不多時，舜華說聲住，就忽的聲落將下來。便說：“官人哪官人，這可是你自家待回來。向後有好也不必想我，有歹也不必想我，咱可就從此別了罷。”張官人睁了睁眼，已不見了舜華。

---

① 橛：木橛。

② 露水頭的夫妻：通常稱露水夫妻。指非正常關係的男女或臨時結合的夫妻。

③ 行牀：義同行房。男女性交。

官人才待說幾時相見，不知道從此時飛到半天，想又是眼障法[①]把俺來誆騙。獨自在明月下，定了定神思仔細觀，景色如故，樹木依然：你看那莊東頭一個灣，莊西頭一個灘，莊北裏那座山，莊南裏那段田，莊前頭那樓三間，這是誰家那墳墓，那是誰家的花園，樓閣不曾減少，房戶不曾增添。看了看歷歷分明，眞眞的隔着家門不大遠。

“呀，這眞正是我那莊村了。無論是眞是假，我且進去，看是如何。”

進了莊直到大門以外，看了看一遭兒屋倒牆歪，合先那舜華來的那風景還在。爬過那破牆去，直到了宅門外，又見那窗兒裏燈光，合那一夜光景點兒不曾改。

“只怕又是那妮子弄法子嘮我。我且進去叫叫門再講。”

輕敲繡房，門裏邊就問：半夜裏漫[②]過牆，你是何人？官人說是張逵，娘子不信。說你站在乜月光下，我認認模樣眞不眞？那娘子手按着窗欞，端相個盡心：身上道袍，頭上方巾，面龐嘴口，眼角耳輪，添上幾根髫鬚，帶着一點風塵。

上下看了一遍，眞眞是我那官人。乒的聲放下那手裏的繡鞋，只聽的步步金蓮走的緊。

娘子哭着，出來開了門，便問道：“你從那裏來？”官人笑着說：“你還不知道麼？”

張官人又當是舜華作戲，便說道：小娘子會弄張致，平白裏哄殺人光使你那詭計。看了看小保兒還在那牀頭睡，比着那夜並不差毫釐，笑着說：你又把竹夫人拿了來了？小娘子，我從今再不信你。

方娘子見他冷打漫吹[③]的，說的都是雲裏霧裏的話，就拭了拭那淚，把臉放將下來惱了。

張鴻漸這幾年良心全壞。我爲你人間罪盡數全捱，到如今那枕頭上淚痕還在。五載別離一相會，一眼淚也流不下來。像奴家這一樣沒良心的癡人，該着他死在監裏不要睬！

---

① 眼障法：即障眼法。轉移、遮蔽他人視線的手法。

② 漫：邁。

③ 冷打漫吹：說話沒有邊際。

官人見娘子惱了，才知道不是假的，便撲簌簌落下淚來，把舜華的緣故說了一遍。娘子才知道起根就裏[①]，也就全然不惱了。官人便問："那官司是甚麽着來?"

這一案也經了三拷六問，縣堂上出了票每日來拿人。説起來眞正是一言難盡，娘子屈着指説了五六分。問了幾個斬罪，問了幾個充軍；方仲起怎樣的賭氣，馬知縣怎麽送出監門；斬了老馬一個，弄翻了衙役一羣。一行行，一字字，從頭説來，合那一夜説話，半點不分。才知道仙家神靈見的準。

夫妻正然説話，忽聽的窗外有人走的響，兩個都掙了一掙，只當是官府家又來拏張鴻漸來的。你道是誰呢?

這莊裏有一個無賴的光棍，小名叫李鴨子，綽號破軍。久瞧着方娘子風流聰俊，二十四歲長守寡，難道説全然不動春心?院牆又矮小，一直到了門。但只是這個主子利害，不可輕易近身；把縣官罵了個閉氣，把衙役打了個斷筋；又搭上方仲起，忒也尊重，弄發了豈能饒人?重則吊了腦袋，輕則打個發昏！老子生兒一個，死了無人上墳。只因着尋思到這裏，狗心腸方才忍了好幾忍。

也合該有事，這一夜，李鴨子從東莊吃了酒來家，遠遠的望見一個人，跳過牆去。心裏尋思："這一定是方娘子的厚人[②]。妙哉！我也跳過牆去，踏個狗尾[③]，有何不可?"

李鴨子跳過牆一直竟進，門外頭足聽了一個時辰，空説話也聽不出姓誰名甚。安心聽出個主，吆喝一聲堵住門，一把兒拴住他那脖子，那時節方娘子，我這不怕你不肯。

張官人看了看，是個小夥子，搐回頭來，不敢做聲。方娘子便問："是甚麽人來俺家裏?"李鴨子説："是我。我是來捉奸的。"

叫一聲方娘子你不必弄像，我李鴨子合你就是同牀，你合我犯相與[④]全無妨帳。難道説人家合你有來往，就不該許我湯一湯?你若是依了我這樣事兒，咱可就千萬的事兒都不講。

---

① 起根就裏：事情的緣由。

② 厚人：感情相厚的人。情人。

③ 踏個狗尾：也叫踏狗尾。比喻跟在别人後面撿便宜。多指男女之事。

④ 犯相與：有交情。

李鴨子說出那極無賴的話來，兩口子在屋裏幾乎氣殺！沒奈何只得實說，“是我張鴻漸來了家了。”那行子聽說，才越發歪起來了。

張鴻漸到如今歇[①]着大案，就是他可也該拏去送官，我看他還有怎麽分辨？若是娘子依了我，萬事皆休都不言；若不然，咱就叫起那鄰右，叫起那地方，都來看一看，你兩個在房中做的甚麽繭？

張鴻漸屋中氣的暴跳。擡頭看見牆上原有掛着一口刀，一伸手把刀抽出來，說：“罷呀！我再犯了殺人的罪罷！”

撲冷的聲開了門往外就跳，照着那鴨子頭就是一刀。那鴨子可也是出於不料，你看馬尾套蜻蜓，就把腚掙了。吊了一只鞋，光着脚拾[一]了命的往外跑。

張鴻漸一刀沒砍着他，他跳過牆去顛了。官人亦趕過牆去。也是那行子天理不容，合該命盡，跳過牆去，又是醉，又是慌，就絆了個跟頭。

又是醉又是慌魂也不在，跳過牆一骨碌跌在當街。張官人只一刀就砍下一塊；爬了爬還待走，復又一刀砍下來。他可才四牙子[②]朝上，兩腿兒蹬開；死了那股氣，儍了脖子捱；刲[③]開那肚子，割了他腦袋。那一把無名孽火，這一時才略略的解一解。

張鴻漸殺了李鴨子回來，便說：“那行子被我殺了！我雖然是犯了大罪，我這心裏却極好快活。”娘子吃了一驚，哭着說：“你這是罪上加罪了！這却怎麽了呢！”

歇着案要拏你不能得勾，你如今又從新割下人頭。這死罪眞眞是無法可救！顛險[④]曾捱過，我可也顧不的羞。我替你尋思了，三十六個計策，好法兒到底還是一個走。

方娘子說：“他二舅自從拿了老馬，報了仇，救回當日那些問罪的秀才們來，就選了淮安府的刑廳；待了三年，就陞了巡按使，到了京裏，伺候着點差。他又不去見那嚴閣老，又不奉承那嚴東樓，被他惱了，弄了個冠帶閑住回家。他如今閉了門，養老清高，一星閑事不管，到養成了一個大體面的；

---

① 歇：犯。

② 四牙子：四肢。

③ 刲（kuī）：割；刺。

④ 顛險：苦難。

况且這新縣官，又是他的同年，相與的極好。只是他目下南京看他房師去了，這可怎麽處呢?”

官人說我實心要自己出見，我撞禍怎教你吊出出官？我聽說那一回還渾身出汗。你領着咱小保兒過，我的事你就不必掛牽。種乜幾畝荒田，料想也不至飢寒。但望孩兒無病，只求娘子平安。况且他二舅體面全，些許小事不相干，濟着我去撞。待幾年，朝廷放大赦得回還；若不然，既殺人破上充軍絞脖子，鑽了頂是個砍頭，娘子呀，還有甚麽大凶險？

那天有三更天了，娘子還拉着哭。官人捽[①]開手，提着刀，竟自進了城，投見那新知縣老程去了。

這幾年張鴻漸遊學遠去，大案裹牽連我一字不知。昨夜晚才還家弄了件奇事，從頭說一遍，告訴老父師。我既然殺了人，不敢瞞情願來受死。

老程因他自己投首，到底爲他是方仲起的妹夫，也不曾難爲他，遂即吩咐釘扭入監。第三日解府，府又解院。

張官人起了身解了部院，要打點那解子腰中無錢，方二爺差人來使了個虚體面。差人見他不能走，後頭路待使巴棍揎。不住的口裹粘[②]：你作弄一番又一番。既然有本領要告官，覺著不好一溜煙。今日殺了人㗘不顛？你一回一回的作弄的那精兒，張相公，翻來覆去作弄的是俺。

張鴻漸不能走路，又帶着扭鎖，那解子粘身牙嘴口[③]的，張鴻漸極有性氣[④]，那裹容的這個，也就惱了。

你不過是要錢不能得勾，弄臊子我就給你一兜，我不曾請你來陪我去受。我就犯了該死的罪，你兩個可也還割不了我的這頭。任拘你弄出甚麽像來，我可就是這麽走。

“我這腰裹到有二兩盤纏銀子，你可就奪不了去。你湯我一湯，咱再另說。”差人横眉竪眼的，却也無敢打他。

---

① 捽：扯；推。《廣韻》：“捽，手持也。”《集韻》：“捽，推也。”《舊唐書・列傳》第五十四：“又呼王滔等至，捽下將笞，良久皆釋之，由是軍情不懼。”

② 粘：絮叨。

③ 粘身牙嘴口：嘴裹不住地說。

④ 性氣：性情與脾氣。

那解子到晚來大弄歪像，便說道張相公你慣好顛鎗[①]，今夜晚斷然是不敢鬆放。兩個齊動手，把繩子拴在牀。實話說得罪你些罷麽，張相公，咱還須得索是綁一綁。

把張鴻漸兩根腿綁成一堆。張官人只是恨罵。

罵狠賊我合你何愁何怨？任拘噪我能受就是無錢，完了事我定然殺你個稀糊爛！挺挺的待了一夜，手脚的沒曾動彈。雖然是勉強說話，張官人既至到了天明，就窩摳[②]了眼。

天明了，放起來又走。自己尋思：夜晚好難受，再這麽一夜，一定就死了！早知道這等，待來家做甚麽來[③]？忽然那心裏又想起舜華來了。

那一日得罪他他着實不忿，想是他知道我大禍臨身，故意的送我來解他那仇恨。不過是爲着一句話，怎麽就全然忘了舊日恩？叫一聲我那舜華妻呀，你那心兒忒也狠！

走了勾三十里，天就晌午了。又想着晚間的罪，實在難受，暗暗的把舜華來念了一回，怨了一回，又想了一回。

那舜華他合我異常的恩愛，我怎麽蒙上心[④]定要歸來？可着他賭氣把我來坑害。因是他心腸狠，也是我自己該。到如今不得見我那人了，舜華呀舜華，叫我待從那裏改！

正自愁嘆，忽見從那裏來了一個婦人，騎着一個騾子，一個老婆子跟着。來到近前，忽然揭起眼罩說："這不是二姑家裏大哥麽？你爲甚麽帶着刑具？"官人擡頭一看，却原來是滿心想的那舜華，那淚就止不住的流下來了。

見舜華好一似大赦來到，叫一聲我妹妹兩淚直澆，一句話就得了這個狠報。明知我來家必定死，竟送了我來把命交。還望想一想，那一年，那二年，三年，四年，五年的恩情，妹子呀，𠴰就沒有一點兒好？

舜華說："依起你來，就該瞟瞟[⑤]臉，竟過去；但只是我可不肯。"

論起來我就該低頭竟過，但仔是親戚們好處還多。小荒莊不遠，你就去

① 顛鎗：逃走。

② 窩摳：眼窩深陷。摳，通"瞘"。

③ 來：語氣詞。

④ 蒙上心：內心糊塗。

⑤ 瞟瞟：扭；轉。

坐一坐。我替你把公差酬一酬，還湊上幾兩銀子給哥哥。你平日總有些兒差池，斷不肯像了你待的那我。

兩個解子大喜，便說："這待上你親戚家去哩，帶着扭鎖也不大好看相。"便把扭鎖開了。一行說着，轉過山嘴，只見一片樓房。進了莊，舜華下了騾子，就那請進家去了。

一行人進了門到了客位，看了看四下裏樓閣成堆。才坐下端上佳肴美味，噴香的糯米酒，大大的建磁杯①。那衙役長的人那大小，那裏撈着這個東西！端起來骨都都好似灌涼水。

自趕吃了酒足飯飽，那衙役就像那十月裏的柿子，不攬[二]也就烘上來了。裹頭又差人出來說："使人去湊兑銀子的了。姑奶奶說，天晚了，你宿了去罷。"

家裏有幾兩銀子可還不够，找個主又糶了十石黃豆，算一算好着他把銀子折湊。張大叔的盤費是小事，還要把公差酬一酬。在這裏住下待一夜，姑奶奶說來，咱家裏有的是好黃酒。

兩個衙役，每日攮的是那臭燒酒，那裏有這樣酒，正無吃够，聽了這話，又還不知是待給他多少銀子，喜的那腚裏都是笑眼們，那裏肯走。

進門來又着人把小菜端上，又是那開罈酒噴鼻清香，囑咐那張官人把公差去讓。兩個砍頭的死鬼，死戀着迷魂湯，醉的像王八家那家親，也不說還該把官人來綁一綁。

兩個解子都醉翻了。他可還極有主意，臨睡覺，把鎖來一頭子鎖着官人，一頭子鎖着自己的胳膊，兩個人把張官人夾起來了。

兩個解子放倒頭就似泥塊一樣，臭殺人那一個噦②了一牀。張官人睡不着滾下滾上，舜華既知道我受罪，料想也不能叫我上殺場。正在那裏尋思，忽然聽的門兒輕輕的一聲響。

桌子上那燈也沒曾吹，看了看，是舜華進來了，也不敢做聲。舜華到了近前，指着那鎖，說聲開開，果然那鎖從脖子上就吊下來了。

眞神仙不費事把人來打救，伸過來一隻妙手兒把官人抱搊，就像是那二

① 建磁杯：宋代建窯燒制的的瓷杯，故稱。磁，瓷的俗字。

② 噦（yuě）：同"嘁"。吐。

三歲的孩子，輕輕的一把兒抵溜[①]。下牀來出了大門，又有一個人牽着騾子在門前伺候。那娘子撩起裙子，翹起那小脚兒來跐着鐙兒，扳着鞍子先上去；才叫了一聲受罪的官人，沒良心的官人，你也上來就在我這後頭；又叫人撮着官人，扶將上去。官人滿心裏歡喜，才悄悄的叫了一聲：我那親親的姐姐，只說是今生可不能得你見了，到不想今夜又把你來摟。

騎上騾子，就像騰雲駕霧，一陣去了。那解子醒來，覺着冰涼。睜開眼看了看，並無莊村，只在那山坡裏睡覺，那張鴻漸也不見。兩個才掙了腦。

兩解子只吃的稀糊爛醉，睡醒了凍的像兩個烏龜，睜開眼却在那山坡裏睡。待說是個夢，又噦了一大堆。不見了睡覺的牀鋪，不見了住坐的樓宅；找不着他那哥哥，也就無了他那妹妹。既然他能變，定然會能飛，果然他顛了道無處追。咱要還家，必定是吃橫虧，夾棍夾，板子捶。咱不如也就仍了，咱不如也就崩了，也就仍崩拿了腿。

一個說："且住，這衹怕是個夢。你拿過胳膊來我咬咬，看疼不疼。"那一個果然給他咬了咬，問："疼不疼？"那個說："不大疼。"這個說："不大疼還好，或者是個夢。"那個說："我咬咬你看疼不疼。"拿過胳膊來只着實的嘶了一口，這個大叫道："疼疼！"那個說："疼便不是夢了。咱這不快着顛罷，等嗄哩？"兩個拉腿，杳無音信。有分教：書齋冷落無音信，閨閣喧嚷有是非。且聽下回分解。

【校】

［一］拾：疑为"捨"。

［二］攬：盛本作"漤"。

第七回　潑婦罵門

按下兩個解子逃命而去，却說舜華帶着張鴻漸，一霎時到了一個所在，

---

① 抵溜：即提溜。垂手拿着。這裏有抱持義。

說："你可下去罷。"張官人下的騾來，才待問他，已是沒了影了。

［平西歌］多情人送到我黄郊路，回了回頭那俏影兒全無，閃殺人那淚點兒留不住。看了看星兒密密，那樹色兒還烏。聽了聽譙樓上的鼓聲，鼕呀鼕呀的又是一聲鼕鼕，已是三更有餘。走了些高高下下，一片模糊。端相了樹木莊村，從來未見，自小兒不熟，不熟。半夜裏悽悽慌慌投何處？

坐了坐，那天才明了，看了看有個莊村，便走進。這家還無開門，身上乏了，就在一個屋簷下歪了歪①。

想念你那嬌模樣俊，感念殺我那好心的人。不着你，我披枷帶鎖何時盡？但只是你既疼我，就該給我一個安身，可怎麼半路裏丟下，全無有絲毫的情，半點的恩？不知是走了多少路程，困乏的我難禁。又不知是那省裏的地面，那縣裏的莊村，莊村。俺如今流落他鄉將誰投奔？

想念了一回，睡着了。也是一夜沒眠，乏極了，直睡到大飯時②以後，醒來一問，才知是山西太原地方，叫做牛夢里。

一夜走了一千半，一覺醒來舌澁口乾，肚裏飢餓，想那酒合飯。看了看四面皆山，那裏討[一]賣飯的望布，賣酒的青帘③？問着人離城不遠，那滿心裏火灼，又怕見動彈，動彈。俺如今舉眼無親，有誰見憐？

正愁着沒處賣[二]飯吃，忽見從裏邊出來一位老者，便問："客是那裏來的？"

老人家你放下竹杖，你坐下聽着我說說家鄉：俺姓宮名陞字子遷，也有點小名望。家住在大名府張家莊。十四歲上進學，考了兩遭第一，下了兩遍大場。實指望一舉成名，誰想那時運不濟，看不起[三]那文章。來到貴省扳④了扳汾州的正堂，倒不想路上被盜，弄了一個精光，精光。俺這裏肚裏飢了，脚兒乏了，悶懨懨正愁難把府城門上。

却說這人姓徐，號北崗，是個布衣秀才，又是這莊裏的首家，人俱稱徐員外——兩個兒子——都是秀才。極重友愛文人。見張鴻漸儀表非俗，心中

① 歪了歪：靠着物體小憩。

② 大飯時：上午八九點鐘。

③ 青帘：舊時酒店門前掛的幌子。辛棄疾《鷓鴣天·遊鵝湖醉書酒家壁》："多情白髮春無奈，晚日青簾酒易賒。"

④ 扳：通"攀"。攀谈；占便宜。

大喜。

老員外聽的說慌忙起敬，把鴻漸讓進了門庭，一霎時東西酒菜極豐盛。吃了飯，領到書房見他那學生。正遇着七八個人會課，做的是“必也正名[①]”。員外說客肯賜教，求做一篇擬程[②]。鴻漸說我荒疎久了，怕寫出來見不的親朋，親朋；若不嫌，學生敢不領尊命！

員外吩咐人拿過文房四寶來，送至面前。

才打了稿就完了一篇的賬，第二題是“悠久無疆[③]”，略費點心思就把筆兒放。人做完了一篇，他才思量；人做完了兩篇，他也成了兩塊文章。人見他完了，都來爭着端相，都說道這個文章，咱就該拜他的門牆[④]，門牆。張官人像是登壇拜了將。

員外大喜，就留下官人，合他兒子讀書，又外邊來了兩個學生受教。每歲束脩九十兩。張鴻漸也就住下了。那時還正是春裏。

春來到魂也不在，一樹樹榆錢綻樹外，桃李花好像是笑我住在他鄉外。常想着花園裏看花，我合你使一個酒盃。你那折花枝，趐起金蓮褪去了繡鞋。做了十年夫妻，同牀了四載，可不知道你愁我的心腸，比着我愁你心腸一樣兒難捱，難捱！這也是沒行好，前世結下的孤單債。

夏裏來熱實難受，一點點汗珠兒直流，一霎時濕透了衣衫袖。家裏那草亭上，樹影兒還稠，想必你拿着梳兒在那裏梳頭。這一時往何處不熱？到那裏不愁？小保兒離了你的懷了，走走站站還得過[⑤]自由。不知你淌淚來沒呀，沒呀？我趕幾時到家，才看看你那羅衫袖？

秋裏來才是活受罪，秋風兒颼颼，那落葉兒成堆。到晚來鐵打的心腸，也叫人心碎。那鐵馬兒只在那肝腸上，一陣一陣的摧；砧聲兒只在那心腸眼裏，一上一下的搥。那孤雁兒哀哀切切，像是沒奈何才遠去，不得已才高飛。

---

① 必也正名：必須辨證綱紀名分。出自《論語·子路》：“子路曰：‘衛君待子而為政，子將奚先？’子曰：‘必也正名乎！’”

② 擬程：科舉時期主考官擬作的範文。

③ 悠久無疆：悠远长久，永无止境。出自《中庸·無息章》：“博厚配地，高明配天，悠久无疆。”

④ 門牆：師門。典出《論語·子張》：“夫子之牆數仞，不得其門而入，不見宗廟之美，百官之富。得其門者或寡矣。”

⑤ 過：即“個”。方言音讀“guò”。

又聽的雨點兒打的那芭蕉葉，乒乒呀，乓乓呀，點點兒傷悲，傷悲。我這裏這等，不知你那裏睡不睡？

冬裏來越是把家鄉盼，門外的北風刮的我心酸。打窗紗又下了鵝毛一片。也是沒心吃這酒，只覺篩來霎時就寒。守着一爐紅火，只是覺着衣單。我想你渾身細弱，就是兩個人睡覺，還要望懷裏鑽鑽；到如今被窩裏指頭似的個人兒，也舒不開那金蓮。到幾時到了家裏，見了你那容顏，容顏，我可問此時念不念？

不說張鴻漸在徐員外家設教，時時想家；且說這解子走了，待了一年多，那鄉裏才知道。

［倒扳槳］犯人解子一齊顛，一個回信沒人傳，官家知道有兩月，鄉裏知道够一年，够一年，造訛言，都說官人久回還。

却說李鴨子他媽，是個極潑的個老婆，每日打門前裏過，就罵幾聲，也沒人理他。忽聽的官人來了家，就扎了扎腰，拿着把切菜刀，跑了來騎門[①]大罵。

罵只罵你不害羞，坐監坐了三四秋，作惡的心腸還不改，把俺那兒來割了頭；割了頭，成了仇，定要罵的你汗珠流！

罵只罵你逞英豪，既要殺人不要逃。賣馬的漢子那裏去，好似做賊脫了牢；脫了牢，窩藏着，定要罵的你起了毛！

罵只罵你主意差，把個強人藏在家。你媽有兒子望上進，弄的俺沒兒嘴孤答[②]；嘴孤答，咱休誇，把頭伸上一處攤。

罵只罵你不成才，俺兒收着你那紅繡鞋。忽見你那漢子到，便對着你那漢子賣你那乖；賣你那乖，休要歪，定要罵的你出頭來！

罵只罵你太欺心，俺兒也曾合你親。今日雖然變了臉，再生個兒來是我的孫，我的孫，莫心昏[③]，定要罵的你安不住身！

罵只罵你太無情，把我那嬌兒超了生。今日雖然罵幾句，我那嬌兒也活不成；活不成，把氣掙，也叫你難聽難聽又難聽。

---

① 騎門：在門口。

② 孤答：即“呱嗒”。咂嘴。

③ 心昏：迷惑。

駡只駡你太不賢，倚着你哥哥做高官。任拘你勢力多麽大，我拚上一死不怕天；不怕天，嗄相干？還要駡到你明年明年又明年。

方娘子見他無賴，把門關上。那旁人都替他不忿。有張鴻漸的個堂叔伯哥是張春，打靛[①]的把子吊了柄——是沒把的個石頭。見他駡的忒也不堪，便說："我勸你省着些罷。"那老婆不識起倒[②]，便說："張春，你出來撐甚麽山[③]哩？"張春大怒，劈臉帶腮只一拳，搗了個倒栽葱，拾起塊石頭來好打！一行打着，也就照樣駡起來了。

打也打你不害羞，東頭駡到街西頭。科子科子休弄鬼，還要把你乜狗筋抽；狗筋抽，我報仇，打的你屁滚又尿流！

打也打你逞英豪，人不打你嫌你騷。駡了半日無人理，你就逞的炸了毛[④]；炸了毛，我就掏，定要打的你起了毛！

打也打你主意差，平白的駡人做甚麽？渾身上下撕你個淨，拾起腿來擰一個花；擰一個花，還不的家，還要打的你高脚子爬[⑤]！

打也打你不成才，一片賊毛半片鞋。你只說你駡手好，我這駡手也不嘳[⑥]；也不嘳，我就揣，定要打的你不敢出頭來！

打也打你無良心，劈着腿生出你乜雜毛根。生兒的所在就應該自家裂，腆着個狗臉還駡人；還駡人，莫心昏，定要打的你安不住身！

打也打你太欺心，欺負俺家沒有人。我若不看鄰里面，還該鏇了你乜雙腚門；雙腚門，殺你那孫，給你個斷根斷根又斷根！

打也打你太不賢，打你用不着做高官。那裹值當的方仲起，我就合你纏[⑦]一纏；纏一纏，濟着揎，打到你明年明年又明年！

起初打着還駡，到後來就告起饒來了。衆人見他打的不像樣，才扯開他

---

① 打靛（diàn）：傳統工藝中製作深藍色有機染料的一個環節。農諺有"立秋忙打靛"之說。

② 不識起倒：不懂得審時度勢。

③ 撐甚麽山：逞什麽能。

④ 炸了毛：發作。

⑤ 高脚子爬：兩脚抬起，跪地爬行。

⑥ 嘳：通"賴"。

⑦ 纏：拼。

了。那老婆漏[①]着腚，光着脚，瘤呀點呀[②]的家去了。

却說用着張大青，一錘也照樣也罵一聲。出上捱了一頓打，渾身轉了個精打精；精打精，氣難爭，倒弄的難聽難聽又難聽。

這一天老母鴨子來在家，便跑到縣裏告了狀。方娘子聽的說，便着方二爺用了用力，審了個平光撲[③]。不爭這回有分教：兩家大恨從此結，萬里孤蹤依舊逃。且聽下回分解。

【校】

［一］裏討：盛本作“是個”。

［二］賣：盛本作“买”。

［三］起：盛本作“中我”。

第八回　閨中教子

按下張春痛打老鴨子一頓，仇恨更深不提，却說張鴻漸這一去，又是四五年，那保兒也就長成了。他娘與他起了個名字，叫做張得聚。

［皂羅袍］自離懷[④]不曾見父，好像是從小便孤。不知模樣是何如？就是頂頭子撞着也佯常去。原是娘子思念丈夫，起了個名字，叫做張得聚。

這張得聚聰明伶俐，十來歲就成了文章，十四歲上就進了個學。

從小兒就有個人樣，十來歲就會做文章。雖然伶俐也虧他娘，不肯嬌慣他學工曠。一點懶惰，打罵非常。門戶支持單把孩兒望。

方娘子雖然未守寡，然供給兒子讀書，也極費力。因他進了學，就不給他請師傅了。

一女子撐持門戶，請師傅着實艱難。做了秀才略放寬，自己聽着他把書

① 漏：即“露”。

② 瘤呀點呀：一瘸一拐。

③ 平光撲：不分勝負。

④ 離懷：離開娘的懷抱。

念。催他早起，又叫他晚眠，悄悄步兒時往學中看。

小相公雖然進了學，到底是個孩子。他娘有千樣事兒，怎常去看他？

又當裹又要當外，沒工夫常到書齋。十四猶然是嬰孩，怎容一霎沒人戒？瞧娘有事，跑到當街，那有心兒尋思娘親怪。

一日娘子到了書房，聽了聽也沒念書，遂悄悄的到了他那案頭。

一本書展在當面，讀書的不見回還。只說消閟暫時閑，等了多時全不見。娘子大怒，邁動金蓮，探出身兒只望當街看。

娘子見他久不回還，便跑到大門，探頭一看，見他正在莊東頭那裏踢毽子哩。回來找了一根條子，差人叫了他來，罵聲：“畜生快跪了！你做嗄的來？可着你氣殺我了！”

一恨你生來忤逆。你父親十載別離，生死存亡未可知。你只當街閑游嬉，逍遙自在，全不悲戚。罵聲狗子你枉長十三四！

小相公說：“我再不敢。”

二恨你不聽娘教。我爲你晝夜苦熬，你到自在癢難撓，吃飯也等着娘親叫。長街打瓦，踢毽罰毛。罵聲狗子把我這肝腸吊！

“快過來躺下！”小相公說：“我再不敢了！”娘子說：“你還不躺下麽！”

三恨你心兒全放。光玩耍懶進書房，離了師傅蜂無王，上山爬嶺儘你撞。之乎丢去，者也全忘。罵聲狗子我合你清清帳！

小相公見他娘越發惱了，這才躺下。打的連聲嗬叫，說：“不敢了！不敢了！”

四恨你不通人性。將書本丢在半空，說着只當耳傍風，每日常把鬼來弄。身材瘰瘰，一字不通。罵聲狗子要你成何用！

小相公說：“我再不敢了！再敢，娘打我一千！”

五恨你行止不顧。全不想做個丈夫。古人十二輝皇都[①]，那也是個人兒做；你今十四，志向全無！罵聲狗子不知成個甚麽物！

娘子氣極了，把小相公打了够四五十條子，打的打篤磨子[②]跪着，說：“娘呀！消消氣罷！委實是兒的不是，我向後再不敢了。”娘子放下條子，可

---

① 古人十二輝皇都：甘羅十二歲時被秦王政賜為上卿。

② 打篤磨子：身體重心下移轉圈。

又念誦起來了。

一勸你温柔雅致。見了人高拱深揖，輕薄話兒不許習[①]，出門休要爭閑氣。人人說好，個個歡喜。若能如此，方隨[②]娘親意。

小相公說："娘說的是。"

二勸你尊娘閨範。將書本細細鑽研，休把玩耍放心間，一心專把文章念。篇篇做出，層層密圈。若能如此，他日何愁不到金鑾殿？

小相公說："是。"

三勸你風雲在念。要平步直上青天。讀書思想中狀元，不中還是功夫欠。前擁後護，坐轎爲官，那樣崢嶸[③]，不過是個秀才變。

小相公說："是。"

四勸你休學浮蕩。馬兒好不在鞍裝。腹中無有好文章，三四等上不的秀才帳。短袍窄袖，件件在行，街頭搖擺，也不成個人模樣。

小相公又答應說："娘說的極是。"

五勸你把父在念。千里外何日回還？你能發憤做高官，就是仇人也不敢怨。福來禍解，父子團圓。若能如此，才是個男子漢。

小相公說："爲兒知道了，娘說的極是。"娘子說："罷了！我兒起來，去把書拏來這房中，我一間裏刺繡，你一間裏讀書。"小相公起來說："是。"

小孩兒小小僥倖，進了學如到天庭。東西儘去放風箏[④]，哄着我由他的性。家有丈夫，教子成名；難道沒達，就把書本子撕[一]？

不一時，小相公拏了書來。娘子說："我兒聽我道來[二]。"

既讀書登科有分，你二舅方才是人。絕頂文章志不伸，方才怨那時合運。書本擱起，說我命貧，這樣心腸，天生不長進！

小相公說："娘說的是。"果然到了西間裏，拂了拂桌子，放下書，高聲誦讀。

方娘子手拏針線，尋思淚雨潸潸。嬌兒一個最孤單，未從打他手先戰。

① 習：學。

② 隨：通"遂"。

③ 崢嶸：仕途得意。《金瓶梅词话》第四十三回："娘子説那里话，似大人这等峥嵘，也彀了！"

④ 放風箏：此指任意玩耍。

條子一落，心如刀剜。要他成人，須索把臉變。

娘子放下針線，便説："保兒，我不知你念了幾遍了？我繡線已是三條了。天色已晚，這光陰好快呀。你給我點起燈來。"不一時燈到，娘子説："我兒，你聽我道來。"

你看這光陰似箭，轉回頭日落西山。錯錯眼睛又一年，光陰不能着千金換。少不努力，老大堪憐，那時懊悔，難把白頭變。

"我兒，坐下讀吧。"

我那兒書聲嘹亮，聽着他字字鏗鏘。纖手拈來繡線長，此時才把眉頭放。日日如此，不負時光。今科不中，還有那來科望。

娘子出的房來，聽了聽，天交三鼓，便回房來，炖了一壺茶，盛了一碗棋子[①]，送來説道："我兒略歇歇再念。"

方娘子把針線暫抛，怕嬌兒肚裏飢乏，一碗棋子一壺茶，親身送到燈兒下。專功誦讀，歇歇何差？早晚用心，省的娘牽挂。

小相公起來接去，吃了又念。

剔銀燈把花窗明照，看了看月上柳條。繡線重添十五條，梅花已插[②]的枝頭鬧。繡工已畢，書聲轉高。叫聲嬌兒，不覺的微微笑。

娘子説："我兒，你聽聽幾更了？"小相公説："三更了。"娘子説："不讀書罷。這裏還有一壺茶，你拏去吃了好睡。以後就把今日做個樣子。"小相公説："是。"這一回有分教：寒燭燒殘開月殿，宮花插處見煙樓。且聽下回分解。

【校】

［一］擶：蒲本作"衡"。

［二］我兒聽我道來：蒲本作"我兒，我道來"。

① 棋子：麵食的一種。將面做成菱形、方形等形狀，煮熟或焙乾吃。

② 插：綉。

第九回　再會重逃

按下方娘子教子不提。且說張鴻漸在徐員外家，又是四五年了。那十五年的夫妻，倒離別了十年有餘；十五年的父子，並不識面：如何不想！

［呀呀油］我那妻，我那妻，娶了四載就別離。又過了十一年，在燈下才一聚。我那兒，我那兒，並不識模樣瘦合肥。那一夜我到家，並莫敢驚他睡。

白日到還好過，黑夜實是難捱。

好長宵，好長宵，攔[一]在牀頭睡不着。想我那兒沒長成，嘆我那妻兒正年少。好難熬，好難熬，一身千里故鄰①遙。愁黑夜不成眠，千條路兒思量到。

想了想，"這五六年了，那官司或者也鬆了，我悄悄的到家走走，有何不可？"

怪想家，怪想家，朝長[二]每日在天涯。忽動了故鄉心，死活的放不下。去到家，去到家，認認我那嬌兒，看看他媽。我縱然難久留，也訴訴衷腸話。

"我那兒今年已是十五六了，也未必能供給讀書。連年來積下了三百銀子，不免帶[三]了家去，好叫我那妻子費用。"

家裏難，家裏難，雖然還有幾畝田，一婦人何處來？料想也不能便。打油稱鹽，打油稱鹽，納草封糧都要錢。我那兒雖長成，也未必把書念。

晝夜打算起身。徐員外擺下酒席[四]，徒弟們三兩的，二兩的，都來送行，也是戀戀不捨。

淚眼雙雙，淚眼雙雙，薄儀相送返故鄉。到家中二三年，還望你把山西上。五載一堂[五]，五載一堂，指教門人增舍光。千囑咐早早來，休辜負門人望。

徐員外給張鴻漸僱了一個長騾，東西[六]灑淚而別。

路途遙遠，路途遙遠，快騾頓轡又加鞭。一步步近家鄉，屈指把路程盼。

---

① 故鄰：根據文意，當為"故鄉"之誤。

打了打尖，打了打尖，翻身上馬又加飛顛。只到日頭西，走了勾[①]一百半。

一日到了北直境界宿下，夜間忽聽的鄰房唱曲子，居然是故鄉的腔調，心裏着實感嘆。聽了聽，唱的是個五更。

［楚江秋］一更裏苦難言，日落怕孤單。他那裏手託香腮盼。拳[②]着他那金蓮，斜倚着牙牀繡枕邊。四更也未眠，五更也未眠；五更也未眠，還合那孤燈伴[七]。

二更裏苦難熬，明月上柳梢。他那裏必定淚珠吊。聽那更鼓兒敲，長夜還愁睡不着。上牀也是焦，就枕也是焦；就枕也是焦，還愁着銀燈照。

三更裏鼓亂催，想你淚雙垂。你那裏獨展紅綾被。此時孤孤悽悽，吹滅燈兒更難爲。翻來也是悲，覆去也是悲；覆去也是悲，必定不能睡。

四更裏鼓鼕鼕，想你繡房中，乏困不覺枕邊空。此時合眼矇朧，必定合我正相逢。夢裏也是空，醒來也是空；醒來也是空，勞你南柯夢。

五更裏夜兒殘，枕上夢初還。繡房想把行人盼。此時孤孤單單，臨明偏覺繡衾寒。左也是難安，右也是難安；右也是難安，已是鷄鳴亂。

隔着家近了，那心裏越發想家。那鷄才叫，就起來了[八]。

［呀呀油］家近了，家近了，兩程路兒更難熬。上了騾又加鞭，恨不能一時到。心又焦，心又焦，百里如同萬里遙。儼然在繡房中，已把我嬌兒叫。

走了半日，那天下起雨來了。冒雨又走了一程。便說："掌鞭的，我雖是大名人，我却不往大名；去那永平府，有一個姐姐家，我要打他那裏過去，一來看看，二來歇兩天。"

往大名，往大名，我却不上大名上永平。說大名雨水多，看路上忒也濃[③]。上盧龍，上盧龍，有個姐姐住鄉中。往那裏住兩天，可叫他把我送。

那趕脚的果然就合他上了永平府，到了王店橋，隔着家有一程路，心裏膽虛[④]，帶上眼罩兒遮了面。

近故園，近故園，馬上躊躇左右難。怕撞着認識的人，眼罩兒遮了面。

---

① 勾：同"夠"。

② 拳：通"蜷"。

③ 濃（nòng）：此指泥濘。

④ 膽虛：心虛；膽怯。《官場現形記》第五十三回："畢竟是賊人膽虛，終不免失魂落魄，張惶無措。"

悶懨懨，悶懨懨，每朝夾馬又加鞭。家越發在眼前，程程兒走的慢。

只走的隔着自己的莊，還有十數里路，便尋思個叔伯哥哥，是張子明，在這鄰莊居住，暫且往他家裏住下，夜間深了着，再走不遲。

到鄰村，到鄰村，岔下路兒去投親。十年多不來家，那大娘也該問一問。等到黄昏，等到黄昏，更深夜靜少行人。那時可回家，慢慢的把門進。

且是到他那裏，先打聽打聽，看那官事緊慢如何，才好歸家。不多時，來到莊裏，到了門口。

竟登堂，竟登堂，頂頭撞着他大娘。忽看見姪兒歸，好像是從天降。叫聲大郎，叫聲大郎，你大兄弟返故鄉。你流水跑出去，快把門關上。

張子明把門關上。張鴻漸寫了回徐員外書信，打發掌鞭的走了，回來才問那官事如何。張子明一五一十的説了一遍。

鴨子他媽，鴨子他媽，聽的説你藏在家，拽着把切菜刀，上門子着實駡。張春怒發，張春怒發，撕了個罄淨着實的㩟。惹的那仇越深，對着人常發話①。

"李家現如今常察訪你，你也該背②着些。"打發吃了飯，天就黑了。張鴻漸説："這一來是沒有信的。"張子明才送他走了。

你今出門，你今出門，送你不敢叫别人。不知到人心腹，恐怕再走了信。你到家門，你到家門，三朝兩日該起身。那行子知道了，是非難合他論。

張鴻漸背着行李，走了七八里路，才到了家。看了看，牆高屋整，不似前番那等破爛。不免把門敲了敲，有覓漢金三，出來問是誰。

是何人，是何人，半夜三更來叫門？伸出頭來細端詳，僕合主不能認。官人進身，官人進身，背着行李往後奔。那覓漢不自然③，還跟着只管問。

金三説："你是誰呀，稜稜掙掙④的往裏跑？"官人也不理他。又把宅門一敲，方娘子來問。官人説："是我。"娘子聽過聲⑤來了，才開了門。官人進去，又恐鄰人知覺。

---

① 發話：放出口風；警告。

② 背：隱瞞；躲避。

③ 不自然：不滿意。

④ 稜稜掙掙：冒失；莽撞。

⑤ 聽過聲：辨别出聲音。

故意聲高，故意聲高，罵聲奴才好蹊蹺。既差你送盤纏，怎麽不早些到？好雜毛，好雜毛！今日晚了有來朝。你看是多喒晚，才把門來叫？

方娘子怕人聽見叫門，故意的揚了揚聲，又囑咐金三道："這是你大叔，出去休説。"

吩咐覓漢，吩咐覓漢，轉身才把内門關。兩口子進了房，好像是夢裏見。淚珠潸潸，淚珠潸潸，千辛萬苦也難言。足待了五年多，又合你見一面。

夫妻相抱，痛哭一場，才細説那逃走的緣故。

自從解了，自從解了，千辛萬苦實難學。張官人説一聲，方娘子淚珠吊。説到走逃，説到走逃，遇着員外把書教。聽説得安身，方娘子微微笑。

官人説完，娘子尚未及言，只見一個小媳婦，進來行禮問安；又拿上一張小桌，酒飯齊到。官人便問這是誰。

娘子開言，娘子開言：保兒媳婦孟娟娟。我家裏沒有人，娶他來好作伴。排行第三，排行第三，比小保兒大一年。今夏裏過了門，這才有兩月半。

官人聽説娶了媳婦，落下淚來，説道："兒已成了人家，不知你怎麽費心來！咱小保兒呢？"娘子説："他去考的了。"

槐花黄，槐花黄，他上京中進大場。去年時進了學，看他去瞎胡撞。成了身量，成了身量，他二舅説他好文章。且着他學規矩，也不敢實指望。

官人聽説兒去進大場的了，便放下飯碗，那淚點兒直流，説："咳！我就想不到，你能着孩兒繼續書香。可使碎了你的心了！"

我那賢妻，我那賢妻，一個寡婦守孤兒。只想是還無上學，誰想已是把書香繼。淚兒雙垂，淚兒雙垂，叫人心裏好傷悲。我年年在他鄉，可把你心使碎！

一行拭着淚，便向搭子裏取出那銀子來，説："這不是[①]我愁你家裏過不的，又愁着讀不起書，我連年趲了這幾兩銀子，捎來給你費用。"

娘子推却，娘子推却，家裏莊田雖不多，儉省着吃合穿，可到也够俺過。我有一着，我有一着，想想終來該如何？你年年在他鄉，到幾時得安樂？

"你每日躲着，可也不是長法。既有這宗銀子，極好，你就不用動他，便

① 這不是：這……是。引起對方注意。《金瓶梅》第三十一回："我説他往你屋裏去了，你還不信，這不是春梅叫你來了。"

在這裏頭想出一條團圓路來。”官人說：“甚麼路呢？”

上北京，上北京，就把銀子納監生。你若能中京舉，也可以揚名姓。此一行，此一行，三年望你就成名。你往前做將來，可聽咱夫妻的命。

娘子着他北京納監，官人大喜，說：“我向來糊糊突突的，就無想到這裏。娘子說的極是。”仍舊把銀子包起，聽了聽，已是四更。二人才收拾上牀睡了。

話兒長，話兒長，好似織女會牛郎。淚滴了够一瓢，話說够一藏。吹滅燈光，吹滅燈光，十二年來又成雙。夜夜的念念着，今日方消消帳。

不說張鴻漸夫妻歡喜，且說李鴨子的丈人趙鬼子，是人家的馬夫，奉着他主人的差，從河間府回來，合着張官人宿在一座店裏。他認得官人，官人却不認得他。

運不高，運不高，一日遠歸萬里遙，合寃家在一堆，自己還不知道。到明朝，到明朝，那個行子開了交，見了他主人家，就把信來報。

趙鬼子回家，回了他主人的話，就告了假，到第二日，就來報於老破軍。却說這李家雖有十數個族人，可惜不在一處。

老破軍，老破軍，飛風各處報族人。怕張逵族人多，一半個上不的陣。東跑西奔，東跑西奔，人還無齊日已昏。車子不動鈴先響，那裏還有走不了的信？

李家齊人，張春就聽的說了。他合張鴻漸是鄰牆[1]，便上梯子跳過牆來叫了一聲：“眞個大弟來了家了麼？”張鴻漸正在吃晚飯，聽的問了一聲，吃了一驚。聽過聲來，遂即出來。

酒落臺盤，酒落臺盤，叫聲大哥我回還。到底是兄弟情，過牆來見一面。跑在庭前，跑在庭前，說我這是頭一天。我家裏沒有人，多虧了你把姪兒看。

張春迭不的問候，便說：“李家齊人來拿你，你快走罷！”張官人這一驚不小！

娘子也慌，娘子也慌，銀子給他填在囊。所用的嗄東西，都給他掖搭[2]上。綑起行裝，綑起行裝，叫人送你過後牆。到大路雇上脚，你往前自家撞。

① 鄰牆：一牆之隔。

② 掖搭：掖；塞。搭，詞綴。

張春說："不必叫別人。"便漫①牆叫過他大兒張成來："給你大叔背着行李。"豎上梯子，看着他去了，才囑咐方娘子說：

將燈滅了，將燈滅了，婆媳同牀這一宵。若有人爬後牆，打銅盆爲信號。銅盆一敲，銅盆一敲，大家過牆動鎗刀。一個個綁起來，給他點不公道。

張春囑咐已畢，又叫那覓漢金三、王五過來在一處裏睡，每人一杆鎗。又吩咐他說：

心要齊，心要齊，只在牆邊莫要離。若有人過牆來，一鎗兒放在地。我去牆西，我去牆西，對你叔們哥們知。大家要齊上前，弄他個不精致。

張春吩咐停當，又從牆上跳過去，齊人去了。却說李家糾合了十數個人，來把宅子圍了。

把牆圍了，把牆圍了，老破軍來把門敲。裏邊人推睡濃，濟着他怎麼叫。來人心焦，來人心焦，說這牆頭也不高。但半夜三更的，怎麼敢望裏跳？

衆人叫不開門，又不敢爬牆，大費躊躇。趙鬼子說："拿不着人，漫②怕他；明明的張鴻漸來了家，怕他怎的！待我跳進去，先捉住金三，開了門再講。"眞個兩三個人，撮上他去了。

上牆頭，上牆頭，攬着株桑樹往下溜。才溜到半腰裏，一鎗兒攮着肉。手足難收，手足難收，撲通跌在樹下頭。拿繩子拴起來，結了個五絲扣③。

牆外頭聽見趙鬼子一聲兒啕叫，就知道吃了虧了。又撮了一個上去。被王五一石頭侮④下來，把頭跌破了。金三一聲吆喝："有了賊了！"

好張春，好張春，領着族人一大羣，却推個似不知，鬧嚷嚷一聲子問：甚麼人，甚麼人，半夜三更來叫門？亂紛紛，一個說砍一刀，一個說打一頓。

張家一些人上前要動鎗刀，慌的李大說："俺是來拿張鴻漸的。保正也來看着哩。"保正便說："他來拿張鴻漸，你也把他當⑤不的他。"張春說："既然如此，我便替他叫門。"

叫金三，叫金三，裏邊休要把門關。他說不是賊，是要拿張鴻漸。人够

---

① 漫：從。

② 漫：不。

③ 五絲扣：越撐越緊的繩結。

④ 侮：用石塊等打。

⑤ 當：通"擋"。

一千，人够一千，圍了宅子也沒處顛。你大叔若在家，到不如把他獻。

金三開了門。張春說："保正既說拿人，你就領着進去拿罷。"李大見拴着趙鬼子，便發話道："怎麽拴着俺的人?"張春說："不要慌，你發嗄哩?"

不要慌，不要慌，半夜三更爬過牆，必定來做賊，殺了也沒妨帳[九]。難辨善良，難辨善良，借着拿人來賜光。張鴻漸果在家，再從容把他放。

一夥人到了內門口，叫了幾聲。金三媳婦一聲子裏問："是甚麽人？待做嗄?"張春說："是李家待來拿張鴻漸，速開門。"金三媳婦開了門。

李大不言，李大不言，開了內門往裏鑽。李家合張家，一霎時滿了院。娘子裝憨，娘子裝憨，外頭何人鬧喧喧？金媳婦喘吁吁，學說來拿張鴻漸。

方娘子聽說拿人，忙叫孟三姐起來。不聽的答應。又叫娟娟："有人拿你爹哩。"

李大思量，李大思量，媳婦婆婆在一牀，就覺着這一來，像有些太孟浪[1]。忽見燈光，忽見燈光，娘子說李大在何方？你若是翻[2]不出，咱可就算算帳。

娘子點起燈來，便說："李大進來翻。我這臥房裏，可不是輕易進來的。拿着人，萬事皆休；翻不出來，可休想出去!"

李大駭然，李大駭然，不敢輕易進畫簾。娘子說你既來，不翻翻怎麽算？姪兒張全，姪兒張全，拉進他來翻一翻。揭開這柜合箱，着他都看一看。

那張全是條壯漢，見他嬸子吩咐，一把扭住李大，進了房門，端着燈，箱裏牀底下都教他看了。

李大無言，李大無言，深深跪在地平川。娘子說拴起來，咱從容合他算。都待顛，都待顛，張春說咱各處翻。把李家厢起來，點着火搜一遍。

各處又搜了一遍，回來回覆了方娘子的話。娘子氣的柳眉直立，粉面焦黃，遂大罵說：

好賊奸，好賊奸！分明做賊愛銀錢。見了大些人，就推說來拿張鴻漸。都要拴，都要拴，打他一頓再送官。休叫他一個逃，就完了這一案。

---

① 孟浪：魯莽；輕率。《舊五代史》第五十七卷："性複剛戾，遇事便發，既不知前代之成敗，又未體當時之物情，以天下為己任，孟浪之甚也。"

② 翻：尋找；翻找。

“拴起那別人來，哥們去處治的。李大既進我房，留着我合他講。給我牽過他來!”李大即忙跪下，磕頭告饒。方娘子便駡：

奴才聽，奴才聽；俺合你那小畜生，不惟說沒寃仇，並不識名合姓[十]。

李大只是磕頭。旁裏有張家兩個姪子，一邊一個，打了頓耳根子。娘子說：“且不必打他。”

你那達，你那達，聽的你大叔來了家，要拿人還不妨，又說那欺心話。央及他，央及他，話兒把人活氣殺！就是他達那老烏龜，心頭火也按不下。

李大又磕頭說：“我再不敢了！饒了我罷!”旁裏那倆小夥子，劈臉帶腮又一頓拳，鼻子都打破了。娘子說：“且休打他。”

你那達，你那達，曾在俺家當客家。才買了兩間屋，就估着天那大。做賊做發，做賊做發，還進房來把人拿。去找那鐵鎚來，把乜腿攤下!

娘子說：“給我攤下他乜腿來!”衆人聽說，找鐵鎚去了。李大急的磕響頭，只叫饒命。娘子說：“我家裏雖爲了事，也還可朝住①李大了。找不着鐵鎚，就使石頭罷。”

忘八羔，忘八羔！就使石頭把腿敲。掐着脖子往下拉，打篤磨子苦哀告，死聲子嚎，死聲子嚎。娘子說到也罷了，論起來你欺心，就該把腿攤吊!

娘子說：“也罷，就且饒了他乜腿，攤[十一]下他個脚指頭來罷。”說了一聲，呵叱②把個大拇脚指頭攤下來了。李大一聲子裏嘮叫，才吩咐牽出去了。

老匹夫，老匹夫！斜眉瞪眼來欺負。就該卸下乜下半截，也解解我心頭怒！老囚徒，老囚徒！僅只一個指頭無。雖然是暫時間疼，便宜他還走的路。

却說：李家在牆外頭那些人，都唬的跑了，僅虜了五六個人。好打呀，每人打了有二百。

把人拿，把人拿，外頭跑了十二三。抓住了五六個，打了够二百下。好大開發，好大開發，還要拴去送官衙。那保正也討囂，說不的一點嗄。

別人都打了，惟有趙鬼子那脇[十二]膢③裏中了一鎗，還血淋淋的，就沒打他。衆人又說：“保正，你既說他是拿人，俺當不的他。如今又翻不出人來，

① 朝住：鎮住；罩住。

② 呵叱：擬聲詞。

③ 脇膢：整個肋骨。

是該怎麽着呢?”那保正閉口無言。衆人顛承[①]着，立了一張火狀[②]。

立火狀，立火狀，因着黑夜去爬牆。央保正作中人，再失事上他的帳。放他願鎗，放他願鎗，都怨李大無主張。傻着脖子[③]跟了來，幾乎把這殘生喪!

大家做剛的，做柔的，把李家的人放了，一個個瘤呀點呀的才去了。這回有分教：壑谷神龍能破壁，階庭小桂更生香。且聽下回分解。

【校】

［一］攔：盛本作“倚”。

［二］朝長：盛本作“終朝”。

［三］不免帶：盛本作“捎”。

［四］徐員外擺下酒席：盛本作“徐員外聽說，擺下酒席”。

［五］堂：盛本作“趟”。下同。

［六］東西：盛本作“師徒們”。

［七］伴：盛本作“作伴”。

［八］就起來了：盛本作“就起來上路了”。

［九］帳：盛本作“賬”。

［十］並不識名合姓：盛本作“並不識名合姓。夜三更，夜三更，爬牆忽到我家中，若不是太欺心，怎麽就送了命”。

［十一］摊：盛本作“剁”。下同。

［十二］脇：蒲本作“肋”。

第十回　嬌子秋捷

李家人個個少皮無毛[④]，七損五傷，各逃性命而去，不在話下。却說張鴻

① 顛承：從中調解。

② 火狀：緊急的狀子。

③ 傻着脖子：呆頭呆腦。不加思考。

④ 少皮無毛：形容體表受傷很多。

漸黑夜出門，虧了姪兒張成，背着行李，天明了走了七十里。

［刮地風］黑夜茫茫道路迷，兩人直向故城西。生平不解奔波苦，天明走了六七十，人哪哎喲六七十！

張鴻漸乏極了，叔姪兩個歇在店裏，吃了早飯，適遇山西的騾夫待回家，就僱了他的。

雇下長騾要起行，門前灑淚別張成。前行料想別無事，到家說與你嬸嬸聽，人哪哎喲嬸嬸聽。

叔姪臨別，又囑咐了幾句。

我家是非一大些，一個孩子沒有爹。得個着急人看望，多多拜上你爹爹，人哪哎喲你爹爹。

看着張成走了，才自己上了騾子，起了身。

上騾回頭淚雙垂，在家三日又別離。老天造下這逃亡命，未知還家到幾時？人哪哎喲到幾時？

頭一日走了八十，乏極了，就又宿下了。

一夜奔波手脚酸，途中盹睡[①]在雕鞍。安排一夜酣酣睡，及到睡時又不眠，人哪哎喲又不眠。

第二日晌午，才到了王店，就想起那一夜聽的唱曲子，一夜沒曾睡着。

朝朝日日想家鄉，到了家鄉禍一場。當日淒涼不曾睡，淒涼到比此時強，人哪哎喲此時強。

在騾上愁悶，便合那騾夫閑談，說："我來時宿在此處，夜間聽的人唱了個五更曲子，甚好聽，這又來到此處了。"騾夫說："我有四季曲兒，唱與相公聽聽解悶罷。"

［蝦蟆歌］一年的好景第一是春天，惟有這離人無有一時歡。寃家呀，你在那裏孤，奴在這裏單，好不叫人心酸！不知幾時才得團圓？百花兒只在枝頭上，開開兒卸卸，開開兒卸卸，叫奴兩難。

一年的光景夏日最天長，惟奴的香汗合淚都成行。寃家呀，你也不成雙，奴也不成雙，怎不叫人心傷，怎不叫人痛傷！翻來覆去輾轉牙牀，蚊子兒又

---

① 盹睡：打盹；小憩。《西遊記》第五回："你看那夥人，手軟頭低，閉眉合眼，丟了執事，都去盹睡。"

來耳邊廂，吱吱兒嚶嚶，吱吱兒嚶嚶，叫奴怎當！

一年的淒涼秋夢最難成，忽見那梧桐飄飄一葉零。寃家呀，你也睡不安，奴也睡不寧，怎不叫人傷情，怎不叫人痛情！繡房獨自捱到三更，秋雨兒又在紗窗外，滴滴兒點點，滴滴兒點點，叫奴怎聽！

一年的苦景冬日最可哀，但見那梅花獨向雪中開。寃家呀，奴又不能去，你又不能來，怎不叫人傷懷，怎不叫人痛懷！長夜不眠月兒漸歪，更點兒只在那譙樓上，叮叮兒噹噹，叮叮兒噹噹，叫奴怎捱！

唱完了，張鴻漸說："唱的極好！這是甚麽曲子呢？"騾夫笑說："我却不知是甚麽名兒哩，這就合那一更裏寒蛩吱吱嚶嚶，啾啾唧唧，是一樣的腔調。"

［胡[一]地風］忽聞遊子唱歌聲，哀切不堪愁裏聽。便在家鄉猶落淚，孤身况在客中行？人哪哎喲客中行。

說不盡途中風霜，客裏月露，走了十來多日，才到了牛夢里。

繫馬門前到舊齋，東西相見笑顔開。問聲此去來何早？不覺雙雙淚下來，人哪哎喲淚下來。

却說東家、徒弟，都不料他就回來，相見極驚喜。員外便問："先生沒到家麽？來的怎麽這樣速呢？"相處的久了，張鴻漸也就不背他了。

員外開言問一聲，鴻漸從實說分明。家中禍患從頭說，坐下門人盡不平，人哪哎喲盡不平。

張鴻漸說了一回，大家嗟嘆不一。鴻漸又把那監生的話，說了一遍。員外擊掌稱贊，連聲說："好極好極！"

忽聽鴻漸訴衷情，員外誇好不住聲。若是自己覺力薄，我還相助老先生，人哪哎喲老先生。

當下就託員外，上京納監不提。却說張鴻漸的兒名是張得聚，他娘着他去科舉，原不是指望他中，誰想高高中了十四名舉人。你說文昌爺爺[①]不坐轎，這就是騎了牛來了。

［羅江怨］方娘子在房中，忽見着報條紅，當是一個糊突中夢。我那兒小小頑童，怎能折桂到蟾宫？還疑錯把報條送。他二舅說他文章通，大約着還

① 文昌爺爺：即文昌帝君。相傳是掌管士人功名祿位的神。

得兩三冬，今科誰敢望他中。問了問府縣相同，這個信的確飛[二]空，娘子不覺心酸痛。

娘子聞報，一陣心酸，忽然淚下。

一是爲月患年災，二是爲苦教嬰孩，三來鴻漸在天涯外。一霎時亂叫奶奶，一霎時亂叫太太，親友塞門來相拜。賞報馬又要錢財，送盤纏還得安排，倒叫娘倆忙成塊。我那兒平步天街，他爹爹萬裏歸來，如今不望他把老來賣。

待了會子，小舉人來了家，給他娘磕了頭，便哭了，說："爲兒僥倖了，還不見我爹爹，怎不叫兒感傷！"太太說："我兒呀！"

傷感的眞正不差，您爹爹歲歲天涯，沒見長的這麽大。我兒還該憤發，這舉人座[三]壓不住仇家，僅能不着上門駡。你若能插了宮花，你若能帶上烏紗，那時才壓的仇人家下。你爹爹聽的你發達，他自然打算還家，我兒不必心牽掛。

小舉人說："兒的意思要上山西。"太太說："且不必，一來沒盤纏，二來你忒也年幼。待你明年下了會試場，中與不中，那時可再打算不遲。"

您爹爹出了門，那東家相愛相親，他也不是沒投奔。他從小是個才人，他還要發憤青雲，不知將來的時合運。我的兒等到明春，考試到了皇都門，從容再把你爹問。他不似往日無音，你得個進士出身，那時再給他個平安信。

小舉人說："俺爹爹知道我的名字麽？"太太說："我就忘了對他說呢。"小舉人說："俺爹爹就沒說，改了名沒改？"太太說："我也沒問他。"

小舉人淚恓恓，這個事兒甚蹺蹊，父子不知道名合字。兒的名爹不知，爹的名兒不曉的，中狀元也不知誰及第。方太太懊悔無及，恨當初沒說底實①，在如今也是無法治。你只管直上天梯，若中了直到山西，到了那時再商議。

當下祭祖豎旗②，日日忙亂。

新舉人去上墳，騎紅馬綵色新，比着從前越發俊。方太太是個佳人，三十多還正青春，做着太大忒也俊。鄉黨中人人來親，逐日裏賀客盈門，比不

① 底實：詳細。也作"的實"。《西遊記》第六回："如遇相敵，可就相助一功，務必的實回話。"

② 豎旗：清代舉人或者貢生允許在家門口立旗杆。

得坐監時無人問。都説他受了艱辛，心兒裹又有乾坤，將來定有個夫人分。

那坐監的時候，人都説方娘子俊的忒也皮兒嫩，沒有厚福；到了此時，人都説方太太又齊整，又有福相。好不可笑！

［劈破玉］有人説方娘子生來福大，説他那模[四]兒就不是個貧家；有人説那本領就不在人之下。人人都講論，盡是些瞎胡吧，都無説着他教子讀書這一樁，天下找來沒有弍兩。

張得聚十五登科，這都是方娘子苦心教子的效驗。正是：若無孟子三遷教①，那得燕山五桂芳②？且聽下回分解。

【校】

［一］胡：盛本、蒲本作“刮”。

［二］飛：盛本作“非”。

［三］舉人座：蒲本作“舉座”。

［四］模：盛本作“模樣”。

第十一回　凶信訛傳

却説小舉人上京會試，太太囑咐道：“若會了便捎個信去，着你爹爹來家；不會，便親自去看。”

［跌落金錢］囑咐嬌兒記在心，到京遇着太原人，我兒呀，你可細把你爹爹問。若能會了休起身，細寫府縣合莊村，我兒呀，我就託人捎個信。不會不必返家門，就上山西見父親，我兒呀，見了也着他心不悶。你到場中好作文，不是望你耀鄉鄰，我兒呀，實指望你把家聲振。

小舉人受了母親囑咐，不一日到了京都，逢人便問，才知道山西大亂，斷了路行人。待了幾日，沒有中進士，來了家，回了太太的話。

---

① 孟子三遷教：即孟母三遷的故事。

② 燕山五桂芳：馮道《贈竇十》：“燕山竇十郎，教子有義方。靈椿一株老，丹桂五枝芳。”竇燕山又稱竇禹鈞，五代後周大臣、藏書家。五個兒子相繼登第，名揚天下。

爲兒二月在場中，覺着文章也算通，母親呀，不知怎麽就沒中！你怎麽沒上山西去呢？山西穀價黄金同，白日斷人路不通，母親呀，誰敢興心[①]往裏蹭！你就沒問問麽？山西沒多舉人公，太原平陽兩府空，他說道：出門必得鏢鎗送。這可怎麽處呢？那裏方且亂烘烘，打聽消息且從容，到明年，待我自己上牛夢。

每日打聽山西的亂信。一日上慶雲，看他老師，遇着一個落第的王舉人，是山西的人，便問山西的亂信。王舉人說：

最亂山西與平陽，小弟來時僱鏢鎗，年兄呀，方才敢把京城上。貴府是那一府呢？太原城北是荒莊，落第不能返故鄉，只得是暫且在外閑遊撞。貴府有一個徐員外認的麽？員外姓徐號北崗，舍妹夫就是他令郎，年兄呀，他到壯實[②]全無恙。他家有個張先生你知道麽？有個先生他姓張，不知家住在何方，那先生去年遭賊把命喪。

小舉人聽說，撲簌兩眼落淚，大哭起來。王舉人驚問道："這是年兄甚麽親呢？"小舉人說："那是家父。"王舉人拱手出門說："小弟失言了。我連年不在家，這也是傳言。"王舉人去了，小舉人放聲大哭。

爹爹遠遊在太原，再往太原才二年，爹爹呀，怎麽就遇着土匪亂？待上太原去問安，聽的山西亂信傳，爹爹呀，合該咱父子不相見。爲兒僥倖中春元，一日不能聚首歡，爹爹呀，誰想終身不得見！兒命生來最可憐，三歲即別大人前，爹爹呀，如今可叫我沒的盼！

小舉人哭的實實哀慟，衆人們都勸道："這信也未必眞，天下那姓張的也太多，那裏必定就是太爺呢。"小舉人才拭了拭淚走了。

張老爺上馬淚如麻，反覆思量難殺咱，到家裏怎麽去回娘親話？這個信兒老大差，是眞是假不知他，說一聲陡然倒便[一]着娘親怕。朝朝掛慮[③]在天涯，聽說這話愁越加，那一時唬着娘倒值的大[④]。叫聲跟隨衆管家，太太知道能唬殺，對您說，到家昧起這宗話。

小舉人囑咐管家休提，果然隱瞞起來了。太太端相着公子不大歡喜，便

---

① 興心：打主意。《三國演義》第六十四回："汝既降人，且食其祿，何故又興心討之？"

② 壯實：身體健壯結實。

③ 掛慮：掛念。《封神演義》第五回："此不過疥癬之疾，何足掛慮？"

④ 值的大：代價大。

問說："您老師待你不好麽？"小舉人說：

兒到門前即刻傳，登門想[二]見各欣然，母親呀，還送了幾匹眞貢緞。他說你嗄來麽？飲酒如同父子歡，世兄陪着又猜拳，母親呀，還囑咐得空常常見。你病來麽？慶雲一往又一還，照常吃飯又平安，母親呀，不必常將兒掛牽。你怎麽不大歡喜呢？一自歸來下雕鞍，入門笑說在娘前，母親呀，不必常把兒掛牽。你怎麽不大歡喜呢？並不曾覺着容顏變。

小舉人雖然在他娘跟前，強爲歡笑，到底那模樣帶出悲相來。太太着實心疑，每日察訪①，待了有半年，不知那個多嘴，傳弄到太太知道了，一行哭着，叫了小舉人來。

叫聲我兒太蹊蹺，您爹既把凶信遭，我兒呀，怎麽還着我不知道？公子便說娘聽着：道路訛言對母說，母親呀，着娘擔心兒不孝。太太不覺哭嚎啕，山西處處死亡逃，我兒呀，您爹定有個不祥兆。公子勸娘莫心焦，山西荒亂信難捎，母親呀，會試時再問個眞實耗②。

從此方太太逐日淚眼不乾。孟奶奶在旁裏勸着，才些須吃點飯。

［哭皇天］唎溜子喇，喇溜子唎，看看到新年齊；新年齊，正月裏正慘悽，千里存亡未可知。人家都把元宵鬧，俺家閉戶淚恓恓。咳！我的哥哥嘤！咳咳！我的皇天哥哥嘤！

二月裏柳樹青，百草萌芽向日生。蟄蟲都有還魂日，不知何日再回程？咳！我的哥哥嘤！咳咳！我的皇天哥哥嘤！

三月裏上墳塋，家家戶戶麥飯③過清明。誰家寡婦墳頭哭？惟有愁人不忍聽。咳！我的哥哥嘤！咳咳！我的皇天哥哥嘤！

四月裏日初長，大麥青青小麥黃。閉着繡房門內坐，不如燕子却成雙。咳！我的哥哥嘤！咳咳！我的皇天哥哥嘤！

五月裏端陽來，榴花如火向人開。空將艾虎門前掛，誰共菖蒲酒一盃？咳！我的哥哥嘤！咳咳！我的皇天哥哥嘤！

六月裏荷始華，行人遠去不歸家。昔日花開同他看，今日他亡只見花。

---

① 察訪：觀察訪問。

② 耗：音信。《三國演義》第二十五回："二弟不知音耗，妻小陷於曹賊。"

③ 麥飯：祭祀用的飯食。康有為《遣人北尋幼博墓攜骸南歸》詩："紙錢麥飯送無人，大仇不報負英魂！"

咳！我的哥哥噪！咳咳！我的皇天哥哥噪！

七月裹是秋天，牛郎織女會河邊。人人都有悲愁恨，況是天涯人未還！咳！我的哥哥噪！咳咳！我的皇天哥哥噪！

八月裹月正圓，過了十五少半邊。奴家好比天邊月，夜來孤影到窗前。咳！我的哥哥噪！咳咳！我的皇天哥哥噪！

九月裹樹葉黄，人人沽酒鬧重陽。菊花開放人何在？惟見南飛雁一行。咳！我的哥哥噪！咳咳！我的皇天哥哥噪！

十月裹好傷懷，人人祭掃哭哀哀。又想又愁又是恨，又逢長夜難苦捱[三]。咳！我的哥哥噪！咳咳！我的皇天哥哥噪！

十一月裹夜正長，滴水成冰在他鄉。魂兒雖在天涯外，望向南柯夢裹來[四]。咳！我的哥哥噪！咳咳！我的皇天哥哥噪！

十二月裹辦年忙，處處行人返故鄉。但得他鄉人兒在，縱然離别也無妨。咳！我的哥哥噪！咳咳！我的皇天哥哥噪！

方太太日日啼哭，兒合媳婦常守着解勸，再不能歡喜。公子叫了暹邊[五]①來，唱的給他娘聽。那暹邊唱了個少哭老笑的山坡羊，是個年小的禿妮子，嫁了個一隻眼的老漢子。

少哭乍離了爹娘[六]，這心裹像劈破的青梅，酸酸的一片。老笑俺光棍打了十年，一般的搶牌摸頁②，可撈了個八萬。少哭一行扎着包頭，那淚兒像斷了線的珍珠，一個一個的亂滚。老笑坐着丈人的席上，那舊板櫈做了脚打羅③，到這裹才成了踼麺④。少哭坐在轎裹好似軟扛子舉重，一行哭着呼搧。老笑騎大馬，走長街，小大姐笑吊了褲子，喜起來顧不的難看。少哭人都説他大風裹刮了下頦，連嘴也是難趕⑤。老笑俺雖然窮極了叫化子，啕瞎話，不拘那裹就撈一個黄邊。少哭下轎來一看，可是那砘骨碌⑥吊在井裹，眞是一個眼子到底！

① 暹邊：以説唱、算命等為職業的人。

② 搶牌摸頁：疑似玩牌打麻將。

③ 脚打羅：舊時脚踏的籮面工具。所以下文説“踼麺”。

④ 踼麺：即“體面”。

⑤ 嘴也是難趕：比喻窮得吃不上飯。

⑥ 砘骨碌：用來壓實新翻土的石制工具。

老笑俺摸了摸，可是皮猴子[①]吊在火裏，一根毛也不見。少哭傷慘，任拘你怎麼端相，那木匠提溜[②]着墨斗，也只是看一眼。老笑你就忒的傷慘，肉頭老[③]撞着顯道神[④]，你也說不的我長，我也道不的你短。

唱完了，太太才笑了笑。一日，小舉人上慶雲，得了二百銀子，就買了兩個丫頭：一個叫玉蘭，一個叫瑞香，都會歌舞。早晚見方太太帶憂容，即叫他來解解。

［跌落金錢］清晨對鏡巧梳粧，獨坐潸潸淚兩行。沒心情，任拘甚麼回頭忘。公子孝順不尋常，愁了老子又疼娘，爲娘親思尋思了千般樣。買了玉蘭合瑞香，歌舞便是解愁方，方太太才略把眉頭放。娟娟茶飯奉高堂，鑼鼓終日鬧嚷嚷，日頭西，一直鬧到東方亮。

兩個丫頭，每日鬧烘半宿。小舉人見方太太略略的開懷，到了正月盡，才上京去了。正是：閨閣忽開愁眉鬢，芙蓉已破滿山蘴。且聽下回分解。

【校】

［一］使：當為“使”。

［二］想：蒲本作“相”。

［三］又想又愁又是恨，又逢長夜難苦捱：盛本作“魂兒雖在天涯外，望向南柯夢裏來”。

［四］魂兒雖在天涯外，望向南柯夢裏來：盛本作“又想又愁又是恨，又逢長夜難苦捱”。

［五］遲退：盛本作“先生”。下同。

［六］少哭乍離了爹娘：盛本作“［山坡羊］少哭乍離了爹娘”。

---

① 皮猴子：民間傳說中一種類似狐狸的動物。

② 提溜：提。

③ 肉頭老：“肉頭老兒”的簡稱，即老壽星。身矮頭長，腦門高聳。《西遊記》第二十六回：“那八戒見了壽星，近前扯住，笑道：‘你這肉頭老兒，許久不見，還是這般脫灑，帽兒也不帶個來。’”

④ 顯道神：又作險道神。舊時出殯儀仗中的開路神。身材高大兇惡。

第十二回　春闈認父

却說張得聚自從中了舉，才有了個號，叫張合菴。到了京中，已是臨場，疾忙打點進場。

[平西歌][一]日頭不高，日頭不高，果餅①丁錘都挎着，披毡衣又帶上安軍帽。一去十里遙，一去十里遙，下馬前行鬧吵吵，不多時就把名字叫。

先點北直，不多時就叫張得聚，答應一聲有[二]。

進去大場門，進去大場門，堂前接卷亂紛紛，下堂來才把號兒認。往裏飛奔，往裏飛奔，放下包裹掃掃塵，拄卷簾出去混一混。

到了外邊，安心要找着山西的舉人問個信兒，方才點山西的，那天就黑了。

急急跑回還，急急跑回還，掀起門簾放下毡，安排着待把周公見②。鄰號那一間，鄰號那一間，也有個人兒在裏邊，伸出頭就把年兄喚。

張合菴見那鄰號有人，便問了一聲："年兄是那一省的？"那人說是山西的。

合菴才得問，合菴才得問，出號慌忙立起身，到眼前又把府來問。那人答曰：弟是太原府。聽說太原人，聽說太原人，合菴欽敬又欽尊，煩年兄寄個平安信。

又問："貴姓呢？"那人說："姓宮。"合菴說："你認的徐北崗麽？"那人說："極熟的。"

北崗舍盟兄，北崗舍盟兄，東西遙隔千里程，問年兄如何知他的名合姓？他家有個張先生麽？說那張先生，說那張先生，去年擄去到賊營，可憐他送了殘生命。

---

① 果餅：一種麵食。大而厚的圓餅。

② 待把周公見：打算睡覺。《論語·述而》："子曰：'甚矣，吾衰也！久矣，吾不復夢見周公！'"後任便以"見周公"指稱做夢或睡覺。

合菴聽說，便哭起來了，說："小弟不進場了!"那人驚問："怎麽說?"

那就是家君，那就是家君，道路傳說他命不存，那訛言竟成了眞實信。貴省是那一省人？小弟北直人，小弟北直人，家父投在北崗門，到而今三載無音信。

那人說："年兄差矣！那個張先生是河南人，與尊公何干?"合菴聽說大喜，說："怎麽的?"

帶淚開笑顔，帶淚開笑顔，勝如九錫[1]下雲天，這等說有個佳音盼。那人說道：令尊老太公甚麽名號？永平府城南，永平府城南，家住鄉村田舍間，父名逵字是張鴻漸。

那人大驚說："呀！你是我家保兒麽?"他也就哭了。

到家那一年，到家那一年，你進大場尚未還，住一宿可又重遭難。我今在那邊，我今在那邊，改名宮陞字子遷，科京舉中在了國子監。

合菴抱住大哭，說："這等說，眞正是我家爹爹了!"

自從兒舉了，自從兒舉了，要往山西走一遭，又聽說那裏有賊盜。凶信好蹊蹺，凶信好蹊蹺，老母每日哭嚎啕，出了場先往家中報。

父子哭罷，可又喜極。太公說："我兒，咱今遭際遇極好。"

大謝天公，大謝天公，着咱父子得相逢，若不然那裏去問名合姓？坐號相同，坐號相同，新交好運喜重重，咱爺兒今科必定一齊中。

公子才細說，處治的李家極痛快。太公說："如今怎麽樣呢?"

自從兒中了，自從兒中了，合莊賀喜鬧吵吵，惟有李家沒把喜來道。不是兒自高，不是兒自高，事情若是在今朝，那行子必不敢登門鬧。

太公笑了笑，說："雖然麽，必須咱爺兒有一個翰林才好。"公子也就笑了說：

翰林雖是佳，翰林雖是佳，中一個進士也不差，聲勢微儘可朝李大。咱不怕他，咱不怕他，石頭生把指頭攤，到如今料想還夢裏怕。

爺兒說話說了半宿。太公說："我兒，這天已交四鼓了，你去閉閉眼，明

---

① 九錫：錫，通"賜"。九錫，古代帝王賜給諸侯、大臣的九種器物，是對他們的最高禮遇。何休注曰："禮有九錫：一曰車馬，二曰衣服，三曰樂則，四曰朱戶，五曰納陛，六曰虎賁，七曰宮矢，八曰鈇鉞，九曰秬鬯。"

日好做文章。”

爺倆倒頭眠，爺倆倒頭眠，心中歡喜睡不安，略合眼已是鷄鳴亂。一聲裏鬨傳，一聲裏鬨傳，題紙下來鬧喧喧，老太公急把孩兒喚。

太公說：“保兒，你出去看看，是題紙下來了。”

公子出來瞧，公子出來瞧，傳說首題是大學，略停停果然題紙到。一霎時散了，一霎時散了，太公拿來仔細瞧，向孩兒細說題中竅。

合菴極其聰明，聽他父親講了一遍，說：“我曉的了。”便歸了號。

展卷揮毫，展卷揮毫，完了一篇日未高，忙拿着即時出了號。叫爹瞧，叫爹瞧，能濟着會了就罷了，會不的還得另改造。

公子做了一篇，就送給他爹看。太公說：“我才做了半篇，你到快。待我看來。”

從頭仔細觀，從頭仔細觀，這也撈的瞎試官，運氣低怕撞着那明眼看。你仔細鑽研，又略略改改這頭半篇，後半截可到也極好看。

“會不會，全在頭一篇，像這文章，可以會在三十名上。那六篇等着完全了着看罷。”

公子回來，公子回來，展開卷子細安排，沒晌午又完了兩三塊。把筐籃解開，把筐籃解開，咬着果餅細徘徊，第五篇又有個架兒在。

公子鑽出號來：“爹爹做了幾篇了?”太公說：“這七篇將完了。”公子說：“這第七個題，我不大吨[①]的呢。”

孩兒且閑，孩兒且閑，我這七篇就做完，做完了給你看一看。這天還有天[②]，這天還有天，少着一篇就不難，在傍裏且略站一站。

不一時太公做完了，交于公子看了一看，說：“爹爹這文章定是會元!”

說好連連，說好連連，便着指頭細細圈，念到頭已是圈一遍。我這第二篇，從頭俱是瞎胡編，這才知錯把題來看。

太公說：“你取來我看看。”公子遞於太公。

接來仔細觀，接來仔細觀，看來看去甚喜歡，一行一行的往下念。你這第二篇，你這第二篇，略改幾句便可觀，差不多不甚足爲患。

---

① 吨：“懂”的音變借字。

② 還有天：還有些時間。

"大凡做房官的，不瞎眼的有幾個？但只是好看便罷了。你這文章有指望。那一篇你若做不來，待我替你做罷。"公子說："不用，我看了爹爹的，已是有了。"

回了號房，回了號房，頓飯時節便成章，這一篇更在前篇上。吟哦鏗鏘，吟哦鏗鏘，順口讀來字字強，好文章必定有榜樣。

又拿出來說："爹爹，我完了。"太公接過來一看，說："也虧了你，比着葫蘆畫上瓢來了。"

我兒你聽着，我兒你聽着：題目細寫休錯了，下一畫要把題紙照。號板必要牢，號板必要牢，常把卷子蓋的交，剪燭頭也防燈花爆。

一更鼓裹敲，一更鼓裹敲，場裹行人靜悄悄，處處掛青簾，都使銀燈照。卷子開包，卷子開包，磨墨聲聞百里遙，個個都吟哦，好似蛐蟮[①]叫。

二更鼓裹輕，二更鼓裹輕，場裹燈光一片明，個個哩哼哼，不知甚麽病。號裹少人行，號裹少人行，雖是無聲却有聲，酷像一集人隔着十里聽。

三更鼓裹撾，三更鼓裹撾，頭眼昏沈漸漸乏，時聽見問點話，聲兒却不大。手兒緊緊抓，手兒緊緊抓，低頭忽如身在家，好像是坐房中，別房裹人說話。

太公這邊就問："保兒呀，寫了幾篇了？"公子答應說："將完了。"太公說："怎麽這般快？小心哪！"

四更鼓兒員，四更鼓兒員，此時筆管重千斤，才寫了四五篇，覺着那手酸困。恨那打更人，恨那打更人，打的更點未必員，分明更交四鼓，多大霎，又早是五更盡！

公子完了，出號來說："爹爹謄了幾篇了？"太公說："六篇了。且去號裹坐坐。"

五更鼓裹天，五更鼓裹天，滿面皆薰蠟燭煙，試試這眼角眵，只是覺燈花暗。手腕痛又酸，手腕痛又酸，剩了够十行越發難，只聽的號兒吹，一聲裹快交卷。

天無明，太公也寫完了，先對了對。叫一聲保兒，公子疾忙跑來，把卷子摸過來，對了一對。太公說："呀！你這頭一個題裹，不錯了一個字麽？"

---

① 蛐蟮：蚯蚓。

忒也莽撞，忒也莽撞，我説從容不要慌，若不是看出来，就完了今科的賬。仔細端詳，仔細端詳，錯的點了添在傍，大規矩不要差，就是有些胡指望。

公子説："不用看，沒吊了嗄。"太公説："你那雨單呢？"公子説："呀！擱在號房上忘了拿來。"

伸手取下來，伸手取下來，才把行囊另解開，綑了個極結實，拴上了一條帶。直上堂階，直上堂階，交了卷子領出牌，爺兒𢦙喜孜孜，跳出了場門外。

出場來，太爺的家人接着，才見了小主人。

喜地歡天，喜地歡天，説有個少爺在那邊，却不過十四五，已成了小鄉宦。俺在太原，俺在太原，叫了老爺够一年，倉猝間改了口，太爺還叫不慣。

少爺的家人接着，問了問，才知道是太爺。

公子出場門，公子出場門，吩咐接場的衆家人，大家笑嘻嘻，都把太爺認。議論紛紛，議論紛紛，誰知太爺正青春，怪不的咱太大，模樣還着實俊。

公子説："爹爹的下處寬闊麼？"太公説："只是兩間房子。"公子説："還是爹爹往兒那裏去罷。"吩咐人去搬行李，爺𢦙就同來了。

吩咐張千，吩咐張千，去把太爺行李搬，孩兒那下處，就住在岳[三]王殿。爺𢦙上雕鞍，爺𢦙上雕鞍，接場的家人頭裏顛，過巷又穿街，走了够十里半。

到了門首，父子下的馬來。看家的管家是老家人王孝，一看見是太爺，磕下頭去，眼裏就落下淚來，説："太爺呀，你從那裏來？"

家人驚猜，家人驚猜，太爺忽從何處來？太奶奶每日愁，聽謠言心驚怪。小的無才，小的無才，奉了山西這一差，因小的還老成，跟少爺好出外。

太爺也落下淚來，説："幾年沒見你，你也老了。我合你少爺在場裏遇着的。"王孝大喜，説："這等説，太爺也是中過了？"

家人淚漣漣，家人淚漣漣，咱家大禍有十年。少爺中了舉，恨太爺未得見。誰知在外邊，誰知在外邊，已向蟾宫折桂還，從此一家人，都得重相見。

"少爺，你就寫信，小的即刻回家，報於太太得知。"行説着，飯到了。公子説："爹爹先吃飯，孩兒就寫信罷。"

磨墨揮毫，磨墨揮毫，大喜先報娘知道，孩兒在場中，合爹緊鄰號。桂榜[①]也非遥，桂榜也非遥，父子登科這一遭，等報子到門前，不久的俺爺兒俩也到了。

公子寫完信封好，王孝立刻走了。有分教：上院花開春富貴，蕊宫香發月團圓。且聽下回分解。

【校】

［一］［平西歌］：盛本作“［疊斷橋］”。

［二］有：盛本作“就進去了”。

［三］岳：盛本作“藥”。

第十三回　衣錦歸裏[一]

不説張太爺父子候榜，且説張太太在家，日日愁悶，虧了兩個丫頭，每夜歌舞伴宿，解解悶懷。

［劈破玉］方太太在香閨日日納悶，到是那公子會不會放不在心，只望他早上山西打聽個實信。酒合飯全不想，沒人的時節淚紛紛。着兩個丫頭，一鬧一個三更盡，才歇下還骨輪[②]嗓子，才打了一個盹。

這一日正在房中納悶，丫頭進來説：“京裏王孝回來了。”太太説：“他回來有甚麽事呢？”丫頭説：“不知道。”

［房四娘］方太太自驚訝，京裏盤纏不缺乏，他不等上山西去，山西去，又待來家做甚麽，做甚麽？

“快快着他進來。”不一時，王孝進來，磕下頭去，説：“太太千萬[二]之喜！”

方太太又驚猜，如今天榜不曾開，你又無上山西去，山西去，問你喜從何

① 桂榜：秋季八月，生員與監生參加科舉鄉試考試。放榜之時，正是桂花飄香之際，故有桂榜之稱。

② 骨輪：翻轉；轉動。

處來，何處來？

王孝說："太爺現在京裏，合少爺在一堆哩。"太太說："怎麽着？你起來說。"王孝起來，遂取出書來，遞於太太觀看。

［銀紐絲］方太太把書仔細也麽觀，微綻櫻桃開笑顏；孟娟娟，娘𡚸喜地又歡天。名姓是宮升，字是宮子遷，那裏去問張鴻漸？難得他鄉姓名全，不必宮花插帽檐，我的天喲，獻猪羊，就把猪羊獻。

叫人來賞王孝紅一疋、酒一瓶、銀子一兩。王孝磕頭去了。

我着寃家唬碎也麽心，不想你依然性命存。有鬼神，指望引[三]爺𡚸號緊鄰，父子在一堆，場中論論文。我那兒進士也有分。道路訛言認不眞，罵那山西行路人，我的天喲，凶信傳，怎麽就傳凶信？

且不說方太太在家歡喜，却說張太公父子在京，到了放榜之日，爺𡚸領着家人去看。

［倒扳槳］父子騎馬上天街①，都看天門放榜②來。父子到時榜即掛，人山人海鬧垓垓，擠不開，多有擠吊[四]了襪子鞋。

太爺說："着一個家人擠進去看看罷。"少爺說："李才識字，你進去罷。看見名字，就吆呵[五]出來。"

李才擠進到榜棚，爺𡚸在外用心聽，等的榜兒將放盡，不見李才報一聲；報一聲，心内驚，必定咱爺𡚸都無有名。

少爺見榜將放盡[六]，便說："咱爺𡚸想是都無有。"太爺說："不然，這榜是從後放的，你那文章還在三十名以裏。"略不停時，李才吆喝一聲，說："少爺會了！"

太爺聽說笑哈哈，有了一個就不差。縱然我就落了第，也就可以還的家；還的家，抱娃娃，功名從此不做他。

不一時放完了榜，李才出來，少爺問道："太爺無有麽？"李才答應說："沒有見呢。"

雖然一個就喜歡，到底心中不自然。公子上馬容顏變，低頭無語在雕鞍；

① 天街：京城的街市。《五代史通俗演義》第三十六回："維翰應命前來，行至天街，適與李崧相遇，立馬與談。"

② 放榜：也寫作"放牓"。科舉時代公佈被錄取者的名字叫放榜。《舊唐書·本紀》第十六卷："當司所試貢舉人，試訖申送中書，候覆訖下當司，然後大字放榜。"

要回還，臭罵瞎眼考試官。

少爺暗暗的尋思道："我那文章還會了，怎麽爹爹的文章倒還會不了？豈不是瞎了眼麽？"又問李才："你看眞了麽？"李才説："前半截就無曾看見有姓張的呢。"少爺大怒，把李才打了兩鞭子，勒馬自己要去看。

［劈破玉］好公子撥轉馬要親自去看，一馬夫頭裹跑一溜飛顛。到那裹只見那看榜的漸漸星散，公子夾夾馬往裹只一鑽。到了棚前，擡頭一觀，先看了會元，次看了亞元，往下又看呀[七]，見了第三以下，第四宮升就是太原。那公子飛跑回來，才站下，掙掙的瞧了好幾眼。

公子見太爺會了第四，回見太爺還勒馬道旁，便説："爹爹會了第四名進士！"太爺笑了笑，父子回了下處。

［呀呀油］喜重重，喜重重，公子寫成書一封，説爹爹合孩兒都把進士中。父子相逢，父子相逢，又得一日科甲同，現如今門下人，都做着吉祥夢。

不説公子差人家中報喜，却説孟奶奶每日合方太太在家中商議。

叫聲娘，叫聲娘，如今咱家勝似常。俺爹爹就來家，料想也無妨賬。婆婆慘傷①，婆婆慘傷，但得中個進士郎，您爹爹往家來，可方纔膽兒壯。

婆媳正然盼望，有個人來報："少爺會了進士了，報馬現在前門首哩。"

報馬到門前，報馬到門前，忽聽一派鬧喧喧，傳進來到閨中，要喜錢一百貫②。太太喜歡，太大喜歡，帶着淚痕開笑顔，不是喜富貴來，喜的是夫妻重相見。

太太説："想是您爹爹無會；也罷了，孩兒會了就好。"

孩兒登科，孩兒登科，就是他爹待怎麽？雖不如會一雙，還強似沒一個。兒子登科，兒子登科，就是仇人無奈何，得點個新翰林，方纔可穩穩坐。

丫頭來説："京裹差人下來了。"太太説："叫他進來。"不一時，家人進來，磕頭道喜。

太爺會了，太爺會了，五魁以裹把名標，怕報子不知名姓，着小人來家報。太太聽了，太太聽了，滿斗焚香天地上燒，一行説足了心，不覺的連聲

① 慘傷：慘痛悲傷。

② 貫：串錢的繩子。《説文解字》："貫，錢貝之貫也。"過去多用繩索將錢穿成串，因此一千文又稱為一貫。

笑。

婆媳歡喜的沒顛沒倒[1]的，外人才知道，山西那姓宫的就是張鴻漸。鬧嚷嚷了，道喜之人，比前更勝。且不說娘⿹式爾歡喜，再說父子二人，到了殿試日期，又同去殿試。

［皂羅袍］宫子遷把萬言書上，會寫字會做文章，御筆欽賜探花郎。忽然一舉人頭上，烏紗輝耀，玉佩丁鐺。此日方才不負閨中望。

太爺殿了探花，少爺殿了二甲，虧了他年少，人物齊整，又拉了個翰林。

張老爺少年英妙，十九歲絕好丰標，齒白唇紅模樣嬌，玉堂金馬忽然到。翰林院裹，尊貴逍遙，此日方才不負娘親教。

爺兒⿹式爾心滿意足，好不得意的緊！

張鴻漸紫袍金帶，騎大馬直過天街，人人都說探花來，模樣不像三十外。翰林公子帶牙牌，日日街頭去把榮華賣。

不說爺⿹式爾京中得意，打點告假還家，却說方太太雖是歡喜，却還盼望那殿試的消息，便說："娟娟，怎麽京裹全無有個信來呢？"

［叠斷橋］家門衰孤，家門衰孤，小小功名總不似無，還得個新翰林，才壓得仇人住。人心無足，人心無足，得了隴來又望蜀，我看那小保兒，躭[2]得個翰林做。

方奶奶說："媳婦，咱有了兩個進士，我這心裹又指望個翰林。"娘⿹式爾正在房中笑説着，就有人來報："太爺殿了探花了。"你說他娘⿹式爾好喜呀！

太太開笑顏，太大開笑顏，回頭想想十年前，只待做奶奶，做太太不情願。今日却不然，今日却不然，不指望老虎又爬山，這一探花郎，應該合保兒換。

你說房裹那些婦女們，都說咱太太歡喜了，乜模樣越發俊的嬌嫩了，年紀三十四五，只像二十四五呀是的。

太太笑嚇嚇，太太笑嚇嚇，人生世上能有幾？既然是爲個人，却也該嘗嘗那奶奶味。保兒兩道眉，保兒兩道眉，前生像有個造化根，到了做翰林，

---

① 沒顛沒倒：手脚忙亂。元·李行道《灰闌記》第二折："你兩個都不為年紀老，怎麼的便這般沒顛沒倒。"

② 躭：同"耽"。承當。

這麽才成對。

正説着，又有個人來報："少爺拉了翰林了!"你説這一喜，若是不會善[八]的，可不就是八十的老翁轉磨磨——就暈殺了?

喜氣揚揚，喜氣揚揚，我説保兒不尋常，我每日看着他，就有個翰林像。滿斗焚香，滿斗焚香，拜了天地拜家堂，到此時把仇人，放不在心坎上。

此時鬧動了合莊，都來磕頭，連那李大的老婆，在家裏也坐不住了，跟搭着也跑了來，搗①了頓頭去了。

都來叩頭，都來叩頭，仇家也不敢記前仇，跟搭着别人來，好像那鷄嗲②豆。鬧鬧稠稠，鬧鬧稠稠，摸了個欑楂③坐在門後頭，出去合人説，俺奶奶合我厚。

此一時，斷不了京裏有人來往，已是打聽着他爺爺告了假，就待來家。家裏彀多少人伺候，四面莊裏彀多少人迎接!

［玉娥郎］豎大旗，挑長旛，人聲喧，刀鎗鉞斧共勾鐮；鼓吹一大攢，鑼鼓鬧喧喧，好一似排大駕，上太山。財主親戚，衣帽新鮮，坐雕鞍；窮人借衣難，套上藍布衫，找一個毛驢兒騎着顛。接了大半天，探馬來往竄，這頭行已合那執事連。

接了半日，張太爺到了。管家到轎前跪稟："衆鄉親們接太爺咧。"張太爺聽説，即忙下轎，都説了幾句話。衆人懇請，方才上轎。

［羅江怨］衆鄉親擺列兩邊，那管家跪稟轎前，老爺下轎來相見。小人們磕頭問安，親戚們叙叙寒溫[九]，老爺從頭問一遍。又上轎呼呼搧搧，那探馬跑跑顛顛，五十里一派人聲亂。不一時來到門前，三聲響大礮連天，四鄉里多少人來看。

方太太使人探望着，太老爺隔着二十里了。一霎時又來報："大太爺隔着十里了。"一霎又來報："來到門前了。"方太太合孟娟娟都穿紅官袍等候。不一時，太爺父子下轎，進了宅了。

［耍孩兒］老太爺進宅門，見太太淚紛紛，十餘年夫妻又相認。年年我在

① 搗：此指磕、叩。有貶義。

② 嗲：家禽及其他鳥類吃食。方言发音 cān。

③ 欑楂：凳子。

天涯外，寡婦孤兒過十春，幾乎把你心操盡！今日裏孩兒富貴，我還該謝謝夫人。

太爺說："今日我應該謝謝你才是。"太太說："你說是那裏話！"

方太太淚漣漣，那幾年把我心眼望穿，這幾年把我這魂驚斷。但只是望你殘生在，不敢望你做高官，誰想如今來相見。今日裏明明的相會，還像是夢裏團圓。

夫妻哭罷，少老爺方鋪下毡，給太太磕頭。

方太大叫一聲，我那兒你是聽，一行笑着淚珠迸。你做了秀才還打瓦，打你的時節我心疼，不想有個翰林命。還記的朝朝每日，我陪你坐到三更。

太爺聽說太太苦心教子，又痛極了，說："我越發該謝謝夫人了！"

割慈愛教兒童，陪讀書到三更，說來叫人心酸痛。我就在家常教子，也只是斷不了讀書功[十]，那想你把苦心用。我十年出亡在外，倒情着做了太公。

不一時，方二爺來道喜，兩個作了揖。太老爺又作揖，下淚說：

［平西調］自離別十年後，不肖人南北漂流，到如今僥倖才把功名就。我家孤兒寡婦，誰敢出來伸頭①？百般的仗賴，刻骨也是難酬。他娘們去坐監，好不可羞！多虧了你昂昂的志氣，報復了寃仇，若不然受[十一]到何時彀！

方二爺說："這都是賢弟的福分，賢甥的造化，帶着我中了個進士。"太老爺說："那嚴老兒如今壞了，老兄還可以起復。"方二爺說："仔怕有個指望[十二]。"

爲妹子把奸臣來俯就，那[十三]如今夢裏還羞，倒是這去了官兒還好受。常恨那科道們，骨突着嘴兒②，該把他眼挖！我若是還行取進京，定要撞倒那五鳳樓。天下的大害，固是州縣不肖，也是那司院貪求。那我定要上幾個本章③，除除民害，砍幾個賊頭，就是那徒流秀才還可救。

太爺說："吾兄就有此志向，小弟也可幫助。咱暫且吃酒罷。"吩咐着酒來。

［跌落金錢］親戚隔斷十餘載，今日相逢笑顔開，老兄呀，把盃同飲共一

① 伸頭：挺身相助。

② 骨突着嘴兒：噘着嘴。

③ 本章：奏章。《封神演義》第六章："且朝中文武，個個憂思，人人危懼；不若乘此具一本章，力諫天子，以盡臣節。"

快。快把美酒煖煖篩，美味佳肴端上來，老兄呀，登堂不飲上門怪。二哥尊庚呢？方二爺說：比舍妹大三歲。又叫一聲二兄臺，得開懷處且開懷，老兄呀，人生有幾個三十外？莫學俊來莫學乖，相逢只要吃三杯，老兄呀，明朝自有明朝在。

方二爺說："我從來不能多飲，已是醉了，別了罷。"遂作別上馬而去。太爺說："看酒來，咱作一個合家之樂。"

妻子得相逢，一家團圓喜重重，夫人呀，或者今朝不是夢。孩兒與我斟一盅，家人難得一樽同，我如今要吃乾咱那床頭甕！想我流落在西東，想你愁悶在房中，夫人呀，要飲杯酒何人供？十九方纔認太公，對面還不識顏容，我兒呀，鬼神會把人擬弄。

不一時掌上燈來。太太說："叫那丫頭子們來，歌舞一回。"一霎時，玉蘭合瑞香到了。太老爺說："這是從何處得來的？"太太說："說起來教人傷感。"

思想起當初凶信聞，房中終日淚紛紛，那時節，孩兒買來解我的悶。房師贈他二百銀，傾囊買了兩個人。多虧了他朝朝日日在房中混。一混一個夜兒深，娟娟去後掩房門，他兩個跟我就在乜牀頭困。能學飛燕舞輕塵，能歌十折錦堂春，愁時節，教他略解心頭悶。

老太爺說："你看他舞藝雖然不多，果然舞的好。再看酒來。"

舞袖翩翩錦帶垂，舞來真似燕輕飛。你看他輕盈賽過霓裳隊。兩行紅燭照深閨，妻子團圓共一堆，這時節，人間快樂真無對。一盃一盃又一盃，喜氣重重酒力微。不覺的明月西轉參星墜。痛飲何妨[十四]擊板催？漸覺昏沉體不隨，夫人呀，今宵一個酩酊醉。

太老爺起來，說："醉了！呵呵呵呵好醉也！"太太說："玉蘭、瑞香，扶持您老太爺房中去罷。"

［清江引］醉的東歪又西倒，妻子同歡笑。千年兩次歸，只睡了一宿覺，都不如今夜裏睡的好。

一夜晚景不題，且看下回分解。

【校】

［一］衣錦歸裏：蒲松齡紀念館藏遺著抄本作"宮花連報"。

［二］萬：盛本作“歲”。

［三］指望引：應為“指引”。

［四］吊：盛本作“踩”。

［五］吠呵：盛本作“吆喝”。

［六］少爺見榜將放盡：盛本作“少爺見榜將放盡不見李才報”。

［七］往下又看呀：當為“往下又看，呀”。

［八］善：盛本作“喜”。

［九］寒溫：蒲本作“溫寒”。

［十］讀書功：盛本作“把書攻”。

［十一］受：盛本作“受磨難”。

［十二］仔怕有個指望：盛本作“那就有個指望了”。

［十三］那：盛本作“到”。

［丨四］妨：盛本作“勞”。

第十四回　八仙慶壽

却說老太爺在朝三十年，做到兵部、吏部二部尚書。少老爺從侍讀學士起，做到吏部天官。這三十年裹，太老爺又生三子，中了一個進士，中了二個舉人。少爺生了五個，兩個中了進士，兩個點了翰林。別人都是好秀才。大曾孫進的案首①，到了十八上，連中三元。向後越發越盛，後事難以畢述。此一時，已是富貴極矣！

［耍孩兒］張老爺三十年，拖玉帶上金鑾，子孫都赴過瓊林宴②。進士還生進士子，千秋萬輩做高官，老天爺賜了他一本生鐵券。年紀才六十四五，何愁不滿屋貂蟬？

大老爺做到吏部尚書，就告老還家。家裹歌兒舞女，好不快樂的很！忽

① 案首：明清時期人們稱科舉考試中縣、府、院第一名的為案首。

② 瓊林宴：宋代天子在瓊林苑宴請新晉的進士，稱瓊林宴。後代沿用其名。《牡丹亭》第四十一出：“眾多官在殿頭，把瓊林宴備久。”

然想起不得意的時候來，就想起那舜華來了。

想當初遇艱難，結恩愛四五年，殺了人又救我脫了難。如今富貴三十載，一門老幼都安全，怎麽能再見他一面？欲畫他仙容妙影，挂在這金屋珠龕。

是日正是三月三，老太爺的華誕，子孫們冠帶滿堂，都來拜了壽，親戚族人都來磕了頭。老太爺回了内書房，待去歇息。

才進了内書房，摘紗帽脫衣裳，自己静掩紗羅帳。忽聽的掀簾挪俏步，撲鼻一陣蘭麝香，進門乃是天仙降。看了看是舜華來到，太老爺喜歡非常。

太老爺方才歇下，忽然一陣異香撲鼻，却是舜華到了。太老爺喜極了，遂跳下牀來，一把拉住，說道："咳咳！可教你想殺我了！"舜華說道：

[桂枝香] 久不相晤，知君思慕。今遇着壽誕良辰，我約下羣仙賜顧。將客舍全鋪，十二席圍裙坐褥。我帶來佳餚美菜，甘脆香酥；一罈仙酒儘堪用，不必塵世酒店沽。

舜華說："我約下八洞神仙，今日都來與君上壽。"太老爺聽說，異常驚喜，便吩咐兒孫們，打掃焚香。舜華又囑咐道：

虔誠坐侍，焚香齋戒。净灑掃緊閉廳門，都着那俗人靠外。我自有安排，一個人不容還在。隨我來一雙婢子，茶酒能篩。唯留夫婦兒孫輩，共候羣仙下界來。

老爺聽說，吩咐家人一切都出去，鎖了大門，舜華合太老爺往客房裏去看，掀開簾子，已是鋪的極其端整。才坐下，太老爺吩咐一家老小都來拜見。

太太進叩，多蒙打救，自然該拜謝恩人；施舜華拉住袍袖。叫兒孫磕頭，好端端斂容坐受。四五年祖母，名分還留。每人奉贈一丸藥，能開智慧更添壽。

一家人都朝上拜了，舜華每人給了他一丸藥，說道："吃了可以開聰明、添壽數。"大家拜謝着。仙婢來報："何仙姑到了。"

仙姑微笑，稽首稱道：蒙妹妹囑咐叮嚀，已約下羣仙俱到。八洞煩勞，我先來登堂相告。添福添壽，世世金貂。你爲五載恩情重，我爲千秋姊妹交。

老爺要領着一家人朝上參拜。仙姑說："仙家不行俗禮。"就坐了。舜華便讓太老爺夫婦陪坐，少老爺合衆少爺侍立兩傍。忽然一朵彩雲墜落，是洞賓老祖到了。

拱手一笑，大家脫套①，久不見何仙姑仙容，前日蒙折柬相召，說舜華相邀，不敢不登堂領教。主人盛義，道侶情高。我先拔劍爲君舞，願君壽數比蟠桃！

洞賓老祖也吩咐不行俗禮，就坐了。舜華才稱謝，勞駕動了。一行說着，張果老、曹國舅、韓湘子三仙老祖，一齊到了。

果老、國舅、湘子隨後，一時來三位神仙，一個[一]寬袍大袖，高高拱手。花籃兒不離左右，笛聲隱隱，漁鼓悠悠。並祝尚書張吏部，同上寒山十二樓②。

凡在坐的都打了稽首③。張果老說："我還該逐位奉謝。"都問："怎麽說?"果老說："這壽主是個宗弟。"呂祖說："這老祖[二]又來冒認華宗來。"大家正笑，鐘離、采和來了。

鐘離赴宴，采和同伴，忽然間瑞氣千條，一霎時祥光滿院。長鬚惹香烟，漫舞蕉扇，輕敲玉板，歌繞華筵。共飲杭州千壽酒，願君福壽比南山！

不一時，鐵拐老祖到了。

李仙赴會，彩合[三]飄墜，才到了海外三山，適來遲萬望恕罪！急急追隨，遠迢迢葫蘆在背。只恐怕羣仙等侯，只脚如飛。丢拐自作商羊舞④，願獻麻姑酒一杯。

施舜華向仙姑說："想是客已全了？斟酒罷。"仙姑說："還有福、壽二老，只怕將來，也虛着兩席罷。"斟上酒，舜華一一親遞。

洞賓背劍，鐘離搖扇，何仙姑笊篱在手，張果老騎驢進院，湘子花籃，采和雲陽五扇，長袖國舅，鐵拐李仙，大家共酌一杯酒，同贈主人萬萬年。

共斟一杯，與老爺上壽，太老爺拜受了。才一巡，忽報福、壽二位星君到了。但聽的鶴鹿齊鳴，衆仙一齊迎接。

福星高照，祿星同到，忽然鹿鶴齊鳴，滿庭中瑞烟籠罩，並落九霄。衆仙承迎歡笑，壽山不險，福海無濤，華堂幸見兩星會，清淺蓬萊又一遭。

---

① 脫套：大方而不落俗套。

② 寒山十二樓：舊指仙人居所。

③ 稽首：古代最為隆重的跪拜禮。

④ 商羊舞：源於商周時期的一種古老的民間舞蹈。商羊，神話傳說中的一種神獸，喜歡在大雨之前單腳起舞。

就坐了。舜華參見了，太老爺又領着兒孫們拜見了。舜華先遞了酒，太老爺逐位奉酒。

［香柳娘］進一盃坐前，進一盃坐前，揚塵舞蹈，望上朝參，敢拜求衆仙增福增壽，家中平安。

張老爺合孟太太、奶奶[五]，逐位敬酒。

敬拜禱筵前，敬拜禱筵前，仙人下顧，百喜重添，願保佑椿萱①，桑榆②無恙，福壽綿綿。

以下又是衆位少爺，逐位奉酒。

共稽誠坐前，共稽誠坐前，誠心一片，叩祝天仙，佑祖父百年，四體康壯[四]，牙齒牢堅。

獻酒已畢，福星老祖去袖裹取出一個小瓶兒，勾核桃大小，吩咐童兒給公子、公孫各賜福酒一盃。都看着那器物甚小，未必能有一盅兒；誰想只顧倒，只顧有。每人飲過一盃，覺着異常的精神，都來叩謝。

飲美酒香甜，飲美酒香甜，一杯入肚，直透元關③，舉拜叩連連，天官賜福，恩重如山。

衆位老祖都待起來。太老爺稱謝舜華，舜華也要告别。

［倖倖令］[六]今生新愛好，前世舊姻緣，今朝一别何時見？要知道千里在眼前。

大老爺說："既蒙仙子厚情，怎麽就恝然④而去？"

［收江南］有恩義不忘了琴瑟歡，又叫我世世福壽雙全。不能常作鴛鴦伴，你也稍稍留連，教我也心頭略放寬。

舜華說："官人從此福壽永遠，相會也自然有日。"

［園林好］俺今日已證金丹，斷不能久戀塵寰。但願你跨黄鶴腰纏十萬，

① 椿萱：舊時多代指父母。椿在古代是長壽的象徵，多用來比喻父親長壽，又將母親或母親居所稱為萱堂，故稱。

② 桑榆：比喻晚年。曹植《贈白馬王彪·並序》："人生處一世，去若朝露晞。年在桑榆間，影響不能追。"

③ 元關：人體下腹部的一處穴位。

④ 恝（jiá）然：漠不關心的樣子。《朱子語類》第五十八卷："今日之事，至於死生之際，恝然不相關，不啻如路人！"

不必問再相會是何年。

衆位老祖都起身告別。

［沽美酒帶太平令］罷豪飲，謝芳筵，辭賢主，別衆仙；照夕陽，人影亂，跨鶴凌雲上九天，乘鹿憑風昇雲端，舞鳳翔鸞。亂紛紛，酒闌人散；鬧嚷嚷，星流霧燦；薰騰騰，異香一片；白茫茫，祥雲數段。俺呵飄然言旋，名山洞天。呀！好像是赴瑤池一會佳宴。

衆位老祖起在半空，一家人望空拜謝。

［清江引］榮華一路功名全，沒有災合難。八子上玉堂，八壻朝金殿，又是那郭汾陽[①]再一轉。

後來張太老爺夫婦壽到一百單[②]五歲，受了十二遍封誥。因知海上神仙窟，只在人間富貴家。

詩曰：蟒玉紛紛照金堂，繡簾一簇麝蘭香。

夫婦八十猶康健，牙笏脫來已滿牀。

【校】

［一］一個：根據上文當為“一個個”。

［二］祖：盛本作“兒”。

［三］合：盛本作“雲”。

［四］壯：盛本作“莊”。

［五］孟太太、奶奶：當為“方太太、孟奶奶”。

［六］［倖倖令］：盛本作“［僥僥令］”。

---

① 郭汾陽：郭子儀，唐代軍事家。曾做汾陽王。

② 單：零的代稱。

磨難曲

第一回　百姓逃亡

衆流民上云孩子餓的吱嘤吱嘤[一]，老婆待中巴[二]焦，還爲錢糧大板敲；——寧死他鄉不受大板敲！老天老天[三]，怎麽給眞個年景，還給眞麽個官兒！

［耍孩兒］不下雨正一年，旱下去二尺乾，一粒麥子何曾見！六月纔把穀來種，螞蜡吃了地平川，好似斑鳩跌了蛋①。老婆孩一齊捱餓，瞪着眼亂叫皇天。

縣公老馬，嗔人報災。大家去上司告了，即時委了一個官來查勘。老馬便送上二佰銀子，着他休報成了災。

大家去告上臺，他雖然把官差，那眼睛沒長在額顱蓋②。滿坡一片皆紅地，只有幾科③蔔朮稭[四]④，便説螞蜡[五]不爲害；還説有八分年景，都休要望想成災。

雖然説不成災，卻又自家看不上，坐在那轎裏麻瞪⑤着兩眼，見一個莊裏

---

① 斑鳩跌了蛋：希望破滅。《金瓶梅》第六十回："你班鳩跌了彈（蛋）也，嘴答穀了！"

② 額顱蓋：前額。

③ 科：即"棵"。

④ 蔔朮稭：高粱秸稈。

⑤ 麻瞪：眼睛似睜非睜。

沒有术稭[六]①，便說這莊子成的是災。合縣裏四萬頃多地，成了[七]二百頃災。

起了本②按莊村，照地畝赦三分，有災無災全不論；都着螞蜡[八]吃了個淨，何曾一點受皇恩！家中器物折蹬③盡，還要去按限比較，三十板打的發惛④！

昨日比較，打了我二十五板，及乎⑤死了！俺一堆捱打的，一霎死了兩個，發渾[九]的還有。不早些拿腿，只等的走不的就晚了！作哭介

瓢一扇棍一條，拿起來先害羞，這飯可是怎麽要？祖宗留下幾畝地，只望兒孫守的牢，如今避不的親朋[十]笑，遇着這鋪囊物件，一旦把墳墓全抛。

我這二日聽這說，咱這儉年去處，朝廷家知道了，已是把錢糧全赦。有說是文還沒到的，有說[十一]老馬押起來的。王大說也是有的。常時打的還善和些，這一向打的甚狠，想是他有了信了。

相傳着有赦條，說是他押住了，又說還是不曾到。這一向來打的狠，二十五板命難逃，這裏頭想是有點竅。他安心把糧打起，見了赦一並上腰⑥。

可只是就明知他這等，性命要緊，怎麽樣[十二]的！

朝廷就赦了糧，俺已是一擔筐，在家也是沒投向⑦。逃在他鄉就餓死，俺善人埋在俺亂三崗⑧，勝如打死公堂上！俺如今主意已定，流水走不用商量。

一個說如今可也通不成個世界了！俺莊裏有一個老秀才，家道雖不大富，還有一半石陳糧。他居家五六口人，指望着攙糠攙菜的，多吃會子。昨夜晚被一夥人進去，將穀搶去，把老頭子打死。他那兒媳婦，現如今找主，代給人家支使。

七八十一秀才，爬個窩⑨沒有材，摘扇門來把尸蓋。夜來還有支使的，今日出來當奴才。說起這事眞奇怪。這寃屈對誰告訴？眞正是無妄奇災！

---

① 术稭：即“薥術稭”。

② 起了本：寫奏本。

③ 折蹬：此指變賣。

④ 惛：同“昏”。

⑤ 及乎：幾乎。

⑥ 上腰：上自己腰包，貪污。

⑦ 投向：此指投奔的去處。

⑧ 亂三崗：亂墳場。

⑨ 爬個窩：原指牲畜臥地不起，此處比喻死亡埋葬。

一個說道他不該報官麼？又一個說雖報官待怎麼！俺那鄰莊，燎死①了楊善人，姦了他的令愛，他那兒子還小。那地方、鄰右都替他不平，大家給他報了官。官府着[十三]了狀，摔下呈子來，大怒說[十四]："他自己不告，與你們何干!"

官不論是和非，聽的人說個賊，總像犯了他祖宗的諱。到是賊人全無事，還是失主吃橫虧。不拿人，有理合誰對？可恨那鋪囊被殺，一似坐縣的李逵②!

看起來，此一時只該做賊。做賊的搶着吃，奪着穿，怎麼肯逃？但只是到了當官，雖然無事，自家覺着也難見人。除了逃還有甚麼生路？衆人都哭了，掩面說道咳咳！好不悲嘆人也!

不肯當忘八頭，做了賊又害羞。堪堪餓死何人救？從來不曾討飯吃，待要不吃肚裹啕。叫奶奶自覺面皮厚。多虧了好官看顧，教闔縣南北遷流!

哎呀！蒼天呀！聽的說朝廷爺極仁慈，若是有官好的替咱訴訴這些苦楚，休說赦錢糧，還賑濟也是有的。怎麼就大小官員，都沒有攤着一個愛民的？

知道咱苦和甜，全憑那上下官，朝廷好那裹撈着見？下頭知縣不肯報，上頭大官不肯言，萬歲爺怎知道盧龍儉？休指望赦糧賑濟，就赦了那恩惠難沾。

長想着，那一年大赦了錢糧，沒封的就便宜了那滑戶③，封了的就便宜了那縣官，那好百姓沾甚麼恩來！奉旨各處都開飯場④，那米未曾發縣，上司就落起了八千石；發在廠裹，那衙役又偷去了六千石。煮出粥來，那衙役的親戚、朋友、兄弟、族人，盡吃的是朝廷家飯。廠裹的人許多餓死[十五]，那萬歲爺那里知道的!

前遇着大儉年，萬歲爺動愛憐，發了漕米⑤百萬石。賑濟賑的是衙役家狗，賑濟賑的是州縣官。飢民餓死了勾千千萬！若遇着洪武皇帝，剝的皮堆

---

① 燎死：燒死。

② 坐縣的李逵：典出李逵在壽張縣審案一事。此處比喻審案、斷案不用心。

③ 滑戶：耍滑頭的人家。

④ 飯場：朝廷賑災的粥廠。

⑤ 漕米：通過水道運的米。《舊唐書·志》第二十九卷："始者，漕米歲四十萬斛，其能至渭倉者，十不三四。"

積有如山！

一個說道咱的苦楚一時也說不盡，就說煞那朝廷也聽不見。咱還商議，這飯是該怎麽討法？一個說道我可教的給你。你把喉嚨打掃打掃①，大叫道："爺爺呀，奶奶呀，捨俺一碗飯哩。"一個說不好，不好！這樣打磚②了。衆人說依你怎麽樣？這個說依着我是兩手扳肩，到了門上，先吠喝一聲，才叫："爺爺呀，捨個錢，生個兒來中狀元。奶奶呀，捨碗飯，家積餘糧千萬石。爺爺奶奶給個飽，積下萬個大元寶。"一個說不好，不好！這也像叨貧話的，不大雅致。有一個說儉年裏我曾討個[十六]飯。衆人說你是怎麽着討法？這朱二說我是打蓮花落③。衆[十七]說妙，妙！你就是個老師，俺就跟着你學罷。朱二說您可好生接和着。近來街上新編一套小曲兒，我學了幾天才會了，今日用着他了。您都聽着。

［蓮花落］萬民造孽年景荒，田地焦旱麥枯黄。蓮花落[十八]。

您都啞了麽？全不做聲一聲。衆人說怪囂人的。朱二說這個待要飯吃，還怕害囂麽？咱從此散了，各人顧各人罷。衆人拉住說你休焦[十九]，俺都接聲便了。

萬民造孽年景荒，田地焦乾麥枯黄。共總種了十畝麥，連根拔了勾一筐！蓮花落哩溜蓮花。

朱二說極好！就是這等。我收拾着幾件樂器，分散④給您，沒有的拍手亦可。果然取出硼硼鼓⑤、插兒機⑥，交於別人。嗽[二十]一聲說好好着咱就來。

六月半頭下大雨，晚穀種的甚相當；長來長去極茂盛，眼看就有尺多高。實指望秋禾接接口，誰想天爺不在行⑦！遮天影日螞蜡過，朝朝每日唬飛蝗，把穀吃了個罄溜淨，莊稼何曾上上場！大家沒法乾瞪眼，餓的口乾牙又黄。

---

① 打掃打掃：此指清清（嗓子）。

② 打磚：沒有結果。

③ 蓮花落：一種傳統的說唱藝術。多為一人，自說自唱。《二刻拍案驚奇》第二十二卷："只得作一長歌，當做似蓮花落滿市唱著乞食。"

④ 分散：給；送。

⑤ 硼硼鼓：小腰鼓。

⑥ 插兒機：一種由竹片和銅片製成的鈸類樂器。

⑦ 不在行（háng）：不行。

一窩孩子吱吱叫，老婆子抟菜[①]插[②]粗糠；老頭子不濟瘟着了，出不下恭來絕氣亡。大家告災到了縣，知縣不肯報災傷；衆人又望上司告，差下監正道老黄。知縣怕他實落報，送上厚禮哀哀央；他轎裏底[二十一]頭麻瞪眼，合縣報了幾個莊。百姓跟着號啕痛，搖呋[二十二]怒喝臉郎當[③]；一溜飛顛揚長去，罵聲空在耳邊廂。軍門照着起了本，按莊赦了三分糧；哭的哭來笑的笑，人人祝贊那公道娘。路上行人多淒涼，暫時不知死合亡；鄉里人民都散盡，城裏大板大比糧。近日相傳有大赦，越發狠打苦難當！一限擡出好幾個，莊莊疃疃出新喪。與其臨死臀稀爛，不如囫圇死道傍；今日還能沿地走，運氣極低算命長。俺也不指望逢大赦，指望出門逢善良；一路無災又無難，安安穩穩到汴梁。天爺睜眼不殺死，他日還能返故鄉；貪官拿去年成好，正紙大錁又燒香。蓮花落哩溜蓮花。

朱二說極好了！咱可以合打[④]上來了，不愁餓死了！衆人都哭了說就是故鄉難離！這也說不的，咱就去罷，去罷。

［耍孩兒］一擔筐一扇瓢，上羊腸路一條，未曾舉步淚先弔。半世生長一塊土，今爲荒年一旦抛！這回生死也難料。待要在家中守死，那官家枷打難招！

詩曰：成羣逃離向他鄉，淚流千行與萬行；

只等天爺開了眼，再招白者[二十三]認家鄉。

【校】

［一］吱嚶吱嚶：盛本作“吱喲吱喲”。

［二］中巴：盛本作“中心”。

［三］老天老天：盛本作“老天呀老天”。

［四］蓟术稭：盛本作“秫術秸”。

［五］螞蜡：蒲本作“蚂蝗”。

［六］术稭：盛本、蒲本作“秫秸”。

---

① 抟（tuō）菜：用手將野菜摶成團。

② 插：食物多水少的煮，同時用勺子等攪拌。通“餷”。

③ 臉郎當：臉孔板着。

④ 合打：說唱相和。

［七］成了：盛本作“儘报成了”。

［八］螞蜡：蒲本作“蚂蝗”。

［九］渾：盛本作“昏”。

［十］親朋：周村叁益堂本作“親戚朋友”。

［十一］有說：盛本作“有說是”。

［十二］樣：盛本作“挨”。

［十三］着：盛本作“看”。

［十四］說：盛本作“說道”。

［十五］的人許多餓死：盛本作“倒餓死許多人”。

［十六］個：盛本作“過”。

［十七］衆：盛本作“衆人”。

［十八］蓮花落：盛本無。

［十九］焦：盛本作“心焦”。

［二十］嗽：盛本作“咳嗽”。

［二十一］底：蒲本作“低”。

［二十二］㕭：盛本作“佸”。

［二十三］白者：盛本作“回來”。

第二回　貪官比較

衆百姓拴繩上白咳！俺好苦也！家中升合①無糧，看看餓死，可有甚麽納錢糧！——聽說大赦將到，那官家越發打的狠了。今日拴來，這性命休矣！

［耍孩兒］衙役們好似賊，有了錢放他回，俺無錢該受這昂臟［一］②罪！拴着脖子受了氣，上堂還不知怎麽捶，不死也把皮來退③！這一限若還不死，只得遠走高飛。

① 升合（gě）：一升一合。多比喻數量不多。合，一升的十分之一。北周甄鸞《算術》：“玉升一升，得官門一升三合四勺。”

② 昂臟：即“骯髒”。

③ 退：通“褪”。

這一回，咱這裏頭只怕有打死的了。一個牛大跪着那差人，哀告說大叔，我這肚裏沒食，十板就打死了！你放了我，積個陰德罷。差人說我從來不積陰功。又哀告說你殺生不如放生好。

半年來常忍飢，又無食又無衣，吊了一口遊遊[二]氣。休說打到二十板，七八下子死無疑！打殺我與你也無益。你若放我回去，我只是磕頭作揖。

差人瞟着臉①說臜行子！磕些頭也積不的私房。若是人人磕頭，俺倒餓死了哩！一個說你這個人好聳，跪嗓子當了甚麽！死活的由命，哀告甚麽！

你若是命該終，放了你也活不成。壽限亦是前生定。若還今日不該死，人待殺你也不能，何必搗頭還掙命？一個人全沒志氣，你也就辱沒祖宗！

正然說着，聽的發梆。差人說三梆完了，帶上去罷。

官扮老馬上云爲甚人人望做官？三梆響罷面朝南。這班生意眞眞好，板上皆生銀子錢。

白自家馬臺，盧龍[三]知縣是也。朝廷大赦將到，若不速比錢糧，數日之間，設或赦到，只壓三兩天，那銀子能有多少？今日且不審官司，快把那比較牌擡出。衆人答應一聲是。

聞聽說有赦文，錢糧只封六七分，不肯折蹬那糧食囤。我就狠狠的只顧打，他沒有糧食也賣人。想是我打的還沒甚，完了糧赦文纔到，我只說拖欠在民。

范秀才上云錢糧打的甚狠。我已完了七分，上去告個寬限，或者可以依允。上堂跪下說道稟老父師：生員錢糧完了七分了。

端端帽整整衫，望公座堂上參，開口就把父師念。衣服典盡牛馬賣，未到秋成小麥完。錢糧目下實難辦，老父師恩開格外，一兩限稍稍從寬。

縣官大怒道奴才[四]！你要梗老爺令麽！一行駡着，就丟下籤來了

駡一聲狗生員！欠錢糧不待完，一人就要壩住堰②。給我拉去着實打！打殺秀才我敢擔！戴着頂頭巾粧體面，打一個給閤縣看看，莫叫他眼裏沒官。

拉下來，喊了一聲就打。打到十五板上，就不做聲了。皂隸稟道死了。老馬掙了一掙，纔說怎麽死了？待我看來。看了看，轉身說道我只打了他幾下，不料他就沒

---

① 瞟着臉：臉露不屑。

② 壩住堰：比喻阻止。

了氣。可是該怎麽樣呢？也罷罷[五]罷，已是如此，我破上打來的這銀子，丢了便了。

他也是運氣低，人都捱到三四十，十五板怎麽就斷了氣？也不怕他歪告狀，只怕軍門具了提①。人已死了如何治？出上我自己[六]不用，現放着打來的東西。

呀！不知死[七]了多少人，今日這個人怎麽把心跳起來了？我待不比了，怕人看出來。不免坐下再比。便叫趙大。答應一聲，說小的完了九分了。官說你是個好的，下去罷。又叫錢二你封了幾分了？答應一聲，說八分了。官說也罷了。下去，速完。又叫孫三你是封了幾分數了？答曰小的是七分，下去就全完了。官說好，好，下去快完。下邊一羣上來說小的們李四、周五、吳六、鄭七、王八、馮九，都是七分數了。官說也罷了。都走下去，速速封完，暫且免打。官退了堂。衆人出[八]，不勝之喜，都道牛大，怎麽沒死了你？

［倒扳槳］歡歡喜喜出衙門，不曾打死叫人擡。命裏不該今日死，見了閻王放回來。回來笑滿腮[九]歸家還見老婆孩。今朝來闖鬼門關，關門一[十]過保平安。上堂不曾打一板，好[十一]該妻子得團圓。眞是難[十二]，燒紙燒香謝老天！

家中不知怎麽盼望，俺走動些。

下，老兒拄杖上，作嘆介白我兒拴去比較，到如今不來，不免去望望。婦人上白牛大爺那裏去？老兒說我那兒拴去比較，不見回來，少吉多凶。婦人說我也去[十三]望望俺那兒，老兒說您那兒壯實還不妨。我那兒每日忍飢，今早做了三碗飯，他留下兩碗給我吃，他只吃了一碗去了。一打就死！哭着說天哪！天哪！

［耍孩兒］出門去上了繩，低着頭進了城，沒有錢嘴也不敢硬。餓吊了一口氣，打到十板活不成！這個必定送了命！他若是有些好歹，我也就有死無生！

婦人也流下淚來說俺那兒也是打了一頓的了！

俺家裏無分文，俺還欠幾分銀，匙箸碗碟折蹬盡。上限拿了去比較，二

① 具了提：即“具了題”。舊稱寫題本上奏為具題。

十五板打了個昏，板瘡還有一大稕①！這一回若再捱打，必然就性命難存！

小孩子上白，婦人含淚問道小喜兒，往那裏去？孩子說俺爺去比較的了。俺娘着我出來打聽打聽，看打的動彈不的了，好找個人去擡他。老兒說咳！可憐，可憐！

儉了年已難禁，又給個官索殺人，老天罰的忒也甚！流淚眼觀流淚眼，斷腸人送斷腸人！家家都交[十四]死絕運！老天爺你幾時睜眼，看看你受苦黎民？

樵夫上，婦人說好了，那不是俺那鄰家賣柴來了？俺問個口信。陳大哥，你從城裏來麽？沒聽說比較的如何？樵夫說我在關裏賣了柴，就回來了，沒進城。老兒說若有凶信，你就實說，何必隱瞞？樵夫說我實是不知。就是聽見人言亂傳說，是打殺了一個秀才。老兒跺脚說咳！一個相公還打死了，俺是甚麽！罷了罷了[十五]！死也死也[十六]！

秀才打的見閻羅，況且小民直甚麽！必然定有非常的禍！今朝逢限該比較，俺莊去了十個多，不知打死了那一個？唯有我兒太弱，定是他不能存活！

比較人作歌上

［倒扳槳］好似死囚上殺場，人人保不就[十七]②存和亡。誰想去了人十個，歸來還是整五雙，整五雙；老子娘，又得團圓在一堂。

老兒說遠遠望見一夥人來，只怕是比較的回來了。小孩兒說是，是，那不是俺爹爹呀？老兒說你看見我家裏，您牛大哥了麽？孩子說沒看見。老兒說必定是打死了！咳，天哪，天哪！比較的人來到，孩子叫道牛大爺休哭，那是俺牛大哥來了。老兒拭淚說道我兒，你來了麽？

［耍孩兒］俺這裏望眼穿，誰敢望再團圓，料想不得重相見。到家收拾逃性命。在家也不過受飢寒，何必定把家鄉戀？但免了官刑打腿，那管他東北西南！

【校】

［一］昂臟：盛本作“骯髒”。

---

① 一大稕（zhùn）：一大片。

② 保不就：保不准；保不住。

［二］遊遊：盛本作“悠悠”。

［三］盧龍：盛本作“盧龍县”。

［四］縣官大怒道奴才：盛本、蒲本均作“縣官大怒道：奴才”。

［五］罷：盛本作“也”。

［六］自己：盛本作“自己的”。

［七］死：盛本作“打死”。

［八］出：盛本作“出來”。

［九］回來笑滿腮：盛本作“放回來，笑滿腮”。

［十］一：盛本作“已”。

［十一］好：盛本作“合”。

［十二］眞是難：盛本作“得團圓，眞是難”。

［十三］去：盛本作“待去”。

［十四］交：盛本作“交了”。

［十五］罷了罷了：盛本作“罷，罷”。

［十六］死也死也：盛本作“死了死了”。

［十七］就：盛本作“住”。

第三回　闔學公憤

衆秀才上白列位諸兄都到。范子廉被老馬打死，人人共恨，大家不可不動個公憤。衆人都說這是自然。

［耍孩兒］范子廉一好人，教子弟養雙親，生平不把衙門進。錢糧完了七分數，打死當堂命不存！闔學豈可無公憤？若知縣要殺就殺，何必[一]這付衣巾①？

衆人說大家一齊上前，休要退前擦後②。

做堂堂一丈夫，那義氣不可無，搐着頭筭③不的人之數。把他惡款開詳

① 衣巾：明清时期秀才的服式。此指秀才的待遇。

② 退前擦後：這裏指因害怕不敢上前。

③ 筭（suàn）：同“算”。

細，告了軍門告總督。大家一齊往前做，若有退前擦後，定教他地滅天誅！

一個說道雖然如此，這張呈詞，須得個好手做做纔好。一個說這呈子，必須張鴻漸妥當。衆人都說極是極是。他不但筆法①高，是他名重，不可不借重他。

一爲他爲人公，二爲他文章通，三來爲他名聲重。他那裏聽說這件事，未必不咬的牙頂平，俺求他那有心不動？他從來慷慨義氣，到可以患難相同。

俺就去求他的，不必遲延。衆下，生扮張鴻漸上白不幸盧龍遇儉年，城中又複坐貪官。男兒不遂冲天志，要得安生難上難！自家盧龍秀才，姓張名逵，字鴻漸，年方一十八歲，頗有個微名。但是時運未至，不得不懼禍藏身。今遇荒年，又遭着知縣貪酷，聽說打死了范子廉。這等暴虐，好不怕人的緊！

既不幸遇儉年，又遭着虎狼官，打了牙只望肚裏嚥②！明日大赦已將到，竟把錢糧封納完，閉了門且吃安穩飯。范子廉忒不自愛，何必去當堂求寬？

衆秀才上白來此已是張鴻漸家，不免扣③門。張兄在家麽？鴻漸說甚麽人叫門？待我看來。作開門介呀，衆位兄臺，從何處而至？請請。衆人入門，揖[二]介，坐介張鴻漸說諸兄齊臨，有何見教？衆人說有事奉央。

馬知縣大板敲，范子廉命難逃，大家要往上司告。這張呈詞極要緊，須要做的手筆高，想來無如兄臺妙。更求寫尊名在上，大丈夫定不辭勞。

張鴻漸說如今事[三]道④難言，衆兄臺也要三思。衆人說老馬惡貫滿盈，且是一個秀才，明明打死，料想也無甚麽凶險。張鴻漸說小弟斷不能從命。

我是個眞獃瓜，年紀小知甚麽？說不出句利亮話。不敢逾限等大赦，明二暗三任他加，受不的衙役登門罵。休說是上臺告狀，並不敢出入官衙。

旦扮方氏白[四]自家方氏是也。客房裏何人說話，待我聽來。聽介[五]兄臺不爲范子廉，只爲闔學情面。若還不肯，大家都跪下了。張鴻漸背云這怎麽處，這怎麽處！旦轉身云這事不同小可，只怕丈夫失了主意。叫丫環快去請你姑爺來。丫環出來稟道有請姑爺。張鴻漸轉身說道小弟告便，去去就來。方娘子迎着說道我聽了多時了。官人休失了主意。如今伯母就待出喪，借此推託，豈不是好？

---

① 筆法：文筆和手法。

② 嚥：同“咽”。

③ 扣：通“叩”。

④ 事道：即“世道”。

秀才們做事鬆，得了勝都居功，人人會託[六]花槍弄。如今只論錢合勢，衙門裏不合你辨青紅。況你孤單無伯仲，若還是萬一不好，那時節受苦誰疼？

張鴻漸說娘子說的極是！疾[七]忙出來對衆說道這是闔學的公事，小弟極該奉陪。但伯母發喪有期，萬萬不能從命。若是要我做呈詞，這個不敢辭勞。衆人說張大哥既不肯入夥①，目下就請動筆。這是他的惡款，你看看好做。張鴻漸接着，一行行吟哦了一遍，纔下筆寫道

具呈人閤學生，只爲着貪酷情，加三火耗錢糧重。聽說有赦着實打，打死了欠戶四百名，秀才也喪殘生命！望老爺即時拔救②，不得不激切③上呈。

做完了，衆人拿過來，也齊[八]吟哦了一遍。說道極好，極好！張鴻漸說這款單上的衙役、證見，勞衆位兄臺拿去填寫去[九]。衆人說有勞了！俺今日還要起身哩。就請別了。張鴻漸送至大門外，一拱而別

詩曰：呈詞精微筆如刀，句句眞情非放刁；
　　　世上若還有公道，一張冤狀恨全消。

【校】

［一］何必：盛本作“何必要”。

［二］揖：盛本作“作揖”。

［三］事：盛本作“世”。

［四］白：盛本作“上白”。

［五］聽介：盛本作“聽介，衆人說”。

［六］託：盛本作“把”。

［七］疾：盛本作“急”。

［八］齊：盛本作“各”。

［九］去：盛本作“罷”。

---

① 入夥：參與其中。

② 拔救：解救。

③ 激切：言辭激烈而率真。

第四回　軍門枉法

衆秀才上白咱們自從遞了呈子，軍門差了兩個承差①去拿人，這也是好幾日了，也待好來。咱不免去院前聽候，以便銷到。

［耍孩兒］告人命告貪酷，告知縣告衙蠹，認上頭②只得望前做。無的不敢說上有，有的不肯說上無，贓證分明有過付③。咱且去伺候銷到，也聽聽氣色④如何。

解子押衙役代⑤鎖上。衆秀才拱一拱，說道齊了麽？答應齊了。聽得掌號⑥，都説三咚了，大家伺候過堂。副扮軍門上詩上馬管軍，下馬管民，騰騰殺氣報[一]乾坤。有人來告貪州縣，白刺蝟⑦來拱大門。俺北直軍門臧品是也。俺今日官至二品，位至八擡，出門去前呼後擁，轎前磕頭者無其大數，也算的是個尊之極矣！我想人生在世，冷桌熱櫈，鑽東蓦[二]西⑧，巴不能做個大大官兒。若是像那古人，要赤心報國，愛養百姓，這就是從苦上去求苦，豈不是個獃瓜？到底是掙些銀子，蓋些樓閣亭臺，買些舞女歌兒，落得終身快活。前日那盧龍秀才，告着那知縣老馬，這不是送了個財神來了麽？且不論事情真假，單看那馬知縣的意思若何。他若是待認一分真，就是一分真；他若待要十分真，就是十分真。我也不合他計較，或者他也不是個傻子。今日來銷到，不免給他個下馬威，也教他早早安排，上了堂自有道理。

馬知縣不大肥，兩個眼好似賊，他來磕頭曾相會。從來善錢也難捨，須

---

① 承差：差役。

② 認上頭：參與某事。

③ 過付：通過中間人完成雙方的錢財交易。

④ 氣色：語氣；口氣。

⑤ 代：通“帶”。

⑥ 掌號：吹號。

⑦ 白刺蝟：比喻白嘩嘩的銀子。

⑧ 鑽東蓦西：比喻投機鑽營。

索給他個下馬威。看待要個甚麽罪，略略的針針①纔好，想他也知道理虧。

上堂坐介，解子上稟啓稟大老爺：盧龍那一案，都拿到了。軍門吩咐代[三]②上來。一干人都上堂跪下。軍門大喝道這一干奴才都是該死的！馬知縣也該砍頭的！暫且上刑收監，伺候下夾棍，到過午時夾您這奴才們！一干人下來，衙役們送了監裏去了。秀才們都歡喜道好明白老爺！咱且聽候過午復審。下，盧龍內司上白俺乃馬知縣胞弟馬如飛。是日老兄給我一萬兩銀子，託我上院裏打點。那老兄也是個苦瓠子③，若掙銀錢，到家也沒有看顧兄弟的。我安心打點七八千，落下兩千，扁在腰裏。不想昨日託掌稿的④李洪圖送進去六千，裏面便問："若求兩家無事，便就收下；若要倒了原告，還得添添。"我想，銀子是事細[四]⑤，兄弟要緊。若再加二千，不過壞兩個功名，盡之矣。一不做，二不休，索性一萬兩銀子，都給了他，把那秀才們問他個七死八活，也好在盧龍做官。

一不做二不休，萬兩銀子要全丢，有錢買的天門透。上堂若是分辨理，款單呈詞一筆勾，行行都成了牙疼咒。問他個頂門反坐，只交他斬絞徒流！

（馬如飛說）來此已是李洪圖家，待俺叫一聲：李大爺在家麽？李洪圖出來，拱了拱手說有甚麽見教？咱裏邊說。兩個進門坐下。馬如飛說還是爲家兄那一件事，還求李大令[五]相爲。李洪圖說大爺吩咐，說令兄原是死罪。若是單求免死，前日那些數目，小弟就還是送進去。馬如飛說小弟又借上了兩千，湊足一萬之數，只要那原告反坐，問兩個死罪纔好。李洪圖說這甚容易，我管效勞。馬如飛於腰中取出，說道這是黄金六百兩，白銀四千。作了一個揖，說道借重借重！明日家兄還另有酬謝。李洪圖說小弟合令兄就至厚，那一遭不蒙他厚賜？小弟就送進去。馬二爺，你只聽着審理便了。請了。並下，衆花面扮衙役代⑥鎖上云哎呀！不爭一時快樂，幾乎吃了大虧！若不着能捨大錢的老爺，咱今日一羣吹鼓手弔下驢來，只怕都回頭朝下哈哈哩。又笑說妙妙！咱那老爺送上了銀子八

① 針針：即"鎮鎮"，打壓。
② 代：通"帶"。
③ 苦瓠子：比喻無油水可榨之人。
④ 掌稿的：衙役中負責文書的人。
⑤ 事細：即"細事"，小事。
⑥ 代：通"帶"。

千兩，還怕他怎的！

［桂枝香］做的太過，委實也錯，惹弄的遞起公呈，幾幾乎弄成大禍！俺怎生奈何？多虧了那元寶千個，財帛耀眼，買透閻羅。上堂那論理合表①，開開門只用嘴擱移。

今日復審，咱且一邊聽候。下，衆秀才上白一秀才被知縣打死，大家動了公憤，遞了公呈。軍門到也明白，即時發票去齊證見。今日人犯俱全，聽的說老馬送上了一萬兩銀子，給了撫院，未知的與不的？或者也不致過於大差了也。

軍門尊貴，威風無對，雖然說貪了就昏，料想也良心難昧。就[六]原告吃了虧，也沒有砍頭大罪。平穩凶險，只在這回。今日若還趕逐出，大家便是一頭灰。

咱們沒有情面，又沒有銀錢，只得聽天由命而已。咱且一邊伺候。下，淨花面濃鬚扮軍門上云幾千幾百講冰凌，任俺當堂定死生。前擁後呼八人轎，居然一個小朝廷。哈哈！做大官的有這樣好處，不用開口，自然成千成萬送將進來了。

呵呵大笑，大官眞妙，不[七]開口州縣皆知，一伸手萬金就到。現成成②全交，送將來還愁不要。若不如意．一筆勾銷！生死參罰③在我手，盡他乖變也難逃。

盧龍知縣被那秀才們告他貪酷。我豈不知他貪酷？但他送了一萬銀子，要俺把這些人砍頭充軍，不得不敬從尊命。

銀錢所在，仇家不怪。一霎時舞人歌兒，一霎時樓閣成塊④，還坐轎人擡，似這等誰人不愛？使人錢鈔，與人消災，嘴臉回頭變，登時黑白翻過來。

叫那盧龍知縣，那一起犯人進來。喊了一聲犯人進。軍門說叫盧龍的衙役進來。便問您這些衙役，如何撥官害民？衙役說小的都是奉公守法的。只因那秀才們結了黨，要把持官府，縣公不隨[八]他的意思，纔刁告大老爺案下。望大老爺施恩公斷。

---

① 理合表：對和錯。

② 現成成：現成。

③ 參罰：處罰。《明史》第五十一卷："有瘠損，則聽兵部參罰。"

④ 成塊：連成一片。

［西調］極好的個馬知縣，到任三日，那屏子發了傳單，德政歌兒貼在牆上人人見；萬民衣費過百千，那萬民幛子是沒有一年不攢。百姓們沒有一句怨言，就是那板子打腚，也叫他青天。不封糧，只給衙役沒體面。

軍門說下去！下，軍門又叫那原告一夥秀才上來。軍門便問您各人都有甚麽寃事？衆人說生員是爲闔縣的公憤，請大老爺公斷。

又貪又酷人人罵，全不論理只要蛤，有了錢，人命官司也不怕。每年的錢糧明加了暗加，他還說短少無一個不拿。縱着一羣餓虎作害人家，你若是惹着衙役，這一跌就全差；上了堂，沒有百姓說的話。

軍門說這都是刁詞。本院也有耳目，那馬知縣也是個好官。衆人說大宗師不信，那證見叫來問他。軍門說證見都是你一路人，問他怎的！衆人說別的或者是謊，那范子廉被他活活的打死了，這可是假不的。

做官他憑着那歪揣性，狠要錢不顧人的死生，除貪酷別沒有甚麽毛病。他或好或歹自有個定評，大宗師耳目極廣，見的極明。那范秀才有甚麽罪名？三十板打死，人人心裏不平。眞合假，可以不用證見證。

軍門惱了，哏[①]了一聲，說你是范家的甚麽人？打死不打死，與您們何干？給我打嘴！喊了一聲，每人打了一百嘴擱

大夥成羣放刁賴，分明幾個大秀才，把持衙門把官害。謊他貪使了您多少債，說他酷夾棍板子你又沒捱。結了黨告到上臺，挾制官府安心要揣歪。砍幾個頭，您才知道王法在！

您這些人結黨害民，把持官衙。爲首的該殺，縱黨的該絞，別的充軍。暫且收監，待本院起本。衆人大叫寃枉！軍門擺袖下，衆人說這不變了卦麽？

［憨頭郎］喇溜子喇，喇溜子唎，打夥合該造化低。造化低，忒蹊蹺，只說貪酷件件實，縱然衙門無公道，出上一個脖兒齊。誰知道做個屈死鬼，弄的家破人又離，死不了充軍去，老婆還要點軍妻！我的哥哥！咳咳！我的皇天哥哥！

告世人仔細聽：休管閒事遞公呈。殺人該我甚麽事？好好的逞頭把氣生。

① 哏：表示憤怒的聲音。

明知世上無公道，本領又不如宋公明①。一條棍子閘了口②，滿心寃曲③對誰明？我的哥哥！咳咳！我的皇天哥哥！

詩曰：帶枷披鎖氣難伸，俱是鬼門關上人；

想是天爺正大盹[九]，不知何時始翻身？

【校】

[一] 報：盛本作“振”。

[二] 驀：盛本作“闖”。

[三] 代：盛本作“帶”。

[四] 事細：盛本作“細事”。

[五] 令：盛本作“爺”。

[六] 就：盛本作“就是”。

[七] 不：盛本作“不用”。

[八] 隨：盛本作“遂”。

[九] 大盹：蒲本、盛本作“打盹”。

第五回　大王打圍

衆秀才代[一]鎖並解子上白只爲着遞了張呈子，被知縣老馬使上了一萬兩銀子，着軍門絞了兩個，其餘遼陽充軍。寃哉寃哉！

[耍孩兒] 可憐俺衆秀才，都被④這無妄災！眼看就到口兒外。雖然是軍門傷天理，卻也是俺自己該。豈不知如今是銀錢世界？只加三千貳吊，把黑白翻將過來！

---

① 宋公明：宋江，字公明。

② 閘了口：堵了口。

③ 寃曲：即“冤屈”。

④ 被：遭受。

解子說列位既有本領告官告吏，就有本事充軍。每日家酸酸邦邦[①]的！看前邊這座大山裏，有一夥强盜，要殺人吃了哩！你可合他捽之乎，弄焉哉！

捽之乎弄焉哉，又告吏又告官，我道你是甚麼通天漢。問了一個充軍罪，走着好似上刀山。到前頭休着大王見，細豆腐揣[②]的好肉，再酸些他也不嫌。

一個秀才說道你罵甚麼哩？解子說怎麼來？紙糊的桌子請客——只怕抹抹就抹一塊去了不成麼？一個說不必拌嘴[③]。相公們，俺只當央及您，這不是好去處，咱走動些。秀才說這話還有情理。咱疾走便是。下，戎裝扮大王領衆卒旗幟上云如何四海不清寧？只爲奸臣日日生。對衆發下洪誓願，要將海河盡奠平！俺乃三山大王任義是也。只因路見不平，殺了惡人遭大蟲[二]，逃在山中，招集天下豪傑，如今有精兵一萬，不怕那總、副、參、遊[④]。今日春暖花開時候，正好玩耍。

[皂羅衫]俺今日雄兵一萬，憑武藝占住三山。只殺贜吏與貪官，那官兵誰敢正着眼看！一馬當先，營寨城池，踩[三]一個稀糊爛！

大小頭目何在？答應有。大王說趁今日天氣晴和，各人披掛整齊，下山打圍[⑤]一遭，有何不可？都吶喊一聲，行介[四]

馬兒齊鳴，人聲一片，抖精神放轡加鞭。鎗不離手弓上弦，腰中都插雕翎箭。不拘隊伍，不按營盤，野鹿獐麅，到手方才算。

俺今日雖然打獵，看山下有甚麼行人，拿來見我。如有官兵解糧，以鳴鑼爲號，上前殺去。若有買賣商人，十分之中取他三分，放他過去。衆人吶喊一聲

俺不是自己托大[⑥]，那官兵直些甚麼？長槍一刺仰不踏[⑦]，齊逃生還要夢裏怕。若是商客不要殺他，休像貪官惹的人人罵。亂紛紛人喊馬叫，鬧烘烘

① 酸酸邦邦：此指說話拽文，有知識份子的酸腐氣。

② 揣：此指燉。

③ 拌嘴：爭吵。《金瓶梅》第二十四回："兩個正拌嘴，被小玉請的月娘來，把兩個都喝開了。"

④ 總、副、參、遊：武官總兵、副將、參將、遊擊的簡稱。

⑤ 打圍：圍獵，打獵。《喻世明言》第六卷："後來葛令公在甑山打圍，申徒泰射倒一鹿。"

⑥ 托大：高傲自大。

⑦ 仰不踏：向後仰面跌倒。

遍滿山腰。亂擒野鹿殺獐麅，半空中射的飛鳥弔。狗跑山澗，鷹上雲霄，鳥兒擒獲，兔兒也難逃。

方纔一只大鹿，被俺一箭射倒，他忽然跳[五]起來，代①箭而去。大家往南追趕，休得遲慢。亂趕中人下介，上白[六]呀！那山坡裹，像有兵卒打獵，不知何人採獵。相遇介，兵卒問道見代箭的一隻鹿兒不曾？解子說不曾見。兵卒說必定是您們藏了。解子說路上行人，那裹藏的一隻大鹿？兵卒說同我去見大王回話便了。並下。大王上

小鹿兒忽然驚跳，一箭射去中當腰②。上南死命去奔逃，追將來一點沒音耗。登時兵馬一標，去了多時，而今還不到。

俺且下馬，坐在山頭，等候消息。兵卒上稟，大王問道趕的那鹿兒如何？兵卒說道趕了十餘里，全無蹤跡。只見一夥蠻子③，帶將來請大王審問。大王說叫他上來。一干人並見，跪介，解子說給大王叩頭。大王問道您是甚麽人？衆人稟道小的是兩個解役，解了這起犯人上遼陽充軍。大王說那犯人上來。一干秀才上前跪爬了兩步。大王問道您[七]都是甚麽人？犯的甚麽罪？說來我聽。衆人說大王聽稟。

［耍孩兒］生員是永平人。您既是些秀才，因甚麽犯罪呢？因知縣貪又昏，打秀才霎時命不存！這樣介[八]根，您告下的麽？俺把他惡跡開成款，就去院裹告軍門。這就是了。誰想都是活倒運！怎麽說呢？那知縣自知理屈，送上了一萬白銀。

大王又問那院裹就收了他的麽？

那院裹收了銀，變了臉翻了脣，良心天理全不論。怎麽着來？他後堂已是定了罪，原告說話他只是嗔，惡款一件何曾問？呈頭的④問了斬罪，俺們是關外充軍。

大王大怒，跳起來說道有這樣事！氣殺我也！快把那鎖給我開了。請坐請坐。可惜路途太遠，不能去殺那狗官兒！且把這解子剝了皮，消消悶氣。我有個願心，要殺一萬個衙役；這四五年間，殺了三千餘名。叫他兩個報名，以便

---

① 代：通“帶”。下同。

② 當腰：腰部。

③ 蠻子：北方人蔑稱南方人為蠻子。南方人蔑稱北方人為侉子。

④ 呈頭的：為首的。

記賬。一個說我是李一文。一個說我是仁盈野。大王說快快剝皮報來！李一文叫喚哀告，說道留着小的給大王效勞罷。小的曾跟着太行山頭目，夜間行過事。大王說這等說，一發是該死的了！我手下沒有這樣毛賊①。一行拉，一行說小的無罪，剝仁盈野的皮罷。仁盈野說一路上都是你得罪相公們，怎麽剝我？大王喝一聲說我自然從頭來，不可偏袒。果然把李一文登時剝了拿皮來報。又拉仁盈野。盈野大叫相公們給我說個情面！衆秀才起來作了個揖，說道稟大王：這個人還好些，求大王饒他。大王哈哈大笑說這是秀才們的故套：一張呈狀呈到堂上，及至官府替他打人，他又講起情來。豈不可笑也？依你一半人情，免了剝皮，砍頭便是。下邊喊了一聲，一刀砍訖，提頭來報。大王哈哈大笑快哉快哉！

［皂羅袍］做官的不成貨，得了錢把生死移挪，世道如今怎奈何！那贓官都該把頭来砍[九]，小民遭難愁死愁活。那高官仁皇，氣的這肚兒破！

俺有個小小志願，只怕天不從人。

俺只愛雄兵百萬，徧天下尋殺貪官，開刀先誅了嚴世蕃。一匹馬掃清那金鑾殿，奸臣殺盡，解甲歸山。若能够如此，方遂人心願。

如今要去殺那奸佞貪官，朝廷不說俺是片好意，又合俺爲起仇來。必須要百萬精兵，個個都像那存孝②、敬德③。

怕朝廷不肯體諒，不信俺但殺貪贓。指不的出馬一條槍，百萬兵纔敢往前闖。八十萬存孝、二十萬張良，天下人民纔有個太平望。

衆秀才說大王志向，眞是聖賢之心！大王說叫人來，將衆位相公，每人助他路費十兩，教他歸家去。衆秀才說已是受了大王活命之恩，怎敢受賜！大王說不必謙讓，即便收去。我們要尋那鹿兒去也。衆作揖叩謝，大王說不勞，不勞！揚鞭竟去，下。衆人說眞麽個英雄，怎麽不着他做閣老丞相呢！

［耍孩兒］眞是個賢大王，解繩索助行裝，這個恩德眞難忘！他又大發沖天志，要與天下殺貪贓，想他必是天神降。到家中畫他影像，朝夕的叩頭焚香。

他雖然放了我們，怎麽就敢歸家？只得把這銀子攢起來，找一個買賣爲

① 毛賊：也寫作“蟊賊”，對盜賊的蔑稱。

② 存孝：李存孝（858 — 894），本名安敬思。唐末第一猛將。

③ 敬德：尉遲恭（585—658），字敬德。唐朝著名將領，南征北戰，屢建奇功。

生。

問流徒上邊關，纔離家够一年，回家定是眞逃犯。大家尋思無頭路①，歸與不歸左右難。不如別處且逃竄。等到那朝廷放赦，那時節再講回還。

【校】

［一］代：盛本作："帶"。

［二］蟲：盛本作"毒"。

［三］蹀：盛本作"踩"。

［四］行介："說是行介"。

［五］跳：盛本作"躍"。

［六］上白：盛本作"衆人上白"。

［七］您：盛本作"你"。

［八］介：盛本作"可"。

［九］砍：盛本作"剁"。

第六回　方氏罵官

秀才衣巾上咳！軍門把公呈審壞，又聽說追究那做呈子的。有一個親戚在刑房當差，對我說道："今日院票來到縣裏了。"想是就要拿人。張鴻漸是個好人，俺悄悄的對他說着，他也好安排。不免急走則個。呀！來到莊裏，天有半夜，待俺叫門。把門打了幾下，張鴻漸上半夜三更，何人叫門？開門問道你是那個？又細認道是馮二哥麽？有甚麽要[一]事？秀才喘吁吁的說道如今院中[二]籤票已到，要拿那做呈子的人，想是天明就有差人到了，你也該犯個打算。我待去也。張鴻漸回來，自言自語這待怎麽樣？怎麽處？一行說着，到了房中，見方娘子還做衣裳。張鴻漸說不好了！适才馮學友來對我說，軍門裏要拿操筆之人，老馬差了人了。方娘子放下針線，跳起來說道這怎麽了？張鴻漸說已是如此，還有甚麽法兒？出上殺就殺，充就充！方娘子就流下淚來了

---

① 無頭路：無路可尋。

方娘子哭啼啼[三]，叫官人你聽知，這回一跌六個字，明知大[四]坑望裏跳，世間那有這樣癡？票子沒來還好治，不如從此撒脚，只說是游學山西。

張鴻漸說娘子見的[五]也是，不着就是這等。包裹還有二兩銀子，也還可以盤費幾天。但只是做個漢子，惹下禍不敢承當，家裏驚動女人，可怎麽過意的去？

要作別淚紛紛，生察察的兩下分，愁你家裏無投奔。如今已把寃仇結，老馬横行又不是人，怕他拿[六]妻兒問。我只該在家受罪，斷不可連累闔門！

方娘子說家裏有他二舅，可以照管一些。你又沒有口供，料想沒甚麽大差。已是三更多了，你立定主意，速走爲妙，不要遲疑。只是你盤費太少。

家裏貧不算貧，路上貧貧煞人，他鄉難求飯一頓。我有紫金釵一對，或者還值幾兩銀，拿着救你窮途困。你只管脫身遠走，也不必掛念家門。

張官人接着金錢[七]，越發悲慟。備上那驢。又說娘子呀！

我如今要起身，眼睜睜兩下分，千言萬語難傾盡！我兒小保纔三歲，你我只有這條根。不敢望他還上進，但得他成人長大，好守那祖宗塋墳。

方娘子說你只管去，不必掛心。我可有句話囑咐你。

又少友又少親，萬里他鄉一個人，你在路上須謹慎。縱然丈夫犯了罪，料想不致滅滿門，那怕就是當官問。我看着保兒福像，未必不枯木逢春。

方娘子送出官人去了，關了門，可就大哭回[八]來了

轉回頭淚如麻，又愁我又愁他，教人怎麽放的下！家裏未知凶合吉，破上一死無大差。低頭細把畫兒畫，尋思個顛顛倒倒，不覺的明透窗紗。

呀！天明了。叫小秋妮子，叫了兩三聲纔出來。方娘子說小奴才，你倒睡的安穩！你去開開那角門子，那邊叫起牛二來，着他快去請您二舅爺來的。同下，方仲起上云世間公道不分明，惟只錢財最有靈。閉戶讀書登甲第，人前說話便中聽。自家方興，字仲起。做個秀才，不敢說飽學，學校中也有點聲名；不敢言豪傑，衙門裏也還給點體面。闔學遞公呈，來請俺入夥。我想，當今之世，甚麽公道，放着科甲不爭，爭甚麽閒氣？一些人見我不肯，還忿忿而去。妹丈張鴻漸與我所見略同。若是認上頭着，今日不免充軍流徙。萬幸，萬幸！

今日晨[九]冷颼颼，洗了臉梳了頭，夜來讀的今朝又。若是隨狼去打虎，遼陽受罪幾時休？待想如今不能勾。張鴻漸甚有主意，必合他折桂來秋。

牛二上，見介，方相公說道呀！這是張姑家的家人，怎麽來的這樣早？牛二稟

道大孅孅分咐快請二舅爺去。二相公問甚麽事？牛二說小的不知。我正睡着，叫起我來，催我快來，說請舅爺[十]快去。二相公叫人備上那驢，騎上打着飛走，一霎時到了。見妹子兩眼通紅，便問甚麽事？方娘子說他惹下禍了！因他做的呈子，現今差人拿他，想是將到。二相公說這怎麽了！

我妹妹淚漣漣，把前情訴一番，不由叫人一身汗。老馬得勝越發作，比從前加倍更酷貪，秀才越發沒體面。這可才無法可治，你可就準備坐監！

二相公說老馬通不是個人了，近來越發橫行。妹夫去了，他必要拿家屬收監，這可怎麽樣？正商議着，牛二來報縣裏差了鄧天軍來拿人。方二相公說甚麽事[十一]？差人說還是爲那公呈，說那呈子是張相公做的。方相公說他上山西去了半年有餘，等他來時，纔可以質對的。鄧天軍瞪起眼來，嚷道是[十二]奉大老爺的明文，不是馬老爺的私意。方相公笑了笑，說道你不必動氣。你不過是待翻翻，請翻請翻。差人又商議說這方二相公也不是個善查，只怕進了門，他就給個作道①。方相公見他前前揞揞，便把鄧天軍一把拉住說請進請進，我就奉陪。

叫上差你聽言：待要翻只管翻，我就陪你從頭看。我的話也不足信，我是方才到此間，也未必不有個張鴻漸。翻一翻有與沒有，也好去回那縣官。

果然進去房屋裏，坑裏洞裏，前頭後頭，都瞧了一遍。方相公說是我沒撒謊麽？請去外邊，我去沽酒酬勞。都說不必，不必。纔進城去了。二相公回來，方娘子說他去了麽？二相公說雖然去了，家裏你該收拾收拾，託着誰給你料理家事。老馬必然要來拿你。辦下了極好；設或辦不下，也有個着落。方娘子說不妨。這一個小丫頭，着他去跟着咱娘；一個覓漢在家裏，着他春大爺看着他做莊稼。把屋門鎖了便是。

種着有頃多地，還有個大覓漢，託他大爺常常看。我在家中還害怕，若是出頭見了官，我也不怕那馬知縣。我已是白黑計較，二哥哥莫把心躭。

我怕的是見官；若是見了官，就是砍頭我也不怕。我家裏已是安排停當了。二相公說他若不拿家屬，還是個人；若是拿麽，也就該來了。正說着，那鄧天軍領着兩三個人，在大門上嚷鬧，大呼小叫的說快出來，發人給俺！有一個說就進去，看遲了他又說上山西哩。方相公一行出來，他已是進了家門。見了方二相公說俺沒拿了人去，幾乎轉下了。叫俺怎麽來拿方氏，快打發俺走。二相公說列位，

① 作道：即“左道”。非正常對待。

外邊歇歇[十三]，家裏拾掇拾掇，好跟您去，請管①逃不了就是了。一個個叉着腰，哧哧的喘粗氣，都說不消講遲呀耶看去的晚了，又說俺受了賄哩。殊不知俺是一口水也不曾吃的。方相公冷笑道列位少坐坐，我管去烹茶。鄧天軍說不用，還是速走。方相公說你不必如此。俺們該滅了門了麼？鄧天軍說爺爺，你合官說，合俺說中甚麼用？方相公說哎呀，您那官掌着銅刀勅劍②哩麼？待不說哩麼？您且略站站，我去叫他出來。進來見了妹子，說收拾停當了麼？方娘子說停當了，我已是囑咐他大爺了[十四]。方相公說你合孩子就騎着我這驢罷。

上門來大發威，惡狠狠好似賊，教人幾乎把牙咬碎！央他遲遲還不肯，快合他去罷，我的妹妹！料想也沒有砍頭的罪。低着頭合他就走，到當堂再辯是非。

兄妹兩個出來，便說咱可走罷。鄧天軍說您頭哩③先行。那地方去打水去了，俺哈④些就走。方相公說不可呀！您從頭裏急如火星，吃水不就誤工夫麼？看俺逃走了，不如同走。那[十五]衙役還坐着，二相公催着走，沒奈何，起來走了。都說天哪天，這才是一口水也沒撈着哈。方相公說我待打水給您吃，您等不的；怎麼這一霎，就這樣從容呢？一行說話，方相公把那驢打的飛跑，說咱緊着些。一夥差人連跑了兩回，還沒歇過來，喘吁吁的，把衣服都搨⑤了。一個說好渴！一個說好熱！鄧天軍說這說不的那苦楚，一清晨已是跑了五六里了。方相公也不答言，只是綽打⑥着那驢飛跑。一個說好了，好了，到了城了。再着幾里，就渴死了！同下，馬知縣上白可恨那張逵逃走了！我今差人拿他家眷，看他羞呀不羞！怎麼還不見來？一干人進來，鄧天軍稟道拿了方氏來了。老馬說帶上來！方娘子上去，老馬便問你就是張逵的妻麼？答[十六]是。老馬把驚堂木一拍，反臉大怒，喝了一聲好奴才！怎麼這樣無禮，見了本縣，竟不下跪？

不由人怒氣發！你把人藏在家，難道說說就干休罷？奴才犯了彌天罪，

---

① 請管：即“情管”。保准。

② 勅劍：尚方寶劍。勅，同“敕”。

③ 哩：通“里”。

④ 哈：喝。魯中南地區口語中存在 a、e 不分的情況。

⑤ 搨：汗水濕透。搨，通“溻”。《玉篇》：“溻，溼也。”前蜀貫休《讀玄宗幸蜀記》詩：“泣溻乾坤色，飄零日月旗。”

⑥ 綽打：抽打。

見了老爺不跪下，膽兒就比天還大！我奉着軍門憲票，也不是私將人拿。

方娘子說我是秀才的女兒，秀才的姊妹，秀才的妻室，平生不會跪人。況且那呈子做與不做，是沒有憑據的，於我有何罪？

做呈詞未必然，被仇人把他攀，風聞料想也定不的案。丈夫就犯了殺人的罪，也與老婆不相干。難道說你不是秀才變？待要頭一刀砍去，跪不慣糊塗贓官。

我上邊跪朝廷，下邊跪父母，犯了罪跪問官。我今日犯的甚麼罪？我跪你是敬你的貪那，可是敬你的贓呢？若是有勑封的劍，就拿出來早早把頭割去。我是萬不能哀告你，待跪你怎的！方娘子指畫着罵，老馬氣極了，吩咐收監。方娘子聞說，一發大罵

我把你奸佞官！拿人容易放人難。做賊也要眞贓犯，影響①事情無照對，就把妻子送在監。你也不是人來變！譬如你砍頭問罪，也把您老婆牽連？

你若犯了罪，拿你的老婆，你心下如何？老馬聽說哎喲，氣死我也！方相公急忙上堂，作了個揖，便說道這是生員的妹子。他甚不通人性，老父師息怒。方娘子說我已是出頭人[十七]面，我怕他怎的！只待他到監裏閉了我，你伺候告上狀便了。方相公又吠喝道這妮子這樣無知！還不快結聲②的，胡說的甚麼？

滿口評妹子差，張逵實實不在家。妮子全不會說話，年幼無知眞可惡，信口說的是甚麼，眞該把這奴才罵！望老師將他寬恕，把正犯拿送官衙。

只是望老父師躭待，從容查訪張逵便了。老馬怒氣冲天，只是搖頭。方相公上去跪了，說道望老父師少看薄面罷。老馬哏[十八]了一聲，說道本縣合你沒有杯水之交，看甚麼薄面！方相公爬起來說道老師，你好小器，那杯水值甚麼呢？

爬起來便開言，望你開恩免寄監，歸家大小燒香念。老師不過惡生員，你可休當生員當春元，暫且留點薄體面。不過到明年八月，老父師何爭這一年？

老馬冷笑說道等你中了再講。方相公說那時節轎馬送去，不費你的事麼？老馬大怒道你就中了，待怎麼着本縣！方相公回頭說道走走，座③他娘的！我料想

① 影響：傳聞、無實據。清徐作肅《侯方域〈朋黨論〉評》："朝宗家學最熟最悉，故兩篇議論鑿鑿，無一字依傍影響。"

② 結聲：不要出聲。

③ 座：通"坐"。

他不敢教你死。方娘子說二哥哥，你甚志氣，待跪跪個好人，跪他怎麽！二相公說罷了，罷了[十九]！我只拿他當個人來。

叫妹妹放心寬，你破上坐長監，休想我去求情面。看我定要着老賊，轎馬送到你大門前。央着你出來還不算，不教他官吏全死，我把這兩眼全剜！

方二相公一行領着妹子往下走，一行唱罵。老馬也怒冲冲的退了堂。二相公把他娘倆送到監裏，說道我到家，就送個婦人來合你作伴。下

詩曰：踴跳跑嘄野性多，無轡少鞍奈爾何？

秦王賜罷三軍酒，留得老皮裹伏波。

【校】

［一］要：盛本作“緊要”。

［二］中：盛本作“里”。

［三］方娘子哭啼啼：盛本作“［要孩兒］方娘子哭啼啼”。

［四］大：盛本作“火”。

［五］見的：盛本作“所見”。

［六］拿：盛本作“要拿”。

［七］錢：盛本作“釵”。

［八］回：盛本作“起”。

［九］晨：盛本作“朝晨”；蒲本作“清晨”。

［十］舅爺：盛本作“二舅爺”。

［十一］方二相公說甚麽事：周村三益堂本作“‘作甚麽的？’差人说：‘官府着俺来请张相公。’方二相公說甚麽事”。

［十二］是：盛本作“这是”。

［十三］外邊歇歇：盛本作“且外邊歇歇”。

［十四］我已是囑咐他大爺了：盛本作“停當了，我已是囑咐他大爺了”。

［十五］那：盛本作“衆”。

［十六］答：盛本作“答應”。

［十七］人：盛本作“露”。

［十八］哏：盛本作“喂”。

［十九］罷了，罷了：盛本作“罷，罷”。

第七回　旅村臥病

張鴻漸上白俺半夜逃出，早起晚眠，已是將近一月，料想他也沒處追趕了。

［銀紐絲］離家奔走兩三也麽天，怕有追兵在後邊；晝夜顛，眞是騎驢三不閑，騎着腿也夾，趕着又加鞭，忙忙走，好似離弦箭。晌午打了一回尖，登程只到日懸山。我的天呀！咳！荒店宿，方纔宿荒店。

俺頭一日走了勾二百；第二日走了勾一百五十里；到了第三日，這驢就趕不的了。我又沒本事走，向來一日只走四五十里。纔到了河南境界，運氣特低，這兩日又病起來了，只得住下。這已是三天了，全不見好。

昏沉好似發暈也麽風，一身好似坐船中！眼朦朧，手脚發熱似蒸籠。渾身不自在，終日哐哼哼，覺着病勢越發重。一日只捱飯一盅，沒人問聲是那裏疼？我的天呀！咳！痛傷情，叫人情傷痛！

你看這一霎，覺着站也站不住，還得去屋裏欹倒。店主人上白這天已黑了，看看張相公要吃甚麽？來到近前，叫了聲張相公，還吃甚麽？張鴻漸搖頭。又問吃茶麽？遂點了點頭。主人說我可沒有好茶。相公若有，我搧火頓罷。鴻漸指了指那書箱。店主便開箱取出，又即時[一]搧火。不多一時，潑了一杯，兩手捧獻，說茶到了。鴻漸擡起頭來，吃了半杯，便擺手不吃了。主人收拾了。又問你想吃甚麽？鴻漸說全不想甚麽吃，到是涼水甚好。店主連忙答應有，便打了水來，吩咐店小兒[二]把那蜜[三]拿來，加上兩匕①，加上蜜調和了調和[四]，拿來說相公請飲水。鴻漸擡起頭來，吃乾了，說極好。店主出來，自己籌畫②說道張相公這病，我看着越發重了，可怎麽處？略停了一停，再去問他。張鴻漸哐哼成塊。主人又來說相公，你這病，我看着越發重了。張鴻漸答應了一聲。店主說還得請個醫生看看。鴻漸又點了點頭。店主即時去請了個醫生來，坐下看了脈，就撮③了藥來。那醫生看着頓了，看着吃了，纔起來去了。

---

① 匕：後來寫作“匙”。

② 籌畫：謀劃。

③ 撮：取。

店主說藥資我明日送去。送了醫生去，店主又來看。但見張鴻漸滾來滾去，大叫[五]了兩聲，便說我藥着[①]了！快熬些綠豆湯來解解。店主人急忙搧火熬了來，又吹冷了，遞於鴻漸。鴻漸接過來，一氣飲乾。停了一停，纔說好了，略受的了。蒙店東人家費心，我可再不吃藥了。還有兩件首飾，托你換來打發。他伸手把金釵取出，不覺落下淚來了

一伸手撈出首飾也麽來，不覺一陣慟傷懷，淚滿腮。臨別將你畫匣開，愁我沒盤費，贈我紫金釵，那知我病裏將他賣！家中帶着小嬰孩，不知你家中怎麽捱？我的天呀！咳！無奈何，叫人愁無奈。

滴了兩眼淚，交與店主人。那天已大飯食[六][②]了。店主出去，換了八兩銀子來，交與鴻漸，把藥錢並一切雜費，稱去了一兩二錢

病懨懨只把眼兒也麽合，身子如在熱油鍋。沒奈何，白黑昏迷在被窠[七][③]。水米不沾唇，足勾一月多，悶昏昏只在牀頭卧。離家已是受折磨，又着俺在外染病疴[④]。我的天呀！咳！禍彌天，眞是彌天禍！

店主時常來看，便問吃飯麽？只閉着那眼說不吃。店主問吃茶麽？又說不吃。店主看了看，說道了不的了！鼻子也歪了！眼也昏了！那有好人？該商議買棺材纔好。又叫張相公，也不答應。又叫了一聲，只是迷迷忽忽，並不覺了。店主說這待怎麽了！

終日昏昏眼不也麽開，魂靈已上望鄉臺。苦哀哉，早晚爬窩往外擡。上看眼睛塌，下看鼻子歪，像這等難望人還在。怕他一口氣不來，死在牀上沒口材。我的天呀！咳！擺劃難，教人難擺劃。

店主叫小二，你來守着，就在牀前打鋪，常聽着些。我兩三宿不曾合眼，且去睡睡。下，店小二放倒身便打鼾睡，忽然醒來，聽了聽，說還有氣哩。又睡去了。店主上，看小二睡的這樣濃，叫了兩聲小二。小二莽莽恠恠[⑤]爬起來，還揉眼。主人說張相公怎麽樣？小二說還有氣哩。主人罵道狗男女！說的是甚麽話！待我看來。伸手一試呀，這頭上有了汗了！我在此守着。天已將明，你去把張相公那驢餵

---

① 藥着：此指因服藥而中毒。

② 大飯食：即“大飯時”。上午八九點鐘。

③ 被窠：被窩。

④ 病疴：疾病。

⑤ 莽莽恠恠（guàiguài）：懵懵懂懂。恠恠，當為“桩桩”之形誤。

餵。小二出去，不多一時，跑回來說不好了！驢不見了！主人說想是開①了？小二說不是開了，那大門也是廠②着的。主人說哎喲，這怎麼了！我再看看張相公。拿過去[八]一照說正出大汗，不必驚他，等他好了，再作商議。小二說依着我，他得病時就該逐出門去。你不聽我言語，白黑伏侍，受了多少辛苦；臨了沒上一頭驢，還得賠他五六兩銀子。這個喪氣③不喪氣！

你行好不肯逐他也麽出，倒在牀上喘呼呼。命將除，想來這事好糊突！白日燒湯水，黑夜提溺壺④，辛苦受了無其數。熬的他出汗病全無，倒賠上一個大叫驢。我的天呀！咳！訴何人？可向何人訴？

主人說這原是咱的運氣不濟，何必埋怨？張鴻漸出了汗，翻過身來，說呀！病已去了八九分了。這肚裏好飢餓！店主說病後只宜吃薄粥，快做快做。不一時盛來

兩個月水米未曾也麽沾，忽然吃着異樣甜美甘，盛來吃盡又重添。口裏還待吃，心裏不敢貪，小碗裏只吃了兩碗半。虧了死去又重還，若是一命染黃泉，我的天呀！咳！見何人？可有何人見？

主人見他好了，纔說有一件惱事⑤對你說。鴻漸說何事？店主說連日看守相公的病，不曾得睡；昨晚叫小二看守相公，我便去睡。臨明叫小二去餵驢，不想那驢被賊偷去了。鴻漸不覺感嘆說道我千鄉萬里，騎着他出來，不想就不見了！

自從我出門離了也麽家，只有俺倆沒有仨，嘆煞咱！想起當初痛撒撒，溜溜的跑了一日，我困他也乏，不吃草倒在槽兒下。誰想今日在天涯，我倒還活沒了他。我的天呀！咳！牽掛人，叫人心牽掛。

店主說相公不必煩惱。誰叫我不小心來？請管還給相公買一個好驢。鴻漸說這是甚麽話！我嘆的是這驢跟着我受了罪了，一旦不見了，這心裏不自在，豈有叫你賠的呢？店主說相公不教我賠，我心下怎麽過意得去？鴻漸說有甚麽過意不去呢？

---

① 開：牲畜等掙脫繩索。

② 廠：通“敞”。

③ 喪氣：晦氣；倒霉。

④ 溺壺：夜壺。

⑤ 惱事：煩惱的事。

實對你說我從此也麽來，生平全不會揣歪。命裏該，合當如此賭不的乖。大病不曾死，坐當又破財。被賊偷何曾將你賴？燒湯燒水在心懷。若把你好處丟放開，我的天呀！咳！壞心術，就把心術壞。

我說不賠，你心裏過意不去；你賠了我，我心裏怎麽過意的去？店主說只是難爲相公，忒也便宜了我了。罷罷！我合小二擡你到那書房裏，你靜養幾天，等相公壯實了，再作商議罷。並下，張鴻漸上白養病又是半月，每日教主人翁殺鷄割肉，一日兩三頓，甚是不安。這幾日行動的了①，我去街上自己買飯吃，到晚間還吃他一頓米粥。不免叫他來，把賬算算，以便起身。主人公在家麽？店主上相公有何吩咐？鴻漸說作蹋②你三四十日，你把飯價算訖。店主說相公三五兩銀子的驢還不叫我賠，吃幾頓飯，那有要錢的理？况且每日都是外邊吃飯[九]，擾我甚麽來吃[十]？張鴻漸又不肯依，把銀袱展開

我合你本是好相也麽交，住了不是兩三朝。病難熬，仗託主人情意高，清晨把飯做，夜晚把茶燒，一泡尿也是扶着溺。閻王殿前走一遭，僥倖在陰城把命逃。我的天呀！咳！酬報難，教人難酬報！

張鴻漸再三的給他，只是把戥子③遞給他，纔收了一兩銀子。拿去旋即回來，說這是我的二兩銀子，送與相公路上買頓飯吃。鴻漸推了不接說勞苦你一回，除不賺錢，那有教你折本的理？堅執不收。店主去領了個驢夫來，說給相公僱了一脚[十一]。鴻漸說一程多少價？店主說不必問，我已支[十二]了脚價了。鴻漸說多謝多謝。纔上了牲口。店主又囑咐道若回來時，務必到咱家歇歇。鴻漸答應自然麽！請了。

詩曰：蹇驢失去病難痊，天幸又逢店主賢；
　　　臨別雖勞囑再顧，不知何日始回還？

【校】

［一］時：蒲本作“將”。

［二］兒：當為“二”。

---

① 行動的了：此指走動。

② 作蹋：攪擾。

③ 戥（děng）子：舊時金銀店等常用的一種小型的量具。《粉妝樓》第三十回：“謝你一百二十兩，你若不信，你拿戥子來。我今日先付些你。”

［三］蜜：盛本作“密”。

［四］加上兩匕，加上蜜調和了調和：蒲本作“加上兩匕調和了調和”。

［五］大叫：周村三益堂本作“又哐哼”。

［六］食：蒲本作“時”。

［七］窠：蒲本作“窩”。

［八］拿過去：盛本作“拿過燈來”；蒲本作“拿過燈去”。

［九］外邊吃飯：盛本作“你外邊吃飯”。

［十］吃：盛本作“呢”。

［十一］給相公偏了一脚：盛本作“我給相公偏了個腳”。

［十二］支：蒲本作“交”。

第八回　曠野逢仙

張鴻漸上白自從店主人送我上路，一日走了一百二十里。不想災星未退，又使的抄了①，病了一日。那店主人極其可恨，不依我在他店裏，我又只是不動身。虧了代②了數十日，又出了汗，方纔另找了店房，將養了幾日。我生平又不能吃那粗飯，况且是非肉不飽[一]，盤纏已是不多了。

［耍孩兒］急忙忙上前奔，走一程病臨身，如今已是活倒運。連日不敢多走路，吃的剩了一兩銀。幾吊錢能買飯幾頓？我出門原無定向，取便道訪訪故人。

前邊到了鳳翔府③了。我想這鳳翔城南，有個王莊。莊裏有個王秀才，號是霞紫。前年從京裏下來，斷了盤費，在我家裏住了幾日，送了他程儀④二兩。他曾囑[二]有事南行，便去訪他。何不一往？俺到鳳翔住下，再問便了。

① 使的抄了：累得過了頭。使，累。口語中說“怪使得慌”，意即“怪累得慌”。抄，通“超”。

② 代：通“待”。

③ 鳳翔府：今陝西省鳳翔縣。唐代設置。

④ 程儀：舊時送給離家出行人的財物。《粉妝樓》第三十七回：“又備了些程儀，先送上船去了。”

到了店裏，店家端上包麵①來。吃完了飯，便拿出銀子，説道店主，我沒有錢了。還有一兩銀子，你收去找過錢來罷。店主稱了稱，説道不足一兩。上盤一算，找了一千二百五十文。又僱了個驢，直上王莊。那鳳翔府人煙鬧市，張鴻漸騎上那驢，揚着鞭子，説道蹤[三]着，着！出來南關説好了，出來了。那驢夫在後邊趕上説擠呀！驢夫又看了看，説呀！相公，你被剪綹②的剪了！鴻漸回頭一看，被套③割破了哎呀[四]！不好了！待俺下驢。下來一摸[五]，不見了一整吊怎麽了？罷了！罷了！

僱了驢上王莊，被賊人剪被囊，盤費錢今日畢了賬！腰裏只有錢二百，虧了眼下上高莊。如今但把朋友望，未知他情薄情厚，想今晚不當衣裳。

來到莊裏，待俺問問王霞紫在那門裏。有一個人指説那南首路西，第二個大門便是。到了門前，敲着門説裏邊有人麽？出來一個孩子説你待做甚麽？俺爹爹沒在家。張鴻漸説那去了？孩子説他在北京教書，還沒來哩。張鴻漸暗暗躊躇説這可怎麽樣！遂即又出了莊，解開被套，打發了脚錢，説道不知那裏有坊店？脚夫説順此上東，還有二十里。脚夫去了。只得卷起被套，上了背，可就往東走下去了。

沒盤費甚慌張，訪朋友又空亡④，錢雖少今夜不欠賬。買飯只買一兩頓，明日不免當衣裳。終日可是怎麽樣？只怕要中途餓死，勢不能再返故鄉。

從來不曾走路，覺着這鋪蓋勾百斤還多。纔走了十來里，太陽已是落了。心裏雖急，爭忍[六]這脚不隨心，實不能行，俺且歇歇則個。

尋思起沒奈何，還有錢一百多，暫且投宿不捱餓。只是渾身流熱汗，覺着寸步也難挪，放行裝且在荒郊坐。歇歇去敲門投宿，暫且顧眼前存活。

歇了歇，起來又走，説這天已是黑了。不知走到幾時？好苦人也！忽然擡頭一看呀，那邊不是個莊村[七]麽？俺就照那莊走去。老婦人上天黑了，俺把大門關上。張鴻漸急走[八]上前，説道老婆婆，且休關門。老婆子説你待怎麽？張鴻漸説我走迷了路了，沒處投宿，望祈方便，借宿一宵。老婆子説俺從來不留人宿，誰

---

① 包麵：餛飩。一説包子和湯麵。

② 剪綹：扒竊。明馮夢龍《警世通言》第十七卷：“那老者趕早出門，不知在哪里遇着剪綹的剪去了。”《説文解字》：“緯十縷爲綹。”綹就是用絲縷編成的線或帶子，古人外出所攜帶的財物多用綫、帶系住，小偷只有剪斷絲帶才能竊取財物，故稱。

③ 被套：此指被子。《醒世姻緣傳》第八十六回：“合一個鬼頭蛤蟆眼油脂膩耐的個漢子，下到我家，拴下頭口，放下了兩個被套。”

④ 空亡：白跑一趟。

知你是好人歹人？請行了罷。鴻漸說我不過一書生，能做甚麽惡事？

在外人難上難，俺沒處把身安，老婆婆望你可憐見。小生但求一夜宿，倒身並不用牀眠，門裏頭只用席一片。我明晨黎明就走，上前去並不留連。

老婆子說罷了。你就進來。俺家沒有男子，本不敢留客，因你是個書生，料想不妨，我私自留你在這門裏頭睡了。我先說①，可沒飯你吃。這不是草，你可打鋪，鴻漸說就好就好。

進門來把身安，把行囊下了肩，身上乏省去找房店。便就牆根鋪下草，還得找塊半頭磚，怕硌頭不妨着衣裳墊。俺暫且拳拳②乏腿，怎禁的這熱火生煙！

這一霎坐着，倒強似走路。只是飢餓難當，就不能有飯，得一壺酒也好。等他出來時問一問，若有處可沽，還可開門尋酒。正自打算，忽從裏邊出來一個紗燈，引着一個女子。自家暫[九]嘆③道好齊整的緊！世間那有這樣的美人！一行瞧着，一行誇獎

那容貌似天仙，十七八正少年，眞如水月觀音現。看他慢慢長裙擺，彷佛一對小金蓮，脚兒挪頭上銀翹顫。見了他廣廣世界，可知那飛燕貂蟬。

那女子不一時來到大門，便問大門關了麽？老婆子答應說關了。又問這鋪是誰的？

老婆子叫大姑：有行客走迷途，央我在門裏打箇鋪。我說少席又沒枕，他說只要個草兒鋪，天明就要登程去。受不的千般哀告，又看他不像個強徒。

女子惱了說這樣可恨！怎麽私自留人？可知他是好人是惡人？那人呢？張鴻漸聽的問，抖了抖衣衫，走近前作了個揖，說原是小生的不是，與老媽媽不相干。女子便問那裏來的？鴻漸說來路甚遠了。

我張逵歷府人，上鳳翔來探親，書生迷路無投奔。一個孤人天又晚，荒竄④前來到貴村，告媽媽求他把門兒進。書獃子不曉世事，望娘子好意留存。

女子聽說不怒了，微微笑道我只當是個惡人，原來是讀書君子。可恨他不稟我知道，這樣褻瀆尊客，成何道理？快收拾起行李來，請去客房裏安歇。女子

---

① 先說：預先告知。

② 拳拳：即“踡踡”。

③ 暫嘆：即“贊歎”。

④ 荒竄：野外流浪。

頭裹先走，鴻漸隨後到了客房，一個丫頭掀起簾子，女子說請坐。便向後宅去了。鴻漸坐下，一霎時酒飯俱到

擡起頭四下觀，書畫琴棋件件全，不像沒有男子漢。坐下沒有多時候，美酒佳肴望上端，一霎時像有現成飯。俺並無半面相識，怎蒙他厚意垂憐？

吃完了飯，丫頭、老婆子掇去傢伙。鴻漸便問小娘子高姓貴名？今日厚厚擾了，過日也好思念。老婆子說我對你道來。

他原來是施家大姑，名叫舜華，十七八歲還沒出嫁。太太公母俱不在，惟只撇下姊妹兲，小妹妹兩個還不大。你是個誠實君子，對你說料想無差。

兩個都去了，看了看那牀上，已是給鋪下了錦被錦褥，又香又㬉小生可有甚麽福德，蒙我那舜華姐姐這樣錯愛①！夜長難睡，俺且看書。遂去架上抽了一本書，塌伏着枕上觀看。忽聽的後門呀的一聲，像是那高底兒響，走將近來。鴻漸擡頭，原來是舜華。慌的放下那書，摸那衣服。舜華說不必不必。一把按住他，却扯過椅子來，坐在牀前頭，說我見了君子，忍不住要訴訴孤苦。

把官人叫一聲，得貴步到門庭，看來也是前生定。奴家上邊無父母，下邊無弟又無兄，這樣人真正不成命！今得見讀書君子，忍不住訴說衷情。

奴家上無依，下無靠，裹外的支使着一個人，一肚子酸苦，沒處向人訴訴。今日見了官人，志誠雅致，不覺的發洩②出來。說罷，掩面落淚。張鴻漸說有娘子眞麽一表人物，何等女壻找不出來？不強似自己過麽？女子便使衫袖拭去淚痕，又微微的笑了一笑，說官人哪，官人咳！鴻漸說娘子有事但說，因甚麽又中止了呢？女子又笑，鴻漸又問有甚麽難說處麽？女子說傍邊無人，說也無妨。

有句話到口邊，待要說又回還，未開口不覺容顏變。官人風雅又少年，既到寒家定有緣，何必別處求姻眷？不嫌奴家貌醜陋，就在此杯酒成歡。

鴻漸低下頭，着實作難。便說娘子且坐，我去去就來。出來到了沒人處尋思道這怎麽處？一見面就蒙他厚待，必定是待成親。若說不，老羞成怒[十]，必然就逐出門外；若是哄着他成了親，倒也快活，可又不當如此。罷罷罷！生有地，死有處，能仔教他擕了。返回身來說道小生的話，比着娘子越發難言了。

---

① 錯愛：謙敬之辭。表示對對方的愛護等給以感謝。《喻世明言》第一卷："多謝大娘錯愛，老身家裏當不過嘈雜，像宅上又忒清閑了。"

② 發洩：抒發。

進門來見容顏，只當是玉堂仙，沒福分難得見一面。若得娘子成夫婦，造化並不是人間！但娶妻已是三年半，哄着你雖然快樂，也怕那頭上的青天。

女子說這也足見官人那志誠。但只是官人料想還有幾年的住頭，就是家裏有夫人，也到不妨。

他合你結發緣，我合你恩愛間，兩頭莊來往從君便。住上三年合五載，待要回還就回還，俺也不把你恩情斷。從來船多不礙江，何況是地北天南？

鴻漸說若得娘子如此，小生萬幸！但不早說明白，到後日便成負義王魁①，却不把張字更了麽？娘子不嫌，小生已是吊魂久矣了！女子起來說道奴且去，明日請個媒人來。張鴻漸伸手拉住說即不棄嫌，今夜就大吉祥。女子笑了笑，也就住下了。兩個丫頭端了酒來，牀上放下小棹②兒，鴻漸說請就牀對飲。女子笑說下邊極好。丫頭斟上酒來。女子吩咐道唱一個曲兒與官人聽聽。那丫頭聽說，便唱起來了

［疊斷橋］春日天長，春日天長，帶病懨懨懶下牀。奴這裏正心焦，極嗔那桃花放。燕子爲誰忙？燕子爲誰忙？鶯聲日日[十一]哭垂楊。人說道這是春，奴覺着合秋一樣！

四季曲兒唱了一個，女子瞅了一眼說好賤人！你怎麽知道我合官人不能長久，就唱一個離別曲兒？丫頭慌忙即時改了，遂又唱了個跌落金錢

［跌落金錢］叫了聲嬌嬌嘴印腮，又看見你影兒牀上來。嬌嬌呀，這一筆纔勾了相思債。哥哥不知我心懷，我心懷。你說我狠來，我說你獃。哥哥呀，這一霎纔不把奴嗔怪。又叫了一聲乖乖俏乖乖，端相了模樣看繡鞋，乖乖呀，那一點不叫人心愛？教奴昏醉眼難開，自家的身子做不下主來。寃家呀！捨上奴，儘你嗺擺劃。

鴻漸說妙極了！這一個詞，我就乾了三杯酒。女子笑道我合官人講個款。

［黄鶯兒］雜糧百石多，雖不富能存活，就住幾年也不錯。但無媒說合，機關恐被人瞧破。勸哥哥：晚來早去，休得要磨陀。

我這牀上有錢，任你拿去花消。要未明早行，日落晚至。鴻漸說就是如此。咱不飲罷。

---

① 王魁：中國南戲劇本《王魁》中的人物。據民間傳說，宋代歌妓敫桂英救了落難的王魁，並傾囊相助，後來二人相愛。王魁高中狀元以後，娶了丞相的女兒，休了敫桂英。敫桂英懸梁自盡，死後鬼魂追命王魁，王魁最後吐血暴亡。

② 棹：通“桌”。

這正是：困苦幸遇美人伴，忘却深閨獨斷腸。

【校】

［一］非肉不飽：盛本作“病後非肉不飽”。

［二］囑：蒲本、盛本作“囑咐”。

［三］蹀：蒲本、盛本作“踩”。

［四］呀：盛本作“喲”。

［五］下來一摸：盛本作“下來一摸說”。

［六］忍：蒲本、盛本作“奈”。

［七］莊村：蒲本作“村莊”。

［八］走：盛本作“步”。

［九］暫：盛本作“贊”。

［十］老羞成怒：盛本作“她老羞成怒”。

［十一］日日：盛本作“壢壢”。

第九回　牢中報喜

方氏上白咳！俺初到監裹，腥臊爛臭，好不難禁！及至住下來了，也就好了。

［疊斷橋］一個年頭，一個年頭，住成家了便不愁。裹邊甚腥臊，聞下來也不覺臭。見兒淚流，見兒淚流，你今年過了整四秋。可憐未成人，跟我在這裹頭受！

這過了中秋十二三天了，大場裹將近放榜，不知他二舅何如？好悶人也！報子上云急忙監裹報，娘子得知道；買他一個笑，掙他錢兩吊。把牢門的禁子報與方娘子知道，方二爺中了第四名舉人。娘子正坐，禁子來磕頭，說大喜了！方二爺中了！報子討賞。娘子大喜，吩咐老王說還有一吊錢，賞了他罷。一霎時，滿監裹女人都來道喜，都說你明日就出去了。娘子說這還未必。

娘子低頭，娘子低頭，喜到極時雙淚流。我只說住到老，一般也有個勾。笑口難收，笑口難收，想這去處不久留。收拾破行裝，但等他二舅。下馬知縣上白誰想方興眞果[一]中了舉，這可怎麽處？嗯嗯，他若是拿個帖來，就做個人情，把方氏放去，後日也好相見。下，方仲起上白徼倖中了。我意料老馬必送了妹子來家，怎麽不見動靜？

他教我等着，他教我等着，等的今日也罷了。他送了妹妹來，應當撥上轎。金榜把名標，金榜把名標，足見我當日不是叨。他若是送了來，就且不計較。下

老馬上白奇呀！怎麽方家並不差人來說情？想是等我送去，那就差了。

大發狂言，大發狂言，望我送到大門前。你雖是中了魁，管不着我馬知縣。待他明年，待他明年，破上登第中狀元。就做了大翰林，也沒有勅封的劍。下

方仲起上白馬知縣不送妹子出來，這意思還望我央他，還要做[二]情。我央他怎麽！

用意忒差，用意忒差！還等我去央告他。罵聲老賊頭，你就忒也詐！咬碎銀牙，咬碎銀牙，合該咱兩是仇家。我縱然不做官，定把他[三]頭割下！

方娘子見全無音信，都替他疑惑，說道方二爺怎麽就沒央央？老馬雖然可恨，央央他也沒有不依的。方娘子說您那裏知道的。

哥哥立志堅，哥哥立志堅，不肯屈意望周全。央着[四]出了牢，我也不情願。拿了縣官，拿了縣官，方纔是我出頭年。立意[五]不回家，要坐的牢底爛！

孩子在傍說娘呀，這是那裏，咱只顧在這裏頭？娘子淚下說道我兒，這是監裏。原是您爹爹惹的禍患。兒又問俺爹爹呢？娘子說我兒。

您爹爹遠逃，您爹爹遠逃，不知他望那去了。遠近誰得知，死活不能料。知縣雜毛，知縣雜毛，把咱娘兩送監牢。你還未成人，幾時把仇報？

小相公聽說就哭了娘，咱幾時家去呢？

我的心肝，我的心肝，咱在牢中已二年。已是全不想，還得天日見。禱告蒼天，禱告蒼天，保佑您二舅坐高官。要知吉合凶，明年二月裏看。

【校】

［一］眞果：盛本作“眞果的”。

［二］做：盛本作“做個”。

［三］他：盛本作“你”。

［四］着：盛本作“他”。

［五］意：盛本作“志”。

第十回　仲起報仇

方娘子上白咳！思想一回，好不傷感人也！

日日在監[一]，日日在監，不覺光陰又一年。花炮鬧烘烘，纔知這年頭換。街上鬧喧喧，街上鬧喧喧，每逢佳節萬人歡。誰知受罪人，哐哼到三年[二]半！

禁子跑來叩頭說方二爺中了進士了。娘子笑說賞他。老王哈哈大笑俺姑，咱今這一回可出去了！咱收拾行李去來。並下，老馬上呀！方興又中了進士。早知如此，當初就做個人情罷了。如今可是該怎麼樣？也罷，我出上就依了他，着轎送去，或者他不怒了。叫人來！答應有。（老馬[三]）快把方氏請出，使大轎送去。答應是。下，方氏上白，說道老王，你且不必收拾，看老馬還不知怎麼治咱哩。老王哈哈大笑道情管就做了情了。不一時，禁子來請馬老爺撥了轎來，請娘子出監。方娘子說我不出去。爲甚麼送我進來的？又爲甚麼叫我出去？

大罵賊科，大罵賊科，送我監中二年多。只當老奸賊，要叫我長長坐。今日如何？今日如何？請我出去待怎麼？要我出監門，只等把賊頭剁！

衙役們在監門外邊等候。禁子出來說方娘子不肯出來。衆人說這怎麼了？方二相公，那做秀才時就歪，何况中了進士？咱不給他送去，他治不的官，可就治咱。咱進去跪請。衆人一擁進來，跪了一監，說娘子不出去，小的們擔不的！方娘子說該您甚事？也罷。問道有轎麽？答應停當了。娘子說還有一個人，可有馬麽？衆人連忙答應有馬。便說李虎，快去廠裏鞴匹馬來。李虎說老爺沒吩咐，還得稟稟。衆人說何必稟？轎都擡來了，何爭一馬？不一時，鞴了馬來。衆人又請行了罷。方娘子纔出了監門，上了轎。老王合小相公上了馬。老王可就喜極了

老王笑哈哈，老王笑哈哈，一般今日也歸家，應了俺二爺說的那句話。滿街鬧如麻，滿街鬧如麻，出了城門見杏花。忽然擡起頭，天勾多們①大！

---

① 多們：多麼。

來送的衆衙役說到了大門了。方娘子下了轎，老王合小相公下了馬。方娘子笑說衆差人，生受①您來送俺！衙役說娘子不怪就罷了。下，方氏進了家門，眼中就落下淚來

來到家中，來到家中，牆歪屋塌滿蒿蓬。惟有個瘦犬存，見主人把尾搖動。屋裏塵蒙，屋裏塵蒙，屋後桃花一樹紅。滿眼甚淒涼，教人心酸痛！下

方仲起上白俺僥倖中了進士，又點了個二甲。自家思量，老馬曾說就點了翰林，怎麼着那馬知縣？虧了那嚴世蕃有病，俺借着行醫，去結識了他。

俺把藥煎熬，俺把藥煎熬，親自搧火不憚勞。祝讚家神靈，着俺方兒妙。給他吃了，給他吃了，病去好似火燎毛。俺的藥有靈，他的頭該掉。

自從治了病，極其相好。送俺的金銀紬緞，都不曾收，得他一發敬重，搬俺的行李來，就寓在相府，朝夕相會，俺奉承的極其自在[四]。我想那嚴公子，待殺個州縣官，只像碾殺個蟻蛘②，有何難哉！

想着報仇，想着報仇，時時刻刻在心頭。權且把良心，丟放腦門後。妻妾堪羞，妻妾堪羞，不把功名富貴求。只爲同胞人，現在那監中受。

昨日問起那縣官，我便把馬知縣的惡蹟，只當笑話說了一遍。那公子說：可殺，可殺！

共酒同茶，共酒同茶，只將惡款當閒吧。雖是報仇心，都是眞實話。公子咬牙，公子咬牙，這樣貪官留他嘛？只該割了頭，拿了去當街掛！

仲起說妙極，妙極！這裏有點鑽眼③了。只怕他事煩忘了，一兩日重重④纔好。怎麼今日還不曾出來？公子家人上白按院王老爺就到。俺老爺吩咐道，請方老爺伺候陪客。方仲起說我就去。遂說道好，好，這內裏有個機關⑤了。走下，北直按院上云本朝官名御史，奉旨欽差代巡，拿問貪酷官吏，辦理寃枉軍民。自家北直巡按王成是也。今日點出差來，須先去嚴老師那邊請教請教。方仲起大庭正坐，有人來報王老爺到了。仲起忙迎出來。按院不認的，合他手下人嚓語⑥嚓語，

① 生受：麻煩。
② 蟻蛘：螞蟻。
③ 鑽眼：門路。
④ 重重（chóng chóng）：重复。
⑤ 機關：辦法。
⑥ 嚓語：嘀咕。此指低聲交談。

纔進來行了禮，說方老爺，先生殿過試了，因甚麽還不歸家。仲起說因着嚴舍親挽留，所以遲遲，日下也就行了。公子上云家君爲宰相，權勢壓朝綱。文武將赴任，須謁小中堂。俺乃嚴閣老的公子，嚴世蕃便是。有北直按院來見，須索去會他。按院迎出來，進去作了揖，就要下跪。公子讓起來，坐定。按院說晚生要去到任，望嚴老師指教。公子說也沒甚麽指教。只是輦轂①之下，要做好官便是。按院打下躬說是是。公子吩咐看酒來。三人飲酒。仲起說老公祖②到任，治弟便親受大福了。按院說豈敢豈敢！仲起說好的緊！

［耍孩兒］老公祖休作謙，永平府正儉年，飢荒連歲人逃竄。去歲年景還略好，逃去的百姓未回還，滿眼都是荒一片。老公祖慈祥仁愛，就是那厚地高天。

按院說豈敢豈敢！休說小弟沒有長才，方且不是牧民之官③，可有甚麽恩惠給那百姓們！公子便說老世臺雖不牧民，却管着那牧民的了。仲起說這個牧字，敝縣去任的何父母，他講的甚好。他說：牧是養，譬如人家餵羊，同是愛惜他，也望他孳生，也望他肥大，却也要殺他吃，託給那牧羊的，他也要偷着殺他。那縣官就合那牧羊的一般，豈有全然不殺百姓的？按院笑了笑說想是貴縣就有被他殺過的？仲起說這却是他的戲言，他却一清如水。按院說他陞了什麽官兒？仲起說可惜他才力不及，家去了。按院說如今貴縣知縣姓甚麽？公子說可是呢，老世臺該問問，那奴才可殺的很！仲起便不做聲了。少間起了席④，仲起沒人處暗喜說好妙好妙！

自今年在京都，奉承在他兩月餘，不過用他這一句。他說我沒有勅封的劍，有劍何用勅封乎？我着他吊［五］他不知因何故。這報仇有點眉眼，單看那按院何如。

轉了轉便來，按院一把拉住。看了看公子沒在旁邊，便問適才嚴老爺說貴縣縣官該殺，是因甚麽？仲起說治弟不知。按院說朝夕同居，又是貴縣官長，那有不知的？不妨明告。仲起說實是不知，老公祖請回，等治弟問問，着人去回話。

① 輦轂：皇帝乘坐的車馬。代指京城。《平山冷燕》："天子輦轂之下，奉旨拿人，誰敢通融。"

② 公祖：對高官的尊稱。

③ 牧民之官：治民之官。

④ 起了席：宴席結束，起身離席。

公子也來了。按院就告别，説厚擾了，别了罷。送了客去，公子也回宅去了。仲起也到了書房裏，遂把老馬的惡款，拿出來看了看，謄寫一遍，教自家的家人吩咐道你把這書，密密投與按院老爺。答應是。仲起起來説一天事完矣哉了。

監裏人受罪多，我心裏不快活，這樣日子眞難過。雖然中了個進士，一夜何曾得睡着？只愁老馬的頭難剁。不料想滿心冤氣，到如今一旦消磨。

到明日，須是辭了公子回家而去，必然在按院頭裏方好。他只怕也就行矣了，俺只得速去爲妙。

詩曰：打勝官司賊益驕，強將妹子送監牢；

一腔冤情重重結，斬落賊頭恨始消。

【校】

［一］日日在監：盛本作“［疊斷橋］日日在監”。

［二］年：盛本作“更”。

［三］老馬：蒲本作“老馬説”。蒲松齡紀念館藏遺著抄本、周村三益堂本無。

［四］極其自在：盛本作“（他也）極其自在”。

［五］吊：盛本作“掉頭”。

第十一回　貪官拿問

方仲起上白自從京師來家，問了問妹子，已是送到家中。哈哈！晚矣了！

［耍孩兒］駡一聲老賊頭，半點體面不肯留，我那話一般也照着做。他若還是早如此，我便相安不記仇。今要平和不能够！誰知冤仇莫結，惜乎他晚了三秋。下

老馬上白聽説方興來了家，只得去給他道喜。

騎上馬上方家，自覺着不光滑，待不去心裏放不下。他説着我轎馬送，出上件件都依他，到如今還有甚麽話。這一去沒有久住，不過是相見一茶。下

方仲起白聽説按院到了任，想那消息將動也。家人來報馬老爺來拜。方二爺説你對他説，老爺睡着了。老馬來到門前，門上人就照話回付了。老馬怒極

聽的說他來家，我登門來拜他，他反估着自家大。我在盧龍做知縣，方興轄管着我甚麼！破着行看他把我嗤？從今後咱就踢弄，一天事有我不差。

撥馬說道走走，咱就弄呀。衆下，仲起上。家人來報，老馬大發威而去。仲起說哈哈！他能怎麼着咱！回去必然又差人作祟您大姑家。可差十來個人，拿住他那衙役，着實打，打他個半死半活。怕他怎的！答應是。且說老馬回縣，立刻吩咐說張逵業已來家，去給我拿他來。他若不出來，還代方氏來回話。衆衙役都不做聲。老馬大怒說奴才們怕方家，倒不怕本縣了？

那張逵來了家，都不敢把他拿，怕方興不把本縣怕。一夥奴才準備着，板子打來夾棍夾！就着方興把你拉，我把您狗腿折了，都着你就地高爬。

快拿夾棍來！一夥少年衙役都商量說現官不敵現管，咱趁着如今不幹個時道[①]，更待何時？況且咱會方娘子一面也好。便應聲說小的們就去。老馬說您到是中用的。到那裏定把方氏拿來！答應一聲是。跑將出來，說道一羣老奸巨滑，不肯伸頭。咱不做點事兒，那官那裏認的咱呢？一個說那方娘子我極待看他，他笑的也好看，他惱了也中看。

方娘子貌如仙，他惱了把柳眉彎，叫人越看越中看。俺曾見他把老爺罵，至到如今在眼前。今日又得見一面，聽聽他鶯聲燕語，眞教人魂飛半天！

一個說他把咱乜官府都罵了，不是中看的。一個說叫他出來，每哩待羆[②]着咱這眼哩麽？一行說笑，到了門前，便叫裏邊有人麽？沒人答應。一個說還得再叫。又叫了兩聲，方娘子說丫頭，你去問問，是做甚麽的？丫頭出來說您待做甚麽？衙役說馬老爺差俺來拿張逵的。丫頭說他無來家。衙役說他無來家，還叫俺代方氏去回話哩。丫頭跑回來說了不的了！老馬差了一大些人來，說姑爺沒在家，還拿姑娘去哩！方娘子跳起來說氣死我也！這沒人去對您二爺說，可待怎麽處呢？方仲起衆家人拿棍上

這衙蠹太欺心，拿住他打斷筋！打多打少不要論。二爺早已吩咐了，各人手拿棍一根，休叫他擺了溜子陣[③]。一個個俱都拿住，打他個致命發昏！

差人正嚷着說怎麽着哩？嗤不出來？俺就進去哩！忽擡頭見一行人來，說不好

---

① 幹個時道：碰個運氣。時道，時運。《金瓶梅》第十一回："春梅道：'有時道沒時道，沒的把俺娘兒兩個別變了罷！'"

② 羆：同"捂"。

③ 擺了溜子陣：開溜；逃走。

了！那是方家人來了！快拿腿罷！四下裏亂竄。方家人喊了一聲，說好狗頭！那裏走！趕上捉回來，都說俺是官差不自由。一齊亂打，打的叫親達達！勾了俺的了！

帽子上破了邊，網子上墜了圈，腚合腿都是稀糊爛。批溜撲搨[①]一片響，煞狠地動怪叫讙。叫達達只推聽不見，要把他屁股打破，帶與那堂上贓官。

每人打了勾一百多，纔不打了。方娘子說一霎囉不聽的做聲了？我出去看看。出來，見一羣衙役還拴着。便問打了多少了？答應打了一百了。娘子說再打二百！

再給我打起來，捎給那老殺才，高吊起打他個極自在。從新數着數兒打，撕了衣裳剝了鞋，拿鞋底拶那天靈蓋。打個樣給他看看，好叫他想着再來。

打完了，方娘子說饒你狗命去罷！都歪着地下，說打折了腿了！走不的了！娘子說是還等打麼？給我再打起來。

［疊斷橋］說了一聲，說了一聲，大家不說身上疼，拿起那將折的腿，顧不的稀爛的腚。扯腿仍崩，扯腿仍崩，路上坐下纔哐哼，都說道：好他娘，幾乎送了命！

一瘸一點的，到了縣裏，對着老馬，如此這般，告訴了一徧。老馬大怒，即刻點了五十名衙役給我再去拿人！

你休怕他，你休怕他，帶着器械到張家。就撞着方家人，也拴來回我話。定把方氏拿，定把方氏拿，拶他頓拶子也沒有揸[②]。破上老性命，就合他對了罷！

老馬正在堂上點人，有人來報刑廳大老爺到了。老馬聽說，也掙了一掙

老馬聽了，老馬聽了，暫且從容把氣消。全沒有信息來，如何刑廳到？好不蹊蹺，好不蹊蹺，摘了帽子蒯了毛！這一來甚莽壯[③]，像有些不大妙。

老馬正伺候迎接，刑廳已是進來了。慌的跑下堂來，纔待行禮，刑廳擺了擺頭，一個人拿出鎖來，丟在那脖子上了

即時鎖了，即時鎖了，魂靈飛上九重霄！不知是爲嗄來？一點信兒不知道。低頭跪着，低頭跪着，神色惶恐沒處逃。沒人問一聲：方娘子叫不叫？

刑廳鎖了老馬，即刻點着起身走了。後邊留下人，又拿了十五名衙役。

這正是：夫見桃園三義士，烏白等候已多時。並下

---

① 批溜撲搨：此指亂棍打在身上的聲音。

② 沒有揸：沒要緊；沒關係。

③ 莽壯：即“莽撞”。

第十二回　聞唱思家

張鴻漸上白舜華與我倒極其恩愛，每日牀上銀錢，儘我花費，登山玩水，却也逍遙。但這一條腸子，繫戀家中，何日是了！

［玉蛾郎］正月裏，梅花嬌，春雪飄，和風蕩蕩上柳梢。家家鬧元宵，走冰又過橋；他鄉人，也跟着走一遭。

二月二，是花朝，凍初消，榆錢綻樹梢，春風鳥夢遙。不覺的三月清明又來到，杏卸放紅桃，墳頭把紙燒。可憐俺望家鄉萬裏遙！咳！三春即盡，夏又來到。四月裏，小麥黄，稻插秧，困人天氣日初長，紫燕上雕梁，黄鶯轉緑楊。這時節來，又不熱來又不涼。

五月五日是端陽，角黍香，艾虎掛門傍，葡萄酒滿觴。又早是六月熱難當，荷花滿池塘，煖水戲鴛鴦。可憐俺抛妻子在他鄉！呀！三伏即盡，秋風忽至，七月裏，到秋間，聽寒蟬，桐葉飄飄下井欄。十五是中元，家家祭祖先，異鄉人舍墳墓好心酸！

八月中秋白露寒，蛩聲喧。人家妻子歡，月圓人也圓，那堪這，在他鄉！又到九月天，山頭列酒筵，黄花插帽簷，可憐是遠方人形影單！天氣漸冷，隆冬又到，十月裏天氣寒，覺衣單，鴻雁行行盡向南。正是雨連連，又見雪滿天，北風起，凍手脚冷難堪！

十一月來難上難，河腹[一]堅，日色冷慘慘，火爐不救寒。受風霜，又受到臘月間，歲盡又冬殘。行人都回還，可憐是見人家過新年！

鴻漸暗嘆我離家來此，已是五個年頭了，家中全無音信。暑去寒來，好悶人也！今日閒暇無事，到那裏去好呢？東莊裏許梅菴，是新相知的個朋友，不免去訪他訪。呀！那不是他來了？許梅菴說兄臺那去？鴻漸說正要奉訪。梅菴說甚好。舍親家酒店裏，有極好的酒，咱去飲一壺。兩個攜手到了店裏。梅菴分付，篩上酒來。拿過幾樣菓肴來，斟上酒。梅菴說兩人吃酒太悶，提壺的，你去叫一個清唱的來唱唱。答應道有。即刻叫了一個美少年來，抱着絃子進來唱道

［銀紐絲］一更裏，昏沉燈兒也麽張，無情無緒卸殘妝。好淒涼，半是思

郎半恨郎。人家有夫婦，晚來話衷腸，好恩情還把睡工曠；惟奴獨自守空房，漫把金爐焚上香。我的天呀咳！上牙牀，懶把牙牀上。

二更裏，銀燈昏慘也麽慘，譙鼓連聲玉漏殘。好難堪，兩下分離各一天。奴家也是孤，影兒也是單，對孤燈多虧了影作伴。枕兒斜依悶懨懨，手託香腮擎架難。我的天呀咳！換繡鞋，懶把繡鞋換。

三更裏，吹燈上牀也麽眠，一牀錦被半牀閒。好可憐，細聽譙樓半夜天。身子只一抓[①]，倒下小如拳，在牙牀僅把脚兒拈[②]。翻來覆去睡不安，捱了一更似一年。我的天呀咳！亂神思，越覺着神思亂。

四更裏，沉沉鼓亂也麽敲，離情愁思更無聊。好難熬，倒枕搥[③]牀睡不着。看看窗兒外，明月上柳梢，透紗窗又把牙牀照。萬轉千回淚暗拋，兩眼一夜不曾交。我的天呀咳！告何人，可將何人告？

五更裏，合眼到陽也麽臺，明窗紅日上三竿。悶懨懨，手脚沉困懶動彈。起又不能起，眠又不能眠，一夜兒滚的烏雲亂。形容憔悴病新添，淒涼苦楚實可憐。我的天呀咳！埋怨誰，可將誰埋怨？

初交一更，冷清也麽清；二更寂寞更傷情；好難聽，譙樓却又打三更；四更盼五更；五更盼天明；有六更便送了殘生命。一更一點數漏聲，捱盡了更點夢不成。我的天呀咳！扎掙難，教人難扎掙！

鴻漸說這是個甚麽曲名，唱的這樣哀切？清唱的說這叫作銀紐絲。鴻漸斟一大杯，說先賞你一杯。你唱的極好！清唱的吃了酒，說我還有個金紐絲，再唱給爺們聽聽罷。

[金紐絲] 春來到，花徑生塵，風飄萬點正愁人。家鄉萬里無音信，想你淚紛紛。他那裏殷殷勤勤，杏花插烏雲，可有誰看着俊？誰望着親？

夏來到，荷葉如錢，一榻清風萬樹蟬。終朝只把家鄉盼，想你淚漣漣。你那裏悶悶懨懨，弓鞋強繡完，穿與誰人看？誰把你憐？

秋來到，落葉颼颼，螢火紛飛直上樓。此時難把孤單受，想你淚難收。你那裏唧唧啾啾，怨恨在心頭，定把奴雙眉皺，淚兒暗流。

---

① 一抓：一只手所握的粗細。此指身體纖細。

② 脚兒拈：即“角兒占”。口語中“脚”“角”發音為 jue。

③ 搥：同“捶”。

冬來到，長夜如年，寶帳孤燈照影寒。牀頭只數的更頭斷，想你好心酸。你那裏孤孤單單，獨抱繡衾眠，不知你怎麽盼，嗰樣的難！

鴻漸長吁了一聲，說怎麽這心裏忽然傷感起來？酒也吃不下去了！便說咱不飲罷。梅菴說咱每人還再吃一壺。鴻漸說一口也不能下咽了！咱別了罷，請了。梅菴下，鴻漸說這日還未落，到家也就黑了。

［黄鶯兒］離人本斷腸，聽離詞，越感傷，幾乎落淚酒杯上！俺未定他安康，他未知我存亡，日夜幾時把心放？好恓惶，遊人在外，何日返故鄉？

忽然擡頭呀，怎麽不見莊村？我不曾醉了，這分明是舜華家，可怎麽門戶全無，樓閣俱渺？待俺坐下定醒片時，但只怕我是醉了。

不由人暗驚惶，忽看見舜華莊，門前大樹還無恙。那屋在那鄉？那人在何方？蜃樓海市一般樣。怪非常，小生那去，低頭自思量。

數年伴見鬼，也是人間奇事。却只是天已黑了，我可向何處投宿？到明日可怎麽度日？舜華呀舜華，你就是個鬼，這幾年的夫妻，也該有個情義，怎麽不說一聲，你就飄然而去？天已黑了，可怎麽處？回頭驚訝說我眞是醉了！眞眼花了！你看這樓房具在，俺已是身在房中，何曾不見莊村？奇怪呀奇怪！

［太平年］張官人吃一驚，擧頭滿眼盡蒿蓬，分明歸來不是夢，太平年一望庭院都成空。年太平張官人正徘徊，回首一見華堂開，身子已在房中坐，太平年忽見舜華笑進來。年太平施舜華，開笑言，實說我原是個狐仙。官人不必心驚懼，太平年我與官人實有緣。年太平

［黄鶯兒］轉眼變滄桑，這光景好異常。眼障法眞把眼睛晃，一霎時大荒，一霎時村莊，醉迷糊也不知怎麽樣。夢一場，似醒未醒，還是在黄粱？

丫頭點着燈，舜華從後進來，笑了笑說噫！你還不起來，是掙甚麽？鴻漸說我這裏正做夢，娘子又來合我夢中談夢。舜華說不必說你那夢了，我都知道了，今日也不瞞你了。實對官人說：我本是個狐仙，與官人有緣分。你若不嫌，咱就還待會子；你若嫌，就請行，我也不敢教官人流落①。我贈你紋銀三十兩，任憑官人上何方而去。張鴻漸說這是甚麽話！休說娘子是個仙人；任拘是誰，既有了恩愛，那有敢嫌的呢？

娘子莫相商，我自幼無別腸，也該久得仙人諒。受的恩非常，待的情更

① 流落：漂泊在外。

强，豈是回頭把恩忘？去何方？小生負義，神靈在上方！

舜華吩咐拿酒來與官人解悶。不一時，酒到了。鴻漸說娘子既是個仙人，小生的心事，想已盡知？舜華笑了笑，說官人的心事，我可何由而知？鴻漸說娘子怎麽偏偏的與我解悶？我實不敢相瞞：嫩子嬌妻，四五年沒有音信，今日忽然感觸起來。娘子既是個仙人，你設個法兒，送我家裏看看不好麽？舜華冷笑了一聲，說你待去你就去，不必商議我！

官人太無良，守新房想舊房，教人心裏好淡賬！他丈夫姓張，你娘子姓方，施舜華到底別勢樣。莫相商，我不管你還鄉不還鄉！

鴻漸說娘子怪起我來了！我若是見新忘舊，這就是個負心人了，娘子你就喜麽？舜華笑了說我原有個偏心病：在我身望你不負心，在人身上偏望你負心。官人既待歸家，家原在眼前，我就即刻送你去。一把拉住手腕，說過來，我就送你去。拉着飛走。走不多時，便住下說到了。你可家去，我在樹下等你。鴻漸擡頭觀看，說呀！這眞果是我那莊村。待我進莊。咳！我這幾年在外，這垣牆也塌了半截。待俺跳過牆去。說這角門關着，不免打門縫裏瞧瞧。呀！屋裏還點着燈，想是我那娘子還不曾睡。待俺敲門。方氏說半夜三更，何人叫門？鴻漸說是逃人還家。方氏說聽這聲音，眞是我那官人還家。遂[二]開了門，一手拉住，掩面下淚，說你從何處來來①？鴻漸說一言難盡。我且問你，那官事何如？方氏說如今好了。又下淚說我爲你受的那苦楚，也學不的了！

他把我送監中，二年多不放鬆。虧他二舅連科中，老馬纔吃驚，也不敢拗爭②，從新轎馬把我送。天眼睜，貪官拿問衙役二十名。

近來不知問你何如，想是有了眉眼。鴻漸說好了，我也訴訴我那苦楚。

起脚到河南，得大病幸保痊，失了驢，又把盤費斷。幸遇着神仙，說合我有緣，慇懃留我成姻眷。我哀告，求他作法送我自雲間。

方娘子歪倒身子，一頭棲在懷中，說想是那仙人是極俊的，你就忘了這結髮夫妻了！鴻漸說我不想你，怎麽來來？小保兒呢？伸手指說那牀上睡的不是麽？鴻漸說咳！我去時他在懷中，如今長了這麽大了！回頭看了看那孩子。舜華換方氏介，說官人，你待怎麽？鴻漸說舜華還在外邊等我哩。娘子說你着舜華引轉了心

---

① 來：句末語氣詞。口語中多用。

② 拗爭：堅持相爭。

了。鴻漸說他雖好，到底不是人，只是他待我的情意難忘。舜華嗤的一聲，說你看我是誰？鴻漸說這又是做夢了，分明是方氏娘子，怎麽又變化了呢？難道這孩子也是假的不成？背抄着手，走至近前一看，說呀！奇哉！原來是一件衣裳，蓋着個竹夫人。又看了一遍，說怪哉，怪哉！走了半夜，竟不曾出這房門！這不是咱吃的那酒？這不是咱吃的那菜？娘子，你忒也作弄煞小生了！舜華說我已是知道你那心了。鴻漸說討愧討愧！我的不是。咱去內房裏，我給你陪不是罷。拉着手走下

詩曰：實情一句情難消舜華，枕上陪情不憚勞鴻漸；
　　　琴瑟合好應不久舜華，鞠躬盡瘁在今宵鴻漸。

【校】

［一］腹：當為“冰”。

［二］遂：盛本作“送”。

第十三回　憤殺惡徒

張鴻漸上白昨日被舜華作弄了一回，哄着我把實話說出，這兩日覺着他情意疎[①]淡。等他來時，再央告他纔是。舜華上，鴻漸說娘子，我昨夜不過多說了一句話，却也沒忘了娘子恩情，小生見娘子似乎不能忘懷。舜華說緣分已盡。我想這癡心戀人，終久無益，我今夜可眞眞送官人家去罷。丫頭頓酒來，與官人送行。遂斟上酒，說道這五年恩愛，只在這杯酒之間，可痛飲一盃。叫丫環每日嗔你唱的四季曲兒，今日可用着了。丫頭聽說，便從夏季接唱起來了

［疊斷橋］夏月荷花，夏月荷花，一團心緒亂如麻。鬧吵吵咶殺人，只待將鳴蟬罵。熱汗成窪，熱汗成窪，忽然小雨打穿窗紗。纔清涼越發愁，不知是爲的嗄？

秋夜睡不着，秋夜睡不着，隔簾忽見月輪高。叫丫環關煞門，休叫他把

① 疎：同“疏”。

我照。將鐵馬摘了，將鐵馬摘了，央及那砧聲不要敲。你時常[illegible]踩脚，休着那促織叫。

冬宵被難溫，冬宵被難溫，翻來覆去到更深。小丫環睡叨叨，越叫人心裏悶。一更似一春，一更似一春，誰給我勸勸那打更人，也教他行點好，流水把更打盡。

舜華說官人，從此別矣了！鴻漸說娘子又待戲弄小生哩！纔隔了兩日，再相戲便俗[①]了。我只是謝罪便了。舜華說我實送君行，不是相戲。

［劈破玉］我合你做夫妻四年零半，不想你心裏另有個橛兒[②]把奴拴，爲甚麼還癡心把你戀？你自有結髮的恩合愛，這露水夫妻煞[③]相干？趁如今就合你別了罷，省的你後日要把奴來閃。

舜華說官人既不飲了，咱便行了罷。把個竹夫人丟在地下，問你在前邊在後邊？鴻漸說你在前邊，我摟着你罷。兩個騎上，一陣風響，飄飄蕩蕩，不多一時，舜華說住了。忽然落下來，便說官人，咱可從此別矣了！鴻漸睜開眼看了看，說呀！我那舜華那裏去了？

俺這裏就待問幾時相見，不知他從幾時飛去半天？想又是眼障法把我誆騙。獨自立在明月下，定定神思仔細觀：光景如故，樹木依然，莊東裏那個灘，莊西裏那個灣，莊北裏那座山，莊南裏那段田；莊裏頭樓幾座，莊外頭廟幾間；這是王家的墳墓，這是李家的花園。樓臺未曾缺少，廬舍不曾增添。看了看，一件件的分明，眞眞的，隔着家門不大遠。

這眞正我那莊村，無論是眞是假，我且進去。呀！燈光也是明着。

進了莊，直到了自己門外。看了看，一遭兒屋倒牆歪，昨一日合舜華來那風景還在。跳過破牆去，直到內宅來，却也是窗兒裏燈明，就合那夜半點兒不曾改。

雖然這丫頭又弄法哄我，我且敲敲門，看是如何。方氏上白半夜三更，你是何人叫門？鴻漸說是逃人還家。方氏說你站在窗外，我認認着。鴻漸果然站下。不一時，把門開了，哭出便問官人怎麼來來？鴻漸笑着說你不知道哩麼？還問甚

---

① 俗：膩味。

② 橛兒：心事；心病。

③ 煞：通“啥”。

麽？

這想是施舜華又來作戲，便說道小娘子會弄張致，平白裏哄殺人光行那鬼怪計。看了看保兒還在牀睡，比着昨夜更不差毫釐。你又把那竹夫人拿了來了？小娘子，我可從今不信你。

方娘子惱了說我合你四五年不見面，我爲你受了多少的苦楚。見了面一眼淚也不落，冷打慢吹[①]說的話，雲裹霧裹，想是你的良心全喪了！

張鴻漸這幾年你良心全壞，我爲你人間的罪盡數全捱，現如今那枕上頭淚痕還在。五年的夫妻一相會，一眼淚也不流下來。像奴家這一等無心的癡人，該着他死在監牢永不睬！

張鴻漸說這眞是我那娘子了！一行哭着說娘子，你不知就裏，原是我在外頭，相處了一個狐仙，姓施名舜華，他已是合我來了一次，他哄怕了我了。

昨夜晚他就把娘子來變，在懷中談話兒百樣的試單，他說你忘了我合他留戀。我談他情義兒雖然好，到底是個狐狸仙，這一句話犯着他那苗架[②]，他就現了原身翻了臉。

適纔又是他送我來的。我只當又是戲我來。我且問你：那官事怎麽樣來？方氏說一言難盡了。

你去後拿我去當堂審問，我可就掘[③]他媽不辨官民，他氣極就送我牢裏監禁。他二舅跪央只是怒，我在監中過兩春。二哥賭氣憤志青雲，過年連登進士，才把我送進家門。只等按院到任，一路訪的底眞[④]，鎖了老馬一個，拴了衙役一羣。人都說老馬必砍頭，還不知將來准不准。

鴻漸說施舜華眞是仙人！昨夜來時，他裝着娘子說話，說的如此，一字不差。方氏說我拿酒來與官人洗塵。你可從容說說你那苦楚。

丑扮李鴨子醉上白我乃李鴨子是也。自小無賴，人都叫我破軍。吃酒嫖賭，俺沒有一件不通的。適纔遠遠望見一個人，爬牆往方娘子家去了，想是他的個情人。俺也蹝個狗尾[⑤]兒。那方娘子，且休說合他有實事，但能湯他一湯，

---

① 冷打慢吹：同“冷打漫吹”。

② 苗架：老底；根底。

③ 掘：通“噘”。罵。

④ 底眞：確鑿。

⑤ 蹝個狗尾：同“蹋個狗尾”。

也就渾身酥麻。

俺從來便是個無賴光棍，起了個外號叫做破軍。我愛那方娘子風流聰俊，二十四歲長守寡，難說全然不動心？院牆又矮一直到門，但只是這主子利害，不可輕易近身。縣官罵了個閉氣，衙役打了個斷筋！又打上方仲起忒也尊，弄發了不饒人，重則掉了腦袋，輕則打的發昏！老子生兒一個，死了無人上墳。雖然是饞涎長流，皆因尋思到這裏，纔死活強忍。

今日既有了相厚的，還怕他怎的？待俺爬過牆去。

跳過牆俺不免一直竟進，他裏邊既説話待俺聽眞，醉昏昏聽不出姓誰名甚。若聽出這個主，吆喝一聲杜住門，一把兒掐住他那脖子，那時節不怕他不肯。

李鴨子聽了多時，走的響了。鴻漸説外邊有人，我看是誰。扶着窗櫺瞧了瞧，説不認的，聽不出來。方娘子便説甚麽人？鴨子説我是拿姦的。

叫一聲方娘子休弄歪像，我是那李鴨子合你是同莊，你合我犯相交有何妨帳？難道説你合人來往，就不許俺湯一湯？你若是依了我這件事兒，咱可就千樣事兒都不講。

方娘子説氣煞我了！這怎麽治他？鴻漸説我總不是個人了！做着條漢子，除不能中舉會士，給那妻子增光，一個老婆也不能做下主來，待要這命怎樣！床頭上抽出一口刀來，説殺了這行子罷！娘子説且住，萬一傷着人，等我實告他。便説李鴨子，這是鴻漸剛纔歸家，你待怎麽？鴨子説我不信。就是張鴻漸，他每日歇着案，也該拿去送縣。你若依了我，咱就省的叫地方。鴻漸説罷呀！我犯了殺人的罪罷！遂提刀開了門，一刀砍去。鴨子閃了一閃，吊了一雙鞋，往外飛跑。不想跳過牆去，跌了一個跟頭，爬不起來。鴻漸隨後趕到，砍了一刀，爬了爬待走，鴻漸又是一刀。方娘子趕出來，吆喝説放他去罷！李鴨子已是殺死了。鴻漸已發大開了膛，割下頭來，纔説雖犯了殺人重罪，我心裏且快活快活。娘子哭着説道這却怎麽了！

歇着案要拿你不能得勾，你今日又從新割了人頭，這可纔眞眞的無法可救！顛險曾捱過，我也顧不的羞。我替你尋思了三十六計，好法兒還是一個走。

他二舅自從報了仇，縱不去奉承那嚴世蕃，正做着刑廳，着他一筆勾消了。如今閉着門星事[①]不管，他是依不得的。你不快走，還有甚麽妙法！鴻漸說我再是不走的了。死就死罷，甚麽相干！

我原就安排着自己投縣，爲個人怎麽光教老婆出官？我聽的那一回渾身是汗。你仔管領着小保仔過，我的事你休掛牽。種着幾畝薄地，料想不致餓寒。但望孩兒無病，但求娘子平安，還有方仲起體面全。些須小事不相干，濟着我去撞，待幾年朝廷大赦轉回還。命裹若不好，設或是不然，既殺了人破上充軍，絞了脖子鑽了頂是砍頭，娘子呀，還有甚麽大凶險？

方娘子拉着只管慟哭。鴻漸捽開，提着刀，進了城。署印的縣官是姓程，這日正坐大堂，鴻漸寫了一張自投首的呈子，當堂投遞

跪下說這幾年遊學去遠，大案裹牽連着全然不知。昨夜晚來到家弄了一件奇事，寫了張投首的狀，告稟老父師。我既然殺了人命不敢瞞，情願甘心來受死。

縣公看了呈狀說你大案裹的事，如今已無事了。你可又殺了人。既來投首，我也不加刑審了，暫且收監，等候起解便了。老程退了堂

詩曰：重犯抵償理亦應，也無煩惱也無驚；

大賢大聖身遭此，難說寬柔氣不平。

第十四回　按臺公斷

花面扮衆秀才上白哈哈！老馬被按院鎖拿了。官宅裹發出銀子來，託了一個禮房，一個皂頭，每個秀才五兩銀子，每個百姓二兩，求大家遞狀保他一保。這皂頭是我拜交的，那禮房[②]又是秦老兄拜交的，怎麽辭的？

［耍孩兒］論老馬甚酷貪，又打殺范子廉，待秀才眞不成體面。——常常

① 星事：星星點點的事。形容很小的事。

② 禮房：明清時期州縣衙門有“三班六房”之說。三班指皂、壯、快；六房指吏、户、禮、兵、刑、工。其中禮房負責典禮、科舉等。此指禮房的工作人員。

借重盟兄弟，待要推辭開口難，兄弟過日怎相見？何況有白銀五兩，看了看耀眼光鮮。

這一來回喘的緊，過日只怕難見人。一個說狗脂，如今不過是銀錢世界，甚麽是公道良心！且歹[①]他五兩銀子，盤費不了，給老婆子買點人事[②]。

叫一聲俺潮哥，講廉恥做甚麽？頭巾歪塌藍衫破。只是銀錢有實濟，從來良心下不的鍋。不害羞請管不忍餓。在背後指指畫畫，回過臉誰敢嗤着？

一個說見人是小事，只怕按院問他的德政，咱答應甚麽？一個說他不准也就罷了，還問甚麽！衆百姓上老馬叫咱去保他，每人給銀二兩，那衙役、保正，落去五錢。點着名子叫飛跑。一個家狠眉竪眼，誰敢不來！李大哥，全在你了。你是個頭兒，他給你銀三兩。看按院老爺問話，全在你答應。李大笑說在我不妨。他有許多該保處哩。

我保他錢糧輕，加二五大戥稱；我保他要錢很[③]打腚；我保他打賊使小板；我保他捶糧大板棱；我保他科派衆百姓；我保他滿堂餓鬼，下鄉來兩眼圓睜！

衆人哈哈大笑說你綽號"狗獺皮"，不這樣說的，是個忘八！李大說請管無妨。我保官曾保過幾次，不准也就罷了。那不是衆位相公們來了？咱也不可不商議他商議。相見介秦相公，每次保官，是咱兩個爲頭，咱也該會同會同，看官府問話是該怎麽答應？秦秀才說你甚麽不知道呢？

咱兩個久相交，保官保了好幾遭，你還甚麽不知道？官府若是不肯准，除罪只把項來搖，把狀只望當堂㧐。嘴一撅大板亂砍，一羣人撒腿開交。

這是咱做過的。若是他准了，老馬就不能留任了，再來的知縣也拿着當人；他不准，也教那後來的知道咱中用，上堂也給個體面。呀，這不是察院？吹打了三通了，各人伺候罷。他若問，只就這狀上說便了。並下，按院上唱

［桂枝香］官職定就，代天巡狩，拿問那贓官貪吏，要説逃怎麽能勾？時到了難留，奉聖旨先斬後奏，三聲礮響獻上人頭。自家作來自家受，我是天差不自由。

---

① 歹：吃。《慈悲曲》第三段："這無名的菜瓜，只得是捏著鼻子歹。"

② 人事：贈禮。宋許觀《東齋記事·人事物》："今人以物相遺，謂之人事。"

③ 很：通"狠"。

我乃北直按院是也。今日該審馬知縣那一案。看收了外邊狀詞，監裏提出馬知縣，並一干衙役聽審。衆答應是。衆秀才、百姓上，執着保狀跪倒，接着的拿去，遞與按院說下邊有盧龍的秀才、百姓，保那馬知縣。按院接過狀去，看了一徧叫那秀才上來。衙役叫秀才上來，衆秀才跑上堂跪下。按院說這呈子上說馬知縣清廉，可是眞麽？衆人說眞。按院冷笑了一聲，說想是您這些秀才是馬知縣僱來的了！

貪酷知縣，眞贓實犯，你說他本分清廉，又說他爲人良善。這個不然：火耗重人人瞞怨，胡敲亂打滿堂是官。你若不是通官府，必定使了他幾吊錢。

您不是每日串通衙門，打詐百姓，必定是僱覓了來的。衆秀才戰兢兢的說大宗師老爺，生員並不曾使他一個錢。按院說看您嘴臉，就是一夥小人！給我鎖了！一邊行文去學院裏除名，一邊動刑問罪。

看他面貌，早已知道，想是您衙門純熟，想是上司常告。看你嘴臉奸刁，這人玷辱學校，呈子手本帶袖藏腰。從今把您衣巾革，叫您下回再不消。

鎖介，衆叩頭哀告說寬了生員罷！這纔是頭一遭。按院說教衆百姓上來。按院說您這奴才們，因甚麽保那馬知縣？衆人戰戰介，李大說小的們都是些鄉民，那保正撥俺來，俺就來了。按院說這裏頭可有保正麽？都說無有。按院說旣無有，且先打這奴才，一邊去拿那保正。

奴才可恨，把本院胡混！並不是買賣莊農，分明是一夥光棍。想您串通衙門，在鄉中橫行無禁，迎官吏欺詐良民。既然自己來投受，把您奴才打斷筋！

李大說大老爺不必動怒，這是這裏的土俗[①]，從來的通套。按院問道怎麽是通套呢？李大說有了歌謠兒，說是：官到了任，錦屏一架；官滿了，脫鞋[②]一雙。問通套何人爲首？自有那諂佞的贓腔[③]。按院說料想那知縣有些好處。

［跌落金錢］一個知縣到任來，並不論他才不才，老爺呀，贈屏子到不的一年外。可是甚麽人開這個端呢？縣裏幾個佞奴才，奉承官府買他的乖，老爺呀，這幾年全把風俗壞。你們不從不的麽？爲頭的煩了體面來，不從又怕他胡揣歪，

① 土俗：本地風俗。

② 脫鞋：即“脫韡”。舊時官員離任地方時，百姓就會為其脫去舊靴，換上新靴，表示愛戴與不舍。典出《舊唐書·崔戎傳》：“將行，州人戀惜遮道至有解韡斷鐙者。”

③ 贓腔：髒樣；醜態。贓，通“髒”。

老爺呀，况且又怕官府怪。只得低頭去死捱，不論事體該不該，三百、五百儘鋪排，老爺呀，不敢說我心待不待。

按院說諂奴才！必然你就是頭一個了。不然，闔縣裏有幾十萬人，那找你做個頭兒？也罷！把爲首的每人二十大板，其餘免罪。打訖，二人提上褲哎喲着原是自己不小心，一個按院訪的人，怎麽還敢來保他！下。衆秀才又哀告求老爺苟全功名！按院說您們不安分讀書，不行好事，斷斷難饒！有兩句話，你對上饒你，對不上一定除名："與人爲善，不亦樂乎？"秦秀才說"理合具呈，須至呈者。"按院大笑說一肚子都是呈詞，還說不刁！第二個對來。那于秀才尋思了許久，說這個虚字，最難對的。嗯嗯，有了："懦懦懇恩，叩乞恩之。"按院說俱是一字不通，甚麽秀才！

狠罵一聲狗秀才，藍衫節柳①頭巾歪！狗秀才，何曾有個之字在？生員的詩文好，就是不通雜作。不通者也矣焉哉，都是五等六等齋，狗秀才，怎麽叫你把方巾帶？生員只考了三個四等，並不曾考五等。你把文章丟放開，只知向衙門日日來，狗秀才，攢錦屏必有奉申拜。牛秀才說：攢錦屏子每遭都是他，我只攢了三次。憑着奸刁詐錢財，小事輕輕告上臺，狗秀才，砍頓板趕出大門外！

也罷，每人砍二十大板，打出去。叫他起來，以便好砍。每人砍了二十，頭巾吊了，藍衫皆破。摸了腚又摸腰，說好他娘！他娘這腚還可以裝着，這衣服裂碎，怎麽見人？幸而剩下了一兩銀子，只得做身衣服，好見親朋。下。按院提那馬知縣、一班衙役，上來跪下。按院說馬知縣，你做的好官！

且不合你論短長，你有十萬枉法贓，况且是庫裏又欠三萬賬，加二加三收大糧，拿短少的票子幾千張。怎麽說？讀書人盡把良心喪！官司全不論青黄，不給你錢使大板抗，現如今告打死到有百張狀。要錢百計又千方，全不尋思到法場，好叫那天下的官兒，看你的様。

老馬說還是老大人聽錯了，犯官並無有貪酷的事。按院大怒說胡說！叫那干證上來。衆鄉老上，說小的們都是人命干證。按院說您都是怎麽打死來？一個老頭哭着說別人還好，就是小的更苦。年時那天大旱，遞了旱災，有了赦糧風信。馬老爺恐怕赦了糧，一發狠打，七月裏要十分數全完。人家吃的還沒有，怎麽完糧？不出一月[一]，打死了一百多人。小的七十了，只有一個兒子，三

① 節柳：應為"結綹"。指衣服多年不洗結成綹狀。形容骯髒破敗。

十板絕氣而亡。苦哉呀苦哉!

[耍孩兒] 儉了年都忍飢，糧食貴不能糴，就待完糧也無法治。誰想打的越發狠，完了七分還不依，三十板登時絕了氣!七八十無人奉養，可憐這寃枉誰知!

又一個陳正說小的父親被馮小二打死，小的告着他，他着戶房送進去了六百銀子，便問的全然無事。小的哥哥去上司去告狀，在路上撞着那皂頭，被他拴回來，着馬老爺四十板打死了!

那馮家打殺人，他使上六百銀，官府問的不成問。那日當堂齊對理，原告頂嘴官就嗔，滿心寃屈無頭奔。我哥哥上司告狀，拿回來剪草除根。

按院說那皂頭又無批票，怎麼就敢拿人?陳正說老爺不知，堂上有坐着的知縣，堂下有站着的知縣，還有走着的知縣。就是走着的知縣，誰敢違他?按院問站着知縣是甚麼名字?陳正說那是馬老爺的戶房孟連城，馬老爺說那是他的左輔，刑房許進忠是他右弼[①]，民間叫他“二大天王”。四班裏衙役，馬老爺都照着“西遊記”裏起了名子：那皂頭王玉芝是精細鬼，快頭李合宇是伶俐蟲。應捕頭有四個：一個是王鑽天，一個是急如火，一個是何大蟲，一個是快如風，民間叫他“四大金剛”。有他處，鄉紳也害怕。

精細鬼伶俐蟲，他能把線索通，他倆說話極中用。一個捕頭急如火，一個捕頭快如風，人人都把銀錢送。若有人得罪應捕，合得罪知縣相同。

按院說那皂頭上來。說你就是精細鬼麽?皂頭說是馬老爺的玩話[②]。按院說足見馬知縣愛你。你怎麽沒有票子，竟自敢拿人呢?皂頭說有票子。陳正說你有甚麽票子?你是上府裏下文書，適然遇着。按院說拿夾棍來!

你行事任便宜[③]，拿犯人不用批，知縣忙你就把他替。帶到堂上四十板，掤簽就打不許遲!打死想是由尊意。這一様橫行無禁，那別事不問可知。

按院說奴才們聽着!秋後處決!又有一個秀才說生員是王崗。因着二十個多[④]人進了宅子，把我的父親燎死。哭介，按院說你怎麽不報告呢?秀才說怎麽無報!大老爺叫刑房合應捕來，都聽着生員告訴。有一字謊言，叫他當面質

① 弼：輔佐。

② 玩話：玩笑話。

③ 行事任便宜：做事隨意。

④ 個多：當為“多個”。

證。按院說叫一干人犯都上來。

馬知縣大發威，把公案捶又捶，像生員犯了彌天罪。刑房嚓嚓①了兩三句，他纔歡喜把頭回。便說王崗你暫且退，我隨後就差應捕，出票子給你拿賊。

按院說這就是了。秀才說誰想不是好意哩。差了兩個應捕頭，領着二十個小應捕，到了生員家去要盤費，每人要三十兩銀子。我說沒有，他又不去。勑着的賭博的餓了，便要酒飯吃[二]，在靈棹上化拳吃酒。又哭可憐可憐，那一時生員受不過，遂即遞了呈子，說我情願不拿賊了。馬知縣大怒道：怎麽依的你呢？

馬知縣大不然，賊殺人事關天，我就不擔這條擔②。這個事情還不了，又找法兒治生員：賊情要作姦情斷，要辱沒生員門第，做拿法好弄銀錢。

按院說這又奇了，怎麽又當的姦情？秀才說他拿了生員兩個家人媳婦子去，合兩覓漢去，到了城裏，押了一宿。那一個婦人才二十多歲，那王鑽天就待合他奸宿，那婦人又不從。他便說：你依了我，我教兩句話給你，明日省的捱拶子。按院說這樣可惡！王鑽天說小人何曾來！就是拿人要盤費，都是馬老爺吩咐的，于③小的何干？秀才說那婦人嚎叫，合店裏都起來問，誰沒見哩！按院說見了官，怎麽樣來呢？

官府說你實言，我看着明是姦，如何當的賊情斷？奴婢都說沒有的事，打的打來擸的擸，死了人合家遭塗炭。現如今冤枉難訴，見老爺如見青天。

那刑房着我送六百銀子給馬知縣，這賊可以免拿。生員的父親因着無錢給賊，纔喪了性命。那的六百銀子給他？按院說馬知縣，你做的好官！這些奴才們都是該死的！每個四十板一夾棍，收監等秋後處決。

那衙役你望着親，那百姓也是你的民，爲衙役到把民殺盡？一堂共有十知縣，下鄉如同虎一羣，黎民塗炭不堪問！這一樣官府衙役，都是些砍頭充軍！

按院說一件眞，件件眞，不必再問了。又有一個啞巴，在堂下邊叫喚。按院說

① 嚓嚓：嘀咕。

② 不擔這條擔：不承擔這個責任。

③ 于：通“與”。

叫上來。那啞巴指指畫畫，哭哭啼啼，從袖裏抽出一個帖來。按院接來看了說你媳婦子被戶房搶去了？點了點頭你媳婦合戶房有奸麽？啞巴擺手。問無有麽？點點頭，哇哇了兩三聲，把手比量着，舒了八個指頭。問是做甚麽？把一只手拉着自己胳膊。問是拉你老婆麽？又比量有三尺高，作一個望上掀的形狀。問是馬駝去了麽？又點點頭。又指着自己的眼，比着淌淚的光景。問你老婆去時哭來麽？又點點頭，不覺自己大哭。按院說你不該告他麽？啞子指着馬知縣，使手自己打旋，又褪下褲來，着按院驗那瘡疤。按院說馬知縣眞是個禽獸！做的好官！戶房說原是他八兩銀子賣給小的。啞子從腰裏掏出一包銀子來。問是給你的麽？點點頭。問是多少？搖了搖手。問不知道麽？點點頭。按院看了看，那銀子有二兩，其餘盡是雜銅。按院大怒，丟了八枝簽，打了四十板，又吩咐夾起來，又拶了二百杠子。吩咐啞子你去罷，我着他把老婆還給你。啞子又閉着眼作死樣。問你老婆死了麽？點點頭。按院說容易，就着他老婆給你。下去罷。啞子叩頭，下

賊奴才忒也差，挑雜差傾人家，怎麽把老婆霸？知縣眞眞合你厚，不嗔你還打他。怎麽你老婆把他嫁？這乃是一還一報，狗奴才還說甚麽！

且都釘扭送監，等秋後處決。馬知縣哭告說犯官如今懊悔不盡，都是聽錯了衙役的話，望大老爺留一線生路。按院說從頭裏無聽着說麽？你但有一分人氣，本院也不肯叫你死了。

你是個知縣官，翻過地揭過天，被你屠沒盧龍縣！任拘誰人作下惡，到頭都是你承擔，心腹人擁撮你頭兒斷。還愁你秋後處決，難脫那劍樹刀山！

今日不刑罰你，就是便宜你了。叫禁子好生着看守馬知縣，下，老馬哭下來說咳！我只說天下就沒有大的盧龍知縣的，誰想到了這等！

想當初行出來，那管他該不該，天下官只有那盧龍大。衙役說我官聲好，找法給我弄錢財，話兒都是極相愛。每日叫耳根舒梭①，到不想脖項成災！

大哭說不知幾時霜降？禁子說還待一月多。又哭說不知買口快刀得多少錢？禁子說馬老爺不必憂慮，請管比別人少使二兩銀子。哭下

詩曰：衙役甜言勿信之，傳與天下縣官知；
聽來甘美心中樂，頭項眼看日月離。

① 舒梭：舒服。

【校】

［一］月：蒲本作“日”。

［二］敧着的賭博的餓了，便要酒飯吃：蒲本作“敧着的，賭博的，餓了便要酒飯吃”。

第十五回　潑婦罵門

李鴨子媽紮腰拿刀板上云我生平有點本領，專一會吵巷罵街，若有偷我的物件，罵的他送將出來。我那兒着張鴻漸殺了，官家把他解去，誰想那解子，兩個王八羔子，把他賣放了。一個回信無人傳，官家知道兩個月了，一年有餘俺纔知道。我斷不肯饒他！

［倒扳槳］犯人解子一齊顛，一個信無人傳。官家知道兩個月，鄉里知道勾一年；勾一年，都亂傳，張家凶犯又回還。

人都說張鴻漸來了家，我每日把①他門前走，雖是待要罵他幾句；幹的甚事。今日去登門罵他一個痛快，也叫他合家不安穩。我就他門前乜塊石頭上，剁打②起來。方氏呀！你可聽着。

罵只罵你不害羞，坐監坐了兩三秋。作惡的心腸還不改，把俺兒來割了頭。割了頭，成了仇，定要罵的你汗珠流！

罵只罵你稱［一］英豪，既要殺人不要逃。買馬的漢子那裏去？好似做賊脫了牢。脫了牢，窩藏着，定要罵的你起了毛！

罵只罵你主意差，把個強人藏在家。你漫有兒望生長，弄的我無兒嘴咕答。嘴咕答，休要誇，把頭伸上咱一處砸！

罵只罵你不成才，俺那兒也曾收着你紅繡鞋。忽然見您漢子到，對着漢子賣你那乖。你那乖，休要歪，定要罵的你出頭來！

罵只罵你太欺心，俺那兒也曾合你親。今日雖然變了臉，生個兒來是我

① 把：从。《三國志平話》：“夏侯惇敗了必把你手內過也。”

② 剁打：此指用刀拍打。

的孫。我的孫，莫心昏，我叫你從今難見人。

罵只罵你太無情，把我嬌兒超了生。今日雖然罵幾句，我那兒子活不成；活不成，把氣爭，也叫你難聽又難聽！

罵只罵你太不賢，依着您哥哥是個官。任拘你勢力怎麽大，破上一死不怕天。不怕天，嗄相干，罵到你明年又明年！

方娘子上，丫環報到李鴨子媽在門口裏罵哩！娘子說他從來潑賴，閉了門不要理他。張春上我乃張春是也。我叔弟張逵殺了李鴨子，他本人又不在家，鴨子的媽只顧罵起來了。好氣人也！待我上前勸他幾句。到了跟前說老李婆子，你省着好罷，看使着呀。李婆子說我罵不罵的，該你甚事？撐甚麽棍呢？張春大怒，批臉帶腮只一捶，打了個倒栽蔥。老李婆子㰝在地下說張春殺子人哩！張春就着蹺[二]了頓脚，抹①了一塊石頭來好打。一行打着，照樣的數量

打也打你不害羞，莊東頭罵到莊西頭。雜毛科子休弄鬼，還要把你乜筋來抽；筋來抽，我報仇，打的你屁滚又尿流！

老婆子罵道賊科子生的，可殺了人了！

打也打你逞英豪，人不打你是嫌你騷。罵了半日無人理，你就撑撑的②乍了毛；乍了毛，我就掏，定要打的你起了毛！

打也打你主意差，平白裏罵人爲甚麽？渾身上下扯個淨，拾起腿來擰一個花；一個花，歸不的家，還要打的你高脚子爬！

又罵道忘八羔子，你可打殺我了！

打也打你不成才，一把賊毛半片鞋。你只說你罵手好，我這打手也不嘖，也不嘖；只顧揣，打的你不敢出頭來！

老婆子說我着你打就是了。

打也打你沒良心，劈着腿生出雜毛根。生兒的所在還得自家裂，腆着狗臉還罵人；還罵人，莫心昏，定要打的你安不住身！

老婆子說我合你有仇麽？

打也打你太欺心，欺負俺家沒有人。若不看着鄰里面，還該鏇了你乜雙腚門！雙腚門，殺你那孫，給你個斷根又斷根！

---

① 抹：通“摸”。

② 撑撑：也作“程程”。漸漸地。

老婆[三]說張大哥，你也該打勾了！

打也打你太不賢，打你也用不着做高官。那裏值當的方仲起，我就合你纏一纏；纏一纏，儘着搥，打到你明年又明年。

老婆子說好俺張大叔，你饒了我罷！我跪着你。旁人說不好呀，他忒打的不堪，再弄出人命來了，咱勸他勸的。衆人上前，纔拉開了。老婆漏着腿[四]，光着脚，一瘸一拴[五]的去了。張春還指着罵道

看着鄰里說人情，放了這科子逃了生。不然還要着實打，我看打的疼來罵的疼？罵的疼，就上城，有的是我張大清。

他漢子必然去告狀，我就先進城。下，方娘子上大哥打的母鴨子極痛快！我想他漢子必然告狀，待我親自去合他二舅說說。下，差人上說李旺擊了鼓，說他老婆叫張春待中打殺。老爺抽了一枝簽，叫我去拿張春，不免速走。張春迎着，差人說妙，妙！來的正好，李旺擊了鼓了。張春咱就去見老爺。下，知縣上，差人報到張春來了。張春上去說老爺聽稟。

［黄鶯兒］張逵不在家，生合死不知他。李旺老婆持刀罵，罵一回張家，罵一回方家，合莊鄰里看不下。老爺呀，我一時憤恨，打了他兩耳巴。

官府叫李旺上來你婆子持刀登門喝罵，便極可恨。罵張家尤可，罵方家怎麼？你老婆自己惹事，還敢來擊鼓！該打頓好板！看你老婆捱打，暫且饒恕，去罷！並下

老婆惡喳喳，日登門，罵鄰家，母大蟲①到處人人怕。他雖然叫達，俺只是狠砸，料想從今不敢乍。到官衙任憑擊鼓，一個平鋪塌。

詩曰：打人惹禍到官衙，天幸好官見不差；

若是此回捱幾板，歸家不好見鄰家。

【校】

［一］稱：蒲本作“程”。

［二］踡：蒲本作“蜷”。

---

① 大蟲：老虎。《爾雅·釋蟲》說：“有足謂之蟲，無足謂之豸。”晉代幹寶《搜神記》：“扶南王範尋養虎於山，有犯罪者，投於虎，不噬，乃宥之；故虎名大蟲。”《金瓶梅》第一回：“武松下馬進去，扛著大蟲在廳前。知縣看了武松這般模樣，心中自忖道：‘不恁地，怎打得這個猛虎！’”

［三］老婆：蒲本作“老婆子”。

［四］腿：蒲本作“腚”。

［五］搓：蒲本、盛本作“拐”。

第十六回　閨中教子

方娘子上保兒纔十四歲，就僥倖進了學。因着束脩難湊，就叫他自己讀書，只怕他未必用心，也是有的。

［耍孩兒］止種着百畝田，湊束脩難上難，進了學就教他自家念。還是一個玩孩子，只怕讀的未必專，我又不能常長看。本不該離了師傅，千萬的只是無錢。

趁着今日無事，到書房裹瞧他一瞧。來到書房門外，呀，怎麽不聽的念書？待我到他房中看看。書本兒掀[①]在棹上，念書的那裏去了？想是出恭去了，或者不久便來，我且坐下等他便了。

坐書房暗徘徊，出了恭便回來，坐許久教人心中怪。學生又無別的事，如何許久不見來？他料我不能出大門外，想畜生閑遊放蕩，必然是玩耍當街。

待俺門前瞧上一瞧。呀，大東頭踢毽子，不是他麽？好畜生！這怎麽是人！我回家着人叫他來，自有道理。叫小春子，去叫您哥哥來的。

辦糧米治柴薪，終日裹忙煞人，讀書的全然不曾問。只說他常在書房裹，誰想他每日哄娘親。一回想來一回恨！我找下荆條竹杖，等他來自有處分。

小相公來到說娘叫兒有何吩咐？娘子拿着條子說道畜生還不跪下！你不念書，那裹去來？小相公跪下說我念書念疲了，偶然去走了走。娘子說好畜生！我等了你許久不來，怎麽是偶然？給我躺下！小相公說娘，兒不敢了！娘子說你還不躺下麽！小相公纔躺下了

［皂羅袍］一恨你生來忤逆。你老子十載別離，生死存亡未可知。只知街上閒遊戲，逍遙自在，全不悲悽。罵聲狗子，枉長十三四！

---

① 掀：翻開；掀開。

打介，小相公告饒我再不敢了！

二恨你不聽娘教。我爲你晝夜苦熬，你到自在的癢難撓，吃飯也等娘親叫。長街打瓦，踢毽罰毛。罵聲狗子，怎麽成材料！

三恨你心兒全放。貪玩耍懶進書房，離了師傅無蜂王。上山爬嶺濟着你踈[1]，之乎丢去，者也全忘。罵聲狗子，我合你算算賬！

又打介，小相公說娘，兒子再不敢了！

四恨你不通人性，將書本丢半空，說着只當耳旁風，每日長把鬼兒弄。身材凜凜，一字不通。罵聲狗子，要你成何用！

五恨你行止不顧，全不想做個丈夫。古人十二耀皇都，他也不過是人來做，你今十四，志氣全無。罵聲狗子，待成個甚麽物！

小相公爬起來跪着說娘，消消氣罷。委實孩兒的不是，兒再不敢了。娘子放下條子說我因着你身量不小，又進了學，您媳婦子大你兩歲，我看下日子要給你娶親。你這個行徑，全不像個漢子，可怎麽樣呢？

一勸你溫柔雅致，見了人拱手作揖，輕薄話兒口不習，出門休要惹閑氣。人人說好，娘心歡喜，這等如此，纔遂人心意。

小相公說娘說的是。

二勸你風雲[2]在念，要平步直上青天，讀書思量中狀元，不好還是工夫欠。前擁後呼，坐轎爲官，那樣崢嶸，不過是秀才變。

三勸你遵娘閨範，將書本細細鑽研，休把玩耍放心間，一心專把文章念。一篇做出，層層密圈，若能如此，何愁不到金鑾殿？

四勸你休學浮蕩，馬兒好不在鞍裝，肚中沒有好文章，三四等上不的秀才賬。短袍窄袖，件件在行，街頭搖擺，成不的人模樣。

五勸你父親在念，千里外何日回還？你能發憤做高官，就是仇家也不敢怨，福來禍解，父子團圓，若能如此，纔是個男子漢。

小相公說爲兒知道了，娘說的極是。娘子說你起去，把書去拿來，在我房中，我一邊刺繡，你一邊念書。答應是。

---

① 踈：同“闖”。

② 風雲：比喻高的地位。《文選·班固〈答賓戲〉》：“振拔洿塗，跨騰風雲。”呂延濟注：“言當須去卑賤以升高位，亦如龍出於淺水以遊於風雲之中也。”

你覺小小僥倖，進了學似做朝廷，東西儘你放風箏，哄着娘親由你的性。家有丈夫，把兒教成；誰說無達，就該把書本子撕？

不一時取了書來。娘子說我在東間裏刺繡，你在西間裏讀書。

既讀書登科有分，您二舅方纔是人。絕頂文章志不伸，方纔怨的時合運；書本擱起，說我命貧，這個心腸，天生的不長進！

小相公拂了棹子，高聲朗誦

俺這裏手拿針線，尋思起兩淚潸潸。嬌兒一個最孤單，未曾打他手先戰；打他一下，心似刀捥[①]，要他成人，須索把臉來變。

娘子放下針線，問保兒你念了幾遍了？我繡線插了三條。天色已晚，這光陰好快，你自己點起燈來罷。

［耍孩兒］看日月似箭離絃，一霎時昏慘慘，光陰難把千金換。若是少小不努力，老來無成實可憐，雖懊悔難把千金換。休說我年紀幼小，回回頭又是一年！

小相公坐下又念。娘子說我聽聽幾更了？呀！已交二更了。看保兒乏了，頓上一壺茶，拿一碗棋子送去，給小相公吃了又念

譙樓鼓已三敲，看斜月上樹梢，銀燈還把花線照。他念書時我刺繡，繡線重添十五條，梅樹已插的枝頭鬧。細聽他書聲嘹亮，不覺的怨恨全消。

我兒，你聽聽幾鼓了？保兒說三鼓了。娘子說不念罷。這裏一壺熱酒，你拿了去吃了好睡。

詩曰：刻刻讀書莫暫停，光陰疾似水流行；
夜夜念到三更半，如此三年望有成。

第十七回　鈍刀斬佞

軍門鎖並解子上我北直軍門，卜爲人是也。曾八擡八擴，前護後擁。忽被按院王成爲盧龍一案，參了我三十二款，部擬了斬罪。虧俺用了白銀十萬，纔

① 捥：通“剜”。

問了一個充軍。不妨不妨，自然還有回來之日。

［耍孩兒］俺也曾坐八擡，俺也曾上金堦，俺也曾王法隨心賣。至到而今失了勢，治人的法兒翻過來，帶上鎖也着解子解。休要忙自有道理，待半年另有安排。

長嘆了一聲哎！罷了罷了！想當初湊十萬銀子，送與嚴閣老，買他個孫子做做。那時他要二十萬纔肯收留，我當彼時割捨不的，連那十萬省下。早知有今日之禍，悔不當初！

雖一皮隔一皮[1]，做孫子不如兒，到底仗依爺爺的勢。就是孫子忒也貴，十萬白銀還不依，合該還受王成氣。若有爺爺作主，誰大膽敢把我欺？

解子說老爺把馬走動着些。揚鞭下

衆秀才上這二年虧了大王給咱的銀子，在此開了座酒店，到豐衣足食，都是大王的恩惠。昨日聽的說老馬殺了，饒咱無罪，千萬之喜！咱不日歸家，趂[2]今日叫人擡着兩罈好酒，宰兩隻猪羊，大家到山上辭別辭別也好。都說極是，極是！

俺擡着酒兩罈，猪一口羊一牽，大家會會大王面。一般天爺睜開眼，千里軍人指日還，可喜殺了馬知縣。上山去從頭告訴，大王爺必然喜歡。下

大王上，詩一棚長箭百斤刀，片片血星染戰袍。賊子奸臣殺不盡，胸中憤氣上九霄！這兩日閑暇無事，把大刀拿來，待俺演武一回便了。

［黄鶯兒］作舞介大刀闊似門，舞瑞雪亂紛紛，清閒一日渾身悶。那朝廷太尊，那官兒太昏，忠肝義膽何人信？跳起身槍刀直入，一騎定乾坤！

衆秀才上，擡猪羊酒白來此已是山上。叫巡山小校報與大王知到，秀才們來問候。小卒進去稟道衆秀才來見大王。說快請，快請。衆人進來作了揖，說俺們備了猪羊酒來，與大王犒賞三軍。

告稟大王前，到營中來問安，無甚麽攜着來相見。這禮物不堪，這市酒薄酸，賞三軍也不勾一頓飯。羞難言，物薄情厚，萬望着莫棄嫌。

大王說屢次厚費，怎麽又送大禮？衆人說今日來辭大王。

恩重如山高，母生長父勤勞，今生難把大恩報。虧天地昭昭，把貪官斬

---

① 一皮隔一皮：一輩隔一輩。

② 趂：同“趁”。

梟，充軍免罪有恩詔。趂今朝見大王一面，一别路途遥。

大王大笑，說道妙哉妙哉！一般也有今日了！恭喜恭喜！拿酒來，與列位餞行。

朝廷在夢中，忽然間把眼睜，把俺刮去心頭病。篩好酒千瓶，與列位餞行。從今相會眞難定，請諸兄，大杯在手，飲盡莫留停。

大王大聲說好快活，好快活！今日正然悶坐，就遇着列位痛飲開杯。正然飲酒，有僂兵來報道山下有個充軍官兒，像是有些財物，拿到了，聽大王處分。大王說帶進來。一行人到了簷下。秀才們驚說呀，這不是軍門麽？都起來說眞是他！大王喝道哎呀，你來了麽？

八擡做大官，把人命賣成錢，眞眞該碎尸千千段！久聞名酷貪，這怒氣冲天，今朝一般也得相見。甚喜歡，此物下酒，何止兩三罈？

大王說快給我砍了頭來，大家慶賀。有一個周秀才起來說討給生員替兵卒用刑。大王笑道你能殺人麽？周秀才說那問成絞罪的，就是生員的哥哥。大王說既如此，拿快刀來。秀才說不用快刀，鈍的更好。軍門叩頭說大王爺饒命罷！大王不理。周秀才一把抓出去了

堂堂坐官衙，那刀斧任意加，恨不把你頭割下。忽見了仇家，這心癢難抓，眼睜紅怎肯干休罷？一把抓，豈肯梟首，還要把心剾！

一刀砍去，砍着肩膀上。軍門哎喲了兩聲，說你饒了我罷！又一刀砍去，砍着額顱蓋，那軍門還哇哼。又横三豎四，把個頭砍的稀爛，纔踏着肩膀，抹下頭來了

手脚亂蹬搖，把脖頂鏇一遭，賊頭也不是利亮[①]掉。借大王英豪，把悶氣全消，不然怎將兄仇報？面南朝，把頭放下，杯酒望空澆。

祭畢，提頭來獻，便跪下說謝大王大恩！大王拉起，哈哈大笑，說妙哉呀妙哉！

鮮血染頭毛，不知你剁幾刀，方纔砍的賊頭掉？你仇氣也消，我怒氣也消，教人不覺哈哈笑。莫辭勞，好酒篩上，每人一大瓢。

大王說把解子殺一個，留一個，割去耳鼻，教他把軍門頭帶去，號令那貪官。衆秀才說都殺了罷。留放一個，生員不敢歸家。大王說正是呢，都殺了罷。

殺却老奸貪，拿頭去到處傳，看樣子叫他心膽戰。依你說不然，看他把

① 利亮：利索。

臉翻，倒不如從此掐了線[①]。莫遲延，一刀兩斷，大事已全完。

大王說都砍了罷！衆人喊了一聲，一齊斬訖。大王說斟酒來，與列位餞行。衆人說賴大王保全性命，不知何日還見金面？大家都哭了

［耍孩兒］恩合義重如山，臨作別心痛酸，不知何日重相見？刻一個牌位傳一個影[②]，又用檀香雕個龕，跪下磕頭千千萬。今世裹無可報答，來輩子結草啣環。

大王說歸家原是好事，何必下淚？衆人說總是因着相見無期。聽說聖上屢次有人招安，大王是因何不許？大王哈哈大笑你們那裹曉的。

戴紗帽穿朝衣，都是些貪東西，認上頭便受他昂臟氣。撫院招安好幾次，並不敢着朝廷知，焉知不是拖刀計[③]？若不是張家叔夜[④]，那梁山如何肯依？

衆人說大王一片忠義，神天必然加護，自然要世世王侯。生員們還得合大王相見，也是有的。酒已醉了，請別罷。大王起來相送。

送列位返故鄉，管一路保安康，各人憤志青雲上。丈夫自有冲天志，那生死離別何足傷？一傷悲便是膿包樣。重相會固是可喜，不相會也是尋常。

衆人說大王請別罷。大王說請了。

詩曰：大王要做人間大丈夫，朝中奸佞盡誅鋤；

衆人老天若肯從人願，明歲相逢在帝都。

第十八回　仙人救難

衆解子押鴻漸上白今日起了解了。二位公差，一路上多有借重。

［耍孩兒］披枷鎖解出來，原是俺命裹該，如今却將何人怪？生平不曾走

---

① 掐了線：比喻一刀兩斷，不再有聯繫。

② 傳一個影：畫一張像。

③ 拖刀計：陰謀。元代楊景賢《雜劇·西遊記》第三本："咚咚地小鬼播征鼙，不怕你會使拖刀計。"

④ 張家叔夜：張叔夜（1065—1127），河南開封人。北宋名將。曾鎮壓宋江起義。

遠路，只是借重二公差。多賴多賴多多賴，若到了法場一里[①]，破上死也無大災。

方宅家人上二爺差俺來，看看張姑爺起解。送盤費來，囑咐那解子小心。那不是來了麽？迎着便說二爺差小的湊了十兩銀子，給姑爺盤費。鴻漸說多謝你家二爺了。

雖然是他姓方，雖然是我姓張，親戚骨肉一般樣。他手裏無錢我知道，何必又費事辦行糧？倒是盤費無妨帳，我家中求他看顧，就教人生死難忘。

到家中，多拜上您二爺，我家中寡婦孤兒，早晚借重他看顧。家人回頭說這是二位公差麽？方二爺分付，路上好生伏侍，回來給您二位酬勞。二人笑說是，是。方二爺分付，敢不小心！家人下，二人回頭裂嘴說嗤，多謝你酬勞。張春上，看見鴻漸流淚說解出來了麽？遂拿出一個包來，說這弟婦湊了二兩盤費，着我送來。鴻漸接過來，壓[②]在腰裏，兩眼落淚。

［憨頭郎］哩溜子喇，喇哩子溜，今日起身院裏投；院裏投，甚躭憂，一千一吊最難求。弟婦着急沒有法，現從頭上摘金鈎；摘金鈎，作當頭，當銀二兩你且收。家裏還有方仲起，放開心腸不要愁。我的哥哥喲！咳咳！我的皇天哥哥！

咱爺爺，最善良，你家叔叔好文章。好文章，雖好無得中，指望你把姓名揚玉堂，也是陰功積一場。誰想老天無有眼，教你惹禍又遭殃。我的哥哥喲！咳咳！我的皇天哥哥！

鴻漸說大哥也不必哭了。只是我家無人，事事勞大哥看顧。張春還拉着哭。解子說哈[一]，合的還不走開，裝甚麽親生的哩？張春擦了擦淚，瞅了一眼說誰是合的？鴻漸說大哥，你去罷。張春瞪了兩瞪，喘了口粗氣，走了兩步，說氣煞我也！不怕我兄弟路上受氣，要這性命待怎麽！怒下，張鴻漸也起了行。解子說張相公，你一回一回作登[③]，弄把[④]的都是俺。鴻漸說不曾請你來陪着我受罪，您不去的不[二]麽？

① 一里：即“以裏”。裏面。

② 壓：掖。

③ 作登：折騰。

④ 弄把：折磨；作弄。

[耍孩兒] 您二位忒也譾，怎麽着給你兜[①]？你待要錢不能勾。我就犯了殺人的罪，解子不能砍我這頭，留着錢且買酒合肉。我生平不慣受氣，休瞪着你乜眼睛其溜[②]！

我這腰裏，還有二兩銀子，不就奪了去罷？解子說你發嗄哩！我代不看哩麽？這不是走了二三里路，堪堪黑了。都像今日，於幾時到府裏？就得七八天，可那的這些盤費？咱且宿下，到明日還得快着走。下，店主上，解子問道這邊有開坊子[③]的麽？答應有。三人進了店。店主說二位要吃甚麽？解子說有沒有錢吃酒？鴻漸說我要吃酒。即時酒到。鴻漸斟上酒，説二位請酒。解子說相公的不中吃，敢說是俺吃了你的酒哩。鴻漸說您既不吃，我只得自飲了。解子說店主快拿飯來。店主答應道停停就到。解子又嚷說天勾一更多了，停到幾時？店主又說就到。却又提了酒來。解子說你不給我飯吃了麽？店主說就來就來。店小二說現成飯給他喧[④]了罷，只顧着他吵甚麽？店主人搖了搖手說你不知情由。

他解的是張相公，好文章壓盧龍，爲人義氣聲名重。兩個解子惡瞪着眼，並不吃他酒一盅，還不知怎麽把他弄。我因此捱遲時刻，也教他料得從容。

店主又提了酒來，說張相公，你再吃一壺，這是揭開二年的陳酒。鴻漸說你怎麽知道我姓張呢？店主說你不認的我，我却認的你。鴻漸說這酒更好。店主說你愛吃，我只管篩來。還吃飯麽？鴻漸說吃麽。店主說先叫公差吃飽，我下邊另伺候相公的飯。解子瞅了一眼說酒不要篩了。鴻漸說我不曾吃了你的錢，篩不篩的與你何干？解子沒好氣說你只顧灌，明日不走路麽？鴻漸說不睡亦可。解子說你不睡，俺可要睡哩！鴻漸說我待吃飯。店主去後，許久不拿飯來。解子又大叫道不速拿飯來，天將明了。店主說不妨，纔打二更哩。解子怒冲冲起來，自去要的。店主方纔另趕[⑤]餅。解子說一行有飯，怎麽又趕餅？眞是混帳行子！店主說我只說你混帳行子！相公不嫌晚，你慌的是甚麽？他麽着你解着來，我也着你解着來麽？解子說俺解的人有甚麽差遲，你可就認帳！店主說不妨，我就認帳。你殺了他，我可不管。鴻漸聽的店主受氣，便說不做飯罷。店主又不依。解子說他不

---

① 兜：做交易。

② 其溜：“球”的分音。口語中球形物往往稱“其溜”，如綫其溜、繩其溜。

③ 坊子：此指旅館。坊，店鋪。

④ 喧：吃。

⑤ 趕：通“擀”。

吃了，不必做了。店主說他就是罪人，你待斷了他的牢食[①]麽？畢竟[②]端了飯來，鴻漸吃了。店主收了傢伙。解子關煞門，把眼瞪起來說張相公，你弄到這半夜裏，俺睡着了，看你跑了，咱還得綁綁。

［劈破玉］瞪起䟴賊窟窿大弄歪腔，他說道：張相公慣好顛鎗，今夜晚可斷然不肯輕放。兩個齊動手，把繩子丟在牀。實對你說：得罪你些罷麽，張相公，咱還許[③]綁一綁。

把兩根腿綁成一堆，又說道咱老爺胡突極了。作付[④]休給他代杻[⑤]，不綁起來如何行的？也把兩隻手綁了。纔說張相公，你可受用罷，俺待睡哩。張鴻漸不覺的哐哼起來，口裏可就罵起來了

罵狠賊，我合你何仇何怨？任你囉，我可也只是無錢。完了事，我定然剁你個稀爛！挺挺的綁一夜，店主人是證見。就不能砍了你乜賊頭，忘八羔，我也剜你乜兩個眼！

店主走來走去，聽了兩回，說咳！他不知怎麽着張相公哩！可惜這麽一個好人，受這樣罪，令人可憐。天已三更將盡，待俺叫門。說道您是怎麽着張相公哩？解子說您不要來管閑事！店主說您說有事教我認帳，我擔不的。前邊的客都起來了，您也起來好走路。離了我這個去處，你就殺了他，與我何干！解子說天還早哩，你閑扯甚麽淡哩！店主說合店裏您都來看看，弄死了人了，可不該我事！解子咕噥說這個老扊[三]養的這樣可惡！罷罷，叫他起來。兩個這纔解了繩子，開了屋門。店主點了燈來，說衆客都行了，您也走罷。鴻漸說綁的我這腿不能走路了。主家，你可是見證了。到了司院，我若死了便罷；若還不死，這仇必報！解子說我看你也回不來。鴻漸說你若造化高，我就回不來了；若是皇天有眼，我就回來了。

［耍孩兒］我雖然殺了人，却未曾壞良心，不過遇着駁雜運[⑥]。有朝一日

---

① 牢食：原指新婚夫婦共吃祭祀用的牲畜的肉。此指犯人吃的食物。《醒世姻緣傳》第七十七回："您麽是為做官圖名圖利，吃着牢食，坐着軟監就罷了。"

② 畢竟：終於。

③ 許：通"須"。

④ 作付：囑咐。

⑤ 代杻：即"帶杻"。杻，帶在囚犯頸項、手腕等部位的刑具。

⑥ 駁雜運：命運不濟。駁雜，坎坷。

遇了赦，焉知我不返家門？無端受罪我心不忿，到那時一還一報，你難脱災禍臨身！

解子怒說張相公，你不要潑。你除到分文不給，還要找算人麽？

張相公休要潑，你爲人太大差，除不給錢還發話。都像你這苦蘆子[①]，俺餓死長途值甚麽？你眞肉佞還奸詐！若不肯回心轉意，到晚上咱弄弄別法。

張鴻漸說狗脂，你弄就弄，或者你不敢殺了我！你要指望奉承你，給你錢使，萬萬不能的！

您兩個太欺心，作祟法不是人，一番思量一番恨。你目下雖然把我治，只怕頭上有靈神，機關休要全使盡。我勸你行好得好，休惹仇怨海深。

我如今雖受人作踐，淸夜自思，於心無愧，未必不有老天睜眼的時節。

［劈破玉］我今日誠然是一個凶犯，推斷起也不是必死的根原。雖然是殺了人我還有辯：夜深無故入人家，登時打死不相干。想還有個報仇的日子。老天爺爺，還望你速速的睜開眼！

今夜旣不死，想還有幾日的活頭[②]。可只是這腿重了，不能行路。店主說相公就住幾天何妨？只是我可擔不的。不如僱上驢行了罷。鴻漸說無錢僱驢。店主說我一面[③]招管。即時叫了個趕脚的來，說脚錢我管。鴻漸說你當是我眞果的無錢麽？就叫你管？罷罷，咱就走。寧子[④]死到別處，休要連累這賢主人。你可算算這飯錢。店主說不要算，相公的酒飯我都不要錢。鴻漸說那有此理！除叫你受了氣，又不要錢！店主說不是這等說。我不要錢，那有虛言。鴻漸說多謝了！一行人就出門。店主說二位公差怎麽不留下飯錢。解子說你說不要錢。店主說我是不要張相公的錢。——可憐他是個名士，受這樣苦楚，所以不問他要錢。您二位，咱又不是爺親娘故[⑤]，我怎麽不要錢呢？解子說你即要錢，我只是無錢。店主說你就是公差，管着我甚麽？不給錢，休要走！張相公可也待養腿哩，我管伏侍他。到夜間您再行事，我就給您報了。那一個說丢打幾個錢給

① 苦蘆子：即“苦瓠子”。

② 活頭：活在世上的時日。

③ 一面：全面。

④ 寧子：寧可。

⑤ 爺親娘故：有血緣或親戚關係。

他罷。天已小晌[①]了，只顧咯嗓[②]甚麽？纔支了飯錢走了。鴻漸一路尋思說今夜不着好店主，就刑殺了！咳！早知道受這樣罪，我可待來家做甚麽來呢？

那一日得罪他，他着實不憤。想是他知道我今日大禍臨身，故意送我來解他的怨恨。不過爲着一句話，就全忘了舊日恩。叫一聲：我那舜華恩人呀，你那心腸忒也狠！

呀！天也晌午轉了，若到夜間再一綁，只怕可就死了！

施舜華他合我異常的恩愛，我怎麽猛上心定要回來？可着他賭氣子把[四]坑害！固是他那心腸狠，也是我自家命裏該。到如今不見我那親人，舜華，舜華，教我可從那裏改！

正然愁嘆間，忽見一個婦人，騎着一個騾子，跟着個老婆子，來到跟前。揭起眼罩來說這是二姑家大哥呀。你爲甚麽來？鴻漸擡頭一看呀！我那舜華妹妹！你從那裏來？待望何處去？不覺的落下淚來了

見了你，就是我親人來到。叫一聲我妹妹，淚下如澆，一句話得了眞麽個狠報！明知我來家必定死，竟送我來家把命交。還望你想想，那一年，二年，三年，四年的恩情，可怎麽？就無有一點半點兒好？

舜華說依起你來，就該票票臉[③]過去；但只是我可不肯。天已晌午轉了，隔着我個小莊至近，就合公差到我莊上。大哥，你就犯罪，也未必有錢打點差人，我湊上幾兩銀子，給你打點打點罷。

依你的情原就該低頭竟過，但只是親戚門[五]好處還多。小荒村不大遠，您坐上一坐，替你把官差謝一謝，再湊幾兩銀子於[④]哥哥。你平日縱然有些差池，斷不肯像你以前嗄待的我。

解子大喜。跟着走不多時，轉過山頭，一看說齊整莊子，一片樓閣。進了莊，見舜華進門去了。他跟着進去，到了客房裏。坐不多時，就送出酒和菜來，那酒撲鼻子香。解子哈了一口說好香，好香！咱當衙役，也走了些道路，何曾見這樣酒！兩個解子三口一盅，兩口一盅，說說笑笑。鴻漸也不做聲，只自斟自飲。一霎又是飯到。兩個說這樣飯，咱也是撈不着吃的。一個說這饝饝我能吃十個哩。一個說我也吃七八

① 小晌：接近中午的時候。

② 咯嗓：爭執；爭吵。

③ 票票臉：扭臉；轉頭。

④ 於：通“與”。

個呀。二人吃完了，看了看那天説日頭晌午大轉了，還可以走三四十里。一個老婆子出來説着人湊銀子去了。姑奶奶説，天晚了，宿了罷。

家裹有幾兩銀可還不勾，找着主又糶上十石黄豆，等一等好叫他把錢去湊。張大叔盤纏是小事，要把公差酬一酬。在這裹歇上一晚，姑娘説，咱家裹有的是好酒。

兩個解子正沒吃勾，聽説甚喜。便説奶奶分付，怎敢不依！可只是擾的太多了。給張相公湊盤費罷了，俺兩個沒正經。兩個回過頭來説造化造化！想是要給十來兩銀子。吃他的好酒好東西，再給扁上十兩銀子，這不是個美差麽？不一時，又端上圍碟來，抱出一大瓶酒來，説放在這裹，隨便好吃。兩個坐下，斟上酒。一個碟裹拿出一個菓子來説這是甚麽？又拿起一個來説這又是甚麽？咬咬嚐嚐，説甜。咱收拾起兩個來，到家問問是嗄東西。聞聞嚐嚐，好似猢猻一般。鴻漸暗笑。兩個説咱三人猜枚[1]。鴻漸説我不入令。李虎説相公不要怪俺，俺兩個都是草包貨。我給張相公斟一盅。鴻漸説我自斟罷。兩個啕啕叫叫，猜枚化拳，一霎大醉。張龍跌在椅子底下，李虎去拉他，也跌倒了。口裹還吠吠喝喝，三個五個爬查起來説咱不吃罷。張相公，咱睡罷。張龍説一張牀甚大，咱三個就在一頭罷。張相公在中間裹，把咱三個的手都拴在一處，休叫張相公自己受苦。拴完，李虎大吐，吐了一大堆。張龍呼呼的大睡，燈也沒吹。忽聽的門響，鴻漸一看，乃是舜華來了。指着繩索説開，開！脖子上的，手上的都落下來。伸過手去，把鴻漸輕輕提過來。鴻漸跟着出了大門，見一個走騾在旁邊，舜華牽過來，老婆子扶着他上去。纔説受罪的官人，無良心的官人，你也上來。鴻漸也爬上去，其走如飛。忽忽的風響，不多時，便説官人下去罷，這就是你發跡的去處了。鴻漸下來，舜華已不見影了。鴻漸睜開眼，觀望四面，一片昏黑，又不知這是個甚麽地方

［西調］多情送我到荒郊路，回了回頭那俏影兒全沒。悶煞人，叫俺淚點兒流不住。看了看那星兒密密，樹色兒還烏。聽了聽譙樓上，更鼓鼕呀鼕呀，又一聲裹鼕呀，像是三更有餘。走了些高高下下，一片的模糊。端詳那樹木莊村，從來無見，自小兒不熟。半夜裹叫俺恓恓惶惶那裹去？

---

① 猜枚：舊時多用於酒令的一種遊戲。遊戲中將瓜子、棋子、銅錢等握於手心，讓他人猜數目、正反等，不中罰酒。《二刻拍案驚奇》第三十四卷："隨命取酒共酌，猜枚行令，極其歡洽。"

俺只得坐在地下，定醒一回罷了。

想你那模樣兒俊，感念我那好心的人。不着你，我披枷帶鎖何時盡？但只是你既疼我，就該給我一個安身，可怎麽半路丢下，全沒有一絲的情，半點的恩？連夜不睡，乏困的我難禁。又不知是那府的境界，那縣的鄉村？俺如今流落他鄉，將誰投奔？

眼望見有個莊兒，待俺走將進去，找個門樓底下，且歪倒睡睡，也解解連夜的困乏。走下。且說那張龍醒來，摸了一把，說呀，張相公那裏去了？把李虎踢了兩脚，説快起來，不見了犯人了！李虎睡夢裏答應説拴在胳膊上哩。張龍又踢了一脚，纔坐着抹眼張相公不見了。李虎説這麽一家人家，料想不妨。待俺去尋他一尋。擡起頭來說呀，滿天星斗，那房屋都無了！説這不像是山坡裏麽？爲甚麽渾身冰涼？

［劈破玉］俺昨晚只吃的稀糊爛醉，睡醒了凍的來像兩個烏龜，睜開眼却在這山坡裏睡。待説是個夢，怎麽還噦[①]了一大堆？不見了牀鋪，不見了樓宅，那去了他哥哥，也沒了他妹妹？既然是會變，必定也會飛，也是顛了道沒處去追。咱若回家去吃横虧，夾棍夾，板子捶。咱不如也就嘣，也就吻，也就吻嘣[②]拿了腿。

李虎説這仔怕是個夢。你伸過胳膊來，我咬咬看疼不疼。張龍伸過來咬了咬，問疼不疼？張龍説不大疼。李虎説不大疼，必定是夢。張龍説我也咬咬你。李虎伸過來，張龍着實一口。李虎大叫説疼，疼！張龍説疼，一定不是夢。既不是夢，咱不快顛，等待何時？下

張鴻漸上一場好睡！這門下雖不快活，比那綁着的時節自在的緊。這天將近飯時，遂向人問道這是個甚麽地方？那人説是太原府地。又問那裏有賣飯的？旁人説這鄉下無有，城裏鎮店上到俱有，離此四十里。鴻漸説餓的緊，這可怎麽處呢？正躊躇間，忽然從裏邊出來一位老者，拄着拄杖。便問客人是那一方來的？鴻漸説道此去甚遠。

［西調］老人家放下拄杖坐下聽我説家鄉。俺姓宫字子遷，也有個小名望。家住在大名府張家莊。從十四歲進學，考了兩遭批首，下了兩回大場，

---

① 噦：嘔吐。

② 吻嘣：快速離開。

實指望一舉就名揚。誰想時運不濟，看不起那文章。到貴府攀了攀汾濱的正堂[①]，不想路上被盜弄了個精光！俺這肚兒飢餓脚兒乏困，正愁難把府城上。

鴻漸問貴姓？老者說賤姓徐，賤字北崗。這個莊叫牛夢里。一莊並無別姓。小弟最重斯文。我見尊兄儀表非俗，就知是個名士。請進裏邊坐。有兩三個小兒都在學中，今日合幾個朋友會課，求指點一二。進去作了揖。一霎酒飯俱到。北崗說這天還早，他們又不能奉陪。先生先用過飯，請到書房，就着題目做一篇程文，領領尊教。鴻漸說晚生荒疏的久了，只怕見笑大方。既蒙分付，敢不從命。飯已飽了，就到貴齋。遂到了書房。都來作了揖，問了姓名。各人就位。北崗說衆人已做過一篇了，先生只一篇罷。鴻漸說濟着晚生做罷。按下筆硯，下手就寫。直了直腰說俺也完了一篇。出去看了看天，有甚麼時候。呀，將近午時，說可以完場。回來坐下。不多一時，端上課飯來，不離坐位，每人用一碗。鴻漸說二篇未完，已吃午飯了。一行吃着，一行吟哦。吃了下筆又寫，說好了，俺也完了二篇了，不免謄眞便了。寫了不多時，衆人下了坐，互相問候你完了麽？答應完了。還有兩個未完的，衆人說咱不要混他。客還未完，就煩二位陪陪罷。鴻漸說小弟也草率完篇。都說呀！怎麽這樣快！亂來爭着看他那文章，說好的緊，好的緊！又吟哦，又稱讚。方纔看完，員外也來了。都說先生的佳作，妙不可言！俺都該拜爲師範[②]。員外大喜說可敬可敬！

看年紀不過二十以上，看人物是金馬玉堂，文字我可不知怎麽樣。飯後才做，還早早完場。看一看篇篇俱妙，這豈是尋常？那邊備着一杯薄酒，敘敘家鄉，也叫您認認面貌，說說那文章。從今後，教誨小兒，單把先生望。

請到那邊備下小酌，大家敘談敘談纔好。請。

詩曰：徐絕世才名遍九垓，張相逢一見笑顏開；

衆若非前世歡緣定，千里如何招得來？

【校】

［一］哈：盛本作“吙”。

---

① 正堂：即正印官。明清時期，地方官員用正方印，故稱。《醒名花》第七回：“上告本縣正堂老爺施行。”

② 師範：老師。元代湯舜民《春思》：“多管是鹿門龐老為師範，擺脫了是非患。”

［二］的不：當為“不的”。《禳妒咒》第二十回：“多謝王二爺，若不的呢？”

［三］扅：蒲本作“屄”。

［四］子把：盛本作“子把（我）”，蒲本作“把我”。

［五］親戚門：蒲本作“親門”。

第十九回　再會重逃

方娘子上白保兒才十五歲，一來因他成了身量，二來他媳婦大他兩歲，三來我又沒人做伴，就給他完了婚。兒媳孟娟娟，到極安雅①，日日與我下棋，頗能解悶懷。

［耍孩兒］新媳婦孟娟娟，又老成又極賢，眞能遂我心中願。悶來合他下棋子，一日下到二十盤，胸中愁悶也消散。小保兒雖然伶俐，十四五中舉還難。

依他二舅說，保兒這半年文章大進，該令他去觀觀場。我想盤費甚難，何必何必？

說叫他進大場，一來是沒文章，二來盤費凑不上。俺又不敢有妄想，又不指望唬同鄉，何必費錢瞎胡跳？且叫他讀書會課，待三年咱再商量。

娟娟笑上，方娘子問道您說的甚麼？娟娟說他待去進大場，央我來合娘說

一句話告娘親：天下事認不眞②，他進學何曾猜他進？不猜進他就做秀才，不猜中焉知不做舉人？只在當下時合運。若或是盤費不足，我還有幾兩白銀。

方娘子說你忒也妄想！教他去學學規矩還罷了，怎麼說到中舉？也罷，去請哥哥來。丫環答應去了。公子來到。娘子說我不叫你去進場，你怎麼求了情來？我且問你：你能完的七篇了麼？公子答應能。娘子笑說看娟娟面上，着他去揣幾吊錢的罷。

① 安雅：安靜典雅。

② 認不眞：認不准；拿不准。

諄諄的把情央，只要去進大場，心裏不知待怎麽樣。你到下處把書念，只要用心做文章，莫在那裏瞎胡跊。若是你三場不貼，十六七速還家鄉。

到那裏，合你老師同寓，不要遊蕩。公子答應是。同下，張鴻漸上白俺在徐員外家，不覺又是四年有餘。十四年夫婦，到別了十年；十四年的父子，並不識面。今辭別東主[1]，往家一看。官司未必妥當，無奈心裏思家，晝夜不能安寢，爲此回家一探。

［西調］到春來魂不在，一處處榆錢亂開，桃杏花好似笑我在他鄉外。常想着園裏看花，我合你使着一個酒盃。你攀折花枝，翹起脚兒，褪下繡鞋。做了十四年夫妻，同牀了四載，可不知你愁我的心腸，那一樣兒難捱？這也是沒行好，前世裏結下的孤單債。

夏來到實難受，一點點汗珠交流，一霎時全濕的衣衫透。家裏草亭上樹影兒還稠，想必你拿着鏡兒在那裏梳頭。這一時，往何處不熱？到那裏不是愁？那孩子離了他那懷了，走走站站還得一個自由。不知你淌淚來沒呀？我到家，纔看看你那羅衫袖。

秋來纔是活受罪，西風兒颼颼，落葉兒成堆，到晚來，鐵打的心腸也叫你碎！那鐵馬兒只在肝腸上，一陣一陣的催。孤鷹兒哀哀切，像是沒奈何纔遠去，不得已纔高飛。又聽的那雨兒，打的那芭蕉葉，乒呀乓呀，點點的傷悲。我這等，不知你那裏睡不睡？

冬來越把家鄉盼，門外兒北風刮的我心酸，打窗紗又飛下鵝毛片。也是我無心緒吃酒，只覺着篩來就寒。守着一爐紅火，只覺着衣單。我想你渾身柔弱，就是兩人睡覺，還往懷裏鑽鑽；到如今那被窩裏，細細的個人兒，想也是舒不開你那金蓮。到家中問你，此時念不念？

走了五六日，來到王店。天色已晚，不免歇下。此處離家不足一百里。離家越近，心裏越難；無奈心裏越難，這一夜如何睡得着！

［楚江秋］一更裏苦難言，日落怕孤單，他那裏手托香腮兒盼。拳[2]着那金蓮，斜在牙牀繡枕邊。四點也未眠，五點也未眠；也未眠，還合那孤燈伴。

二更裏苦難熬，明月上花梢，他那裏必定淚珠掉。聽的那更鼓連敲，長

---

① 東主：店家。

② 拳：通“踡”。

夜還愁睡不着。上牀也是憔，就枕也是憔；也是憔，還留着銀燈照。

三更裏鼓兒催，想你淚雙垂，你那裏獨展紅綾被。此時正孤孤恓恓，吹滅了燈兒更難爲。翻來也是悲，覆去也是悲；也是悲，必定不能睡。

四更裏鼓鼕鼕，想在繡房中，困乏不覺枕邊空。此時合眼睡朦朧，必然合我正相逢。夢裏也是空，醒來也是空；也是空，勞你慇懃夢。

五更裏夜已殘，枕上夢初還，牀頭想把行人念？此時孤孤單單，臨明偏覺繡衾寒。左也是難安，右也是難安；是難安，又是鷄聲亂。

趙鬼子上我呂家馬夫趙鬼子便是。李鴨子是我的女壻，被張鴻漸殺死。他逃去不知何向。昨晚燈影裏看見好像是他；只怕錯認了，到清晨再認認。張鴻漸上隔着家近了，怕人認的，不免帶上眼罩便了。

［呀呀油］近故園，近故園，馬上躊躇左右難。怕撞着認識的人，眼罩兒遮了面。悶懨懨，悶懨懨，每朝夾馬更加鞭。家越發在眼前，程程的走的慢。下

趙鬼子瞧見說不是他是甚麽？他不認的我，我却認的他。好！我到家回了話，就去對俺親家說，杜住門子，看他往那裏走！笑下

家近了，家近了，兩程路兒更難熬。上馬又加鞭，巴不能[①]一時到。心又憔，心又憔，百里如同萬里遙！儼然到繡房中，進門把嬌兒叫。

回頭合掌鞭的說我是大名人，却不往大名去。永平有個姐姐家，打那裏歇兩天，叫他送我去。

往大名，往大名，我却不上大名上永平。聽說那裏雨水多，只怕路上忒也濃[②]。到盧龍，到盧龍，有個姐姐住鄉中。我在那裏歇幾天，叫他把我送。

自己尋思說前邊是西樓莊，隔着十來里，有個叔伯哥張子明，在此居住，暫且到他家，黑夜裏走，也打聽打聽。

上前村，上前村，岔下路兒去投親。十年多，不在家，那大娘也該問一問。到黄昏，到黄昏，更深夜定少行人。那時候可回本莊，慢慢的把家門進。

到門下了牲口，往裏竟進。老媼上，迎見呀！你從那裏來來？便叫張超你快來！您大兄弟來了！張超慌忙出來，說道我把大門關上。回來坐下。鴻漸問了安好，便說

① 巴不能：巴不得。

② 濃（nóng）：稠密。

我寫個字，打發那騾夫回去。一霎寫完，交與那騾夫。又關了門。回來坐下，纔問近來事體如何。張子明說不是耍！

鴨子他媽，鴨子他媽，聽的說你逃回家，掖着一把切菜刀，上來門子着實罵。張春怒發，張春怒發，撕了個罄淨好勢的砸！惹的仇家越發深，如今對人常發話。

李家如今常常察訪你，你也該背着些。不一時，端了飯來吃了。鴻漸說天黑了，我去罷。子明說路上小心！

送出門，送出門，送你不敢去叫人。不知道人心腹，恐怕他走了信。到家門，到家門，三朝二日快起身。着那行子知道了，是與非難以合他論。

送出門來，鴻漸背着行李，到了家，看了看，遂說這垣牆也修起來了。好好，到不似前番那破壞了。不免敲門。有覓漢出來把門開了。鴻漸往裏就走，那覓漢跟着吆喝是誰呀？稜稜掙掙的只顧跑！鴻漸又敲內門。丫頭來問是誰？答應是我。方娘子聽的聲音，纔出來開了門。囑咐覓漢這是您大叔，休合人說。

把門關，把門關，行李遞與小丫環。手攜手，進房來，好相是夢裏見。淚漣漣，淚漣漣，千辛萬苦也難言。離別了五年多，再來合他見一面。

抱頭哭了一場。娘子纔問你去後怎麽樣來呢？鴻漸說一言難盡了。

頭一程，頭一程，手脚綁的直挺挺。若不着好店主，必然就喪了命！往前程，往前程，愁到晚間又受刑。若是再綁一綁，鐵漢子也難扎掙！

娘子落淚問道那一夜你怎麽受來？後來呢？

正愁懷，正愁懷，擡頭忽見舜華來。他約我到他家，一手提在雲霄外。落平階，落平階，又逢着員外最憐才。教他三子拜門徒，沒有一個不相愛。

娘子笑了笑說虧你水盡山窮，還有救星，也不該忘了那舜華。正說話間，娟娟領着小丫頭，端了酒飯來。鴻漸問是誰？娘子說

聽我言，聽我言，保兒媳婦孟娟娟。因我家裏沒有人，娶了他來作伴。行是第三，行是第三，比小保兒大二年。今春裏過了門，這纔有三月半。

鴻漸落淚說兒已成了人家了，不知你怎麽着費心來！怎麽不見保兒呢？

槐花黄[1]，槐花黄，他去京中進大場。他年時進了學，就着他去瞎胡（左𧾷右床）。成了身量，成了身量，他二舅説他有文章。且叫他去學規矩，不敢興心胡指望。

鴻漸放下酒杯，就哭了説我不想你就能着保子繼我的書香！可使碎了你的心了！

我賢妻，我賢妻，一個寡婦守孤兒。只當是還沒入學，誰想能把書香繼！淚雙垂，淚雙垂，教人心痛好傷悲！我年年在他鄉，可把你心使碎！

一行拭着淚，便去褡包裏取出銀子來，説這我愁您家裏過不的，又愁小保子念不起書，攢了二百銀子，捎來您好費用。娘子説不必。

還包着，還包着，家裏莊田雖不多，減省着吃合穿，這可也到還能過。有一着，有一着，想想終來怎奈何？你年年在他鄉，可到幾時得安樂？

每日逃躲，可也不是常法。既有這宗銀子，就不動他，便在這裏頭想出一個團圓之路來。鴻漸説怎麽説？娘子説你聽我道來。

上北京，上北京，就使銀錢納監生。你若能中京舉，這也可以提名姓。此一行，此一行，三年望你就成名。你望前做得來，可再聽咱夫妻的命。

鴻漸大喜説極是！我自來糊糊突突，沒想到這裏。依舊將銀子包訖。聽了聽説天已四更了，咱收拾睡罷。同下。趙鬼子上云可恨張鴻漸，把俺女婿殺，他到扯腿顛，仍崩二百八[2]。他不認的我，我却認的他。如今杜住門，就着繩子搭。拿去到當官，看他甚麽法！待俺急急走，報與李親家。

［要孩兒］殺了人一溜烟，四五年不回還，至到而今歇着案。杜住門子拿着他，繩縛二背到當官，看他還有甚麽辯？報與俺親家知道，也叫他早把人傳。

來此已是家門首，不免竟進。李旺迎着説趙親家，希性呀？自從令愛改嫁了，你全不上門，猜你斷了這條路了。你的主人家又遠，隔着七八十里路，

---

① 槐花黄：舊指考生準備科舉考試的時節。宋代錢易《南部新書》：“長安舉子自六月以後，落第者不出京，謂之‘過夏’。多借静坊廟院，及閑宅居住，作新文章，謂之‘夏課’。亦有十人五人醵率酒饌，請題目於知己，朝達謂之私試。七月後投獻新課，並於諸州府拔解人，為語曰：‘槐花黄，舉子忙。’”元代武漢臣《玉壺春》第二折：“‘槐花黄，舉子忙’，你不去求官，則管裏戀着我的女孩兒做甚麽？”

② 仍崩二百八：形容離開的速度快。

你從那裹來呢？鬼子說俺那娃子雖然嫁了，現放着一個女外甥，六七歲了，就該不是親家了？我不是也不能來，有一件極要緊的事，待對親家說知。今夜四五更天就走，來到如今。

張鴻漸解起身，半路逃無處尋，至到如今心裹恨。昨夜方纔回家來，帶幾個人兒杜住門，縱然有翅也難遁。咱如今不要鬆撒[①]，親家你快去齊人！

李旺說眞果麼？休要錯認了！趙鬼子說我合他宿在一處，第二日我看着他上了牲口，我纔走的，有甚麼不眞處！李旺說我就去叫人。但只是幾個族人都不在一處，得叫那舍姪合他分路去請。親家你在此等候。同下。鴻漸、方娘子同上，鴻漸說我去把角門關煞，瞞牆請過大哥來，合他會會。娘子說極是！也該道謝他道謝。我坐監時，虧他管理莊農[②]；人家來罵，又虧他行粗。若是不着他，俺娘們家裹就過不的了！

［還鄉韻］我坐長監無人問，他送牢食他還用心。咳！又看着打了莊稼上了囷。人家來罵，誰把頭伸？他出來纔裂了一個腚光，打了他一個斷筋！俺家裹又沒有傍人，有點小事他就給俺東走，他就給俺西奔。咳！不着他，娘兒兩個誰投奔？

叫丫頭你豎上那梯子，打牆上過去，西院裹請您大爺來。丫環答應去訖。鴻漸說還得篩上壺酒。娘子說你先去南房裹安下桌椅。張春來到相見，說大弟，幾時來的家來？鴻漸說昨夜來的。我該給大哥磕頭。

我如今不成個貨，每日逃藏並無有着落。咳！多虧了家中有你還不錯。家裹事千頭百緒，比那麻豆還多。我別無有親人，止有哥哥。我如今現受折磨，雖然不死，也定不就還活。咳！我去了，寡婦孤兒你看着他過。

丫環拿了酒來，鴻漸斟上。張春說那兩個解子，我到如今夢見殺他，你可不知怎麼受來？

頭一夜，實難受，他把我手脚綁了，丢在那牀頭。咳！虧了店主來打救。若是第二夜，就一口氣也不留。低着頭兒走去，你說那心裹好愁！幸遇着狐仙讓到家裹，端起他那酒甌，兩個吃的大醉，搭喇[③]了他那賊頭。咳！他帶我

---

① 鬆撒：鬆懈。

② 莊農：農民。此指莊稼。

③ 搭喇：耷拉。

到山西去，不消一杯茶時候。

張春說氣死我也！他後日來到家，我必然報仇。

那解子，好不凶來好不大，他看着咱屬他管，爲他所轄。咳！你看他好事的吵來，好世的罵；又把你希乎[①]捆煞，幾乎勒殺！多虧了有仁義的店家，有恩情的仙家，到如今說起渾身酥麻。我定要剜他兩個眼睛，打他兩個門牙！咳！難道說，我受他氣干休罷？你吃了虧了干休罷？

張春說保姪有指望，望他若中了，我就有個扶手[②]。他若不中，除非張龍、李虎不來家便罷；他若來家，我必然不依他安生，鴻漸說大哥，仇是該報，但只是想一個萬全之策，方纔妥當。

痛心的仇家極該報，有個法兒休動刀。咳！殺了人打板抵償實不妙！我也要把手脚兒綁緊，丢在他那驢槽止不理，憑他怎麽告饒，剩了一口油氣，纔放他開交。他若不做聲，也就罷了；若不然，府裏、縣裏、司院裏，任憑他去那裏告。

明人有明人的法，只望老天也睜睜眼，就好了罷。天黑了，我過去罷。你也不可多住，三五日該行了。鴻漸說我起身只在三五日之間。大哥，你給我僱個長驢。張春說容易。我過牆去了。下，方娘子說官人合大哥說的甚麽？酒吃的到不多，就說到如今。鴻漸說俺兩人說的是報仇。這酒壺還熱，再吃一盅。娘子說就着這盅酒，你也該想想那該說的話。

苦情惟有離別身，這不好的離別越發難禁！咳！相思裏又打上愁合悶。睡着人，是驚省；睡不着，是愁人。未知你嘛樣？我那衣裳沒有淚痕！就盡夜不睡，還怕有忘了的話說，說不盡的心事；多待一個更兒，也多一個面兒時辰。咳！我合你，不知到何日，纔出了離別運？

張春忙忙從牆上過來，叫一聲大弟。鴻漸跑出來問道大哥有何吩咐？張春說方纔過去，聽的二弟說，李家齊人來拿你。我去探聽，他家裏果然有好幾個人，像是還沒齊備。你就快起身罷，我叫張成來送你。速速收拾。方娘子聽說，急急忙忙收拾行囊

［呀呀油］急慌忙，急慌忙，銀子給你添在囊。該用的嗄東西，都給你掖

① 希乎：幾乎。

② 扶手：幫手。

打上。想起行裝，想起行裝，叫人送你過後牆。到大路偃上脚，你可自家往前撞。

一霎時，張成來了。張春說你給您大叔背着行李，緊着些快走。您兩個便從後牆出去罷。叔姪去了。張春回來，纔囑咐方娘子

燈滅了，燈滅了，您婆媳同牀待一宵。若有人爬後牆，敲銅盆爲信號。盆一敲，盆一敲，大家過院動鎗刀。一個個綁起來，給他點小作道！

我待叫過我那覓漢王五來。不一時，覓漢來，吩咐說王五跟我來。領到大門上，便叫金三睡着了麽？金三出來。張春說你合王五同睡，一個人一杆鎗。

心要齊，心要齊，只牆根，不要離。若有人過牆來，一鎗就放他倒地。我去牆西，我去牆西，對你叔們哥們知。大家着上前，弄他個不精致。

張春說我去齊人。李旺領衆人說道咱把宅後牆都要圍了。待我叫門。敲門一回，裏邊推不聽的。衆人說半夜三更，又不敢爬牆，可怎麽處？趙鬼子說拿不着人漫怕他；明明在家，怕他怎的！等我跳過牆去，捉住金三，開了門再講。兩三個撮弄上牆去，牆根一科樹，就攬着往下下。金三吆喝一聲有賊！一槍攮去。鬼子哎喲一聲，就跌在樹下。兩個綁起來。外邊說裏頭嚎叫，必是趙親家吃了虧。還得再着一個上去。衆人又撮上一個去。王五說又上來了一個賊。一石頭就打下來，把頭跌破了，又哎喲一聲。金三大叫有賊！大家一齊過去，亂問甚麽事？金三說獲住賊了！一個說打了一棍，一個說砍了一刀。李大見一大些人，便說休動手。俺是來拿張鴻漸的。本莊的保正都來看着他拿人，你怎麽當的他？張春說我管叫門。

叫金三，叫金三，裏頭不要把門關。他說他不是賊，他是要拿張鴻漸。人勾兩千，人勾兩千，圍了宅子沒處顛。果您大叔來了家，到還不如把他獻。

金三開了門。張春說保正，你既說是拿人，你就領着去拿。李大見拴着人，怒發說您怎麽拴着俺的人？張春說你休發，且去翻人。

不必慌，不必慌，半夜三更爬過牆，必定是來做賊，縱殺了也無妨帳。難變善良，難變善良，借着拿人來賜光。等鴻漸眞在家，可從容把他放。

一夥人到了宅門，張春叫門。丫環問待做甚麽？張春說你只管開開門。遂把門開了。李大先進去。李家、張家鬧嚷嚷，站了一天井。方娘子屋裏問是做甚麽的？外邊答應待拿人。方娘子叫娟娟，你起來。不聽的答應。又叫娟娟，你快起來。一大些人來拿您爹爹來。李大背云呀！他婆媳同牀，必然張鴻漸沒在家裏。這怎麽處？方娘子點起燈來，說李大呢？你可進來翻。我這屋裏可不是輕易進來的。拿

着人，萬事皆休；拿不着人，可休想出去！李大不敢進去。方娘子說是怎麽不翻？就推進去了

休裝憨，休裝憨，怎麽叫着不進前？你安心要拿人，不翻翻怎麽算？姪兒張全，姪兒張全，扯他進來翻一翻。揭開那櫃合箱，都着他看一遍。

張全扭着李大進來房門，端着燈，箱裹櫃裹，瓮裹牀底下，都照了一遍。李大見沒翻出人來，便跪在方娘子面前。娘子說這算不的。把李家人領着前庭後院，都着他搜搜。拿不着人來回我話。果然明燈火把，一齊搜尋。搜完了，來報沒拿着人。方娘子纔罵道

奴才們聽，奴才們聽：你合您那小畜生，不但說是沒寃仇，並不知他名合姓。天二更，天二更，爬牆來到我家庭。若不是太欺心，怎麽就送了命？

李大只是磕頭說我並不知是因甚麽。旁裹有張家兩個姪子，一邊一個打了頓耳括[①]。娘子說且不必打他。

您那達，您那達，聽的您大叔來了家，到是詐錢還不妨，滿口裹說那欺心的話。央及他，央及他，話兒把人活氣煞！就是您達那老烏龜，心頭火也按不下！

李大又磕頭說大嬸子饒了我罷！我實不知道。兩個人劈臉打了頓拳頭，鼻子也破了。方娘子又吩咐且休打他。

您老達，你老達，曾在俺家當家客。你買了兩間屋，就估着天那大。做賊做發，做賊做發，還進房中把人拿。快去找鐵錘，把他那腿生砸下！

把奴才的腿砸下來！兩個亂找鐵錘。李大磕頭說饒了我罷！方娘子說不相干。我家雖未了勢[②]，還照住[③]李大了。找不着鐵錘，就使石頭罷。暫且從寬，砸一個指頭便了。兩個往下拉。李大哀告饒了罷，饒了罷！不由分說，把襪子剝了，一石頭把一個大拇指頭砸爛了。李大嗨叫，才吩咐牽出去。兩個牽着還罵

老匹夫，老匹夫！嗤眉瞪眼[④]來欺負。該卸下下半截，也解解這心頭怒！老囚徒，老囚徒！僅只一個指頭無。雖然是他暫時疼，便宜他還走的路。

方娘子問道那別的怎麽發放來？一個來報李家在牆外邊的都跑了。止捉住了

---

① 耳括：耳瓜。

② 未了勢：沒了威力。

③ 照住：鎮住。

④ 嗤眉瞪眼：横眉豎眼。形容氣勢洶洶。

五六個，每人打了他一百了。

把人拿，把人拿，分頭跑了十二三。只捉住了五六名，每人打了一百下。留着他，留着他，還要拴去送官衙。那保正也張不開口，說不出一點嗄。

別人都打了。還有兩個中了傷的，血淋淋的，饒了他沒打。娘子說也罷。牽出李大來。張春說保正，你既說該翻，這翻不出人來，該怎麼樣呢？你是極公道的，你可吩咐吩咐。保正低着頭不做聲。張春說吩咐了罷。保正說該立張合狀①罷了麽！張春說就是這等。拿過紙筆，保正遞於李大說誰着你來來？少不得立合狀于他。

立合狀，立合狀，因着黑夜去爬牆。懼罪不敢去見官，出了個字據把俺放。兩無妨，兩無妨，磕頭又把衆人央。煩保正作中保，再有失上俺的帳。

張春收了合狀，纔叫人一個一個解開繩子，瘸跛的出了門去。張春把合狀遞于方娘子。方娘子說奴才們也沒轉了便宜去。正論間，張成也回來了。方娘子說你送到您大叔那裏來，來的這樣快？張成說不遠，遇的極巧。

走如風，走如風，一走走到日頭紅。不過走了六七十，大叔走的爬不動。路途中，路途中，遇着騾夫鬧哄哄。合他講就二兩銀，教他把俺大叔送。

大叔走乏了住下。俺吃了一壺[一]酒。他上了牲口，我纔僱了個脚驢子，騎着來了。方娘子說這忒也辛苦了你了！我頓酒來，給你解乏。張成說我不吃酒了，我待去睡去哩。

詩曰：織女牛郎會不長，風波驚散兩鴛鴦；
不知何日重相會？深閉閨門獨斷腸！

【校】

［一］一壺：盛本作“壺”。

① 合狀：和解的文書。《醒世姻緣傳》第四十六回：“你待不告狀哩，你這合狀一般寫一紙與我，我好作據。”

第二十回　張逵納監

方娘子上白官人黑夜去了，好不叫人擔憂！娟娟上，娘子說您爹爹如今可不知到了山西不曾？娟娟說那時走了八日，這已是十來天，那有不到的。可只是如何是個了手？娘子說正是呢。娟娟說這兩日也該放榜了。娘子說放榜你待怎麽？娟娟說得中個舉人才好。

［耍孩兒］這日子好難捱，空有家不能來，來家又遭着仇人害。千思萬想沒指望，因此想那榜放開，這心常在雲霄外。若得那報馬走走，也可以降福消災。

娘子說你望呀！閑着做嗄哩！這二日幸虧你合我下棋，不然，便悶死了。拿棋盤來再下一盤。娘子又說只顧下棋，那榜開與不開與咱何干？下完了，娟娟輸了一百多著。便說數不得了！娘子說每日我只贏你五七著，怎麽今遭大敗呢？娟娟說我心不在焉了。

用房官做甚麽？眼裏都有隻波螺，瞎着丁子[①]不識貨！他說他文章也算好，前後不少也不多，便就中了也不爲過[②]。可怎麽人家熱鬧，教咱家冷爐清鍋[③]？

娘子說我從頭當你是戲玩，你是實落落[④]的想舉人麽？這就忒也無知了。

小保兒一孩童，進進場好用功，做舉人夢也不敢夢！纔秀才三兩日，那裏想到半懸空[⑤]？我就知道不中用。你何必罵那主考？還是他文字不通。

娘子說你單說那主考太偏，不覺心裏不平。

我想來沒的巴，惟有中舉壓的楂[⑥]，不由人才把房官罵。咱家緊急用舉

① 瞎着丁子：疑似眼睛裏長丁子。比喻眼瞎看不見。
② 不爲過：不算過分。
③ 冷爐清鍋：形容冷清。
④ 實落落：實實在在。
⑤ 半懸空：半空中。
⑥ 壓的楂：能控制局勢、壓住勢頭。楂，通“茬”。

人，今遭不中太大差，這氣怎麼咽的下？論場中全是在命，罵主考也是曲[一]他。

公子抹眼上，娘子說人家中了罷怎麼來？公子說我不是惱沒中，是懊悔沒得見爹爹的面。

咱家裏禍重重，中個舉偏不中，如今要我成何用！懊悔上京瞎胡撞，倒着爹爹撲個空，想來叫人心酸痛！早依着母親主意，到還得父子相逢。

娘子流下淚來說道我兒說的也是。

進了學沒大通，觀觀場好用功，原沒有癡心望你中。讀書便是團圓路，父子指日得相逢，從此下手不算空。到來科一舉登第，也還是花朵初紅。並下

張鴻漸上好了，走了數日，又到了山西牛夢里了。待俺進莊。徐員外拄杖上呀！遠望好像宮先生。鴻漸到了。員外說我遠看着像是你，果然就是。怎麼來的這樣快！鴻漸嘆了一口氣說既然相愛，不敢隱瞞。小弟是永平人，姓張名逵，字鴻漸，本非姓宮。

［疊斷橋］知縣贓貪，知縣贓貪，比糧打死一生員。閤學遞了呈，告到司合院。他又使錢，他又使錢，問成誣告苦難言！我做了一張呈，拿了我三年半。

員外說這邊也聽的說來。後來聽的說，這一案大翻了，先生怎麼還不歸家？

後來偷還，後來偷還，一個無賴到庭前。說的話不堪學，氣的那肝腸斷。怒髮衝冠，怒髮衝冠，砍下賊頭投當官。殺了一個人，成了眞凶犯。

門人都說快哉快哉！到了此時，要命怎的！員外說這自然手杻脚鐐，解司解院，又怎麼來到這裏？

想起淚流，想起淚流，解出幾乎把命休！虧了施仙人，設法把我救。暗落雲頭，暗落雲頭，丟在這裏沒處投。幸遇着老仁兄，待的我恩情厚！

員外說這也不是長法，可何日是了？鴻漸說正是呢！我還有幾兩銀子，安心納一個監生，妄想科京舉，圖一個出身的方法。員外說妙極妙極[二]！

先生聽知，先生聽知：此着高妙莫猜疑。此時價却高，一個二百四。就做休遲，就做休遲，管託親友無差池。先生有才學，何愁不登第！

鴻漸說我的銀子還不甚足，止有一百八十九兩。員外說全在小弟身上。你自

顧[1]情着做監生罷，不必問銀子多少。

你若早言，你若早言，何愁功名沒有錢？只這二年前，已到國子監。金榜上邊，金榜上邊，焉知沒有宮子遷？料想此一時，赴過鹿鳴宴[2]。

近日聽的說，明年還有開科，速速上監，指日就恭喜了。

【校】

［一］曲：盛本作“屈”。

［二］極妙極：蒲本作“極妙，極妙”。

第二十一回　嬌子秋捷

太太、娟娟上，太太說娟娟，你看保兒科舉，至如今不歸家。別人是决科决甲[3]的好秀才，漫在傍裏觀榜；你不過是完了場，就該歸家，在那裏做甚麼？

［耍孩兒］小保兒眞是獃，怎比那好秀才，遊山玩水心中快？三遍一等好名士，完了三場得意開，臨了還落孫山外。我看他揭曉落地，嗄臉回來？

娟娟說娘，你沒做個好夢麼？太太說我做甚麼好夢呢？娟娟笑說我做來，俺且不說。精[4]希奇，不知怎麼說，我看他已中了。

昨夜晚夢他來，坐着轎有人擡，腰中放着好金帶。昨夜又見燈花[5]爆，今

---

① 自顧：只顧。

② 鹿鳴宴：為慶祝新科舉人舉行的宴會。因宴會期間唱《詩經·小雅·鹿鳴》篇，故名。《兒女英雄傳》第十五回：“一賭氣子，我老師也沒拜，鹿鳴宴也沒赴，花紅也沒領。”

③ 决科决甲：在科舉上一決勝負。漢唐時期，科舉考試設有甲乙丙等科，所以科舉又稱為“科甲”。《唐才子傳》第十卷：“貞白學力精贍，篤志於詩，清潤典雅，呼吸間兩獲科甲，自致於青雲之上，文價可知矣。”

④ 精：非常。

⑤ 燈花：燈芯結成的花狀物。民間認為燈花象徵吉兆。宋代李石《生查子·荷花人面紅》：“窗下翦燈花，今日眉深淺。”

早喜雀[①]噪庭槐，都可以望吉祥賴。中只在一時運氣，那在那飽學秀才？

太太又笑說你想奶奶做，想迷了心了。將來不可知的，但此時還是妄想。我日看着你眉清目秀，舉動端莊，到像是個奶奶；只是還得等等。

您二舅看他文，也流動也清新，就是大勢還占嫩[②]。你又端莊不輕佻，模樣像個有福人，將來奶奶有身分。若還是此時就做，只怕也妄想癡心。

娟娟說娘只待如今就做呢。太太又笑說我兒在你，爲娘的要託仗你了。

做不做從你的心：你待做我也不嗔，做將起來也沒人問。做與不做全在你，我可是個薄命人，今生沒有崢嶸運。全仗託我兒好命，託帶我做個太君。

報子上開榜把名叫，報子先知道。使錢買錄條，拿着就顛道。共總二百人，張爺最年少。人家笑哈哈，俺也哈哈笑。除了下馬銀，賞錢二百吊。任拘多少人，俺是頭一報。

來此已是張老爺家。門上的報於太太：少爺高中十四名，快拿出下馬銀來！丫頭跑來說俺大叔中了，報子要錢哩。太太說那有此事！一霎傳進報條來，太太就笑了說可不眞眞的中了麽？娟娟，這不是奶奶你可做？報子要錢哩。我還收拾着十二兩銀子，就給他拾兩。家人拉着報子說你去屋裏坐，我再去說。報子說你先拿出紅。並下，丫環來說坐下了，還要紅哩。娟娟說我到還有兩疋紅尺頭，可忒也便宜他。太太說這奶奶是容易做的麽？娟娟去房裏取出來，交于丫頭，傳于家人。又來說要酒吃哩。一霎那客家子媳婦，都來給太太、奶奶磕頭。一個說道你去頓酒，我去做菜。

［羅江怨］正獨坐在房中，忽看見報條紅，只當又是糊突夢。我那兒小小玩童，怎麽能折桂蟾宮？還疑錯把報條送。他二舅說他也通，只怕他還得三冬，今日誰敢望他中？看了看府縣皆同，這個信却非空，不覺叫人心酸痛！

小舉人上白先給母親叩頭。方娘子說你沒等赴宴麽？小舉人說觀榜的那一日，纔聽的李大家一大些人進了宅子，我恐怕母親驚慌，即時就起身來了。今日僥倖，恨不能見我爹爹一面。太太說我兒呀！

傷嘆的眞正不差，你爹爹歲歲天涯，沒有老長了這麽大。我的兒還當憤

---

① 喜雀：即喜鵲。一種體形較大的鳥。在中國民俗中是好運與福氣的象徵。師曠《禽經》："仰鳴則陰，俯鳴則雨，人聞其聲則喜。"

② 占嫩：稍嫩，不夠老道。占，略微。

發，這舉人壓不住仇家，僅能不着人家罵。你若能插上宮花，你若能帶上烏紗，那時纔壓的仇人下！您爹您爹的樣發達，他自然就來歸家。我兒不用你心牽掛。

小舉人說我要上山西去。太太說且不必。一來沒有盤費，二來你忒也年幼。你明年會了試，會與不會，你可去看看。小舉人說爹爹知道我的名字麽？太太說我可就忘了對他說。小舉人說俺爹爹他沒說改了甚麽名字呢？太太說我也沒曾問他。小舉人聽說就哭了

不由人下淚恓恓，這個事兒也蹊蹺，父子不知道名合字。兒的名爹又不曉，爹的諱兒又不知，中狀元也不知誰及第。太太說：我兒不必傷感，已是悔之晚矣了。我如今懊悔無及，恨當初不說的實，這可是也沒法治。你自管直上天梯，若會了親到山西，到了那時再商議。

老王婆子上俺大姑受多少罪，我陪他坐了二年監。聽的俺方二爺中了，喜的了不的！如今自家兒中了，又不知怎麽喜哩。告了假去給他磕個頭。這人眼也漫[①]俗，他坐監的時節，人都說方娘子俊的忒也嫩，沒厚福；到了此時，人都說方太太又齊正，又福相。好不可笑的緊！

［劈破玉］有人說，方娘子生來福大，說他模樣兒就不是貧家。一個說，那本領就不在人以下。人人都講論，盡是瞎胡巴[②]！都沒說着他教子讀書，天下找來沒有倆䟴。

方娘子問道老王，你從那裏來來？老王說我聽的小哥哥中了，喜的極了，敬來磕頭。方娘子說我正沒人，要叫你的，來的正好。

詩曰：監中替我抱嬰孩，誰想嬰孩折桂來；
今日相愛總是愛，教人淚啊下盈腮。

① 漫：滿。表程度深。
② 瞎胡巴：瞎胡說。

第二十二回　凶信訛傳

小舉人上實指望一舉成名，誰想跟人家會試，竟落孫山。我來時母親囑咐：若落第，就上山西走走。那山西儉年大亂，如何去的？不免愁悶而歸。

［耍孩兒］自覺着在場中，七篇文也算通，不知囉就不該中？山西大亂無人走，穀價就與珍珠同，誰敢興心上牛夢？俺暫且打聽消息，上山西還得從容。

出離京城，走了一程，人馬皆飢，且下馬打尖則個。二舉人上，相見拱手。小舉人問道二位從京中來麼？一個笑說陪着人家會試的來。小舉人笑說同病相憐。貴處那省？一個說小弟山東，那一位山西。小舉人便問聽說貴省大亂，年兄怎麼來來？舉人說亂處是太原合平陽。小弟來時，僱了二十名標鎗[①]，送過平原百里外就好了，我自己就來了。小舉人說那亂處正在太原麼？

太原北有荒莊，今落第返故鄉，只得在外閒遊蕩。小舉人又問：貴縣有個徐北崗，認識麼？北崗就是徐員外，雖然年老身康壯。舍妹丈就是他令郎。又問：他家有個客姓張，可知麼？那先生被賊擄去，可惜他遭難身亡。

小舉人聽說，弔下淚來。舉人說張先生是年兄甚麼親？即對說就是家父。那人拱手道小弟失言了。敝莊隔着牛夢六七十里，因着荒亂，久不往還了，這也是個傳言。一拱而去。小舉人大哭起來

［跌落金錢］爹爹遠遊在太原，他在太原三四年，爹爹呀，怎麼就遭着土賊[②]亂？待上山西去問安，聽的那裏把信傳，爹爹呀，合該父子不相見！爲兒僥倖做春元，一日不曾聚首歡，爹爹呀，誰想終身不見面！兒命生來最可憐，三歲即別大人前，爹爹呀，如今可叫我沒的盼！

哭了許久，家人都來勸解，說這信也未必就眞。天下姓張的也甚多，那徐員

---

① 標鎗：此指護送財物和保護人身安全的人。

② 土賊：舊指強盜。有時也蔑稱農民起義軍。《北史·王晞王皓傳》："山路險迥，懼有土賊，而晞溫酒服膏，曾不一廢。"

外家人家也太大，門客也不止一人，焉知就是太爺呢？舉人拭了淚走了。一路尋思說這個信若是母親知道，就唬死了！便說跟隨的，我囑咐您，到家把這信全然休要提起，看太太擔心。都答應知道了。小舉人說天晚了，速速加鞭。下。方太太上保兒進京會試，想是榜發落第，不是就該歸家。公子進門，磕頭問安。太太說你今日宿在何處，就來到如今？答應昨夜宿了蘇鎮，離家一百六十里，因此晚了。太太說勝敗也是常事，我看你容顏甚惱。怎麼沒上山西去？公子說那裏大亂。

亂在太原與平陽，兩處年景甚飢荒，母親呀，土賊白晝[一]皆成棒[二]。一半個來進會試場，都使銀錢僱標槍，母親呀，誰敢把山西上？干戈兩處鬧嚷嚷，幾個舉人來進場，母親呀，問信也問的不妥當。暫且遲遲不用忙，等他寧靜得安康，母親呀，還得敬去走一趟。

太太吩咐拿飯來給您大少爺吃。公子說方纔路上吃的甚飽，不吃了。太太說你即不吃，去歇息的罷，我也要睡哩。公子到了繡房，掩面落淚。娟娟問道官人怎麼來？是爲沒中麽？公子說不是。路上得了個凶信。

［還鄉韻］路上方纔得了個信，驚煞人來唬煞人！咳！聽的說，我那淚點兒何曾盡！太原一個王舉人，他說他那裏賊成羣，有個張先生，是徐員外門賓，自去年被賊擄去，性命無存！咳！昧起來，進門還怕娘親問。

這信不知眞與不眞。若叫母親知道，就唬煞了！這不是管家媳婦在傍？想是馮玉來家，也沒有不合你說的，你可萬萬休漏出一字來！就是太太那邊人，你也休合他言語。馮媳婦答應是，我知道了。囑咐了又哭

偷來走走還害怕，我如今中了望爹爹還家，咳！誰想都成了瞎打掛①！我又不曾殺了誰家，害了誰家，老天爺𡄙就處治的眞麽？沒人處淌兩眼淚還不差，只怕母親知道，不是唬煞，就是哭煞！咳！再休想合我爹爹說句話！

娟娟在傍裏也淌淚，遂勸道

一個年頭八個月，從天上吊下這麽一個禍！咳！猛聽的淚珠點點如花卸。但只是姓張的一大些，你又不曾問問名號，怎麽必然就是咱爹爹？我勸你不必悲切，再細細打聽，方纔穩貼。咳！徐北崗，他豈肯把這信消滅？

天色將明，你歇息罷，不必哭了。那見的這話就眞；若是眞的，徐員外

① 瞎打掛：瞎想。

必有信來。且是朝廷重開科，明年又該會試，每哩山西待長儉年哩，那裏太平了，你可去看看的。公子出來，擡頭一看，說呀，天已明了。母親每日起的最早，俺先去問個安，回來再睡不遲。吩咐取水來，遂梳洗完備，出離房門說天已大明。來到上房，問娘夜來可安麼？太太說乜兩眼紅紅的，你哭來麼？公子說因着乏了，晚間吃了幾盃酒醉的。太太說你晚些起來也罷了，何必這樣早？公子去了。丫頭說天將明嗄，我去溺尿，看見大少爺屋裏還點着燈，我偷去聽了聽，大少爺嘓嘓[①]的哭。太太說你沒聽的他哭的是甚麼？丫頭說別沒聽的，就是聽的少奶奶勸說，天下姓張的也多，那見的必然就是咱爹爹呢。太太說快去叫你大少爺來的。答應一聲，不一時請到。太太說你這不孝兒郎，專一欺哄娘親，怎麼中了舉來！公子說不敢欺哄母親。太太說還敢強嘴！外邊有甚麼凶信，還不叫我知道！公子跪下，說道實是爲兒不是了。

路上聽了一句話，不知是眞不知是假，咳！對娘說恐怕心牽掛。他說一個姓張的被賊擄去，這信忒也大差，雖不信他却也不敢不聽他。細尋思姓張的，那莊裏沒有幾家？又沒有姓名，怎麼就說是自家？咳！唬着娘兒的罪愆越發大。

太太聽的落下淚來，說你起來罷。可只是這話你不對我說，是何道理？

不知那世裏把孤單欠，十四年夫妻剛聚了四年，咳！到如今四五來見一面。還指望你上金鑾，還指望你衣錦還，誰想鋪排的那路，都成了空言！那一夜幾盃酒，就是盡頭的姻緣！咳！待相逢，除非夢裏見！

娟娟勸道娘，何必這樣的哭啼？千里外那見的這信就眞？咱且從容打聽，等山西好了年景，便得官人自家去。太太說怎麼捱這一年！

［憨頭郎］哩溜子喇，喇哩子溜，看看來到新年頭，看看來到新年頭。

正月裏，千里存亡未可知。人家都把元宵鬧，俺家嘆苦愁別離。我的哥哥咳！我的皇天哥哥！

二月裏，柳條青，百草萌芽向日生。百草尚有還魂日，行人何日轉回程？

三月裏，上墳塋，家家麥飯過清明。誰家寡婦墳頭哭？惟有愁人不肯聽。

四月裏，日初長，大麥青青小麥黃。閉着繡戶門兒坐，不知燕子都成雙。

五月裏，端陽來，榴花如火向人開。空將艾虎門前掛，誰共菖蒲酒一盃？

---

① 嘓嘓：哭聲。象聲詞。

六月裏，見荷花，行人遠去不歸家。昔日花開合他看，今日花開不見他！

七月裏，是秋天，牛郎織女會河邊。人人都有悲秋恨，何况天涯人未還！

八月裏，月正圓，過了十五少半邊。奴家就似半邊月，夜來孤影照牀前！

九月裏，樹葉黄，人人沽酒過重陽。菊花開放人何在？又見南飛雁一行。

十月裏，更傷懷，人人祭掃苦哀哀。遊魂遠隔天涯外，望想南柯夢裏來！

十一月，夜正長，滴水成冰在異鄉。又想又愁又是恨，又逢長夜苦難當！

十二月，辦年忙，處處行人返故鄉。但得他鄉人兒在，縱然離别也無妨。

太太痛哭不止。娟娟拉太太説娘哭了半日了，你些須吃一點飯。太太説我甚麽湯咽的下去！娟娟説娘不吃飯，只得是大家餓死了！太太説您都去吃飯的罷。娟娟説娘不吃，誰還吃的下去！

［還鄉韻］娘是今日沒吃飯，他自夜來碗沒端，咳！娘哭的完，他淚珠兒方纔斷。那信兒不知眞假，已是叫人心酸，又打上母親這等，益發叫人難堪！娘是一條腸牽掛，俺是兩條腸子愁煩，咳！還怕這不好信兒，一家人先把氣兒斷！

太太説咱吃飯罷。一時間端了飯來，吃了幾口，説我不吃了。娟娟説吃這幾口兒濟得甚事？大家一齊把碗來放下。太太説您只顧吃，管我怎麽！公子説娘不吃，别人還吃得下去，便不是人了！太太又端起來吃了兩口，又放下，大家一齊又放下。太太吃了一碗，兩個都各人吃了一碗。太太説我還吃一碗。娟娟慌忙盛上，陪了一碗。太太起來了，兩個也都起來了。自今以後，一家人歡少悲多，無限愁懷。

詩曰：千里行人最關情，傳來音信苦難聽；

强將妄語排愁悶，爭奈柔魂夢裏驚！

【校】

［一］晝：蒲本作“晝”。

［二］棒：盛本作“幫”。

第二十三回　二瞽作笑

丑扮瞽人，背絃子上自家王丙是也。這也丙，那也丙，這個號兒叫的響。有口吃飯，沒腚痾[一]尿，石心子[①]有漢怎麽養？一個磨軸沒處按[②]，一把錐子沒處攮。瞎的瞎，俺會嗙[③]，騙了三官爺爺[④]一頂巾，掙了鎮武爺爺[⑤]兩頂網。許着翰林家去上壽，那一遭不掙二百賞。慣搗鬼，慣撒謊，因此人人叫瞎嗙[二]。叫瞎嗙，連年運氣低，兩個婆子死的爽，叫俺盡夜不眠心裏想，半夜以後心裏癢。咳！蒼天哪，蒼天！虧你叫俺瞎了眼，擎吃自在飯，不去扭筋拔力，血汗暴流，這就是你老人家看顧俺。可怎麽人家娶妻生子，團圓百歲；偏我王丙尋着的，都是些短命鬼兒？這幾年弄的人水净鵝飛[⑥]的，如何是好！

［耍孩兒］我王丙實可憐，軸子在斷了絃，這絃不是一回斷。指望他那人來，指望他那算，指望他那吹來，指望他那彈，人人喜纔撈着燒酒灌。僥倖得貴人擡舉，可怎麽命裏孤單？

你看，這不是一運子低！這幾日全無個主顧。腰間全沒有一文錢。方纔從那酒店門前過，那酒味噴香，只乾咽了兩口唾沫而已。

我王丙命不強，破了財守空房，這日子像個下番的様。打了一日蘆莊板[⑦]，並沒個人來參俺的張。乾嘴蝦蟆不成腔，燒酒香唾沫空咽，可那裏撈錢去裝？

聽說張宅物色先生，怎麽就不知道我王丙？待俺上他莊裏走走。又一個先生打卦板上，唱淌裏洋來淌裏洋撞，馬虎[⑧]好似狼，看見蹄兒是幾個，道是一根尾巴長在屁股上。兩個硼[三]在一處，幾乎硼倒。王丙抹頭說鞋裏加楔子。——好揎[⑨]。那個抹頭說王大哥，你硼死我了！好疼好疼！王丙說我已聆李二哥清音，

---

① 石心子：即石女。患有先天陰道缺失或者陰道閉鎖的女子。

② 按：通“安”。

③ 嗙（pǎng）：說大話；吹牛。民間有“胡吹海嗙”的說法。

④ 三官爺爺：指道教中的天官、地官、水官。

⑤ 鎮武爺爺：即真武大帝。

⑥ 水净鵝飛：比喻人財兩空。元雜劇《鄭月蓮秋夜雲窗夢》：“我則道地北天南，錦營花陣，偎紅倚翠，今日個水淨鵝飛。”

⑦ 蘆莊板：也叫路莊板。舊時盲人走街串巷、算命占卦時在手中晃動的一種工具。該工具用十數個竹板、鐵片製成，晃動時能發出連續而響亮的聲音，以招徠顧客。《醒世姻緣傳》第七十六回：“街上一個打路莊板的瞎子走過。”

⑧ 馬虎：似狼的一種動物。其說法有多種。有時也指狼。民間多用來嚇唬小孩。

⑨ 揎：打。“楦”的諧音。楦，我國傳統制鞋的成型模具。

你唱完了，方待問候，就被你揎[四]了這麼一頭。虧了你乜頭不是鐵的，若是個鐵的，可是莊家老兒看戲——不認的關爺。李先生說怎麼講？王丙說那紅的就出來了。李先生笑說哈哈！造化低，我這白鬍子硼着狗骨髏。莫怪，莫怪，新女婿抹[五]着腰①——每哩你疼我不疼哩。王丙說李二哥，你這不罵起我來了麽？李先生說怎麽罵你？王丙說什麽是狗骨髏？誰是媳婦？誰是女婿？放屁麽！李先生說你就沒罵我麽？王丙說何曾罵你？李二說怎麽頭是鐵的？惟有秦檜頭是鐵鑄的。王丙說罷呀！咱兩准了②罷，自可取個吉利。李二說怎麽說？王丙說俗語說：便宜了一個大瘩疸③。你也便宜，我也便宜，這不是吉利麽？我但問你：這近來好麽？李二說好甚麽！胡突過就是了。每日打癡咕囔④，半日掙了七八十個錢，那是看的見的。虧了老婆子，到了宅裏住了十來天，奶奶給了勾吊多錢，紅布白布，還許着送糧食。王丙不覺弔下淚來，哭着說可憐，可憐！我怎麽及你呢！

我王丙命運乖，死了人又買材，將錢丢了十千外。近來心裏懶學唱，舊唱忘的不在懷。不如婆子在煞有人問，現如今家家刮喇⑤，可那裏掙出錢來！

你有婆子掙錢，我有誰哩？且是如今世情寡薄，給人家上壽，雖是叨⑥他些酒飯，臨起身，拿出四十個錢賞先生。李二說咱也該知足纔是。你看那短工子覓漢，血汗暴流，吃了三頓粗飯，不過掙四五十文錢。每哩咱不瞎，待不吃飯哩麽？王丙說你還好，到處都喜你。你看王宅裏，從來沒有進的去的，獨有你去，就賞錢賞酒飯。你是甚麽法兒？李二說你聽我道來。

王夥計聽明白：休要唓[六]休要捶，到人家就有四樣罪。一是多嘴管閑事，一是往來說是非，到處裏人家房幃內，又搭上嫌寒道冷，遭着的不想二回。

王丙說見教的極是。這幾日，聽的說張宅物色玩的，我安心去蹭蹭。若是緣法湊巧，不須掙他二百麽？咱同去走走何如？李二說極好。那小舉人極大

① 抹着腰：扭着腰。

② 准了：即兑了。互相抵消。

③ 瘩疸：疙瘩。

④ 打癡咕囔：說瘋話。

⑤ 刮喇：涉及；招惹。

⑥ 叨：吃。《醒世姻緣傳》第六十二回：“偏是那小小的老鼠慣會制他，從他那鼻孔中走到他腦袋裏面，叨吃他的腦髓。”

方，就去走走。下

公子上，嘆了一聲，說天哪，天哪！得了父親的凶信，也不知是真是假。我想把愁藏在肚裏罷，沒人處流淚，何曾敢教母親知道！不知是那個奴才多嘴，着母親晝夜啼哭。叫我疼爺不了，又搭上疼娘。

［黄鶯兒］聞的信，甚擔憂，哭號啕，不自由，油煎火燎真難受！猜一回是真，猜一回是假，堪疼母親淚雙流。刀刀剜都是心頭肉，想這樣日子少年頭。

這兩日沒法可治，着人去找個會唱的來，解解母親的煩惱。吩咐兩三日，怎麽不見叫來？衆答應上着你找邏逷，怎麽不到？衆人說近處沒有好的。那胡突着刻刻八字[①]，巴幾句瞎話，唱個打棗杆兒，怎麽伏侍下太太來！公子說給我遠處物色。答應是。王丙說前面張宅不遠，咱把路莊板着實打，看他聽不見。兩個打了一陣。家人出來，問是那裏來的先生？王丙說我是何王莊姓王，這一位是李昭君。家人說這模樣也平常，怎麽叫他昭君呢？王丙說他彈的是昭君出塞，遠近有名，因此得了個綽號。李二說他是大號王丙。家人說這兩日聽的說這個大號來。來的極好，宅裏太太不大歡喜，代找個會玩的解解煩惱，您兩個運氣極高。王丙搖頭說過日罷。俺今日有個生日，待去給人家做做。家人說你這個瞎狗啃的，養漢老婆不脫褲。——人不找你，你又找人；人來找你，你又做勢。請走，請走，快去，快去！天下少你這黑頭哇唔哩！李二說王大哥，你就這樣，張大爺有名的盛德鄉宦，巴不能的去走走，那别處甚麽要緊？老掌家的，不必發怒，他不去我去。王丙說我是這麽說。張大爺賞一百，強的人家賞一吊。家人說不必，你别處掙的罷，我合李邏逷去便了。王丙陪笑說大叔，你休怪我，我是個草包貨。家人領着李二，王丙也跟着，到了宅門裏說你且站着，我傳一聲。裏邊稟給大少爺知道：小的找了先生來了。公子說叫他進來。問道是那裏來的先生？兩個聽的問，便說給大爺叩頭。吩咐起來。李二說小的是李衆噇，名叫李周；這是何王莊王丙。公子說您會唱麽？李二說俺做的是嗄？就是隔着五六十里路，不曾來伏侍大爺；今日偶然過來，得見大爺金面，也是造化。公子說我原不找你，因着太太不快活，找你們來要散悶，唱的取笑纔好。答應是。公子說跟我去給太太叩頭。二人跟去，方太太正坐，小舉人進前說有兩個先生會唱，

---

① 刻刻八字：占卜生辰八字。

領來給娘叩頭。二人忙跪下說給太太叩頭。太太說丫頭拿坐來，給他二人坐下。李二說小的二人俱是村野瞎人，沒見天日，若是犯了忌諱，望太太、大爺躭待。公子說你是初來，那知道忌諱，任你唱罷。二人彈了一套，便開卯說道

［西江月］莫笑瞎廝不濟，常近富貴高賢。戳戳打打[①]到堂前，必有喜辰壽宴。能知吉凶貴賤，又與人解悶消閑。聖人孔子做高官，還有師冕[七]來見。

［邊關調］俺已是瞎的慣，世間的醜相有千般，出上一個看不見。不曾剜壠，不曾鋤田，除吃了酒肉，還賞一百大黃邊。若教俺兩眼睜的圓，一個人也不認識，倒反是極難。老天爺給雙好眼俺不換。

王丙說忒也自誇了，我見你那本領來。公子說這道極高。王丙說大爺不知。我說他那故事。有一夥瞎廝，在路上走路胡迷了，一骨碌張[②]在崖裏。虧他攀着一枝荆科，不曾到底。又不知底下還有多深淺。喃叫救人哪救人，並不見做聲。喃叫了半日了，自言自語說："合該命盡了！"叫了一聲皇天，撒了手，其實離着溝底不勾半尺了。纔說："咳咳！早知道這等，喃叫甚麽？"這個給你雙好眼你換呢。太太微笑。王丙說我也謅一個太太聽。

逐日好像在地獄裏串，雨下了臉上纔知道陰天。走的緊照着牆角子使頭揎。空每日說天可是青呀可是藍？面前的田地是濕呀是乾？怕的是秋耕了的地土，合那當道的場園。即是醬裏蛆蟲，飯裏蒼蠅，俺都不嫌。笑煞人，一輩子夫妻沒見面！

李二說我說一件故事你聽聽。一日，閻王娘娘生了一個太子，吩咐那判官小鬼，給我找一個會唱的來。不一時，找了來，賜了坐，唱了一套麒麟送子。娘娘甚是歡喜，賞了一個絲錁兒。便說："等萬歲回宮，我囑咐他給您換上一雙好眼。"先生跪下說："到是娘娘大恩，瞎廝可不情願。"娘娘說："奇呀！怎麽不願呢？"先生跪下，稟道："虧了沒眼；若有眼，對着娘娘還敢坐着？只這一霎裏，送在油鍋裏煠[③]訖好幾滾子了！"

瞎着眼，那貴人還給點體面；必然是因着俺瞎的可憐，不叫俺在門傍兩腿直站，吩咐給個坐，定定纔吹彈。那清唱立兩邊，纓頭帽細羅衫。

---

① 戳戳打打：戳。此指盲人用竹竿試探着走路。打，詞綴。
② 張：跌倒；摔。
③ 煠：通"炸"。

唱的唱彈的彈，站的久腿也酸。如我不瞎穩坐雕鞍，况且是極了也無柴可插，瞪着也無縫可鑽，罵俺也無縫可滴，打俺也無嘎可剜，打俺罵俺也不怕，不過說瞎了丁子眼。

唱完了，太太正吃茶，笑了笑，吩咐丫頭把這茶倒兩碗給他，每人給他𣊭菓子。王丙接過來說這是甚麽菓子？李二說好鄉瓜子，這是龍眼。王丙說這龍剜了眼，可不合咱是夥計了麽？李二吃茶，便說有一個典故，說給太太聽。有一個山漢子，上城裏賣柴。賣了柴回來，路上一棵大樹，他便放下扁擔，去樹下乘凉。不知誰掉了一個龍眼樹底下，拾起來端相了一回，說："奇呀！這是甚麽東西？"捏了捏那皮挺[①]硬，看了看像個菱棗[②]。又尋思："那棗何曾有皮？"嘗了嘗極甜，連核咽了。又沿樹底下回來回去的細找，說："這麽一棵大樹，怎麽只結這一個果？"

大人家有虚名，其實不差；糟頭子沒點肉，異樣的硌牙。那金棗酸煞人，不知像嘎，門上弔油牌把活壓煞。若是擔出去賣油，好壯漢，大莊也走不的𣊭！

王丙說您休當瞎話，還有鄉老傳給我的哩。南方一個鄉人，從沒見冰。有朝一日，布政司裏開了冰窖，鄉宦人家拿着走親戚，路上掉了一塊，這人不當不正撞着了。拾起來看了看，"明精精[③]，這是甚麽？像塊水晶。"人說是冰。"五六月裏那的冰？我扁在腰裏，到家問問人。"掖起來走了。到了家合人說："我今得了一件異樣的物件，極齊整，不知是甚麽。我拿出來，您都認認。"解開褲腰，已是化了。喊了一聲說："好孽畜！誰想拿住他耍，他是推洋死哩！這不是溺了一泡尿顛了？"

拾了塊怪東西，不知何用，看那模樣兒像塊凍凍。拿在手裏化不了，捏了捏又挺硬；吃着甜思思[④]，咬着咯嘣嘣[⑤]。人說是冰糖，嚼着㗅不冷？

也罷也罷！我是鄉瓜子。你瞎着兩眼見的天，巴的也看的見，這就如那

---

① 挺：很；非常。《紅樓夢》第四十一回："劉姥姥一下子卻摸着了，但覺那老婆子的臉冰涼挺硬的，倒把劉姥姥唬了一跳。"

② 菱棗：棗的一種。因形狀類似菱形，故名。

③ 明精精：明晶晶。精，通"晶"。

④ 甜思思：甜絲絲。思，通"絲"。

⑤ 咯嘣嘣：牙咬硬物的聲音。

一個眼的漢子，娶了個禿妮子一樣，彼此也笑話不的。咱把這個哭江秋夥着[①]唱給太太聽聽取笑罷。我這嗓子可粗，哭不上來，請先少哭。

［哭笑山坡羊］少哭怎離爺娘，這心裏劈破了青梅，酸酸的一片。老笑俺光棍打了十年，一般的搶滿摸葉子的，撈了個八萬。少哭行扎着包頭，像斷線的珍珠，一個個亂滾。老笑坐着丈人家的席上，那板櫈子做了脚打羅兒，到了這裏纔成了體面。少哭坐在轎裏，似扛子舉重，一行哭着互搧。老笑騎大馬的大姐，笑掉了褲子，喜起來顧不的難看。少哭人都說他大風刮了下頦嘴，也難趕。老笑俺雖然窮極叫花子，叨瞎話，且撈他一個黃邊。少哭下轎一看，那砘骨碌掉在井裏，可是一個眼到底。老笑俺瞧了瞧，可是那皮猴子吊在火裏，一根毛也不見。少哭傷慘，任拘你怎麽端。像那木匠掉着墨斗，也只瞅了俺一眼。老、少你就忒也傷慘。肉頭老撞着顯道神了，你也說不的我長，我也道不的你短。

太太笑了笑說賞他酒飯。二瞽下，公子見太太歡喜，纔說老師那裏寫了字來叫我，我去看，叫我待說甚麽？太太說既有書來，就該起身。只是不可久住下。答應是。同下

詩曰：行人一去久不回，悶坐不禁雙淚垂；
　　　覓得瞽人能作戲，猶勝獨自在深閨。

【校】

［一］疖：蒲本作“屙”。

［二］嗙：盛本作“謗”。下句同。

［三］硼：蒲本作“碰”。

［四］揎：盛本作“揸”。

［五］抹：盛本作“閃（?）”。

［六］唫：盛本作“睁”；蒲本作“爭”。

［七］冕：蒲本作“冤”。

---

① 夥着：合夥。

第二十四回　二姬歌舞

太太上，說那暹邋唱了四五天，也俗了。每人賞他一吊錢，叫他去罷。丫頭說太太又忘了麽？今早吩咐過，已是着他去了。太太說我全然忘了。丫頭說兩人歡喜，待來謝賞來，太太睡着了，就沒敢說。

［耍孩兒］悶懨懨在繡房，夜無眠日又長，終朝倒在牙牀上。放倒頭來睡不穩，起的身去困難當，渾身不知怎麽樣？我可也不曾有病，可怎麽一片心慌！

丫頭說太太吃的飯少，近來也瘦了。太太不必煩惱，今早晨那先生臨去，我着他給太老爺算了一卦，極好。太太說那瞎廝甚麽正經！我說不信他那卦。

起月令①刻關煞②，也信口瞎胡巴，俺從來不信那先生的卦。明明知道不中用，還要買他胡瓜答。他說好怎麽放的下？他若是說聲不好，這心裹愁悶偏加。

他知道您太爺的八字麽？丫頭說他不用八字，另有個法兒。周媳婦子也見來。他說："您記着，咱私自算算。若是不好，就不必叫太太知道。"

起一卦笑歡歡，他說是今年春，太爺纔交臨官運。往前還有大富貴，如何說他命不存？道途傳說難憑信。我這卦十拿九準，強似那六甲靈文。

他說："我待給太太報喜，太太又不信卦。你替我說罷。"周媳婦子也見來。"爺去了四五日，不見回來，你算算幾時回來？"他又捏[一]算③了捏算，說："今日申時就到。"單看他這卦若是應驗，太爺那卦也就準了。太太笑說單看罷。

---

① 起月令：根據陰陽五行的關係以及出生的月份占卜人的命運。

② 關煞：古代星象學家稱人先天具有的災難。《兒女英雄傳》第一回："小的時候，關煞、花苗都過，交了五歲，安老爺就教他認字號兒，寫順朱兒。"

③ 捏算：即掐算。舊時占卜者用拇指與其他指節一起占卜吉凶的方法。《醒世姻緣傳》第六十一回："鄧蒲風掐算了一會，說道：'你二人俱是金命，這五行裹面，只喜相生，不喜相克。'"

遠方人死合生，口裏巴無足憑，這卦兒單看前應。他敢定下申刻到，錯過時刻便不靈。先生胡巴成何用？果然是至期就到，您太爺運必亨通。

太太在繡房裏坐着，單等先生說的那時辰，那眼也不敢轉，身也不敢動，只是看眼前的應驗。候之良久，身子微覺乏困，起的身來，去那天井裏看了一看太陽，已嚮午轉了，申時將盡，並沒有個先兆。便叫丫頭說到底是先生撒謊。丫頭說人都說他誠實，不是撒謊。正說之間，來報道大少爺領着兩個婦女進來了。公子說給太太叩頭。吩咐看坐來坐了。二旦上說給太太磕頭。起站在一邊。太太說極好。教他且去歇歇。他叫甚麼名？公子說這一個玉蘭，那一個是瑞香。公子說吃了飯來伺候。答應是。並下，公子自己起來，磪[①]了桌子，又着丫頭去請娟娟。娟娟說官人來了麼？公子說來了。今晚有戲，你來伏侍母親。娟娟說如何不到我那邊？公子說這是伺候母親的人，你休要吃醋。二旦上說給奶奶叩頭。公子說這還罷了。看酒來。娟娟給太太斟上酒，丫頭們給公子夫婦斟酒。二妓女可就唱起來了

［疊斷橋］想起昨宵，想起昨宵，一場好夢甚蹊蹺。晚坐繡房中，又見那燈花爆。正自心焦，正自心焦，丫頭踏破畫簾條，喘吁吁，報一聲門外頭郎君到。一個接唱恨殺薄情郎，恨殺薄情郎，發恨來時罵一場。忽闖進門，把罵的話兒忘。俺還思量，俺還思量，他說昨夜夢交雙，聽了聽這話兒，把舊恨全消帳。

二人唱，便向席前，排場歌舞。先四句開場引子，說道是：

久旱逢甘雨，他鄉遇故知；洞房花燭夜，金榜題名時。

［跌落金錢］中伏酷熱火炎炎，草葉焦枯未種田，老天呀！不消說是連年儉。去秋無麥青苗乾，賣了小女賣小男，老天呀！逃竄死亡你何忍看！忽然雲起黑滿山，一霎傾盆密似簾，老天呀！地裏透過三尺半。村村賀雨鬧喧喧，家家喜地又歡天，老天呀！爺兒又得重相見。

年年流落在江湖，不解鄉談只自咕。亂秋秋，不知是應向何人訴？一人走過好似熟，細看歡喜動鬚鬍，非別人，家中自小同牀鋪。定睛還是眼抹胡[②]，一行歡喜淚撲簌，還是疑，牀頭又把夢來做。

花燭將近半月前，過得一朝似一年，喜心間，屈指暗把佳期盼。藤花大轎

---

① 磪：通“振”。擦拭。

② 抹胡：通“模糊”。

呼搧搧[二]，轎裏不知醜與妍，滿心喜，到底還有一分欠。忙隨俏步到紅毡[①]，頂頭紅罩貌如仙，喜重重，此時覺着天地轉。初對佳人酒合歡，小登科如折桂還，渾身喜，三杯勝吃瓊林宴。

三場已畢自徘徊，舉人橫查在心懷，亂嚷嚷，眼前常有個報馬在。一日天門榜放開，門前忽送報條來，仍的聲，頭兒直覺如筐大。磕頭送喜滿庭階，拜了爺爺拜奶奶，這時節，心麻似癢自通泰。面貌依然舊秀才，看人落第苦哀哉，猛回頭，便覺身在雲霄外。

［清江引］叫花子拾了一個大元寶；死罪逢恩詔；兒子久別家，忽然敲門到；老頭子得了個兒初落草[②]。

太太說舞的中看，唱的好聽，到可以解悶消愁。天幾更了？答應三更將盡。太太說我待睡哩。公子說兒明早上京會試，稟娘知道。太太說就忘了。正月將盡，還不速走，更待何時？公子吩咐二旦說您兩個伏侍太太安寢。

詩曰：歌聲嚦嚦舞翩翩，忘却他方人未還；

堂上酒闌滿三下，猶愁就枕不成眠。

【校】

［一］揘：蒲本、盛本作"揑"。當為"掐"。

［二］搧搧：蒲本、盛本作"扇扇"。

第二十五回　春闈認父

公子上母親因着一家不得團圓，給我起了個名叫張得聚；近來因着我中了舉，又起了個名字叫合菴：還未知合與不合，聚與不聚。母親每日啼哭，不敢遠離，捱的日期將盡，纔上京來了。剛剛趕上，已是臨場。一切進場物件，

① 到紅毡：即倒紅毡。

② 落草：此指嬰兒出生。《幻中游》第十回："呱的一聲，早已投胎落草了。穩婆抱起來看。"

都要齊備。答應停當了。就去伺候點名

［平西調］日頭不大高，果餅、丁錘都挎着，披毡衣又代上安軍帽。一來十里遙，下馬前行鬧吵吵，不多時就把名字叫。

不多時就叫張得聚。答應有。接了卷子，說待俺認號，便去找那山西的舉人，問個消息。哦哦，域字號[①]在這邊，不免放下行裝出去。呀！山西的還沒點着，天已黑了，住住[②]再去。回來歸了號，纔坐下，聽的那隣號有人咳嗽，便問了一聲年兄那省裏的？答應山西的。又問那府的？答應太原府。合菴聽說，即忙跳出號來了

山西纔得聞，不覺慌忙立起身，到跟前又把府來問。聽說太原人，越發欽此又欽遵[③]，問年兄寄一個平安信。

問道貴姓名呢？答應姓宮。合菴說認的徐北崗麽？答應極熟了麽。又問他那裏那個張先生，如今何如？那人說又不一省，如何認識？

北崗舍盟兄，遠隔山河千里程，你如何知他名合姓？有個張先生，去年虜去到賊營，可憐他送了殘生命！

合菴聽說，就大哭起來了，說小弟不進場了！那人問道怎麽說呢？合菴說那是家君。

那就是家君，道路說他命不存，那訛言竟成了眞實信！那人問道：貴省？小弟北直人。家父投在北崗門，至而今三載無音信。

那人說年兄差矣！那是河南人，與令尊何干？合菴聽說大喜如此，有好信了。

帶淚開笑顏，勝如九錫下雲天。這等說，還有個佳期盼。老太君甚麽名號呢？永平府城南，家住鄉村田舍間。爹名逵，字是張鴻漸。

那人說你不是保兒了麽？掩面就流下淚來

到家那一年，你進大場尚未還，住一天可又重遭難。我今在西邊，改名宮子遷，科京舉中在國子監。

合菴抱住大哭說這等，眞是我爹爹了！

---

① 域字號：考場房間號。舊時科舉考試號房以《千字文》的內容“天地玄黃，宇宙洪荒”等順序命名，固有“天字第一號”的說法。

② 住住：停停。

③ 欽此又欽遵：清代公文用語。指臣子對聖上諭旨、訓誨的恭敬。此指喜悅之情。

自從兒中了，待上山西走一遭，又聽說那裏有賊盜。凶信好蹊蹺，老母終日哭號啕，出了場先往家裏報。

父子哭罷。太公說極好！

忙拜謝天公，叫咱爺兒得相逢，若不然，那裏去問名合姓？坐號喜相同，新交好運喜重重，咱父子必然是一齊中。

問道李家近來如何？

自從兒中了，闔莊賀喜鬧吵吵，惟李家沒把喜來道。不是兒志高，事情若是在今朝，那行子必不敢登門鬧。

太公說雖然麽，咱今遭有個翰林纔好。合菴也笑了

翰林固是佳，中一個進士也不差，聲勢微儘可朝李大。原不怕他，石頭生將指頭砸，到如今料想還夢怕。

父子兩個說了半宿。太公說我兒，已交四鼓了，你去閉閉眼，明日好做文章。

爺兒放頭眠，心中喜歡睡不甜，略合眼已是鷄聲亂。一聲閧傳，題紙纔下鬧喧喧，老太爺急喚孩兒看。

太公說保兒，你去瞧瞧，題紙下來了。

合菴出來瞧，閧傳首題是"大學"。略停停，果然那題紙到。一霎散了，太公拿來仔細瞧，向孩兒細說那題中竅[①]。

合菴極聰明，聽的他尊公講了一遍，說兒已曉的了。便歸了號，展卷揮毫

展卷揮毫，寫了一篇日未高。忙拿着離了自己號，叫爹瞧瞧。濃[②]濟着中的就罷了，中不了還得改改造。

太公說我纔做了半篇，你到快。待我看來。

從頭細觀，這也撈的瞎試官；運氣低，怕撞着明眼看。替你略攢眼[③]，細改改這頭半篇；後半截可到儘好看。

太公改完了，便說中不中全在頭一篇。像這文章，也可以中在三十多名上。那六篇，等你做完了再看罷。

公子回來，展開卷子細鋪排。沒晌午，又完了兩三塊。將筐籃解開，嚼

① 竅：關鍵。

② 濃：通"能"。

③ 攢眼：有審查意。

着鍋餅暗徘徊。第五篇，已是有個架兒在。

公子問爹爹，你做完了幾篇了？太公說四篇了。

把墨研稠，行行寫去不擡頭。第五篇已是一揮就，脫稿再搜求；六篇纔完把筆投，直直腰再將七篇做。

公子又問爹爹做了幾篇了？答應七篇將完了。公子鑽出號來說這第七個題目，我不記的了呢。

叫保兒且閑，我這七篇就做完；做完了，給你看一看。這天還有天，少着一篇也不難，在傍邊略且站一站。

不一時，太公完了，遞于合菴。合菴吟哦，一行看着，指頭圈着說好的緊！爹這文章有會元！我纔知道這第六個題是做錯了。太公說你取來我看看。合菴便取來給太公看了一遍。笑着說有指望。我給略改改，只好看便罷，那房官有幾個不瞎的？

手敲門磚，只認的酒色裝銀錢，好文章他也看不見。你這第六篇，只要軟和便密圈，少嫩些也不甚足爲患。

改了改便壯觀[①]了。那一篇你若做不來，我就替你做做。公子說不用。我看了爹的，已是有了。回了號房，一霎做成，拿來說我完了。太公一看說虧你，比着胡蘆就畫上瓢來了。且囑咐你。

我兒聽着：題目細寫休錯了，下一筆要把題紙照。號板要堅牢；常將卷子蓋的嬌；剪燭頭也怕燈花爆。

父子各自入號謄正

［疊斷橋］一更鼓兒敲，一更鼓兒敲，場裏行人靜悄悄，處處掛青簾，都把銀燈照。卷子展開色，卷子展開色，磨墨聲聞百步遙，個個都吟哦，好似蛐蟮叫。

二更鼓兒輕，二更鼓兒輕，場裏火光一片明，處處哐哼哼，好像是誰有病。號裏少人行，號裏少人行，雖是無聲却有聲，好似一集人，隔着十里聽。

三更鼓兒乓，三更鼓兒乓，頭眼昏沈漸困乏，時聽的問點話，聲兒也不大。手兒緊抓抓，手兒緊抓抓，低頭忽如身在家，好像坐繡房中，別屋裏人說話。

---

① 壯觀：雄伟有气势。

太公叫保兒，你寫完了幾篇了？合菴答應將完了。太公說怎麼這樣快？

四更鼓兒真，四更鼓兒真，此時筆管重千斤，纔寫了四五篇，覺着手酸困。恨那打更人，恨那打更人，打的更點未必真，交四鼓多大霎，又咱五更盡？

五更鼓兒天，五更鼓兒天，滿臉皆薰燭蠟烟，常拭那眼角弦[一]，只覺燈光暗。手腕疼又酸，手腕疼又酸，剩了勾十行越發難，只聽的號兒吹，一聲裹快交卷。

太公謄完了，自對了一遍。叫聲“保兒”。合菴跑來，交換看了卷子。太公說這頭一個題，就錯了一個字。

忒也莽撞，忒也莽撞！我說從容不要慌，不是看出來，就完了今科帳！仔細端相，仔細端相，錯的烏了添在傍，大規矩不要錯，就有些胡指望。

合菴說這第一篇掉了一個，第五篇錯了一個。對完了，公子替收拾筆硯。太公裹邊收拾毡條、布簾。合菴說我都背着罷。太公說各人的各人拿着好。你再回去看看。合菴說不必，莫掉了甚麼。太公說你那雨單①呢？合菴說哎喲！我擱在號房上，忘了。

伸手取下來，伸手取下來，纔把行囊另解開，捆的極結實，拴上一條帶。直上堂階，直上堂階，交了卷子領了牌，不免笑欣欣，跳出門兒外。

出的場來，太公的隨人接着。太公說這是你少爺。

喜地歡天，喜地歡天，說有個少爺在那邊，不想十五六，就會了小鄉宦。俺在太原，我[二]在太原，叫了老爺勾一年，改了口叫太爺，難把嘴兒換。

公子的人來接着。合菴說這是你太老爺。衆家人當街就叩頭請安

接出場門，接出場門，兩下裹家人一大羣，大家笑嘻嘻，都把太爺認。議論紛紛，議論紛紛，誰知太爺正青春，爲甚麽[三]咱太太，模樣還着實俊？

公子說爹的下處寬闊麽？太公說也只兩間屋兒。公子說還是爹往兒那裹去罷。你這接場的，着兩個人跟了爹的人去搬行李來的。答應是。

李萬、張千，李萬、張千，跟着去把行李搬，爲兒那下處，就在那藥王殿。廟屋多般，廟屋多般，不妨再賃兩三間，上下六七間，住着也方便。

到了門前，父子下馬。老家人王孝在下處看家，看見太爺，磕下頭去，就落下淚來

① 雨單：防雨的油布。

了。問太爺從那裏來來？

乍見疑猜，乍見疑猜，太爺忽從那裏來？太太聽詐言，每日裏心驚怪。小的無才，小的無才，奉了山西這一差，因我還老成，跟着好出外。

太公也落淚說這幾年沒見你，你就老了！我是合你少爺場裏遇着。王孝說這等，太爺也是中過了。

叫人淚漣，叫人淚漣，咱家大禍有十年，少爺中了舉，恨太爺沒得見。誰知在外邊，誰知在外邊，已向蟾宮折桂還，老少一家人，都得重相見。

少爺快快寫字，小的即刻回家，報知太太。一行說，端過了飯來。公子說爹爹先吃，我先寫信。

磨墨揮毫，磨墨揮毫，大喜先報娘知道，孩兒在場中，合爹爹緊鄰號。掛榜非遙，掛榜非遙，父子登科這一遭，報子到門前，不久爹兒到。

將書寫完，王孝即時去了。合菴說王孝到家，眞是非常之喜了。又問道爹爹中了，怎麽不捎一個信到家中？太公說自覺一個舉人，也壓不住家①，不如等到會試。况且京中一個認識的人也沒見，怎麽寄信呢？合菴說咱父子縱然不中進士也喜。况且咱敗的凶，必然發的也暴，着咱父子鄰號，天意就可知了。

［對玉環］[四]脫難十年，自幼把兒閃，音信全無，相隔千里遠。凶信傳來，唬破娘的膽，終日號啕哭，勸也勸不轉。團圓勝似功名顯，况且時運變，父子俱連登，一齊朝玉殿，纔叫那天下人打一啐[五]②。

太公說連夜不曾睡，咱且各人歇息去罷。

詩曰：父子相逢喜氣揚，縱然落第也無妨；

吾家况且時運至，必定連名上玉堂。

【校】

［一］弦：當為“眵”。

［二］我：盛本作“俺”。

［三］爲甚麽：盛本作“怪不得”。

［四］［對玉環］：盛本作“［對玉環帶清江引］”。

---

① 家：此指仇家。

② 打一啐：即打罕。吃驚。啐，通“罕”。《醒世姻緣傳》第三十五回：“真是‘千人打罕，萬人稱奇。’”

［五］哰：盛本作“罕”。

第二十六回　宫花連報

方太太上千里行人，已是令人牽掛，況且又得了凶信，好不傷感人也！

［劈破玉］每日只在那納悶。我那兒中不中倒不關心，只望他上山西打聽個眞實信。酒飯全不想，沒了人時淚紛紛。虧了那兩個丫頭，一鬧一個三更盡，纔敧下骨碌嗓子，打了一個盹。

雖然是姓張的也多，只怕保兒信還有瞞我處。吃緊的，就是我那官人，也是有的。說他虜去，未必不是殺死。叫人怎麼放的下！掩面落淚，說咳！天那天那！俺有甚麼不好，教俺生離，又教俺死別？丫環來報王孝來了。太太說他回來，可有甚麼事？

［房四娘］好叫人自驚訝，京裏盤費不缺乏，他不等着山西去，又待回家做甚麼？

叫他進來。不一時，王孝來磕頭說太太千萬之喜了！方太太說甚麼喜？奇哉！

你這話好奇哉，如今天榜不曾開，你又沒上山西去，問你喜從何處來？

王孝說如今太爺合少爺，在京裏在一堆哩。太太站起來說怎麼着呀？王孝拿出書來，遞於太太。太太接來一看。娟娟上白聽的京裏來信，待俺那邊看來。

［銀紐絲］一行把書仔細也麼觀，知他父子得團圓。叫娟娟，不覺歡喜淚痕乾。名子叫宮陞，字是宮子遷，那裏去問那張鴻漸？難得他，他把性命全。不必宮花插帽簷，我的天呀咳！獻猪羊，就把猪羊獻。

太太吩咐人，賞王孝紅一疋、銀一兩、酒一瓶。娟娟說這個比那報狀元還喜哩。娘這一霎裏沒事處哩，咱可是待做點甚麼纔好？太太笑說叫人擺下席，請您春大爺來，咱合他吃酒賀喜罷。娟娟說還得去西頭請大娘來，合他好說話。太太說極是。並下

張鴻漸父子同上白今日放榜，咱不免去看看。

［倒扳槳］雙雙騎馬過長街，去看天門放榜來。到時正是榜初掛，人山人海鬧垓垓；人山人海鬧垓垓，擠不開，多多擠掉襪合鞋。

太公說呀！人這樣多，如何擠得進去？叫個家人進去看看罷。公子說李才識字，你就攢進去，看見名子，你就唱出來。

推進家人對榜棚，垂鞭馬上用心聽。大榜儼然將放盡，不見李才報一聲；不見李才報一聲，心裹驚，想是咱爺倆都沒名。

合菴說榜已將盡，想是咱爺俩都沒中。太公說不然。這榜是從後放，你那文章還在五拾名以裹，我那文章，不中則已，若中，該在五名以裹。不一時，李才吆喝着少爺中了！太爺聽的極喜

忽然聽的笑哈哈，有了一個就不差。縱然我就落了第，也就可以還的家；還的家，抱娃娃，從此功名不幹他。

不一時，李才出來。公子說太爺沒中麼？李才說沒中。合菴說眞正房官沒有一個不瞎的！我那文章還中了，怎麼爹爹那文章到不中？一行走着，又問李才你看的眞麼？李才說極眞，前頭都沒有姓張的。合菴罵道眞奴才！遂撥回馬，把他打了幾鞭子，說我自己去看看的。

［劈破玉］又從新撥轉馬親身去看，叫馬夫頭裹走一溜小顛。到盡前那觀榜的人盡散，把馬夾一夾往裹直鑽。到了榜棚擡頭一觀，先看了會元，次看了亞元，往下又看第三，呀！第四宮陞就是太原。那公子飛馬跑來，纔站下，只瞰了兩三眼。

公子見太爺中了第四，飛身跑來，見太爺還在路傍，勒馬等候。方纔說說笑笑，來到下處

［呀呀油］喜重重，喜重重，公子寫成書一封，說爹爹合孩兒，都把進士中。父子相逢，父子相逢，又得一日甲科中，現如今門下人，都做個吉祥夢。

不說公子差人往家裹報喜，却說孟奶奶每日在家中合太太商議道

叫聲娘，叫聲娘，咱今日，勝似常，俺爹爹就來家，料想也無妨帳。太太慘傷，太太慘傷，但得兩人中一雙，您爹爹往家來，可方纔來的壯。

婆媳正在家盼望，有人來報說少爺中會了，有報馬在門前裹討賞哩。

報到門前，報到門前，忽聽一派鬧喧喧，傳進來闈門內，要喜錢一百串。太太喜欣，太大喜欣，帶着淚痕開笑顏，不是喜富貴來，喜的是夫妻見。

太太說想是您爹爹沒中。也罷了，孩兒中了就好。

兒登科，兒登科，就是他爹待怎麼？雖不如中一雙，還強其沒一個。兒登科，兒登科，就是仇家奈俺何！得殿個翰林來，方可纔安穩坐。

丫頭來報說京裹又差人來了。太太說叫他進來。不一時，家人進來報喜道

太爺中了，太爺中了，五魁以裹把名標，怕報子不知名，差小的來家報。宴赴了，宴赴了，殿試只在三兩朝，若是點了新翰林，不久還有報子到。

太太說賞他紅一疋、銀一兩、酒一瓶。又說道娟娟，我着爺䢇個，可作瑣煞了，光賞報子使的我精窮[①]。娟娟說着人捎個信去，休着他做的文章好了，看再點了翰林，沒錢賞人。太太說隔着這麽遠，那裹的便宜人？罷呀，這一要運氣低，也說不的了。

［疊斷橋］家門裹孤，家門裹孤，小小功名總似無，還得个小翰林，纔壓的仇家住。人心無足，人心無足，得了隴來又望蜀，看着小保兒，擔的個翰林做。

娟娟說娘不怕賞錢麽？太太說已是賞了，索性兒踢蹬踢蹬罷。不一時，有人來報太爺中了探花了！太太驚說這必是棍子來詐錢！京裹人今早纔到，如何今晚就又來了殿試報？叫人來，去細問眞實。答應是。

事兒蹊蹺，事兒蹊蹺，來報進士在今朝，怎麽報探花，也是今朝到？我家等着，我家等着，因着咱家運氣高，必然是京棍子[②]，打毛頭睛來報。

家人說這到未必然。不曾傳臚，就有旨意赴宴，以後就行殿試。報鼎甲的，二十里撥一匹馬，來的便速快，也可以到了。太太說你沒問問您少爺呢？家人說問他來，他說得了鼎甲的名子，就飛馬走了，別的不知。太太說你去罷。

忽開笑顏，忽開笑顏，回頭想想十年前，只待做奶奶，做太太不情願。今日不然，今日不然，不指望老虎更爬山，這一個探花郎，只該合保兒換。

旁裹那婦人說太太雖是三十四五，模樣只像二十二三。

不覺笑嘻嘻，不覺笑嘻嘻，既在世間爲個人，却也不可不嘗嘗這奶奶味。保兒兩道眉，保兒兩道眉，前生有個造化根，到了做翰林，怎麽就不成對？

又有人來報說少爺選了翰林了。太太一聽着說可足了心了！喜的那手戰戰，身子也沒處安放

喜氣洋洋，喜氣洋洋，我說保兒不尋常，每日看着他，有個翰林像。滿斗焚香，滿斗焚香，拜了天地拜家堂，此時那仇家，放不在心頭上。

---

① 精窮：很窮。精，程度副詞。

② 京棍子：京城中的混子。

不一時，合莊裏同姓異姓，老老少少，都來磕喜頭。老李婆子上白說咳！長吁一口氣，說道眼見的我那兒瞎[1]死了！如今是多麼大的聲勢，誰還敢合他爲仇！合莊都去道喜，我若不去，只怕他還怪哩。無奈何，只得去磕頭。老王上呀，這門裏擠不進去，好喜人，這纔是時來運至。

都來磕頭，都來磕頭，仇家不敢記前仇，也跟着衆人來，好像是鶏參豆[2]。鬧鬧稠稠，鬧鬧稠稠，給他板櫈兒坐在門後頭，出門逢人說，俺奶奶合我厚[3]。

老王見了太太說擠煞我呀！磕下頭去，說千萬之喜！方二爺喜極了。家裏有客不能來，着我送了幾兩銀子來，添着賞報子。太太說好！正愁着沒有賞錢，這幾日使的我精窮。極好，極好！

［淸江引］我着他爺𡡉瑣碎的，悶悶的這頭也懶刷刮。報子錢净了糧食囤，到不如坐監的時，淸净的很。

詩曰：困苦顛難誰似他？十年逃遁在天涯；

忽逢苦盡甜來日，天下興隆第一家！

第二十七回　父子錦歸

太太、娟娟上白他爺兒兩個，告假還家，不知今日宿在何處。着人傳出去，着探馬探着老爺來到那裏，即忙來報。

［楚江秋］父子錦歸還，路上怕留連。世時人也敬新鄉宦，那裏日日長宴，司道軍門州縣官，今日是這邊，明日是那邊；那邊，還得二日半。

有人來報太爺隔着五十里了。太太說旣然近了，咱得換上色衣等候纔是。太太合娟娟，都各人換上紅袍

門內喜重重，彩旗一片紅，人人欣喜來承奉。今日才得相逢，袍帶一身

---

① 瞎：白白地。

② 鶏參豆：雞吃豆子。雞吃食物時，脖子不斷伸縮。此比喻磕頭像雞吃食。參，嘇。《玉篇》："嘇，咱嘇物也。"《集韻》："哈嘇，物在口中。"

③ 厚：交情深。

耀眼明。哭時也相同，笑時也相同；相同，總像南柯夢。

太太說娟娟，你穿上官衣，越發齊正，好是歡喜人也！

我兒性溫存，紅妝一片新，好處不止容顏俊。我也看透三分，知你將來不受貧。前邊看是美人，後邊看是美人；美人，做的也相[illegible]！

又來報道老爺隔着十里了。娟娟說適才娘說的差了。不是兒有福，原是娘有福，拖帶[①]的兒好。

年紀比兒差，容顏越光華，從頭直到凌波襪。爲兒無甚堪誇，只因有福到咱家。爺做了探花，兒插了宮花；宮花，纔信那先生卦。

太太說這是咱自家互相誇獎了。又來報太老爺就到了。丫頭說街上有幾百人去迎接的，熱鬧多着哩！太太說娟娟，咱且去廳房裏，放下簾子來坐着。衆執旗旗上俺來迎接太老爺。纔見探馬過去，說是不遠了。

［玉蛾郎］豎大旗，挑長旛；人聲喧，槍刀劍戟共矛鐮；鼓吹一大攢，鑼鼓鬧喧喧，好一似排大駕朝泰山。財主親戚，衣帽光鮮跨雕鞍；窮人家，借馬難，找身粗布衫，借個毛驢兒騎着顛。接了有半天，聽的大篩傳，這頭行已合那執事連。

管家在轎前稟道衆鄉親接太老爺。鴻漸慌忙下轎，說怎敢勞動衆位遠迎！我十年不在家了，看你老的少的，都不認的了。

［羅江怨］衆鄉親擺列兩邊，那管家跪稟途間，老爺下轎來相見。小的們都磕頭問安，親友們敘敘寒暄，老爺從頭問一遍。又上轎呼呼搧搧，那報馬跑跑顛顛，三十里一派人聲亂。不覺到了門前，三聲大礮響連天，合莊多少人來看。

父子二人進了宅院，婆媳兩個，迎出房門來。太公見了，雙雙落淚

［耍孩兒］看見了方夫人，忽然間淚紛紛，十餘年的夫妻纔相認。年年我在天涯外，寡婦孤兒過十春，幾乎把你心使盡！今日裏，孩兒富貴，我還該謝謝夫人。

作下揖去，說道我當該謝謝夫人一片苦心！太太說我還該叩喜了！也掉下淚來了

不覺的心痛酸，那幾年把眼望穿，這幾年到把魂驚散。但只望你殘生在，

---

① 拖帶：連帶。

不敢望你做高官，誰想今日還相見。今日裏明明相會，還像是夢裏團圓。

若不着夫人指了納監的這一條門路，今日怎能歸家！夫妻哭罷，合菴纔下紅毡，給太太叩頭。太太落淚

方太太叫一聲，我的兒你是聽：——一行笑着淚珠送。——你做了秀才還打瓦，我打你的時節我心疼，不想還有個翰林命。還記得朝朝每日，我陪你坐到三更。

太公聽罷，又落淚說如此說來，我越發該謝夫人了！

刮[①]慈愛教兒童，陪讀書到三更，說來叫人心酸痛。我就在家常教子，也只不斷讀書功，那能像你把苦心用？我十年出門在外，到尋着做了個太公。

又是娟娟來磕頭。太公說我這兒婦，天生的一位夫人。

見兒婦喜重重，看行動甚從容，安詳窈窕身沈重。骨格裏帶下有福的像，步步行來便不同，一軸畫圖隨風動。那裏有這般像貌，還能在茅屋長窮？

家人報到[②]方二老爺來了。娟娟退了。仲起進來，作了揖。太公說小弟千里逃亡，多賴二兄看顧，還該謝一謝。仲起拉着太公行了半禮[③]，纔讓了坐

［西調］自離別了十年後，不謂人南北遷流，到如今僥倖纔把功名就。我家中孤兒寡婦，誰敢來探頭？百般的仗賴，刮骨難酬[④]！娘𡥉去坐監，好不可羞！多虧你昂昂志氣，報復了寃仇；若不然，受罪受到何時勾！

仲起說都是賢弟福力，拖帶我中了進士。太公說那嚴老兒也壞了，兄臺還可以起用。仲起說如今還可以打算如此。

爲妹妹把奸臣去就，到如今夢裏還羞，到是丟了官兒還好受。常恨那科、道骨都着嘴兒，該把那眼摳！我若還行取進京，定要撞到鳳樓。天下的大害，固是州、縣不肖，也是那司、院貪求。我要上幾個本章，除除那民害，砍幾個賊頭。恨世人乖覺，光說那牙疼咒。

太公說兄臺志向太高，小弟也要竭力相助。咱且飲酒，這十年之別，今日須要盡歡。

［跌落金錢］親戚隔斷十餘載，今日相逢笑口開，老兄呀，把酒同歡眞一

---

① 刮：拋卻。

② 到：通“道”。

③ 半禮：古代上對下、長對幼所行的一種禮儀。下對上、幼對長要行全禮。

④ 刮骨難酬：形容恩情太大，難以報答。

快。想我禍從天上來，險些兒路喪泉臺，老兄呀，那知今日我還在！一生都是命安排，得開懷處且開懷，老兄呀，人生幾個三十外？做幾樁好事傳九垓，便歸林壑去朝階，老兄呀，我也不能等封拜。

仲起說賢弟謂之將相大任，前程萬里，怎麽說到遁呢？太公說屢受顛險，心中甚淡，只借功名爲安全之路罷了。太公說請酒。仲起說我從來不能多飲，今日吃的到多，已是醉了。笑道別了罷。出門上馬去了。太公回來，說道咱作一個家庭之樂罷。

十年妻子得相逢，一家聚首喜重重，夫人呀，或者今宵不是夢？高張銀燭酒芳濃，家人難得一尊同，夫人呀，要飲杯酒誰能共？十六方纔認乃公，對面還不識顔容，我兒呀，今宵一刻千金重！

太太說怎麽兩個丫頭不來伺候？不一時，玉蘭、瑞香來到。太公說適纔他兩個和衆人都來磕頭去了。我正悲嘆，不曾問候，這從何處得來？太太說說起來叫人傷感。

［還鄉韻］當初得了個不祥的信，我在房中淚紛紛，孩兒買來解我的悶。房師贈了二百銀，傾囊買了兩個人。他能學飛燕舞輕塵，又會唱十折錦堂春。咳，愁時節，叫他略解心頭悶。

太公說今日一家團圓，且訴説這十年愁苦，發發這一腔心事，不暇看他舞藝，叫他斟酒罷。

今宵吃的個酩酊醉，妻子團圓在一堆，這時節人間快樂眞無對。一盃一盃又一盃，喜氣多覺着酒力微，痛飲何勞擊板催？漸覺昏沉體不隨，咳，你看那，明月西轉參星墜。

太公說哦哦，好醉呀！太太說玉蘭、瑞香，可伏侍太老爺房中去罷。

［清江引］醉的東歪又西倒，妻子同歡笑。十年兩次歸，睡了一宿覺。今夜要安安穩穩直到老。

詩曰：爛醉如泥月轉廊，歸來纔似賈平章[①]；

濛騰[②]不知身何在，盼俏佳人扶上牀。

① 賈平章：宋代高官重臣賈似道。

② 濛騰：視綫模糊。

第二十八回　張春報怨

花粉面扮解子[一]上俺有點小小生意，並不用買賣耕耘。靠衙門開個鋪面，但賣那天理良心。運氣好招財利市，這兩樣絲毫不存。官府把望布挑着，俺賣酒那管清渾？奉承的老爺歡喜，一個票十兩白銀。他雖然待酒待飯，那散酒當不的正巡。他無錢把狗臉丟下，那管他爺故娘親！他怕俺橫眉豎眼，自然要典地賣人。若遇着官府耳軟①，俺就去打詐良民。若遇着官府利害，便借勢殺人。怕甚麼竹板夾棍，破上砍頭充軍！老婆且搽胭抹粉，孩子也鞋帽嶄新。問我是甚麼官銜？衙門裏狗腿一根。自家不是別人：縣裏衙役李虎便是。趁着那糊突官兒，到弄了個小小的家當。誰想運氣衰敗，差我合張龍去解張鴻漸，一個操烘[二]操烘，別本作棗紅。也沒見②，倒被他弄了個眼障法兒，顛了鎗。俺兩個不敢回家，只得也拿了腿。哭介

［耍孩兒］吃了酒放倒身，睜睜眼沒了人，從實說官府也難信。俺不歸家也罷了，又遇着知縣老昏君，老婆常拿去當堂問。這二年家私罄盡，有兩口破屋還存。

擦淚笑介聽的張宅父子，都做了大官，公然來了家。俺兩個也就公然來了家。雖然麽，可是含着一丸藥兒，當初在他身上有點不周處，只怕吃他敲。不免去找張龍，合他計議計議。走介

張鴻漸中了魁，他既歸俺也歸，他無罪俺有甚麼罪？只是合他在一縣住，恐怕將來吃他虧，心裏撲咚常搗碓。可恨俺前後無眼，到如今懊悔難追！

敲門介，張龍花面上，相見笑介呀，原來是李哥。待讓你家裏坐坐，一條板櫈也沒有。休說別的，您張大嫂子一對鞋也穿不住，都被人家拿去了。成甚麼人家！四五年不在家，總言不的了。一個孩子還在肚裏沒生，這是拿不了去

① 耳軟：也叫耳根子軟。很容易答應別人的請求。《老殘遊記》第十七回："子謹知道宮保耳軟，恐怕他回省，又出岔子，故極力留他。"

② 一個操烘也沒見：疑為"一個棗核也沒見"。比喻一點好處沒得到。

的。哎！咳咳！李虎說你沒在家，這孩子是那裏的？張龍掙了一掙說我就犯算計。你說的極是，我去殺了這淫婦罷！李虎拉住說你又來了。你說咱這當衙役的，每日傷天害理，是安心積的老婆蓋誌門①來麼？實對你說罷：俺家裏又自生訖②了一個，肚子裏還懷着一個。張龍笑說我是怕你笑話。你既笑話不的，咱且商量正事。李虎說是呢。

早知他轎馬人擡，寧只捨了老婆孩，怎肯惹的張爺怪！縱然寬洪又大度，全不把咱記心懷，咱掚到是擗一塊。看老哥甚麼高見？也該犯個安排。

張龍說我自來家，白黑打算③。我尋思那張老爺是個大人物，想是也未必放在心裏。咱不如敬去磕頭。李虎咬着指頭，說嗯，那主子不是個善查，只怕這腿就折了！張龍說有法。這巷口裏有個算卦的胡先生，他每遭算的不差。咱去問他，問好咯就去。李虎說極好極好！就走就走。

安心要竟登門，只怕他打斷筋！不見他到底心裏悶。或好或歹眞難料，就去找找算卦人，吉凶把他問一問。算一算若還不好，再商量找法安身。下

胡生破衣上云也無南北壠，也無東西行，甚麼法兒不忍餓？哈哈！就是全憑這嘴一張。自家姓胡，賣卜爲生。今日還不曾發市，這肚裏自喝搜④起來了。張、李上，胡生迎笑拱手介二位老兄，幾時回來的？張龍說半年了。胡生說怎麼不曾下顧？張龍說不得閑。胡生說今日來有甚麼見教？張龍說我合這李兄弟有件心事，求你算一算。胡生說我就極會决人的心事。忙取卦角⑤，望空禱祝周公、周母，孔父、孔子，諸葛孔明，王禪⑥老祖，鬼谷先生，袁天罡⑦地煞，有靈有應。今有張龍、李虎來問心事，吉則報吉，凶則報凶。將卦角丢去，看了看說這個靠山之卦好的緊！待我查那卦本兒你看。檢書介您是件甚麼心事？我好給您決斷。張龍說要見貴人。胡生說妙的至極！看書介這"取"字上邊加個"日"字。想是還念個"最"字。"最喜龍與虎"，你看頭一句把二位大名就報出來

① 誌門：牌坊。

② 訖：動物產仔。此處是戲謔之語。

③ 打算：尋思。

④ 喝搜：饑腸轆轆。

⑤ 卦角：占卜工具。

⑥ 王禪：鬼谷子。王詡，一作王禪，道號玄微子，戰國時期著名謀略家，縱橫家的鼻祖。由于隱居雲夢山鬼谷，自稱鬼谷先生。

⑦ 袁天罡：即袁天綱。隋末唐初風水大師、天文學家、數學家。

了，奇的緊！這喜字吉利的很。下句說“朱門有路通”，這一句我可不甚懂的。又重念道朱門有路通。李虎說張嫂子姓朱。胡生點頭說嗯嗯，是了。李虎問下邊是甚麽？胡生說有路通。李虎說這牛祿是張哥的鄰家，這行子極可惡，我也聽的點風聲兒。這卦雖神，說出個通字來，這神靈也撒村[①]起來了。下邊還是甚麽？胡生說下邊兩句却極明顯。他說貴人，呀，這是個甚麽字？“尚”字幫着單立人，想必還是個“倘”字。“貴人倘相見，一凶再不凶。”這不好麽？你見了貴人，前邊已是凶過了，往後再不凶了。大吉大利！求卦資焉罷。張龍說李兄弟有錢麽？李虎說一個也沒有帶着。張龍說我也忘帶來。拱了拱手說賒着罷。胡生拉住說今日還沒發市，賒不的！張龍往外掙，胡生往裹拉。張龍怒說你要甚麽！胡生說我只要五個錢，便放你去。張龍劈一下，大駡淫娘養的！忒也欺心！李虎拉住張龍還去打，不覺的把腰中錢吊出來。胡生說放着錢不給！張龍拾起錢來，說我到有錢，只是不給你！胡生拾起卦盒，說天那天！這卦也算不的了，不如去他媽的罷！阿彌陀佛！還要見貴人；禪和子[②]念經沒撞鐘，只怕吊着不打，就是擊磬。張龍說這科子生的，說這樣不吉利的話！待我捶這行子！李虎拉着，胡生跑去。張龍說這怎麽說？惹了一肚子不自在。李虎說罷喲，咱且去做正經事的。他算的到極好，咱也有點子不是。張龍說着這狗攮的說的啌啌嗉嗉[③]的，咱不去罷。李虎說那卦說的句句都準。他既說再不凶了，咱就去上一去。張龍說就是這等，咱就走。

紮紮帶緊緊腰，往前走脚步高，怎麽心裹只顧跳？衙門裹漢子那去了？好像做賊承了招，像是有個不祥的兆。怕的是雙膝跪下，那時節難講開交。

張鴻漸父子冠帶上今日沒客，少得清閑，不覺把往事想起。

閒來無事不從容，覺睡東窗日已紅，想從前覺心酸痛。客戶鄉親都相見，就是李旺未相逢，他心裹料想不敢動。昨夜晚牀頭睡倒，忽想起李虎張龍。

李旺上，嘆道既在矮簷下，怎肯不低頭！張鴻漸如今父子登第，那前情已是講不起了。既在這一莊居住，不免也去給他磕個頭。此來門首，門上大哥替我傳傳。門上稟道李大來求見。太老爺說叫他進來。李大進來磕頭。太老爺說你

① 撒村：言語粗俗。

② 禪和子：通稱參禪之人。

③ 啌啌（xīxī）嗉嗉（sùsù）：諷刺挖苦。

不記仇了麽？李旺又磕頭說小的不敢！太老爺說你聽我道來。

叫李大你心不昏，你那兒不是人，到如今叫我心中恨！你若前仇全不記，我也不把你晦氣尋，從前已往總不論。安本分我還相助，買老婆另生兒孫。

李大磕頭道全仗賴老爺看顧！太老爺說你起來，去罷。李大出的門來，張龍、李虎看見說那不是李旺出來了？咱先去問問他見的何如。拱手問道你見着張老爺否？李大說見來。李虎說說甚麽來？李大說極好。

張老爺度量寬，宰相肚好開船，笑嘻嘻全不裝鄉宦。問我還記前仇否，我就張口不能言；不能言，他不怨，我心何敢怨？又教買妾生子，還許下給我出錢。

張龍笑說既然如此，咱就見一下子。李大一拱而別。二人近前說門上的大爺給俺傳報一聲，說張龍、李虎來磕頭。門上人進去稟道張龍、李虎來見。太老爺說呀，他來了家了麽？叫他進來。門上人傳說叫還進去哩。二人進去跪下磕頭，說給老爺叩喜。太老爺說您幾時來的家？二人跪趴了半步，便稟道

新探花是老爺，相傳的一大些，信不眞打聽了三個月。後來得了眞實信，沒錢還把猪頭賒，像如逢了郊天赦[①]。若不是老爺洪福，都成了生死離別。

小的是昨夜來家，敬來磕頭道喜。太老爺說您兩個可知罪麽？都磕頭說小的知罪！因老爺寬洪大度，俺纔敢來投見。俺二人該千萬之死了！

上省城那一宵，手合脚難動搖，那時節死活眞難料！您就看着張鴻漸，這回大數定難逃？不想恨還能報！依起你當年情意，該使棍把兩腿齊敲！

二人又磕頭說罪該萬死！老爺殺生不如放生。太老爺說看起那個光景，您這做衙役的，不知擺殺了多少好人！既然知罪，饒你狗命不死。以後想着存些天理。都叩頭說是是。太老爺說領他去罷。張春上客房裏說話不知是誰，待俺看來。呀，原來是張龍、李虎。家人說老爺饒過了，待領他出去。張春說這兩個奴才，如何見我竟過？二人說一時不曾認過來。張春說認過來了麽？帶去前邊，我要問他一問的。李虎說大爺待問甚麽，就問罷。張春說要清淨處纔好。到了前邊坐下。張龍說待問甚麽？張春說我待問你，那根鐵柄是誰的？張龍說甚麽鐵柄？張春說木頭的，拿來叫他認認。家人拿過來。張春說照也快肢骨[②]，每人敲他幾

① 郊天赦：也稱郊赦。皇帝於郊外祭祀天地後赦免罪犯。

② 快肢骨：也叫扛持骨。腳踝骨。

下，着他試試是甚麽木頭。家人舉起，把張龍一棍打倒。李虎即忙跪下哀告大爺饒命！張春說你還記得解您老爺那時，我去送盤費，你因不給您錢，見我淌下淚來，便罵合的不早開交，裝甚麽親生的？我每日想着你這合的，不能忘了。今日上門來，還大喇喇[①]的。休想要偏了，可照樣把李虎也奉承他一下。果然一棍。兩個死生[②]喒叫。張春大罵

狗娘養科子生！解着人像做朝廷，惡狠狠把兩窟窿瞪！合你甚麽仇合怨，把人綁的直挺挺，幾乎喪了殘生命！既到門休要空過，奉還你本利皆平。

拿繩子來，把他手脚背綁在一堆，從梁上抽將起去，着他肚皮朝地。休高了，看那臭蟲勾不着，休光偏宜那蘆蚻[③]。張龍苦苦哀告說君子不見小人過[④]，大爺饒了小的罷！張春說我原不是君子，你又是個小人，如何饒的！二人說這腿已是折了！張春說也是搭頭[⑤]綁的，皇天爺娘的叫喚。果然吊起。張春說各人都散了，教他兩個受用罷。將門鎖煞，說您這些人休要撒了湯[⑥]，到清晨漫漫放下他來。二人哐哼道了不的了！這一夜可就吊死了！這腿疼的狠！聽的譙樓起更

一更裏好難熬，斷了腿折了腰！鑽心疼只怕這脚兒掉！得罪閻王還好治，得罪小鬼怎麽招？一句話得了個殺身報，不久就堪堪至死，這一夜性命難逃！

李虎說這蚊子臭蟲利害的緊，咬也咬死了！

二更裏好難禁，這蚊子吃了人，一窩臭蟲渾身噴。蚊子哥哥，臭蟲達達，饒俺一霎，見你的心，休把天理全傷盡！誰給俺唬上一唬，我給他做萬代兒孫！

張龍說你覺着身上怎麽樣呢？我只覺着這一霎渾身木麻[⑦]，可受不的了！

---

① 大喇喇：大大咧咧；傲慢。

② 死生：即死聲。大聲。

③ 蘆蚻：一種體形較大、有黑色花紋的蚊蟲。

④ 君子不見小人過：君子不與小人一般見識。

⑤ 搭頭：捎帶着。

⑥ 撒了湯：此指走漏風聲。

⑦ 木麻：感覺遲鈍或發麻。

三更裏苦哀哉，疼又麻難顧追[①]，十萬蛆蚩[②]這波羅蓋[③]。單三繩[④]往肉裏殺[⑤]，堪堪手脚墜下來，就放了也把骨壞。俺也曾把人捆綁，誰知道這麼難捱！

張龍說好了，交了四更了。

四更裏淚恓恓，去了肉沒了皮，吊了一口遊遊氣。張爺南北常逃竄，誰知他還成了大東西，瞎眼丁就該眞麼治。張老爺眞正君子，想當初是俺差池。

李虎說虧了這夏天夜短，已是五更了。

五更裏鷄唱鳴，吊久了不覺疼，只是覺着舌頭硬。脖搭喇擡不起，眼皮腫閉也難睜，渾身暈不知是那裏病。或者他清晨釋放，怕的是捱不到天明！

李虎問道張大哥，你怎麼全不做聲了？呀！旣不做聲了，想是死了。天又不明，我這命也難保了！張老爺父子上白你母親聽的丫頭說，那張龍、李虎，被您大爺吊了一夜，是眞果麼？合菴說兒不知。老爺叫家人問道張龍、李虎眞果吊在那邊麼？答應是。老爺說快去放下他來！

他兩個甚無良，當日把我綁在牀，幾乎一夜把命喪！依着那時心裏恨，殺他個稀爛也應當。發大了都把前仇忘，何必與地獄小鬼計較短長！下

張春上，家人說大爺來的正好，正待去要鑰匙。如今老爺知道了，叫放下他來哩。張春笑說我正待去看看的。遂開門進來。家人說這不死了麼？張春看了看，那腿還動彈，想是還沒死放下來，着他還魂還魂。家人說李虎還喘氣哩，他死不了。張春說守着等等他。若是死了，叫他各人家來領尸。

狗攮的狠似賊，解着人大發威，好像即了皇帝位。當日空把肚子鼓[⑥]，濟着横眼又豎眉，只因是兄弟犯了罪。若不是十年仇積，那等到今日纔追！

家人說張龍也動彈了。有一人跑來說老爺請大爺哩。張春走來。老爺說兩個死了麼？張春說沒死了。老爺說大哥，你何必這等。

那奴才甚是謅，這性命幾乎休，那時發恨嚼他的肉！若或今日還貧賤，

---

① 顧追：動彈。

② 蚩：蛆蟲之類鑽咬。

③ 波羅蓋：膝蓋。

④ 單三繩：三股擰成一股的單繩。

⑤ 殺：用繩子用力勒。

⑥ 肚子鼓：比喻生氣。

想起當年一夜仇，眼睛紅宼氣眞難受。咱如今顯榮富貴，把舊恨一筆全勾。

張春笑說你做的是你的，我做的是我的，各行其道。

你當日吃他敲，我受的氣不必說，今日相逢怎不報！李大若還不受打，今日撞着定不饒。這樣事只推不知道。我不肯傷天害理，該我賬怎麽勾銷！

張老爺說已是這等，你看着放他去罷。張春回來，看着兩個還欹着哐哼。張春說去叫保正來的。一霎時保正來到，說大爺有何吩咐？張春說你把他兩人[三]背去，放在你家裏，再着他各人家來擡去。保正答應是。纔扶起來要背，便說李虎痾①下了，背不的；我背張龍罷。待我去叫他那地方來，合我擡這李虎。張春說我偏要你背李虎。保正連忙答應就背。背起來走了幾步，放下嘔吐說了不的，臭死人了！

賊剝皮賊抽筋，我合你甚麽親，找着給你打掃糞？熱氣騰騰眞難受，臭煞了誰是償命人？越思越想心中恨。這個點有個來歷，我已是看透三分。

罷了，罷了！只得背去。下。張春說怎麽這保正不來了？叫人去看看。乾噦②道臭死了，臭死了！半箭地歇了三歇，又把張龍扶起，看了看說這一個還好，只撒了一泡尿兒。背起來走了。下

張春回來對老爺說張龍、李虎已是着保正背去了。老爺說爲何不叫地方呢？張春說想那翻人時，他偏向那李大，略略報答③報答他。合菴在旁大笑說大爺，你報的忒也分明了！老爺說你絲毫的報人，只要絲毫的不着人報纔好哩。

大哥哥窄心腸，心裏難容半點糠，一絲仇生死不能忘。我既存心是這等，也要自家細思量，人心裏也合咱是一樣。要知道爲人在世，休逞那勢力剛強。

詩曰：他如駡我我還他，報應分明更不差；

怨恨不忘他日報，定然不肯惹仇家。

【校】

［一］解子：盛本作“解”。

［二］操烘：蒲本作“棗紅”。

［三］他兩人：盛本作“兩人”。

---

① 痾：同“屙”。排大便。

② 乾噦：乾嘔。

③ 報答：報復。

第二十九回　初討三山

周、王二秀才上咱自從充軍來家，不覺已是三年。我聽說任大王山上一發興旺，招集了兩三萬人馬。昨日又短[①]了皇扛[②]，教軍門賠了十二萬。

［耍孩兒］大頭領任大王，有義氣又忠良，如今山上極興旺。軍門賠了十二萬，吃虧不敢告君王，只說毛賊無妨帳。被幾個混帳官府，撥弄的日月無光！

我意料山上興旺，朝廷家治不的，必然要招安他。怎麼不見動静？必是朝廷還不知。我看任大王也不是决不受招安的。張鴻漸老，一歲三遷，名望甚好。

必得個好賢官，他纔肯受招安，這事還得張鴻漸。他做翰林纔四載，如今吏部做天官，不久要到文華殿。若能得此老一動，宋公明必下梁山。

王秀才說許仁菴也有此意。他合鴻老有個瓜葛，前日他去都中望他，說他要合鴻老說說，到如今不曾回來。周秀才說許仁菴蘊蘊吐吐[③]的，就說也說不到是處。依着我，還得咱二人敬去一回。

許仁菴蘊蘊吐吐，說者也道之乎，含着骨頭漏着肉[④]。說話說的不痛快，那鴻老怎肯上一疏？這事還得親身去。你若是不辭勞苦，偺兩個敬上京都。

王秀才說極妙，極妙！咱明日就行。二人攜手出了門。王秀才說請別了。各人收拾行李，明日十里長亭相候。許仁菴上，二人說呀，那不是許仁菴麼？相遇拱手說久別了！極好，極好！請回，咱同上周大哥那邊一敘。三人同行

叫一聲仁菴兄，不知你回家中，洗塵酒還沒奉。俺兩方纔正議論，你的志

① 短：搶劫。

② 皇扛：即“皇綱”。官員向皇帝進獻的禮品、貢品等。《五美緣》第七十九回：“但咱家昔日一人一騎，劫了皇家八十三萬皇杠，身犯大罪。”

③ 蘊蘊吐吐：說話不直接。

④ 含着骨頭漏着肉：說話吞吞吐吐。清代曹雪芹《紅樓夢》第八十八回：“你要我收下這個東西，須先和我說明白了。要是這麼‘含着骨頭露着肉’的，我倒不收。”

向與俺同，這回必定消息動。世間的一樁好事，却讓你獨占頭功。

你到都中有個意思麼？許仁菴長吁了一口氣，說了不的，了不的！二人說怎麽樣？仁菴說如今成了禍事了！

我合那鴻老言，他到也不作難，一本直上金鑾殿。誰想萬歲冲冲怒，毛賊不消去招安。精兵發了十數萬，選了個勇猛上將，領兵去直搗三山。

張鴻老上了本，朝廷說："不過是些毛賊，怎麽值的招安？那軍門、總兵是做甚麽的？"鴻老說："萬歲不知，那邊兵馬已是敗過幾次。"朝廷大怒，說："有這樣事！我這一邊拿問一干奴才，一邊遣精兵十萬，前去征討。"我出京時，已奉旨了，想是如今兵馬已行了。這不是給任大王惹下禍來了麽？

張鴻老義氣多，就上本不磨陀，得了不止人一個。如今到弄的大不好，朝廷立刻動干戈，好心腸反成了彌天禍！甚懊悔當時多話，到如今可待如何？

周秀才聽說大笑。二位說你笑甚麽？周秀才說二位聽我道來。

那衛所十數營，幾回戰幾回爭，官兵何曾一陣勝？今日發了兵將去，大王韜略最精明，還愁片甲無餘剩。若殺的虧喪兵馬，可方纔幌動[①]了朝廷。

那大王武藝又精，兵法又通，那邊總兵合軍門都征他不下。這一回若是那官兵大敗，朝廷纔知道不是毛賊，到那時方纔着人去招安。

草野的小書生，打夥兒講朝廷，沒人處侈口[②]談朝廷。如今發了兵十萬，明盔亮甲出燕京，將來未見勝不勝。咱且聽下回分解，不兩日便見分明。

都起來說咱且散去，靜聽消息何如。請了，請了！並下。金總兵甲胄領兵上云

頭戴金盔鳳翅展，身披鎧甲黃金板；帶內常彎百石弓，箭似小槍三十杆；一口寶刀耀眼明，一杆鐵鎗十斤纂。攻城破陣我當頭，對面廝殺何人敢？萬馬營中走似飛，人說渾身都是膽。有人問我名合姓，北京上將金斗滿。我乃十三營掛印總兵金無敵是也。奉聖上旨意，領兵十萬，去征任義，管取手到擒來。

［乾荷葉］憑着俺一杆鎗，生鐵攮透；一騎馬跑將去，直取人頭。誰忍煩，弄機關，退前擦後？殺人如切菜，半個不存留。會跳的乖子，看你那裏

---

① 幌動：驚動；引起震動。

② 侈口：誇口。《初刻拍案驚奇》第三卷："（東山）便侈口道：'小弟生平兩只手一張弓，拿盡綠林中人，也不計其數，並無一個對手。'"

走！

叫三軍。衆吶喊一聲。吩咐各按隊伍，殺將前去！衆又喊了一聲，並下。任大王上，叫大小僂儸。答應有。（大王說）二位王爺到了不曾？答應說到了。大王說傳他進來。東山大王李傑、西山大王趙勝，進來作揖說大哥有何吩咐？任大王讓坐，說道二位賢弟，今有軍機大事相商。

朝廷家發了兵將到山下，要把咱一干人盡數擒拿。咱如今可也該犯個招架，趁他纔來到，人困馬也乏，略使一點小計，生擒了金二傻。

朝廷家差了金總兵，綽號二傻子，有勇無謀。李賢弟，你領兵一萬，在東邊埋伏；趙賢弟，你領兵一萬，在西邊埋伏。諒着[①]他的人馬過起大半，放礮爲號，一個往東殺，一個往西殺，冲斷他的隊伍；我自己領兵，冲他的前鋒。再者：離山十里，掘下陷坑，我引兵趕來，可以生擒活捉。

朝廷家發了兵足有十萬，這一回不尋常勝敗關天。大家要抖精神出馬大戰：一個往西闖，一個往東鑽，我冲他的中營，殺他個細布捲！

二位賢弟，各加小心。請了！並下，金總兵上

俺領着雄兵馬足足十萬，安排着一行人平蹅三山！裹將來就會飛也難逃竄，一齊殺將去，休要放鬆寬！若走脫一個，剜了兩隻眼！

離山不遠，各人小心！衆人大喊一聲，吩咐催馬走動些。忽然號礮一聲，兩大王左右殺出，三軍大亂，趕殺下去。任大王領兵殺到，與金總兵頂頭相遇。金總兵大呵山賊！如何用奸計，搖亂我三軍？看我取你首級！大戰一回，任大王拍馬就走。金總兵說好反賊！那裏走？趕將下來。追了數里，任大王回馬說好好不識世務！我看初來，讓你一陣，如何只顧逞強？看我梟你的首級！兩個又戰

金傻子你不要只顧作怪，這一回要叫你甲卸盔歪！你可也不知道大王的利害！我這裏一鎗去，你那裏一鎗來，弄掉了你乜吃飯的傢伙[②]，難把架兒摔。

金總兵喝哇！我誓要殺你這反賊，以解我恨！任大王又敗，金總兵又趕。正趕之間，落墜陷坑，一骨碌張下馬來，一羣僂儸將他綁縛起來。金總兵大叫要殺便殺，待綁老爺怎的！任大王也不理他，綁起來，擡上山去了

---

① 諒着：估摸着。

② 吃飯的傢伙：腦袋的詼諧說法。

金總兵甚稜掙極難招架，若合他講兵法知道甚麼？全不顧生合死人皆怕，到處得了勝，就說是通家。俺略施一點小計，捉了個活二傻。

到了山上，任大王親自給他解綁，說驚唬呀！金總兵大聲說道偶中奸計，我唬甚麼！大王說拿酒來，給金老爺壓驚。金總兵說我不吃乜賊酒！倒是快些殺了，甚自在。任大王說你不過一勇之夫，敵一人而已，你能怎麼？金總兵說你敢合我鬬力麼？任大王笑道你忒也自大了。快拿兵器來，咱以棍當刀罷，看刀傷了性命。金總兵說刀槍甚好。任大王說我原是個好意，怕那刀槍鋒利。每人拿起了一根[一]棍。趙勝說不用戰鬬。我拿着這棍在此坐着，你若奪了去，我就服你是條好漢。金總兵果然就奪。趙勝全然不動。金總兵使的汗[二]流氣喘，被趙勝送了個仰面朝天。都花[三]然大笑。金總兵氣的啡啡的①說你敢合我鬬兵器麼？李傑拿過棍來說我是山上個鋪囊的，你贏了我，再着強些的合你比幷。二人鬬了三合，李傑架住說不好。咱不過耍耍，你來的狠狠的，是要着實的下手麼？金總兵大叫說實落下手，誰讓的誰！兩個又戰了幾合，被李傑一棍打倒。任大王慌忙扶起，說道虧了不是兵器。金總兵被打的重了，直不起腰來。李傑忙給他捶腰，說得罪得罪！金總兵滿面羞慚。任大王說吃了酒飯，可送金將軍下山。金總兵說既不見殺，即還我馬來。僂卒牽了馬來，說道這馬在坑裏抷②瘸了。金總兵騎上瘸馬，下山而去。三大王大笑而回

詩曰：傻子負疼歸去，見人誰敢說嘴；
　　　借問此行何似？人馬兩條瘸腿。

【校】

［一］根：盛本作“個”。

［二］汗：蒲本作“漢”。

［三］花：盛本作“嘩”。

---

① 啡啡的：氣喘吁吁的樣子。

② 抷：疑為“搲”，即“崴”的借字。

第三十回　鴻漸廷爭

二秀才上俺爲那招安的事情，來求張鴻老，未知何如。走了十來天，纔來到京都。你看城池宮殿，好威武也！

［耍孩兒］看京城大規模，皇城耀的這眼也烏，半天宮闕無其數。南京紬緞千家賣，百十個大店賣珍珠，一條街多少食店鋪！你看那人煙熱鬧，不枉了帝闕皇都！

聽的說鴻老住在右大人衚衕，前面便是。那不是他的老家人王孝來了？見介，王孝說二位相公幾時來的？二秀才說適纔進京。敬來望爺，煩報一聲。答應是。張鴻漸上，家人報道家裏有二位相公來見。鴻漸說快請。王孝跑出來說老爺有請。二人進門，鴻漸已是迎出來，拱手說道客房裏作揖。二人就待下跪，鴻漸忙還禮。起來坐下，二人問了安。鴻漸說久不相見，向來在何處？二人說一言難盡了。

問充軍上遼陽，路遇着任大王，殺了官差把俺放。又贈盤費十數兩，教俺歸去務農桑。不敢歸，恐怕仇人撞，只等到郊天大赦，俺可纔同返故鄉。

鴻老說這兩日朝中正議論這一夥強寇，昨日敗了官兵，不日要發大兵二十萬，要去剿滅他。周秀才說這人倉卒難以剿滅，他智勇雙全，遠近百姓都委服[①]他。有寃枉事不去告官，到去告他，他就能興利除害。

上下官一樣昏，只知道愛金銀，官司半年還不問。上堂只把火耗打，使一個錢是抽條筋，全無皂白只胡混。若告在大王案下，立刻兒斬殺留存！

因此左近的官員，都不敢大貪，怕他興兵問罪。

他又義他又仁，只殺奸賊愛好人，不傷天理人心順。他有萬夫不當勇，胸中兵法又如神，對大敵也敢沖前陣。若得他招安受職，邊塞上能立奇勳。

若是招安了，倒可以給朝廷出力。鴻老說我聽的說：那府院招安了兩次，他不肯投降。秀才說那軍門招安他，朝廷又不知道，他如何肯服？如今得差一

---

① 委服：委身聽從。

位大臣，奉旨招安他，想他也沒有梗[①]處。聽的許仁菴說，老先生曾上過本，不知那本稿上甚麽言語？求那稿兒一看。鴻老說我何曾上本來！就是在朝房裏，說到招安，便與人議論不合。昨日金總兵敗了，此時正求添兵。添上兵將勝了，也不免損傷大隊；若再不勝，一發損了威重[②]。二秀才說

那大王智謀多，斷不肯束手縛，殺他一𢰅也自己傷一個。况他能戰不曲縷，百萬兵他也戰百合，天兵只怕一脚錯。倒不如招安爲上，老先生意下如何？

鴻老說我原有此意。一來是許仁菴說不詳細，二來是主征者多不知深淺，妄行啓奏。設或他不受招安了，他再有差池，這個關係不小。二位兄長每日見他，知他情性，可以保的穩麽？秀才說若是聖上准了本，俺兩個就去說他。

若聖上允招安，俺先去說三賢，他單騎來相見。不必多代人合馬，此行只消一員官，他性情直壯無更變。但得個賢良君子，纔可以取信三山。

鴻老說朝中有人，就是這等。二位兄臺上書房安歇，待我修本，明晨就上。同下

張鴻漸上呀，天已黎明，文武將到。待俺上朝。

戴朝帽整衣裳，騎大馬上朝堂，出門已是東方亮。有意民生合國計，就該當面奏君王，不合衆論無妨帳。前已是紛紛爭辨，這一回不用商量。

黄門官上云宮中催曉箭，殿上整朝儀，淨鞭[③]三下響，文武拜丹墀。金鐘三下，萬歲登殿來也。朝廷坐了金鑾殿，百官朝罷，皇帝便問山裏那夥強寇，原說是夥毛賊，怎麽這樣猖獗？兵部尚書毛義奏說原是金英忽略了。他請再發兵二十萬，自然一掃蕩平。他就有三四萬人，也不成氣候，何勞萬歲慮。鴻漸急走上去，跪下說自臣看來，不如招安爲妥。臣有本章，請萬歲過目。升上本去，看了一遍，便問衆文武，以爲何如？毛尚書說萬萬不可！

講招安這計差，那山賊井底蛙，不知天勾多麽大。如今選兵添將去，平蹖了三山值甚麽！毛賊難說征不下。敗一陣便講合好，也恐怕被人笑話。

張鴻漸說你聽我說。招安有四利，添兵有四害。

---

① 梗：阻擋。

② 威重：權威。《隋書·列傳》第十六卷："晟以牙中草穢，欲令染乾親自除之，示諸部落，以明威重。"

③ 淨鞭：也叫"靜鞭"。黄絲編織而成，鞭的梢部塗有蠟。響淨鞭的目的是要大家安靜。《水滸傳》第七十八回："只見殿頭官手執淨鞭喝道：'有事出奏，無事卷簾退班。'"

你這話大不然，雖費不着你家錢，添上兵就得幾百萬。况且殺人一萬個，自家也要損三千，兵到處百姓遭塗炭。賊也有長才可用，我纔說不如招安。

毛尚書厲聲說這征賊惜的費麼？張鴻漸說費還是小事。我且問你：能必然平了麼？毛尚書說必然平了！鴻漸說你自己去麼？毛尚書說招安你自己去麼？鴻漸說我就去。你敢答應一聲麼？毛尚書說有甚麼不敢！旁裹惟有戶部尚書說張逵說的是。一班武臣都說毛義說的是。皇帝說那賊有三四萬，發十萬兵便不少，何必多添兵，耗費軍糧？毛義，你可親去監軍。誰可同你從征呢？毛義說總兵趙勇！副將劉奇。皇帝說可宣他即日起行。毛義說臣部中事煩，教他兩個去罷。鴻漸說你主着要征，必是胸中有了成算，你不去成不的。况且上奉君命，你還要躲奸[①]？成了就是你的功，敗了就是別人的罪？

既然說賊易平，必是你兵法精，殿頭况奉君王命？成了便就是你的計，差一籌就歸罪趙總兵，這機關到底不干淨。你來回三月奏凱，我得罪登門負荆。

皇帝說毛義既有成算，親去指揮指揮也好。今日就行。毛義領旨下殿。出了朝門，趙總兵合劉副將便來參見。毛義分付各營裹點兵，今日還要起行。二人答應了一聲得令。下。毛義說今日吃了張逵的大虧，罷了，罷了！有這十萬人馬，兩個拿他一個，料想也不差的。下。張鴻漸到了家，對二位秀才說其事不成。在聖上面前，合毛義嘔了多少氣，叫他自己領兵去了。看他分了勝負，再作道理。二位秀才說事已不成，俺二人就此告別了，回去家中，聽候便了。鴻老說再住幾日何妨？二人說已是厚擾太多了！鴻老分付每人贈路費銀十兩。遂說倘用着二位，我自有信到。請了。

詩曰：利害分明漫說陳，是非已聽聖明君；
　　　雖然勝敗難先料，已是傷財又害民。

---

① 躲奸：此指躲避責任。

第三十一回　再征三山

毛尚書上云尚書領兵坐團營，部下貔貅[①]兵百萬，劍戟叢中人殺戰，麒麟閣[②]上俺標名[③]。俺乃尚書毛義。吃張逵的横虧，叫俺領兵去征戰，也罷了。俺統着十萬大兵，又打上趙勇善於用兵，劉奇一員猛將，那見的不能成功？況有五百親丁，走馬善射，護着我一人，甚麽相干，甚麽相干！

［桂枝香］尚書部院，領兵十萬，趙總兵足智多謀，劉副將驍勇敢戰，平蹀三山，教張逵渾身是汗！寶刀出鞘，雕弓上絃，破上兩個拿一個，管取鞭敲金鐙還。

任大王上着人拿令箭去傳兩位寨主，可到了麽？答應剛纔到此。大王說朝廷差了個尚書，領了十萬兵來，二弟可曉的麽？答應知道。任大王說那尚書知道甚麽；只是那趙勇，他曾上過大陣，可要隄[一]防他。他因着金傻子敗了，必定意料三山人馬都在一處，他必然留下毛尚書屯兵山下，那二將却分兵搗那兩山的巢穴。您二位回去，率領人馬都在途埋伏，他若來時，放他過去。我在山頭瞭望，他兵出營後，我領三千鐵甲，直闖他的中營；二將聽的喊聲起，知是中營有失，必定回馬救護。等他兵過，你可趕殺回來，叫他首尾不能相顧，咱却一味亂殺，那時毛義可擒矣。各人安排，不可怠慢。我也要去途中埋伏，不在山寨了。二人吶喊一聲得令！並下

尚書毛義，全憑聲勢，聽說他依仗威靈，見了人好喘粗氣[④]，把三山會齊。俺這裏略施小計，那尚書雖大，兵年何知？將來勝負還無定，先要砍倒

---

① 貔貅（píxiū）：古代傳説中的猛獸，多比喻勇猛的戰士。傳統風水學中被視為吉祥之獸。

② 麒麟阁：漢宣帝時將霍光等功臣的肖像畫於閣上，成為人臣的最高榮譽。後世多有仿效，以示功勳卓越。

③ 標名：揚名。

④ 好喘粗氣：喜歡吹牛、說大話。

他坐纛[①]旗！

大小三軍，跟我山後埋伏。衆人大喊一聲，下。毛尚書領兵前行，傳令道前離賊不遠，就此安營。

平原無礙，安營下寨，密匝匝燕雀不飛，齊臻臻天神還賽，把旌旗搖擺，教賊人魂飛天外。遶山三匝，無縫可開，任你走上雲霄外，也要騰雲拿回來。

趙、劉二將上，毛尚書問道二將有何高見？趙勇說他知道大兵來到，必然調集東西二山的精兵，保守山寨，那兩處的人馬，必定不多。那金英來時，他三山的賊俱在一處。依小將的愚見：趁夜間他料咱遠來乏困，不作準備，俺兩個分兵直搗他兩山的窩巢，取他的輜重糧草，燒了他的房帳，蕩平兩山，先去了他的翼毛。老爺只坐定團營，營中的勇壯不少，把守山口，不放他下山救護便了。毛尚書呵呵大笑說此計大妙！二人領兵而去。毛尚書說趙勇眞是將才！俺保舉的不差。

計謀一定，那有不勝？只要把山徑守牢，不依他下山救應。按大炮撲咚咚，又打上箭長弓硬，兩山無救，掃蕩賊營。雖然不得全平定，也算初來第一功。

那山後剔陡[②]石崖，不用招架的，就是前三面出路，須用車輛樹頭[③]緊緊塞斷；却安下大礮、弓箭、鳥槍、輪流看守。衆喊一聲。又問山上有甚麽動静？答應並無動静。毛尚書說既然如此，待老爺解衣摘帽，略臥片時。如有消息，報我知道。答應是。方才睡倒，有人來報有兵馬行動。毛尚書跳起來說呀！山上既無動静，兵馬何來？想是二將回來了。又報賊兵殺來了，老爺快上馬！毛尚書歪帽披衣。衆人說道給您的衣帽，都快穿上！穿還未了，任大王殺進營來，聲聲吶喊，各人四散逃走，並下。趙勇聽的殺聲，說呀！俺已是將近賊巢，遠聽的喊殺之聲，只怕中營有失。待俺回去。纔走了半里，忽然李傑殺出。趙勇慌忙且戰且走，下。劉奇正往前進，有人來報中營已被賊劫了！劉奇聽說，疾忙撤兵回去救援。纔待放馬，趙勝殺出，大喊一聲，把行陣冲亂。劉奇大怒，大罵山賊！看我取你！戰了三合，黑影裏

① 纛（dào）：古代軍中大旗。

② 剔陡：非常陡。剔，非常，很。

③ 樹頭：樹冠。唐代王建《宫詞一百首》："樹頭樹底覓殘紅，一片西飛一片東。"

被嘍囉一撓鈎[①]，拉下馬來。待要綁縛，他抽刀自刎而死。那些兵卒殺了大半，其餘逃散，下。任大王趕殺衆兵。嘍囉大喊一聲拿住毛尚書了！任大王說既拿住毛尚書，鳴金收兵。下。趙勇奔上，跌足搥[二]胸說果然中營喪失，兵將四散。毛老爺必被擒獲，俺怎麽回覆聖上？不如自刎罷了！抽出刀來，被衆人奪去。有敗兵逃回稟道劉副將自刎了！趙勇又哭說要這性命怎的！衆人說老爺還是跟尋[②]毛老爺的下落。如今殘兵還有幾萬，還可以迎敵，咱向南尋找纔是。衆下。任大王大笑道那毛尚書來，被俺略施小計，只殺的四散奔逃。有功的快來報功。一兵卒說我拿住的毛尚書在此。大王說代[三]上來。一人代上前跪倒。大王說看你貌相，不像一個尚書。那人說實實不瞞，小的是賈成。大王說奇怪！怎麽假充尚書？賈成說毛老爺恐防有失，俺一班六個，都有鬍鬚，叫俺都穿着他的衣服。大王說毛老兒雖則無謀，倒也詭詐。又一卒上來說代了毛尚書在此。大王向賈成說他是個眞的麽？賈成說他是尤位。那卒子說你說你是眞的，怎麽又是假的？尤位說我說是假的，就來不到這裏，便割了首級了。大王大笑

好謀好計，央人代替，俺只說擒住魔王，一霎時兩個毛義。這事出奇，眼睜睜被他逃避，如魚脱網，馬不停蹄。想來天數該如此，事到而今後悔遲。

把這兩個假的，那臉上都刺有尚書毛義四個字，放他回去。衆喊一聲，將二人押下。兩山寨主都來獻功。任大王起來說有勞二位賢弟。下山一戰，官兵四散，可惜這個毛賊，眼睜睜教他逃竄！天數當然，必着他心驚膽戰。嘍囉犒賞，把酒成歡。這回毛賊魂靈怕，再來恢復難上難！

兩山寨主獻上人頭。任大王問道這是何人之頭？答應是劉副將。任大王說不該殺他，只當活捉。趙勝說安心要綁縛，他便自刎了。任大王說罷了罷了！若天子震怒，咱只殺出關外去便了。咱且飲酒去。下。趙勇道便一路想來尋那老爺，也免不了失機的重罪。這人馬還有多少？衆應道兩營還有二萬餘。趙勇說還可成功。今日且圖一個將功折罪。快回去。我料他山中得意，必然大吹大擂，不作準備。着幾個能的[③]爬過牆去，先到糧草廠裏，放起火來，開了他的寨

---

① 撓鈎：長柄的倒須鈎。《初刻拍案驚奇》第二十四卷："便叫幾個家人，去拿了些粗布繩索，做了軟梯，帶些撓鈎、鐲叉、木板之類。"

② 跟尋：跟蹤尋找。

③ 能的：本領不一般的。

門，我領兵齊進，可以捉住賊頭。衆應道老爺吩咐，不敢不從。下。三大王開懷暢飲。趙勝大醉睡倒。任大王說趙賢弟酒量不佳，便已大醉。咱也各人休息罷。有人來報草廠裏失了火了！任大王說快牽馬來。不是失火，必是賊兵。快去點上信礮。連放了兩聲大礮，任大王合李傑上了馬。趙勝推搖不醒。那官兵已是殺人。任大王在前，李傑在後，殺將出來。說這一條小路無人，就此下山。那東山頭目聽的信礮，代了三千人馬。任大王說不必上山，有西山的人那邊攻打。你可留一千人在此吶喊，以助聲勢。你領三千人從我去前邊埋伏。衆下。趙總兵代領人馬，殺入山寨，綁了趙勝。大小嘍囉，四散奔走。忽聽擂鼓吶喊，說救兵來了！急忙收括了金銀，引兵下山。兩山人馬，截住廝殺。趙勇當先殺出。兩軍混戰一陣，且戰且走。任大王大喝一聲，把行伍沖亂。趙勝綁在馬上，殺散官兵，奪將過來，割了繩索，還有醉氣。兩大王率兵亂殺。趙總兵前後不能相顧，纔撥馬逃走而去。任大王趕殺數里，方纔收兵回山。

[鷹兒落][四]一刀刀俱砍着硬頭顱，一槍槍俱攮着揎泛①肉，腥登登只殺的血成渠，亂穰穰只死的尸滿路。那將軍心也服，那官兵骨也酥。賊徒這一回却難放，分勝負幾也麽乎，山上窩巢一旦無！

也是俺自己粗心，受此大禍，他却也不曾占了便宜去。山上火未必息滅，可便速速回山救火。下。毛尚書道這賊好利害！俺幾乎性命不保。不知離山幾十里了？毛尚書說俺走的人困馬乏，可以下馬歇息，下馬歇息，再作打算。方纔坐定呀，聽後邊鸞鈴響亮，若是賊兵追來，咱盡數人性命休矣！我身飢乏，不能動履，只是由命而已。趙總兵道誰想又吃了一場大虧！一個賊頭被他奪去，空割了些首級，成甚麽功勞！前哨來報毛老爺在前邊。趙總兵走近前，下馬相見。毛尚書說你如何來到如今？趙總兵說一言難盡了。

[僥僥爺][五]兩下分兵去，誰想中奸謀，大兵折了無其數，劉副將命嗚呼。

毛尚書哭着說聽的傳言，還望不的②。傷了營頭，何以見君？

[收江南] 呀，早知道這等樣難做，呵，如今懊悔不當初！大兵折了無其數，俺再四躊躇，有何顏面上京都？

趙總兵說末將望想要將功折罪，出其不意，夜間殺上山去。毛尚書說好好。後來呢？

---

① 揎泛：鬆軟。

② 不的：不確切。的，确实。秦观《淮海集》："不因霜叶辞林去，的当山翁未觉秋。"

［香柳娘］俺亂殺賊徒，誰想他有人救護，又半路埋伏，把個賊頭生劫去。

兵折了多少？趙總兵說大兵十萬，如今不足六萬了。末將想來，五萬多兵還可以立功。咱在這附近州縣，休息幾日，再回去殺賊滅寇。

俺向上京都，怕天顔震怒。有五萬兵卒，殺賊成功還可做。

毛尚書哭着說罷罷！十萬兵還不濟事，何况去了一半？留着這老頭歸去正法。強似被賊砍去。回京便了。

［清江引］低下頭來細細的想：回京方爲上。一樣吊了頭，還得領去葬，強似把老尸首在山坡被仰。

詩曰：大兵十萬半殘傷，馬上懨懨氣不揚；

萬轉千回無好計，帶將頭去聽君王。

【校】

［一］隄：盛本作“提”，蒲本作“堤”。

［二］搥：盛本作“槌”。

［三］代：蒲本作“帶”。下同。

［四］［鷹兒落］：盛本作“［鷹兒落帶得勝令］”。

［五］［僥僥爺］：盛本、蒲本作“［僥僥令］”。

第三十二回　招安三山

張鴻漸上這兩日聽說天兵大敗。老毛回來，看他有何面目去朝聖上。

［要孩兒］毛尚書太不仁，分明無知又裝人，這回體面全丢盡。折了兵將五六萬，丢了朝廷百萬銀，殺了他難解心頭恨！聽說他大軍已到，可看他怎見明君。下

毛尚書、趙總兵自縛上昨晚歸京來，今早去朝受死。朝房裏文武百官，都來問候。看見張鴻漸，便扭過頭去。朝賀已畢，聖上便問毛義呢？兩個上前跪倒說臣該萬死！朝廷說既不知兵，如何主定征討？又叩頭流淚說臣該萬死！臣該萬死！聖上

説孤且從寬，革職免死。二人叩頭謝恩而去，下。聖上説諸臣有甚麽良策？戶部王慈奏説府庫空虛；招安爲上。問誰可以去的？一班文武俱説張逵發的議論。聖上説張逵，你可前去招安。張鴻漸説臣就即日起行。又問你可領多少人馬？張鴻漸説臣不用兵馬。

萬歲爺莫商量，臣單鞭就起行，發一兵就得一兵餉。臣只一身往那去，代[一]着十數個做伴當，不講殺那用兵合將。只憑着至誠相待，管教他解甲歸降。

聖上説不然。大敗之後，不領一兵，他必笑天朝不能征戰，纔去招安。張逵説萬歲見的甚是。待臣去後，不妨發兵數萬，到半途揚威，却不必前進，以震軍威就是了。朝散以後，張鴻漸回到官所，修書一封，着家人連夜送到家，給周、王二位相公，每人送他白銀三十兩、良馬一匹。家人答應而去。張鴻漸也就收拾起行

奉聖旨去招安，急攬轡上雕鞍，前行只將程途盼。人人看着招不下，料想一去即周全，事情原不由人象[二]。起身時諸人暗笑，俺奉命何敢辭難？下。

任大王上俺自從殺退官兵，差人上京探聽消息，至今還無消息。

[皂羅袍] 俺這裏哈哈大笑，略粗心吃他大敵，五百嘍囉盡被梟①。虧了後陣還能報，殺殺砍砍，他也難招。同弄機，只在妙不妙。

怕那裏此仇要報，他必然怒氣沖霄。俺這威風似海潮，那怕百萬天兵到。覺着不穩，扯腿開交，殺透重關，外國登時到。

趁此今日閑暇，去請二位寨主來飲酒便了。答應一聲，旋即來報趙王爺到。任大王迎着説妙哉！正待去請，恰好就到。趙勝説連東山也不必去。昨他因着京師信息將至，差人去約我，今日同到大哥這邊，不時即到。旋即來報李大王爺到了。兄弟坐定。任大王吩咐看酒。

俺前日偶然懈怠，被殺的尸滿庭階，一個醉漢綁起來。虧了天幸還無礙。消息未動，早早安排，各處小心，俱要鎗刀快。

趙勝鼓掌大笑

那時節酩酊大醉，綁起來也不知是誰。渾身疼痛甚難爲，放倒頭還要昏昏睡。捆縛馬上，吃其大虧。解了繩兒，醉氣方纔退。

李傑説咱也要打算。

---

① 梟：殺頭。

大哥哥眞乃妙計，殺的他馬不停蹄。今日用兵如下棋，他必然還有一着遞。朝廷勢大，常犯抵敵。尋個常法，不受官兵氣。

當下仗大哥威靈，自是無妨。但朝廷家日日來征，也不是常法。任大王說賢弟說的甚是。等京中人來，再作道理。有人來報京裏人來了。進去跪了一跪。任大王說怎麽來到如今？答應說起初聽的說，朝廷要招安，差一個侍郎。後來又聽的說待發兵。我等着那侍郎走了，朝廷家差了楊都督點兵，我纔走了。李傑說既然招安，後邊便率兵來征。趙勝說大哥有何高見？任大王說預先定不的。

［要孩兒］既朝廷要招安，差了個大大官，看他怎麽來相見。那官不知是誰人等，要他忠誠素日賢，方纔不受人誆賺。若還是言語不對，咱寧只死守三山。

又來報到那周、王二位相公來了。任大王說奇哉！他兩個千鄉百里，到此何爲？快請快請。三位大王都迎出來。二位秀才給任大王叩頭，又合兩大王作揖，落了坐。二位問了安。任大王說二位何事到此？周生說就爲那招安的事。大王說請講來意。

毛尚書要征山，張鴻漸主招安，今番就差張鴻漸。他說興兵傷人馬，又聲聲稱贊大王賢，將來還有本章薦。他爲人梗直①義氣，不比那邪僻奸貪。

任大王說哦哦，這來的就是張鴻漸麽？二秀才說依着他，昨日就無有這次爭戰。他前日有書來，因俺們稱頌大王的好處，他便以此相託，叫俺道達來意，所以星夜前來。

把實情告大王，他來只有幾伴當，一行並無兵合將。三位大王商議定，接上山來也無妨，他原灑落無官様。到可以心口相信，俺合他自幼同窗。

大王說鴻老俺也久聞他的大名，既可相信，俺豈有不願招安的？但聽說鴻老行後，又點兵調發，這是何意？秀才說這個却不知。想是朝廷怕大王不服招安。若有他意，何必又欽差大臣？大王說只怕鴻老是個賺局[三]。秀才說必不然的。

這個說必不然，他待朋友信義堅，從來出口無更變。鴻老來時問端的，好歹聽聽他口中言，那時進退從君便。若遇後有何反覆，他就能一力承擔。

有人來報探的張老爺離山只有兩程了。二位說俺不飲酒了。鴻老既不遠了，

---

① 梗直：即“耿直”。

俺迎上前去，先問他一問，大王好作準備。大王說我也不逗留了。請了。送去二位相公，回來說二位意向何如？李傑說小弟原有此意。

咱在此據三山，又不圖占中原，又不圖坐金鑾殿。眼下興隆也甚好，將來的結果難上難。兄臺必定有高見。依我說投誠①極好，俺從此解甲耕田。

任大王說正合我意。連日聽說，那蒙古韃子來放槍[四]，那大兵也犯個招架，必不能就到這裏。我心裏自有排鋪②。

若大兵到此間，逼着俺去招安，俺可破死還交戰。勾連了蒙古騷達子，大家齊去殺楊蕃，那大兵不怕幾千萬。便從此接連外國，說不的佔據江山。

咱且各回營寨，伺候交兵。等二位相公來此，再作商議。

詩曰：百萬天兵亦不妨，自有妙計與刀槍；

進退不難一日定，單等都中張侍郎。

【校】

[一] 代：蒲本作“帶”。

[二] 象：根據韻腳的情況，疑為“豪”之誤。

[三] 賺局：蒲本作“騙局”。

[四] 放槍：當為“放搶”。

第三十三回　大王破敵

張鴻漸上俺奉旨招安，來到永平。聽的說有外國犯邊將來，不得不日夜趲行。急走揚鞭介

[倒扳槳] 走忙忙來走忙忙，不料強寇犯邊疆。只恐失落朝廷的敕，如何復命見君王？如何復命見君王？急慌張，揚鞭走馬望山崗。

---

① 投誠：歸順；投降。

② 排鋪：計畫，打算。《金瓶梅》第三十四回：“你倒且是會排鋪賺錢！”

呀，你看這邊人家，各安生理[①]，並無逃避，想是不知北兵將至。去山不遠，咱且下馬，歇息歇息。二秀才上，鴻漸迎着說二位來了幾日了？答應五日了。又問事體如何？二位說大王聽老先生來，極喜歡。只是聽的都中又發兵，不免疑心。鴻老說這何必疑？焉知此來他就受了招安麽？他屢屢殺敗官兵，若是不受招安，豈有置之不論的。弟來時，囑咐他不必前進，只在半途聽信。况今日外國犯邊，他如今奉命征討，也是有的。二位說俺也意料到者。鴻老說大亂不過百里，怎麽此處人民不驚慌？二位說道那北兵來不到此處。

［耍孩兒］任大王名遠傳，好一似雷震天，北兵那個敢相犯！我等前番問了罪，在此住過好幾年，也曾遭過北兵亂，到處裹搶劫虜掠，惟此處村舍平安。

既無他意，俺急急回山，叫他鼓吹來迎。鴻老說他無他意，小弟也就行了。二位說老先生還要持體。請了。下。三大王上白咱們寨外望望。趙勝說那不是二位來也？二人近前說有跟去的人聽着來，他說那官兵在途中聽信，也來不到這裏。他說他以至誠待人，大王既無二念，他後邊來矣。雖然如此，大王既歸了王化，必須要尊國體，可備鼓樂旗幟，前去迎接。大王說極是極是！三人整了衣冠，備了鼓吹[②]礮手，迎下山來了

［倒扳槳］下山擺列兩行人，鼓樂喧天旗幟新。俺今回首歸天子，不作明朝化外民；不作明朝化外民，已稱臣，從此不敢殺官軍。

原非心愛據山頭，官刑逼迫不自由。今日投誠接聖旨，發馬興兵不用愁；發馬興兵不用愁，做營頭，單刀匹馬望封侯。

遥望見一簇人馬，必是來也。待俺下馬。張鴻漸上聽的鼓吹，想是山上來也。二秀才急忙上前三位來奉迎了。鴻老下馬，三位鞠躬說遠勞張老爺。鴻老一手拉住說三位堂堂儀表，可爲朝廷的棟樑。今日相見，不勝歡喜！即請上馬同行，還要到貴寨取擾。

威儀表表盡英流，眞是當今第一籌[③]！可惜三條好大漢，幾年望後在山

① 生理：生活；生計。王曄《桃花女破法嫁周公》："我夫主亡化之後，全虧這孩兒早起晚眠，營幹生理，養活老身。"

② 鼓吹：樂隊；樂器。《北史·列傳》第三十九卷："及通名謝，敕令早發，別賜錢帛、鼓吹、醫藥，事事周備。"

③ 第一籌：也叫頭籌。第一名。

頭；幾年望後在山頭，莫擔憂，投誠何患不封侯？

大王說蒙老爺過獎了。

解甲投降是本心，大兵逼迫甚羞人。今朝既得君王赦，盡感老爺高厚恩；盡感老爺高厚恩，歸朝門，情願歸去作良民。

鴻老說那有此理！到京時，全在老夫，自當一力保奏，還望三位萬里封侯，纔於薄面有光。前行來報到了山上了。山上大小頭目，都來給張老爺叩頭。鴻漸說請起請起。山頭放了大礮三聲，一行人都進了營寨。鴻漸纔捧出聖旨，三位大王，跪聽宣讀

奉天承運皇帝詔曰："任義等不服王化，抗拒王師，本宜勦滅；念爾等俱有歸順之誠，赦爾前愆，命任義爲忠義大將軍，趙勝爲游擊將軍，李傑亦爲游擊將軍。洗心努力，盡忠保國，立功後，另行陞賞。欽哉！無違朕命。"三人謝恩叩頭，又給張老爺叩頭謝勞

［香柳娘］給老爺叩頭，多多生受指引俺出頭。還求好把君王奏，俺合官兵有仇，君王赦宥，誰敢望封侯？殺身難報君王厚！

快看酒來！三大王獻酒

不敢言酬勞，洪恩難報。無甚麼佳肴，杯酒同歡笑。

有人來報張老爺內司來了。鴻老說叫他進來。我前日叫他家裏去看看，又去楊老爺營裏訪問消息，不知何如。內司進來跪下稟道家裏牛羊糧石，都被北兵搶去了。鴻老說也罷了。內司說楊老爺坐守營盤，那知府求他發兵，楊都督說，我原是奉命來，但聽張老爺消息，不曾叫我與北兵交戰，設或損兵折將，罪坐何人？鴻老問北兵如今怎麼樣？內司說他大營在永平城北，楊老爺在城南，相隔一百餘里。他見那官兵相近，也沒敢攻城；他見官兵不動，就只是搶劫。

［耍孩兒］那北兵甚兇頑，擄婦女殺小孩，永平百姓皆逃竄。俺不敢從大路走，揀了條小路進了山，白黑只在山裏串。現如今處處兵火，百里外全無人煙。

鴻老說這怎麼處！北兵未知何日方退，我可何日回京？任大王起來大叫說恨死人也！

那北兵起干戈，殺的殺縛的縛，這方百姓怎麼過！既統着天兵二十萬，還不殺賊待怎麼？楊都督看就不成貨。我讓他領兵百萬，敢合他比試三合！

張老爺不必憂慮，咱且痛飲。明日領一枝人馬，送至官營。那北兵去了，

便自甘休；如不曾去，當砍幾頭來，逐他出境。

俺在此十數年，他不敢正眼看，人民全不遭塗炭。他若明日還不去，馬到不留他片甲還，把人頭提與老爺看。請飲酒不必憂慮，管叫你一路平安。

鴻老說將軍若能如此，眞是忠君愛國，何止下官受福！

那北兵甚猖狂，虜婦女殺善良，把官放不在心坎上。將軍若能逐他去，這個功德不尋常，見朝廷定把功勞上。管叫你封侯掛印，這都在下官身上。

但只是下官在此，酒也不能下咽，睡也不能安穩。將軍既有此意，就此起行，不過臨明可到，趁他不作准備，豈不妙哉？大王說老爺吩咐，不敢不從命。但只是老爺在此，還不曾進一點敬心，這就無人奉陪了。鴻老說將軍殺賊，便是極敬下官了。我還回上公館，等着給三位賀功。

大將軍作總戎，殺賊人能盡忠，勝如美酒來奉迎。好似孔明燒新野[①]，初出茅廬第一功，爲民爲國聲名重。我公館溫下好酒，恭候着連賀三盅。

任大王吩咐李傑你領三千人馬，去長城嶺下埋伏。如見北兵逃走，就截住砍殺他那韃王。都喊一聲得令。下。韃王上云走馬南來進帝都，南朝兵將眼中無。武官好似羣羊隊，都督元戎盡匹夫。俺到這裏已經數日，那楊蕃領兵二十萬，並不敢前來，落的俺金銀美人，搶來快活。請您二位王爺來這裏吃酒。二人便衣上白俺已將睡倒，又聞呼喚。王子說連日得美酒佳人，可以共樂。看酒來。

［香柳娘］這個味香甜，到口醲豔。俺一口便乾，渾身舒泰微微汗。

虜來的那女子有幾個好的，叫他來每人一個陪着吃酒。那女子來到，流淚坐下

看容貌如仙，眞堪陪伴。你何必淚漣？今宵枕邊叫你喜歡。

咱雖然也不怕那楊蕃，却也不可懈怠。常叫人往南探聽着些，如有甚麼動靜，即速報來。答應並無動靜。又說女子們，您唱個曲兒聽聽。婦女哭說俺是正經人家，不會唱曲。王子哈哈大笑說不會唱，只會睡覺麼？着俺沒了興致。罷罷！每人帶一個去，牀頭玩耍也好。問天有幾更了？答應說三更了。起來說咱散也。

---

① 孔明燒新野：《三國演義》第四十回：“曹操攻打劉備，劉備讓諸葛亮出主意，諸葛亮建議佔領劉琦的地盤。劉備不同意，諸葛亮只好燒了新野，逃往他處。”

醉醺醺上牀，美人進帳，麻煞[①]一場，放頭一覺東方亮。攜女子下

有人來報南邊兵馬來了！韃王說哎喲，南邊既無動靜，兵馬何來？各人速去披掛，牽我的馬來！忽聽大喊一聲任大王到此。韃王說他來了，了不的，了不的！急急上馬。任大王已是殺到。兩個鬭了三合，被大王刺了一槍。兩個王子來救，不提防趙勝殺到，把一個王子一槍刺下馬來，就梟了首級。任大王也把個王子梟了首級。那國王逃走而去。追殺了四十餘里，方纔回來

［倒扳槳］昨日興兵今日還，人頭牢繫在馬鞍。去見欽差張吏部，知在俺口不虛言；知在俺口不虛言，到那邊，人困馬乏不歸山。

前邊去公館不遠了，待俺下馬。鴻老出門迎接說將軍眞是神將！二位把人頭獻上說這是兩個小王子。可惜老賊代[一]傷逃走了。

老賊合俺鬭一場，我把老賊刺一鎗。兩個王子來救護，一刀一個絕命亡；一刀一個絕命亡，急慌忙，被那老賊顛了鎗。

鴻老說就好，就好！拿酒來，給二位將軍賀功。答應酒到了。鴻漸親自送到面前

［耍孩兒］多勞苦二將軍，奔一夜殺賊人，想來人馬皆乏困。大家歡飲一杯酒，但少錢鈔賞三軍，以此叫我心頭恨。還把賊頭高掛起，咱到京獻于當今。

李傑將人頭獻上，稟道老賊安心逃命，被俺殺死了。任大王一見說妙呀！俺刺了他一鎗，他代傷逃去，你又提將頭來了，豈不快哉！鴻漸慌忙親自起來斟酒，便說道將軍，你說那砍的情狀。李傑說不出所料。

數百賊過長城，安心歇歇要登程，他看着已是得了命。不料俺人馬一齊起，他馬乏人困不能爭，老賊代傷還扎掙。早被俺一刀砍去，削了個脖項齊平。

大王大叫快哉快哉！可以連飲三杯。衆百姓擡酒肉，父老拄杖上俺被那北兵弄的九死一生！虧了大王爺，救了這一方的性命。別無甚麽報答，大家殺了幾個猪，宰了幾個羊，來給大王犒賞三軍，也給大王爺磕個頭。兵卒來報外邊有衆百姓來給送飯，要給老爺磕頭。大王說叫他進來。一行人磕下頭去。大王說都起來。怎麽又叫您費心？百姓都流淚說老爺是重生的父母，俺有甚麽孝敬哩。

---

① 麻煞：麻瞪眼。即睡覺。

［憨頭郎］哩溜子喇，喇溜子哩，賊兵十日在那裏。在那裏，殺人多，賊人到處血成河，殺的殺來擄的擄，更不尋思還得活。多少爺娘沒了子，多少漢子沒了婆！若還再待兩三日，盡被搜殺在山坡。我的爺爺喲！咳咳！我的皇天爺爺！

聽的說大王爺又待去了，俺可怎麽過？都一起哭起來了

［耍孩兒］多虧了三大王，給俺百姓除災殃。大王若還從此去，俺盡死在山溝喂虎狼！俺要成羣告御狀，還留爺爺震東方。若是朝廷不肯許，你若行時俺斷馬韁。

鴻老說您這些百姓也不必啼哭。任老爺是朝廷待重用他，他如何能在此長久？衆人說張老爺，你也該爲這一方的百姓，怎麽圓成[①]着他去呢？鴻漸說不是這等。朝廷家有的是人，不許另有極好的來麽？何必定是任老爺呢？衆人聽說又哭訴

張老爺說話差，有人可中做甚麽？都督楊爺不救難，倒縱着兵丁害人家。官兵合賊無兩樣，強劫奸淫亂如麻。老爺替俺保一本，都念救苦活菩薩。

鴻老說我是這等說，到了面君時，沒有不替您訴說眞情的。衆人跪下說先謝張老爺的天恩。任大王說已是領了您的盛情了，可都散去罷。衆人說大王爺是必定休去了。並下。任大王說不飲了。一夜未睡，甚是乏困，各人歇息，明日好收拾行裝，好上京都。鴻老說概從尊便。請了。

詩曰：將軍馬上喜成功，冉冉征袍戰血紅；
　　　請看英雄除暴亂，揮戈唾手取侯封。

【校】

［一］代：蒲本作“帶”。下同。

① 圓成：規勸；調解。《醒世姻緣傳》第七十七回：“你不要管他，你只替我在大舅合妗子面前盡力攛掇，相大叔面前替我圓成。”

第三十四回　大王抗禮

鴻老與三山王同上，搖鞭謅唱行

［平西歌］走馬上三山，出征奉旨去招安，到不想路遇着賊兵亂。衆大王當先斬將提頭奏凱還，到京師纔把功勞獻。

任大王說請問張老爺：前邊見了楊都督，如何行禮？鴻老說他自然要講和遜讓[①]。你作下揖去，也要作一個叩拜之狀，他若不肯受，也就罷了。

將軍有官銜，殺賊聲名到處傳，見都督他也給體面。不過道途間，他若是謙來你也謙，無統屬又是初相見。

楊蕃花面上云都府尊榮俸祿優，何須爭戰拜王侯？三通吹打轅門[②]閃，大小兵將盡叩頭。我乃都督楊蕃是也。萬歲差俺領兵二十萬，聽那招安的消息，今日代好來也。

奉命出朝綱，二十萬雄兵振四方，我老爺穩坐中軍帳[③]。唬三山大王毛賊，那敢不投降！張侍郎也要把俺讓。

兵卒來報張老爺領了那投降的來了。鴻老同三大王來至轅門下馬，同行進見。楊迎出說有勞張老爺了。鴻老說有勞楊老爺了。作揖行禮畢，三大王過來朝上作揖。楊蕃大呵一聲說你就是任義麽？任大王挺起身起來，也大呵一聲說你就是那楊蕃麽？楊蕃抽出刀來說你怎麽不磕頭？三大王都拔刀出鞘說你怎麽不下跪呢？鴻老中間隔着說這怎麽說！軍中行甚麽大禮呢？各人都息怒，盡是下官的罪過。楊怒氣冲天

［耍孩兒］叫任義莫發威，你不過是個賊，如何見我不下跪？見了都府還無禮，仰着個賊臉說是非，想是野性還沒退。若不着張爺勸解，我把你頭剁二回！

---

① 遜讓：謙讓。《朱子語類》第二十九卷：“兄弟既遜讓，安得有怨？”

② 轅門：將帥的營門。《沈小霞相會出師表》：“今有蔚州衛拿獲妖賊二名，解到轅門外，伏聽鈞旨。”

③ 中軍帳：統兵大元帥的營帳。

任大王說我素常殺的，都是這一號[①]東西。

叫一聲老楊蕃，又歪揣又奸貪，俺素常殺了勾幾千萬。原就知道你不成貨，見了我老爺還裝班，狠一狠砍你個稀糊爛！若不看張爺勸解，我把你砍頭連肩！

楊蕃說氣死我也！若不是張老爺給你作主，我領二十萬大兵，怕你甚麼！大王說你看着我投誠，是受你降的麼？你磅[一][②]殺我了！

叫楊蕃您髒貨，百萬兵待怎麼？我竟不當人一個。不然俺還回山去，咱就從此動干戈，當面試試也不錯。你若能把我贏了，我磕頭你可坐着。

俺還從新上山，你可領兵前去，咱見一個勝負，就着張老爺做個明證。咱就回去。三大王往外就走。鴻老又拉住說道你這不是反了麼？大王說不過賭輸贏，怎麼是反？不然，他也有刀鎗，我也有刀鎗，咱兩個獨戰三合，就見一個勝負。

把架子兩列開，用幫手的不成才，咱就單戰個勝合敗。這裏一刀剁了去，那裏一刀剁將來，傷着皮骨休要怪。若還要人頭落地，也就是命裏應該！

鴻老說快休這等。都是朝廷的棟樑，因甚麼自己爭差？您兩家都有些錯處，各人認錯[③]便了。楊蕃說都是張老爺寵的他，我有甚麼錯呢？

我奉命出東方，來招安三山王，大喇喇還是賊頭樣。出上[④]見了全無禮，還要合我動刀槍，目中全沒有今皇上！若不着尊官愛護，他怎敢這等猖狂？

鴻老說你這不是欺起下官來了麼？殊不知我愛護他，正是愛你處。

我若是不調停，您兩個動刀兵，兵雖多未必能全勝。況是將軍已受職，你激反了降臣罪不輕！那時懊悔全無用。且是他他日官職，未必不比你尊榮。

楊蕃說他就封了王，我也不怕他！三大王齊說就不封王，也不怕你！要殺就殺，要砍就砍！鴻老又勸說依我說，您兩家不必相爭，咱不日就面君，等着皇上給您分個是非，這不公道麼？兩家都說就是這等。楊蕃說張老爺請了。辭別了先行。張鴻漸同三大王，插刀忿忿而行

---

① 這一號：這一類。

② 磅：噁心。又寫作“㖿”。

③ 認錯：承認錯誤。

④ 出上：除了。

詩曰：解甲投戈忿氣收，奴才也望俺低頭；
若非承受尊君命，斬却賊顱恨始休！

【校】

［一］ 磅：盛本、蒲本作“咾”。

第三十五回　御封三伯

張鴻漸、三大王同上俺一路行來，已到京城。三位將軍，前日雖說見君析辨，我意料那楊都督未必敢見君析辨[一]，他若不提，也就不必合他爭論。三人都說是是。

［黃鶯兒］楊蕃把俺欺，也不曾轉①便宜，俺如今何必爭閑氣？他若是不依，仗老爺扶持，武人粗說話不能細。他若不提，兩家無事，各自散東西。下

楊蕃上昨日招安的那賊頭，甚是可惡！但他新立了功勳，想當時讓他一步，也到罷了，惹了一場大辱。如今朝廷正當用人之際，俺怎麽爭執過他？倒是不提爲妙。又怕那張鴻漸還要說。

賊人禮不周，氣咂咂不自由，把氣爭反把氣來受。他有功無憂，俺無功可羞，犯爭差卒知不能勾。須罷休暫時忍耐，不必記冤仇。

鴻老上已是朝門，待俺進朝。呀！楊老已先到了。楊蕃說前日一時憤激，張老爺莫怪我。別後思量，他既降順，大家俱是一途，何必爭競？見駕時不提也罷。鴻老說我的本已修成了。楊蕃說有勞了。鴻老說設或您再有爭差，聖上就怪我不言之過了。

兩下鬧呵呵，這其間干係多，俺不似前番錯。俺只是恁麽，憑您去怎麽，奏明了沒有我的錯。待如何，朝廷爺不給您主平和。

楊蕃說還望張老爺作主，不着萬歲知道罷。正說着，皇帝登殿，文武進去朝賀了。張鴻漸奏臣領旨去招安了，那任義等在下候旨。朝廷問你怎麽招安他來？又

① 轉：同“賺”。

奏臣宣揚萬歲的恩德，他便歡喜投順。適遇着那北兵放搶，他便砍了他三個王頭，斬殺數萬賊兵，今日特來獻捷。朝廷大喜，說忠勇可嘉！那亂處百姓怎樣？答云甚不堪言。

賊兵好凶殘，殺的那血成川！到那裏不忍的擡頭看。殺賊人萬千，逐賊人出邊，人人喜來送酒合飯。他都言再待兩日，一個也不生全。

皇帝說一方這樣塗炭，那楊蕃領着二十萬兵，怎麼還不救護？張鴻漸說臣不知他意思。皇帝說叫楊蕃來。楊蕃上殿跪下。皇帝說那一方百姓受那賊兵的荼毒，你因何不救？那楊蕃戰戰兢兢說臣奉旨招安，不敢妄動。皇帝大怒說唗[①]！設或那賊反進京都，難道你也只是招安？那楊蕃叩頭說臣該萬死！皇帝說貶你做萬全守備，防守那北兵去罷。楊蕃叩頭下殿。皇帝說宣任義、李傑、趙勝來。三個上殿叩頭說謝萬歲天恩。皇帝說你三人殺賊獻捷，甚爲可喜。可封任義爲忠義侯，李傑爲新義伯，趙勝爲成義伯，鎮守北邊十二衛，並關内兵馬，聽你調用。三人叩頭謝恩下殿。皇帝說張逵招安有功，即升兵部尚書，賜蟒袍玉帶。張鴻漸叩謝恩，遂又啓奏

來時萬民集，哭啼啼要來告狀留任義，臣叫他且遲遲。奏萬歲聞知，近永平纔稱人心意。在關西數城無恙，百姓也安逸。

萬歲說着他便在昌黎鎮守，或是延慶州，給他起造王府，有何不可。張鴻漸拜謝。文武俱散朝。三大王來謝張老爺。鴻漸相見說恭喜恭喜。大王說俱是老爺提拔，還當叩謝。鴻漸拉着說不必行禮。下官要奉餞奉賀，看酒來。三人坐下飲酒。鴻老說我料楊蕃不敢分辨，果然不差。今日竟成了貴府的屬官，看他來參見哪不參見。

富貴只等閒，又何必捽[②]高官？高陵矮谷登時變。這天道好還，把一案全翻，甚麼嘴臉來相見？聽我言，量要寬大，不必記前嫌。

任大王笑說這是不勞囑咐的。有人來報楊蕃來見。任大王說叫他進來。楊蕃進來，就待叩頭。任大王一把拉住說你就是那楊蕃麼？答應是。大王哈哈大笑說以上臨下，不過如此，俺今日叫你，纔不爲過分。你當日若是殺退北寇，我心裏先

---

① 唗（dōu）：近代白話作品中多用以表示呵斥。《牡丹亭》第二十三出："唗，有天條，擅用囚婦者斬。"

② 捽：擺出；顯擺。

服了你，見了焉敢不拜？因你按兵不動，就知道全無有本領，拜你怎的！以後要講講兵法，我還要提拔你。

［劈破玉］若胸中無本領，到底不濟。得一官半職，豎起高鼻，自家稱我老爺，成甚麼大器？領兵十數萬，殺賊平西夷，説是一條漢子，這時節方纔説的起。

楊蕃又謝了。纔説給張老爺叩頭。鴻老也拉住留他説吃一杯去。楊蕃説自來不吃酒。就此告别。下。三大王也告别了

詩曰：將軍爲國作長城，萬里封侯喜氣生；
　　　他日九邊聞奏凱，麒麟閣上好標名。

【校】

［一］析辨：當為“折辯”。蒲本、盛本並誤。《老乞大諺解》：“你兩家不須折辨高低。”

第三十六回　八仙慶壽

張太公須白髮上白做官做了三十多年，虚度六十五歲。自從六十上就不願做官了，上了七八疏，皇上不允，又因循五六年，才准許致仕歸家。官到了吏部尚書，也就罷了。何况三個兒子，大的到了祭酒①，二兒中了進士，三兒中了舉人。五個孫子，一個刑廳②，一個翰林，甚餘都是名士。大曾孫也進了學，他過目成誦，何愁不中進士？人生至此，還待怎麽哩。

［耍孩兒］一品官尚書郎，賜蟒玉上朝堂，做官有點小名望。數年來告老不准，六十五纔得還鄉。

在朝中三十年，拖玉帶上金鑾，子孫又赴瓊林宴。進士還生進士子，翰林又產翰林男，天爺賜了生鐵券。俺若得八十上壽，何愁又不滿屋貂蟬？

---

① 祭酒：也稱國子監祭酒。古代指教育管理機關或最高學府的長官。

② 刑廳：古代負責處理刑事的官員。

今日是我的生辰，大兒告了養親，二孫在翰林院告了三個月的假，就是刑廳在任，不得歸家，這也算一門歡聚。你看冠帶齊楚①，都來拜壽。太公笑道今日冠帶滿堂，您說這福祿從何而至呢？

請嚴師教兒孫，學讀書學作文，不依嬌慣違庭訓。浮華遊蕩撐公子，穿上件衣裳算不的人，一輩子鄉宦全然盡。得聚，你倘非母親教誨，怎能得直跳龍門？

合菴回頭說道您都聽着，爹爹說的極是。我也是謹守父訓，不敢教子弟浮華。太公說您都散去，我待休息休息。太公自坐尋思道如今富貴已極，若不着仙人舜華，焉能到此地位？

想當初遇艱難，結恩愛四五年，殺人又救了我脫難。於今富貴三十載，一門老少都安全，怎麽得他見一面？要畫他仙容妙影，供養在金屋珠龕。

趁此時少得清靜，待俺略睡片時。床頭依枕，欹不多時，忽然聞的一陣異香滿室

不是桂不是檀，不是麝不是蘭，異香一陣滿庭院。極像舜華衣裳氣，就與這味總一般，想是心邪鼻也變。可甚麽忽然一陣，香噴噴直透珠簾？

不一時，舜華掀簾而入。太公一見，喜極說道你想煞我也！作下揖去，就要屈膝，說身受恩情，十死不足以報！舜華拉着說我該給官人拜壽。太公說娘子依然舊娘子，官人已是老官人。舜華笑說想久無人稱你官人了。我看着還是張鴻漸，不曾添減一毫。

［桂枝香］久不相顧，蒙君思慕。今遇着你壽誕良辰，我約下羣仙賜顧。將客舍全鋪，十二席圍裙坐褥。我攜來佳肴美菓，甘脆香酥。一罈仙酒儘堪用，不必塵凡酒店沽。

我已約下八洞神仙，俱來賀壽。太公說這怎麽敢當！即時分付兒孫，灑掃焚香，都要潔淨。舜華又囑咐道

虔誠坐待，焚香齋戒。淨灑掃緊閉廳門，都着那俗人遠退，我自有安排，一個客不用還在。隨我來一雙婢子，茶酒能篩。惟留夫人兒孫輩，共候羣仙下界來。

太公出的門來，吩咐衆子孫，可教一切家人盡且散去，把大門封鎖了。回來合舜華說

① 齊楚：整齊。

道夫人，你看如何鋪設[①]？咱家裹有的是紅毡坐褥，可看着兒孫鋪置[②]。舜華説我已是鋪設停當了，我還嫌你裝官呢。太公説我不曾裝官。舜華説你稱我夫人，我心不以爲樂。太公笑説今日還叫娘子，我覺着親而不尊。舜華説我也不能合你長聚，任你便了。咱且去客廳伺候。開門一看呀，這幾時鋪的這樣齊整？請太夫人上坐，受一家大小叩拜便了。先是方太太來拜

竭誠來叩，多蒙打救，自然該拜謝仙人，請端正斂容坐受，待妹妹磕頭。日思想不能得勾，粉身莫報，刻骨難酬！既然今日蒙光降，不拜千回豈肯休！

舜華拉住，太太只是要拜，只得二人同拜了。以下子孫都來磕頭，舜華上坐，便不謙讓了

千秋百歲，有緣相會。太夫人廣寒仙子，我合他前生姊妹。俺今日相隨，喜兒孫人人富貴。曾孫尤妙，二八奪魁。福似花開方茂盛，全憑積善好栽培。

兒孫繁盛，富貴榮華，可稱盛極一時。須要常守着祖訓，不要變改，自然世世顯榮。合菴説老母説的極是。又回頭向子弟説道都要用心聽着。舜華從袖裹取出一個錦囊來每人奉送你一粒丸藥，可以增壽數，可以長聰明。衆人又拜受了。婢子來報仙姑來也。何仙姑上，先合舜華爲禮，打了一個問訊

仙姑微笑，稽首稱道：蒙妹妹囑咐叮嚀，已約下羣仙俱到。八洞煩勞我，先來登堂相告，添福增壽，世世金貂。你爲數載夫妻意，我爲千年姊妹交。

太太領着一家人要參拜。何仙姑説出家人不行俗禮。便讓老夫妻陪坐，子孫在傍站立。忽然一朵彩云從空中墜落，衆人觀看，乃是洞賓

拱手一笑，大家脱套。久不見何仙姑面，前日蒙折柬相招，説舜華相邀，不敢不登堂領教。主人盛意，道侣情高，我先拔劍爲君舞，願君壽數比蟠桃！

吕祖吩咐不必爲禮。上堂落坐。舜華稱謝勞駕。不一時，果老、國舅、湘子三仙同到

果老、國舅、湘子隨後，一齊自海外三山，敬赴約同來上壽，跣履磕頭，花籃兒不離左右。笛聲隱隱，漁鼓悠悠，共祝尚書張吏部，同上蓬萊十二樓。

在坐的都起來稽首。果老説我還該諸位奉謝。吕祖説怎麽説？果老説這是個宗家。吕祖説這老兒又來認華宗了。大家正笑，鐘離、采和都到了

① 鋪設：安排、佈置。

② 鋪置：安排、佈置。

鐘離赴宴，采和同伴，忽然間瑞氣千條，一霎時祥雲滿院。一道香煙，飄長鬢漫舞蕉扇，輕敲玉板，歌繞華筵。共飲餘杭千壽酒，願君大壽比南山！

一霎時，拐李仙又到

羣仙赴會，彩雲飄墜，纔到了三島蓬萊，適來遲望乞恕罪。急急追隨，遠迢迢葫蘆在背。只恐羣仙久候，雙脚如飛。丟拐自作商羊舞，願獻麻姑酒一杯。

舜華向仙姑說想是客已全了，斟酒罷。仙姑說還有福、壽二老只怕未必來，虛着兩坐罷。斟上酒，舜華一一親自遞過。仙姑把盞說共斟一杯，與天官上壽。太公起來拜受了。忽聽的鹿鳴鶴唳，羣仙說道二位星官來了。便一齊迎接。舜華向太公說二位降臨，恭喜恭喜！

福星照耀，壽星同到，忽然間鶴鹿齊鳴，滿庭中瑞雲籠罩，並落九霄。衆神仙承迎歡笑，壽山不遠，福海無濤。堂中幸見兩星會，人間蓬萊又一遭。

就了坐，舜華參見了。太公一家人拜見。舜華先奉了酒，太公夫婦又奉酒

［香柳娘］奉一杯坐前，奉一杯坐前，朝上朝參，只應叩頭千千萬。敢拜求羣仙，敢拜求羣仙：照臨壽數添，保佑福澤遠。前世有仙緣，前世有仙緣，得蒙顧盼，盡賜平安。

合菴領子弟皆來奉酒

敬拜倒筵前，敬拜倒筵前，叩祝天仙，竭盡至誠心一片。聰明齒經延，聰明齒經延，身體常輕健。又福祿綿綿，又福祿綿綿，眼中親見，滿屋貂蟬。

福星取出一個瓶兒來，如核桃大，吩咐仙童公子、公孫，各賜他福酒一杯。都說這器物小，飲來不足一杯，如何可以徧賜呢？只見一杯一杯排頭都飲過，不曾得乾。飲訖，一齊拜謝

蒙仙酒均沾，蒙仙酒均沾，直透元關，餘香入腦渾身串。覺功效非凡，覺功效非凡，俗骨能更換，村容也改顏。但答報甚難，但答報甚難，叩頭無算，意敬心虔。

福星說已是領過情了，可以罷休。舜華也說官人從此別矣！太公說列位仙師我不敢留，娘子如何便去？舜華說官人何必如此。

［僥僥令］今生新愛好，前世舊姻緣。今朝一別何時見？要知道千萬里在眼前。

太公說蒙娘子的厚情，我何以相報？但望少留，受三十日供養，有何不可？

［收江南］呀！有恩義不忘了琴瑟歡，又教我世世福壽全。不能常作鴛鴦伴，也少少留連，叫我心頭略放寬。

方太太也着實挽留，說道受姐姐恩德，每日思念。既然光顧，怎麽就欻然而去？舜華說我們都是一會中人，官人福壽永遠，咱相會也自然有日。

［園林好］俺今日已證金丹，斷不能久戀塵寰。但願他跨鶴腰纏千萬貫，不必問相會在何年。

福、壽二星先起，衆仙俱起，舜華也要起。太公合太太一個拉着一枝手，衆子孫圍繞起來。呂祖說你還住下，受你那封贈罷了。

［沽美酒帶太平令］罷豪飲，謝芳筵，辭賢主，別衆仙；照夕陽，人影亂，跨鶴凌雲上九天。似風去雨還，飛彩鳳，舞祥鸞，亂紛紛酒闌人散，鬧嚷嚷星流霞燦，薰騰騰異香一片，白茫茫祥雲數段；俺可要飄然言旋，名山洞天，呀，好似赴瑤池一回佳宴。

二老起了雲頭。仙姑說舜華仙不能等了。八仙俱起，舜華也飄然而起。太公一家人都散了席，向舜華望空拜謝。太公起來說可惜盡去了。也罷也罷！

［清江引］榮華一路功名顯，全沒有災合難。七子上玉堂，八孫朝金殿，又是那郭汾陽再一轉。

詩曰：蟒玉紛紛照錦堂，繡簾一簇麝蘭香；
　　　夫妻八十猶康壯，牙笏脫來已滿牀。

增補幸雲曲

開場

［西江月］一自[①]元朝失政，天生火德[②]臨凡。洪武晏駕[③]許多年，傳流正德登殿。天下太平無事，朝廷戲要民間。風流話柄萬人傳，呀，名爲正德嫖院。

西江月既畢，待在下把這樁故事略表幾句：

好玩要的天子，嫖了個絕妙的嬌娃。

極貧賤的小子，得了個異樣的榮華。

兵部堂[④]的公子，遭了個無情的橫死。

宣政[一]院[⑤]的婊子，從了個昂邦[二][⑥]的良家。

你說這正德嫖院，不大之緊，弄出了幾件故事，甚是出奇。是那幾件呢？

朝廷賭博又宿娼，光棍打柴漢子做新郎；美對

---

① 一自：自从。《祖堂集》："一自鵝山成道後，迄至于今。"

② 火德：通過五行中的火附會歷代王朝命運，故稱火德。歷史上周、漢都有火德之稱。《史记·秦始皇本纪》："始皇推終始五德之傳，以為周得火德，秦代周德，從所不勝。"

③ 晏駕：舊指帝王之死。

④ 兵部堂：兵部尚書。

⑤ 宣政院：舊指負責佛教等事務的中央機關。

⑥ 昂邦：滿語音譯詞。大臣。此指大官。《清史稿》第二百三十卷："二年，授噶布希賢噶喇昂邦，列議政大臣。"

酒保做了乾殿下，胡混趕著[①]姐姐叫娘娘。奇事

【校】

［一］政：盛本作“武”。

［二］邦：蒲松齡紀念館藏遺著抄本作“藏”。

第一回　坐北京正德臨朝　誇大同江彬獻諂

話說只爲這件奇事，編了一部耍孩兒，雖則傳流已久，各人唱的不同。待在下唱來，尊客休嫌污耳。

［耍孩兒］世事兒若循環，如今人不似前，新曲一年一遭換。銀紐絲兒才丟下，後來興起打棗桿[②]，鎖南枝[③]半插羅江怨，又興起正德嫖院，耍孩兒異樣的新鮮。

自從洪武立世，傳流九輩君王，改天年，立帝號：改天年，是正德元年；立帝號，是武宗[④]即位。這萬歲是按上方觜火猴[⑤]臨凡，光好貪耍。聽我道來：

武宗爺正德年，觜火猴來臨凡，性情只像個猴兒變。無心料理朝綱事，只想天下去遊玩，生來坐不住金鑾殿。自即位北京三出，一遭遭四海聞傳。

這萬歲頭次出京，到了臨清州，收了江彬[⑥]，現任威南道。這奸黨内欺天子，外壓羣臣，他後來被定國公打死。二次出北京，山西嫖院，收了佛動心，

---

① 趕著：給。“趕著姐姐叫娘娘”即給姐姐叫娘娘。《金瓶梅》第九回：“月娘叫丫頭拿個坐兒教他坐，分付丫頭、媳婦趕著他叫五娘。”

② 打棗桿：民間的一種曲子。

③ 鎖南枝：南曲曲牌名。

④ 武宗：即朱厚照（1491—1521），明代第十位皇帝，年號正德。

⑤ 觜（zī）火猴：即觜宿，是中國神話傳說中的二十八宿之一。吉星。《水滸傳》第八十七回：“胃土雉高彪，昴日雞順受高，畢月烏國永泰，觜火猴潘異。”

⑥ 江彬：北直隸宣府（今河北宣化）人。明武宗義子，賜朱姓。江彬為人狡詐機警，得武宗賞識被提升。後被處死。

帶進皇宫，另蓋一座黑瓦殿給他居住。三出北京，揚州遊玩，十月打春[①]，誰人不知，那個不曉。頭回不說，三回不表，單表二次出京。恐君不信，有西江月爲證。好耍武宗皇爺，出朝離京散心。路遇周元提成親，六哥交了好運。萬歲山西取樂，朝中苦煞江彬。只爲一個佛動心，可惜王龍命盡。

那正德爺非等閒，天生下只好玩，貪花戀酒偏能慣。上殿懶整君王事，諸般技藝都學全，萬里江山他不戀。萬歲爺山西嫖院，有江彬苦楚難言。

話說那萬歲自從臨清回京，常想天下景致，心中不足。這日早朝登殿。

聖天子下龍牀，一枝花侍君王，玉芙蓉打板高聲唱。叁千粉黛紅娘子，步步嬌送出朝陽。萬歲離了銷金帳，前後走宫娥彩女，混江龍駕出朝綱。

詩曰：金殿龍樓早早開，静鞭三下響如雷；

飄飄一簇看烟過，萬歲皇爺出殿來。

萬歲爺設早朝，景陽鐘三下敲，静鞭響罷文武到。二十四拜山呼罷，曲背躬身貓伏着腰[②]。聖王傳卜皇宣詔，問文武班齊不齊，當駕官前來跪倒。

萬歲早朝升殿，文武齊集，皇上開金口露銀牙問道："文武班齊不齊？"當駕官叩頭稟道："文武列班已齊，都在金闕伺候御駕。"聖主曰："既是文武班齊，天下寧静不寧静？八方太平不太平？"

跪倒了衆官員，奏我主放心寬，天下豐收民不亂。風調雨順人安樂，五穀豐登太平年，像堯王重坐金鑾殿。普天下太平無事，十三省處處安然。

聖上曰："朕乃末世之君，怎比的古聖先皇？一來是朕的洪福，二來是羣臣的造化。有事者出班早奏，無事捲簾散朝。"

散去了衆官員，萬歲爺把旨傳，獨把江彬傳上殿。江彬忙跪金闕下，雙膝跪在品級山[③]，朝參已畢旁邊站。萬歲爺即開金口，叫愛卿你靠跟前。

文武散朝，獨留下江彬叩頭在地[一]，說："用臣那邊使用？"

萬歲爺吐龍言，叫愛卿一事煩，坐在宫中眞悶倦。欲待出朝去玩耍，背着羣臣離順天，那裏好景我看一看。多待上十朝半月，散散心即早回還。

江彬聽說，心中大喜："我正要圖謀天下，這昏君待要出去看景，我哄他

---

① 打春：鞭打泥塑之牛祈求豐收的習俗。宋代洪適《南歌子·雪中和景裴韻》："閏歲饒光景，中旬始打春。"

② 貓伏着腰：也說成貓著腰，即彎腰。

③ 品級山：清代官員上朝時表示位次的山形標識，故稱。

向那險要去處，路途駕崩，何愁江山不到我手！”這奸黨才待開口，吃了一大驚，說：“錯了！我若說出地方，昏君離朝，萬一日子久了，掌印的張皇后甚是伶俐，廣有計謀，若犯疑忌，便問他串宮太監，遂說萬歲出朝那裏去了，知道的就說江彬。知道那水性潑賤，素不喜我，聽了江彬二字，越發生氣，雪上加霜，那張太監合我不睦，只落的求榮反辱了。”那江彬口內不言，心中暗想，低頭不語。聖上曰：“景在何處？據實奏來。”江彬叩頭說道：“有景臣不敢說。”聖上曰：“你怎麽不敢說？”江彬說：“臣若說出地方，萬一有奸臣得知，安排下刺客，路途有失，可不是臣的罪麽！”聖上曰：“不好說，怎麽處？”江彬說：“臣有本奏給皇爺看罷。”聖上曰：“本在那裏？”這江彬即忙回府，把本做的停當，遂即轉身入朝，叩首丹墀。萬歲說：“景在何處？”江彬說：“盡在本上。”萬歲接來從頭觀看。

微臣奏主得知：十三省數山西，大同城裏好景致。男人清秀眞無比，女人風流更出奇，人才出色多標緻。宣武院三千粉黛，一個個亞賽[①]仙姬。

萬歲看罷，喜之不勝，說道：“江愛卿，你暫回府，明晨早來，送朕出京。”江彬回府，萬歲回宮。未知後事如何，且聽下回分解。

【校】

［一］獨留下江彬叩頭在地：蒲本、盛本作“獨留下江彬，江彬叩頭在地”。

第二回　張皇后苦諫天子　武宗爺喜扮軍裝

話說那萬歲御駕回宮，國母接至坤寧宮[②]，擺開御筵，君妃對飲。

坤寧宮擺御筵，接皇爺共成歡，宮娥彩女兩邊站。萬歲山西去的盛，那裏有心共笑談，美酒到口也難咽。萬歲爺把杯放下，叫御妻你聽我言。

萬歲說：“御妻，朕有一句話待說，不知你意下何如？”國母說：“朝中有

① 亞賽：好似。

② 坤寧宮：後宮之一。建於明朝永樂十八年。

事君臣論，家中有事父子商。似這宮中無人，有話君妻不說[一]，還合誰說?”萬歲說：“正是。寡人上朝，文武奏本，天下寧靜，朕欲遊玩私行看景。”國母說：“不可！萬歲與天爲子，與民爲父，黎民不可一日無主。萬歲若要私行，可有三件太掛心的事。”萬歲說：“那三件?”國母說：“萬歲離京，朝內空虛，怕有奸臣篡朝，這是一件；或有奸臣下一封反書[1]，勾引胡人困了北京，那時萬歲有家難奔，有國難投，這是二件；再者路途怕有刺客，眞假不辨，恐有不測，這是三件。”皇爺說：“御妻多慮了。眞天子百靈相助，朕洪福齊天，邪不侵正，怕他怎的!”國母說：“你領多少人馬?”皇爺說：“我若領著人馬，扎住行營，那黎民驚慌，都躲着皇帝走，怎麽得見好景?我只單人獨馬，自己私行便了。”國母說：“萬歲，你記的那幾句俗語麽?”皇帝說：“那幾句俗語?”國母說：“鳳不離巢，龍不離海，虎不離山，天子不離金闕[2]。萬歲不信，聽小妃道來。”

雙膝跪叫主公，俗語好你是聽：白鳥不尊離巢鳳，龍離大海遭蝦戲，虎離深山被犬輕。天子離朝人不重，我勸你休要看景，惜江山且在北京。

萬歲爺叫御妻，鳳離朝百鳥依，虎離深山走平地，龍離大海還有水，君出深宮誰敢欺?遊[二]行遊玩何妨事，我憑着齊天洪福，到處裏有甚差遲。

國母說：“你曉的那輩古人麽?”萬歲說：“你不出三宮六院，曉的甚麽古人?”國母說：“聽小妃道來。”

尊萬歲聽小妃，公子光[3]原姓姬，王僚[4]也是親兄弟，只因要爭王子做，千金聘了老專諸[5]，刀藏魚腹眞奇計。天地間人情難料，好萬歲休要執迷。

萬歲爺笑開言，叫御妻休胡猜，放心穩坐何妨礙?天下寧靜無兵馬，八方太平那裏的災?處處有人把我拜。放寬心不要多慮，我散散心即早[6]回來。

國母雙垂淚，再三苦叮嚀，莫要出朝去，恐防有災星。天子龍眉豎，御

---

① 反書：告訴謀反的書信。《史記·項羽本紀》：“又以齊、梁反書遺項王曰：‘齊欲與趙並滅楚。’”

② 金闕：帝王的住處。

③ 公子光：即吳王闔閭，姓姬，名光，也稱公子光。春秋時期吳國君主。

④ 王僚：吳王僚，姓姬，名僚。春秋時期吳國君主，後被堂兄弟公子光派人刺殺。

⑤ 專諸：春秋時吳國人，受公子光之托殺死吳王僚。

⑥ 即早：早早。

面赤通紅，拔出龍泉劍[①]，亮開雪練鋒，拿過黃金箸，一剁兩分平，誰人敢擋我，依律定不輕！

有國母跪當前，非是我把你攔，恐防失體人輕慢。萬歲旣然主意定，憑君走上燄摩天[②]，誰敢再把君王諫。有句話叮嚀囑咐，看看景即早回還。

萬歲說："御妻這話早在那裏來！朕也不吃酒了。"駕回寢宮，身臥龍牀。玉兔東升，龍樓起鼓，只聽的更鼓齊忙，皇爺心緒撩亂。

一更裏心緒焦，想山西睡不著，大同幾時才能到？怎麽樣的一座宣武院，好歹私行瞧一瞧，人人說好想是妙。看一看果然齊整，住些時嫖上一嫖。

二更裏睡不濃，龍樓上鼓咚咚，翻來覆去心不定。總有龍牀睡不穩，恨不能插翅出北京，一心無二去的盛。想山西連夢顛倒，眼前裏就是大同。

那萬歲翻來覆去，睡臥不安，強捱到三更，果然夢境隨邪，合眼就到了山西。牽着馬進的城來，見人烟湊集，男女清秀，景致無窮。到了宣武院，果然妓女出色，人物標緻，亞賽仙姬，俊如嫦娥。那萬歲心猿意馬，難鎖難拴，遂共樂一處。

三更裏盹睡迷，夢陽臺到山西。果然院中好景致，三千姐妹都齊整，一似仙姬下瑤池，溫柔典雅多和氣。誇不盡妖嬈俊美，俊多嬌賽過御妻。

衆姊妹陪君王，觀不盡好風光。龍樓畫鼓催三撞，醒來却是南柯夢，搗枕搥牀恨夜長，天交四鼓鷄初唱。萬歲爺抖衣扒[三]起，驚動了掌印的娘娘。

那萬歲強捱了一夜，天交四鼓，抖衣扒起。國母說："天尚未明，萬歲那裏去？"萬歲說："趁著此時，正好出京；天若明了，不好。"國母說："可知路麽？"萬歲說："江彬引路。"國母聽說，懷恨在心，已知留他不住，叫宮官看膳來。萬歲說："不用膳，看我那衣服來。"這皇帝家除了穿龍衣，可別穿什麽？這萬歲是個馬上皇帝，最好私行遊玩，有江彬做就的行衣：青布衫，

---

① 龍泉劍：古代寶劍名。原名龍淵劍，因避李淵的諱改為龍泉劍。

② 燄摩天：也稱"焰魔天"。來自梵語。比喻遙遠的去處。

黄罩甲，綁腿，鞦鞋[①]，簷邊毡帽[②]，皮鞓帶[③]，椰瓢[④]，鬧龍褡包[⑤]。宫官將衣服拿來，萬歲爺可扎掛起來了。

萬歲爺巧扎點，穿上件青布衫，龍袍緊蓋防人見。腰間束上皮鞓帶，鬧龍褡包掛胸前，綁腿鞋穿的慣。帶上簷毡大帽，打扮起像一個軍漢[⑥]。

萬歲爺要起程，趁未明好出京，天子動了閒遊興。白銀金錢不算賬，赤金豆子帶一升，路上隨便零星用。多拿些金銀財寶，宣武院好去嫖風。

萬歲爺扎點停當，叫宫官："你看我像一個甚麽人?"宫官叩頭道："奴婢不敢説。"萬歲説："但説不妨。"宫官説："赦奴婢不死，我才敢説。"皇爺説："赦你無罪。"宫官説："萬歲像一個軍漢。"萬歲説："我不像個皇帝了?"宫官説："龍蛇難辨，誰可認的。"萬歲大喜："牽我的馬來。"這匹馬是外國進來的日月驌驦駒[⑦]，金鞍玉轡，外面使羊皮遮了。遂把馬牽到分宫樓下。那國母攜手攬腕，送出萬歲前到分宫樓。主上説："御妻不可遠送了。"

有國母跪埃塵，尊萬歲要小心，路途凡事加謹慎。醉後休説朝裏話，防備刺客有歹人，走漏了消息無投奔。到晚來早早宿下，休要住野店荒村。

萬歲説："我曉的了，御妻請回宫去罷。"

有國母回了宫，萬歲爺便起程，自己把馬牢牽定。私出正陽門[⑧]一座，江彬跪下叫[四]主公，倒把皇爺諕了個掙。萬歲爺低言悄語，江愛卿不要高聲。

江彬説："臣候了多時了。"皇爺説："愛卿謹言，有人聽見怎了!"江彬説："萬歲請上馬走罷。"

萬歲爺上了馬，鞭子打腿又夾，江彬跟隨在步下。一心只上大同去，夾馬摇鞭興致佳，朝裏軍情全不掛。出城來走了數里，有江彬前來跪下。

"臣有句話不敢説。"萬歲説："但説不妨。"江彬説："萬歲上山西，那黎

---

① 鞦鞋：多指高幫的棉鞋。
② 簷邊毡帽：四周有簷狀邊沿的毡帽。
③ 皮鞓（tīng）帶：皮腰帶。鞓，皮制腰帶。
④ 椰瓢：用椰子殼做成的瓢。
⑤ 褡包：中間開口的長方形布袋。
⑥ 軍漢：當兵的人。
⑦ 日月驌驦駒：古代名馬。
⑧ 正陽門：也叫前門、大前門。京城的正南門。

民肉眼凡胎①，誰認的是皇帝，但恐路途阻隔，臣有一個行票②給萬歲拿著。”萬歲自思：果然人離鄉賤，物離鄉貴。我出了門子，倒還不如江彬這小子的體面。“行票在那裏?”江彬取出，遞與萬歲，收拾停當，君臣作別，那萬歲爺奔上大路[五]。未知後事如何，且聽下回分解。

【校】

［一］有話君妻不說：盛本作“有說之話，君妻不說”。

［二］遊：盛本作“私”。

［三］扒：蒲本作“爬”。下同。

［四］叫：盛本作“呼”。

［五］江彬取出，遞與萬歲，收拾停當，君臣作別，那萬歲爺奔上大路：蒲松齡紀念館藏遺著抄本作“話說那君臣兩個，出了北京，走了數裏，江彬跪下稟道：‘臣不敢遠送下去。’”

第三回　使金錢鄉人拿轡馬　拜御駕巡檢受天恩

話說江彬回京，皇爺心忙意急，策馬加鞭。

萬歲爺去私行，駕離朝上大同，文武百官如做夢。一心山西去嫖院，酒店收了東斗星③。有榮有苦前生命：時來了賣酒的六哥，苦煞了倒運的王龍。

却說那國母在宮中暗想：江彬哄駕出京，定要圖謀江山。遂叫：“張永④何在?”那張永在龍簾以外叩頭，口稱：“國母喚奴婢那邊使用?”國母說：“我想江彬這廝，定有篡朝的心腸。你領我這道密旨，把江彬拿來，打在刑部

① 肉眼凡胎：指塵世間的平常人。肉眼，俗眼。凡胎，凡人身體。《西遊記》第八回：“我把你個肉眼凡胎的潑物！我是南海菩薩的徒弟。這是我師父抛來的蓮花，你也不認得哩!”

② 行票：古代稱勘合。官員出行時隨身所帶的憑證。

③ 東斗星：道教設有東斗星官，主掌命運。《封神演義》第九十九回：“東斗星官蘇諱護、金諱奎、姬諱叔明、趙諱丙。”

④ 張永：明代太監，為當朝忠臣。

監裏。萬歲爺一日回朝，一日放他出監。違旨者項上一刀!”

張公公心裏焦，領密旨出了朝，江彬做夢不知道。指望興心做皇帝，不想國母識破了，這場大禍從天吊。進府去不由分訴[一]，把江彬即時綁了。

這張永領了密旨，拿了江彬，送在刑部監裏，回朝交旨，不在話下。單表的是萬歲出了北京，一路上景致無窮：草芊芊，柳綿綿，荼蘼架，牡丹顔，鶯燕啼林外，蜂蝶舞花前，爭翠的芍藥舞，迎風的海棠翻，荒村無火桃噴火，野店無烟柳帶烟，雁飛不到處，人被利名牽。

萬歲爺離順天，心裏焦不耐煩，閑花野草無心戀。兩程並做一程走，頓①斷絲韁又加鞭，恨不能插翅飛進宣武院。一路上心忙意急，前來到居庸高關。

萬歲來到居庸關口，磕馬②徑過。那把關的攔住道：“長官那裏去?”萬歲說：“過關。”那人道：“誰不知你過關哩。你家裏的門麽，你走的這等大意③?”萬歲自思：“這狗頭瞎了眼了！眞正是俺家裏的門，竟不要我走!”遂說道：“你不要我過去，有什麽話說?”那人道：“俺不是私意，俺有朝廷的明文，把守關口，留下稅銀，才叫你過去。”皇爺說：“我那裏的銀子?”那人道：“你沒有銀子，你是奉差的，該有牌票④。”皇爺說：“也沒有。”那人大怒道：“你的牌票、銀子全無，你莫非是一個響馬？這兩日關前短了皇杠[二]，一個也還沒拿著哩。關上要緊，誰敢放你過去！你同我見見俺那官何如?”萬歲自思：“江彬曾說路上要緊，我且不信，果然是實。給了我那行票，未知他體面何如。既到危急之處，少不的撒一個謊了。”說道：“你不知我是江都督差來的，要上甯西查邊，軍情緊急，來的慌速，沒帶牌票；銀子到有，迭不的拆封。你放我過去，銀子也有，牌票也有。”那人陪笑道：“何不早說！早知道是江老爺的差官，只該遠接。”萬歲道：“你倒不怕皇帝，倒怕江老爺?”那人道：“怎麽不怕皇帝？那皇帝罷，他在京裏；江老爺差官往來常走，得罪著他，着[三]叫俺有死無活[四]!”萬歲說：“你講的有理！我不怪你。”把馬催開

---

① 頓：通“扽（dèn）”。猛然用力一拉。

② 磕馬：用脚踢打馬的肚子（使之前行）。

③ 大意：架子大。

④ 牌票：舊時差役執行任務時所持的官方書面命令。《紅樓夢》第二十四回：“賈芸接了，看那批上銀數批了二百兩，心中喜不自禁，翻身走到銀庫上，交與收牌票的，領了銀子。”

上的關來。那萬歲自從四更天起身，無曾吃飯，肚中饑餓，欲待下馬吃飯。那路南裏有一個人就叫："老客，要吃飯來咱家。"萬歲聽說，下馬進店。店家說："老客待吃什麽?"萬歲說："你有什麽，盡數拿來罷。"

乾燒餅拾一盤，鹹菓子[①]黑菜籃，盛上一碗溫水麵。萬歲嘗嘗不美口[②]，少油缺醋又精鹹[③]，這樣東西吃不慣。店主說想是你盤費短少，待要吃恐怕沒錢。

那萬歲聽說，羞的那面紅過耳。

萬歲爺面帶囂，伸龍爪解開包，取出金銀桌上料[④]，五個好錢你拿去。王小拾起睜眼瞧，看見金錢諕一跳，渾身走了三魂號，靈山點卯[⑤]一遭。

那王小急跑到後房，叫聲老婆子："大禍臨門，可了不的了!"[五]婆子道："怎麽來?"王小說："每日拿響馬拿不著，響馬來了咱家裏了!"婆子道："你認的麽?"王小說："古怪！進店來吃飯，嫌寒道冷，我造次[⑥]他幾句，他給我五個金錢。這小人家誰敢使？不是短了皇杠，就是打劫了王子，不是響馬是甚麽!"婆子道："賊不咬恩人，你將這錢還給他拿去罷。"王小出來說："老客呀，拿著錢走罷。你虧了撞著我，你犯了法了。你這錢民間沒有，是皇爺家東西。"萬歲說："祖祖輩輩都使的是這錢，沒犯一遭法。"他二人爭嚷，驚動了街房都來大叫："王小，客的錢皮些[⑦]收著罷，嚷的是甚麽，看壞了鋪子!"萬歲道："我這錢是人家那錢的祖宗，他還不要哩。"衆人說："錢在那裏?"王小用手一指："桌子上不是。"衆人都掙了。

街市人把眼睜，起黃色不像銅，霞光萬道寶色重，兩條小龍上邊戲。衆人看見諕一驚，湯著送了殘生命。衆人說眞正響馬，拿了他咱去請功。

那萬歲見勢不好，牽馬就走。衆人道："漢子那裏走！這兩日關前響馬短

---

① 鹹菓子：進食的一種配菜。如鹹菜之類。

② 不美口：口感不好。《金瓶梅》第三十四回："老爹大坐回兒，慌的就起身，嫌俺家東西不美口?"

③ 精鹹：非常鹹。精，非常，很。

④ 料：通"撂"。放；擱。

⑤ 點卯：舊時官衙多於卯時點名，故稱。《初刻拍案驚奇》第三十一回："正值相公坐晚堂點卯，眾人等點了卯，一齊跪過去，稟知縣相公。"

⑥ 造次：頂撞。

⑦ 皮些：薄，不足量。

了皇杠，正拿不著。你使出這金錢來，莫不是響馬?”萬歲說：“我怎麽就是響馬?”衆人道：“是與不是，你見見俺那老爺。”衆人圍繞，萬歲在危急之處，不能走脱。城隍、土地著忙，有那巡檢張敖，正在那涼牀上盹睡，夢中神靈顯聖。

有巡檢是張敖，涼牀上才睡着，城隍土地高聲叫。休推睡裏合夢裏，不是怪來不是妖，北京聖駕前來到。醒來快忙救主，免的你項上一刀。

張巡檢忽的醒來，吃一大驚，疑惑不定。忽然街裏來報：“老爺，有了響馬了!”張敖說：“怎麽見的響馬?”衆人遂從頭說了一遍。

張巡檢把頭低，口不言心裏思，翻來覆去無主意。有心拿他當響馬，適才一夢好蹺蹊。這樁事兒非輕易，若還是朝廷老子，叫小官溺在磬裏。

那張敖同衆人來到街前，看那人打扮的像個軍漢行持[①]。合該那張敖的時來，遂大喝一聲：“衆人休得無禮！只怕是老爺的差官。那響馬短了皇杠，他還敢在這裏買飯吃?”那萬歲被那巡檢一句話提醒了，遂說：“我是江都督的差官。”張敖說：“你就沒個牌票麽?”萬歲說：“你是什麽人?”張敖說：“我是這居庸關的巡檢。”萬歲說：“有牌票。你不來，我不給人看。”張敖說：“拿來我看無妨。”

取行票與張敖，一張紙紅筆標，上邊寫著都督票。張敖看罷雙膝跪，許多街里都告饒：老爺來時不知道。這些人肉眼凡胎，不認的休要計較。

萬歲自思：“他們有眼無珠，怎知我是皇帝。我有心待給他個利害，恐上不的山西了。”說道：“你都是些小人，我不怪你。休說我是個差官，就是北京城裏御駕降臨，你得罪著，大人不見小人過，也都饒了你。”衆人叩頭，俱各散去。張敖說：“長官到我衙門裏吃杯茶何如?”那萬歲肚中飢餓，將機就計，跟著他進了衙門，把門封了，讓的萬歲官廳坐下，細瞧了瞧[六]，雙膝跪下。

張巡檢跪案前，叫萬歲將臣憐，肉眼不識君王面。萬歲聞言諕一跳，森森的[②]恐怕露機關，登時就把容顏變。平白的呼皇道寡，這巡檢好像風顛。

萬歲說：“你虧了撞著我，若是那樣人，回朝對都督說了，那江都督是朝

---

① 行持：修行持戒。此指裝扮。

② 森森的：形容害怕。

廷近臣，駕前一本，就說居庸關巡檢呼皇道寡，聖上惱了，發一路人馬抄了滿門，可不是弄假成眞?”張敖叩頭說：“莫要哄臣，有神靈警夢與臣，才知聖駕降臨。”萬歲說：“眞果是實?”巡檢說：“不敢撒謊。”萬歲道：“你既認的我，不可走漏消息，若洩漏一字，全家聽斬！你若謹慎，待我回來之時，好好帶你進朝，封你個坐京的都巡檢。”張敖聽說，叩頭謝恩。

張巡檢謝龍恩，雙膝跪拜至尊，駕臨時俺有緣分。小臣見了皇帝面，免我三層地獄門，不受陰司閻君恨。萬歲說：你不要胡言亂語，只要你謹慎小心。

張敖說：“臣曉的了。”皇爺說：“有什麽飯拿來我吃。”張敖慌忙進上膳來。皇爺用膳已畢，即時起身。張敖牽馬送下關來，前到了密松林邊，君臣作別。未知後事若何，且聽下回分解。

【校】

［一］不由分訴：盛本作“不由分說”。

［二］杠：盛本作“綱”。下同。

［三］着：盛本作“就”。

［四］得罪著他，着叫俺有死無活：蒲本作“得罪著他着，叫俺有死無活”。

［五］叫聲老婆子：“大禍臨門，可了不的了!”：蒲本作“叫聲：‘老婆子，大禍臨門，可了不的了!’”

［六］瞧：盛本作“瞧了”。

第四回　武宗爺過山遭渴難　雲魔女送水動君心

不說巡檢回衙，單表萬歲急奔大路。

萬歲爺奔紅塵，風陣陣熱難禁，千辛萬苦言不盡。馬踏河沙如鏉[①]烙，小橋流水似鍋溫，苦煞朕當誰來問?一路上心如烈火，前來到曠野山林。

萬歲爺飢餐渴飲，夜住曉行，一路無辭，前來到梅嶺山下。擡頭觀看，

① 鏉：同“鏊”。

山勢險峻。

萬歲爺進了山，睜龍眼四下觀：百鳥乘涼枝頭串，隱隱怪石如虎坐，彎彎枯木似龍蟠，左右都是深溝澗。看不盡山中的野景，巧丹青畫不周全。

萬歲爺帶著那全副的撒袋①，山路崎嶇，木石交雜，不覺的渾身是汗，呼呼的氣喘，火燒心內，無計可奈。

受不盡熱熬煎，口又澁舌又乾，渾身遍體流香汗。五臟廟裏失了火，熱啖騰騰燒肺肝，眼前乾的黃花亂。萬歲爺思水解渴，驚動了玉帝不安。

玉帝正坐，見一股紅氣升天，便叫千里眼、順風耳："你去打探一遭，看是何人受難，即速報來。"

千里眼順風耳，看了看是武宗，僫僫害的難掙扎。慌忙回到靈霄殿，前後說知就裏情。玉帝就把慈心動，叫一聲雲魔天女，要你去顯顯神通。

玉帝說："他也是輩人王帝主，須周濟他才是。雲魔女，差你去下邊[一]送水一遭。"仙女領旨，出了南天門，急駕祥雲照梅嶺來了。

雲魔女下九天，一條擔壓香肩，打水三娘重出現。金蓮動處腰肢軟，擔上山坡步步難，搖搖真似楊柳線。武宗爺堪堪渴死，看見水喜動龍顏。

那萬歲正然思水解渴，忽聽[二]那打水女子，心中自思，我正要思水解渴，又不好叫他甚麽。勒馬站在路旁，總不言語。仙女說："待我問他一聲。行路的君子，你莫非待吃水麽?"萬歲說："正是緊用著了。"仙女說："有水。只是無什麽奉客，下馬來，就這筲裏吃些罷。"萬歲說："潑婦！這不是戲起我來了麽?"那萬歲跳下馬來，把椰瓢摘下遞與仙女，盛一瓢來，那萬歲一氣飲乾。這皇帝是個酒色之徒，吃了水不肯走，站在路旁，不轉睛的上下前後看起那女子來了。

萬歲擡頭看，心裏暗掂挄②：雖是莊家女，却也似天仙。烏雲蟠龍髻，斜插鳳頭簪；秋波如綠水，兩道柳眉彎；一點櫻桃口，含笑不開言；袖中籠玉腕，裙底罩金蓮。仙姬更無二，女中奪狀元。萬歲心迷了，難把意馬拴，下腰推盛水，伸手捏脚尖。仙女只一躲，駡聲村長官。萬歲陪笑臉：大姐，我是合你玩。

---

① 撒袋：古代用來盛放弓箭的袋子。《醒世姻緣傳》第一百回："（素姐）將那牆上掛的撒袋取了一張弓，拈了一枝雕翎鏟箭。"

② 掂挄：掂量；考慮。

雲魔女不耐煩，駡一聲村長官，欺心你把律條犯。既讀孔孟詩書字，不達周公禮半篇，涎皮涎臉[①]把奴看。不看你是過路的行客，小廝來把你毛揎！

萬歲自思："他不認的我是皇帝；他若知道，跪前跪後，央我封他一宫，還不能勾。我把那漏八分[②]的話，說與他聽聽。"

紅了臉氣昂昂，叫村女休裝腔，誰著你來這井邊撞？分明也不是個乾淨貨。看上你眼就拿糖[③]，誰沒見你那喬模樣！自估著容顔俊俏，還不如俺那掃地[三]梅香。

仙女暗說："好昏君！他連這話都說出來了。誰不知你是皇帝哩？我自有道理。"

雲魔女惡狠狠，駡一聲賊強人，這等無禮不幫寸！青天白日山溝裏，調戲人家良婦人。少死的村夫，該打一頓！饒了你流水快走，等來人打斷你那嬾筋！

萬歲說："不知你打手何如[四]，光支架子。"一行說著，不覺的意亂心迷，一陣心慌。

正德爺跑過來，把仙姬摟在懷，慌忙要解羅裙帶。三生有幸今朝遇，看上眼了你拿甚麽歪？人到了著急不怕你怪。雲魔女使個手段，把萬歲閃在那塵埃。

那萬歲撲了一把，只聽的耳邊風響，眼前發花，忽的一跌，倒在塵埃。甦醒半晌，扒將起來，把眼摸了摸[五]，也不見那女子了，也沒有莊村了，左右都是坍塌了的無主孤墳。馬尋野草，那椰瓢摔在路旁。萬歲驚疑：這荒草野坡，多是妖精，假裝人形來戲弄寡人。我若不是皇帝，就被他吃了。那萬歲牽馬逃命，方才待走，忽聽的空中有人大叫："正德爺休走呀！"

雲魔女起在空，在雲端駡一聲，你今錯把心兒用。我是上方雲魔女，領了敕旨下天宫，梅嶺山下把水送。吃了水胡思亂想，你是個混帳[六]朝廷！

萬歲聽說著，忙撚土焚香[七]，望空禱告：小王有甚德能，敢勞仙女送水？異日回朝傳旨，着天下蓋下廟宇，塑下金身。那萬歲拜罷，上了龍駒，大路

① 涎皮涎臉：嬉皮笑臉，不知羞恥。

② 漏八分：也叫露八分。早期的一種文字遊戲，說話不完整，將重要的詞語故意漏掉。例如：問：您貴姓？答：慌裏慌（張）。

③ 拿糖：装模装样。

前行。仙女上天交旨，不在話下。未知後事如何，且聽下回分解。

【校】

［一］邊：盛本作“方”。

［二］聽：盛本作“見”。

［三］掃地：盛本作“掃地的”。

［四］何如：蒲本作“嬾何如”。

［五］摸：蒲本作“模”。

［六］帳：蒲本作“賬”。

［七］萬歲聽說著，忙捻土焚香：蒲本作“萬歲聽説著忙，捻土焚香”。

第五回　私行主投宿問更　打柴兒殺鷄換妻

話說萬歲過了梅嶺山，山下有個周家莊，莊裏曾有個周員外，仗義疎財，極其好善。他的夫人姓劉，生下一個兒子，名喚周元，字宗寶。自從員外故去，家業飄零，終日靠兒子打柴度日。也是天向好人，合該他時來運轉。這日天色將晚，周元不見歸家，劉夫人放心不下，巴着①板門凝睛懸望②。恰好萬歲來到近前，擡頭見個老婆婆，便說：“夫人，你家有閒房，借宿一晚何如？”那夫[一]人道：“俺不是開坊子的人家，我是幼兒寡婦，自己吃的沒有，怎留下你？”一言未了，天降大雨。皇爺說：“你不留我，如何避的這雨？”婦人道：“不嫌我家裏寒苦，就請進來罷。”

牽着馬進門來，睁龍睛把頭擡，屋牆倒塌門窗壞，坑[二]上少席三寸土，爐內無烟又無柴。萬歲一見沒計奈，乍離了三宮六院，這去處叫人怎捱！

萬歲看罷，無計所奈。夫人把馬拴下，萬歲只得在那土坑上就坐。不一時，劉氏提了一壺茶來，說道：“長官，你吃了一杯茶，暫且解乏。等俺那兒

① 巴着：用手扶著。巴，通“扒”。

② 懸望：盼望。《蘇知縣羅衫再合》：“到任以後，杳無音信，老母在家懸望，特命小人不遠千里來到此間，何期遇了恩相。”

來，買些什麽來你吃。”皇爺說：“你那兒那裏去了?”劉氏說：“山上打柴去了。”這也是君臣該會的日子，道猶未了，這周元擔着擔子，就闖進門來。

放下擔往裏瞧，見個人甚蹊蹺，頭上帶着個簷毡帽。撒脚不敢回頭看，口中只說不好了，要軍錢的漢子又到了。扯腿走像個烏鴉閃蛋，回頭看似鯉魚打漂。

這周元喘息未定，正撞著母親劉氏道：“周元，你來了麽？前頭有客哩。”周元道：“誠殺我！我只當是要軍錢的。是那裏的客?”劉氏道：“是過路的長官，被雨截①在咱家裏。你去會他一會。”周元來到前路[三]，說道：“長官，作揖了。”萬歲說：“免禮罷。”周元說：“長官，天黑了，你走不的了。宿是小事，只是我可給你什麽吃呢？俺逐日打一擔柴來，糴一升米，俺母子共用。夜來打的那擔柴誤了趕集，還沒有後晌飯哩。”皇爺說：“隨便罷了。”周元說：“還有一擔柴錢哩，我去買幾個饝饝來你吃罷。”皇爺說：“正好。”周元聽說，回家拿錢，到了街上，買了幾個饝饝，見了萬歲說道：“長官，有了饝饝還沒有菜[四]，我有一個媳婦，殺給你吃了罷。”萬歲說：“謅我，怎麽忍的殺人吃?”周元說：“是媳婦，可還沒變過來哩。”皇爺說：“怎麽沒變過來?”周元說：“是我餵的一個母鷄，下了蛋來抱②一窩小鷄，出息著拶③個私囊，尋個媳婦。今日殺給你吃了，可不是殺了媳婦你吃了麽?”皇爺說：“你殺了給我吃了，我還你個媳婦不難。”那周元疾忙來到後房，從頭至尾說了一遍。劉氏把鷄做了，周元送至前頭。萬歲用飯已畢，就說：“我乏了，收拾我睡覺罷。”坑上沒有蘆席，周元拿了個桿草④來鋪上，那萬歲渾衣欹倒。不覺的夜靜更深，恰才合眼，忽聽的那梆鈴一派響亮，萬歲醒來，頓足搥胸。恐君不信，後有小詞爲證：

一更裏月朦朧，合煞眼睡正濃，梆鈴驚醒了南柯夢。沒有宫娥來打扇，小屋無風熱似籠，扇兒搖著似千斤重。也是我爲君的不正，原不該私出了北

---

① 截：阻。

② 抱：孵。漢揚雄《方言》：“北燕、朝鮮、洌水之間，謂伏雞曰抱。”元代關漢卿《五侯宴》：“王員外將此鴨蛋與雌雞伏抱數日，個個抱成鴨子。”也作“菢”。明李實《蜀語》：“雞伏卵曰菢，菢音抱。”

③ 拶（zǎn）：通“攢”。

④ 桿草：即稈草。穀子秸稈。

京。

二更裏月兒高，合煞眼睡不着，蛇蚤咬的心焦燥。乍離龍牀鴛鴦枕，土坑上無席鋪桿草，半頭甎又墊上簷毡帽。這是我爲君的不正，尋思起自己錯了。

三更裏月正圓，在外人好孤單，蟲聲叫的人心亂。剛才夢在龍牀上，佳人倒鳳又顛鸞，醒來却在荒村店。也是我爲君的不正，原不該私出了順天。

四更裏月兒歪，聽簷前鐵馬篩，聲聲聒的魂不在。白日裏奔波還好受，黑夜淒涼好難捱，前生少下孤單債。這是我爲君的不正，失主意走出京來。

五更裏鷄報曉，星兒稀天明了。周元起來把爺叫：我今要上長街去，不得送你休計較，老客請起登古道。想是你軍情緊急，你的事休要誤了。

周元自思："今日給那長官甚麽吃？不如我早著些叫他走了，我好上山打柴。"周元說："長官，你起來罷。天明了，你還不走，等甚麽哩？誤了我早去打柴。"那萬歲起的身來，取出一錠銀子來，說道："周元，你拿去當飯錢罷。"周元道："長官差了。俺不是做買賣的人家，不要銀子。"皇爺說："我自來不好乾吃[①]人的東西，你既不要，我有道理。你這裏隔着甚麽城近？"周元說："沒有城。"皇爺說："今夜怎麽梆鈴幾乎聒殺人？"周元說："你不知道，那是後莊裏曹老爺家打更。"皇爺說："那個曹老爺？"周元說："就是那做三邊總督的。"皇爺說："哦！是曹重麽？"周元說："你風麽！曹老爺知道，拿了你去，豁口子[②]加牆板。"皇爺說："怎麽講？"周元說："可就打殺了！"

曹老爺還體情，那別爺更不通，縣官拿著當奴才用。耳軟光聽下人的話，眞是一個糊突蟲。管家還比主人勝，一個鷹頭鱉耳[③]，酷像是做了朝廷。

皇爺說："這廝恁麽利害！我且問你：他家有多少人口？"周元說："曹老爺，曹奶奶，曹小姑。"皇爺說："那曹小姑不知多大年紀？出了閣不曾？"周元說："還沒哩。"皇爺說："我把曹小姑來給你做個媳婦，何如？"周元說："不敢，不敢！曹老爺利害，昨日上山打了一擔柴來，他說是割了他的山場了，把我拿去弔了一夜，虧了俺娘跪前跪後的，才饒了我，誰敢惹他！"皇爺說："有我不妨，那是我家支使的小廝。"周元說："我不信，我不信，他是一

① 乾吃：白吃。

② 豁口子：缺口。

③ 鷹頭鱉耳：比喻無足輕重的人。

個大官，倒給你這長官支使？”皇爺說：“我哄你呀，我合他是個朋友。我寫個帖子給你，拿去給他，量他幾石糧食來給你娘們吃，好呀不好？”周元道：“只怕你那帖子不準①呀。”皇爺說：“你拿筆硯來使使。”周元聽說，把筆硯墨紙拿來。萬歲自思：我寫書給他甚麽是顯驗？萬歲脱了那𩍐鞋，把那裹脚裂下一幅來。周元看見，吃了一驚。周元說：“長官，你這裹脚上不是蛇麽？”萬歲說：“這是故事②。”把書來寫的停當，遂說道：“我若去了，你可送給曹重，他自然看顧你。”周元說：“他發作了著呢？”皇爺說：“我教你兩句話給你，到他門上，你可吆喝著說。你就說：我有一封信，曉諭曹重知：北京一長官，宿在我家裹，吃了一頓飯，用了一隻鷄。你家曹金定，配與我爲妻。你若不依允，就是造化低；你若從下了，賞你一領大大的面皮。”

萬歲爺把話教，小周元諕掙了，三魂七魄出了竅。面上土色瞪著眼，手脚猖狂③身子搖，聲聲只把長官叫，是俺達復生跳起，活活的把我送了！

周元說：“不好不好！你不[五]送了我了麽？”皇爺說：“有我哩。”周元說：“怕的有你沒有我了！”皇爺說：“不妨，我有一點薄體面。”周元把書收了，皇爺就要起身。

萬歲爺要登程，子母們來送行，周元把馬牢牽定。囑咐那周元休當戲，千金難買書一封，小小體面頗堪用。早早的將書投上，子母們無限崢嶸。

萬歲[六]催馬去了，周元母子商議。劉氏道：“我兒你去，他若是朋友，他不打你，替他問安。”那周元果然依着那長官的話，拿著書戰戰兢兢的來到後莊，站在大門首便說：“門上的替我傳傳，有老爺的個朋友，留得一封書在此，還有許多面話要說的。”那看門的聽的說是老爺的朋友，不敢怠慢，即忙稟於曹重。曹重說：“蹺蹊！今夜夢見聖旨到來，這事有些古怪，快把屏門④開了。”那周元見開了屏門，慌忙進去，見了曹重，磕了一個扁頭⑤。那萬歲教他的話，也不敢說，只把書來遞與曹重，心裹戰兢[七]的，恐怕發作起來，那眼不住的䁠那路徑，若有動静，好跑他娘的。只見那曹重急忙把書接下，仔

① 不準：沒有效用。

② 故事：傳說；典故。

③ 猖狂：猛烈抖動。

④ 屏門：古建築中起到屏風作用的門。

⑤ 磕了一個扁頭：把頭磕扁了。形容磕頭很用力。

細觀看。有詩半篇："聞的你家女兒好，提他嫁與周宗寶；若問月老是何人，北京皇帝朝廷老。"曹重看罷，將書懸起，倒身下拜。

曹老爺拜聖言，喜壞了小周元，休說長官無體面，一塊裹脚嗄要緊，見了磕頭禮拜參，跪在地下如搗蒜①。曹老爺官職不小，倒怕這一個軍漢。

曹重拜罷道："你給誰下的書？"周元道："是北京一個長官。"曹重道："你認的他麼？"周元說："不認的。"曹重說："那是北京皇帝。"周元說："錯了，早知他是個皇帝，我留他在俺家裏，一輩子不怕人。"曹重說："他封了你官了。我家曹金定與你爲妻。"周元說："不敢，不敢！給我二斗糧食吃著打柴罷。"曹重說："你以後不用打柴了。"吩咐左右："給他把衣裳換了罷。"

還是那舊周元，換新衣另一看②，村頭窮腦登時變。乍穿著尺頭不大緊，身下[八]悶癢似蟲鑽，霎時拿把③的通身汗。新學著作揖唱喏，好一似猢猻鑽圈④。

周元前廳坐下，那曹重來到後邊[九]，合馬夫人商議。夫人道："我這麼一個女兒，就給了周元！"曹重說："婦人家你曉的什麼！違背聖旨，全家該斬！"那夫人聽說，即速上了繡樓，將小姐打扮。曹重吩咐抬下香案。

小周元起拜著，看小姐賽嫦娥，頭暈似在船中坐。他是天上的神仙女，湯他一湯就造化多，頭皮薄敢說將他摸？餓老鴟時來運轉，一把兒抓住天鵝。

二人拜完天地回房，曹重差了兩個家人，去給劉氏道喜。却說劉氏在家，見他兒子去了，多時不回來，心中甚是掛念，說道："想是俺那寃家不會說話，得罪著那曹老爺家。沒影的⑤下了一位客，宿了一宿，吃了一頓飯，見沒問他要錢，他就沒的揪作揪作⑥，就寫了個帖子，給那曹老爺，著他給俺兩石糧食吃。我就短了一句話⑦，沒囑咐他到那裏略問他要要，他若不給，就流水回來罷；俺那寃家指著個帖子，合聖旨呀是的，仔管問他要，想是要的發作

---

① 如搗蒜：比喻不停地磕頭，像搗蒜一樣快。《金瓶梅》第三十回："那吳典恩慌的磕頭如搗蒜。"

② 另一看：乍一看。

③ 拿把：拘謹；不自然。

④ 猢猻鑽圈：耍猴。

⑤ 沒影的：平白無故。

⑥ 沒的揪作揪作：編不出謊話。

⑦ 短了一句話：少說了一句話。此指沒有交代清楚。

了，打他哩！我出去看看的。”劉氏正走到大門邊，手扶著那門，叫了一聲小周元：“這麽晚還不來，必定是吃了虧了！”

甕裏米沒一升，打一頓來家中，吃著甚麽去養疼？心下躊躇還未了，來了二人跑的凶，倒把婆兒了諕一個掙。多管是打了兒子，拿我去還要找零。

只見二人跑將進來，看見劉氏雙膝跪下。劉氏慌忙拉起說：“大哥們折罪殺我了！”那人道：“奶奶喜事臨門！你家裏宿的是皇帝，封了你那兒一個官，合俺家小姑娘配爲夫婦了。叫俺來報喜，還囑咐不要走漏了消息。”劉氏聽說，又驚又喜，又是著忙。二人去了。劉氏回家，滿斗焚香，拜謝天地。

謝天地滿斗香，又是喜又是慌，渾身也不知是怎麽樣。我兒模樣也不醜，只是手脚太村幫[①]，咱合小姐配不上。叫姑娘還怕不理，做個夢敢著他叫娘。

劉氏拜謝天地已畢，曹老爺差著小廝丫頭，把劉夫人抬進府來，母子們享受榮華，不在話下。再說萬歲登程，未知後事如何，且聽下回分解。

【校】

［一］夫：盛本作“婦”。

［二］坑：盛本作“炕”。下同。

［三］路：盛本作“頭”。

［四］菜：盛本作“就菜”。

［五］不：盛本作“這不”。

［六］萬歲：盛本作“萬歲爺”。

［七］戰兢：盛本作“戰戰兢兢”。

［八］下：盛本作“上”。

［九］邊：盛本作“堂”。

第六回　十字街閑遊子弟　孤老院戲賺君王

話說萬歲别了周元，走了多時，來到一道山嶺，見了許多的人，拿著杴

---

① 村幫：此指笨拙。

钁[一]修路。那萬歲不知是做甚麽的，遂問道："你這些人修路爲何?"衆人說："長官，你不知道麽? 我說與你聽罷。"

修路的官票是老江。北京城裏浪蕩皇，聽說他要出來撞，三宫六院嬌娥女，陪著自在何等強。這個朝廷[二]精混帳，只管他閑遊閑要，那知道百姓遭殃!

萬歲說："你好大膽，敢罵皇帝!"衆人道："隔著這麽些路，他那裏有驢耳朵怎麽樣[1]長，他伸過來聽聽，就知道是俺罵他。"萬歲自思：好沒要緊，問了他問[三]，就惹的他罵了這麽些。我待加罪與他，他乃是鄉民無知。自古道：背地裏皇帝也得罵。這也是我自惹其禍，好沒要緊[2]。便笑著問道："那是往大同去的路徑?"衆人說："山下頭有一座石橋，橋西頭有兩條路，南股[3]正沖著大同府的去路，到東門還有三十五里。"萬歲聽說，提轡就走。

萬歲爺沒打撒[4]，待問他做甚麽，好好惹了一場罵。下的山來往西走，看見大同城裏塔，十里聽的人說話。勒住馬擡頭遠望，躊躕道問問不差。

那萬歲正走，看見了城池，勒住馬問那行路的人："這是大同府麽?"衆人道："正是了。"萬歲聽說，打馬進城來了。

行走著[5]來到了，城牆下好深壕，紅蓮緑水重[四]楊罩。心忙不看城外景，闖進城來四下瞧，三街六市人烟鬧。果然是男清女秀，一個個異樣風標。

萬歲進的城來，見男清女秀，人烟凑集，果然好景。按下萬歲不表，却說這大同府有兩家鄉宦，生下兩個兒子，唤做張王二舍[6]。先人故後，撇下無限産業，不安分讀書，光好結交光棍，狐羣狗黨，專好吃酒賭博。一日在酒樓上飲酒中間，王舍說："張大哥，咱在這酒樓上吃酒，好不悶的慌! 依著我說，咱上那十字街前，打掃乾淨，擺下桌酒，或扶[五]骨牌，或打雙陸，引的好要的子弟上了咱的當，哄他幾兩銀子，咱好花費花費，好不好?"張舍說："妙妙妙!"

---

① 怎麽樣：這麽樣。

② 沒要緊：無關緊要。

③ 南股：南邊那條（路）。

④ 沒打撒：沒長腦子。陕西方言中，"打撒"有"大頭"之意。

⑤ 行走著：正走著。

⑥ 舍：舊指顯貴子弟。宋元及以後作品中多見，有時也稱舍人。元代鄭廷玉《看錢奴》第三折："人口順都叫我做錢舍。"

二子弟下樓來，前來到十字街，排下一桌酒合菜。二人拍手哈哈笑，咱今吃個大開懷，巡盃換盞流星快。他兩個輕狂賣弄，行酒令又把枚猜。

按下二人飲酒，話説那萬歲來到十字街前，看見張王二舍在那裏打雙陸，遂下馬來站在旁裏觀看。本府城隍恐怕萬歲有失，叫大小鬼使，快去十字街前，保護聖駕。不一時，那五花琉璃鬼、青頭赤發鬼、沒要緊的瞎仗鬼、門後頭的壁牆鬼、不幹好事的促狹鬼……眾小鬼們直到街前。那張舍拿起骰子來要一個六，却擲了一個么[六]。那萬歲看饞了，不覺得説出來了個六。大小鬼聽的萬歲叫六，就翻過來了。張舍遂贏了十兩銀子。張舍道："這長官帽破衣殘，到是極好的口才。分明是個么，説六就過[七]來了。長官休走，等著我給你二錢，你買頓飯吃。"那萬歲是一朝人王帝主，眼中可那裏有這二錢銀子，萬歲不答。王舍道："你這個花子，放著路不走，來這裏溜和①溜和的！你只等溜頓皮捶，你才息了心！"萬歲道："你待打誰？只怕石頭鑽的鼓子不中打，糶的二升秕芝麻打了沒油水。"那張舍滿臉陪笑，説道："這個兄弟不知道甚麼，得罪著你，萬望長官容恕，我管陪情。"萬歲被張舍撫恤了幾句，也就漸漸的消了怒。王舍道："張大哥，只是便宜了那花子，若是小廝們湊集挑挑嘴②，就把他毛來撏③一個淨！"張舍道："休惹禍。"王舍道："他除非是個皇帝。"張舍拉著王舍上酒樓去了。

萬歲爺發玉言，那朋友請回還，搗盅寡酒也沒的幹。我雖人家不大大，生平賭博不疼錢，一半兩銀子也看的見。咱不過閑暇無事，我合你玩上一玩。

皇爺説："二位，我合你玩玩。"張舍説："你那裏的銀子，敢説和俺玩玩？"王舍道："張大哥，這花子不知好歹，叫咱合他賭，咱回去合他賭賭，贏他幾兩銀子添梢。"張舍道："好眼色！披著蓑衣吃麻糂④，不看吃的看穿的，渾身衣服不值一個低操⑤，贏他命麼？"王舍道："你沒眼色，他那一匹馬不值好幾十兩銀子麼？"張舍道："也是。"二人回來，望著皇帝唱了一個大喏，説道："長官，你待玩玩，俺可玩的大，方才沒見一帖是十兩？沒的長官

① 溜和：溜達；轉悠。

② 挑挑嘴：動動嘴。

③ 撏（xián）：扯；拔。唐代李洞《贈王鳳二山人》："願許為三友，羞將白髮撏。"

④ 麻糂（shēn）：芝麻榨油後的餘渣。

⑤ 低操：低鈔。價錢很低。操，"鈔"的一聲之轉。

就玩不起百十兩銀子麽？只怕你輸了沒甚盤費，每帖三錢何如？”皇帝說：“在你隨便。”三人坐下打雙陸，兩人是一個心，要賺萬歲的龍駒。

忙端過骰子盆，雙陸馬兩下分，二人點子總不順。萬歲呼嗄就是嗄，兩帖赢了六錢銀。張王二舍心不忿，往常時顯著你我，把雙陸輸與别人。

萬歲贏了兩帖，張舍道：“我説你不要合他玩，這不是被他赢了？”王舍道：“賭錢避不的輸贏，光赢人誰合咱賭？”張舍道：“輸給個好人罷了，被這花子赢了，怎麽見人？”王舍道：“南京城裹沈萬山[1]，泊頭北裹枯樹皮，人的名，樹的影，誰不知你我？發一個慈悲，著他拿了去買酒買飯，濟他受用；沒有我的口號，他若是動動我這銀子，鍋子匠[2]不鑽眼，生釘這狗頭！”張舍道：“長官原來是玩，休動這銀子。”

二子弟氣狠狠，説長官你不認人，你來大同捎捎信，宣化府裹數著俺，俺是大老爺家二代孫，吃酒賭錢打光棍。叫長官把銀子留下，動一動這拳頭無親！

萬歲說：“沒見你那打手何如，先説你那不出門子的奸漢嚇人。我要説出我那家鄉居住，你只是搬了罷。”王舍道：“你在雲霧裹往來，你説的都是雲彩眼裹的話[3]。”皇帝說：“人不説不知，你且站住，我説與你聽聽。”

武宗爺怒生嗔，罵二位太欺心，你去北京問一問，莊上主管無其數，出名的總管一大羣，我是天下頭一條好光棍。不是我誇句海口，惱了時抄你的滿門！

二人道：“哈！你是皇帝麽，能抄人？”萬歲說：“雖不是皇帝，却也合那皇帝鄰牆。我往常時，上無片瓦蓋頂，下無寸土立足。那一日撞著正德，他說，你這麽一個人，就無棲身之所，跟我來給你一間屋住。他那皇城西裹給了我一間住著。那皇帝他每日裹抄人，我就學會了。”王舍道：“張大哥，這長官説話有些京腔，風裹言風裹語的，都説萬歲爺待來看景呀，咱兩個福分淺薄，也會不著那皇帝，只怕是出來私行的官員，今日得罪著他，回朝上本，可不抄了咱麽？”張舍道：“不是就是響馬，若是得罪著他，咱就休出門了。

---

① 沈萬山：原名沈萬三，音轉之故“三”發音為“山”。明代江南富豪，因與朱元璋不和而家道中落。

② 鍋子匠：修補陶瓷等器皿的匠人。鍋，同“鍋”。

③ 雲彩眼裹的話：比喻不著邊際的話。

設或路上撞著，可成了寃家路窄了，漫窪中夾夾馬趕下咱去，颼的一箭，嗤的一聲，一刀可就殺了咱了。拿著細絲紋銀合他惹仇家哩!”張舍道：“怎麼處?”王舍道：“我有道理。”遂秉手當胸叫道：“老客，你不要惱，俺兩個相處朋友，不論生熟，好調寡嘴①。那六錢銀子你拿了去罷。你的雙陸擲的高妙，有心待請你到舍下來求教一二，天又晚了，來日相會罷，請了。”

二子弟打下躬，叫長官你是聽：你的雙陸比俺勝。白銀贏了六錢整，當與長官來接風，權當寫了奉申敬②。萬歲說有勞二位，陪我到宣武院中。

二人聽說，那鼻子裹就嗤了：“這花子這麼不識擡舉，咱混他一混。長官，你待上院[八]裹投親去麼?”萬歲說：“好剁鮓③的戲弄我寡人麽！該死狗頭!”遂沒好氣的說道：“沒有親。”王舍道：“沒有親，去做甚麼?”萬歲說：

住家鄉在順天，我是個窮長官，閒來山西把心散。久聞貴處姐兒好，尋個婊子玩一玩，不知那是宣武院?你二位陪我走走，窮軍家自然不乾。

王舍道：“這花子除贏了咱的銀子，還著咱陪他，我嗤他往孤老院裹走走何如?”張舍道：“極妙!”王舍拱手道：

不攏過陪你嫖，叫老客休計較，我今對你說院裹的道。俺𤔡明日攜盒酒，敬上院裹望一遭，旁人看著才榮耀，都說是長官體面，張王舍都合他相交。

皇爺說：“多蒙厚意。那裹是去徑?”王舍道：“順大街往北走，轉過隅頭④向東一座木牌坊，路北裹新蓋的大門樓，那門上有匾，匾上有字，字字寫的明白，那就是宣武院。”萬歲聽說，心中大喜，上馬去了。未知後事如何，且聽下回分解。

【校】

[一] 杴钁：蒲本、盛本作“鍁钁”。

[二] 朝廷：盛本作“皇帝”。

[三] 他問：盛本作“問他”。

---

① 調寡嘴：開玩笑。也用作說寡嘴。《後西遊記》第三十三回：“不知婆婆何故反走了就回來，讓那猴子說寡嘴，轉道婆婆夾他不住。”

② 奉申敬：即“奉申賀敬”。向對方表尊敬的客套話。

③ 剁鮓：剁成渣。意謂碎屍萬段。

④ 隅頭：牆角；拐角。

［四］重："垂"的形誤字。文中皆為"垂楊"，無"重楊"例。

［五］扶：盛本作"抹"。

［六］么：現在多寫作"幺"。

［七］過：盛本作"翻過"。

［八］院：盛本作"宣武院"。

第七回　猷萬歲孤老院尋妓　乖六哥玉火巷逢君

話說張王二舍哄的萬歲去了，在那街前拍手大笑。

好計謀自家誇，自在的笑哈哈。這兩行子沒造化，朝廷在前還不識，順著口子光瞎吧，頂著蒲笠似天那大。古丟丟死還不覺，呲著牙喜的是甚麼？

那萬歲騎馬順大街前行，轉過街口，果然有座木牌坊，路北裏瓦門樓，上掛著牌匾，那牌上是"養濟院"三字。萬歲進院的心盛，沒往上看，光見了一個院子。萬歲下馬進去，他沒見那好姐兒，都是些蒼顏白髮，有紡棉花的，有納鞋底的，有補補丁的，拿虱子的，洗鋪襯的。萬歲暗罵：江彬砍頭的，哄了我來！你說三千名妓，亞賽嫦娥，這就是樣子了麼？我曉的還在裏頭哩，恐怕風吹日炙曬黑了，我進去看看。

進院來細端詳，見了些女娥皇①，個個都有五十上。口裏沒牙眵糊著眼，東倒西歪曬太陽，通然不像個人模樣。破衣服赤身露體，哮［一］殺我好他那髒娘。

那萬歲正往裏走，從裏頭出來了一個老漢，說道："長官，你來院裏做甚麼？"皇爺說："我來耍耍。"老兒道："你會［二］刀呀，是耍槍？耍把戲，弄傀儡，說快書，唱道情②，你去上那十字街前，耍給人看，掙幾百錢好買嗄吃，你來這裏耍，可給你甚麼？"皇爺說："我來看看。"老兒說："你來看親麼？"皇爺道："沒有親。"老兒道："可有朋友麼？"萬歲大怒道："合你這忘八做甚

①　娥皇：也稱湘夫人、湘妃，傳說舜的妻子。此指婦女。

②　唱道情：我國民間一種傳統說唱藝術形式。唱為主，說為輔，說唱結合。清顧張思《土風錄》第二卷："俗謂彈唱故事者為唱道情。"

麽朋友？我對你說，我來找個婊子玩玩。”老兒大怒道：“你鋪著扁擔蓋著帶子睡[①]來麽？你這不識時務的貨！要婊子可沒有，不棄嫌，有孤老哩，給你幾個耍耍罷！”萬歲說：“好哇！我來嫖婊子，不想撞着孤老窩裏來了。”萬歲又道：“你是誰家的孤老？”老兒道：“誰家給俺飯吃，就是誰家的孤老。俺吃的是皇帝家的俸糧。”那萬歲聽說，才知道是孤老院，羞慚滿面，無言可答。低頭一計，便說道：“我是江老爺的差官，來這孤老院裏查查，年老的許他吃糧，若是年少的趕出院去。”老兒聽說，磕頭在地，說：“小的不認的是差來的老爺。”皇爺說：“我不怪你。我要進宣武院，坐落那裏？”老兒道：“出門向西走，轉過隅頭向北，那西巷裏坐北朝南，景致無窮，王孫子弟有錢者，往那裏去樂。”萬歲聽說，牽馬出院，羞愧難當。一時覺著身體乏困，尋思道：“我暫且找一店房歇息半日，叫店主送我進院，有何不可。”那萬歲尋找店房，且說這玉火巷店家李小泉，有個走堂的六哥兒，他是東斗星臨凡，合該他時來運至，這大同城裏不知有多少酒肆飯店，萬歲爺正眼不理，一騎馬竟進了玉火巷來了。

牽著馬尋店家，吃酒飯解解乏。走堂的高叫來咱家罷，煖閣樓房高大廈，圈椅[②]方桌仔細[③]茶，酒果飯食都減價。北京城官員過往，那一個不來咱家！

那六哥正在店房，忽聽的鑾鈴[④]響亮，跑到門前，看見萬歲，慌忙籠住龍駒，就說：“老客裏邊下何如？”六哥他：

一見皇帝面，和顏悅色添，向前攏著馬，話兒比蜜甜，老客咱家住，三生結下緣。不是小飯店，東西盡皆全：肉包蘸著蒜，碗哪[三][⑤]大食團，雪白稻米飯，火燒是水煎，鷄汁水花麵，只要八個錢。若要候朋友，擺酒不費難，南菜咱都有，海味件件鮮，燒酒壺又大，黄酒苦又甜，雙陸合棋子，悶了有絲絃。錢不論好歹，銀子九二三[⑥]，無錢且上賬，過日隨心還。高房又大廈，馬棚數十間。萬歲心裏喜，牽馬到裏邊。六哥拴下馬，向前問事端，掃地只

---

① 鋪著扁擔蓋著帶子睡：形容愚蠢。

② 圈椅：扶手和靠背相連，靠背呈半圓形的椅子。

③ 仔細：精細。

④ 鑾鈴：古代帝王車馬所用的鈴。

⑤ 碗哪：碗那般的。

⑥ 九二三：純度在百分之九十二三。《綠野仙蹤》第十八回：“像這錢我就沒的說。這十來兩銀子，九二三的也有，九五六的也有，內中還有頂銀，和銅一樣的東西。”

一躬[①]："長官是那邊?"皇爺說："你是問的我，北京藍旗官，家鄉也不遠，居住在順天。自小油滑無能幹，江都督手下做差官。今日路過大同府，專到寧夏去查邊。"

那六哥道："早知是江老爺的差官，就該遠接，接的遲了，萬望恕罪！路遠山遙，鞍馬勞困，多有辛苦了。"這六哥也是福至心靈，神差鬼使，使的着他奉承了幾句話。那萬歲大喜，暗暗稱獎道："人不在大，馬不在小，果然是實。我自離了北京，一路見了多少人，沒人問我個辛苦；這小廝不上十五六歲，偏知道我的辛苦。我自不虧人，問他問是甚麼姓名，久後回京，封他一官半職，也是他問我辛苦一場。"皇爺說："小夥貴姓?"六哥說："不敢，愚下姓尹。"萬歲說："城裏人家孩，讀了二年書，就會說愚下。你的尊諱?"六哥說："我沒有名字，家父養活了俺兄弟六個，我是個老生子[②]，排行叫六哥。長官路上困乏了，我燒些水來，你淨淨面好吃茶呀。"

淨面湯一銅盆，獻過來花手巾，細軟肥皂多清潤。老客一路多辛苦，鋪下牀兒放放身，休歇休歇眼不困。小六哥乖滑[③]伶俐，萬歲爺件件隨心。

那萬歲吃茶已畢，六哥將樓房掃除乾淨，拿了一個坐來，說道："老客請坐，我取飯來你用。"

小六哥笑顏生，叫老客你從容，待吃好物我管奉。又有合汁[④]又有麵，新出爐的熱燒餅，肉包火燒隨心用。一路來千辛萬苦，拿酒來先吃幾盅。

六哥道："你會吃酒麽?"萬歲說："我才[四]是天下吃酒的祖宗頭。"六哥說："你是吃酒的那頭，我就是賣酒的那頭。"萬歲說："你這小廝賣了多少酒?"六哥說："老客，我說這話你休怪俺，這一年拋撒的那酒，也勾你吃一輩子的。"皇爺說："你有甚麽好酒?"六哥說："休問我那好酒，你來霎就沒見我那酒望上寫的那對子麽?"皇爺說："你拿來我看看。"六哥把酒望取來，遞與萬歲。萬歲接來觀看，上寫著："隔壁三家醉，開壜十里香。酒高壺大，現錢不賒，霸王吃酒要現錢，張飛沒錢剝下靴。"皇爺說："這小廝好利害！

---

① 掃地只一躬：深深地彎腰鞠躬。

② 老生子：父母年老所生的子女。

③ 乖滑：聰明伶俐。《金瓶梅》第十八回："自幼乖滑伶俐，風流博浪牢成。"

④ 合汁：此指一種湯類食品。《金瓶梅》第二十三回："累你替我拿大碗燙兩個合汁來我吃，把湯盛在銚子裏罷。"

霸王平分天下，張飛是三國忠臣，要錢罷了，就許你剝靴！待我耍他一耍。”遂說：“你這話頭不好，我給你改了，情管生意大快。”六哥說：“你給我改了，我掙了錢來孝敬你老人家。”萬歲說：“不難，拿筆來。”萬歲爺一筆到底，六哥看了看，改的是：“也漫說那酒高壺大”，第二句是“清香賽過屠蘇[①]”。六哥說：“是怎麽講?”萬歲道：“這屠蘇是古時美酒，你那酒比他還強。”六哥大喜道：“好口才！好口才!”皇爺又題道：“色比葡萄才半熟，插上楊梅同做。”六哥道：“這又是怎麽講?”萬歲說：“這兩句是說你那酒的顏色好，紅通通的，就像那半熟的葡萄，加上那楊梅一樣的嬌嫩。”六哥說：“妙妙!”皇爺又寫道：“行人也不來飲，鄰里也不來沽，一年只賣兩三壺。”六哥大怒道：“這不壞了麽？休寫罷，賣不的還好哩!”萬歲說：“你休要燥發，你看下句：剩下的却曬好醋。”

六哥兒心裏焦，叫老客你把我敲，幾般好酒你不知道。我有七十二樣酒，見[②]樣拿來你瞧瞧。品品不好往當街倒，從今後不開酒店，說聲薄把壺貶[③]了！

皇爺說：“你有甚麽好酒，說來我聽。”六哥說：

時黄酒合春分，狀元紅[④]蜜林檎，鎮江三白[⑤]顏色俊；尋常就是白乾酒，每瓶只要一錢銀。老客不必你多心問，我還有黄菊高酒，每一瓶二錢紋銀。

皇爺說：“你拿黄菊高酒來我吃罷，那混帳酒我吃他不慣，情願多給你價錢。”六哥說：“老客既要吃好酒，我去拿的。”跑下樓去，叫掌櫃的把原封好酒裝上兩壺，提到樓上，滿斟一盃，遞與萬歲吃了一口，果然好酒。萬歲開懷暢飲。那六哥滿面悦色，無不奉承。六哥道：“我賣酒這幾年來，再沒見個會吃酒的，你眞是天下吃酒的個祖宗頭。”萬歲說：“好酒！你拿那望布來，給[五]你另改了你好賣。”六哥說：“吃酒罷，不要改了。”皇爺說：“不妨。”六哥把望布拿了來，萬歲提筆在手，上面題西江月一首：

春夏秋冬好酒，清香美味堪誇。開罎十里似蓮花，八月聞香下馬。洞賓

---

① 屠蘇：酒名。古代傳統風俗中春節期間喝屠蘇酒可避瘟疫。王安石《元日》：“爆竹聲中一歲除，春風送暖入屠蘇。”

② 見：每。

③ 貶：通“扁”。弄扁。

④ 狀元紅：中國歷史名酒。舊時紹興人生兒子後，將一壇酒埋在地下，盼望他以後高中狀元，然後把酒取出招待親朋，故名。

⑤ 三白：酒的一種。因用白麵、白秫、白水久釀而成，故名。

留下寶劍，昭君當下琵琶；劉伶①愛飲不回家，好酒哇醉倒西江月下。

萬歲爺笑顏開，叫六哥你過來，有了好酒要好菜。賣飯不怕大肚漢，好物濟數都拿來，除了要錢有何礙？小六哥滿心歡喜，這長官仗義疎財。

六哥說："你待吃菜麼？"皇爺說："寡酒難飲。只怕你店裏沒有好菜。"六哥道："只怕你無錢。休說是你，就是北京城大駕降臨，俺擺個御筵也擺的來。"皇爺說："你就拿著家當比那北京皇爺麼？我從來沒見御筵，你就擺一桌罷，我正不待吃那混賬東西。"也是他君臣意投，六哥急忙走下樓來，叫一聲掌櫃的："樓上客吃了足色好酒，又要吃足頂好萊哩。咱給他吃不給他吃？"李小泉說："我不管你。那闖江湖的調喉舌、弄寡嘴騙子極多，給他吃了有錢極好；若無錢，他吃了，有扒肚子的御史麼？待要的漫[七]了，人[八]折了本；待緊了，壞了咱店裏門市。吃與不吃我不管。"六哥說："狗脂！他若無錢，我認著我這一年工價，也該二十兩多銀子，也還管的起他頓飯了。"

小六哥整攢盒，松子榛仁把皮剝，柑橘酥梨擺幾個；羊肚松傘②沙魚翅，猴頭熊掌共燕窩，件件齊整看的過。休說道將這長官款待，皇帝老待吃甚麼？

六哥整了一桌酒菜，擡上樓來。萬歲一見，滿心歡喜。

安排的甚均勻，端上來香噴噴，盤碗鮮明顏色俊。肥豚笋鷄天花菜，鯚魚鰒魚共海參，還有蔴[九]菇合香蕈。萬歲爺滿心歡喜，缺少個作樂的佳人。

萬歲見那酒食美味，任意取樂，但少個佳人陪伴，遂把那六哥喚來，叫他往宣武院搬婊子。未知六哥去與不去，且聽下回分解。

【校】

［一］哮：盛本作"磅"。

［二］會：盛本作"會耍"。

［三］哪：當為"那"。

［四］才：盛本作"乃"。

［五］給：盛本作"我給"。

［七］漫：盛本作"慢"。

［八］人：盛本作"又"。

---

① 劉伶：魏晉名士，"竹林七賢"之一。因喜愛喝酒，有"醉侯"之稱。

② 松傘：松傘菇。

［九］蕪：盛本作“蘑”。

第八回　六哥筵前誇妓女　萬歲樓上認乾兒

話說那萬歲飲酒中間，叫道：“六哥靠前來!”六哥尋思道：“你這京花子無廉恥，哄我近前有甚麽話?”說道：“老客有甚[一]話說罷。”萬歲笑道：“你知有三般景致麽?”六哥道：“那三般?”萬歲道：“羽州的城牆，大同的教場，宣武院的姑娘。”六哥道：“羽州的城牆聽的說，可沒曾見；大同的教場也不爲景致，只是大就是了，有九頃六十四畝，天下人馬聚集，一年兩操；只有宣武院的姑娘，果然豔色出奇。”萬歲說：“果然是實?你給我搬一個來陪我，何如?”六哥說：“你就是猴子扒竹竿，一節一節的來了①。進店來住了好房子，吃了好酒，又吃好菜；好酒好菜都吃了，又格外生事，又要個作樂佳人陪伴。只怕你沒有錢，你搬婊子，可是要省錢的，要費錢的?”萬歲道：“省錢的不知要幾千?費錢的不知要幾萬?”六哥道：“省錢的店前有極好的招牌，只是底板沈②些。”萬歲道：“你實說罷，我是個夯人③。”六哥道：“模樣極好，就是脚大些。”皇爺說：“你把那好的搬一個來玩玩罷。”六哥道：“我先說說你聽聽著。”

宣武院姐兒多，無名的數不著，有名略表十數個：金玉銀玉天生俊，愛愛憐憐都差不多，素娥④月仙也看的過。這還是尋常的豔色，有兩個賽過嫦娥。

萬歲道：“甚麽名字?”六哥道：“一個是賽觀音，一個是佛動心。”萬歲道：“怎麽樣的兩個人兒，就敢起這個名字?”六哥道：“這賽觀音有説，這佛

---

① 猴子扒竹竿，一節一節的來了：歇後語。比喻得寸進尺。

② 底板沈：屁股大。屁股俗稱“底盤”，音轉為“底板”。

③ 夯人：愚笨之人。《紅樓夢》第一百一十五回：“那裏象我們這些粗夯人，只知道諷經念佛，給人家懺悔，也為著自己修個善果。”

④ 素娥：神話中的仙女。又指嫦娥。唐代羅隱《中秋不見月》：“天為素娥孀怨苦，並教西北起浮雲。”

動心有講。賽觀音是老鴇子尋的，長到十二三，扎掛起來，甚是風流。子弟們看了，都說合觀音相似的，老鴇子綽號那點口氣，就叫做賽觀音。”萬歲道：“那佛動心呢?”六哥道：“他是揚州人氏，姓劉，父母雙亡，從七八歲他姑娘賣在他院裏，溫柔典雅，體態輕盈。衆人誇獎，就說老鴇子你的時[二]來了，你家二姐，活佛見了他[三]動心，就叫起來了。若見了他時，就像那二月二的煎餅①。”皇爺道：“怎麽講?”六哥道：“就攤②了呢!”皇爺說：“怎麽樣的豔色，說來我聽聽。”

單表起佛動心，滿院裏他超羣，金蓮小小剛三寸。彎的是眉兒，乖的是眼，俊的是模樣，俏的是心。尋常不肯合人混，這妮子拿糖捏醋，看不上公子王孫。

皇爺說：“一身難嫖兩個，你把那賽觀音搬來我嫖嫖罷。”六哥說：“你來的晚了，接了客了。說起那客來，有他坐的去處，還沒有你站的去處。”皇爺說：“瞎話!你說是那裏的客?”六哥道：“是王尚書的公子王三爺，名喚王龍。你敢叫他的婊子!他若惱了，送到你縣裏，打你頓板，還給你個作道哩。”皇爺笑道：“只有我打的人，人再治不的我。但只是賽觀音既接了他，我也不合他爭，你搬那佛動心來陪我罷。”六哥說：“六月六的豆腐，陪不的了。”皇爺說：“怎麽陪不的我了?”六哥道：“你不知佛動心不接凡人。當初有個遲追給他算卦，丫頭先合他說，俺二姐姐極愛奉承，到那裏哄他二兩銀子，咱𡚸好分。那遲追果然有天沒日頭③的，說他有一宫皇后的命。那瞎刀子扎的哄了銀子去了，那皇帝那狗頭也不來了，哄著二姐今日等皇帝，明日等皇帝，到如今還守寡哩。”皇爺說：“你這小廝反了麽!你敢駡皇帝!”六哥道：“他在北京，他就知道我駡他哩。”皇爺說：“不必多嘴，你快去搬了他來。我不肯空支使你，我給你十來個錢，你做身衣服穿。”六哥說：“休說做衣服，就買幾張剛連紙④來也不勾糊一身衣服的。”皇爺道：“一個錢還用不了的。你不信，我先給你看看。”

萬歲爺龍心歡，褡包裏取出錢，十個就是二兩半。若是搬的二姐到，給

① 煎餅：先將雜糧磨成糊狀然後在鏊子上烙成的大而圓的薄餅。
② 攤：方言中烙煎餅也叫攤煎餅。此處諧音“癱”。
③ 有天沒日頭：說話毫無根據。
④ 剛連紙：一種用竹子作原料製成的薄紙。

你做領紅布衫，冷天穿著好跌[四]麵。常言道天不支使空人情，管我打發你個喜歡。

那六哥接著金錢，跑下樓來，誤誤掙掙[1]的叫掌櫃的拿戥子來使使："長官叫我去搬佛動心，給了我十個錢，我稱稱。"小泉道："你幾輩子沒使錢了，拿著幾個錢這麽親？十個錢還要戥子稱著使。"六哥道："你枉做買賣一輩子，老的牙都白了[2]，曾見這樣錢來麽？你看看何如？"掌櫃的接過錢來，看了一看，霞光萬道，瑞氣千條，嚇的半晌無言。

接過來耀眼明，掌櫃的諕一驚，這人不是小百姓；不然是個眞強盜，寶藏庫裏剜窟窿，或是短了天朝的貢。若是你使了發了，葬送你小小殘生！

六哥說："只怕不給我哩，若給我幾千，我化成金子，換成銀子，可不財主了麽？"六哥提著酒上的樓來，滿斟一杯，遞於萬歲，就深深的唱了一個大喏，謝了又謝。一霎叫大叔，一霎叫爺爺，喜的前跑踢、後跑踢的。萬歲說："你愛那錢麽？"六哥道："誰是背財生的！我每日賣酒，也見銀子來，也見銅錢來，可沒見這金錢。"萬歲道："你既愛我這金錢，我合你認門親戚罷。等我那小廝們來時，多給你幾串，強似你起五更、睡半夜[3]的賣酒。"六哥道："金不好使，親戚難認。不棄嫌，合你拜個兄弟何如？"皇爺說："折的你慌了！"六哥說："你待嗄是個皇帝，叫人兄弟就折殺了？"皇爺說："你若愛我金錢，斟上三杯酒，跪在樓上磕二十四個頭，叫我三聲乾爺，我認你做乾兒罷。"六哥道："羞人答答的，看人笑話。"萬歲說："你若不從，難得我這寶貝。"六哥說："也罷，這樓上無人見，就叫他三聲爺，哄他幾串金錢，誰待爺長爺短的跌歇著口子[4]常叫他哩。沒有金錢出上，我就不叫他；若是有金錢，還有叫人祖、叫人宗[五]的哩。"那六哥斟上了三杯酒，跪在樓上，口稱："乾爺，我認了你了。"

小六哥斟上酒，跪下去磕個頭。也是前生緣法湊，萬歲一見心歡喜，叫

---

① 誤誤掙掙：慌張而又莽撞。

② 老的牙都白了：戲謔語。形容年齡很大。

③ 起五更、睡半夜：五更裏起床，半夜裏睡覺。形容非常辛苦。《醒世姻緣傳》第五十六回："他起五更睡半夜與主母梳頭、纏脚、洗面、穿衣、端茶、掇飯，再也沒些怨聲。"

④ 跌歇著口子：張著嘴。跌歇，方言有"耷拉"義，如"跌歇著臉"。

了一聲我兒流，爺們說不的尋常厚。只要你用心孝順，我分給你頃地犋①牛。

萬歲心中大喜，説道："好個龍虎山[六]張天師，他算朕當乏嗣，半路裏拾了一個乾殿下，果如其言。"

萬歲爺笑顔開，我的兒你起來，前生有福把我拜。咱門戶不在人以上[七]，體面也還撐的來，説聲做親還有人愛。我給你尋個媳婦，治幾件霞帔金釵。

萬歲道："六哥兒你耐心，等待我給你做領紅布衫。"六哥自思：可出了醜了。俺乾爺不是個轎夫，就是個鼓手。遂説："乾爺，你給我做别的罷，我不要紅布衫。我曉的乾爺，你是一名軍，你回京著説六哥兒跟我去看看，你乾娘去這麽遠，我待不跟你去一趟哩。到了北京，初一十五的就説，小六哥，跟我去點點卯，穿著那紅罩甲子。這也是小事。只是如今人合那脆草哇似的，打起你死了著，那左鄰右舍説：有小六哥，不是他兒麽？俺祖輩有軍。這兩名軍，可就送了我這命了！"皇爺説："你放心。我這軍好著哩。我家裏有兩條帶，捎根來給你扎腰。一條白的，一條黄的，你待要那一條？"六哥道："年小小的，扎著根黄帶子醜醜的，給我那條白的罷。"皇爺説："這小子造化不小，把一條白玉帶討在腰裏了。"又説："我還給你一頂帽，你要不要呢？"六哥道："甚麽帽？"皇爺説："是半邊帽。"六哥説："給我就給我頂囫圇的，那半邊帽子怎麽戴？"皇爺説："要一個四趁②，戴著那半邊帽，穿着那紅布衫，扎著那白玉帶子，就支極好的架子。"六哥説："無功受禄，寢食不安。搬了二姐來，任憑乾爺給我甚麽不遲。"皇爺説："正是。若搬不了來，跌咱爺們的架子了。"

小六哥賣巧言，叫乾爺你放心寬，我今就上宣武院。蜜口糖舌將他請，他若不來將毛撏，見了咱磕頭如搗蒜。叫乾爺樓上待等，這樁事在我不難。

六哥下了樓，向宣武院去搬佛動心。不知搬了來搬不了來，且聽下回分解。

【校】

［一］甚：盛本作"甚麽"。

---

① 犋：表示牲畜數量的單位。多指拉犁耙等農具的牛。

② 四趁：相稱。

［二］時：盛本作“時運”。蒲本無。

［三］他：盛本作“也”。

［四］跌：盛本作“體”。

［五］叫人祖、叫人宗：蒲本作“叫人祖宗”。

［六］山：盛本作“山上”。

［七］咱門戶不在人以上：盛本作“咱門戶不在一人下”。

第九回　說虔婆六哥進院　相嫖客老鴇登樓

話說那六哥下的樓來，李小泉道：“六哥，你在樓上合長官說的是甚麽?”六哥笑道：“有一句話不好說，我認了長官做了乾爺了。”衆人拱手說：“大喜了!”六哥說：“少笑俺。乾爺著我給他上宣武院搬婊子去。他吃用的嗄都算我的，休要慢待了他。”小泉說：“你說的是那里話！你的乾爺就是我的朋友，你放心罷。”

六哥兒滿面歡，你休要不耐煩，莫要將我胡瞞怨。千萬只是托著你，茶水酒飯要周全，休把乾爺來輕慢。在店中住上幾日，吃了飯算我的工錢。

六哥道：“我上宣武院去，夥[一]裹的買賣躭誤了工夫，叫夥計們說嗄？把那舊營生做起來罷。”遂把那瓜子、嬀梨拾了一盤，抗將起來，出了店門，一聲吆喝，可就賣起來了。

六哥出店把口誇，東西地高南北窪，幾畝窪地種蓟秫，幾畝高地種棉花；剩了幾畝沒嗄種，種了許多大西瓜。王孫子弟來找我，買些瓜子閑嗑牙。早來提名姓，晚來剩自家。吾乃不是別人，賣瓜子的小六哥又來了耶。

瓜子盤端起來，宣武院說裙釵，吆喝一聲把瓜子賣。院中許多嬌娥女，見了駡聲小乖乖，點點①人兒眞作怪。沿門子磨牙鬬嘴②，誰知他別有安排。

按下六哥進院。且說那老鴇子見連日沒客，悶悶不足，叫了聲丫頭說道：“玉火巷您尹六叔，往常時三朝兩日的就送客來，如何這一向絕不來走走？你

① 點點：年齡小。

② 磨牙鬬嘴：插科打諢；說笑。

去找著他說，俺娘請你，你怎麽不去玩玩。你若是閑著，把那瓜子、梨兒拿些來院中走走。”丫頭聽說，出的門來，看見六哥，即回後房道：“媽娘，俺六叔來了。”媽兒聽說，走出門來，接著六哥，拜了又拜：“您六叔賊天殺的！誰惱著你來，許久不來玩玩？”

老虔婆話兒甜，假捏虛長笑顔。許久不進宣武院，只説那個得罪你，今日來時我放心寬。失迎就是好幾遍，多撥[二]著拜了又拜，假奉承說了些虛言。

六哥說：“你老人家好麽？”鴇兒道：“甚麽好！跳[三]起來只是生氣。”六哥道：“誰氣著你來？”鴇兒道：“只小二妮子那奴才就氣殺我了！我又不值錢，沒人要了；他又不接客，著那瞎子哄著他，每日接皇帝。若依著我，等甚麽皇帝，趁著年小，接客掙錢我使才好。”六哥道：“正是，還是你見的明。若等不著時，可不躭誤了他麽？”鴇兒道：“你給我說著使大錢的客，接了他罷。”六哥道：“我店裏就下了個使大錢的，叫二姐去陪了他罷。”鴇兒道：“是那處人？”六哥道：

那個人好怪哉，從北京問了來，一心要會你令愛。渾身不上眼不上眼，誰知手裏有錢財。那人行事好大待①，搬婊子吃酒玩耍，爲這個今日才來。

鴇兒說：“你怎麽知道他大待？”六哥說：“支使了我一遭，就給了我十個錢。”鴇兒說：“十個錢就看在眼裏，似俺這煙花巷里，十數兩銀子也曾見過。”六哥說：“你空[四]這麽大年紀，吃緊的就沒見這錢也是有的。”鴇兒問道：“甚麽錢？拿來我看看。”六哥取出金錢，遞與虔婆。鴇兒一見就慌了心說：“您六叔，他這東西有多少？”六哥道：“誰知道他的哩。”

六哥兒叫老媽，你休笑那軍家，仗義疎財手段大。鴇兒聽說財神到，心裏癢癢沒處去抓，科上②摘下那齊整話。說我去相他一相，我看是怎麽樣的一個軍家。

鴇兒道：“我先合你去看看。”六哥道：“正是。眼見是實，耳聽是虛，我就說的那龍吱吱的，叫你也不信。”鴇兒道：“你不知俺指著嗄來，不過指著這兩個孩子過日子。小二姐性子又嬌，縱然不接皇帝，也要一個班配，我不去看看，惹的他邊牆決臉③的怎麽過？”那鴇兒跟著六哥，同到了酒店，說道：

① 大待：大方。

② 科上：枝條上。科，方言發音 kuō，草叢、灌木叢等矮小的植物。

③ 邊牆決臉：噘著嘴，沒有好臉色。

“客在那里？”六哥道：“在樓上。”鴇兒就待上樓，那六哥沒搬了佛動心來，不好上樓，遂高聲叫道：“樓上的客招顧著，佛動心上樓去了。”那萬歲在樓[五]望的眼穿，聽的樓下吆喝，把那簷毡帽一推，擡頭觀看。

睜龍眼仔細瞰[六]，進來個老媽媽。鬢邊白髮光光乍，臉上的縐紋無其數，口裏當門①少颋牙，雖然風騷年紀大。萬歲爺心中驚異，佛動心每哩是他？

皇爺說：“六哥兒，我著你去搬那佛動心，你怎麽叫了一個‘鬼見愁’來了？”說著，那老鴇子上的樓來，看見萬歲穿的平常，就淡了半截心。走到近前，多捘了兩多捘[七]，叫聲姐夫，我這裏拜哩。那些護駕的大小鬼，見他無禮，一個扯腿，一個按頭，那虔婆哎喲了一聲，撲咚跪在地下，磕頭無數。

衆鬼使好促狹，打虔婆滿面花，撲咚跪在牀兒下。翻身磕頭如搗蒜，頭上硼②了些大疙瘩，鬏髻梳妝俱輪下。樓板兒響成一塊，把六哥好不諕煞！

那六哥聽的樓板響成一塊，說：“不好了！俺乾爺打老鴇子哩，我去勸他。”六哥上的樓來，看見那虔婆磕頭，遂說：“乾爺，一稱金雖是個賤人，有些體面，見了大人，也只是拜拜，今日給你磕頭，是十分尊你，你只顧著他磕起頭來無數。”萬歲說：“老鴇[八]，你起來罷。大熱天勞動你這一遭，沒甚麽給你，又叫你磕頭。”那老鴇子扒[九]起來，戴上鬏髻，自思想：好蹊蹺！又沒見他一個錢的東西，怎麽磕了這一些頭？我平日見上人也不過拜他兩拜。定了一定，方才問道：“長官，你是那裏？”萬歲說：“我是北京。”媽兒道：“你當的是那一營的軍？”萬歲說：“我當的是十三營裏的軍。”老鴇說：“只有九標十二營，那有十三營呢？”萬歲說：“是新添的一營。我在京就是十三營，我出了京，依然是九標十二營了。”

萬歲爺笑嘻嘻，叫虔婆你聽知，從頭對你說詳細：十三營裏我爲首，奉差由此到寧西。久聞令愛多[十]標緻，你着他陪我一晚，窮軍家有分薄儀。

媽兒自思：這花子盡是寡嘴，薄厚在那裏。遂下樓就走。萬歲道：“他沒相中我。他若去了，再請二姐就難了。自古道：錢成錢成，無錢不成。老鴇子，你回來，我給你幾兩銀子，你去買件衣服穿罷。”

十兩銀放在桌，金豆兒取一盒。鴇兒本是個愛財貨，見了銀子花了眼，

---

① 當門：房門以裏的地面。《醒世姻緣傳》第二十八回：“一日，把那椅子掇在當門，背了吕祖的神像，坐在上面鼾鼾的睡著。”

② 硼：通“碰”。

刮打①著嘴兒笑呵呵，我不收下恐見錯。多捘[十一]著拜了又拜，叫姐夫口似蜜多。

鴇兒說："乍會初逢，敢蒙姐夫照顧。"萬歲說："照顧不大。這銀子是給你的，這豆子是給你那閨女的見面錢。"媽兒道："我連這孩子的都捎了去罷。"萬歲說："你放心。二姐若來，宿錢另奉。"

老虔婆心裏乖，不重客只重財，低袖多捘拜兩拜。我去失陪休心困[十二]，到家就著二姐來，千萬要你多擔待。小二姐年紀幼小，他自來沒見黑白。

皇爺說："你放心。我雖帽破衣殘，却是個幫襯②子弟。"鴇兒接了銀子，下樓去了。未知後事何如，且聽下回分解。

【校】

[一] 夥：盛本作"店"。

[二] 多捘：蒲本作"多梭"；盛本作"哆嗦"。

[三] 跳：疑為"說"。

[四] 空：盛本作"空長"。

[五] 樓：盛本作"樓上"。

[六] 矙：盛本作"瞧"。

[七] 多捘了兩多捘：盛本作"哆嗦了兩哆嗦"。

[八] 老鴇：盛本作"老鴇子"。

[九] 扒：蒲本、盛本作"爬"。

[十] 多：盛本作"甚"。

[十一] 多捘：盛本作"哆嗦"。下同。

[十二] 困：盛本作"悶"。

① 刮打：即"呱嗒"。嘴裏發出聲音。

② 幫襯：幫助；體諒。《醒世恒言》第三卷："只為鄭元和識趣知情，善於幫襯，所以亞仙心中舍他不得。"

第十回　佛動心風塵自歎　老鸨兒打駡施威

話説那鸨兒下樓來見了六哥。六哥説："你老人家這一遭可好麽?"婆[一]子道："先苦後甜。起初頭磕了頓頭。我合他敘些了家常，他説給我分薄禮，只當是給我幾個錢，可給了我一錠銀子，我攧量著有十來兩銀子；不足爲奇，還給了我一盒金豆。"六哥説："你認的麽?"鸨兒道："我自來沒見，黄登登的，待説是珍珠，又沒有眼，誰家有黄珍珠來？不是金豆是甚麽?"鸨兒照著六哥拜了兩拜，説："您六叔，説不盡虧你看顧俺。"六哥説："怎麽不看顧别人？一來是您娘們掙的，二來也是俺引進一場。"鸨兒説："不著你①，這東西是天上吊下來的，地下跑出[二]來的，科枝②上長的樹上結的?"六哥道："閑話少説，你到家著二姐快來。"鸨兒辭了六哥，出了店房，自己尋思：我收了人家銀子，小二妮子那奴才他若不來時，我只得拿出利害來，給他個狠手③，死活從他。按下虔婆發恨不題。且説佛動心本姓劉，原是揚州人，一個武官之女。八歲父母雙亡，落在姑娘手裏。他姑娘貪財，賣在他院中。長到十二三歲，出脱的如花似玉，才有了佛動心之名。一日夢見紅光罩體，請了暹退來算了一卦，説他有娘娘之分。他就一心要接皇帝，總不見客。那老虔婆又著實愛惜他，遂給他十個丫頭，伏侍他住在一座南樓上。這佛動心又自己畫了一個皇帝影像，懸在帳中，朝夕禱告。等了二年，見皇帝不來，自己又長成了，每日家思量這風塵下賤，將來如何結果，不由的心酸落淚。

佛動心自思量，每日家待君王，那君王再不見影兒傍。身子落在火坑裏，鸨子怎肯許從良？將來弄一個甚麽樣！悶來時思思念念，不由人一陣恓惶。

這一日佛動心正然悲歎，忽見那喜鵲兒來那簷前喳喳的叫唤了幾聲。説："喜鵲，你錯叫了！這煙花巷裏有甚麽喜事?"猛擡頭看見皇爺的御影，説："我從算卦以後，我就傳下皇爺的影像，燒香念佛，供養了你三年，不見萬歲

---

① 不著你：如果不是你。不著，要不是。

② 科（kuō）枝：棵子。

③ 狠手：嚴厲的手段。

在那裏，枉費了辛勤。”

燒上香拜主公，口兒裏自咕噥，燒香念佛的成何用？買命算卦接皇帝，竹杆種火落場空，也是奴家前生命。佛動心滿心好惱，胡瞞怨恨罵先生。

那二姐在南樓上痛哭不題。且說那老鴇兒進的院來，徑到南樓底下一片混罵，罵了一回，便叫丫頭：“小二妮子那裏去了？”二姐南樓聽見，說：“不好了！俺媽娘往常時拿著我合掌上明珠哇是的，何等愛我；今日不知吃了誰家的酒了，又不知吃了誰家的引子①，連我也找算起來了。我且下樓接他一接去。”

佛動心無奈何，下樓來接虔婆，接到樓上讓了坐。戰戰兢兢旁邊站，花言巧語似蜜多，百樣奉承他不樂。老賤人眉頭不展，諕殺了二八嬌娥。

二姐說：“媽娘，你不在後房自在，來南樓何事？”老虔婆抹下臉來說：“我沒事就不來！人家那當姐兒的也是當姐兒，春裏是春衣，夏裏是夏衣；你也是個姐兒，我來問你要幾兩銀子使使。”二姐道：“媽娘，你胡突了麼？我身邊又沒有客，可那裏的銀子？”鴇兒道：“好奴才！你自己說了罷：俺老的老，小的小，每日掙給你吃，幾時是個了手？”

一稱金把臉抹，叶麻[三]上平聲叫賤人你忒也差，歪頭鱉腦②的濟著乍？吃穿二字你不管，逐日把我巴結③煞。世間要你中做嗄？今後晌若不接客，准備著打發你歸家！

老鴇子怒狠狠的罵下樓去，來到後房，叫丫頭把那鞭子給我泡上。丫頭們聽說，驚魂千里，說：“咱媽又不知待打誰哩！”少不得把那大盆擡來，打上擔水，泡著鞭子。鴇兒道：“你去叫小二妮子來的。”丫頭聽說，跑上南樓，叫道：“二姐姐，咱媽請你哩。”二姐道：“媽娘才來到樓上罵了我一場，幾乎鞭子落在身上。”丫頭道：“二姐姐呀，逐日守著的人，你不知道他那性麼？咱媽又好吃盅酒，吃不多，又好醉了。今日不知他那裏吃了盅酒，到了後房裏睡了一霎，醒了說道：‘我才把小二妮子罵了一場，諕著那孩子了。快請他來，我給他陪個不是。’我才來請你。”那二姐明知是待打他，無計[四]奈何，下了南樓，跟著丫頭來到後房，看見虔婆說：“兒才冲撞媽娘，只可憐孩兒流

① 引子：比喻導火線。

② 歪頭鱉腦：頭腦歪斜的樣子。形容醜陋。

③ 巴結：辛苦。

落在他鄉。”二姐雙膝跪下。老鴇子用手挽起說：“我的兒，你起來罷。我有句話合你說，只怕你不依從。”二姐道：“家有千口，主事一人，不依[五]你，待依誰？”鴇兒道：“你聽那先生說等皇帝，那皇帝又不來，可不躭誤了你？我合你說：揀那使大錢的，先接一個，掙他幾兩銀子，咱娘們且救急。日後再不着你接客，你可等那皇帝罷。”二姐說：“別的罷了，這個叫我難以從命。”媽娘道：“你眞果不從？我一頓打死了你，只當掉了這幾百兩銀子！人是苦蟲，不打不成！我憐到你幾時！”怒冲冲把二姐採住，可就打起來了。

老虔婆怒冲冲，採住了紅喜星，每日疼你成何用？一手搙住青絲髮，鞭子一舉不留情，嫩嫩的皮兒難扎掙。小二姐寃聲不住，叫親娘饒我的殘生。

那虔婆打了二十多鞭子，就不打了，叫丫頭給我泡著乜鞭子，歇歇再打。說道：“你穿着衣服支架子麽？是你掙的麽？”叫丫頭給我剝了，只剝的赤條條的。二姐跪在那旁邊，見那水盆裏泡的那鞭子無數，自家說道：“老賤人實落落的要打，再打我就捱不的了。自古道：‘猛風[六]入井團團轉，爲人何不順時行？’我將好言哄他哄他[七]，若[八]信了，我上南樓上吊尋死，抹頭服毒，都在於我。”

小二姐見識高，叫媽娘你聽著：我今接客休心躁。今晚若有客來到，就是叫化也留下嫖，無錢難說乾懽樂。老鴇子滿心歡喜，我的兒這就是了。

那老鴇子聽的說接客，走近前來，兩手抱住二姐說：“我的兒！我怎麽打你這些！”叫丫頭：“拿衣服來，給你二姐姐穿上，赤條條的甚麽道理。”二姐穿上衣服。媽兒又道：“拿坐來，站的這孩子慌了。”二姐坐下。媽兒又道：“拿酒來，給你二姐姐壓驚。”二姐道：“你就忘了麽？我從小酒肉不吃。”媽兒道：“我就忘了。”叫丫頭：“把盅子接下，壓的你姐姐手疼。”

老虔婆心裏懽，叫二姐你聽言：酒樓上有個軍家漢，仗義疎財手段大，十兩銀子見面錢，金豆一盒九個半。我的兒你陪他一晚，哄著他使些憨錢。

小二姐喜氣生；叫媽娘你是聽：富貴貧賤前生定，要接皇帝沒修下，且顧家中時下窮，掙他幾兩來費用。咱又無園林桑棗，全憑著和氣爲生。

鴇兒說：“我兒，正是這等。只爲咱這日子貧窮，若是那幾年，我還掙出錢來了，我也不肯。你快去南樓梳妝，出院去罷。”那二姐守著虔婆，不敢啼哭；離了他媽，就放聲大哭，上南樓去了。千想萬想，走又沒處走，待要尋死，又不得空。這樣苦楚，惟有心知。不知佛動心出院不出院，且聽下回分解。

【校】

［一］婆：盛本作“鴇”。

［二］地下跑出：盛本作“地中冒上”。

［三］叶麻：蒲本作“叫麼”。

［四］計：盛本作“可”。

［五］依：盛本作“依從”。

［六］風：盛本作“虎”。

［七］他：蒲本無。

［八］若：蒲本、盛本作“他若”。

第十一回　二姐被逼怨老鴇　丫頭定計哄朝廷

話説二姐哭上南樓，望着揚州叫了聲爹娘：“你閃的我好苦也[一]！”一發尋思一發恨，可就傷感起來了。

第一怨怨爹娘，只顧你早先亡，撇的孩兒沒頭向①。七歲落在姑娘手，賣在煙花去爲娼，朝打暮罵無指望。你死在黄泉之下，怎知兒苦處難當！

第二怨怨姑娘，駡潑賤太不良，心如蛇蝎一般樣。爹娘死去託了你，圖財就把天理傷，老天只在頭直上。我合你那輩子寃恨，害的我進退[二]恓惶！

第三怨怨賤人，駡虔婆忒狠心，我死在黄泉把你恨。好家人[三]養的兒合女，打着合人家漢子親，良心天理順不順？眼望着家鄉遥遠，誰是我六眷②的親人？

第四怨怨青天，生下奴苦難言，俺又沒把天條犯。既在空中爲神聖，這樣苦人在世間，也該睜眼看一看。若不是前生造孽，現放着劍樹刀山。

① 頭向：方向。

② 六眷：六親。《儒林外史》第五回：“過了三日，王德、王仁，果然到嚴家來，寫了幾十副帖子，遍請諸親六眷。”

第五怨怨自家，想前身作事差，今生落在他人下。照照菱花看看影，叫聲薄命的小怨家，幾時捱彀①打合罵？到不如懸梁高弔，一條繩命染黄沙！

話說那佛動心在南樓慟哭不題。他那丫頭裹有兩個聰明雅致的，二姐極喜他，因着自家待接皇帝，便一個叫金墩，一個叫玉座。二人上前說："二姐姐，媽娘請你去說什麽來，回來只管哭？"二姐道："說嗄到是小事，一頓鞭子幾乎打死！"丫頭說："哎喲！爲什麽就打？"二姐道："嗔我不接軍漢[四]，就打呢。"丫頭道："好異樣！你待不去接，着別人去不的麽？"二姐道："那天殺的寃家，指名字單要我。"丫頭道："咱就去罷，爲什麽受他那打？那漢子既單要你，還是愛你，他那裹有殺場哩麽？"二姐道："你去的道容易！"丫頭說："不去可怎麽着呢？"二姐道："我情願吊殺死在樓上！"丫頭道："姐姐[五]，你好嘲！這點小事就上吊，若大似這個②着呢，就該怎麽着呢？"

有金墩把頭搖，叫姐姐你好嘲，那裹犯着就上吊？轉了快活不算帳，還得他銀子一大包，世間嗄似這個妙？若是我三宵兩夜，管着他拿不住瓦刀③。

金墩勸勾多時。二姐說："誰像你那不值錢的貨！"二姐罵了金墩幾句，依舊柳眉雙蹙，杏眼含愁。到是玉座在旁說："我有一計。"二姐忙問："何計？快快說來。"

好丫頭笑嬉嬉，勸姐姐休撇[六]急④，我有一條絕妙的計。咱𠇷[七]同到玉火巷，你可藏的嚴實實，俺𠇷上樓把你替。那軍家辨什麽眞假，咱只顧哄他的那東西。

二姐聽說，滿心歡喜，遂笑道："你眞果肯替我？"丫頭道："十八的大姐做媳婦，還等不到黑天哩。"

二姐又笑了笑道："只怕你替不過。"丫頭道："那漢子不過是聞名，他見了你幾遭？他就嫌模樣差些，也只說是有名無實，出上他不嫖就是了，咱媽娘知道哩麽？穿上衣裳咱去罷。"二姐聽說，進了繡房。

擦了眼去梳妝，穿幾套好衣裳，蛾眉淡掃嫦娥樣。朱唇一點櫻桃口，十指尖尖玉笋長，眞如一朶花初放。粧成了丫嬛也愛，上合下仔細的端相。

---

① 彀：通"夠"。

② 大似這個：比這個大。

③ 拿不住瓦刀：形容身體虚弱無力。瓦刀，泥瓦工使用的一種工具。

④ 撇急：發急。"撇"當為"撒"。口語中有"撒急"的說法。

二姐打扮的齊齊整整，下樓去辭老鴇。

佛動心把頭低，忍不住淚恓恓，哭哭啼啼下樓去。未曾進房擦了淚，見了虔婆笑嬉嬉，得罪媽娘休生氣。爲兒的待不接客，咱娘們要吃飯穿衣。

二姐說："媽娘，我來給你磕頭，好去接客。"鴇子道："好兒，磕什麼頭。像你大姐姐，我養活他恁麼大小，還沒給我磕個頭，不想你這孩子倒有禮數。好兒，我不怪你，你去罷。"那二姐出了後房門，仍是一陣心酸。

佛動心低着頭，未出門淚交流，叫不應的龍天佑①。萬丈火坑沒有底，今日方纔初上頭，幾時孽債填還勾？罵一聲狠心的老鴇，我合你那世裏寃仇！

佛動心出院門，小脚兒印香塵，更比月裏嫦娥俊。聲聲環珮叮噹噹，從容款步[八]擺繡羅裙，未曾過去香一陣。笑一笑千金也難買，引掉了人的眞魂。

二姐出院，有西江月一首爲證：

蓮步輕盈出戶，芳塵印去無蹤。行來楊柳弄春風，好似花枝擺動。

巫山神女出現，仙姬私下天庭。相思撇在路途中，拾得歸家害病。

二姐出離宣武院，往玉火巷來。未知何如，且聽下回分解。

【校】

［一］也：盛本作"呀"。

［二］進退：盛本作"進"。

［三］家人：盛本作"人家"。

［四］不接：盛本作"不去接那"。

［五］姐姐：盛本作"二姐姐"。

［六］撇：蒲本作"撒"。

［七］緬：盛本作"仨"。

［八］步：衍文。

第十二回　佛動心瞞怨小六哥　武宗爺假怒小佳人

話說那佛動心出的院門，不一時來到酒店。六哥道："辛苦了你！該着轎

① 龍天佑（1644—1690）：清朝人。有善績。

子接你去方是，就着你步行了來。”遂請二姐到了房中，讓了坐，遂即斟上一盅茶，說道：“請茶了。”

請二姐吃盅茶，定定神解解乏，我且問你一句話：無事不出宣武院，你來小店做什麽？誰敢勞動你尊駕？面帶着無限憂色，莫不是受人的戮[一]答①？

六哥道：“你沒事不出院來，是接客來麽？”二姐道：“別人不知道，你也不知道麽？我從幾時接客來？”六哥道：“正是呢，你接的是皇帝呀，待接什麽客？”二姐道：“我今日出院，不知虧了誰來！”

佛動心怕婆娑，俺今日受折磨，不知虧了那一個？多虧那個精扯淡，害殺人的小哥哥，想來待他不曾錯。這一番作成②看顧③，准備着給他念佛。

六哥道：“你這意思說的是我麽？”二姐說：“你害的人進退兩難，還打四不知④呢！”六哥道：“好奇事！你接客不接客，累着我那大腿根⑤哩，上我的帳？”

佛動心氣嗺嗺，小六哥你好促狹，合俺娘說的是什麽話？自從你才出門，出狠心媽娘就打殺[二]，一霎幾乎作精下！那鞭子雨點相似，險些兒逼殺俺奴家！

六哥道：“逼什麽？你掙了錢來我待使哩，怨人喇喇⑥的。你還回去不的麽？”二姐道：“我不接客，我也不回去。”六哥道：“俺家裹既沒有皇帝，你就不該來。你來要帳來呀，可是來探親來呢，可是看朋友來呢？要帳俺又不該你嗄；探親呢，俺合您娼家有什麽親？若是看朋友，你是個丫頭家，俺又沒合你拜交，只怕你來看相厚的來。你又不接俺，俺又不嫖你，沒要緊。既不接客又不去，待怎麽樣？”二姐笑道：“我不出院罷了，我既出院，就有點事。”

佛動心笑嘻嘻，叫六哥你聽知：我安排人兒將我替，哄了別人哄不的你。

---

① 戮答：即戳答。指責。“戮”乃“戳”之誤。答，詞綴。

② 作成：促成。《初刻拍案驚奇》第三十五卷：“既如此，先生作成小生則個。”

③ 看顧：照顧。《水滸傳》第三十七回：“哥哥但請放心，我這裏自看顧他。”

④ 四不知：《後漢書·楊震傳》記載，王密向楊震行賄，楊震說：“故人知君，君不知故人，何也？”王密說：“暮夜無知者。”楊震說：“天知，神知，我知，子知。何謂無知！”四不知就是天不知，神不知，我不知，子不知。

⑤ 累着我那大腿根：關我什麽事。

⑥ 怨人喇喇：埋怨人。喇喇，詞綴。

奴家還要好央及，萬萬休要給俺撒了氣[①]。我若是陪你乾爺，你就該叫我親姨。

六哥道："小𢫫辣骨[②]！你央及我，你可就先罵我。我可仔不給你撒湯。"慌的二姐笑了笑說："罷罷！咱從幾時不玩來？你休怪我，我還拜你拜。"六哥道："你且說，人家給你了見面錢，搬的是你，你待着誰替你？"二姐指着丫頭道："他𠰻。"六哥看了看道："只怕替不過呀。"二姐道："你休管俺，他認的是誰。"六哥道："隨你的便。"二姐道："金墩你先去。"金墩說："六哥哥，你給俺報報。"六哥道："只會賣酒，不會給你撈毛[③]。"金墩扭了扭道："不給俺報罷！小撕廝你三十里、五十里不知道路徑，走上叉道去了，身量大叫你背着我哩。"

好金墩急忙忙，辭二姐出了房，抖抖精神把樓上。一脚深來一脚淺，心裏盤算腿兒慌，上去樓臺走了樣。一脚兒跌在地上，好一似倒了堵高牆。

那金墩上去樓臺，把嘴兒抾了又抾[④]，施展[三]着上前說話。貪往前看，沒提防當路一個脚牀子[⑤]，絆了一脚，跌了三四尺近遠。萬歲諕了一驚："是什麽人，怎麽不說話，棲着乜黑影裏？是怎麽說呢？"那金墩扒起來，抖搜了抖搜那衣裳，拿捏着拜了兩拜，說道："是我。"皇爺說："你是誰？"金墩說："你搬的是誰？"皇爺說："我搬的是佛動心。"金墩說："我就是那佛動心呢。"

有金墩走向前，叫姐夫咱有緣，媽娘着我來陪伴。幸遇姐夫待玩耍，村賣俏吃先講錢，稱了銀子好進院。萬歲爺嗤的聲笑了，這奴才不值個低錢。

金墩雖有些模樣，那裏看在萬歲眼裏，遂笑道："你自己看不見你自己，待我誇你誇。"金墩說："你可誇的我好着些，我見了人好支架子。"

---

① 撒了氣：漏氣。《醒世姻緣傳》第八回："天老爺因他做人不好，見世報，罰他做了個破蒸籠，只會撒氣。"比喻走漏風聲。

② 𢫫辣骨：脚纏得不正。多指女子生活作風不好。也寫作"歪剌骨"。元代關漢卿《竇娥冤》第一折："這歪剌骨，便是黄花女兒，剛剛扯的一把，也不消這等使性，平空的推了我一跤！"

③ 撈毛：賣淫。《儒林外史》第五十三回："收了傢伙，叫撈毛的打燈籠送鄒泰來家去。"

④ 抾了又抾：即嘬了又嘬。吸氣。

⑤ 脚牀子：供上床踏脚的矮凳。

佛動心你站下，聽着我把你誇：窄窄金蓮半尺大，鼻子孔好似灶突[①]樣，兩根黃毛一大抓，櫻桃小口瓢來大[②]。莫不是東洋大海潮，出來的巡海夜叉？

金墩道："哎喲！我屬煎餅的，你誇攤了我了！"皇爺說："我再誇你一誇罷。"

拆破襖做背褡[③]，大補丁白線巴[④]，栗子布裙彭彭乍，汗巾破了沒顏色，紫花布鞋扣[⑤]上花。鬔兒不勾棗核大，滿臉上搽些土粉，好一似發了粉的東瓜。

金墩說："俺就乜麼樣哩？"萬歲笑了一笑，說道："等我再給你數數那些孤老罷。"

要[四]和尚接扛夫，錢十個酒一壺，土炕上褪下半截褲。那腥臊爛臭的邋遢兔，鷄毛店裏那無賴徒，青天白日把鼉蛾婺。唦殺人這般模樣，還想着要把人虜！

那金墩羞愧滿面，跑下樓來，叫聲姐姐："替不的了！"二姐問道："怎麽着來？"金墩撅着嘴說道："那漢子光貶扯人，又是瓢，又是桃哩，夜叉哩，東瓜哩！"玉座說："你好出醜！你就是猪八戒家生的那孩子，弄出那些醜樣子來了。你看我去。"二姐說："你可好生着。"玉座平日嘴尖舌巧，快語花言，便說："不是我誇句海口，調嘴頭也招住他了。"二姐說："千萬仔細着！這一遭替不下來，剃頭匠吆喝[五]，可就沒了換頭了。"

叫姐姐不要忙，休拿我當尋常，人物還在金墩上。況且生來嘴頭巧，話是出馬一條槍，姐姐休愁把心放。憑着我去賣風俏，管着他叫我親娘。

玉座出了房門，賣弄他那輕狂，就忘了裝着那名妓的體統，典雅的行持，改不了那梅香的樣子，把兩根腿輪打開，懂懂的好似那馬要蹄、驢打槽，兵天嗑地的走上樓來，說："姐夫，我這裏拜哩。"皇爺說："你是什麽人？"玉座道："我可就是那佛動心了呢。"皇爺說："你這宣武院裏佛動心有頭號、二

---

① 灶突：鍋灶上的煙囱。此指煙囱的出煙口。《新論·見徵第五》："淳於髡至鄰家，見其灶突之直，而積薪在旁，曰：'此且有火災。'"

② 瓢來大：瓢一樣大。

③ 背褡：背心。《青樓夢》第十三回："穿了一件時花的夏背褡，束一個猩紅抹胸。"

④ 巴：用大針腳的綫縫。

⑤ 扣：綉。《金瓶梅》第二十九回："鞋尖上扣綉鸚鵡摘桃。"

號麽?”玉座說:“怎麽頭號、二號呢?”皇爺說:“方纔去了一個,又來了一個。”玉座說:“那是假的,我是眞的。”萬歲聽説,看了一看,笑道:“你比那一個的模樣還略強點。”

武宗爺笑顔生,你強他一丁丁,坑[六]合蓆差一迷迷縫①。赤淌臉②兒半欄脚③,若在山溝頂蓆柵[七],你的生意比他興。看起你千般扭揑,這可就不值個操閧。

玉座説:“少誚罷,俺相與的都是上人上官的。”萬歲嗤了一聲説:“我着你可暈着我了。”

嘴兒大胭脂塗,臉兒黑宮粉糊,怎麽上的那婊子數?死了老婆的窮光棍,十年沒人叫丈夫,纔叫你去縫縫褲。佛動心若是這等,那無名的就不是個人乎?

那玉座把頭扭了扭,説道:“褒貶是買主④。待説我好罷,又恐怕要的宿錢太多了;説不好,糊突着玩玩罷了。”

叫姐夫休胡嘲,我看你無個操,故意才把皮來燥。車軸脖子⑤油光臉,門樓頭來鼻子糟,心裏倒比那齊整的俏。那知道追懽賣笑,也跟着糊突聞騷。

萬歲爺氣昂昂,罵一聲他髒娘,我今説你休要讋。自家裝着黄花女,胸前兩塊乍胖胖,行動又帶些奴才樣。好歪貨不流水快走,近前惡心的我慌!

玉座聽説,怒沖沖的當面就還上了。

有玉座怒沖沖,叫姐夫理不通,好人不識好人敬。鞊鞋説破還沒破,布衫説青又不青,毡帽説硬又不硬。你只像宣武院裏,俺支使的那個琴童。

萬歲大怒,罵了一聲賤人,拿起鞭子打將下去。

大丫頭説話擺,擺着尾摇着頭,皇帝氣惱龍眉皺。奴才大膽忒無禮,走的慢了把筋抽,若還回來打你個够!萬歲爺一聲吆喝,好玉座顛下了酒樓。

玉座激惱了萬歲,攆下了樓來。未知後事如何,且聽下回分解。

---

① 一迷迷縫:形容差别很小。

② 赤淌臉:面色赤紅。

③ 半欄脚:也寫作“半攬子脚”“半籃脚”。舊時女子纏裹的半大不小的裹脚。

④ 褒貶是買主:對貨物進行評論的是真正的買主。

⑤ 車軸脖子:髒而油滑的脖子。

【校】

［一］戮：當為“戳”。

［二］自從你才出門，出狠心媽娘就打殺：蒲本作“自從你才出了門，狠心媽娘就打殺”；盛本作“自從你才出門去，狠心媽娘就打殺”。

［三］屐：蒲本、盛本作“展”。

［四］要：盛本作“耍”。

［五］吆喝：蒲松齡紀念館藏遺著抄本無。

［六］坑：蒲本、盛本作“炕”。

［七］柵：蒲本作“棚”。

第十三回　二姐初承御面歡　丫頭再定金蟬計

話說那玉座跑下樓來，諕的面如金紙，低頭無言。

大丫頭撅着嘴，半晌無言頭不回，諕的兩手無了脈①。進門叫聲二姐姐，吃不盡你無限虧，幾乎成了王邦貴。若是不連顛帶跑，險些兒捱頓好捶！

丫頭下的樓來，叫聲姐姐：“替不的了！”二姐道：“怎麼替不的？”丫頭道：“若光論嘴頭，我也照的住他；只末了一句話，說的他就惱了。”二姐道：“你說什麼來？”丫頭道：“我說他像咱家支使的那小琴童，他就惱了，一頓鞭子就打下我樓來了。”二姐道：“奴才好大膽，你就敢說他那個！虧了他性子好，若打你一頓時，死不了也發過昏。”六哥道：“極好！叫您姊妹們來接客來，叫您來罵客來麼？您媽娘若知道了，你有死無活！”二姐道：“你弄的這等模樣，可叫誰替我？”玉座道：“他原搬的是你，還得你去。”二姐聽說，滿心好惱。

佛動心痛傷懷，想是我命裏該，前生欠下風流債。欲待不上酒樓去，回去拷打怎麼挨？受不盡他無限害。想當是我錯了，就死了也不該出來。

我命苦對誰言，有煩惱積心間，我好將誰胡瞞怨？却是奴家前生命，煙花相伴亂人眠，不管老少俺陪伴。到晚來無窮的夫主，天明了大不相干。

---

① 無了脈：沒有脈搏跳動。形容非常害怕。

二姐滿眼落淚。丫頭道："姐姐不要哭了，咱還有一計。"二姐道："什麼計？"丫頭道："咱今上樓去，見了姐夫，你只說樓上不是耍的去處，咱進院去玩的罷。哄他到院裏擺上酒來，姐姐你就先訴[一]酒，只說是洗塵三杯，迎風三杯；俺這十個丫頭，每人也訴他三杯；他是鐵人，也就管醉了他。打發他睡了，你藏在旁裏，俺陪着他睡一宿。到了五更頭上，俺早些起來，你可去那牀頭上坐着。他若醒了找你，你可說我在這裏。他說你早起來爲何，你說院裏的規矩，從來這麼樣。不愁哄不了他。"二姐道："奴才不要着那熟話來哄我。我欲不上樓，受不了老鴇子氣，少不了我自己去普白①。六哥，你給我報報，我好上樓。"六哥道："報什麼？俺家又沒有皇帝，你去罷。"二姐陪笑道："大人不見小人過，你就合俺一般見識。不接客掙不了錢去，回家媽娘打我，你就看的上？"六哥道："這話你早在那裏來？你等等，我給你報報。"

上樓臺走一遭，叫乾爺你聽着：我說的那人兒親身到。萬歲爺聽說擺擺手，若是假的快開交，休要再來瞎胡鬧。適剛纔生些好氣，我這裏正自心頭焦。

六哥道："乾爺說的是那裏的話！有第二個佛動心麼？"萬歲說："我兒，方纔你沒來嗄，滿樓上都是佛動心，把我好不混煞！叫我一頓鞭子打下去了。別要叫他上來了。"六哥道："這是眞的來了。"萬歲聽說大喜，說："叫他上樓來吧。"

上小樓拜軍家，恰合是一枝花，紅娘子一笑千金價。上穿一身紅衲襖②，綠羅裙上石榴花，紅繡鞋窄半踏大。迎仙容會他一面，好姐姐閉月羞花。

二姐上樓，口稱姐夫道："賤奴來遲，望乞恕罪！"萬歲一見，心中大喜，走向前去，把二姐攙起說："久仰大名！窮軍無緣，今日才得相會。六哥兒看坐來。"二姐坐下，那萬歲上下觀看，果然不比尋常。

萬歲爺仔細觀，亞楊妃賽貂蟬，輕盈好似趙飛燕。一雙杏眼秋波動，兩道蛾眉新月彎，朱唇紅似胭脂瓣。若不是前生福分，那能勾詀③他一詀[二]？

萬歲爺動龍心，觀不盡俏佳人，身材窈窕天生韻。三宮六院人多少，比

---

① 普白：安排；處理。

② 紅衲襖：有襯裏的紅色夾衣或棉衣。《水滸傳》第二回："史進看時，見陳達頭戴干紅凹面巾，身披裹金生鐵甲，上穿一領紅衲襖，腳穿一對吊墩靴。"

③ 詀：開玩笑；戲耍。

他風流沒半分，也是寡人有緣分。就嫖上一年半載，能使我幾布政司金銀？

萬歲說："有花無酒不成樂，有酒無花不成歡。如今兩般都有，不樂更待何時？"

高樓上擺酒席，一件件都整齊，六哥斟酒雙手遞。爺看二姐不轉眼，二姐害羞把頭低，人兒越看越標緻。萬歲爺愛的極了，使不的叫他聲御妻。

那六哥先給萬歲斟了個喜盃，就該二姐斟了。二姐斟酒未送過去，就滿臉通紅，羞愧難當。

小二姐面飛紅，沒奈何斟上盃，無精無彩把酒送。萬歲接酒龍心惱，這個奴才不志誠，陪我陪的沒有興。這妮子心高志大，他眼裏也沒有孤窮。

萬歲說："一盅酒也不用心斟的。他若再斟酒，我自有道理。"那二姐把酒杯乾，又斟上遞於萬歲。萬歲接那盅子撒了半盅，把二姐衣服沾[1]了一塊。二姐心中不悅，說："姐夫這麼一條漢子，一個盅子也端不住，把人的衣服都沾了！"萬歲說："什麼好衣服哩！"二姐道："不是好衣服，你也拿幾件來麼？"萬歲說："我家裏那梅香做澱布[2]的還嫌這行子哩。"二姐說："你笑殺我了，說那大話！你若有，不該穿件好的來支架子麼？"萬歲說："我穿着這衣服，你好合我坐的；我穿那好衣服來，你就合我坐不的了。"二姐聽說這話，吃了一驚，方纔猛擡粉面，斜轉秋波，細細的打量萬歲。

耳垂肩貌堂堂，龍眉細鳳眼長，好似那泥掐的韋陀[3]像。雖然是個軍家漢，他的像貌不尋常，豈止遠在王龍上。待說是私行的天子，怎沒有一騎從王？

二姐看罷，暗暗的笑了笑道："長官，賤人不敢動問貴姓大名？"萬歲道："這丫頭上下打量了我一回，就開口盤問，眞是個怪孩子。待我混他一混。"便道："你問我怎的？你又不嫁我。我是個響馬，你盤問盤問拿起我來罷！"二姐被萬歲泚[4]了幾句，就羞的低了頭說："姐夫好喬性兒！每哩既犯相與，就不問問麼？"萬歲說："從頭裏睄睄巴巴[5]的，又問什麼？"二姐便不言語了。

① 沾：沾汙。

② 澱布：抹布。

③ 韋陀：佛教中的菩薩。

④ 泚：通"呲"。挖苦。

⑤ 睄睄巴巴：傻傻瓜瓜。

略停了一停，便說："咱院裏去玩的罷。"

小二姐便開言，酒樓上不好玩，請爺就到宣武院。那邊樓上極清淨，琴棋書畫件件全，朝夕服侍也方便。說的爺一心要去，跳起來攜手相攙。

那萬歲臨行取出銀子一錠，叫六哥："我的兒，我帶的銀子不多，暫且收下權當酒菜資，等我那小廝們來時，自有包補[①]你處。"六哥道："乾爺說的是那裏的話！休說吃這一頓飯，就是吃幾年兒也不要錢。"萬歲說："我的兒！你到有孝心。不是你自家的買賣，夥計們多衆口難調。賺了錢就好；若折了本，就說是小六哥他乾爺吃去了，你怎麼擔待起？"六哥說："小兒就無禮了。"遂把銀子收了。二姐叫丫環牽馬，即同萬歲往院中來了。

有丫環把馬牽，小二姐邁金蓮，領爺去向宣武院。六哥說乾爺進院去玩耍，忙裏偷閑我問安，一日一遭把你看。萬歲爺滿心歡喜，我的兒休負前言。

萬歲說："我一起[②]沒出門子，來到這裏，人生面不熟的，不認的一個人。你早晚的看看我，我好多玩幾天。"六哥便說："二姐到了院裏，好生服侍俺乾爺。沒有銀子來我店裏取。你若慢待俺乾爺，就是給我沒體面了。"二姐道："你放心罷，我身邊還有第二個人麽？我不敬他待敬誰？"六哥道："正是。"他君妃二人進院。未知後事如何，且聽下回分解。

【校】

［一］訮：盛本作"讓"。下同。

［二］詀他一詀：盛本作"沾他一沾"。

第十四回　守名妓萬歲裝憨　罵憨達二姐含忿

那萬歲別了六哥，心中自思：這丫頭怪歹歹[③]的，休着他看破行藏。我只得裝作癡顛，瞞他一瞞。不說萬歲定計，且說二人順着大街而行，有許多子

① 包補：增補。

② 一起：一共；一直。

③ 怪歹歹：聰明伶俐。

弟聽的佛動心接了客人了，人人來看，個個景仰，觀不盡小二姐萬種嬌嬈，百般風流。

誇不盡女裙釵，似仙姬下瑤臺，怎樣流落在煙花寨？可惜海底珊瑚樹，挪來人間賤處栽，口裏稱獎心裏愛。街前人攢攢簇簇，小二姐難把頭擡。

那二姐見衆人跟着亂看，急自害羞；又見萬歲左右不離，說道："姐夫，你怎麽一條漢子，還害怕麽？有狼哩？有虎哩？你死活的跟着我，怕人家拉了我去了麽？你待在前頭就在前頭，你待在後頭就在後頭，不前不後的，你到有些嚴緊[①]。虧了我沒嫁了你；若是嫁了你，到分不了外哩，你會數着我的脚步走。"萬歲道："這奴才嫌我辱沒他，我只是不聽他說。"見了一座牌坊，故意說道："妙呀！這個什麽東西？"

萬歲爺會裝傻，那前頭是什麽？這家人家多麽大，衣架擡在街上曬，兩個巴狗上頭扒，軍家見了心害怕，叫二姐流水快走，你看他下來咬咱！

那二姐雖然也認出萬歲是個貴人，只是衆人屬目之地，見他光弄那獃像，未免沒好氣，不待答應他，遂把頭一擺。萬歲道："你這是個啞蟬麽？我說是個衣架；不是個衣架，就是個秋千架，又無繩子合坐板。"那二姐沒好氣的說道："好！把那憨達！這是一座牌坊。"萬歲說："那上頭是什麽？"二姐道："那是故事，叫做'獅子滾繡球'。"萬歲說："好呀！人說宣武院齊整，果然是實。"二姐道："謹言！看人家打腿！這不是院裏。"萬歲道："不是麽？我只當進來鐵裏門，都是院裏來。"二姐道："院在前邊。"萬歲說："咱進院看景去來。"

萬歲爺進院來，睜龍眼把頭擡，白眼神廟[②]中間蓋。南北兩院分左右，穿紅著綠女裙釵，鐵石人見了也心愛。一邊是秋千院落，一邊是歌管[③]樓臺。

那萬歲進的院來，觀不盡的樓臺殿閣，無數的美女佳人，萬歲爺心中大喜。

衆佳人貌如仙，簾兒下露脚尖，時時勾引男兒漢。麝蘭薰的人心醉，油頭粉面站門前，見人一笑秋波轉。便就是神仙到此，也忘了洞府名山。

---

① 嚴緊：嚴密。此指距離近。

② 白眼神廟：即白眉神廟。明清時期妓院中多供白眉神像。

③ 歌管：歌聲與音樂。唐代裴交泰《相和歌辭·長門怨》："一種蛾眉明月夜，南宮歌管北宮愁。"

不說萬歲看景散心。且說這院裏有許多姐兒，正在那裏議論佛動心，說一回，笑一回。丫頭們來說："衆位姐姐，你看佛動心接了皇帝來了！"這姐兒們聽說，一個家開門的，上樓的，扒牆頭的，紛紛嚷嚷，無其代數。那一個道："你看這漢子臉上黄幹幹的[①]。"一個家拍手笑道："都是小二妮子起的心高了，每日等接皇帝，不想接了恁麼個人！"齊聲說道："好皇帝！這皇帝來嫖這一遭，可沾了這宣武院了，後來人裏頭就玩不的了！"都不想這賤人說的這話，是個先兆。日後萬歲回京，火燒南北院，改爲困龍宫，人就玩不的了。

宣武院衆佳人，都亂誚佛動心，這奴才終朝每日發下恨[②]，不接尚書合閣老，開手接個大操軍，就有銀錢也不趁。還不如賓客王龍，使數的小廝和家人。

萬歲微微聽的，便道："二姐，宣武院裏這姐兒們到都有些眼色。"二姐道："什麼眼色？"萬歲道："他說我是個皇帝。"二姐道："他是誚我。我有願在前，不接平人，等着接皇帝。原是我沒有造化，接皇帝接下你了。"萬歲自思："這賤人們誚你佛動心接的不像皇帝，難道就不像個人？怎麼說王龍家小廝強起我？雖是背裏話，也不該褻瀆至尊。這賤人們還有幾天草壽[③]，且看他快活幾日，等文武們來時，火燒南北兩院，抄殺賤人，方雪我心頭之恨！"

萬歲爺牢記心，等北京衆羣臣，來時發發這心頭恨。南北兩院抄殺了，科子王八抽了筋！笑我不如王龍俊，常言道人是衣裳，爲君的到不如庶民？

萬歲說："這奴才們笑我，我頭[一]信[④]粧一粧村給他們看看。"把那破[二]布衫衫[⑤]扯了一個偏袖，一步三搖搖將起來。這萬歲穿的𩋾鞋是江彬做的，雖

---

① 黄幹幹的：氣血不足。

② 發下恨：發下誓。

③ 草壽：短壽。

④ 頭信：索性；乾脆。《醒世姻緣傳》第四十回："你頭信再住一日，等我明日起身送你家去罷。"也作投信。《聊齋俚曲集·富貴神仙》第四回："投信是破上做，他待能把我雝！"

⑤ 破布衫衫：破布單衫。

無穿着走路，但年歲久了就爛了；那鞋掌子[①]印[②]着那澁道[③]上邊嗤的一聲，抓下來了半邊，走一步刮打一聲。姐兒們就笑小二姐這孤老雖不皇帝，像是個彎子的朋友[④]。衆人道："怎麽見的？"姐兒道："你不見他走着，脚底下還打着板麽？"丫頭聽說，笑成一塊。那萬歲見人笑他，一發裝起嘲來了，站在墉路[⑤]上，可就講起他那鞋來了。

實指望出好差，掙錢好換鞋，誰想破的溜丢[⑥]快。這鞋原是報國寺，二百大錢買將來，穿了沒有五年外。聲聲說運氣不濟，怎麽就這様破財！

萬歲揚聲，二姐羞的極了，低低的叫聲："姐夫，咱進院罷。到裹頭叫丫頭們給你錐錐，幾丢刮打[⑦]的叫人笑話。"萬歲說："我夜來使了幾個皮錢，稱了一兩好蔴，待錐錐鞋來，爲着搬你就躭誤了，還在那酒樓上哩。去給我取來，我吊着進去罷。"二姐擠了擠眼道："你年紀不大，這麽忘事？我纔見你使了五錢銀子買了兩付火煙紅扣線帶子，你送了一付，還有一付你弔不的麽？"萬歲道："支什麽架子！麻線還沒有，那裹的扣線帶子？你把那頭繩子解下來，我弔着罷。"二姐沒可奈何，把那裙帶子解下一根來，遞於萬歲。萬歲接過來，把腿擱在石凳上綁那脚。二姐囂極了，走向前去奪過來，打了個死扣子[⑧]，說道："丫頭，架着您憨達進去罷。"把萬歲推進院去。那萬歲猛然擡頭，見那樓前有一白菓樹，樹上掛着一個鸚哥。萬歲一見，哈哈大笑。

萬歲爺笑哈哈，那樹上是什麽？綠毛鷄白日裹上了架，通紅一個彎彎嘴，他叫丫頭來看茶，花言巧語會說話。小二姐滿心好惱，是誰家他這憨達。

萬歲道："二姐，眞果是百里不同風，俺那裹鷄架都靠着屋簷底下，你這裹鷄架掛在樹上，天還沒黑就上了架。"二姐道："那是鸚哥。"萬歲說："俺

---

① 鞋掌子：鞋底。

② 印：踩。

③ 澁道：用磚石鋪成的小路。《牡丹亭》第三十二出："則沒揣的灑道邊兒，閃人一跌。"

④ 彎子的朋友：算命先生。彎子，由鐵片連綴而成，算命先生持在手中，彎曲時可以發出連續的聲音，故名。

⑤ 墉路：即"甬路"。房屋之間或者院落中的小路。

⑥ 溜丢：非常。

⑦ 幾丢刮打：象聲詞。此指鞋底與地面接觸發出的聲音。

⑧ 死扣子：死結。

那鸚哥白白的，你這鸚哥怎麽綠綠的?”二姐道:“那白的朝廷家纔有。”萬歲道:“瞎話！俺又不是朝廷家，俺家裏也有白鸚哥。二姐，你把這鸚哥送給我吧，好合俺那一個配對。”二姐道:“姐夫臨走時願送。”萬歲道:“這一溜三間寢房，那一間是你的?”二姐道:“當中這一間就是賤人的。”君妃二人攜手進了寢房。未知後事如何，且聽下回分解。

【校】

［一］頭:盛本作“索”。

［二］破:蒲本作“被”。

第十五回　弄癡獃武宗作戲　嫌辱沒二姐含羞

話説那萬歲進的房來，觀不盡的琴棋書畫。

進房來四下觀，琴棋畫列兩邊，羅幃一帶香薰遍。牙牀錦被鴛鴦枕，紅羅軟帳掛牀邊，磚塲不響花毡墊。就是揀粧[①]鏡架，也典雅不像塵凡。

萬歲觀罷説:“二姐，你是本處人。可是遠方來的呢?”二姐説:“不提起家鄉便罷，若是提起家鄉，無限傷心。”

痛煞我女裙釵，一陣陣痛上心來，前生造下寃孽債。甘心寧做莊家女，賤人原不戀章臺。誰肯救出我天羅外?到幾時把火坑跳出，南無佛吃了長齋。

萬歲説:“這丫頭問了問他那家鄉，就無休無歇的哭起來了。一來是他不願風塵;二來見我帽破衣殘，怕風月行中姊妹們嗤笑他，他怎麽不惱?他既嫌我，我總裏裝一個嘲獃，辱沒他辱沒。”那萬歲看見一張八步牀[②]，便説:“這是什麽?”二姐道:“這是八步牀。”萬歲道:“我看看。”走到近前，把那

---

① 揀粧:又叫“鑒妝”“揀妝”“減裝”等，舊時女子梳妝用的盒子。《金瓶梅》第九回:“西門慶旋用十六兩銀子買了一張黑漆歡門描金床，大紅羅圈金帳幔，寶象花揀妝。”

② 八步牀:又叫拔步床，是古代體型最大的一種床。外面用刻有花紋的圍欄等包圍。《金瓶梅》第九十六回:“因你爹在日，將他帶來那張八步床賠了大姐在陳家，落後他起身，卻把你娘這張床賠了他。”

紅羅帳一掀，看見上邊懸着御影，深深唱了一大喏，說："阿彌陀佛！這明是座廟呢，你怎麽說是張牀？"二姐說："是座娘娘廟，你怎麽不磕頭朝奶奶？"萬歲說："是座爺爺廟。"二姐說："也不是爺爺廟，也不是娘娘廟，那是北京皇爺的御影。"皇爺說："這是正德麽？這行子好快腿，我昨日在京裏還見他，怎麽又跑了這裏來了，藏在你這屋裏？"二姐說："是他那影像。"皇爺說："他那影怎麽來在這裏？"二姐說："我有晚做夢，神靈來警我，說道：'佛動心，你不要接客了，等着接皇爺罷。'天明請先生算卦圓夢，他說的與夢相同。我請丹青手來傳下御影，供養了三年了。"便叫丫頭："把御影請起，多燒些金紙銀錢，打發他升天去罷。"萬歲道："這丫頭到有誠敬哩。"遂又滿屋裏瞰[一]，見那琵琶絃子掛在牆上，就說："這一張琵琶合這一具絃子，好不齊整！"二姐嗤的聲笑了，說："你放着我的罷！勾我受的了！"萬歲說："這不是琵琶絃子麽？"二姐說："這琵琶該說一面，絃子該說一旦，誰家說一張、一具呢？"萬歲說："哦！是這麽說。"行說着，見一個小丫頭從房裏拿出一把琥珀如意來。萬歲看見，流水擺手說："小奴才好不成人！好不邋遢！"

萬歲爺會撒顛，小二姐家不嚴，這把杓子是中看。滑滴溜的①彎彎把，到給丫頭拿看[二]玩，涴②了怎麽去成飯？萬歲爺裝嘲胡混，小二姐心不耐煩。

小二姐氣狠狠，叫姐夫你好村，你在那鴣[三]子窩裏困？頭圓耳大方方臉，看你皮毛也像個人，怎麽這樣不幫村③？你說了這些俏語，幸虧了旁裏無人。

萬歲說："我自來沒見光景。你嫌我辱沒你時，你教些乖給我，早晚給你支架子如何？"那二姐沒好氣，全不答應。萬歲自思："好奴才！果然嫌我嘲。我找法作索④他作索。"擡頭看見桌子上一把箏，說："二姐，那是什麽東西呢？"那二姐嬌聲怪氣的說："是箏！"萬歲說："是什麽整置的？"那二姐嗤的一聲笑了，說："姐夫，你兩個可班配：你也是木頭，他也是木頭。"皇爺說："你也笑話我。我還會嫖哩，可不知他中做什麽？"二姐說："你也嫖不出好嫖來；他還強起你，他中壓弹奏。"萬歲說："壓着怎麽樣？"二姐說："中聽。"皇爺說："好呀！待我也壓壓。"

---

① 滑滴溜的：滑滑的。

② 涴：玷污。

③ 幫村：同"幫寸"。

④ 作索：同"作祟"。搗亂、捉弄。

萬歲爺好嗑牙，這物兒甚可誇，我也上去壓一壓。凑到近前看了看，施轉着待往桌上扒[四]。二姐忙向問你待囉？一聲休不曾說了，乓的聲成了些木查[五]①。

二姐忙道："下來下來！了……了……了不的了！"皇爺說："你說中壓。"二姐道："不是這麼壓，支起馬來秫稭葶②拉曲。就許你上去壓來麼？仔細顧你壓了，俺娘知道打我怎麼處？"皇爺說："你休惱。等着我回了北京，把那天下的好木匠叫了他來，做些還你娘們。若就要，我出上銀子買。"二姐沒奈何，只得罷了。那萬歲又看見牀下有一把夜壺。

萬歲爺笑哈哈，佛動心你好邋遢，茶壺放在牀底下。沒有蓋子閉着口，暴③上灰塵怎麼頓茶？早知道查髒嫖你囉？那萬歲故撒風顛，二姐說好個大獃瓜。

皇爺說："二姐你好髒！俺那裏茶壺放在桌子上，使布蒙着還怕溉了；你這裏放着牀底下，那客來到家，怎敢刷淨了茶壺，那客待中去了。"二姐說："這是夜壺。"皇爺說："這是夜壺麼？我知道了：您娘們酒量大，白日裏客來客去的吃不足興，到晚上無有宿客了，吃了好睡覺，故叫做夜壺。"二姐說："這是溺壺呀。"

萬歲爺笑一聲，嘴兒短不相應，人兒怎麼照的正？放着外頭不大好，放着裏頭悶騰騰，不知你是怎麼用？佛動心無言可答，只羞的滿面通紅。

那二姐低頭半晌無言，遂丟了個眼色，那丫頭把好夜壺藏了。二姐自思道："我看這人相貌出奇，必然不在人下，可怎麼這麼嘲獃？想是我看錯了人麼？"二姐反覆躊躕，心裏有些兩可④的意思。未知後事如何，且聽下回分解。

【校】

［一］矙：盛本作"瞰"。

［二］看：蒲本、盛本作"着"。

［三］鴉：盛本作"鴿"。

---

① 木查：即木渣。此指細碎的木片。

② 秫稭葶：高粱秸稈最頂端的部分。

③ 暴：（灰塵等）落。

④ 兩可：也可也不可。此指內心動搖。

［四］扒：盛本作“爬”。

［五］查：蒲本作“渣”。

第十六回　武宗爺鬭兩般寶貝　佛動心驚一套琵琶

話說這老鴇子問道：“丫頭，你姐夫進了院了不曾？”丫頭說：“來了多時了，在房中坐着哩。”媽兒聽說，吩咐南樓擺下酒桌：“把您姐夫請來樓上。”丫頭聽說，來到房裹說：“二姐姐，俺老媽南樓擺酒，特來有請。”二姐頭裹走，皇爺後跟，來到南樓。萬歲自思：“我這龍衣萬一被丫頭們看見不好，便道：“窮軍家只好住那矮屋，見了高樓我就暈了。”二姐說：“聽的說有暈船的，有暈轎的，可沒聽的說有暈樓的。你既是暈樓，叫丫頭架着你罷。”萬歲說：“不好，我慢慢的走罷。”遂即兩手扭過那後襟來，把兩個御腚垂兒兜的緊緊的，直着兩根腿，一步一步捱上樓去。那樓下的丫頭們亂笑：“你看這姐夫窮的一條褲子也沒有，還來鬬①哩！”衆人說：“你怎麽知道？”丫頭道：“你看他兩腿不敢離開。”衆人道：“怎麽說？”丫頭道：“離開腿，他怕解官元寶打開鞘，漏出整腚②來了。”衆人笑罷，萬歲合二姐上的樓來。老鴇子歡天喜地，口稱姐夫：“賤人有罪了！我待合孩子去請來，家裹無人，我就說着孩子去罷。我家裹擺酒給你洗塵。不知你幾時就來了，有失迎接。”

正德爺上樓來，老鴇兒笑顔開，歡天喜地忙接待。茶才吃罷斟上酒，十個丫頭排列開，席前跪下將爺拜。一個個吹彈歌舞，門外頭唱將起來。

皇爺見丫頭們唱的中聽，聲音嘹亮，故意的顛憨，聽了一聽，放下酒盅道：“那吱吱啞啞的是做什麽？”二姐說：“是丫頭唱詞。”萬歲說：“俺家那唱詞都在臉前裹③唱，你這裹另一様規矩麽？”二姐道：“俺這賤人家規矩是這等，來房裹唱恐怕聽了清音去了，姐夫見他的過。”皇爺說：“我不怪他，叫他們進來唱。”二姐說：“叫你們進來唱哩。”十個丫頭進的房來，兩邊站下，

---

① 鬬：同“嫖”。

② 腚：諧音“錠”。

③ 臉前裹：面前；跟前。

彈動絲絃唱起來了。

衆丫頭奉主公，蕭管笛共銀箏。一枝花帶着新水令，玉美人相稱紅衲襖，江兒水上混江龍，步步嬌唱出情兒動，雁兒落腔正字巧，沽美酒引吊了魂靈。

丫頭唱罷，過來討賞。皇爺說："他那是做嗄，扒[1]下起來的?"二姐說："他那是討賞。"皇爺說："怎麼是討賞?"二姐說："他唱詞你聽了；問你討些賞賜，買胭粉搽。"萬歲說："給他什麼?"二姐說："給他銀子，或給他錢。"萬歲說："有那個着不是窮漢了。我可給他嗄？給他把豆子罷。"丫頭道："俺不要，俺有。"皇爺說："你有什麼豆子呢?"丫頭道："俺有黃豆、黑豆、菉豆、豌豆，還有茳豆。"皇爺說："你那豆中吃；我這豆不中吃，只中看。給你把，若是如意就拿了去，不如意在着我的。"

萬歲爺笑嘻嘻，褡包裏取東西，一把金豆撒在地。丫頭一見花了眼，搶的搶來拾的拾，這種豆兒眞有趣。佛動心見了也睜眼，什麼人使這個東西?

那丫頭一個家碰頭磕腦的搶拾，崩了一個滾在二姐面前，二姐蝦腰[2]拾起。萬歲說："你好眼皮子薄[3]！賞了丫頭的東西，要他何用?"二姐說："一起沒見這般東西，我待看看。"萬歲說："你待看時，等小廝們來時抗[4]兩布袋來給你看。"二姐說："你家裏有多少，你說這大話?"皇爺說："二姐，一處不到一處迷，你到咱家裏看看，雜糧囤一般。"二姐道："我不聽你乜風話。"皇爺說："你拿乜琵琶來崩一個我聽聽。"二姐道："你好村！這琵琶是彈一曲，彈一套，或是彈四板，那裏有彈一個的?"皇爺說："憑你彈什麼罷。"那丫頭拿過琵琶來，遞於二姐。二姐自思道："這長官嘲頭嘲腦的聽什麼琵琶，我有王三姐夫送我一條汗巾，我拿出來諞[5]諞，他貪看汗巾，就忘了彈琵琶了。"

佛動心取汗巾，拿出來漲灰塵。從來沒見汗巾俊：中間織的鸞交鳳，兩頭

---

① 扒：通"趴"。

② 蝦腰：彎腰。清代陳其元《庸閑齋筆記·中亞禮俗之異點》："我國儀文繁重，見皇帝須三蝦腰。"

③ 眼皮子薄：即"眼皮薄"。沒見過世面；目光短淺。元代關漢卿《裴度還帶》第一折："他肚腸細，胸次狹，眼皮薄，局量窄。"

④ 抗：通"扛"。

⑤ 諞：顯擺；炫耀。

童子拜觀音，鷄素[①]排草[②]偏相襯。琵琶上一來一往，逞精神諞他那汗巾。

萬歲道："這奴才不彈琵琶，光諞他的汗巾子，望我誇他。我打總[③]的折折他的架子。"說道："二姐放着琵琶不彈給我聽，弄那塊臭裹脚頭子怎的？不怕涴了手？"二姐說："你看看是裹脚頭麽？這是王姐夫從杭州來送我的汗巾，吃了飯好擦嘴。我看你一點手巾也沒有，吃了飯着便[一]什麽擦嘴？"皇爺說："只怕沒給我嗄吃；家吃的飽飽的，脫了這鞑鞋合這襪子，逗樓[④]下這裹脚來擦一擦便是。"二姐道："好髒！"皇爺說："髒麽？你乜汗巾子還跟不上我這裹脚也是有的。你且彈琵琶我聽罷。"二姐道："你始終忘不了這琵琶。我還有一把好扇子哩，我再拿出來諞諞。"

小二姐逞精奇，取出扇甚整齊，扇面都是眞金砌。上邊畫着湘妃影，頂上寫着道子[⑤]題，王右軍[⑥]寫的行書字。這才是眞正古董，拿出去百兩也值。

萬歲道："這奴才又諞他的扇子哩。我誇他一誇。"遂說："二姐一把好扇，我也有一把好扇。你拿過來我看看，我也給你看看。"二姐道："不看罷，熱手拿黄[⑦]了。今日天黑了，明日你看兩遭罷。你就搧起這扇子了麽？你只搧那八根柴[⑧]、小油紅，暑伏天使𠀾錢買的粗蒲扇，忽打忽打罷！"皇爺說："我不看你那扇子了。且彈琵琶我聽罷。"二姐說："你沒忘了這琵琶，少不得要彈彈了。"

小二姐心裹焦，抱琵琶懶待調，少頭沒尾彈一套。不憂不喜不誠敬，把這長官哄醉了，丫頭陪他去睡覺。好歹的留他一晚，到明日打發他開交。

那二姐胡套了一彈。萬歲說："這奴才像個會彈的，他不待彈給我聽，我自有道理。"那萬歲穿的那綁腿鞑鞋沉重，那樓板聲音又響亮，故意撲咚撲咚

---

① 鷄素：荷包。

② 排草：即排香草。多年生草本植物。《金瓶梅》第二十八回："在一個紙包內，裹著些棒兒香與排草，取出來與春梅瞧。"

③ 打總：總地；一起。

④ 逗樓：即"抖摟"。

⑤ 道子：即吴道子（約 680—759）。唐代著名畫家，有"畫聖"之稱。

⑥ 王右軍：即王羲之。東晉著名書法家，世稱"書聖"。曾做右將軍，故稱。

⑦ 拿黄：因汗漬而泛黄。

⑧ 八根柴：有八根竹篾的價格低廉的扇子。

的使那脚蹅[①]。二姐說："放着琵琶不聽，你跺嗄哩?"萬歲說："我給你打着板哩。"二姐說："你打的是什麼板?"萬歲說："我打的不是板，你彈的也沒有點。"

萬歲爺笑嘻嘻，你不該把人欺。人物雖醜心裏趣，琴棋六藝誰不曉? 花裏胡哨[②]也記的，才來進院當子弟。你彈的少頭無尾，拿着俺當了癡愚。

二姐自思："這長官初進院時，有些憨樣；這一回我看他像精細了。是的，我把琵琶彈一套好的，他聽過來，就是俏裏裝村；若是聽不過來，就是村裏裝俏了。"

小二姐把絃調，這長官像不嘲，只怕還是村裏俏。懷抱琵琶別改調，滿江紅捎帶着月兒高，傾心吐膽彈一套。武宗爺微微冷笑，這琵琶傳授不很高。

二姐聽說，把琵琶放下說："我只當你怎樣知音來呢，誰想你是胡猜。你說我傳授不高，這宣武院裏三千姐兒，就沒有彈過我的。你說這大話，你會彈麼?"萬歲說："我只是沒開興哩。若是待彈，脚指頭也彈的中聽。"二姐說："見你那口來，還沒見你那手。好漢子當面就彈。"二姐自思："他會接就會彈，不會接就不會彈。"二姐遞了個懷抱日月。萬歲說："好賤人！眞果拿着我當憨瓜。"使了個順手牽羊，接過琵琶，且攔住不彈說："這賤人誇他的汗巾子，我也有條汗巾，拿出來諞諞罷。"

龍袍裏取汗巾，拿出來愛煞人，乾坤少有汗巾俊：當中二龍把珠戲，九曜星宮兩下分，二十八宿謹相遜。趁上帶香茶龍盒，羊脂玉碾就的穿心。

萬歲將汗巾一展，照的樓上赤旭旭的，祥光出現。二姐擡頭看見，打了一罕：這長官說話風張風勢的，他的東西到有些古怪，花花藿藿[③]的這是什麼? 便問："姐夫，你拿的是什麼?"皇爺說："是我擦嘴的點澆汗巾。"二姐道："是那裏來的，這樣齊整?"萬歲道："遠着哩！是日南交趾[④]國進奉來的。"二姐道："是給你的麼?"皇爺說："是給朝廷的。"二姐道："給朝廷的

① 蹅：脚踏。

② 花裏胡哨：顏色鮮豔。

③ 花花藿藿：顏色鮮豔，色彩斑斕。也作"花花黎黎"。《金瓶梅》第五十九回："門裏立著個娘娘，打扮的花花黎黎的。"

④ 日南交趾：日南，中國古代行政區劃，在今越南中部。交趾，中國古代"交趾郡"，今越南北部地區。《三國志》第六十五卷："交州諸郡，國之南土，交址、九真二郡已沒，日南孤危，存亡難保。"

你怎麽拿着呢?”皇爺說:“我對你說罷。你看我在外邊沒體面,我在京裏也像個人。這朝廷的愛臣是江彬,我合他垂髮相交[①],俺㺃個極厚。夜晚間俺兩個吃起酒來,他拿出來諞,我說:‘江彬,你這汗巾是那裏的?’他說:‘是外國進了來給萬歲的;萬歲使殘了,就賜了我一條。’我說:‘江彬,皇家的東西,你拿着犯法,你送給我罷。’他就兩手奉獻。朝裏皇帝有這汗巾,朝外我也有這汗巾,除了俺㺃,別人再沒有這汗巾了。”二姐聽聽,深深的拜了兩拜說:“賤人買命算卦,該接皇帝。也是我福分淺薄,接不着大駕;仗賴姐夫的洪福,給我那聖上的汗巾看看,死也甘心!”萬歲說:“你看不的。”二姐說:“我就奪!”跳了一跳,貪慌拘那汗巾,把桌子上酒壺拐[②]倒。二姐只羞的面紅過耳,叫丫頭拿溮布來。皇爺說:“不用,隨便的使使罷。”萬歲把那汗巾窩攢[③]起來,照桌面上一抹。二姐說:“姐夫好不成人!這樣東西就拿着溮了桌子!”皇爺說:“這行子不拂桌子,要他何用?”二姐說:“乾給[④]我我也不要了。”那萬歲搛[⑤]着那汗巾,迎風一抖摟,只聞的香風一陣,那上頭半點酒珠也無,異樣的新鮮。二姐見了,胸膛上長起草來,就慌了心,說道:“姐夫,你給我看看罷。”萬歲說:“我自是不給你看。”二姐把嘴一撅說:“你不給俺看罷,俺也不要了。你還彈你那琵琶罷。”萬歲說:“這奴才見了我這汗巾就慌的乜樣,我再拿出那扇子來諞諞。”萬歲從那扇囊裏取出扇子來了。

取扇兒在手中,滿樓上耀眼明,寶貝原是西番[⑥]貢。仙人畫就錘金面,巧工雕成象牙櫺,才然一舉香風動。拿出來霞光萬道,閃一閃瑞氣千層。

萬歲拿出那扇子一搖,滿樓上清香宜人。二姐看見諕了一驚:這長官的東西件件出奇。他拿的這把扇也看的過,但那個棋榴[⑦]我可沒見。這萬歲爺扇子上是一科月明珠扇墜,二姐那裏曉的。二姐說:“好齊整扇呀!借過來我搧搧。”皇爺說:“手熱盪青了。今日天黑了,明日搧四遭罷。什麽好扇哩,不過是八根柴、小油紅,暑伏天使兩三錢買的蒲扇,怎麽好給你搧?”二姐說:

① 垂髮相交:古代成年之前頭髮下垂,此指幼年時的故交。

② 拐:碰。

③ 窩攢:揉成團。

④ 乾給:白給。

⑤ 搛:扯。方言發音為jīn。

⑥ 西番:歷史上的西羌。

⑦ 棋榴:“球”的分音,此指球狀扇墜。

"姐夫，你偏記的俺這裹合你出對字哩。俺說盪黃了，你就說盪青了；俺說搧兩遭，你就說搧四遭。你是八寶羅漢之體，你就合俺這賤人一般見識？有酒裝給你吃，當面就回席①。俺也不看扇子了，還彈琵琶我聽罷。"皇爺說："你是個什麽人，我就彈給你聽？"二姐說："孤老婊子玩耍罷，誰着你彈給我聽！"皇爺說："這話有理。"

萬歲爺龍心歡，抱琵琶定了絃，先彈一套昭君怨，鴻門設宴方丟下，然後緒②上九里山③。二姐聽罷心忙亂，看長官風風勢勢④，誰想有這樣絲絃。

萬歲彈了一套，二姐吃了一驚：這長官何曾嘲來！遂不見[二]的把椅子往前一拉，來親近萬歲。萬歲說："這奴才眼裹有了我了，我也撒撒。"把椅子往一邊一拉。二姐嬌滴滴的說："姐夫，俺眼裹有了你了，你就眼裹沒了俺！"皇爺說："眼裹有俺，不過知道我這腰裹還有幾兩銀子。您娘們待算給我的。"二姐說："俺不過是個女孩家，俺會放響馬⑤，扯溜子⑥，倒䏙[三]頭算計你？不過是愛你那好絲絃。"皇爺說："好什麽！不過是胡亂撥幾點子，合狗跑門⑦那是的。"二姐道："又來了。我且問你：你這絲絃教的教不的？"皇爺說："教不的，我怎麽學來呢？"

小二姐滿心歡，叫姐夫你聽言：你居家搬來宣武院，閟來咱在一處玩，跟着姐夫學清彈，三千姊妹管你飯。你只是情吃情穿，比當軍受用的自然。

萬歲道："多蒙盛意。只是俺這家人家人口太多，吃穿你就難管了。況且不是蘋婆⑧，不是李子的，住在院裹甚是不雅。"二姐道："這可怎麽處？"二姐低頭尋思。未知後生出個什麽計策，且聽下回分解。

---

① 當面就回席：當面就報復。回席，回請。

② 緒：通"續"。

③ 九里山：徐州境內山名，此指《十裹埋伏》。劉邦和項羽曾在九裹山激戰，琵琶曲《十裹埋伏》描寫了激戰的場面。

④ 風風勢勢：又瘋又傻。《金瓶梅》第五十二回："俺三嬸老人家，風風勢勢的，幹出甚麽事？"

⑤ 放響馬：做强盜。《初刻拍案驚奇》第三十一回："到申未時，有四個人，原是放響馬的，風聞賽兒有妖法，都來歸順賽兒。"

⑥ 扯溜子：即"扯綹子"。做盗賊。

⑦ 狗跑門：此指狗叫。

⑧ 蘋婆：一種喬木，產自中國南方以及越南等地。果實可食用，有藥用價值。

【校】

［一］便：蒲本、盛本作“使”。

［二］見：盛本作“覺”。

［三］𩨨：盛本作“抱”。

第十七回　弄輕薄狂言戲主　觀相貌俊眼知君

話說二姐見萬歲不肯來院裏住，故意躊躕了一回，問道：“姐夫，你家有銅牀沒有？”萬歲笑了一笑，說道：“佛動心，你說的是那裏的話！朝廷家有龍牀，大人家有八步牀、頂子牀，小人家有脚牀，監裏有框牀，食店鋪有活落牀[①]，棉花鋪有亞車牀[②]，沒見人家有銅牀。”二姐說：“我問的是你家裏動了葷了沒？”萬歲道：“咱家是小人家麼？跳起來吃葱吃蒜的，殺猪宰羊的也斷不了。”二姐說：“我問的是大婚。”萬歲把眼一瞪說：“殺猪宰羊還不是大葷？仔等的殺個人吃麽？”二姐說：“我問你娶了妻小了沒。”皇爺說：“我是個夯人，不說是娶了老婆了沒，我知道什麽是小婚、大婚。你問的是老婆麽？有七八十個還多哩。”二姐道：“你又風上來了。從來道一妻二妾三奴婢，誰家就有七八十個呢？”皇爺說：“我是哄你。若有這麽些人口，我家裏糴升糴斗的給他什麽吃。”二姐說：“妙呀！你那起初霎你說金豆子就合雜糧囷那是的，被我一句話詐出家當來了。你何不娶一個有生色[③]的？”皇爺說：“我有那個念頭，只是搜尋不着好的。”

二姐說我的哥，你既說沒娶婆，我給你當家也當的過。今日既然接着你，我索性跟你去張羅，省的又接第二個。你休愁烟花拙懶，情管俺轉不下吆喝。

皇爺說：“你媽娘不知要多少銀子？”二姐說：“只要三千兩銀子。”皇爺

① 活落牀：即餄餎（héle）床。一種用來製作餄餎的帶有漏底的工具。餄餎，也叫河漏、河撈、和乐等。用雜糧面軋成的條狀麵食。明代李時珍《本草綱目》：“蕎麥南北皆有……磨而為面，作煎餅，配蒜食，或作湯餅，謂之河漏。”

② 亞車牀：除掉棉籽的一种工具。

③ 有生色：相貌出眾。

說："吃不盡沒有的虧。"二姐說："待嫁我自有道理。我還有幾兩私房銀子，給俺媽娘罷。"皇爺說："我就有銀子娶了你去，我家裏人口太多，給你什麼吃?"這二姐見萬歲百樣的推託，他就撒起嬌來了："你放心過日子，我自有法治。"

佛動心發狂顛，拿着爺作戲玩。把我娶去宣武院，駝到北京順天府，房子賃上五七間，憑着模樣把錢轉。不要你糴升糶斗，管叫你情吃情穿。

皇爺冷笑了一聲說道："別的生意還好做，這般賣買難做。"二姐不識進退，又嚶嚶的笑道："好多道哩，做一遭就慣了麽?"萬歲聽說，龍顏大怒。

萬歲爺氣冲冲，駡奴才養漢精，放你娘的狗臭銃！捶的桌面乒乓響，身子跳起眼圓睜，倒把二姐諕了個掙。忙跪倒說咱兩戲耍，沒人處什麽正經。

二姐見皇爺惱了，只諕得骨軟筋麻，走到近前雙膝跪下，只稱姐夫："賤人不識輕重，無心說出，追悔無及!"萬歲始終是愛他，見嬌滴滴的一聲哀憐，早把怒氣消入爪哇國去了。向前用手扯起來說："你是妓女，我不濟是個嫖客，你不該駡我。"二人坐下，那二姐悶悶不足[1]。萬歲說："二姐，你照舊玩耍。你若待學絲絃，我願教你。"二姐聽說，才滿心歡喜，滿斟一盃遞於萬歲。萬歲說："我不吃了。天色已晚，咱睡覺去罷。"二姐笑道："你不吃就是怪我。"

佛動心弄嬌柔，若愛奴飲這甌，無心小失丟開後。萬歲本情不待吃，又怕心上人兒羞，伸開御手忙忙受。接過來不曾落案，一骨碌灌下咽喉。

萬歲飲乾，那佛動心還待訴他。萬歲便叫丫頭綽出殘席，安排寢帳，收拾睡覺。

衆丫頭急慌忙，鋪下了象牙牀，紅袖亂拂銷金帳。安下一個鴛鴦枕，熏籠裏面又添香，般般事兒皆停當。萬歲說二姐睡罷，到明朝再耍無妨。

佛動心也不言語，暗暗的思量："今晚原是哄他，這個計策已是行不得了。"這二姐坐在燈下躊躇不定。萬歲看了看那兩個丫頭，只管丟他那眼色，敦敦的看他姐姐。萬歲起的身來說道："恁又不說長，又不道短，是待弄什麽鬼兒算計我麽?丫頭們快去吧，我待關門哩。"把丫頭們趕下樓去，烹的一聲關上樓門，便說："二姐，咱睡了吧。"二姐羞答答的說："請長官先睡，奴便

① 悶悶不足：悶悶不樂。

來也。”這萬歲急自待脫衣服，怕漏了行藏，笑道：“二姐想是您害羞，我吹煞燈罷。”撲的一聲，把燈吹煞，然後解衣上床。

萬歲爺解了衣，叫一聲我的妻，過來罷弄什麼勢。二姐無奈把羅裙解，說從來沒曾出門子①，酸甜還不知什麼味。萬歲爺點頭會意，佛動心咬定了牙根。

二人交歡已畢。二姐說：“我每日裏等皇帝，皇帝到沒等著，卻等著你了，這也是前世注定的。我看你雖不是個皇帝，久後定然有大好處。”皇爺說：“二姐，你錯相了，窮軍家有什麼好處？”二姐說：“不然，人眼慢②俗，我卻有個小斤稱。你若是合不着我的意思，今晚上高低還費些事兒；如今還待說什麼哩，我這身子已是屬了你了。你若肯要我，就窮我也受的，身價你不要愁；若是不肯娶我呢，是我合該命盡，一死無大災，就是媽娘殺了我，我可也不肯迎新送舊了。”皇爺說：“二姐放心，我定然娶你就是了；萬一娶不成，我也定是教會你那琵琶。”二姐半晌無言，笑着說道：“真正是我這命盡了！”萬歲驚問：“這話怎麼說呢？”

佛動心淚如麻，你有心愛奴家，奴家也願把你嫁。原是實心愛嫁你，嫁你原不用琵琶，既是從良要他嘛？你分明不娶我的樣式，到如今還說什麼！

萬歲說：“這妮子到有這眼力。”急忙抱過粉頭，摟定纖腰說：“二姐休惱，我方才是試試你的心。既然這等，我軍家自有制度。我雖窮可也不用你那私房。小廝們來時，或者還帶些錢來，三千兩銀子也還難不住我。”二姐說：“你休哄我呀。”萬歲說：“我從來是金口玉言，不會撒謊。”二人說的投機，各各歡喜，交股而眠。

纔睡下鼓二敲，紗窗外月正高，紅羅帳裏明明照。萬歲爺才把鼾睡打，一條花蛇甚蹊蹺，口鼻耳眼都鑽到。二姐見金龍出現，只諕的魂散魄消！

萬歲沉沉睡去，那金龍出現，把二姐諕的氣也不敢喘，搐在被窩裏暗想：“人都說眞命天子定有龍蛇鑽竅，只怕這長官是個皇爺！”這二姐心下躊躕，忽然萬歲翻身醒來，問道：“你還沒睡着哩麼？”二姐說：“還沒哩。”遂將那櫻桃小口兒靠在萬歲耳邊說：“賤人不敢動問，你實說你是什麼人？”萬歲說：

① 出門子：此指嫁人。《紅樓夢》第七十一回：“就算你是個沒出息的，終老在這裏，難道他姐兒們都不出門子罷？”

② 慢：通“蛮”。很。

“好奇呀！叫長官叫了一日了，怎麽又問?”二姐說：“我看你不像個軍家。”萬歲笑道：“這又奇了！你說像個什麽人呢?”二姐說：“賤人不敢說，你像個皇帝。”萬歲笑道：“可是你說我的話，你風了麽？我現問你：怎麽見的來?”

佛動心將爺誇，你裝獃又做什麽？看你不在人以下。常言貴命眞天子，往往七竅現龍蛇，你就合着這句話。適剛才花蛇上面，險些兒將奴諕殺！

萬歲聽說有蛇，故意吃驚道：“好營生，好營生！諕殺我！想是這樓上有蛇，咱到明日搬了罷。”二姐道：“不是，這是貴人的眞體，將來必然大貴。”萬歲道：“胡說！做個窮軍漢，貴從何來?”二姐道：“這到不在哩。”

叫軍爺你聽着：劉志遠[①]也是窮家，景兒[②]作的勾天那大。我癡心每日等皇帝，等了個人兒異樣殺，將來由了那先生的卦。奴便就打水挨磨，似三娘受苦不差。

二姐說了一會，各各睡去。萬歲忽然睜眼，天已大明。那二姐一宿不曾睡着，困乏極了，睡的好不甜美！萬歲恐怕露了馬脚，輕輕的起來，扎掛停當。那二姐方纔翻身，枕邊不見萬歲，慌忙扒[③]起來。萬歲已將樓門開放，丫頭們紛紛鬧鬧，端洗臉水的，拿手巾的，替二姐梳粧的，不一時梳洗停當。

紗窗外日兒高，纔剛剛梳洗了，扶頭熱酒忙拿到。酒兒最愛穿杯飲，琵琶喜從懷裏教，樓中一片絃聲鬧。這一番君妃歡樂，勾引出作死的沖霄。

這是佛動心初出茅廬第一功。未知後事如何，且聽下回分解。

第十八回　婢送帖寶客欺心　鬼弄人二姐得意

話說這兵部王尚書，有個兒子名叫王龍，包着佛動心的姐姐賽觀音，住在北樓，隔着南樓不甚遠。這一日王龍在北樓正坐，忽然一陣南風，只聽的絲絃盈耳。

王沖宵在醉鄉，這聲音在那廂？一陣一陣聲響亮。院裏的絲絃我都聽過，

① 劉志遠：應為劉知遠。五代十國後漢開國皇帝。

② 景兒：事情。

③ 扒：通“爬”。

高煞的腔調也只尋常，聽來那是這般樣。不知是那裏子弟，一句句唱出了京腔。

王龍說："大姐，你聽聽南樓絲絃甚是出奇。"大姐說："老王，你擡人[①]擡在天上，滅人[②]滅在地下。你可是隔壁聽音。你說是誰彈？也是我二妹子跟我學了兩套，每日等皇帝，那皇帝也不來了，多管是悶極了，合丫頭們彈。"王龍說："瞎話！這絲絃不同。南北二京好絲絃我也見過，我也能彈，這絲絃在我以上，不在我以下。"說的大姐心裏恍惚[③]，巴着南樓聽了聽，果然美耳。遂根問[④]丫環。

賽觀音問丫環，南樓上是誰玩？丫頭從頭說一遍：二姐昨日接了客，帽子破來衣又殘，那人是個軍家漢。那王龍聽說不信，這事兒古怪刁鑽。

丫頭說了一遍。王龍說："瞎話！他還不接我，怎麼肯接那軍家？"大姐道："依着我，這奴才接個叫花子，我才自然，他若接個鄉宦人家的公子，我也不笑他。這個京花子有甚麼希罕哉！"王龍說："咱把酒來頓的熱熱的，另整菜屬，請那長官來唱着吃酒如何？"大姐說："叫他來吧，得請他！你呢，他就擔的個請字？"王龍道："我為的不是那長官，我為的是佛動心。我給那個長官體面，佛動心也有體面。"大姐道："這奴才不宜擡舉。"王龍道："怎麼就不宜擡舉？"遂叫家丁王興拿個帖子來。王興拿過了一個十二折的全柬來。王龍顛了兩顛說："他擔不的使這全柬。"嗤的聲把那十一折扯下，將一個單帖鋪在桌上，寫道："通家[⑤]侍教生[⑥]王龍拜。"

寫拜柬是王龍，舉霜筆胡弄窮[⑦]，這遭送了殘生命！大限到了合該死，太歲頭上去點燈，死在眼前如做夢。王沖宵欺心抖膽，南樓上去請朝廷。

---

① 擡人：抬舉人；讚美人。

② 滅人：貶低人。

③ 恍惚：迷惑。

④ 根問：尋根問底。《夢中緣》第二回："适才根問金家使女的那個漢子，就是他貼身的一個厚友。"

⑤ 通家：如同一家。指情誼深厚。《醒世恒言》第二十三卷："過是人情體面上走動，既非府中族分親戚，又非通家兄弟，並不曾有杯酌往來。"

⑥ 侍教生：明代以后御史对巡抚自称侍教生。后来泛指公卿大夫对官员的自称。《金瓶梅》第七十回："寅侍教生何永壽頓首拜。"

⑦ 胡弄窮：應付。

王龍把拜柬寫的停當，叫丫頭把這帖下在南樓上，給你二姐夫。你說北樓王姐夫有請。丫頭道："俺二姐夫不來着你呢?"王龍說："休說我給他請柬，我就叫他，他也不敢不來。"丫頭道："不是他不來，俺二姐夫穿的衣服襤褸不堪。"王龍說："是了，你二姐夫是個窮漢麼? 你着他來，我不嫌他衣破。人生十指尚有長短，富貴還有高低，也齊不的，天下有幾個跟上我的? 丫頭，你對那長官說：'俺大姐夫請你哩。你若去時，陡然富貴就是陡然富貴，常常富貴就是常常富貴。'"丫頭問道："怎麼是陡然富貴?"工龍說："他若來時，唱給我聽了，答應的我喜歡，賞他一桌酒，合你二姐姐吃哈，臨走再賞他二百錢，可不是陡然富貴麼?"丫頭又道："常常富貴呢?"王龍說："若中支使，留着他當個門下，做一個家丁，紮掛他給他絲綢穿着，強似他們當軍，可不是常常富麼?"丫頭道："俺不說。俺到那裏說了，看你不給他，顯得是俺說瞎話。"王龍道："我在你奴才們身上撒謊誆他麼? 若是他答應的歡喜，豈止絲綢，人皮襖子我也做的起。"丫頭道："俺到那裏就照樣說哩。"王龍說："張口為願，怎肯撒謊呢。"有王龍差丫環，你快去把帖傳，那裏的子弟我看一看。丫頭聽說往下跑，上的南樓站一邊，王姐夫請去會一面。到那裏用心奉承，管給你換了衣衫快。

丫頭上的樓來，把請帖給了二姐夫，說北樓王姐夫有請。二姐說："多拜上罷，你二姐夫遠路困乏，不赴席罷。"萬歲聽的道，遂說："二姐，他着人來請，咱不去怎麼說? 恐怕咱回不起席麼?"二姐說："這是北樓上王姐夫請你。"皇爺說："有請柬麼?"丫頭說："有。"皇爺說："拿來我看。"丫頭把柬帖遞於萬歲，見是一個單紅帖，有核桃大字。萬歲一見，心中大有不忿："好一個割頭的奴才! 我連一個全帖也擔不起了，給我這一個單帖子!"丫頭見萬歲猶豫不定，恐怕不去，遂說道："姐夫，你去有好處。俺大姐夫許著給你做人皮襖子。"萬歲說："怎麼說做人皮襖子?"那丫頭把王龍的話從頭學了一遍。皇爺說："好呀! 又賞我錢，又給我酒吃，又給我做人皮襖子，找上門來的買賣，我還不去做，待等甚麼?"萬歲翻過那帖子來記了一筆：某年某月某日，王龍親許人皮一張。——那王龍未曾見皇帝，先立了一張死文書給萬歲拿着，大夢不覺。皇爺說："二姐，咱赴席去罷。"

小二姐聽的說，拉住了萬歲爺，暗把手兒捏一捏。那王龍行子眼目大，行動不動就稱他爺，逢人慣把架子扯。像是你這個模樣，到那裏看他嗤撇。

萬歲說："二姐你放心，到那裹見了王家那小撕廝，他情管給我磕頭。"二姐說："你又發瘋哩！他貴壓當朝，財帛甚重，志大胸高，吃酒中間磕你頓拳頭!"皇爺說："你放心大膽，咱去罷。"

萬歲爺要下樓，佛動心不敢留，只得隨在身子後。手裹捏着兩把汗，口雖不言心裹愁，這回醜兒可丟個勾！那萬歲洋洋不睬[①]，一步步花落水流。

這萬歲下的樓來，早慌了那些大小鬼使，恐怕王龍禮貌不周，一陣神風先到了北樓，把王龍圍住。那王龍打了一個支使子[②]，根根毛豎着。說道："大姐，不好了！這長官有森人毛，未曾請他來，我這心裹戰兢兢的。"大姐說："這兩日酒多食少，只怕是勞碌的。"王龍說："不是，我今日做了一個夢極不好。睡到三更時分，只聽得耳邊風響，天地齊轉，我睡的那寢室倒了一間。"大姐說："是也不算不好，這夢中何足為憑?"大姐正然圓夢，丫頭來報："那長官來了。"王龍說："大姐，他來怎麼處？我下樓接的接他。"大姐說："那就跌了你那尚書公子的架子。等他上的樓來，合你作[一]揖着，你只還個半簽[③]，就勾了他的了。"一言未了，萬歲爺可就上樓來了。

萬歲爺上樓來，王龍見佯不睬，長官失迎休見怪。久聞大名不曾會，作下揖去頭懶抬，鬼使按倒將爺拜。王沖宵昏迷了半晌，樓板上扒不起來。

萬歲上的樓來，王龍大辣辣[④]的說："久仰大名，作揖了!"萬歲裝了個不識事務的，把簷毡帽一按，上席坐下。王龍又說："作揖。"鬼使走上去，按着頭的，擰着腿的，輪了個跟頭，如鷄啄碎米，點了個無其代數。王龍暈了一陣，自家也不知是什麼意思。二姐在旁喜的目瞪癡迷，自思這事出奇，就是老王暈風發了罷，怎樣朝着他仔管磕頭？這長官定然不是個尋常人。不表二姐暗暗稱奇。那大姐心高膽大，全不思量，氣冲冲的就說："老王，你發窩子風哩麼!"跑到近前，拉着王龍那胳膊說："你起來罷。打折了他牛腿了麼？你弄他做啥?"也是那神鬼撥亂，那王龍起了一起，乓的一聲，一頭碰在大姐的嘴上，只碰的牙齒淩落，滿口流血。

小大姐害牙痛，心裹焦罵王龍，我到扯你你到掙。或是您親達來是您祖，

---

① 洋洋不睬：滿不在乎。

② 支使子：哆嗦；寒噤。

③ 半簽：稍微躬身表示禮節。

④ 大辣辣：大大咧咧。

仔怕是您親祖宗，見了磕頭這麼盛。小大姐滿心好惱，這一回胡哭了王龍。

王龍誤誤挣挣的扒了個甚時[1]，纔扒起來，張着那口沒嗄說。老鴇子說："王姐夫，我說你家去罷，你再不聽，你這暈風不發的利害了麼?"王龍道："正是，前日發的還好，今日發的我暈頭暈腦的，眼都花了。我看長官合那皇帝呀是的。"皇爺說："這一陣風發的才是。"二姐說："王姐夫給磕了這麼些頭，你只管支架子。"二姐歡天喜地，大姐一陣好惱。

羞煞了小大姐，佛動心把嘴撇，姐夫前生造下的孽。常時見人不唱喏，今日磕頭這麼些，喜的二姐沒休歇。賽觀音惶恐不盡，佛動心說了又說。

那佛動心極會戲弄王龍說："王老爺是個大官。"王龍說："是北京兵部尚書，就待中入閣哩。"二姐說："俺大爺是進士。"王龍說："是進士，江西提學。"二姐說："俺二爺也是官。"王龍說："是二甲進士，寧夏巡按。"二姐說："你父子俱是大官，見了人不作揖麼?"王龍說："怎麼不作揖?"二姐說："你見了二姐夫，怎麼就磕頭呢?"王龍說："多嘴多舌的小殺才！我怎麼給他磕頭？我這二日有暈風，今早晨又吃了兩盅酒，長官來他是個客，我不接他麼？那瓜子皮擦了我找一個跟頭，怎麼是磕頭？我不合你駁嘴，看椅子來我坐下。"

有王龍要坐下，大小鬼錐子扎，屁股害疼坐不下。起來欠去心不定，一把椅子左右拉。皇爺說王龍坐下罷。真天子放了大赦，那小鬼才不扎他。

王龍拉過椅子來，才待坐下，那鬼使錐子往上一扎。王龍說："不好了！有了毒蟲了!"大姐說："你失張答怪[2]，甚麼毒蟲？你起來我坐。"這大姐輕舉粉臀，尖伸妙腚，略坐了一坐，果然刺疼難忍。兩個就不敢坐的了。王龍只說是他痔瘡發了，又自思道："我堂堂一個公子，今日這屁股也不助興，仔可站着，是他的小廝這裏伺候他麼？我走着合他說話，好折囂[3]!"王龍一行走着道："長官，你是北京，你可在那一塊裏[4]住？你貴姓甚麼名字？不是斗膽問你，你早晚惹下事時，叫家父好給你說個情。"萬歲也不入耳，說："王

① 甚時：好久。

② 失張答怪：大驚小怪。

③ 折囂：遮羞。

④ 那一塊裏：哪個位置。

官，你合遊營[①]似的影支支[②]的，你在桌頭上坐下罷。”王龍得了金口玉言，拉過椅子來，坐下試了試不疼，方才坐下。王龍見皇爺大大的，又叫他王官，心裹就大不自在，說：“長官，咱兩人敘敘好相與。”萬歲說：“咱萍水相逢，有什甚麽親戚？”大姐便說：“王姐夫，你就稱他長官，他就稱你王三爺罷。”萬歲說：“我雖當着個窮軍，那江彬合我有點親戚，我也只叫他名字，生平不會叫人爺。你叫我長官，我叫你王官，都是一個官兒，有甚麽不好？”王龍見說叫江彬的名字，也就不求全了。叫大姐快給我擺酒。萬歲說王龍待擺酒，我故事[③]他故事，說：“王官，你待擺酒麽？說你的姓來，我過日好回席。”王龍不答。皇爺說：“王官貴姓甚麽？怎麽不答應？”王龍說：“長官，你戲我哩，叫我王官，又問我貴姓，敢仔我姓王？”萬歲說：“混帳！我就沒見王官就是姓王。我道是長官，我就姓長麽？”王龍說：“我實在姓王。”萬歲說：“果真？”王龍說：“這姓有假的麽？”萬歲說：“只怕你爹爹多問不道，你休計較。”王龍說：“長官你謅了，你合我玩不起呀。你敢說你嫖的是妹妹，我嫖的是姐姐，咱是連姻，就該笑玩；這不是官親，玩不的呀！”萬歲說：“玩玩不差。”那賽觀音心中不悦，說：“好京花子！俺請你來吃酒來，說許你耍[二]俺來麽？我給王姐夫報報仇。”東西擺下兩桌，萬歲在左邊，王龍在右邊。大姐斟上一盅酒，分明待給王龍，他就故事萬歲說道：“二姐夫酒到了。”萬歲大喜，說道：“好姐兒，有眼色！”那萬歲起坐伸手去接，大姐說：“誰待給你哩！”二姐看不上，說道：“俺又沒曾來趕[④]你的酒吃，你原是請俺來的，你不該眼底無人。你斟酒待給大姐夫，就給大姐夫；給二姐夫，就給二姐夫；你分明待給大姐夫，可怎麽故事二姐夫？”小大姐微微冷笑。

佛動心你瞎星星，接了個營裹兵，你就拿着當真果的敬。一日的孤老甚麽帳？湯他一湯你就疼，從頭裹只管逞靈聖。叫二姐休要弄像，我還要使煞你乜咕嚷。

大姐回頭合王龍說：“小二妮子既然這等，咱索性氣煞他。”王龍道：“依你怎麽樣？”大姐疊着兩指道：“我說出一個法子來。”未知後事如何，且聽下

① 遊營：到處移動。

② 影支支：像影子一樣遮擋，叫人不安。

③ 故事：此指戲耍。

④ 趕：不請自到。

回分解。

【校】

［一］作：盛本作“全”。

［二］要：盛本作“要”。

第十九回　天子愛妃齊奪翠　姐兒嫖客共含羞

話說王龍問大姐的法兒，大姐說：“他是個軍家，只會跑馬射箭，他知道甚麼。吃酒中間，你就說啞酒難吃，咱行個令。他若不會行，輸了酒，咱可取笑。”那王龍聽的說這話，就等不得，一盅酒乾了，叫賽觀音：“拿過令盅來，咱行一個令。”

有王龍叫長官，開懷飲玩一玩，從來啞酒吃不慣。輸家吃酒贏家唱，拆白道字[①]要一般，打乖奪翠各人占。違令者罰酒三杯，飲酒處決不虛言。

二姐聽說行令，着忙說：“姐夫，他待行令，你會不會？你會就合他行；你若不會，丟一個眼色，我給你點着。”萬歲說；“你放心，休說是行令，就是諸樣事，我不在人以下。”行說着，王龍就拿個骰子盆來，說：“長官，咱行個令，誰可做官呢？也罷，咱點骰爲證，擲着誰，誰就是令官。”萬歲說：“贏什麼呢？”依着王龍是贏酒，大姐說：“老王休合他贏酒，輸了着他到肯吃。合他贏銀子。那長官不知代[②]了幾兩銀子來闞[一]院，給他一個割根齊查[③]，贏他個罄淨，叫他院也嫖不的，人也爲不的。”王龍說：“此計大妙！”說道：“長官，俺輸了的罰銀二十兩，吃酒三盅。”萬歲說：“賽觀音輸了呢？也是二十兩？誰出？”王龍說：“我出。”萬歲說：“佛動心輸了我出。”王龍拿

① 拆白道字：一種文字遊戲，即把一個字拆成一句話。《西廂記》第三折：“這小妮子省得甚麼拆白道字，你拆與我聽。”

② 代：通“帶”。

③ 割根齊查：有时也称“割（gā）根齐”。把植物地上的部分緊貼地面整齊割掉。形容非常徹底。查，通“茬”。

過骰子來，擲了個九點，該是在手。王龍說："妙呀。"說："長官，我待行個正經令麽，怕你說不上來；行個俗俗的令罷，要兩頭一樣。"萬歲說："請先說。"王龍遂說道："兩頭一樣是個磚，一去不來灶突裏煙。煙煙，休煙，我打夥搬磚，壘竈窩添柴煙。"皇爺接令就行道：

"兩頭一樣是塊地，一去不來是個屁。屁屁，夜夜出來看景致，一個景致沒看了，惹的王龍龜聲嗓氣。"王龍說："京花子沒道理！行令罷，許你罵我來麽？"大姐說："我給你報一報仇罷。"遂說道："兩頭一樣是盤耙，一去不來是句話。畫道兒長官帶着皮帽子。"二姐接令到行道："兩頭一樣是張弓，一去不來是陣風。風來了，雨來了，王龍背了鼓來了。"皇爺秉手道："王官恭喜了！"王龍道："什麽喜？"萬歲道："封了你一個忘八頭，還不喜麽？"

萬歲爺笑一聲，王冲霄面通紅，長官掃了俺的興。砌裏答撒[①]的精光棍，油嘴滑舌會嫖風，不想這花子能行令。王冲霄心中火起，只一口乾了一令盅。

萬歲說："還行不行？"王龍說："怎麽不行！"拿起骰子來，擲了萬歲的一個令官。大姐說："這樓上極邪，慣好輸令官。咱今遭贏回來了。長官快行令來。"萬歲說："我要一個天上飛禽是什麽，地下走獸是什麽，路旁古人是誰，那古人拿的是什麽，三什麽兩什麽，打死那什麽，我來的慌些，沒看是公甚麽，母什麽。"王龍道："你是令官，你先說來。"萬歲說道："天上飛禽是隻鴇，地下走獸是隻虎，路旁古人是漢高祖。漢高祖使着開山斧，三斧兩斧劈死那隻虎。那一時我走的慌些，沒看是公虎是母虎。"王龍接令行道："天上飛禽是老鴉，地下走獸是匹馬。"萬歲道："輸了！上字不合下字的音。"王龍說："怎麽算輸了？"萬歲說："就不算。路旁古人呢？"王龍說："罷了，我沒了古人了。強龍不壓地頭蛇，我合這狗頭賴罷。"遂說道："路旁古人是俺達……"萬歲說："可輸了！您達怎麽就是古人？"王龍說："俺達七八十了，做到尚書，眼前就入閣了，還算不是古人麽？"鴇兒道："王姐夫，你從幾時這麽賴來？王老爺百年之後，改朝換代，纔稱的是古人。"王龍道："用你來管閑事麽！"遂又說道："……是俺達。俺達達拿着三股叉，三叉兩叉叉死那匹馬。那一時我來的慌些，沒看是公馬是母馬。"二姐遂說道："天上飛禽是鳳凰，地下走獸是綿羊，路旁古人是楚霸王。拿着混鐵鎗，三鎗兩鎗刺

---

① 砌裏答撒：衣衫襤褸。砌裏即"縷縭"，方言中常把衣衫破爛說成"縷縷縭縭"。

死那綿羊。那一時我走的慌些，沒看是公羊是母羊。”萬歲說：“大姐說罷。”大姐道：“天上飛禽是隻牛……”萬歲說：“且住了。這牛有翅麽？他會飛麽？”王龍說：“長官不要賴罷。你沒見那山水牛[1]麽？他也是會飛的。”萬歲道：“就算山水牛。地下走獸呢？”大姐道：“可沒了走獸了。”王龍把大姐瞪了一眼。大姐道：“可悶煞我了！只怕我是走獸，我又只兩根腿。也罷，合他賴罷。”遂說：“……地下走獸是個粉頭，路旁古人劉武周。劉武周拿着個大杵頭，三杵頭兩杵頭，杵死那個粉頭。那一時我來的慌些，沒看是公粉頭，是母粉頭。”老鴇子說：“小大妮子，你待死麽？怎麽越大越糟囮[2]了！這粉頭還有公母麽？大姐夫稱上銀子罷。”王龍無計奈何，稱上了四十兩銀子。

萬歲爺笑哈哈，叫鴇子斟大杯，二姐喜的如酒醉。粉頭也有公合母，耕地的牛兒都會飛，堪合王龍是一對。萬歲說：這長臍粉頭，王冲霄扎他大虧。

萬歲合二姐拍手大笑。大姐羞的滿面通紅，無言可答，遂乾了令盅。心中不服，便說：“糟糟！是別人行令着，俺輸了。我也行個令，各人要有翅無毛，後待四句詩，上下不叶音的輸。”萬歲說：“請。”大姐先說：“我占一個蚊子。”二姐說：“我占一個蜂子。”王龍待說我占一個蒼蠅，還沒說出來，交別了口說：“我占一個蜣螂。”萬歲說：“我占一個蒼蠅。”王龍說：“我待占個蒼蠅來，未曾開口就錯了，倒被長官占了去了。我這蜣螂也不弱的。”萬歲說：“大姐請先罷。”大姐說道：“我做蚊子實是強，貴賤皮肉我先嘗。吃的肚兒大大的，花枝底下去乘涼。”二姐接令即行道：“我做蜂子實是強，百般花蕊我先嘗。吃的肚兒飽飽的，蜂窩裏頭去乘涼。”萬歲接令說道：“我做蒼蠅實是強，朝廷御筵我先嘗。珍羞百味吃個飽，天華板上去乘涼。”王龍說：“這京花子他占的不奇，說的到好。我這蜣螂怎好出口？”萬歲說：“王官怎不行令？”王龍說：“我另占何如？”萬歲說：“酒令大如軍令，使不的另占。”王龍前思後想，沒計奈何，遂說道：“我做蜣螂實是強……”王龍自思：不好，蜣螂就該吃屎了。代[3]不說可又怕輸了。遂又說道：“……諸般屎尖我先嘗。吃的肚兒大大的，拱着個彈兒做乾糧。”鴇子大笑道：“王大姐夫你好髒！一

---

① 山水牛：一種節肢類昆蟲。生活在地下，每年夏至前後，遇到雷雨天氣山水來臨之時鑽出地面，故稱。

② 糟囮：糊塗。

③ 代：通“待”

盅酒甚麼大要緊，就吃起屎來了？拿過銀子來吃酒罷。"

老鴇子這一聲，羞犯了王老冲，二姐笑的眼沒縫。萬般東西都不吃，單單揀着吃大恭，從來沒見這蹊蹺性。叫丫環斟水與他，漱漱口好掇令盅。

王龍着二姐笑的羞愧難當，把眼瞪了幾瞪，幾番待要發作，又尋思是自己說的，又怕人說他，㦬頭搭腦的，不言不語的。萬歲道："王官休惱，我行一個令給你散散心罷。"王龍道："什麼令？"萬歲說："名爲急口令，天下一百單八府，各府一個字，說爺是什麼，娘是什麼，後生下什麼，伸什麼手，取什麼壺，斟什麼酒，張什麼口，吃什麼酒，什麼酒乾。上字不合下音，算輸。"王龍說："長官請占。"萬歲說："我占龍慶府。"王龍乖覺，便揀一個好名色的說："我占一座歸德府。"大姐說："我占一座廬州府。"二姐說："我占一座鳳陽府。"萬歲說："我是令官，我就先行罷。""我占的是龍慶府。俺爺是公龍，俺娘是母龍，后來生下我這小龍。伸龍手，取龍壺，斟龍酒，張龍口，吃龍酒，龍酒乾。"王龍說道："是這麼說麼？我另占一府何如？"萬歲道："違令者罰！"王龍低頭自思，難於開口，只管不說。萬歲說："我替你說了罷。""你占的是歸德府。你爺是公龜，你娘是母龜，後來生下你這小龜。伸龜手，取龜壺，斟龜酒，張龜口，吃龜酒，龜酒乾。"二姐接令說道："我占的是鳳陽府。俺爺是公鳳，俺娘是母鳳，後來生下我這小鳳。伸鳳手，取鳳壺，斟鳳酒，張風口，吃鳳酒，鳳酒乾。"大姐又像王龍，面紅過耳，不則一聲。二姐笑道："大姐姐，我替你說了罷。""你占的是廬州府。你爺是公驢，你娘是母驢，後來生下你這小驢。伸驢手，取驢壺，斟驢酒，張驢口，吃驢酒，驢酒乾。"

萬歲大笑。那王龍氣的氣充兩肋，無法可施，酒也不待吃，話也不待說。萬歲立起身來說："王官，今日盛擾；我已是醉了，咱不吃罷。"王龍說："聽見你的絲絃甚妙，還不曾領教，怎麼就說去呢？"萬歲說："改日再玩罷。"遂同二姐下了北樓。未知後事如何，且聽下回分解。

【校】

［一］閾：盛本作"闞"。

第二十回　二姐含羞吹玉笛　武宗假意賣龍駒

話說二姐見萬歲口頭伶俐，全無一點鄙瑣處，心中大喜。當下回到南樓，丫頭來點上銀燈，各人散去。二姐把樓門關了，說："長官，你先睡，我待吹燈哩。"二姐一口把燈吹煞。萬歲將龍衣脫下，用青布衫浮皮[①]一裹，裹的合一個包袱相似，緊放在身子裹頭，方才睡下。二姐一來熟了，二來心裹喜歡，也就解衣上牀來了。

佛動心今夜中，有八分愛武宗。瘡口不敢說沒連縫，雖然路兒還生澀，也是癢裹帶着疼，不似昨日難扎掙。他二人玩耍了半夜，一覺兒睡到天明。

一宿晚景提過。二姐看見天明，早起梳粧。萬歲說："我還要睡，休着人來混我。"萬歲又睡了片時，見二姐獨坐窗前，照那鏡兒。萬歲說："你下樓去看看我那馬，不知今夜餧[②]他來沒？"萬歲把二姐調下樓去，方纔起來，扎掛停當，梳洗完備。又彈了一回琵琶，下了一回棋子，吃了早飯。萬歲說："咱兩個悶騰騰的，不如還合王龍混去。"二姐說："昨日是他請咱，咱去就罷了；方纔擾了他，怎好自己又去？"萬歲說："有個指頭[③]。"二姐說："什麼指頭？"萬歲說："我正愁着那馬沒人餧養，不如賣給他罷。"二姐說："你來到院裹就賣了馬，也不好看像。"萬歲說："這不過暫且令他替我餧着，何妨呢。"二姐說："賣給人還待要的哩。"萬歲說："你不要愁，我用着了，他自然兩手奉獻。"商議已定，下的南樓，這話不表。再說王龍在北樓，與大姐定計，要贏萬歲。

王冲霄在樓中，尋方兒[④]把氣爭。大姐便說有法令，軍家錢財看的見，賭場裹合他顯顯能，務要贏的他掉了腚。腚溝裹夾上稱桿，管叫他一溜崩星！

二人正自商議，萬歲合二姐到了。王龍拱了一拱說："我就待着丫頭去

---

① 浮皮：外表。

② 餧：同"喂"。下同。

③ 指頭：指望。

④ 方兒：方法；辦法。

請，你來的正好。”萬歲說：“夜來取擾。今日無事可也不來，有一件事要來求玉成。”王龍說：“什麽事？”萬歲說：“若說出來，休要笑恥。”

叫王龍休笑話，無銀子使什麽？一匹好馬賣了罷。兩頭見日走千里，不用鞭子腿不夾，三百兩銀減半價。宣武院把馬賣了，當子弟玩耍玩耍。

大姐說道：“老王，你常說那騾子不是你的，是老爺的看騾①，你待買匹馬。你買了他這馬罷。”王龍說：“我就忘了呢。長官，你只管吃酒，你那馬我管招顧你的。”便吩咐人北院取馬。不一時，把龍駒牽到。王龍走下樓看了一看，眞正好馬。說道：“我去試試。”

王冲霄造化低，一心裏把馬騎，金鞍玉轡牢拴繫。院內跑了兩三趟，喜煞王龍作死賊，稱上三百冰花細。幾盤棋把他贏了，管叫他彈打雀飛。

王龍只誇好馬，就像一條龍，只聽的耳邊風響，平地駕雲。“這馬就值一千兩銀子，買了他的罷。遂稱給他銀子。再贏了他的，馬也是我的，銀子也是我的，銀馬都到我手。”王龍計算定了，上樓來叫道：“長官，我才試了試的那馬，說走一千是謊着了，極七八日也走不上一千。好歹買了來，給小廝們騎罷。休說有這馬，就是沒有這馬，給你三百兩銀子，結個朋友也不差。”大姐拉在一邊說：“老王，大牲口要個文約纔是。京花子什麽正經！賣幾兩銀子花費了，回了北京，見了他的主子，問道：‘你那馬呢？’他昧了良心說：‘到了山西遇着王龍，倚強欺弱，白問我要了去了。’他那主子若是個性好的人，寫一個火票②來問你要了去；若是傲上③的人，駕前一本，就說尚書的公子短了差官的馬去了，可不連老爺的官傷着了麽？拿着銀子買不自在哩麽？不如問他要張文約，那怕他告御狀上本章，咱放着證見。”

賽觀音把心欺，弄巧語害正德。王龍耳軟無主意，隨邪聽了賤人話，王龍吃了大姐虧，後來剝皮無人替。王冲霄被他調轉④，一心裏查考眞主。

王龍聽了大姐這話，回席坐下，說：“長官，咱吃了這半日酒了，我就沒問你貴姓？”萬歲自思：“這廝問我貴姓，我又不好說我姓朱。也罷，我混他

---

① 看騾：用來騎行代步的騾子。

② 火票：清代傳送急要公文的憑證。《幻中游》第六回：“是個利徒，就差了原差，飛簽火票，立拿房氏當堂回話。”

③ 傲上：對上倨傲。《晏子春秋》第四卷：“不以傲上華世，不以枯槁為名。”

④ 調轉：挑弄，教唆。

一混。”這萬歲拿起一雙箸來，向桌子上一指。王龍道：“長官慣好弄鬼，問他貴姓不說，光指那桌子，你這個虎[①]我就打不開。乜桌子上只兩把壺，長官，你姓胡麽？”萬歲不答，只點頭。王龍說：“妙呀！我就是個老神猜，我就猜著你姓胡了。尊諱呢？”萬歲把簷毡帽一拉搭，伏桌子上打盹。王龍說：“你這又是一個虎。尋尋思思的，沒裹他是‘胡尋思’，這又不像個人名，只怕是‘胡想’。我莽莽[②]他罷。長官，尊諱是想？”萬歲又點頭。王龍說：“又打破這個虎了。你的字呢？”萬歲說：“字是君思。”王龍說：“你的號呢？”萬歲說：“你問的這麽親切[③]，待告着我不成？待我再混他一混。”拿起箸來往南指了一指，往北指了一指。王龍說：“又是一個虎。三個虎打破了兩個了。這花子多是樓上起號，只怕是‘胡南樓’；他又往北指，只怕是‘胡北樓’。是了，長官大號想是胡雙樓麽？”萬歲說：“然。”王龍說：“胡雙樓，你賣這馬給我，是個大牲口，要一個文約才是。”萬歲說：“不然拿筆硯來我寫。”王龍笑道：“長官，你也識字麽？”萬歲道：“剛寫出我的名字來。”王龍說：“寫出來就是了。”

立文約胡君思，北京城一小旗，我是一個吃糧的。因爲無錢賣了馬，竇客王龍買了騎，三百兩銀子上了契。上寫着外無欠少，下隨着一並交支。

那萬歲立了文約，王龍拍手大笑。

有王龍喜重重，叫大姐你是聽：三百兩銀子幫他個淨。叫他窮的沒處去，收他門下做家丁，早晚帶着好聽用。若着他寫帖上帳，那小廝也倒聰明。

王龍說：“大姐，咱把他那銀子幫他個罄淨，着他有家難奔，有國難投。你可圓成着，你就說俺王姐夫雖是鄉宦家公子，他可極良善，長官你又沒了銀子了，怎麽回家？你給他做個管家不好麽？哄的他上了套着，那時在我。我叫他給我牽馬墜鐙，奉客唱詞；又寫了一筆好字，早晚給我上帳寫寫名帖不好麽？話是這樣說罷，咱可有什麽方法贏他那銀子？”大姐道：“這倒是小事。這花柳巷裹總是填不滿的坑，我待着他今日淨，就今日淨；待着他明日淨，就明日淨，有甚麽難處？雖是這麽說，姐夫，你可留戀着才好。”王龍

① 虎：謎語。《醒世姻緣傳》第五十九回：“纂作的還說不夠，編虎兒，編笑話兒。”

② 莽莽：猜猜。

③ 親切：確切；真實。明代郎瑛《七修類稿·辯證十·唐明皇遊月宫》：“諸說不同，要非親切之言，真實之事，好奇者之所為也。”

道："怎麽留戀他呢?"大姐道："你或是合他打雙陸，或是抹骨牌，或是下象棋，諸般的都合他試試。你再贏他的，我再騙他的，霎時間就着他淨了，值甚麽呢!"王龍遂即收了買馬的文契，兑了馬價銀子，二人鋪謀定計，要贏萬歲。未知後事如何，且聽下回分解。

第二十一回　王冲霄賭博輸錢　武宗爺脱衣洗澡

話説大姐合王龍定計要贏萬歲，遂丟了個眼色，那丫頭將氣球[①]拿過來。萬歲説："我裝憨給他瞧瞧。"説："乜個東西，丫頭你拿了去罷，我纔吃了飯。"丫頭抿着嘴笑，放在桌上。萬歲説："二姐，他既有誠敬之心，咱就饒[②]他，拿刀來切開我嘗嘗。"

萬歲爺會裝憨，叫王龍你聽言：南北二京我曾串，諸般光景見多少，這個棋榴甚稀罕。什麽東西下的蛋？叫丫頭拿刀切開，我嘗嘗是酸是甜。

那王龍鼓掌大笑道："莊家不識木梨，好一個香瓜[③]!"萬歲自思："作死的王龍，眞果拿着我當個憨瓜。"説："王官，這東西我曾玩過，一名叫行頭，也叫氣球。我也略會幾脚。"大姐説："老王，你看這長官分明是拾查子説話，一行不知道，一霎就知道了。"王龍説："正是呢。"説道："長官，給你麽，可不許你切開吃了。"萬歲説："不肯切開，咱可怎麽踢呢?"王龍説："耍踢故事，一脚踢不着，罰銀十兩。"萬歲説："不妨，我還有二百銀子哩；那馬又賣了三百兩，我還踢幾脚。你過來，我合你踢踢罷。"

萬歲爺笑哈哈，叫王龍你聽着：休笑軍家不識貨。王龍踢在半空裏，皇爺使母鷄倒踹窩，脚脚踢的似天花落。王冲霄暗暗喝彩，打一罕好他賊哥。

王龍見踢不過萬歲，説："長官，這氣球不是擡舉人的東西，跳跳答答的

① 氣球：也叫"氣毬"，古代用脚踢的遊戲用具。《琵琶記》第三出："〔淨〕院公，和你踢氣球要子。〔末〕不好。"

② 饒：原諒。宋代曹冠《木蘭花慢·和舊詞韻》："榮枯置之度外，得饒人處，謾也饒人。"

③ 香瓜：即鄉瓜。沒有見識的鄉下人。

不好看相。我合你下棋罷。”丫頭擡下桌子，端上棋盤。萬歲說：“一盤多少?”王龍說：“一盤一百兩罷。”皇爺說：“不多不多。”

擺下了一盤棋，王冲霄仔細思，萬歲只當閒遊戲。寶客王龍朝不住①，常往手裹去奪車，一盤回了勾二十遍。皇爺說你眞是受罪，你原來不是下棋。

萬歲贏了一盤。大姐說：“咱贏了一盤麽?”王龍說：“今日運氣不濟，把銀子贏給了別人了。”大姐說：“還合他下麽?”王龍說：“輸一盤就怕了他麽?”兩個又下不多時，那王龍被萬歲殺的如風卷殘雪，霜打敗葉，又輸了一盤。

有王龍自思量：這長官手段強，棋子又在我一上。連輸兩盤沒的說，只怨運氣好平常。走來走去沒頭向，便說道下棋不勝，打雙陸鬧上一場。

那王龍連兩盤輸了，說道：“長官，不合你下了。”萬歲說：“不下，拿銀子來罷。”王龍道：“這二日食少事煩，棋神不附體，合你打雙陸罷。你再贏了我，我總裹稱給你；我若贏了你，咱就準②了。”萬歲說：“一帖多少?”王龍道：“一帖六十兩罷。”萬歲說：“不多。”王龍道：“錯了。早知他這等仗義，就該合他一帖一千兩銀子，不勾連他那靑布衫剝給我。”叫丫頭：“拿雙陸來。”

雙陸盤端過來，將馬兒擺列開。有句賤言休見怪：一帖白銀六十兩，輸了當時兌過來，或輸或贏不許賴。那萬歲贏了數帖，極的那王龍眼裹插柴!

王龍說：“不合你賭了，我又輸了勾三四帖了。”萬歲說：“多着哩。”王龍說：“這一霎我就輸了多少。”老鴇子說：“王姐夫往日像個君子，今日像個小人。賭錢是丈夫，賭乖不賭賴。我算着你整輸了十二帖。”王龍說：“要這賤婆兒來管閒事!任我輸幾帖，我仔不合你賭着呢。”萬歲說：“不賭了，拿銀子來。”王龍說：“給你。”萬歲說：“拿算盤子來打打。”萬歲架着算盤，王龍喝着，共該一千五百五十兩。萬歲說：“兌了罷。”王龍說：“就兌。”二姐笑着說：“姐夫贏了，該我架天秤。”那大姐還給王龍支架子，叫丫頭：“你休動姐夫那箱子裹的銀子，零碎的就勾了。”那丫頭拿出來了一布袋子，統③了一大堆。二姐將天秤架起，瞧了一瞧說：“早哩，早哩。”王龍說：“蹺蹊!我

---

① 朝不住：招架不住；對付不了。

② 準：抵消。方言音读為 děi 或 duǐ。

③ 統：傾倒（dào）。多指從口袋裏垂直倒出。

這銀子蟲子打了麽？怎麽有堆堆沒分兩？”丫頭再拿那成錠的大元寶來，又大小搬出來了十數多個。王龍說：“勾了麽？”二姐敲了敲還差點。萬歲說：“差那點子待怎麽？饒了他罷。”那砝碼丢的緊了，只一跳，忽的一聲，把銀子撒在那樓板上，白花花的一大堆。

將銀子倒面前，叫二姐你聽言：幾兩銀子看的見，些須微禮休嫌少，權且當做胭粉錢，零碎墊手也方便。等着我那小廝們來到，自然還另送你宿錢。

大姐道：“老王，你眼瞎麽？看不見着你聽聽罷。我陪了你這一二年了，你給了我幾遭胭粉錢？頭一遭給了我二錢，第二遭給了我三錢。我說姐夫沒吃肉麽，倒腥了嘴哩，你就記在心裏，到了第三遭給了我五錢。你三遭共給了我一兩錢銀子。你看人家恁麽大一堆銀子，就盡做了胭粉錢。你枉是尚書家的公子，玷辱了子弟！”那王龍輸了這些銀子，心裏疼着，又被大姐誚了幾句，怎麽不惱！滿心裏火起。

有王龍心裏焦，這長官我猜不着。銀錢只當糞堆撩，千兩銀子買胭粉，牛皮上邊拔根毛，聲聲還說小廝到。頭一遭賞銀千兩，送宿錢不知多少。

大姐說：“老王，你到明日早起來，休出前門走，打後門裏走罷。”王龍道：“怎麽說呢？”大姐說：“看人家裂破你那嘴了！敢說道那王三爺，每日慣妝人，請了那長官來唱給他聽來，倒給他磕了頓頭，還贏了他一大堆銀子去了，可不囂煞了麽？”說的王龍默默無言。大姐又道：“你抖抖精神，咱再合他玩耍玩耍，不死不活的是做嗄呀？”王龍道：“不玩了，輸壞了銀子了！”便向萬歲說道：“長官，我原來是請你來領教來，你倒贏了我這些銀子，把彩都着奪了去了。我吃着酒，你唱一個曲我聽聽罷。”萬歲說：“我從來不唱給人聽。”王龍道：“你不唱，彈彈罷。我自不乾了，我給你做身紬子衣服。”萬歲道：“可是呀，你許下給我件人皮襖子，只怕這件衣服你做着難。”王龍道：“豈有此理！”萬歲果然彈了一套。王龍連聲喝彩說：“好絲絃！好絲絃！”萬歲道：“只怕你刮拾不的[①]那衣服。”王龍道：“大丈夫一言既出，駟馬難追，我就不好反悔。”萬歲說：“多謝了。”王龍又灌了幾盅酒，千思萬想，沒處出氣；又見佛動心在旁洋洋得意，便道：“我别的弄不過他，或者我這身上穿的這衣服，他拿不出來。待我小小的形容[②]形容他，也着他囂。”便說道：“酒後

---

① 刮拾不的：捨不得。

② 形容：對比。

發熱了。丫頭拿個浴盆來，我合二姐夫待洗澡哩。”萬歲說：“這廝可惡！又待合我比衣服。”行說着，丫頭擡了水來。王龍賞了五錢銀子。遂即脫了衣服，大姐拿了來，抖搜了抖搜，“您看王姐夫好齊整衣服！”王龍說：“咱是窮的麼？昨日新打開了一箱，一疋尺頭做的。”二姐說：“王姐夫，你這一頂網子[①]還是金圈哩。”大姐說：“妹妹，你那孤老有王姐夫這一頂網子麼？”那二姐心中不悅，說道：“什麼網子！是混帳網子！雜毛網子！”大姐見他這等，一發將王龍的衣服，脫一件，說一件。說還未了，便叫丫頭：“怎麼不擡二姐夫的水來？他待脫下那青布衫子來支支架子哩。”一言未盡，兩個丫頭把水擡來。萬歲本不待洗，怕走漏了消息，被他突的心頭火起，便說：“我要洗洗。”

萬歲爺要脫衣，佛動心着了急。你的衣服不出奇，蠻子渾身是紬緞，你只一身粗布衣，休着他打了咱的趣。道姐夫等上一等，回南樓洗澡不遲。

皇爺說：“我也就着洗洗罷。”

衆丫頭擡水至，萬歲爺方脫衣。齊來跪下討賞賜，分明是把王龍壓，金豆子撒下各人拾。二姐歡喜大姐氣，衆丫頭兢兢戰戰，除皇家誰有這樣的東西？

丫頭得了金豆，百樣的奉承，將一個托盤，承着四箇肥皂，上頭頂着來獻給。萬歲待脫下來，恐怕人見了就知道他是皇帝，就連青布衫一齊脫下，窩鑽[②]了窩鑽，遞於二姐。二姐看見了個龍爪，就待展開。萬歲流水擠眼，二姐方纔會意，包了搿[③]在懷中。

青布衫先脫了，藏起那袞龍袍。裏邊襯衣有兩套，不是紬來不是緞，件件都是極蹊蹺。汗衫全用珍珠造，穿著他夏天涼快，還打上冬裏熱燥。

萬歲脫下衣服，王龍合大姐也暗暗的打罕，只估不出是個什麼人來。

好衣裳件件精，賽觀音諕一驚。王龍也把腦兒掙，心裏猜他是響馬，猜來猜去不分明。惟有二姐明似鏡，自思量陪他兩宿，不知他就是朝廷。

二姐搿起萬歲那網子來說：“大姐姐，你看這網子上是二龍戲珠。”大姐說：“也是二鱉瞅蛋罷了！”

萬歲爺怒上心，罵奴才賊賤人，怎麼當面罵了朕？說我操軍我不惱，二

① 網子：用來籠絡頭髮的頭飾。

② 窩鑽：將物品揉成團狀。

③ 搿（gé）：雙手合抱。

鱉瞎蛋好難禁！幾時解了心頭恨，王龍剝皮的時節，碎刀子割這賤人！

那萬歲氣在心頭，滿面通紅。二姐將身子影着萬歲，說道："姐夫穿上衣服，咱回南樓去罷。"萬歲聽說，出了浴盆，遂同二姐起行。王龍合大姐送下北樓來。未知後事如何，且聽下回分解。

第二十二回　佛動心拜主求歡　王冲霄輸錢遷怒

話說萬歲離了北樓，南樓去了。王龍說："大姐，不想那軍家的衣服，件件出奇，再估不出他是個什麼人來。"大姐說："必然是個響馬，在那裏短了皇杠。不如拿起他來，送到當官，比這狗頭！"王龍道："他那口裏常說合江彬有處[①]，若是真果，可不壞了？"按下二人議論不提。且說二姐合萬歲回到南樓，滿心歡喜。

佛動心閉了樓，焚上香把主酬，三年志願今朝就。翻身便把皇爺拜，有點小失休記仇。萬歲拉住羅衫袖，說二姐行此大禮，我問你是什麼緣由？

萬歲說："二姐，你嘲殺了！我在京裏串戲班，臨來時無甚可穿，我就開開戲箱，暗拿出來了幾件。才不過是哄那王龍。那件蟒衣是那戲子們穿的着裝皇帝的，百姓們穿了犯法。我怕他茄[②]着我，我才着你藏了，怎麼你也信了麽？"

佛動心笑顏開，我每日也疑猜，誰想你把俺當嘲巴待。今日若還再信了，可就真真是老獃，眼裏也沒珠兒在。就向爺禱頭千萬，也不要這樣蠢才。

萬歲說："你這妮子，就合一個鬼靈精那是的！我只爲一時賭氣，就着你參透機關。我今日也不必背你了。"正說着，丫頭叫道："姐姐開門，拿了酒飯來了。"二姐聽說，把門開放，秉起燭來，擺下酒飯，叫丫頭："你們困乏了，各人休息去罷。"丫頭聽說，各歸房去。二姐把門閉了，雙膝跪下，口稱："萬歲用膳。"萬歲道："你說吃飯罷，休說用膳，看走漏了消息，被王龍

---

① 有處（chǔ）：有交往。

② 茄：通"劫"。劫持；要脅。

知道了。”二姐說：“曉的了。”二人用過酒飯，二姐收拾牀鋪，與萬歲寐寢。

佛動心喜盈盈，比昨日大不同，千式百樣把朝廷奉。二姐忘了該呼萬歲，萬歲也迭不的叫梓童[①]。天子庶民無品從，也不是金卯玉笋，要了要萬古傳名。

一宿晚景提過。君妃早起梳洗已畢，萬歲穿上衣服，正待吃早飯，北樓已着丫頭來請。萬歲說：“備着酒飯，咱上北樓去吃罷[一]。”二人同丫頭下了南樓，竟到北樓。王龍歡天喜地的接出來。萬歲說：“連日取擾，我今自也備了一盅水酒，攜來同樂。”王龍道：“通家何必費事？”二人上樓，拉開桌椅，擺下酒席，吃過三巡。王龍說：“咱不是這麽悶吃，還該找個法兒玩玩。”萬歲說：“子弟風流都使盡了，可玩什麽？”大姐道：“您倆投投壺擺。”王龍說：“正是，我就忘了。我就合你投壺。”萬歲道：“隨意隨意。”王龍說：“我着你贏怕了，我燒上香禱告禱告，贏你一遭，我也遮遮醜。”萬歲說：“你就許點什麽何妨呢？”丫頭擡過香案來，王龍焚香禱告。

王沖霄跪案前，衆神靈保佑咱，待合長官投回壺。諸般景兒都弄過，遭遭罰酒又輸錢。這回仗托神靈面，保佑着王龍贏了，殺幾個猪羊祭天。

大姐說：“我看你[二]粧殺我了！怎麽禱告天地，許猪許羊的？”萬歲說：“我也禱告禱告。”他也不磕頭，把手望空一舉，說道：

上告玉皇老友前，下祝閻羅崔府官，城隍土地在兩邊站。要着王龍贏了我，我就貶你上雲南，休要拿着當尋常看。你着我君家贏了，殺幾隻癩象祭天。

大姐說：“花子又上來了瘋[三]了！你是嗄人家，殺起象來了？”萬歲說：“我有好親戚借出來了。”王龍說：“不合你弄那寡嘴。你過來，咱投壺罷。”這王龍自幼在學，不好讀書，慣好投壺。拿起那箭來顛了一顛，使了個“蘇秦背劍[②]”故事，扢噔[③]一聲，投在壺裏。王龍喜的抓耳撓腮。萬歲道：“乜個投箭法稀鬆平常[④]，拿起隻箭來撩到裏頭，人人都會，有什麽奇處？你看我投

① 梓童：原來稱子童。舊時皇帝對皇后的一種稱呼。《西遊記》第八十四回：“那國王急睜眼睛，見皇后的頭光，他連忙爬起來道：‘梓童，你如何這等？’”

② 蘇秦背劍：一種武術定式。傳説戰國時蘇秦在背後斜跨長劍以防身。

③ 扢噔：即“咯噔”。

④ 稀鬆平常：沒有特別之處。

個故事。”那萬歲拿過箭來，照東牆上一摔，舞了幾個花，一投，插在壺裏。王龍大驚說：“是什麽故事?”萬歲說：“這是‘珍珠倒捲簾’。”王龍說：“從來沒見。你再投一個故事我看看。”萬歲取過箭來，捻的滴滴溜的轉，往上一撩落下來，又插在那壺裏。王龍道：“這是什麽故事?”萬歲道：“這是‘野鵓鴿尋窩’。”王龍說：“做這個你有個手法，我又不合你弄這個了。咱抹骨牌罷了。”

有王龍惱心懷，一心裏抹骨牌。空中像有鬼神在，天地人和偏向主，青黄雜牌推過來，王龍輸了沒的賴。王蠻子抹了又抹，邪骨牌有些怪哉！

抹了一回骨牌，王龍又輸了，只低這頭，長吁短嘆的。大姐道：“還有一件極不出奇的營生，你道弄的好，你合長官要要何如?”王龍說：“我這兩日輸掙了，也想不起是什麽來了。你說是嘎?”大姐說：“是跌六氣。”王龍說：“妙呀！就是這等。”這萬歲雖是個光棍皇帝，這一件他却沒學。便說：“這個不會。”王龍聽說不會，就越發纏起了，說：“這個不過是拿着六個錢撩下去，以慢[①]多的爲赢，有什麽難處?”萬歲也極好勝的，看看不會就是一件短處。便說：“咱試試。可賭嗄呢?”王龍說：“一柱一百兩，就來不許試。”眞正聰明不過帝王，拿起錢來極樣仔[②]。

萬歲爺架錢掭[③]，像有鬼等着翻，一跌就是六個慢。王龍輸的沒陽氣，拿起錢來就戰戰，用上心來只跌個斷。扢搭[④]的把頭錢摔了，一聲裏罵地罵天。

王龍輸極了，一行稱着銀子，一行罵那頭錢。二姐在旁裏笑道：“你着俺大姐姐再給你尋個方法，那銀子今遭還輸不犯[⑤]哩。”王龍正煩躁，又聽的二姐誚他，心頭火起，便說：“小科子！你領了您那孤老來，都把我銀子赢了去，我也不肯干休!”二姐羞的滿面通紅，半晌不語。萬歲跳起身來大罵：“好賊！你輸極了麽？誰給你出氣哩麽?”老鴇子吵起來，萬歲使性子走下北樓去了。未知後事如何，且聽下回分解。

---

① 慢：此指銅錢無字的一面，即背面。

② 樣仔：好看。

③ 掭（tiǎn）：撥弄。

④ 扢搭（gǔdā）：形容聲響。

⑤ 輸不犯：輸不淨。

【校】

［一］罷：蒲本作“擺”。

［二］你：蒲本作“你你”。

［三］瘋：蒲本作“風”。

第二十三回　賺嬌娥大姐定計　比根基萬歲生嗔

話說萬歲自從合王龍惱了，待了好幾日不曾上門。忽然一日，王龍又着丫頭來請。萬歲不去。鴇兒自己又來，說道：“二姐夫，你眞果怪他哩麽？他輸極了，什麽正經！宰相肚裏撑開船，你休合他一般見識。不過是那公子脾氣，疼他那銀子，就弄出那醜態了。這二日懊愧的合什麽呀似的。”

賭博的不害羞，爲乜錢就打破頭，銀子輸了一千六。賭場里根基沒憑準，行說着好說把臉丢，轉一轉兒還依舊。就有些面紅面赤，又不是宿世寃仇。

鴇兒道：“適纔見姐夫不去，他訕[①]的了不得，着小大姐央我來替他謝罪。他既這等，二姐夫，你還是去呀，有仇哩麽？况且昨日是二姐不看頭勢[②]，惹的他駡了一句，他又沒傷着姐夫。”萬歲的性兒也是好動不好靜的，極好合人打混，又被鴇兒百般相勸，也就沒了氣了。兩個又跟着媽兒往北樓來。王龍出來迎着，先給萬歲謝罪，說：“我昨日實着你贏極了，我就心焦了，幾句休要放在心裏[一]。”又向二姐笑了笑：“二姐，你休怪我，我着你誚極了，就胡突心眼子，這二日好不懊悔煞！”

有王龍笑呵呵，叫二姐休怪我，昨日實足我的錯。就該脫下那小鞋底，照着嘴兒只管搊，打煞怨的那一個？但得你心中不惱，我就念一聲南無彌陀。

那大姐也來，二姐長，二姐短，花甜蜜語的，說那好話兒。二姐也就笑了。王龍說：“快擺酒來。”略不停時，將酒席擺的齊齊整整。

斟上酒彎彎腰，謝了罪又告饒，弄了多少虛旋套[③]。長官既來我心喜，或

① 訕：羞慚。

② 頭勢：情勢。宋代朱熹《答黃直卿書》：“頭勢如此，又非前日之比，只得力辭。”

③ 虛旋套：表面客套。

是使碗又使瓢，咱把酒量鰾一鰾[二]。萬歲爺連飲了十碗，不濟事王家那冲霄。

萬歲爺吃了十數碗，王龍不能招架，說："咱還找個法兒。"大姐說："罷呀！昨日不是找法來!"王龍說："長官，咱今日可玩的安相相的，也休要賭錢了，咱下棋贏酒罷。"丫頭將棋盤端過，安下棋子，二人便下。

棋盤兒在面前，萬歲爺信手安，著著下的天花亂。王龍恐怕還輸了，手兒手兒[三]好似打巡欄，條條路兒躊躕遍。萬歲說狗屎棋子，一著兒下了半年。

下棋中間，大姐說："二妹妹，他兩個下棋還早哩，我有個琵琶譜兒，煩你給我改正改正。"大姐約着二姐下樓來了。

賽觀音笑盈腮，請妹子下樓臺，那知他把心兒壞。合他到了香房裏，琵琶譜兒丟在懷，殷勤就把二姐拜。相煩你耐心坐坐，我到樓上看看再來。

這王龍輸了一盤，方纔安下棋子，大姐便回來了。王龍道："大姐，你合長官下着，我告一告便。"原來是這王龍合賽觀音定下的一局。一來王龍每日愛想二姐，不能到手；二來見萬歲戮乖奪翠①，沒法治他，也要撮弄點先頭②；三來見佛動心得意的受不的，要觸注③這個口。遂合大姐計議定，誆在他沒人處，就幹起那"張飛掏鶉鴿④"的那事情來了。料想那當婊子的，他也沒有不依的。當下王龍下的樓來，到了房裏，見二姐獨抱琵琶，在那裏對那譜兒。王龍一步驀進，二姐放下琵琶，起身就走。王龍當門截住，說道："我來敬陪不是，你怎麽就待走呢?"

王冲霄驀進門，叫一聲佛動心，你三爺實實愛你俊。若還遂了我心意，一遭就許你十兩銀。搬⑤過頭來把嘴兒印。佛動心驚聲怪叫，咕叮噹扯斷了羅裙。

那佛動心被王龍抱住，只急的柳眉倒豎，粉面通紅，一聲怪叫。王龍死活不放。按下不提。且說萬歲正合賽觀音下棋，一個丫環跑上樓來說："大姐夫合俺二姐姐打仗哩。"萬歲聽說，龍顏陡變，虎步如梭，轉下樓來。

萬歲爺下樓來，只聽的鬧垓垓，見王龍正在那裏行無賴。看見萬歲纔撒

---

① 戮乖奪翠：反映機靈。

② 先頭：預先占點好處。

③ 觸注：堵住。

④ 張飛掏鶉鴿：疑為男女之事。

⑤ 搬：通"扳"。

了手，二姐頭鬆懷也開，丫頭扶出門兒外。萬歲爺重重大怒，罵王龍作死的奴才！

萬歲大罵。王龍上前陪笑說："不過是個婊子，是你的自家老婆麼，就這樣生氣？"媽兒道："你哄着我給你請了客來，你可弄下這個藺，怨的二姐夫惱了麼？你休做聲罷。"

萬歲爺怒如雷，罵王龍作死賊！因何不合你尊堂睡？天生就剝皮貨，死在眼前尚不知，只顧弄你那花花勢！我看你裝模裝樣，湯一湯沾了我那人兒！

王龍那公子性，素常降人是慣了的，誰敢說一個失字。被萬歲罵了幾句，只氣得三尸神暴跳，兩眼圓睜，便道："氣煞我也！你不過馬前小卒，合我在一堆坐着，就是擡舉你了，還說我玷辱了你的婊子！你自家估量估量，我那點不如你？我就合你比比根基。"萬歲說："我那根基可不濟。"王龍道："不消說，你那祖宗關①了銀來使了，掙了你這一名臭軍，你甚麼根基！"

我父親在北京，生三子有大名：大哥曾把皇榜中，二哥寧夏做巡按，只我王龍沒得成。看我讀書不中用，纔着我江湖奔走，習會了買賣經營。

王龍說："這就是我的根基。你可說來，撒謊支架子的不是丈夫。"萬歲自思："砍頭的貨，我也表表你聽罷。"

萬歲爺怒冲冲，罵王龍小畜生，我還比你有根莖。祖父[四]雖然賣豆腐，積下無限大陰功，山東泗水人人敬。後搬在北京城裏，第一家天下聞名。

王龍說："我就不說罷，你自己已是供出你的贓根基來了。賣豆腐的後代，就勾了人的了，還說人沾了他哩。近來不是在江湖上把性子忖了，先打你一個扁包，送到官府，統[五]上兩布袋銀子，還着你有死無活！"萬歲說："你有多少銀子，說着人死呢？"

王冲霄發大言，你聽我說銀錢。我那財貯你沒見，堆金積玉敵國富，江湖河海有常船，銀錢不知有幾百萬。不是我誇句海口，我跟你萬個長官。

萬歲說："你就是這麼大財主麼？"王龍說："不濟麼？天下數一數二的！"萬歲說："可咚[六]煞我了！我也不消把我那家當合你比，我說說我那小廝們的家當你聽聽罷。"

萬歲爺氣昂昂，叫王龍休逞強，你有多大小家當？空是兵部尚書子，銀

① 關：領取。《水滸傳》第五十五回："三軍盡關了糧賞。"

錢能有幾百房？不如一個小廝管的賬。把你銀錢盡數拿來，河內常船，南京鋪子，地土宅子，老婆孩子，盡情算了，敵不上我一個莊子上的雜糧。

王龍說："儘着你乜花花嘴，滿口胡叨，誰信呀？我且問你：你這麼些糧食，你有多少莊子呢？"

萬歲爺鼻子裏嗤，叫王龍你聽知：我的莊子十三處①。管莊的小廝都威武，個個門口豎大旗，炮響三聲誰不懼？吹鼓手掌罷大號，小小廝給大小廝作揖。

王龍說："你那小廝是個官麽？"萬歲說："不是官麽？像你這樣東西也生出來了。"王龍大叫道："好囚軍！氣死我也！"老鴇子見他兩個鬬起口來，說道："二位姐夫消消氣罷。大姐夫，他年少的人，已是做出來了，還待治的哩麽？二姐夫請回南樓去罷。"萬歲氣忿忿的離了北樓，一行走着，一行罵道："我不剝他的皮，我不算手段②！"萬歲合王龍惱了。到了次日，老鴇子備了一席酒菜，給他兩個合勸，自己來請。萬歲堅執不去。鴇子道："二姐夫，你性子這麽喬。年小的人們，每日價可答頭③在一堆子，什麽正經！"萬歲道："你對王龍說，着他剝下他那皮來給我，我才去哩。"鴇子見請他不動，也就去了。待了二三日，萬歲正合佛動心在南樓上下棋，忽然王龍着個丫頭送了一封書來。萬歲拆開一看，上寫着：

多拜上老長官：俺不過玩了玩，你就拿着當象馬蛋④。摟了摟腰兒做了個嘴，不曾湯着那故事尖⑤，縱不然也少不了邊沿。你忒也認真，可笑我只當狗皮緣邊。

萬歲爺看罷說："好欺心的狗賊！待我回他個帖兒。"

寫就了書一封，回覆那小畜生，待中死矣還掙什麽命！我說不要你那皮襖罷，誰知你嬌性再不聽，定要脫下將我送。若還是眞正好漢，剝皮時休要害疼。

萬歲自從寫了回書，兩樓上不犯往來。萬歲這裏彈，他那裏就唱；萬歲

---

① 莊子十三處：指十三布政使司，俗稱十三省。

② 不算手段：沒有本領。

③ 答頭：见面点头。

④ 象馬蛋：象、馬生的蛋。比喻很不寻常。

⑤ 故事尖：此指女阴。

這裏睡了，他那裏鑼鼓喧鬧起來。萬歲好生痛恨！未知後事如何，且聽下回分解。

【校】

［一］我就心焦了，幾句休要放在心裏：蒲本、盛本作“我就心焦了幾句，休要放在心裏”。

［二］鰾一鰾：蒲本作“鰾鰾”。

［三］手兒手兒：盛本作“手兒”。

［四］祖父：此处有误。应为祖辈、祖上。

［五］統：蒲本作“绕”。

［六］哮：盛本作“吓”。

第二十四回　窮秀才南樓謁見　都箎片御筆親封

話說這大同城有一個飽學秀才，姓胡，極會相面。家裏窮的壠地沒有，他自家說將來有百萬之富。人都笑他，就給他起了個混名叫胡百萬。又看着自家命裏該當沒有官星，因此上丢了那書本子，光弄那雜八戲①，吹彈歌舞，件件都會。朋友們因他在行，常請他去吃酒幫嫖，承歡取樂。

胡秀才會幫閑②，又會吹又會彈，況且又相極好的面。這手裏抓來那手裏撩，家無片瓦合根椽，沒個板查③稱百萬。人都說這秀才薄命，他手裏拿不住個低錢。

這胡百萬别的還只尋常，只有吹笛彈箏，大同城裏就數他第一。那宣武院裏常請他去教吹教打，院裏的婊子沒有一個不合他熟的。那佛動心每日等皇帝，人人都笑；他獨不然，見一遭就誇獎一遭。這胡秀才，着幾位朋友請去吃酒鬧玩，數日不曾歸家。回家第二日，到了院裏，聽的說佛動心接了個

① 雜八戲：此指吹拉彈唱等技藝。

② 幫閑：效力於官宦人家的消遣玩樂。《水滸傳》第二回：“他卻是個幫閑的破落戶，沒信行的人。”

③ 板查：零碎錢。

軍家，心裏就老大驚疑，便到一稱金家去打聽。媽兒讓他坐下吃茶。

胡百萬便開言：在城外貪着玩，幾日沒到宣武院。聽的二姐接了客，煩你給我傳一傳，我和長官見一面。老鴇兒忙叫丫頭，快與他通報一番。

且說那萬歲正合佛動心悶坐，丫頭上樓說道："下邊有胡百萬待來拜姐夫哩。"萬歲說："他是個甚麼人？"二姐說："他是個秀才，極會吹彈，我也曾跟着他學箏來。"萬歲自合王龍惱了，就是小六哥三兩日來看看，又不能住下，兀自沒人散悶。聽說胡秀才在行，心中大喜，便說："叫他進來。"丫頭即忙下樓，說："姐夫有請。"秀才聞請，就上樓來了。

胡百萬進樓房，將萬歲細端詳，翻身倒拜南樓上。萬歲纔待拱一拱，見他跪倒費思量，只說還是那幫閑的樣。萬歲爺連聲請起，胡百萬悚懼而恐惶。

胡百萬爬將起來，站在一邊。萬歲說："請坐。"胡百萬說："不敢。"讓了兩三回，方才坐下。萬歲說："我合你一個朋友家初見面，怎麼這樣謙恭？這到着我心裏不安。"那丫頭見他磕頭，也都笑他。胡百萬也不肯當面說破。

胡百萬坐在旁，丫頭們笑他臟，給人磕頭是那裏的賬？百萬明知是天子，却又不肯撒了湯。說爺是個王侯相，望後日風雲得志，看一眼莫要相忘。

萬歲說："我果然封了王侯，你的終身都在於我；只怕你那學業無準，可也罷了。"

萬歲爺笑顔生，叫秀才你是聽：只怕你那咀兒不靈應。若還過日封王侯，凡事都與你盡情，些小富貴也保的定。但只是封侯何日，你給我說個分明。

胡百萬說："學生學問淺薄，這個日子可就定不出來。"萬歲說："也罷，我聽的說你吹彈的極好，有琵琶在此，你彈一套我聽聽罷。"

胡百萬抱琵琶，切四象按九牙，彈了一套客窗話。萬歲聽罷微微笑，便叫二姐你聽咱①，這彈和你相上下。一半點像內府傳授，但只是節奏還差。

胡百萬說："軍爺眞正知音。小生這琵琶從一個御樂的親戚學來，原沒有眞傳，怎麼入的爺的尊耳！"萬歲說："你的武藝那一件精呢？"胡百萬說："都不精。"二姐說："他的箏好。"萬歲便說："拿箏來。"

胡百萬接銀箏，一回重一回輕，兩手不住忙忙弄。起初好似簷前雨，次後還如百鳥鳴。皇爺聽罷龍顔動，說二姐你學嗄來，十停只得了三停。

---

① 聽咱：聽著。

胡百萬抓罷，萬歲大喜說："這箏就是御院裏也沒有。"

胡百萬慣幫嫖，幫襯語極會叨，奉承的萬歲心歡樂。回頭便把二姐叫，沒有別人你休囂，把那新學的琵琶領領教。佛動心一回彈罷，百萬說我也會了。

二姐跟着萬歲學了一套，彈出來委是中聽。胡百萬不住的喝彩。彈完了，胡百萬說："我也會了。"萬歲不信，就叫他再彈。

胡百萬眞蹊蹺，聽一遍不曾學，就照着樣兒彈一套。旁人聽着齊喝彩，眞正不差半分毫。萬歲聽畢微微笑，這琵琶還差點死手[①]，從今後休對彈了。

胡百萬遂磕了一個頭，起來說："什麽死手，軍爺說了罷。"萬歲鼓掌大笑道："不對你說。"胡百萬說："我再吹吹那笛給軍爺聽聽，咱交易了罷。"萬歲說："你先吹吹我看，换過了换不過呢？"

胡百萬眞會玩，將笛兒吹一番，悲切好似離羣雁。二姐沒嘎可當板，頭上拔下鳳頭簪。萬歲敲着連聲讚，說這笛委是大妙，得二姐唱一個崑山。

萬歲說："這笛眞妙。二姐，你唱一個和他一和。"

佛動心唱起來，可人意開人懷，教人魂散九霄外。百萬玉笛忙和起，聽不出是兩聲來。萬歲聽罷龍心愛，將酒杯一口飲盡，說一聲妙哉妙哉！

萬歲說："佛動心唱的第一，胡百萬吹的第一。勞苦了您倆了，咱吃酒罷。我行一個令兒，要破一個謎，猜不方的罰。"胡百萬說："請爺先說，好做個樣子。"萬歲說："地上沒有天上有，人人沒有一人有。"二姐說："是龍。"萬歲說："二姐猜方了。"胡百萬罰一盅。二姐又說："地下也有，天上也有，人也有。裏頭不見外頭的見。"萬歲說："這是雲。"胡百萬說："人那裏的雲？"萬歲說："雲布、雲錦、雲履，穿着裏頭便不見，穿着外頭便見了。"胡百萬說："是呀。我却說甚麽？"有金墩在旁裏斟酒，胡百萬說："你替我尋思尋思。"萬歲說："不許替。"金墩嘻嘻的只顧笑。萬歲說："你若是有麽，你就說，算你的。"金墩說："人不知他知，他不覺我覺。"萬歲說："這是甚麽東西？"胡百萬說："這個我可猜方了，這是他那肚子裏那私孩子。"萬歲大笑說："我輸了。"罰了一盅。"你可說麽？"胡百萬說："我也有了。人不知他知，他不覺我覺。"萬歲說："該罰！人說了的你怎麽又說？"胡百萬說："我

---

① 死手：秘诀。《醒世姻缘传》第五十回："我还有许多死手都传授给兄。"

這個不合他一様。"萬歲說："是嗄?"胡百萬說："是我這褲子裏的破爛流丟的，惟止家下[①]給我胡做時他纔知道。"萬歲大笑道："胡百萬，你有百萬之名，可怎麽還沒有條囫圇褲子?"胡百萬說："這是人誚我，起了一個綽號。"萬歲說："我管給你成就了這個名子。"

萬歲爺笑呵呵，胡百萬你聽着：放心有我也不錯。果然由了那封侯的話，百十萬銀子值什麽，情管着你自在過。胡百萬慌忙跪下，磕的頭比那碎米還多。

胡百萬磕頭謝恩。萬歲說："你休要忒認眞了，我的王侯萬一封不成，可不搭[②]了你那些頭麽?"胡百萬說："搭不了。"

武宗爺心裹歡，不由的開笑言，叫了一聲胡百萬。我若得了王侯位，給你本兒去轉錢，鹽[一]商茶客從你的便。你若是做上幾載，運來時百萬何難?

胡百萬說："小生命薄，本兒大了擔不的，給我一個別的頭向[③]罷。"萬歲說："有一個頭向你極會做的。"胡百萬說："什麽頭?"萬歲說："給你一個都篾片頭，你可願做麽?"

萬歲爺開玉言，叫秀才且耐煩，將來封你個都篾片。幫閒嫖客屬你管，打那姐兒忘八的課稅錢，這個誉生你幹不幹?丫頭們嗤嗤的怪笑，胡百萬喜地歡天。

胡百萬說："這個頭向就強的別的。但只是口說無憑，求爺給一個帖兒做個憑信。"便拿了一幅柬帖來，遞在萬歲面前。萬歲此時有些醉意，乘着酒興大寫道："欽差巡視兩京各院等處地方，都理嫖務，兼管天下幫閒都篾片。"胡百萬拿在手裹，磕頭謝恩。萬歲自從進院，不曾開興吃酒，今日不覺大醉。胡百萬見爺醉了，便說："小生告辭，軍爺睡了罷。"萬歲說："夜已深了，你合那丫頭們在樓下睡了，明日再玩。"

萬歲爺醉沉沉，叫秀才夜已深，你且合那丫頭們困[④]。明日起來再玩耍，省的差人把你尋，休要去的無音信。胡百萬連聲答應，爺自睡不要擔心。

胡百萬答應一聲，下樓去了。未知後事如何，且聽下回分解。

---

① 家下：妻子。

② 搭：白搭；白瞎。

③ 頭向：职业；出路。

④ 困：睡觉。

【校】

［一］鹽：盛本作“監”。

第二十五回　遊妓院萬歲觀花　吹玉笛美人獻技

話説那萬歲醉了，睡到天明，便説：“二姐，夜來那胡百萬進來就磕頭，只怕他認出我來了。”二姐説：“也是有的。他相極好的面。人都笑我等皇帝，他不笑我。”萬歲説：“着人去叫他來罷。咱再合他玩耍，我可盤問他盤問。”二姐便叫丫頭去請他。丫頭説：“今夜裏任憑怎麽留他，他不住下，自己打着個燈籠，飛跑的去了。”

萬歲爺笑一聲，叫丫頭你是聽：想是他嫌你不乾淨。他家住在甚麽巷，隔着這裏幾里程？若是不遠你蹭一蹭。果然他宿在家裏，拉他來休要放鬆。

丫頭説：“我去找他去。”略不停時，丫頭回來説：“他夜來不曾歸家。”二姐説：“有了。”

佛動心想一週，半夜裏何處收留？有個去處他去的溜[①]。東院裏有我好姐姐，名子叫做百花羞，秀才惟只合他厚。情管是在他那裏，不消去别處搜求。

丫頭説：“我就忘了呢，就是就是。”慌忙去了。

有丫頭到東廂，胡百萬才下牀，臉兒洗得沒停當。罵了一聲天殺的，着俺像找白侍郎[②]，你可弄那自在像。穿搭上流水去罷，這早晚還只顧麽倉[③]。

胡百萬穿衣裳，罵一聲小淫娼，上頭撲面[④]的什麽樣？我這問您二姐姐，文書着他給一張，我可合你算算賬。那丫頭連推帶打，一陣風拉上樓房。

---

① 去的溜：去得順溜。

② 白侍郎：唐代詩人白居易。因做過刑部侍郎，故稱。《初刻拍案驚奇》第二十八回：“商客心中原曉得白樂天是白侍郎的號，便把這些去處光景，一一記著。”

③ 麽倉：“磨蹭”的音转。

④ 上頭撲面：不嚴肅，不莊重。

萬歲說："你幹的好事！我着你休去，你怎麽就逃了？"胡百萬說："他們又不留我，怎麽可強插白賴的死塞呢？"丫頭說："好嚼舌根①子的！我沒說你休去罷？"萬歲說："這自然是你的不是。你竟揚長去了，又不怕人擔囂；我封了你一個大大的官兒，你又不早來謝恩。罰你給丫頭作個揖罷。"胡百萬說："我寧只給佛動心磕頭，這揖可難作。"萬歲說："你爲什麽半夜裏逃走了呢？你作揖還揀主②麽？"胡百萬說："不是揀主，他們都擔不的，看折煞他了。"

丫頭們笑哈哈，胡百萬你忒也誇，自家佔[一]着自家大。你說作揖就擔不的，你跪上試試看怎麽？秀才說話就恁麽乍。百萬說你留情意，再留我定是住下。

萬歲說："着了極了，饒了你罷。我且問你：你會相面，你相着我現如今是什麽人？若說着，賞銀二百兩。"

胡百萬笑吟吟，俺有眼也有心，你說俺就恁麽夯。頭上戴着簷毡帽，腰束皮鞓帶一條[二]根，自然長官何消問。這兩日運氣極好，又插上這二百兩的白銀。

萬歲說："你可相差了，就沒有裝做軍家的？"胡百萬說："拿銀子來罷。"萬歲說："相不着怎麽還敢要銀子？"胡百萬說："軍爺請自家說是個甚麽人，我就不要了。"萬歲說："我現是個京官。"胡百萬說："若是個京官，我情願捥③下眼來搓了。"萬歲說："我實對你說罷，我是個皇帝。"胡百萬問二姐姐道："眞果麽？我不信，我不信！誰家皇帝出來嫖院來？還肯自家說是皇帝？拿銀子來罷。"

萬歲爺笑哈哈，我本是盤問他，誰想倒着他盤問下。就給你銀子二百兩，休要拿着當土合沙，做條褲子好支架。你領我院中看看，那有名的都是誰家。

萬歲說："二百銀子這是小事，我可不是爲你相的那胡突面。聽說院中三千姊妹，你就認的兩千七八。那名妓多少，你都領我去看看。"胡百萬說："這自然是都篾片的職掌，怎敢推辭。"萬歲大喜，即時吃了酒飯，一同下樓。

---

① 嚼舌根：说瞎话。《紅樓夢》第三十八回："便拿著螃蟹照著琥珀臉上抹來，口內笑罵：'我把你這嚼舌根的小蹄子！'"

② 揀主：挑选人。

③ 捥：通"剜"。

胡百萬說："二姐沒本是走不去罷?"萬歲說："也罷，你在家叫人擺下酒席，回來咱好玩要。"

轉街巷曲彎彎，皇帝後秀才前，領着萬歲沿門串。出色名妓八十個，武藝精通件件全，揀着門兒從頭看。看了勾五十餘家，爺纔信自古才難。

二人走了五十餘家，有住下吃一盅茶的，有略坐坐就走了的，有合胡百萬罵幾句的；都知道是二姐接的那軍家，也都不甚尊敬，却都爲胡百萬的面子上，沒有不讓坐坐的。萬歲肚中饑了，却又困乏，見那一般名妓都不上眼，興致也就沒上來了。轉過牆角，又到了一家，見那房舍甚是清雅，有一個姐兒迎將出來。

萬歲爺細端詳，打扮的淡素裝，年紀只在二十上；雖然不似二姐美，風流却也不尋常，行持沒有那憊賴樣。見了爺拜了兩拜，將二人請進香房。

到了房裏，胡百萬說："這就是南樓上那位爺。"那姐兒慌忙跪倒，磕了幾個頭兒，便說："不知爺來，有失迎接，賤人萬死!"

萬歲爺暗疑猜，這個人好怪哉，怎麼聽說就將我拜?人人拿着不當事，忽然跑出個敬的來，萬歲便有幾分愛。要賞他白銀百兩，不言心裏鋪排。

二人茶罷，美人便吩咐丫頭速備酒席。萬歲說："窮軍家又沒有賞銀，那裏就有取擾的理。胡百萬，咱走罷。"美人那裏肯依。

那美人笑開言，叫聲爺休棄嫌，好容易見的爺金面。雖然沒嗄給爺吃，略把腿兒少蹉蹉[三]，遽然去了不好看。胡百萬你若領了客去，我合你斷了咱往還!

胡百萬說："這是他一點誠意，咱就擾他罷。"萬歲便忻然坐下。略不停時，酒肴甚是齊整。

武宗爺悶氣消，問一聲女多嬌，初逢不知是甚麼號?今日閑玩來到此，沒曾帶着銀子包，回時送個薄儀到。美人說增光萬幸，若說這賞賜何消。

胡百萬說："他名子叫百花羞。"萬歲說："哦!那百花羞就是你麼?"百花羞說："就是賤人。"胡百萬說："聽的誰說來?"萬歲說："今早晨找不着你，佛動心說，有一個百花羞合他甚厚，必然是在那裏，因此知道這個名子。"又點點頭說道："是你眼色不差，果是個妙人兒，雅致溫柔，不同尋常。"百花羞說："蒙爺的過獎，折煞賤人了!"萬歲說："胡百萬可人沒有不會吹彈的。"那百花羞見爺問他，便去房裏拿出一隻玉笛，一攢牙笙，雕刻的異樣精美。笑了笑，將那笙遞於胡百萬。

一吹笛一吹笙，合起來好中聽，哀哀吹了兩三弄。知音天子上邊座，好好連誇四五聲，想那教笛時特把心來用。細聽他一字一句，合百萬一氣相同。

萬歲大喜說：“您二人這樣相厚，又是極好的一對兒。依我說，百花羞，你嫁了他罷。”二人聽說，一齊下來，兩手撲地，給爺叩了頓頭。

武宗爺笑哈哈，你磕頭爲什麽？我不過是句閑常說話。幾十兩銀子還容易，出百兩以外就難咱，媽兒不知要多少價。點點頭說也罷也罷，且從容濟着我刷刮。

百花羞說：“軍爺這片好心，賤人離了火炕，給爺念佛。”萬歲說：“你嫁與不嫁，今後且不必提他。您二人且合我去南樓上玩耍玩耍，過日的事在我。”百花羞代[四]了丫頭，一同出門往南樓去了。

百花羞到樓門，看見了佛動心，跪下才把二姐問。你若到了安身處，也念念火坑受罪人，休忘了從小一處混。佛動心大驚失色，忙回禮跪倒埃塵。

二姐忙把百花羞請起來，說：“姐姐忽然行此大禮，這是爲何？”百花羞說：“是應當的。”

想妹妹掛心懷，怕爺嗔不敢來，誰想倒將奴錯愛。忽然到了俺家裏，沒點什麽清處來，又許提出火坑外。這都是妹妹的體面，磕萬頭也是應該。

二姐說：“他的話俱聽不的。姐姐既有從良的心腸，也是易事。我還有幾兩私房銀子，那媽媽娘任拘要多少銀子，我管助成。”

萬歲爺笑一聲，佛動心你瞎支稜①，開口就諞你那銀錢重。我問親戚借一借，定然拔他出火坑，臨時還有小陪送。我送他黃金萬兩，兩口兒快活一生。

胡百萬合百花羞又磕頭謝了恩。佛動心說：“你光叨大話，我看你合不煞口來着待說甚麽！”萬歲說：“你休管我。快拿酒來，咱四人痛快玩玩。”四人方才坐定，有一個丫頭拿上一個帖子來。萬歲問：“是做甚麽的？”丫頭說：“是北樓上王姐夫請胡相公的。”胡百萬說：“你對他說罷，我不能去。”

萬歲說胡秀才，那王龍有錢財，你若不去看他怪。百萬笑道不妨事，他死的頭向②待中來，他就惱些也沒害。他來時曾會他一面，看不上那嘴臉歪腮。

---

① 支稜：说。

② 頭向：趋势。

胡百萬說："他也活不的幾日了，得罪他些也不差。"萬歲說："你那裏見的？只像你給我相的那面，那王侯在那裏哩？"胡百萬說："若合我相那面似的，他就壞了。"萬歲說："閑話休題，咱且吃酒罷。"

兩對兒並坐了，飲數巡興致高，各人顯出各人的妙。一個琵琶一個笛，一個打板一個蕭，滿樓不住喧天鬧。四個人歡歡喜喜，只吃的譙鼓三敲。

萬歲聽見打三更，說道："咱不要罷。您二人明晨早來。"胡百萬合百花羞連忙答應，下樓去了。未知後事如何，且聽下回分解。

【校】

［一］佔：蒲本、盛本作"估"。

［二］條：疑為衍文。

［三］踡踡：盛本作"卷卷"。

［四］代：蒲本、盛本作"帶"。

第二十六回　胡百萬幫嫖惹禍　張天師保主留丹

話說萬歲吃酒吃了半夜，到了天明起的身來，便問："胡百萬兩口子來了不曾？"丫頭說："還沒哩。""快去叫他來的。"丫頭去不多時，回來說道："來不的了。"萬歲說："怎麼來不的了呢？"

丫頭說胡秀才，他今早已是來，剛剛到了門兒外。王宅家人把他請，說了聲不去就上來，揣衣服裂的條條壞。萬歲爺未曾聽罷，罵一聲欺心的小奴才！

丫頭說："百花羞着人給他買衣裳去了。買了來時，就過來哩。"萬歲說："快給他送三十兩銀子去，着他揀著那上好的紬緞，多叫幾個裁縫，流水快做出來，扎掛的一攙新[①]，可來見我。"

慌的那佛動心，拿出了一包銀，差人去把秀才問。裁縫叫了好幾個，一宿做了一攙新，走來更比常時俊。兩口兒早到樓上，齊聲說謝爺天恩。

① 攙新：即"嶄新"。

萬歲說："你相與着沒體面的軍家，又給你做不下主來；你不如去奉承奉承他，就不怪你了。"胡百萬說："我不去，也不是怕爺嗔。"

窮雖窮志氣剛，任拘他怎麽降，臉兒難合心兩樣。叫我幾回我不去，無非就是嫌他髒，嘴臉叫人看不止。我只將冷眼觀蟹，看横行能有幾場。

萬歲說："快拿酒來，我給胡百萬壓驚。"

萬歲爺斟一盅，我給你壓壓驚，休爲煩惱就沒了興。百味珍饈忙拿過，四人依然鬧樓中，今朝更比昨朝勝。不說他君臣取樂，惱犯了賓客王龍。

且說那王龍辱了胡百萬一場，方纔心下少可；又聽的待了一日一宿，就上下一攙新了，依舊南樓作樂。暗暗的鼓那肚子，要害南樓一黨。

王冲霄悶騰騰，聽南樓彈唱聲，氣的整宿睡不定。難道尚書大公子，不如一個腌臢兵？我定然合他弄一弄。晝夜的越思越惱，找法兒要害朝廷。

且說張天師正然誦皇經，偶然一陣狂風，大同的城隍參見。天師道："有何事情？"城隍道："萬歲隻身私行大同宣武院取樂，有王龍要害萬歲，一個文武不曾代[一]來。今日玉皇聖誕，大小諸神都去慶賀，無人保駕，如何是好？"天師說："也罷，我就下山保主一遭。"吩咐城隍去了，遂即出的門來。這天師古時有一陣祥雲，只爲他誤入斗牛宫，偷看了仙女，遂摘了他的祥雲，只給了他一陣黑風。遂畫了一個十字，兩脚踏住，念動咒語，吹口法氣，一陣黑風從地旋起，不多時來到大同。天師收了神術，兩脚踏立塵埃。遂自思道："萬歲我曾去朝過幾次，他認的我，我也不好見他。現如今胡秀才是招財童子臨凡，他日近君王，不免托了他罷。"

張天師上大街，要訪那胡秀才。到了胡家大門外，打起封卦板裝算卦，百萬忽然走出來。天師一見說聲怪，這一位天顔日近，怕目下有些奇災。

胡百萬大驚失色說："先生，你也會相面麽？"天師說："也略通。"百萬說："我相着我往前交了好運，你怎麽就說我有災難呢？"天師說："你的學業還淺。是你聽我講來。"

雖相法你也通，但未必如我精，不測的禍福你不能定。縱有人間危難事，我袖占一課果分明，立時斷就生前命。胡百萬聽說大喜，把天師讓到了家中。

胡百萬合天師到了一座密室中，作了個揖，讓了上堂，遂求斷吉凶。天師起了一課，斷曰：

這個卦實是強，現如今侍君王，眼前就要遭磨障。文武不曾帶一個，惟你朝夕常在旁，若有差池上誰的帳？那時節合家大小，少不的一命無常！

天師說罷，胡百萬只諕的面如土色，慌忙跪下，只說："仙長救命！"

天師笑這無妨，只小心要隄防，禍福只在頭直上。就是珍饈合百味，拿來但要你先嘗，縱有失錯不妨帳。我送你一丸丹藥，也是個起死良方。

天師便囊中取出一丸丹藥，遞於胡百萬，說道："你近中有一道鬼門關，却也無妨。把這藥丸交與你那得托的拿着，你若有什麽差池，這藥丸就能救你。"天師吩咐一畢，出門去了。

胡百萬暗低頭，一邊想一邊愁，機關心裹安排就。忙忙走到宣武院，藥丸交與百花羞，從頭說了前合後。他二人商議已定，一雙雙來到南樓。

萬歲說："您兩個去做甚麽的來？"胡百萬說："爺睡着了，俺各人家去料理料理，誰知得了一件奇事。"萬歲說："甚麽奇事？"胡百萬說："遇見了一個算命的先生，他給我算了一個卦。"萬歲說："算的何如？"

見一個算卦人，他算我近至尊，至尊現交着潑雜運[①]。着我頓頓先嘗飯，朝夕休要放寬心，大小事兒加謹慎。若還是一脚錯了，準備着滅了滿門。

二姐聽罷大驚。萬歲冷笑道："這先生光叨瞎話。你每日就是合我在一堆兒，我又不是皇帝，你怕怎的！"二姐說："是皇帝不是皇帝的，出上就依着他說。以後飲食都着胡百萬過了目，方許進用；如是胡百萬不在這裹，我自檢點。"萬歲點頭應允。

胡百萬已封官，從今後又加銜，兼管御廚的都篾片。二姐不教他別處去，著他兩口住樓前，事事都打他眼中看。只爲着給朝廷管膳，險些兒去給閻王幫閑。

這一日，萬歲待吃酒，丫頭樓下拿了一瓶酒來，放在胡百萬面前。胡百萬說："代我斟上一盅嘗嘗。"

胡百萬把酒嘗，吃一口噴鼻香，引的喉嚨裹饞蟲上。仰仰頭兒只一灌，十二重樓[②]：一陣涼。霎時大害從天降，滿肚裹疼如刀割，叫一聲氣絕而亡。

萬歲和佛動心見胡百萬死了，大驚失色，雙雙落淚。百花羞說："不妨不妨，前天那算命的早知有今日之難，給了一粒丹藥，想必靈驗。"即時叫丫頭把口撳開，把藥丸放在口內，灌上了一口清水。只聽的咕碌咕碌響了幾聲，

① 潑雜運：同"駁雜運"。命運不好。

② 十二重樓：道教中指人的喉嚨。

藥已下去了。

拗開口灌下丸，頓飯時手動彈，忽然略把眼睛轉。哎喲一聲翻過來，一口鮮血吐牀前，萬歲諕的渾身戰。這酒是從那裹拿來？快與我問個根源。

丫頭諕的戰戰兢兢，跪在地下說道："這是自家的酒，兩樓吃的都是，並無兩樣。"萬歲心下明白，說："你起來。去罷，不干你事。從今以後，兩樓上人役不許往來。"

萬歲爺早得知，罵王龍作死賊，暗中定下絕戶計。若不虧了胡百萬，一樓大小死無疑。一回思量一回氣，戲犯妃子還容小可，這樁事值的剝皮！

萬歲叫人用心服侍胡百萬。胡百萬待了一宿就好了，君臣夫妻依舊南樓作樂。未知萬歲何日回京，且聽下回分解。

【校】

［一］代：蒲本、盛本作"帶"。

第二十七回　定國公衙內嚇奸　張太監井邊認馬

話說那在朝文武見萬歲久不登殿，個個疑惑；又聽小人的亂傳，皇帝出京私行。文武們與定國公議論，常常上本。國母着忙，叫那太監張永："你這兩日問的江彬口詞何如？"張永叩頭說道："那賊全無口詞。"國母大怒說："領我密旨，同文華殿毛紀[①]，三日追不出他的口詞，你各人頂上一刀！"張太監着忙。

張太監着了忙，領密旨離朝綱，戰戰兢兢魂飄蕩。見了萊州毛閣老，訴了一遍說的慌，毛紀愁鎖眉頭上。刑部監把江彬提出，他不招就立下法場。

毛紀、張永同到法司裹，即差人向刑部監提出江彬。毛閣老一見大罵道："賣國的奸賊！今日不招，我是不合你干休了！"

毛閣老氣昂昂，罵奸賊太不良，好似三國曹丞相。王莽、蘇憲今何在？

① 毛紀（1463—1545）：字維之，今萊州人；明代重臣。曾參與設計捕殺江彬。

力比董卓、石敬瑭，心似趙高無兩樣。專想着篡朝奪位，我着你目下遭殃！

張太監大怒道："人是苦蟲，不打不成！善便[1]怎麽肯招？給我夾起來！"

張公公惱心懷，把江彬夾起來，攏[2]了一攏無計奈。江彬每日爲官宦，知道這樣刑法怎麽捱。忽然尋法胡廝賴，在堂下聲聲叫苦，張太監你其實就不該。

江彬道："張永，我保的是皇帝，你保的不是皇帝麽？當初萬歲出朝之時，你我同送出城去，怎麽只光夾我？"張永大叫道："好奸黨！仇口咬着我麽？"

張太監咬碎牙，氣忿忿怒轉加，謀害主公犯罪大。老天不遂奸臣意，仇口咬我爲甚麽？我説合你對了罷。危難處一聲來報，千歲[3]爺進了宫衙。

江彬不招，張永正在危難之際，從人來報："千歲到了。"毛紀、張永接出門來。定國公問道："追的口詞何如呢？"張永從頭至尾，説了一遍。定國公勃然大怒。

定國公怒冲冲，把銅錘舉在空，頂梁穴[4]上蹭一蹭。不説萬歲在那裏，一錘把你喪殘生，渾家大小殺個淨！有江彬哭聲不絶，叫千歲待我招承。

江彬説："千歲息怒，臣願招來。"定國公怒道："快忙説來，萬歲在那裏？"江彬説："萬歲説私行看景，臨行曾對臣説，休要洩漏天機，非是小臣之過。倘或説出，朝中若有奸臣，萬歲路途有失，臣怎麽擔的起？千歲同合朝文武押着微臣找主。我主回來，饒臣不死；找不回來，情願伏罪。"定國公説："暫且饒你不死。"毛閣老便傳衆文武俱齊集蘆溝橋下。張永説："先往那一省去？"江彬説："山西大同府。"衆文武聽説，大家急奔紅塵。

衆文武離順天，前過了居庸關，一路無辭忙似箭。饑餐渴飲來的快，過了一山又一山，那日來到宣府店。江彬説休要前走，密松林且把身安。

那江彬常串邊塞，走的極熟，向張公公道："倘或黎民得罪主公，他若知信，萬歲有失，那時怎了！前邊有個密松林，不如暫且住下，你我進城訪主

---

① 善便：輕而易舉。《醒世姻緣傳》第四十六回："聽説晁奶奶又極疼他，我冒冒失失的來認孩子，豈肯善便就教我認了去了？"

② 攏：收攏繩索。

③ 千歲：舊指與皇帝同族男性或皇后等。

④ 頂梁穴：頭頂。

一遭。”張永說：“這話有理。”衆文武在林中隱藏，張永、江彬二人進城來了。

他二人進大同，心裏想叫主公，你在那裏貪歡慶？串街過巷找一遍，不見萬歲影合蹤，怎不叫人心酸痛！他二人走頭無路，驚動監察神靈。

那萬歲該當回京，諸神撥亂着。王龍叫丫頭：“我買的那馬，今日飲了麽？”丫頭道：“還沒飲哩。”王龍說：“渴着我那馬，把你打一千！快給我去飲飲的。”丫頭聽說，不敢怠慢，淚恓恓的牽馬出院來了。

二梅香淚盈盈，那世裏少陰功，今生折磨咱的性。不是打來就是罵，奴才只當叫奶名，滿心寃屈合誰控？不如咱尋個無常[①]，早死了另去脫生！

丫頭牽馬哭出院來。張永、江彬轉過頭看見龍駒。江彬說：“有了我的命了，那不是萬歲的坐馬？”張永聽說，猛然擡頭，急走了幾步，扯住那馬。那馬常和張永作伴，見了張永，喤喤的大叫[一]，點頭磕腦，只是不會說話。張永道：“丫頭，這馬是誰的？”丫頭道：“是王三爺的。”張永道：“是你王三爺自家的呀，是他買的呢？”丫頭道：“是買的長官的。”張永道：“那長官現在那裏？”丫頭道：“在院裏。”張永道：“這馬是我的，被人拐出來了。那長官是個拐馬的，我正是來找他哩。”物見主必定取，張永牽着馬往外走。那丫頭只急的抓耳撓腮，捶胸跺足。

二梅香淚滿腮，想是咱命裏該，從天降下災合害。今日井邊失了馬，到家拷打怎麽捱！尋思一回沒計奈。只爲那王龍該死，帶累了兩個裙釵。

二梅香投井而死。張永、江彬牽着馬來到林中，見了衆人，訴說了一遍。此時王尚書也在行營，衆人秉手說道：“王老先生恭喜！你家三公子與萬歲作伴，又買了萬歲的龍駒。”王尚書聽說，只諕的魂飛天外，魄散九霄了！

王尚書諕一驚，駡王龍小畜生，養活着他成何用！人家養兒防備老，不想他是個闖禍精，可把他達達送了命！實指望我主有賞，到不想不得回京。

便叫左右拿繩鎖來，將王尚書綁了。毛閣老遂暗傳號令，進了大同城。未知後事如何，且聽下回分解。

【校】

---

① 尋個無常：寻死。无常，死。《鬧銅臺》第二折：“若是太保不肯，我就在此尋個無常也。”

［一］ 啀啀的大叫：蒲本作“的啀啀大叫”。

第二十八回　大姐繩縛王冲霄　萬歲火燒宣武院

話說衆文武進了大同，封了四門，扯起黄旗爲號。各官知道，齊來參見。這外官兒見了幾遭皇帝？來到黄旗下跪着張永，口稱萬歲。張永大笑道：“你是什麽人?”各官叩頭道：“俺是大同道、府、州、縣、總兵等官。”張永道：“萬歲來宣武院三個月了，你們還不曉得。快去點兵，把守城池，不要走了王龍。回朝上本，保你等沒事。”衆官領命去了。毛閣老傳令，快换朝服，手執牙笏，各按品從，各人俱要十分小心。衆文武齊聲答應。不一時，總兵點起的人馬，把宣武院團團圍住。

張公公把令傳，刀出鞘弓上弦，霎時圍了宣武院。南樓權當金鑾殿，文武百官把主參，禮拜已畢兩邊站。萬歲爺樓上正耍，衆文武誰敢高言。

衆文武行罷大禮，分班站立。萬歲正合胡百萬下棋，丫頭急忙傳報說：“不好了！有許多兵馬，將院圍了！大些穿紅的漢子，都在下邊哩。”老鴇子慌成一[一]塊，話都說不出來了。萬歲説：“休害怕，這是我那小厮們來了。”不一時，江彬上樓，雙膝跪下，口稱萬歲：“臣接駕來遲，赦臣不死!”萬歲大喜，說道：“愛卿，我還待玩二日，你就來了。”江彬道：“合朝文武俱在樓下伺候大駕。”萬歲即出樓門。文武見主，拜倒在地。萬歲說：“卿家遠勞，免禮罷。”文武聽說，分班站立。那王龍正在北樓，合賽觀音追歡取樂，忽聽的一片喧嚷，忙叫丫頭去看。不一時，丫頭回來，跑的只吁吁的喘，都面無人色，說：“了不的了！南樓上那個長官是個皇帝!”丫頭還沒曾說完，那王龍從牀上就張將下來了。

跌了個仰不踏，起不來就地爬，王龍此時才不乍。叫聲大姐怎麽處？我不如裝個小忘八，跳了牆頭走了罷。賽觀音玉容陡變，全不念枕上寃家。

大姐自思：“平日我對罪的皇帝也不少，不如拴住王龍，送於萬歲，將功折罪。”便叫丫頭們快上來拿住王龍，“咱去請賞。”十餘個人一齊下手，不一時將王龍綁起來了。

賽觀音叫呱呱，我自家爲自家，姐夫你就怪點罷。王龍大罵狠心婦，每日把我當親達，一朝失勢變了卦。賽觀音不言不語，把王龍獻於皇家。

大姐將王龍拴至南樓，見了萬歲跪下道："王龍待跑，被賤人拴來見駕。望祈萬歲將功折罪。"王龍見了萬歲，只是磕頭："臣有眼無珠，萬死萬死!"萬歲笑道："王官，我不怪你。你許的我那白表紅裹的那人皮褂子，可給了我罷。"王龍只諕的癱倒在地。江彬說："是你得罪着萬歲了，待要你乜皮哩。"萬歲傳令，叫錦衣武士，代[二]刀指揮上來，將王龍拿去剝皮草揎①，消朕之大恨。

有王龍顫巍巍，罵大姐吃你的虧，千刀萬剮賊賤的輩！得罪朝廷都是你，臨危了還要獻諂媚，臨死咬的牙根碎。可憐是三聲礮響，將皮褂一並全追。

把王龍剝皮草揎，擡到樓前，立站不倒，面不改色。萬歲說："王官，你死了也稱財神。"忽的聲面前陰風一陣，左轉三遭，右轉三遭，謝恩已罷，歸天不提。大姐跪下，口稱萬歲赦賤人不死。萬歲說："你是妙人兒，又虧你幫襯，今日又來獻功。"叫江彬："有北京捎來的那驢兒，牽來給大姐騎了去罷。"大姐說："萬歲饒了賤人，賤人走了去罷。"江彬喝道："好賊潑賤人！你得罪着萬歲了，給你木驢騎着哩!"

剝去了大姐衣，碎鑼響破鼓槌，人人要看狼心肺。百樣裝的假面目，千人靠的臭囊皮，登時剮了個粉粉碎。一霎時油頭粉面，只剩了白骨一堆。

話說王龍剝了皮，封了財神，木驢剮了賽觀音，萬歲方息了心頭之火。那大同大小官員，都來朝參，說："臣不知萬歲駕臨，有慢君之罪，俱該萬死!"皇上說："你們都是有功的，每人加三級回衙理事。只把那張、王二舍拿來重責四十，發往雲南充軍，滿門家眷逐出爲丐。"衆官叩頭謝恩，領旨去了，各回衙門不提。萬歲說："張永何在?"張永跪下說："奴婢伺候。"萬歲說："你領旨意向玉火巷李小泉家店裏，把我那乾兒宣來，不要驚諕着他。"張永領旨去了。話說那王尚書身代繩鎖，自來投見，眼淚汪汪，伏在地下請罪。萬歲說："王愛卿，你是好官，赤心爲國，並無私曲②。王龍罪犯天條，本當處死，與你無干。"叫錦衣衛把繩鎖去了。王尚書去了繩鎖，換上官衣，同衆文武前來謝罪方畢。張永將六哥宣至南樓下邊，見了萬歲，雙膝跪下，

① 揎：填充。《五美緣》："剝下皮來，用草揎在腹中，發在黃河渡口示衆。"

② 私曲：偏私。《韓非子》："故當今之時，能去私曲、就公法者，民安而國治。"

口稱萬歲："臣不識聖駕，言語不周，本當處死！"萬歲說："我兒休要害怕。我賜你金牌一面，掌管天下酒稅。八個花帽錦衣、兩個撩衣太監侍奉你。"六哥叩頭謝恩。

小六哥是東斗星，他修的福不輕，是他老爺有積幸。萬歲一見龍心喜，我兒靠前聽我封，天下酒稅屬你用。滿了官回朝繳旨，加你個上寶司卿[1]。

小六哥時道中，帶着花披着紅，鼓樂齊響往外送。花帽錦衣有八個，撩衣太監跟二名，一時聲勢掀天動。往常時提壺賣酒，平地裏春雷一聲。

萬歲說："胡百萬保朕有功，更比不的别人。你待做個什麽官呢？"胡百萬說："臣已受過封了。但臣命薄，一個州縣也稱不的；又玩耍慣了，不願做官。"萬歲說："也罷，即賜你黄金三萬兩，一則酬你的功勞，一則給百花羞作賠送[2]。"二人叩頭謝恩。

都篾片是胡生，有御筆親標名，欽差嫖院人人敬。子弟幫客齊上税，天下忘八納進奉，十三省婊子把錢掙。眼看着青堂瓦舍，胡百萬大卜聞名。

胡百萬自此以後，拿着萬歲御筆誥命，着天下的州縣給他拿税，一年就有十餘萬兩，這是後話不表。萬歲說："朕初進院時，有許多賤人貶斥朕身，羞辱不堪。朕有願在前，等文武們來時，火燒南北兩院，抄殺賤人，方削朕之大恨！"傳旨："先開刀殺盡賤人，然後發火。"

佛動心轉過來，哭盈盈淚滿腮，倒身便把皇帝拜。賤奴幼在媽娘手，撓頭赤足不成材，多虧媽媽好心待。看賤奴一宵恩義，饒了他血染長街。

萬歲說："可沒有撒謊的皇帝。"説："也罷，叫這兩院生靈快忙逃命，閃下[3]一所空房子燒了罷。"張永吆喝道："萬歲放了大赦了，叫這南北兩院科子忘八快忙逃命，待舉火哩。"

萬歲爺爲了情，忘八們得了生，鴇兒娘子齊逃命。忙忙好似喪家犬，雨打蜣螂亂烘烘，漏網魚驚心不定。萬歲説快給我舉火，霎時間烈焰騰空。

怎見的那火勢呢？

---

① 上寶司卿：即尚寶司卿。明朝官署有尚寶司，官位居正五品，掌管寶璽、印章等。

② 賠送：陪嫁的物品。《紅樓夢》第六十九回："鳳姐一面使人暗暗調唆張華，只叫他要原妻，這裏還有許多賠送外，還給他銀子安家過活。"

③ 閃下：抛下。

風攪火火攪風，起愁雲鎖碧空，刮刮砸砸[1]火星迸。眞君獨佔南方位，怒惱來時霹靂鳴。灰片片火烘烘，黑烟直射斗牛宮。磚合瓦乒乓亂響，宣武院一片通紅。

宣武院起了火，前後房一齊灼，狂風颼颼旋天刮。只爲着皇爺心歡喜，誰想臨行大揭鍋。二姐亂把金蓮跺，只因着萬歲玩耍，宣武院成了荒坡！

二姐跪下，尊道："萬歲，這院子燒的這麽罄淨，媽娘何處安身？"萬歲說："你到是個好人，知恩不記仇。"叫江彬："你曉諭那大同知縣知道，等朕回京，這虔婆給他一所宅子，按月關糧，叫他受用罷。"二姐、鴇子一齊謝恩。萬歲吩咐張永，侍奉劉妃後行，"文武保朕回京"。文武聽說，各分班列隊，排開御駕，礮響三聲，魚角齊鳴，大同合屬官員親送大駕回京。後來張永跟隨劉妃進京，到了宮裏，先去參見張娘娘，磕頭禮拜。娘娘道："好一個俊俏人兒！"即忙一把拉起，說道："我賜你鐵布裙，以後免你行禮。"列位們聽着：你說這裙子有鐵打的麽？不是這等講說，只是見娘娘不跪，不磕頭，就合穿着鐵裙子一般。你看佛動心一個婊子，一朝時來運至，享的何等榮華？有一首"清江引"贊張皇后的賢德，感嘆那劉妃的造化：

張后賢良天下少，看見二姐到，一把忙拉起，稱獎人兒妙，賜鐵裙伴君王直到老。

［西江月］正德一回嫖院，布衣穿起綾羅。王龍横死是如何？只爲裝腔取樂。雖然紅顔薄命，鐵裙原是傳訛。聊齋愛惜女嬌娥，留在房中取樂。

【校】

［一］一：盛本作"了"。

［二］代：盛本作"帶"。下同。

① 刮刮砸砸：此指火燒房屋發出的聲音。

琴瑟樂

[西江月][一]誰使紅顔命薄，偏教才子窮途[二]，幾[三]多恨事滿胸中，難問蒼天如何[四]。且向花前月下，閒調趙[五]瑟秦箏①，狂歌一曲酒千盅，好把雄心斷送。

[西江月] 無可奈何時候，偶然譜就新詞，非關閒處用心兒，就裏別藏深意。借嘻笑爲怒罵，化腐朽作神奇。男兒心事幾人知？且自逢場作戲。

[陜西調] 好個豔陽天，好個豔陽天：桃花似火柳如烟。早向畫梁間，對對舞春燕，女兒淚漣漣。奴家十八正青春[六]，空對好光陰，誰與奴作伴。

[淄口令打×][七]對對蝴蝶飛簾下，惹的大姐心裏罵：急仔這回不耐煩，現世的東西你來㗒？傷心埋怨老爹娘，仔管留着②咱[八]做啥？如今年成[九]③沒小人，時興的閨女等不大。

兩眼淚如梭，兩眼淚如梭。描鸞刺鳳待怎麽？繡到[十]並蒂蓮，心坎上好難過。嫂嫂哥哥，嫂嫂哥哥[十一]，兩口子說話情意兒多，想是到晚來，必定[十二]一頭臥。

哥哥今年二十一，娶了個嫂子才十七，年紀比俺小一歲，身量比俺矮二指，偏她早又戴着箍，不知前世怎麽積。

仔盼到黑天，仔盼到黑天，就上牀兒沿，想是那種果子極中吃，又是極中看。埋[十三]怨爹媽，埋怨爹媽，同行姊妹都嫁了人家；如今孩兒我，又早老們大④。她也十八，俺也十八，想是哪點兒不如她？不知老爹娘，待仔管留着俺㗒？

尋思起來添煩惱，沒人之處乾跺脚，養着[十四]俺十八不招親，能有幾個

---

① 趙瑟秦箏：舊指趙國的瑟秦國的箏。後來泛稱著名而又珍貴的樂器。

② 留着：不及時嫁人。

③ 年成：等於說世間，世風。

④ 老們大：老大不小。

年紀小？恨爹娘，把牙咬，把俺的青春躭誤了。從來閨女當不的兒[十五]，沒哩待留咱養老。

園裏采花[十六]，園裏采花，忽見媒婆到俺家。這場暗喜歡，倒有天來大①。爹正在家，娘正在家。若[十七]是門戶對的好人家，禱告好爹娘，發了庚帖②罷。

園裏去采花戴，惹的[十八]心中愁一塊：花兒雖好要當時，顏色敗了誰人愛？忽見媒婆來提親，喜的心中難擺[十九]劃。仔求庚帖出門去，就是我的快運③來。

帖兒去了，帖兒去了，不覺兩日共[二十]三朝。媒人不見面，急的仔雙脚跳[二十一]。全不來了，全不來了，想必是庚帖合不着④。使人對粧臺，陣陣心焦躁。

心裏暗把媒人駡，沒緣沒故的哄俺嚛？親事或成或不成，該也[二十二]回聲話，惹的人，心牽掛，上不上來下不下，狠狠我要回庚帖來，拚[二十三]上一輩子不出嫁。

惱恨媒人！惱恨媒人！討了帖去沒有回音，親事成不成，教我將誰問。昏昏沉沉，昏昏沉沉，辜負了多少好光陰。不好對人說，仔是心坎[二十四]上悶。

半夜三更做一[二十五]夢，夢見人家來下定⑤：兩擔喜酒兩牽羊，吹笛打鼓好有興。看見尺頭和釵環，兩眼喜的沒了縫，醒來依舊平皮差⑥，呆不登⑦的乾發掙。

媒人回來，媒人回來，故意裝羞倒躲開。待去聽一聽，又怕爹娘怪。惹

---

① 天來大：天那麼大。形容很大。

② 庚帖：按照中國民間婚俗，男女訂婚時要互換八字帖，稱為庚帖。庚，年齡。《粉妝樓》第四十五回："既是公祖大人吩咐，容治晚生回家稟過家母，再發庚帖過來便了。"

③ 快運：好運。快，高興，舒暢。

④ 合不着：男女生辰八字不合。

⑤ 下定：訂婚時男方給女方送聘禮定下親事。《紅樓夢》第五十七回："我哥哥已經相准了，只等來家就下定了，也不必提出人來。"

⑥ 平皮差：平淡，一般。

⑦ 呆不登：呆。不登，詞綴。

的疑猜，惹的疑猜。梅香笑着走進[二十六]來，叫聲俺姑娘，他來送插帶[二十七]①。

一陣一陣心裹躁，惱恨媒人沒下落。忽見雙雙轉回來，心口窩裹仔管跳。成不成，難猜料，待去聽聽怕人笑。梅香跑來笑嘻嘻，就知道這事有些妙。

好不歡喜，好不歡喜，得意的味兒[二十八]全說不的。罵聲小賤人，別喜[二十九]來多氣。嫂子笑嘻嘻，嫂子笑嘻嘻，叫聲您姑娘便宜你，都說他姑夫生的極標緻。

這件喜事委實陡②，故意還把丫頭瞅，失驚打怪③影煞人，甚麽腔調還不走！搭上嫂子和俺玩，說他生的全不醜。喜的我仔沒了法，呸着笑着把他吐一口。

媒人又來了，媒人又來了，說是婆婆要瞧瞧，明天大飯時，候着他來到。故意心焦，故意心焦[三十]，人生面不熟，是待怎麽着？嫂子來勸我，我仔偷眼笑。

聽說婆婆來相我，重新梳頭另裹脚，搽胭脂抹粉戴[三十一]上花，扎掛的[三十二]好像花一朵，故意裝[三十三]羞懶動身，怎麽着出去把頭磕？嫂子說道休害羞。嗨！我心裹歡喜我[三十四]不覺。

婆婆來相，婆婆來相，慌忙換上新衣裳。本等心裹喜，裝[三十五]作羞模樣。站立中堂，站立中堂，低着頭兒偷眼望，看見老人家，倒也喜歡像。

丟丟羞羞往外走，婆婆迎門拉住手，想是心裹看中了，怎麽仔管咧着口？頭上脚下細端詳，我也偷眼瞅一瞅。槽頭[三十六]買馬看母子，婆婆的模樣倒不醜。

那人裝嬌，那人裝嬌，往我門前走幾遭。慌的小廝們，連把姑夫叫。他也偷瞧，我也偷瞧：模樣俊雅好豐標④，與奴正相當，一對美年少。

那人年少會裝[三十七]俏，時興的衣服穿一套，來往不住往裹瞰[三十八]，我也

① 插帶：即插戴。女子所佩戴釵類頭飾，又特指男方給女方送的定親聘禮。《醒世姻緣傳》第二十五回：“彼此來往通了婚事，又落了插戴。”

② 陡：突然。

③ 失驚打怪：大驚小怪。

④ 豐標：英俊；體態。《金瓶梅》第六十回：“那消半月之間，漸漸容顏頓減，肌膚消瘦，而精彩豐標無複昔時之態矣。”

偷眼往外瞭：眉清目秀俊學生，不高不矮身段妙，心裹得意説不出，忍不住的自家笑。

嫂子和俺玩，嫂子和俺玩，見了他姑夫你饞不饞？有樁妙事兒，你還沒經慣。不是虚言，不是虚言[三十九]，委實那種[四十]滋味甜，你若嘗一嘗[四十一]，准就忘了飯。

皮臉①嫂子好多氣，一戲不罷又一戲，説長道短喴哩②咱，看不上那種浪張[四十二]勢。撒謊[四十三]東西不害羞，沒人聽你那狗臭屁。説的我心裹胡猜疑[四十四]，沒哩那就是口蜜？

眼望巴巴，眼望巴巴，巴得行禮③到俺家。眞個甚整齊，也值千金價。寶鏡金花，寶鏡金花，梅香故意笑着看咱。本等心裹喜，反把梅香駡。

他家行禮委實厚，整整喜了我一個够，作怪的丫頭像個賊，她就把俺心看透。眼睛不轉笑眯嘻[四十五]，一會看得我好難受。駡聲倡狂小奴才，這們幾年你還沒看够？

喜地歡天，喜地歡天，可哥的今年是大利年，聽説好日子，查在四月半。置辦奩粧[四十六]，置辦奩粧，做了衣裳打頭面，一點不遂心，倒磨[四十七]着從頭换。

也是我的時來了，一百樣子[四十八]都湊巧，查的日子極近便，陪送置[四十九]的全不少。打頭面，買裙襖，治的④娘親[五十]到處找，誰不望着東西親？哪怕人説臉子老⑤。

好個長天，好個長天，捱過一天像一年。算計到成親，還有兩日[五十一]半。盼過幾番，盼過幾番，盼到那日，喜上眉尖。他家來催粧⑥，倒惹的心撩亂。

埋怨老天不湊趣，一日長起⑦十來日，捱過今朝又明朝，怎麽教人不

---

① 皮臉：頑皮；厚臉皮。《金瓶梅》第二十九回：“金瓶梅春梅道：‘皮臉，沒的打污濁了我手。’”

② 喴哩：取笑，戲耍。

③ 行禮：下彩禮。

④ 治的：整治的。

⑤ 臉子老：臉皮厚。

⑥ 催粧：舊時婚禮前幾日男方下催妝禮催促女方出嫁。

⑦ 長起：比……長。

生[五十二]氣。忽的他家來催粧，不覺心裏怪爽利。好說日子扎了根，一般也有這一日。梅香燒湯，梅香燒湯，今番洗澡要多用些香，恐怕人來瞧，忙把門關上。仔細思量，仔細思量，鮮花今夜付新郎，仔怕到明朝，就要改了樣。

燒就香湯要沐浴，雙手忙把房門閉，今晚就要做新人，先要洗淨閨女氣。身段嬌，皮肉細，自家看得怪得意，摸摸下邊那一椿，咦，這件寶貝該出世。

忙[五十三]把頭梳，忙把頭梳，開眉[五十四]①絞臉②用功夫，戴上新鬏髻③，解[五十五]了閨女路。少戴絞梳，少戴絞梳，今夜是我親手除，怕他心裏忙，手兒全不顧。

洗了身子重洗面，新衫新褲從頭換，細細絞臉開了眉，霎時缺哧④的一身汗。戴上鬏髻和紅[五十六]箍，自家[五十七]覺着怪好看，這樁東西拿發⑤人，怎麽仔覺着屋子裏牀沿没處[五十八]站。

日已平西，日已平西，家中茶飯懶待吃，我的魂靈兒先往他家去。燈燭交輝，燈燭交輝，叮咚一派樂聲催，他家來迎親，好生增門楣⑥。

頭上脚下正扎掛，忽聽門外吹喇叭，說是轎子到了門，喜的我心裏一[五十九]怎麽。送女客，進繡房，見我模樣仔亂喳喳[六十]，誰知鬱屈這幾年，今日才便扯拉扯。

新郎到了，新郎到了，簪花披紅扎裹着。穿着新衣裳，越顯得十分俏。閙閙吵吵，閙閙吵吵，都說時辰不遠了，母親扯住我，淚珠兒腮邊掉。

看看時辰不大遠，母親旁邊擦淚眼，使不得對我大放聲，怎麽不叫我心腸軟。那人迎接到了門，哥哥陪着往裏轉，才待偷眼把他瞧，誰知他先看見俺[六十一]。

鼓樂喧天，鼓樂喧天，裏裏外外鋪紅毡。那人走進來，等着俺噴飯。站

① 開眉：修眉。

② 絞臉：也稱作絞面、開臉，是一種古老的美容方式。舊時兒女俱全的女子用線相絞除去新娘臉上的汗毛。傳統意義上女子一生只絞臉一次，表示已婚。

③ 鬏髻：即鬏髻。舊時用頭髮或銀絲等編成的網帽，用來梳籠罩住頭髮。《金瓶梅》第二十八回："紅絲繩兒紮著，一窩絲攢上，戴著銀絲鬏髻。"

④ 缺哧：費力；勞累。

⑤ 拿發：拿捏；彆扭。

⑥ 門楣：女婿。《舉案齊眉》第三折："我窮則窮是秀才的妻室，你窮則窮是府君的門楣。"

立堂前，站立堂前，低頭盡着端詳俺，心裹不住亂騰騰，身不由己流香汗。

扶我出去在中堂，和那人站着面對面，許多人都擠擦①着，母親端出一碗飯。那人張兜②等我[六十二]噴，一口噴了一大半，光眉撒眼盡他瞧，不覺看了我一身汗。

月影兒高，月影兒高，姑姑姨姨都來瞧，一齊擠着奴，上了他的轎。好不熱鬧，好不熱鬧，滿街上看的塞滿了，那人騎着馬，緊[六十三]靠着我的轎。

不覺就是時辰到，大家擁撮上喜轎。一路吹打不住聲，對對紗燈頭裹照。那人騎馬在轎前，回頭不住微微笑，怪不的人愛做媳婦，這個光景委實妙。

來到門前，來到門前，黃道[六十四]鞋兒③軟如棉，乍下轎子來，全然走不慣。掀起竹簾，掀起竹簾，冤家站在房門前，輕輕扶住奴，同坐牀兒沿。

乍下轎來好難走，將那送客攙住手。踏着紅毡進喜房，女壻站在大門口。大家扶上板足牀[六十五]，他就在旁裹仔管瞅，我就猜着他心[六十六]急，恨不得這會就動手。

共坐羅幃，共坐羅幃，安排熱酒飲交杯。冤家對銀燈，細細把奴來覷。就扯奴衣，就扯奴衣[六十七]，看他那樣儿，全然等不的。想起這事來，有些眞討[六十八]氣。

那人和我臉對臉，吃了交心酒一盞，大家知趣都抽身，他就忙把房門掩。輕輕給我摘了帽[六十九]，伸手就來扯把俺，本等心裹待不依，他央給急了我又心腸軟[七十]。

又喜又羞，又喜又羞，冤家和俺睡一頭。輕輕[七十一]舒下手，解開[七十二]我的鴛鴦扣。委實害羞；委實害羞，事到其間不自由。勉強脫衣裳，半推還半就。

仔說[七十三]那人年紀小，偏他生的臉子老，一頭睡着不肯閒。摸了頭來又摸脚，百様[七十四]方法鬼混人，輕輕把我腮來咬，我的手兒仔一松，褲帶早又解開了。

把俺溫存，把俺溫存，燈下看着[七十五]十分眞。冤家甚風流，與奴[七十六]眞

---

① 擠擦：擁擠。

② 張兜：把衣服前端兜起。

③ 黃道鞋兒：舊時新娘出嫁時要穿黃布鞋，因結婚多在黃道吉日，故稱“黃道鞋”。中國民俗中，“鞋”“諧”同音，有夫婦相諧之意。

相近。摟定奴身，摟定奴身，低聲不住[七十七]叫親親。他仔叫一聲，我就麻一陣。

渾身衣服脫[七十八]個淨，兩手摟定沒點縫，腿壓腰來手摟脖[七十九]，就[八十]有力氣也難掙。摟一摟，叫一聲[八十一]，不覺連我也動興，麻抖搜①的沒了魂，幾乎錯失就答應。

不[八十二]慣交情，不慣交情，心窩裏不住[八十三]亂撲登。十分受熬煎，仔是強扎掙[八十四]。汗[八十五]濕酥胸，汗濕酥胸，相依相抱訴衷情，低聲央及[八十六]他，你且輕輕動。

聽不的嫂子瞎攮咒，這樁事兒好難受，熱撩火熱怪生疼，口咬着被頭把眉兒皺[八十七]。百般央給他不依，仔說住住就滑溜，早知這樣難爲人，誰還搶着把媳婦做[八十八]。

又是一遭，又是一遭，漸漸熟滑摟抱着。口裏不說好，其實有些妙。魂散魄消，魂散魄消，杏臉桃腮緊貼着。他[八十九]款款擺腰肢，不住的微微笑。

做了一遭不歇手，就是餵不飽的個饞牢狗[九十]，央告他歇歇再不肯[九十一]，恨不能[九十二]把我咬一口。誰知不是[九十三]那一遭，不覺伸手把他摟，口裏只說[九十四]影煞人，腰兒輕輕扭一扭。

不覺明了天，不覺明了天，待要起去仔是怪懶躭②，勉強下牙牀，扎掙[九十五]了好幾番。懨懨纏纏③，懨懨纏纏，寃家不住端詳俺。身子軟迭歇④，仔覺着難存站。

一夜未[九十六]曾閉閉眼，不覺東方日頭轉，往日仔恨夜裏長，偏他今夜這樣短。勉強扎掙[九十七]下牙牀，渾身無力骨頭軟，丫頭一旁齜着牙⑤，不由我一陣紅了臉。

打扮穿衣，打扮穿衣，心情撩亂難支持。手兒懶待擡，難畫眉兒細。把掩將息，把掩將息，湯心鷄子補心虛，我的[九十八]手兒酸，仔是拿不住。

魂靈不知哪去了，怎麼着梳頭並裹脚？強打精神對粧臺，左攏右攏

① 麻抖搜：酥麻。

② 懶躭：慵懒。

③ 懨懨纏纏：无精打采。

④ 軟迭歇：酸软。

⑤ 齜着牙：开口笑。

再[九十九]梳不好。忽然想起喜絹①來，牀裹牀外到處找，誰知他正拿着瞧，才待去奪他笑着跑。

可意俏寃家，可意俏寃家，半步不離的守着咱，一霎不見他，我也放不下。會玩會耍，會玩會耍，怎麽教人不愛他。才知親嫂嫂，說的是實話。

也是前世有緣法，今生今世撞着他，知疼着[一百]熱好愛人，軟款温存會玩耍。半步不離出繡房，我也覺着離不的他，想起嫂子那话來，她倒不會[一百零一]把謊撒。

歡歡喜喜，歡歡喜喜，三朝五日都休提。怎麽變變眼，就是三十日？正好歡娛，正好歡娛，娘家差人來搬取，待要不回家，理[一百零二]上過不去。

夜夜成雙好快活，恨不得並做人一個。不吃茶飯也不飢，仔是巴的日頭落。不覺對月②搬回家，急[一百零三]的他是雙脚跺。一夜餞行好幾遭，連接風的酒席都預支過。

對月搬回家，對月搬回家，尖嘴嫂嫂[一百零四]噉哩咱，他說您姑娘，又早奶膀③兒下[一百零五]乍。那日到你家，那日到你家，恁兩口子光景見怎麽？我也替你喜，我也替你怕。

嫂嫂笑着把俺瞅，她未曾說話先睞[一百零六]口，低低叫聲您姑娘，如今你可得了手。旣是他姑夫見你親，想是不肯空一宵[一百零七]。那椿滋味精不精，不說實話是個狗。

罵聲臭東西，罵聲臭東西，我道你也是沒出息，想想你當初，就沒有那一日。俺都老實[一百零八]，俺都老實，誰照你生的，像個小狐狸，提起那椿來，就像是糖裹拌着蜜。

罵聲嫂子[一百零九]現世報，偏你有些胡禱告，不管人心裹怎麽着，進門就是瞎鬼鬧。你麽[一百一十]望着那個親，俺可知道妙不妙。你仔想想你當初，蛇鑽[一百一十一]窟窿蛇知道④。

---

① 喜絹：染了處女紅的紬絹。

② 對月：女子結婚滿月後回娘家住一個月，稱對月。《醒世姻緣傳》第四十九回："我等你媳婦兒過了對月，我把這重里間拾掇拾掇，你合媳婦兒來住。"

③ 奶膀：乳房。《醒世姻緣傳》第七十二回："飽撐撐兩只奶膀，還竟是少年女子。雖是一雙蹺脚，也還不大半籃。"

④ 蛇鑽窟窿蛇知道：自己做事自己心裹清楚。

住了幾天，住了幾天，心裏滋味不好言，怕的是到晚來，獨自睡不慣。情緒懨懨，情緒懨懨，說着笑着怪懶躭。母親不通情，仔怪我不吃飯。

從新來到房中坐，淡寞索的①怪冷落。沒好辣氣上了牀，閉眼就做了夢一個。醒來不見俏寃家，稀[一百一十二]哩糊塗到處摸。想起那人在家中，冷冷清清的教他怎麽過？

他家來搬，他家來搬，依着母親還待留俺；虧了親嫂子，她會行方便。帶笑帶玩、帶笑帶玩：姑娘這兩日不耐煩，不如早送回，省的他兩下埋怨。

聽說來搬喜了個掙，脚趔趄的往外蹭，母親意思還留俺，虧了嫂子來助興：姑娘這兩日淨想家，沒精打采強扎掙[一百一十三]，再住兩日不回家，兩口子准會想成病。

不好回言，不好回言，着實把他瞅一眼，沒人和你玩，偏要來尋賤。笑着出堂前，笑着出堂前，上[一百一十四]了轎子就怪喜歡，那人在家中，不知[一百一十五]怎麽盼。

嫂子說話蹦心坎②，句句何曾差一點！本等心裏怪愛笑，人臉前頭③放下臉，一遭一遭瑣碎人，想是拿着俺當聘纂。一行說着出中堂，回過頭去羨他一眼。

來到他家，來到他家，那人見了險些喜歡煞。走到人背後，把我撚④一下。癢癢刷刷，癢癢刷刷，心裏滋味不知待怎麽？笑着瞅一眼，忙把頭低下。

使不的催着轎夫跑，仔管一走就到了。那人笑着往外迎，好像拾了個大元寶。瞅着空就來撚索人，故意含羞裝着惱，低低罵聲臭東西，進去[一百一十六]和你把賬找。

走進中堂，走進中堂，拜過婆婆進繡房，喜的俏寃家，嘴兒合不上。左右端詳，左右端詳，手裏兒摸索口裏兒忙[一百一十七]，我全看不上那種急[一百一十八]模樣。不管長來不管短，進門就是摟抱俺，頭碰頭兒親又親，聲聲埋怨咱把他閃。幾日沒見就怪生碴[一百一十九]，笑着笑着紅了臉，上頭撲面影煞

① 淡寞索的：無精打采，落寞空虛。

② 蹦心坎：說到心坎裏。

③ 人臉前頭：在他人面前。

④ 撚：捏；搓。

人，你看乖[①]了我的纂。

盼的黑了天，盼的黑了天，吃不迭夜飯就來把咱纏，他越纏的緊，我越睡的慢。悄語低言，悄語低言，輕輕跪在踏板兒前，我仔笑一聲，他就扒上牀兒沿。

本等知道他心急[一百二十]，故意展[一百二十一]致全不理，不脫衣服不摘頭，叫聲丫環拿茶吃。急的他仔跳鑽鑽，扭着頭兒我偷眼喜，不由嗤的笑一聲，怎麽就該這樣乞。

解脫羅衣，解脫羅衣，從新又溫舊規矩，比着那幾天，更覺着有味趣。氣喘吁吁，氣喘吁吁，心裏自在全說不出，待要不聲喚，仔是忍不住。

上的牀來就動手，要找上[②]從前那幾宿，還待說句勉強話，到了好處張不的口。不覺低聲笑吟吟，喘絲絲的身子扭，他問我自在不自在，擺着頭兒扭一扭[一百二十二]。

一段春嬌，一段春嬌，風流夜夜與朝朝，趁着好光陰，休負人年少。有福難消，有福難消，百樣[一百二十三]恩情難畫描，明年這時候，准把孩子抱。

天生就的人一對，郎才女貌正般配，二十四解不用學，風流人兒天生會。仔巴到夜就成仙，越做越覺有滋味，該快活處且快活，人生能有幾千歲。

[對玉環帶清江引] 信口胡謅[③]，不俗也不雅。寫情描景，不眞也不假。男子不遇時，就像閨女沒出嫁。時運不來誰人不笑他？時運來了，誰人不羡他？編成小令閒玩耍，都淨[一百二十四]是些胡話。即且解愁懷，好歹憑他吧。悶來歌一闋，我且快活一霎。

富貴功名，由命不由俺；雪月風花，無拘又無管。清閒即是仙，莫怨身貧賤。好月初圓，新篘[④]傾幾盞。好花初開，“奇書”讀一卷。打油歌兒將消[一百二十五]遣，就裏情無限。留着待知音，不愛俗人看。須知道識貨的，他另是一雙眼。

---

① 乖：碰；觸摸。

② 找上：找回，補上。

③ 胡謅：胡說。

④ 新篘：新酒。

【校】

［一］［西江月］：蒲本作“［清江引］”。

［二］窮途：蒲本作“途窮”。

［三］幾：日本慶應大學藏本無本字。

［四］難問蒼天如何：蒲本作“誰問蒼天如夢”。

［五］趙：日本慶應大學藏本作“越”。

［六］女兒淚漣漣。奴家十八正青春：蒲本作“女兒淚漣漣，女兒淚漣漣，奴今十八正妙年”。

［七］［淄口令打×］：蒲松齡紀念館抄本、蒲本無。

［八］咱：蒲本作“俺”。

［九］成：日本慶應大學藏本作“頭”。

［十］到：日本慶應大學藏本作“上”。

［十一］嫂嫂哥哥，嫂嫂哥哥：蒲本作“嫂嫂與哥哥，嫂嫂與哥哥”。

［十二］必定：蒲本作“必定是”。

［十三］埋：蒲本作“奴”。下同。

［十四］養着：蒲松齡紀念館抄本無。

［十五］兒：日本慶應大學藏本作“家”。

［十六］采花：蒲本作“去采花”。下同。

［十七］若：日本慶應大學藏本作“丈”。

［十八］的：日本慶應大學藏本作“起”。

［十九］擺：日本慶應大學藏本作“刻”。

［二十］共：日本慶應大學藏本作“並”。

［二十一］脚跳：日本慶應大學藏本作“跺腳”。

［二十二］該也：蒲本作“也該早來”。

［二十三］拚：日本慶應大學藏本作“出”。

［二十四］坎：日本慶應大學藏本作“裹”。

［二十五］一：日本慶應大學藏本作“一個”。

［二十六］進：日本慶應大學藏本作“將”。

［二十七］帶：蒲本作“戴”。

［二十八］味兒：日本慶應大學藏本作“滋味”。

［二十九］別喜：日本慶應大學藏本作“休要”。

［三十］明天大飯時，候著他來到。故意心焦，故意心焦：蒲松齡紀念館抄本無。

［三十一］戴：蒲本作“帶”。

［三十二］的：蒲本無。

［三十三］裝：蒲本作“妝”。

［三十四］我：日本慶應大學藏本、蒲本作“你”。

［三十五］裝：蒲本作“妝”。

［三十六］槽頭：蒲本作“槽頭上”。

［三十七］裝：蒲本作“妝”。

［三十八］瞰：蒲本作“撒”。

［三十九］不是虚言，不是虚言：日本慶應大學藏本作“不是羞言，不是羞言”。

［四十］種：日本慶應大學藏本、蒲松齡紀念館藏遺著抄本、蒲本作“椿”。

［四十一］嘗：日本慶應大學藏本作“遭”。

［四十二］浪張：日本慶應大學藏本作“下賤”。

［四十三］撒謊：蒲本作“撒謊的”。

［四十四］胡猜疑：日本慶應大學藏本作“疑糊塗”。

［四十五］嘻：蒲本作“睎”。

［四十六］奩粧：蒲本作“粧奩”。下同。

［四十七］磨：日本慶應大學藏本作“摸”。

［四十八］子：蒲本作“的”。

［四十九］置：蒲本作“治”。

［五十］娘親：日本慶應大學藏本作“爹娘”。

［五十一］日：蒲本作“月”。

［五十二］生：蒲松齡紀念館抄本無。

［五十三］忙：蒲本作“急忙”。下同。

［五十四］開眉：蒲本作“改頭”。

［五十五］解：日本慶應大學藏本、蒲本作“辭”。

［五十六］紅：日本慶應大學藏本作“金”。

［五十七］家：蒲本作“己”。

［五十八］屋子裹牀沿沒處：蒲本作“屋裹沒處去”。

［五十九］一：日本慶應大學藏本作“待”。

［六十］喳喳：蒲本作“嚓嚓”。

［六十一］誰知他先看見俺：蒲松齡紀念館抄本無。

［六十二］我：蒲本作“俺”。

［六十三］緊：蒲本作“緊緊”。

［六十四］道：蒲松齡紀念館抄本作“連”。

［六十五］板足牀：日本慶應大學藏本、蒲本作“拔步牀”。

［六十六］心：蒲本作“心裹”。

［六十七］寃家對銀燈，細細把奴來覷。就扯奴衣，就扯奴衣：蒲松齡紀念館抄本無。

［六十八］討：日本慶應大學藏本作“淘”。

［六十九］帽：蒲本作“頭”。

［七十］急了我又心腸軟：蒲本作“極了我的心又軟”。

［七十一］輕輕：蒲本作“輕輕的”。

［七十二］開：蒲本無。

［七十三］說：破冰者“說是”。

［七十四］百樣：蒲本作“百樣的”。

［七十五］着：蒲本作“的”。

［七十六］與奴：蒲本作“他與奴家”。

［七十七］不住：蒲本作“不住的”。

［七十八］衣服脱：蒲本作“上下脱了”。

［七十九］腰來手摟脖：蒲本作“著腿來手摟著脖”。

［八十］就：蒲本作“就是”。

［八十一］摟一摟，叫一聲：蒲本作“摟一摟來叫一聲”。

［八十二］不：蒲本作“從不”。下同。

［八十三］不住：蒲本作“不住的”。

［八十四］扎掙：蒲本作“闊闟”。

［八十五］汗：蒲本作“香汗”。

［八十六］及：蒲本作“給”。

［八十七］口咬著被頭把眉兒皺：蒲本作“口咬被頭眉尖皺”。

［八十八］誰還搶著把媳婦做：蒲本作“誰待搶著把那媳婦子做”。

［八十九］他：蒲本無。

［九十］就是餵不飽的個饞牢狗：蒲本作“就如那餵不飽的饞老狗”。

［九十一］肯：蒲本作“依”。

［九十二］能：蒲本作“得”。

［九十三］是：蒲本作“像從前”。

［九十四］只說：蒲本作“說著”。

［九十五］扎掙：蒲本作“鬧鬨”。

［九十六］未：蒲本作“沒”。

［九十七］扎掙：蒲本作“鬧鬨”。

［九十八］我的：蒲本作“覺得”。

［九十九］再：蒲本無。

［一百］着：日本慶應大學藏本、蒲本作“知”。

［一百零一］會：日本慶應大學藏本作“曾”。

［一百零二］理：日本慶應大學藏本作“禮”。

［一百零三］急：蒲本作“極”。

［一百零四］嫂嫂：蒲本作“嫂子”。

［一百零五］下：蒲本無。

［一百零六］睞：日本慶應大學藏本作“裂”。

［一百零七］宵：蒲本作“宿”。

［一百零八］老實：蒲本作“太老實”。下同。

［一百零九］嫂子：蒲本作“嫂嫂”。

［一百一十］麽：日本慶應大學藏本、蒲本作“虽”。

［一百一十一］鑽：蒲本作“鑽的”。

［一百一十二］稀：日本慶應大學藏本作“疑”。

［一百一十三］紮掙：蒲本作“鬧鬨”。

［一百一十四］上：蒲本作“坐上”。

［一百一十五］知：蒲本作“知道”。

［一百一十六］去：蒲本作“屋”。

［一百一十七］手裏兒摸索口裏兒忙：蒲本作“手兒裏摸索口兒裏忙”。

［一百一十八］急：蒲本作“極”。

［一百一十九］碴：蒲本作“茬”。

［一百二十］急：蒲本作“極”。下同。

［一百二十一］展：蒲本作“張”。

［一百二十二］扭一扭：蒲本作“摟上一摟”。

［一百二十三］百様：蒲本作“百様的”。

［一百二十四］淨：蒲本作“精”。

［一百二十五］消：蒲本作“無”。

參考文獻

[1] 蒲松齡. 蒲松齡集 [M]. 路大荒，整理. 上海：上海古籍出版社，1986.

[2] 蒲松齡. 蒲松齡全集 [M]. 盛偉，整理. 上海：學林出版社，1998.

[3] 蒲松齡. 聊齋俚曲集 [M]. 蒲先明，整理. 鄒宗良，校注. 北京：國際文化出版公司，1999.

[4] 蒲松齡. 聊齋全集 [M]. 路大荒，編輯. 上海：上海世界書局，1936.

[5] 蒲松齡. 琴瑟樂 [M] //. 天山閣藏抄本. 康熙十三年 (1674).

[6] 蒲松龄. 磨难曲. 清代周村三益堂刻本 [M]. 光绪三十一年 (1905).

[7] 蒲松齡. 琴瑟樂 [M]. 日本慶應大學藏本. 蒲松齡研究，1997 (04).

[8] 徐複嶺.《金瓶梅詞話》《醒世姻緣傳》《聊齋俚曲集》語言詞典 [Z]. 上海：上海辭書出版社，2018.

[9] 董遵章. 元明清白話著作中山東方言例釋 [M]. 濟南：山東教育出版社，1985.

[10] 高文達. 近代漢語詞典 [Z]. 北京：知識出版社，1992.

[11] 許少峰. 近代漢語詞典 [Z]. 北京：團結出版社，1997.

[12] 王學奇，王靜竹. 宋金元明清曲辭通釋 [M]. 北京：語文出版社，2002.

[13] 張喆生. 古方言詞語例釋 [M]. 南京：江蘇教育出版社，1999.

[14] 盛偉. 聊齋佚文輯注 [M]. 濟南：齊魯書社，1986.

[15] 梁國輔，等. 中國豔歌大觀 [M]. 長春：吉林文史出版社，1994.

图书在版编目（CIP）数据

《聊斋俚曲集》校注/张泰校注．—北京：九州出版社，2019．11

ISBN978－7－5108－8463－4

Ⅰ．①聊…　Ⅱ．①张…　Ⅲ．①古代戏曲－剧本－作品集－中国Ⅳ．①I237

中国版本图书馆 CIP 数据核字（2019）第 259765 号

《聊斋俚曲集》校注

作　　者　张　泰　校注

出版发行　九州出版社

地　　址　北京市西城区阜外大街甲 35 号（100037）

发行电话　（010）68992190/3/5/6

网　　址　www.jiuzhoupress.com

电子信箱　jiuzhou@jiuzhoupress.com

印　　刷　北京永顺兴望印刷厂

开　　本　710 毫米×1000 毫米　　16 开

印　　张　49.25

字　　数　774 千字

版　　次　2020 年 1 月第 1 版

印　　次　2020 年 1 月第 1 次印刷

书　　号　ISBN978－7－5108－8463－4

定　　价　198.00 元（全二册）